Guy de Maupassant
Miss Harriet und andere Novellen

Guy de Maupassant

Gesamtausgabe der Novellen und Romane
in zehn Taschenbüchern

Herausgegeben von Ernst Sander

Guy de MAUPASSANT

GESAMTAUSGABE DER
NOVELLEN UND ROMANE

Miss Harriet
und andere Novellen

Goldmann Verlag

Nachdruck der Ausgabe München 1963

Aus dem Französischen von Walther Georg Hartmann (»Auf der
Bettkante«), Irma Schauber (»Auf See«, »Der Mann mit der Hurenseele«, »Sankt Antonius«, »Walter Schnaffs' Abenteuer«, »Mein Onkel Jules«, »Schlichte Tragödie«, »Reue«, »Der Vater«) und Ernst
Sander (übrige Novellen)

Made in Germany · 1. Auflage · 2/87
Alle Rechte vorbehalten
Umschlagentwurf: Design Team München,
unter Verwendung eines Fotos der »Fahrt über Land«
von Henri de Toulouse-Lautrec (1897)
Umschlagfoto: Bruckmann-Bildarchiv, München
Satz: IBV Satz- und Datentechnik GmbH, Berlin
Druck: Presse-Druck, Augsburg
Verlagsnummer: 8562
MV · Herstellung: Martin Strohkendl
ISBN 3-442-08562-4

INHALT

Die Jahreszahlen geben das Jahr der französischen Erstveröffentlichung an. –
Die Anmerkungen am Anfang der Novellen wurden von Herausgeber Ernst
Sander verfaßt. – Der Abdruck der Novellen »Die Schmucksachen«, »Unter-
wegs«, »Miss Harriet« und »Warten« erfolgt mit Genehmigung des Marion von
Schröder Verlages, Düsseldorf.

ZWEI FREUNDE

Französischer Titel: Deux Amis
Erstdruck: Le Gil-Blas, 5. Februar 1883,
unter dem Pseudonym »Maufrigneuse«

Paris war eingeschlossen, litt Hunger und röchelte. Die Sperlinge auf den Dächern wurden immer seltener, und die Abflußröhren entvölkerten sich. Es wurde gegessen, was nur irgendwie vertilgbar war.

Als Monsieur Morissot, von Beruf Uhrmacher und gelegentlich Pantoffelheld, eines hellen Januarmorgens bekümmert den äußeren Boulevard entlangging, die Hände in den Taschen seiner Uniformhose und nichts im Magen, blieb er unvermittelt vor einem Kameraden stehen, den er als seinen Freund betrachtete. Das war Monsieur Sauvage; er kannte ihn vom Seineufer her.

Vor dem Krieg war Morissot jeden Sonntag ums Morgenrot losgezogen, einen Bambusstock in der Hand, auf dem Rücken eine Blechbüchse. Er bestieg den Zug nach Argenteuil, stieg in Colombes aus und ging dann zu Fuß nach der Insel Marante weiter. Kaum war er an dieser Stätte seiner Träume angelangt, als er auch schon mit dem Angeln begann; er angelte bis zum Anbruch der Dunkelheit.

Jeden Sonntag traf er dort ein beleibtes, joviales Männlein: Monsieur Sauvage, Kolonialwarenhändler in der Rue Notre-Dame-de-Lorette; der war ebenfalls ein leidenschaftlicher Angler. Häufig standen sie einen halben Tag lang nebeneinander, die Angelrute in der Hand, die trippelnden Füße oberhalb der Strömung; und so war es zu der Freundschaft zwischen den beiden gekommen.

An manchen Tagen wechselten sie kein Wort. Manchmal sprachen sie miteinander; aber sie verstanden sich auch großartig, ohne etwas zu sagen, da sie die gleichen Neigungen hatten und das gleiche Innenleben führten.

Wenn im Frühling morgens gegen zehn die neu erstandene Sonne über dem ruhigen Strom die mit dem Wasser wegfließende leichte Dunstschicht aufwallen ließ und über die Rücken der beiden übereifrigen Angler die wohlige Wärme der jungen Jahreszeit ergoß, sagte Morissot manchmal zu seinem Nachbarn: »Milde Luft, was?«, und dann antwortete Monsieur Sauvage: »Das Schönste, was es gibt.« Und das genügte ihnen; sie verstanden und schätzten einander.

Wenn im Herbst der Tag zu Ende ging und der von der untergehenden Sonne blutgerötete Himmel die Gestalten scharlachner Wolken ins Wasser warf, den ganzen Fluß mit Purpur überschüttete und die beiden Freunde mit feurigem Rot überstrahlte und die schon rostfarbenen, in einem winterlichen Frösteln erschauernden Bäume in Gold tauchte, sah Monsieur Sauvage Morissot lächelnd an und sagte: »Das ist mal ein Anblick!« Und der hingerissene Morissot antwortete, ohne seinen Schwimmer aus den Augen zu lassen: »Besser als der Boulevard, was?«

Als sie einander erkannt hatten, drückten sie sich kräftig die Hände, gerührt und erfreut über diese Begegnung unter so andersgearteten Umständen.

Monsieur Sauvage stieß einen Seufzer aus und brummelte: »Das sind mir Geschichten.«

Der sehr düster dreinschauende Morissot seufzte: »Und dabei dies Wetter! Heute ist der erste schöne Tag des Jahres.«

Der Himmel war nämlich ganz blau und eitel Licht.

Sie gingen nebeneinander weiter, versonnen und bekümmert. Morissot fuhr fort: »Und das Angeln? Wissen Sie noch?« Monsieur Sauvage fragte: »Wann wir wohl damit wieder anfangen können?« Sie gingen in ein kleines Café und tranken einen Absinth; dann nahmen sie ihren Spaziergang auf den Bürgersteigen wieder auf.

Unvermittelt blieb Morissot stehen: »Noch einen Grünen, ja?« Monsieur Sauvage war einverstanden: »Ganz wie Sie wollen.« Und sie gingen zu einem zweiten Weinhändler hinein.

Beim Herauskommen waren sie ziemlich benebelt und wirr im Kopf wie eben Leute mit leerem Magen, die sich mit Schnaps haben vollaufen lassen. Es war lindes Wetter. Eine schmeichlerische Brise strich ihnen kitzelnd übers Gesicht.

Monsieur Sauvage, dessen Berauschtheit durch die laue Luft noch gesteigert wurde, blieb stehen: »Wenn wir nun einfach mal loszögen?«

»Wohin denn?«

»Zum Angeln natürlich.«

»Ja, aber wo denn?«

»Na, bei unserer Insel. Die französischen Vorposten stehen bei Colombes. Ich kenne den Oberst Dumoulin; wir werden ohne Schwierigkeiten durchgelassen.«

Morissot zitterte vor Verlangen: »Gemacht. Ich komme mit.«

Und sie verabschiedeten sich und holten ihre Gerätschaften.

Eine Stunde danach trotteten sie Seite an Seite die Landstraße entlang. Dann kamen sie zu der von dem Oberst bewohnten Villa. Er lächelte über ihre Bitte und gab seine Zustimmung zu ihrem lächerlichen Einfall. Sie bekamen einen Passierschein und setzten sich wieder in Marsch.

Bald überschritten sie die Linie der Vorposten, durchquerten das verlassene Colombes und gelangten an den Rand der kleinen, zur Seine hin abfallenden Rebberge. Es war etwa elf Uhr.

Das gegenüberliegende Dorf Argenteuil mutete erstorben an. Die Höhen von Orgemont und Sannois beherrschten die ganze Gegend. Die weite, bis Nanterre sich erstreckende Ebene mit ihren kahlen Kirschbäumen und grauen Äckern war leer, völlig leer.

Monsieur Sauvage deutete mit dem Finger auf die Höhenzüge und flüsterte: »Da oben stehen die Preußen!« Und angesichts des öden, verlassenen Landes überkam die beiden Freunde lähmende Besorgnis.

»Die Preußen!« Sie hatten nie welche gesehen; aber seit Monaten spürten sie ihr Vorhandensein, wie sie Frankreich zugrunde richteten, plünderten, metzelten, unsichtbar und allgegenwärtig. Und eine Art abergläubischen Entsetzens gesellte sich zu ihrem Haß gegen dieses unbekannte, siegreiche Volk.

Morissot brachte stotternd hervor: »Ja, und wenn wir nun auf welche stießen?«

In Monsieur Sauvage kam trotz alledem und dennoch die Pariser Spottsucht zum Durchbruch: »Dann laden wir sie zu gebratenen Fischen ein.«

Aber nur zögernd wagten sie sich in die Felder vor; die rings in der Weite herrschende Stille schüchterte sie ein.

Endlich faßte Monsieur Sauvage einen Entschluß: »Los, weiter! Aber vorsichtig.« Und sie stiegen quer durch einen Weinberg hinab, gekrümmt, kriechend, jeden Busch als Deckung benutzend, unruhigen Blicks, gespannt lauschend.

Um ans Flußufer heranzukommen, mußten sie noch eine nackte Ackerbreite überqueren. Sie fingen an zu laufen, und als sie am Wasser waren, kauerten sie sich im dürren Schilf nieder.

Morissot preßte die Backe auf den Erdboden; er wollte horchen, ob nicht etwa in der Nähe marschiert werde. Er hörte nichts. Sie waren ganz allein, ganz allein.

Da beruhigten sie sich und fingen an zu angeln.

Ihnen gegenüber verdeckte die verlassen daliegende Insel Marante das andere Ufer. Das kleine Restaurant war verrammelt und sah aus, als sei es seit Jahren sich selbst überlassen.

Monsieur Sauvage fing den ersten Gründling, Monsieur Morissot zog den zweiten heraus, und dann hoben sie alle paar Augenblicke die Angelruten mit einem silbrigen, zappelnden Fischlein am Ende der Leine: Wirklich, es war ein an ein Wunder grenzender Fischzug.

Behutsam steckten sie die Fische in einen engmaschigen Netzbeutel, der naß und glitschig vor ihnen lag. Und eine köstliche Freude durchschwoll sie, eine Freude, wie sie einen überkommt, wenn man wieder einem geliebten Vergnügen nachgehen kann, dessen man seit langem beraubt gewesen ist.

Die liebe Sonne ließ ihnen ihre Wärme über die Schultern rinnen; sie hörten nichts mehr, sie dachten an nichts mehr; die übrige Welt hatte für sie zu existieren aufgehört; sie angelten.

Aber plötzlich ließ ein dumpfes Geräusch den Boden erzittern; es war, als komme es aus dem Erdinnern. Die Kanonen fingen wieder zu dröhnen an.

Morissot wandte den Kopf, und oberhalb des Ufersaums gewahrte er drüben, zur Linken, die mächtige Silhouette des Mont Valérien; sie trug vorn einen weißen Federbusch, eine gerade ausgespiene Pulverdampfwolke.

Und sogleich warf der Gipfel der Festung einen zweiten Rauchstrahl aus, und einige Augenblicke danach erdröhnte eine weitere Detonation.

Dann folgten andere, und alle paar Sekunden stieß der Berg seinen Todesatem aus und blies milchige Dämpfe von sich; langsam stiegen sie in den ruhigen Himmel und schlossen sich zu einer Wolke oberhalb des Forts zusammen.

Monsieur Sauvage zuckte die Achseln. »Jetzt geht es wieder los«, sagte er.

Morissot sah ängstlich zu, wie die Feder seines Schwimmers auf und nieder tauchte, und plötzlich überkam ihn die Wut des friedlichen Menschen gegen die Hirnverbrannten, die sich da bekämpften, und er brummelte: »Ist das blöd, sich einfach so umzubringen.«

Monsieur Sauvage meinte: »Schlimmer als die wilden Tiere.«

Und Morissot, der gerade einen Barsch ergattert hatte, erklärte: »Und wenn man bedenkt, daß das so weitergehen wird, solange es Regierungen gibt…«

Monsieur Sauvage fiel ihm ins Wort: »Die Republik hätte niemals den Krieg erklärt…«

Morissot unterbrach ihn: »Unter den Königen hatten wir den Krieg jenseits der Grenzen; unter der Republik haben wir ihn im eigenen Land.«

Und dann fingen sie in aller Ruhe an zu diskutieren und die großen politischen Probleme mit der gesunden Vernunft sanftmütiger und beschränkter Menschen zu entwirren, die sich über *einen* Punkt völlig einig waren, nämlich daß die Menschen niemals frei sein würden. Und der Mont Valérien donnerte rastlos weiter und zerstörte mit seinen Granaten französische Häuser, zermalmte Lebendiges, zerfetzte Menschenwesen, setzte vielen Träumen ein Ziel, vielen erwarteten Freuden, vielem erhofften Glück, eröffnete in den Herzen von Frauen, von Mädchen, von Müttern dort drüben und in anderen Ländern den Zugang für Leiden ohne Ende.

11

»So ist nun mal das Leben«, erklärte Monsieur Sauvage.

»Sagen Sie lieber, so sei der Tod«, entgegnete Morissot lachend.

Aber da fuhren sie bestürzt zusammen; sie spürten nur zu gut, daß jemand hinter ihnen aufmarschiert war, und als sie sich umdrehten, sahen sie sich vier Schulter an Schulter stehenden Männern gegenüber, bewaffneten, bärtigen Männern, die in Uniform steckten wie livrierte Diener und flache Mützen trugen und sie mit ihren Gewehren in Schach hielten.

Die Angelruten entglitten ihren Händen und trieben langsam den Fluß hinab.

Innerhalb der nächsten Sekunden waren sie gepackt, gefesselt, weggeschleppt, in ein Boot gestoßen und zur Insel übergesetzt.

Und hinter dem Haus, das sie verlassen geglaubt hatten, erblickten sie etwa zwanzig deutsche Soldaten.

Eine Art behaarter Riese, der rittlings auf einem Stuhl saß und eine lange Porzellanpfeife rauchte, fragte sie in tadellosem Französisch: »Nun, meine Herren, haben Sie einen guten Fischzug gemacht?«

Daraufhin legte ein Soldat dem Offizier das Netz mit den Fischen zu Füßen; er hatte es sorglich mitgebracht. Der Preuße lächelte: »Na ja, wie ich sehe, ist es gar nicht so übel gewesen. Aber es handelt sich um etwas anderes. Hören Sie mal zu und beunruhigen Sie sich nicht weiter. Ich halte Sie für zwei Spione, die ausgeschickt worden sind, um mich zu beobachten. Ich habe Sie geschnappt und lasse Sie erschießen. Sie haben getan, als angelten Sie, um Ihr Vorhaben besser zu tarnen. Sie sind mir in die Hände gefallen; da haben Sie Pech gehabt. Krieg ist Krieg. Aber da Sie über Ihre Vorpostenlinie hinausgekommen sind, haben Sie ganz sicher ein Losungswort, damit Sie wieder zurück können. Sagen Sie mir das Losungswort; dann lasse ich Sie laufen.«

Die beiden Freunde standen leichenblaß nebeneinander; ihre Hände durchrann ein leises, nervöses Zittern; sie schwiegen.

Der Offizier fuhr fort: »Niemand erfährt es; Sie können unbehelligt zurückgehen. Mit Ihnen verschwindet das Geheimnis. Wenn Sie sich weigern, sind Sie erledigt, und zwar auf der Stelle. Also wählen Sie.«

Sie blieben starr stehen; keiner tat den Mund auf.

Der Preuße blieb vollkommen ruhig; er deutete mit der Hand auf den Fluß und fuhr fort: »Bedenken Sie, daß Sie innerhalb von fünf Minuten auf dem Grund des Wassers da liegen. Innerhalb von fünf Minuten! Sie haben doch sicher Verwandte?«

Der Mont Valérien donnerte nach wie vor.

Die beiden Angler standen da und schwiegen. Der Deutsche gab in seiner Sprache Befehle. Dann rückte er seinen Stuhl beiseite, um nicht allzu dicht bei den Gefangenen zu sitzen, vor denen zwölf Männer Aufstellung nahmen, Gewehr bei Fuß.

Der Offizier sagte: »Ich lasse Ihnen eine Minute Zeit; keine zwei Sekunden mehr.«

Dann stand er jäh auf, trat zu den beiden Franzosen hin, packte Morissot am Arm, zog ihn ein paar Schritte abseits und sagte leise zu ihm: »Los, heraus mit der Parole. Ihr Kamerad erfährt nichts; ich tue, als hätte ich es mir anders überlegt, und lasse Gnade walten.«

Morissot gab keine Antwort.

Da machte sich der Preuße an Monsieur Sauvage heran und stellte ihm dieselbe Frage.

Monsieur Sauvage gab keine Antwort.

Sie standen wieder Seite an Seite.

Und der Offizier kommandierte. Die Soldaten legten an.

Da fiel Morissots Blick zufällig auf das Netz voller Gründlinge, das ein paar Schritte von ihm entfernt im Gras liegen geblieben war.

Ein Sonnenstrahl ließ die Fische aufschimmern; sie zuckten und zappelten noch. Da überkam ihn ein Schwächeanfall. Es ging nicht anders: Die Tränen traten ihm in die Augen.

Er stotterte: »Adieu, Monsieur Sauvage.«

Monsieur Sauvage antwortete: »Adieu, Monsieur Morissot.«

Sie gaben einander die Hand; ein nicht zu unterdrückendes Zittern durchrann sie von Kopf bis Fuß.

Der Offizier brüllte: »Feuer!«

Die zwölf Schüsse knallten wie ein einziger.

Monsieur Sauvage fiel wie ein Klotz auf die Nase. Morissot, der größere, schwankte, drehte sich um sich selbst und stürzte

quer über seinen Kameraden, das Gesicht dem Himmel zugekehrt; aus seiner über der Brust zerfetzten Jacke quoll das Blut.

Der Deutsche gab weitere Befehle.

Seine Männer liefen weg, kamen mit Stricken und Steinen wieder und banden sie den beiden Toten an die Füße; dann trugen
sie sie zum Ufer.

Der Mont Valérien erdröhnte immer noch; er war jetzt mit einem Rauchgebirge bedeckt.

Zwei Soldaten packten Morissot am Kopf und an den Beinen;
zwei andere packten Monsieur Sauvage auf dieselbe Weise. Die
Leichen wurden kräftig geschwungen und dann weggeschleu-
dert; sie beschrieben eine Kurve und tauchten dann senkrecht,
die Füße mit den Steinen voran, in den Fluß.

Das Wasser spritzte auf, wirbelte, kräuselte und beruhigte
sich; ganz kleine Wellen plätscherten bis zum Ufer hin.

Ein bißchen Blut schwamm weg.

Der Offizier war nach wie vor bei bester Laune; halblaut sagte
er: »Das Weitere erledigen die Fische.«

Dann ging er dem Haus zu.

Und da sah er das Netz mit den Gründlingen im Gras liegen.
Er hob es hoch, musterte es, lächelte und rief: »Wilhelm!«

Ein Soldat in weißer Schürze kam gelaufen. Und der Preuße
warf ihm die Fischzugbeute der beiden Erschossenen zu und befahl: »Die Tierchen da brätst du mir, aber sofort, solange sie noch
lebendig sind. Dann schmecken sie besonders gut.«

Darauf rauchte er seine Pfeife weiter.

Auf See

Französischer Titel: En Mer
Erstdruck: Le Gil-Blas, 12. Februar 1883,
unter dem Pseudonym »Maufrigneuse«

Für Henry Céard

Unlängst konnte man in den Zeitungen folgende Zeilen lesen:
»Boulogne-sur-Mer, 22. Januar. – Es wird uns berichtet:

Ein schrecklicher Unglücksfall hat bei unserer während der
letzten beiden Jahre ohnehin schon zur Genüge heimgesuchten
seefahrenden Bevölkerung tiefe Betroffenheit ausgelöst. Der von
Schiffer Javel geführte Fischkutter ist beim Einlaufen in den Hafen nach Westen abgetrieben worden und auf den Granitblöcken
des Wellenbrechers der Mole gescheitert.

Obwohl das Rettungsboot sofort auslief und mit dem Raketen-
apparat Leinen hinübergeschossen wurden, sind vier Männer
und der Schiffsjunge ertrunken.

Das schlechte Wetter hält an. Es wird mit weiteren Verlusten
gerechnet.«

Wer mag wohl dieser Schiffer Javel sein? Der Bruder des Ein-
armigen?

Wenn der arme, abgetriebene und mit den Trümmern seines
zerschellten Fahrzeugs untergegangene Kerl der ist, den ich im
Sinn habe, so hat er – es sind jetzt achtzehn Jahre her – schon einmal einem tragischen Geschehnis beigewohnt, das schrecklich
und zugleich schlicht war wie alle Tragödien des Meeres.

Javel der Ältere führte damals einen »Chalutier«, einen Sack-
netzkutter.

Der Chalutier ist eins der besten unter allen Fischerfahrzeu-
gen. Er ist solid und wetterfest, hat einen ausgebauchten Rumpf
und rollt unablässig auf den Wogen wie ein Kork, ist immer draußen, wird in einem fort von den harten Salzwinden des Kanals ge-

peitscht, durchpflügt unermüdlich mit geschwelltem Segel das Meer und schleppt dabei seitlich ein großes Netz, das den Grund des Ozeans abkratzt und die auf dem Gestein schlafenden Tiere loslöst und einsammelt, die flach auf dem Sand haftenden Schollen und Butte, die schweren Taschenkrebse mit den gekrümmten Beinen, die Hummer mit den spitzigen Schnurrbärten.

Wenn der Wind auffrischt und die See kabbelig ist, läuft das Boot zum Fischen aus. Das Netz ist an einem großen, eisenbeschlagenen Holzbrett befestigt und wird mittels zweier Taue hinabgelassen, die über zwei Rollen laufen; an jedem Ende des Fahrzeugs befindet sich je eine. Und das dem Wind und der Strömung folgende Schiff schleppt dieses Gerät, das den Meeresgrund ausplündert und verwüstet.

Javel hatte seinen jüngeren Bruder, die aus vier Köpfen bestehende Mannschaft und einen Jungen an Bord. Er war bei schönem, sichtigem Wetter aus Boulogne zum Fang mit dem Sacknetz ausgelaufen.

Bald jedoch sprang Wind auf, der rasch zum Sturm wurde und das Schiff in die Flucht schlug. Es erreichte die englische Küste; aber die See stand so hoch, brandete dermaßen gegen die Klippen und stürmte gegen das Land an, daß ein Einlaufen in einen der Häfen unmöglich war. Darum wendete das kleine Fahrzeug, gewann wieder die hohe See und kehrte an die französische Küste zurück. Der Sturm hielt an; kein Molenkopf konnte gewonnen werden; alle Nothäfen waren nichts als Schaum und Gischt, Brandungsdonner und Gefahr.

Abermals wendete das Schiff, glitt auf den Rücken der Wogen dahin, geschaukelt, geschüttelt, triefend, von Wassermassen überschüttet und dennoch, trotz alledem, frohgemut, an dergleichen schlechtes Wetter gewöhnt, daß es bisweilen fünf oder sechs Tage zwischen den beiden Nachbarländern hin und her trieb, ohne eine Möglichkeit zum Landen.

Schließlich – sie waren weit draußen – nahm der Orkan ab, und obwohl die See nach wie vor hoch ging, ließ der Schiffer das Sacknetz auswerfen.

So wurde denn also das große Netz über Bord gebracht, und vorn und achtern fingen je zwei Männer an, die beiden Haltetaue über die Rollen laufen zu lassen. Plötzlich berührte es den Grund; aber da eine hohe Welle das Schiff zum Überrollen nach einer Seite brachte, geriet der jüngere Javel, der vorn das Ausfahren des Netzes leitete, ins Taumeln, und sein Arm geriet zwischen das Tau, das im Augenblick des Überrollens des Schiffes schlaff hing, und die Holzwalze, über die es hinwegglitt. Er tat eine verzweifelte Anstrengung und versuchte, mit der andern Hand das Seil hochzuheben; aber das Netz schleppte bereits, und das straff angespannte Tau gab nicht nach.

Der Mann krümmte sich vor Schmerz und rief. Alle liefen herbei. Der Bruder ließ das Ruder. Sie stürzten sich auf das Tau, sie gaben sich alle Mühe, das eingeklemmte Glied freizumachen. Es gelang nicht. »Müssen kappen«, sagte der eine Matrose und zog ein großes Messer aus der Tasche, das mit zwei Hieben den Arm des jüngeren Javel gerettet haben würde.

Aber kappen, das hätte den Verlust des Netzes bedeutet, und das Netz kostete Geld, viel Geld, fünfzehnhundert Francs; und es gehörte dem älteren Javel, der das Seine zusammenhielt.

Gequälten Herzens schrie er: »Nein, nicht kappen! Warte, ich will anluven.« Und er lief an das Ruder und stemmte sich gegen die Pinne.

Das Schiff gehorchte widerwillig, gehemmt durch das Netz, das seine Beweglichkeit einschränkte, und zudem noch durch die Strömung und den Wind.

Der jüngere Javel war in die Knie gesunken, mit zusammengepreßten Zähnen und verstörten, wilden Blicken. Er sagte nichts. Der Bruder kam wieder heran und hatte noch immer Angst vor dem Messer des Matrosen: »Warte, warte, nicht kappen, müssen den Anker auswerfen.«

Der Anker wurde ausgeworfen, die ganze Kettenlänge; dann wurde das Spill in Tätigkeit gesetzt, um den Zug des Sacknetzes zu vermindern. Schließlich gaben die Haltetaue nach, und der leblose Arm in dem blutigen Wollärmel wurde frei.

Der jüngere Javel schaute wie ein Idiot drein. Sie zogen ihm die Bluse aus, und es kam etwas Schreckliches zum Vorschein, ein Fleischgemansch, aus dem das Blut nur so hervorquoll – als ob eine Pumpe es heraustriebe. Er sah seinen Arm an und stotterte: »Im Arsch.«

Als dann das Blut auf den Decksplanken einen Tümpel zu bilden anfing, rief einer der Fischer: »Er verblutet; wir müssen ihm die Ader abbinden.«

Da nahmen sie ein Tauende, ein dickes, eingeteertes Tauende, schlangen es oberhalb der Wunde um den Arm und drehten es aus Leibeskräften fest. Die Blutung ließ ein bißchen nach; schließlich hörte sie ganz auf.

Javel der Jüngere stand auf; an seiner Seite baumelte sein Arm. Er nahm ihn mit der andern Hand, hob ihn hoch, drehte ihn, schüttelte ihn. Er war ganz und gar zerbrochen, die Knochen zersplittert; nur die Muskeln hielten ihn noch am Körper fest. Er sah ihn trübselig an und überlegte. Dann setzte er sich auf ein gebündeltes Segel, und die Kameraden rieten ihm, die Wunde feucht zu halten, damit nicht der Brand hineinkomme.

Es wurde ein Eimer neben ihn gestellt, und alle Minuten schöpfte er mit einem Glas daraus und begoß die grauenhafte Wunde, indem er einen dünnen Strahl Süßwasser darüber fließen ließ.

»Du solltest lieber nach unten gehen«, sagte der Bruder. Er ging, aber nach einer Stunde kam er wieder an Deck, weil ihm das Alleinsein unbehaglich war. Und überdies war er lieber in der frischen Luft. Er setzte sich wieder auf das Segel und fing abermals an, seinen Arm zu begießen.

Der Fang war gut. Neben ihm lagen die großen Fische mit den weißen Bäuchen und zuckten im Todeskampf; er sah sie an, ohne darüber das Befeuchten seines zerfetzten Fleisches zu vergessen.

Als sie auf Boulogne zuhielten, brach der Sturm von neuem los, und das kleine Fahrzeug begann abermals seine tolle Fahrt, stampfend und schlingernd und den traurigen Verwundeten rüttelnd und schüttelnd.

Es wurde Nacht. Das schlechte Wetter hielt bis zum Morgengrauen an. Bei Sonnenaufgang sahen sie wiederum England; aber da die See weniger hoch ging, gingen sie über Stag und hielten Kurs auf Frankreich.

Gegen Abend rief der jüngere Javel seine Kameraden und zeigte ihnen schwarze Streifen und offenbare Verwesungserscheinungen an dem Teil seines Armes, der kaum noch ihm gehörte.

»Das könnte schon der Brand sein«, meinte einer.

»Muß Salzwasser drauf«, erklärte ein anderer.

Also wurde Salzwasser geholt und auf die Wunde gegossen. Der Kranke wurde leichenblaß, knirschte mit den Zähnen, krümmte und wand sich ein bißchen, gab aber keinen Laut von sich.

Als dann das Brennen nachgelassen hatte, sagte er zu seinem Bruder: »Gib mir mal dein Messer.«

Der Bruder hielt es ihm hin.

»Nun heb mir mal den Arm hoch, mach ihn gerade, zieh daran.«

Sie taten es.

Dann fing er an, sich selbst zu amputieren. Er schnitt vorsichtig; er überlegte sich die Sache; er durchschnitt mit der rasiermesserscharfen Klinge die letzten Sehnen; und bald hatte er nur noch einen Stumpf. Er stieß einen tiefen Seufzer aus und erklärte: »Mußte sein. Sonst wäre ich im Arsch gewesen.«

Er schien sich erleichtert zu fühlen und atmete heftig. Er fing wieder an, Wasser auf den ihm verbliebenen Armstummel zu gießen.

Die Nacht war wieder schlecht, und sie konnten nicht landen.

Als es Tag wurde, nahm Javel der Jüngere seinen abgeschnittenen Arm und untersuchte ihn lange. Es waren deutliche Anzeichen der Verwesung wahrzunehmen. Die Kameraden kamen ebenfalls und sahen ihn sich an; er ging von Hand zu Hand, wurde befühlt, hin und her gedreht und berochen.

Der Bruder sagte: »Muß ins Meer geworfen werden, und zwar sofort.«

Aber Javel der Jüngere wurde wütend: »Was? Kommt gar nicht in Frage! Kommt gar nicht in Frage! Will ich nicht. Gehört mir, oder vielleicht nicht? Ist ja schließlich mein Arm.« Er nahm ihn an sich und steckte ihn sich zwischen die Beine.

»Er verwest ja doch bloß«, sagte der Ältere.

Da kam dem Verwundeten ein Gedanke. Damit die Fische sich hielten, wenn man lange auf See war, wurden sie in Fässern eingesalzen. Er sagte: »Man müßte ihn in Salzlake legen.«

»Das stimmt«, sagten die andern.

Also wurde eines der Fässer, das schon mit während der letzten Tage gefangenen Fischen gefüllt war, leergemacht, und der Arm wurde unten hineingelegt. Dann wurde Salz darauf geschüttet, und dann kamen, einer nach dem andern, die Fische wieder hinein.

Einer der Fischer machte einen Witz: »Wenn wir ihn bloß nicht mit verkaufen!«

Und sie lachten alle, nur nicht die beiden Javel.

Der Wind hielt an. Angesichts Boulogne mußte bis zum andern Tag um zehn gekreuzt werden. Der Verletzte goß unverdrossen Wasser auf seine Wunde.

Von Zeit zu Zeit stand er auf und ging von einem Schiffsende zum andern.

Der Bruder, der am Ruder stand, folgte ihm mit den Blicken und zuckte die Achseln.

Schließlich liefen sie in den Hafen ein.

Der Arzt untersuchte die Wunde und meinte, sie sei in gutem Zustand. Er machte einen Verband und empfahl Ruhe. Aber Javel wollte nicht ins Bett, ehe er nicht seinen Arm wiederhatte, und ging schnell nach dem Hafen, um das Faß herauszusuchen, auf das er ein Kreuz geritzt hatte.

Es wurde vor seinen Augen ausgeleert, und er nahm seinen Arm, der sich in der Lake gut gehalten hatte; er war zwar etwas verschrumpelt, aber er sah frischer aus. Er wickelte ihn in ein Tuch, das er zu diesem Zweck mitgebracht hatte, und ging nach Haus.

Seine Frau und die Kinder sahen sich lange das Stückchen Vater an, befühlten die Finger und entfernten das Salz, das unter den Nägeln haften geblieben war; dann ließen sie den Tischler kommen, der Maß zu einem kleinen Sarg nahm.

Am nächsten Tag fand sich die Besatzung des Fischerfahrzeugs vollzählig zum Begräbnis des abgeschnittenen Armes ein. Seite an Seite führten die beiden Brüder den Trauerzug an. Der Gemeindeküster trug den kleinen Sarg unterm Arm.

Javel der Jüngere gab die Seefahrt auf. Er bekam eine kleine Anstellung im Hafen, und wenn er später von seinem Unfall erzählte, vertraute er dem Zuhörer mit gesenkter Stimme an:

»Wenn mein Bruder die Leine hätte kappen lassen, dann hätte ich meinen Arm noch. Aber er war nun mal knauserig mit dem, was ihm gehörte.«

Übertragen von Irma Schauber

ERWACHEN

Französischer Titel: Réveil
Erstdruck: Le Gil-Blas, 20. Februar 1883,
unter dem Pseudonym »Maufrigneuse«

In den drei Jahren seit ihrer Heirat hatte sie immer nur im Tal von Ciré gelebt, wo ihr Mann zwei Spinnereien besaß. Ihr Dasein vollzog sich ruhig, kinderlos und glücklich in seinem Haus; es lag unter Bäumen versteckt, und die Arbeiter nannten es »das Schloß«.

Monsieur Vasseur war beträchtlich älter als sie und ein guter Mensch. Sie hatte ihn lieb, und nie hatte ein schuldhafter Gedanke ihr Herz durchdrungen. Ihre Mutter verbrachte jeden Sommer in Ciré; wenn die Blätter zu fallen begannen, kehrte sie nach Paris zurück und richtete sich dort für den Winter ein.

Jeden Herbst mußte Jeanne ein bißchen husten. Das enge, vom Fluß durchschlängelte Tal hüllte sich dann fünf Monate lang in Nebel. Anfangs überwogten leichte Dunstschleier die Wiesen und liehen allen Niederungen das Aussehen großer Teiche, aus denen die Hausdächer herausragten. Dann stieg die weiße Wolke wie das Meer bei Flut, überdeckte alles und machte aus dem Tal ein Geisterreich, in dem die Menschen einherglitten wie Schatten; auf zehn Schritte konnte keiner den andern erkennen. Die mit Dunstschwaden drapierten Bäume standen starr da und schimmelten in dieser Feuchtigkeit.

Wenn jedoch die die benachbarten Bergrücken Überschreitenden in das weiße Loch des Tals hinabschauten, gewahrten sie, wie aus den bis zur Höhe der Hügel aufgestauten Nebelmassen die beiden riesigen Schlote von Monsieur Vasseurs Fabriken herausragten und Tag und Nacht zwei schwarze Rauchschlangen gen Himmel spien.

Das war die einzige Andeutung von Leben in dieser Höhlung, die aussah, als sei sie mit einem Wattebausch vollgestopft.

Nun aber riet in diesem Jahr, als es wieder Oktober geworden war, der Arzt der jungen Frau, sie solle den Winter in Paris bei ihrer Mutter verbringen, da die Luft im Tal ihren Lungen gefährlich werden könne.

Sie reiste ab.

Während der ersten Monate dachte sie unablässig an das verlassene Haus, mit dem ihre Gewohnheiten verwurzelt waren, dessen anheimelnde Möbel sie gern hatte und dessen haltungsvolle Stille sie liebte. Dann gewöhnte sie sich an ihr neues Leben und fand Gefallen an Festlichkeiten, an glänzenden Abendessen, an Gesellschaften und Bällen.

Sie hatte bis dahin ihr Jungmädchengehaben beibehalten, etwas Unentschlossenes und Unerwachtes, den ein wenig schleppenden Gang, ein etwas hinfälliges Lächeln. Jetzt aber lebte sie auf, wurde fröhlich und war stets zu Vergnügungen bereit. Diese und jene Männer machten ihr den Hof. Sie hatte ihren Spaß an deren Geschwätz, trieb ihr Spiel mit den ihr bezeigten galanten Aufmerksamkeiten, war sich ihres Widerstrebens sicher und empfand einen leisen Ekel vor der Liebe um dessentwillen, was ihr in dieser Beziehung an Erfahrungen in der Ehe zuteil geworden war.

Der Gedanke, ihren Körper den plumpen Liebkosungen dieser Bärtigen preiszugeben, ließ sie mitleidig auflachen und vor Widerwillen leise erschauern. Betroffen fragte sie sich, wie gewisse Frauen in solcherlei erniedrigende Kontakte mit Fremden einwilligen könnten, während sie doch ohnehin schon durch den legitimen Gatten dazu gezwungen waren. Sie hätte ihren Mann noch zärtlicher geliebt, wenn sie wie zwei Freunde miteinander gelebt und es bei keuschen Küssen, den Zärtlichkeiten der Seelen, hätten bewenden lassen.

Doch sie amüsierte sich höchlichst über die Komplimente, über das in den Augen aufflackernde Begehren, das sie mitnichten teilte, über die auf dem Rückweg in den Salon nach einem erlesenen Abendessen ihr ins Ohr geflüsterten Liebeserklärungen; sie wurden so leise hingestammelt, daß man sie fast erraten mußte. Sie ließen ihr Fleisch kalt, ihr Herz ungerührt; sie schmeichelten nur ihrer ihr nicht bewußten Gefallsucht, sie entfachten in den tiefsten Gründen ihres Innern eine Flamme der Selbstzu-friedenheit; ihre Lippen blühten auf, ihre Augen strahlten, ihre Seele durchschauerte es: Sie fühlte sich als eine Frau, für die Huldigungen etwas ihr Gebührendes waren.

Sie hatte eine Schwäche für das Alleinsein zu zweit bei sinkender Dunkelheit am Kamin, im bereits dämmrigen Salon, wenn der Mann dringlich wird, zu stottern anfängt, zittert und auf die Knie fällt. Es bedeutete ihr eine neue, köstliche Lustempfindung, diese Leidenschaft zu wittern, die sie nicht einmal streifte, »Nein« zu sagen mit Kopf und Lippen, kaltblütig zu schellen, um zu bitten, daß Licht gemacht werde, und es dann zu erleben, daß der bebend ihr zu Füßen Liegende verstört und wütend aufstand, wenn er den Diener kommen hörte.

Sie verfügte über ein trockenes Lachen, das glühende Worte gefrieren ließ, über harte Worte, die wie ein Strahl eiskalten Wassers auf feurige Beteuerungen niederfielen, über einen Tonfall, der jeden, der sie vielleicht wirklich geliebt, zum Selbstmord hätte treiben müssen.

Zwei junge Herren waren besonders hartnäckig hinter ihr her. Sie waren einander recht unähnlich.

Der eine, Paul Péronel, war ein hochgewachsener, mondäner Junggeselle, galant und kühn, im Besitz eines ansehnlichen Vermögens; er verstand sich darauf, abzuwarten und dann seine Stunde wahrzunehmen.

Der andere hieß d'Avancelle; er zitterte, wenn er auf sie zutrat; er wagte kaum, auf eine Zärtlichkeit ihrerseits auch nur zu hoffen, folgte ihr indessen wie ihr Schatten und gab seinem verzweifelten Begehren nur durch glühende Blicke und die Beharrlichkeit Ausdruck, mit der er ihre Nähe suchte.

Den ersteren nannte sie, nach Théophile Gautiers Roman, »Capitaine Fracasse« und den andern den »Getreuen Hammel«. Aus ihm machte sie schließlich eine Art ihr nicht von den Fersen weichenden Sklaven; sie bediente sich seiner wie eines Domestiken. Sie hätte laut aufgelacht, wenn ihr gesagt worden wäre, gerade ihn würde sie einmal lieben.

Dabei liebte sie ihn auf eine seltsame Weise. Da sie ihn unaufhörlich sah, wurden seine Stimme, seine Gesten, sein ganzes Gehaben ihr zu etwas Gewohntem, wie man sich eben an die Gepflogenheiten derer gewöhnt, mit denen man beständig zusammen ist.

Ziemlich häufig durchgeisterte sein Gesicht ihre Träume; sie sah ihn so vor sich, wie er im wachen Leben war: sanft, zartfühlend, auf eine demütige Weise leidenschaftlich; und beim Erwachen war sie besessen vom Rückdenken an diese Träume; sie glaubte noch immer, ihn zu hören, ihn bei sich zu fühlen. Nun aber (vielleicht hatte sie Fieber gehabt) sah sie sich eines Nachts allein mit ihm, in einem Wäldchen; sie saßen beide im Gras.

Er sagte ihr reizende Dinge und drückte und küßte ihr dabei die Hände. Sie spürte die Wärme seiner Haut und das Wehen seines Atems, und als sei das etwas Selbstverständliches, strich sie ihm übers Haar.

Man ist im Traum ein völlig anderer Mensch als im wachen Leben. Sie fühlte sich von Zärtlichkeit für ihn erfüllt, von einer stillen, tiefen Zärtlichkeit; es beglückte sie, seine Stirn zu berühren und zu spüren, wie er sich an sie schmiegte.

Nach und nach schlang er die Arme um sie und küßte ihr Wangen und Augen, ohne daß sie etwas unternahm, um sich ihm zu entziehen, und ihre Lippen begegneten einander. Sie überließ sich ihm.

Das war – die Wirklichkeit kennt dergleichen Ekstasen nicht –, das war eine Minute überschrillen und übermenschlichen Glückes, ideal und fleischlich, besinnungsraubend, unvergeßlich.

Zitternd und völlig außer sich erwachte sie; sie konnte nicht wieder einschlafen, so fühlte sie sich in seinem Bann, so besessen von ihm für alle Zeit.

Und als sie ihn wiedersah, der nichts von der Wirrnis wußte, die er angerichtet hatte, fühlte sie, wie sie rot wurde; und während er schüchtern von seiner Liebe sprach, mußte sie unablässig, ohne diesem Gedanken wehren zu können, an die köstliche Umarmung ihres Traumes denken.

Sie liebte ihn, liebte ihn mit absonderlicher, raffinierter, sinnlicher Zärtlichkeit, die sich vor allem aus der Erinnerung an ihren Traum nährte, obwohl sie vor der Erfüllung des in ihrer Seele erwachten Begehrens zurückschreckte.

Endlich merkte er es. Und sie gestand ihm alles, sogar die Angst vor seinen Küssen. Er mußte ihr schwören, daß er es nicht zum Letzten kommen lassen werde.

Er ließ es nicht zum Letzten kommen. Sie durchlebten lange Stunden verzückter Liebe, in denen einzig die Seelen einander umschlangen. Und dann gingen sie geschwächt, hinfällig, wie im Fieber auseinander.

Manchmal trafen ihre Lippen einander; dann genossen sie mit geschlossenen Augen diese lange, aber dennoch keusche Liebkosung.

Sie erkannte, daß sie nicht mehr lange widerstreben werde; und da sie nicht schwach werden wollte, schrieb sie ihrem Mann, sie wünsche heimzukehren und ihr ruhiges, abgeschiedenes Leben wieder aufzunehmen.

Er antwortete ihr mit einem vortrefflichen Brief und redete es ihr aus, mitten im Winter zurückzukommen, sich der jähen Ortsveränderung zu unterziehen und sich den eisigen Nebeln des Tals auszusetzen.

Sie war niedergeschmettert und unwillig über diesen vertrauensseligen Mann, der nichts von den Kämpfen ihres Herzens begriff und erriet.

Der Februar war hell und milde, und obwohl sie es jetzt vermied, längere Zeit mit dem Getreuen Hammel allein zu bleiben, willigte sie manchmal darein, mit ihm um die Dämmerung eine Wagenfahrt um den See im Bois de Boulogne zu machen.

An jenem Abend hätte man meinen können, alle Säfte seien am Erwachen, so lau wehte die Luft. Das kleine Coupé fuhr im Schritt; es dunkelte; sie hielten einer des andern Hände, eng aneinandergeschmiegt. Sie sagte sich: »Es ist aus, es ist aus, ich bin verloren«; sie spürte in sich Begehren aufwallen, das gebieterische Verlangen nach der höchsten, letzten Umarmung, wie sie sie so vollkommen im Traum gespürt und genossen hatte. Immerfort suchten ihre Lippen einander, hafteten zusammen, lösten sich und fanden sich aufs neue.

Er wagte nicht, sie bis in ihre Wohnung zu begleiten; er verabschiedete sich an ihrer Haustür, verstört und tief erschöpft.

In dem kleinen, erleuchteten Salon saß Paul Péronel und erwartete sie.

Beim Berühren ihrer Hand merkte er, daß in ihr ein Fieber brannte. Er fing an, halblaut zu plaudern, zärtlich und galant; er wiegte diese ermattete Seele in den Zauberbann verliebter Worte. Sie lauschte ihm stumm; sie dachte an den andern, glaubte den andern zu hören, glaubte, er lehne sich an sie – es war wie eine Halluzination. Sie sah nur ihn, sie wußte nicht mehr, daß noch ein anderer Mann auf dieser Erde existierte, und als die drei Worte »Ich liebe dich« ihr das Ohr erbeben ließen, war es der andere, der sie gesagt hatte, der ihr die Finger küßte; es war der andere, der ihren Lippen siegerische Liebkosungen zuteil werden ließ, der sie umarmte, umschlang, den sie mit aller Kraft ihres Herzens herbeirief, mit aller verzweifelten Inbrunst ihres Körpers.

Als sie aus diesem Traum erwachte, stieß sie einen entsetzlichen Schrei aus.

Der neben ihr kniende Capitaine Fracasse dankte ihr überschwenglich und bedeckte ihr gelöstes Haar mit Küssen. Sie schrie ihn an: »Weg! Weg! Weg! Gehen Sie doch!«

Und als er nichts begriff und sie nochmals zu umfassen versuchte, entwand sie sich ihm und stammelte: »Sie sind gemein, ich hasse Sie, Sie haben mich gestohlen, gehen Sie.«

Er stand verblüfft auf, nahm seinen Hut und trollte sich.

Am folgenden Tag kehrte sie in das Tal von Ciré zurück. Ihr überraschter Mann machte ihr diesen unüberlegten Streich zum Vorwurf. »Ich habe es nicht länger ohne dich aushalten können«, sagte sie.

Er fand, ihr Wesen habe sich geändert; sie sei trauriger und ernster als früher, und als er sie fragte: »Was hast du denn? Du siehst aus, als bedrücke dich was. Was möchtest du?«, da antwortete sie: »Nichts. Das einzig Schöne im Leben sind die Träume.«

Im nächsten Sommer besuchte sie der Getreue Hammel.

Sie trat ihm ganz ruhig und ohne etwas zu bereuen entgegen; sie begriff plötzlich, daß sie ihn nie anders als in einem Traum geliebt hatte, aus dem sie durch Paul Péronel roh aufgeweckt worden war.

Der junge Mann indessen, der sie nach wie vor anbetete, wandte sich ab und dachte: Wahrhaftig, die Frauen sind doch recht bizarre, komplizierte und undurchschaubare Wesen.

DER ALTE JUDAS

Französischer Titel: Le Père Judas
Erstdruck: Le Gaulois, 28. Februar 1883

Die ganze Gegend hatte etwas Überraschendes; sie war gekennzeichnet durch eine fast religiöse Größe und durch eine erschreckende Trostlosigkeit.

Inmitten eines ausgedehnten Kreisrunds nackter Hügel, auf denen nur Stechginster wuchs und hier und dort eine bizarre, vom Wind verrenkte Eiche, breitete sich ein weiter, wüster Teich aus, eine schwarze, schlafende Wasserfläche, auf der Tausende von Schilfrohren zitterten.

An den Ufern dieses düsteren Sees lag nur ein kleines, niedriges Haus, in dem ein bejahrter Flußschiffer wohnte, der alte Joseph; er lebte von dem, was er fischte. Jede Woche trug er seinen Fang in die benachbarten Dörfer und kam danach mit den paar Lebensmitteln heim, deren er zum Fristen seines Daseins bedurfte.

Ich hatte diesen Einzelgänger aufgesucht; er forderte mich auf, beim Herausziehen seiner Reusen dabei zu sein.

Und ich erklärte mich einverstanden.

Sein Boot war alt, morsch und plump. Und er, der knochig und hager war, ruderte mit einer monotonen, weichen Bewegung, die das ohnehin schon von der Traurigkeit der Weite umhüllte Innere sanft einwiegte.

Ich glaubte mich in die Dämmerfrühe der Welt zurückversetzt, als ich inmitten jener antiken Landschaft in dem urtümlichen Boot saß, das dieser einer andern Zeit entstammende Mann lenkte.

Er holte seine Netze ein und warf die Fische mit den Gesten eines biblischen Fischers zu seinen Füßen hin. Dann bestand er darauf, mich bis ans Ende des versumpften Wassers zu fahren, und plötzlich gewahrte ich am andern Ufer eine Ruine, eine zerborstene Hütte, deren Mauer ein Kreuz trug, ein riesengroßes, rotes Kreuz, das in den letzten Strahlen der sinkenden Sonne aussah, als sei es mit Blut hingezeichnet worden.

Ich fragte: »Was ist denn das da?«

Sogleich bekreuzigte sich der Mann; dann antwortete er: »Da ist Judas gestorben.«

Ich war kein bißchen überrascht, gleich als hätte ich auf diese absonderliche Antwort gefaßt sein können. Allein ich beharrte: »Judas? Welcher Judas?«

Er ergänzte: »Der Ewige Jude.«

Ich bat ihn, mir die Legende zu erzählen.

Doch es war mehr als nur eine Legende; es war eine Geschichte, und sie lag noch nicht allzu lange zurück, da der alte Joseph den Mann gekannt hatte.

Ehedem war jene Hütte von einer hochgewachsenen Frau bewohnt gewesen, einer Art Bettlerin; sie hatte von milden Gaben gelebt.

Durch wen sie in jene Hütte gekommen sei, dessen erinnerte der alte Joseph sich nicht mehr. Aber eines Tages war ein weißbärtiger Greis gekommen; ein Greis, der zwei Jahrhunderte hinter sich zu haben schien und sich kaum noch weiterschleppen konnte; er hatte im Vorübergehen die arme Frau um ein Almosen gebeten. Sie antwortete: »Setzen Sie sich, Alter; alles, was sich hier findet, gehört allen, denn es kommt von allen.«

Er setzte sich auf einen Stein vor der Tür. Er teilte mit der Frau ihr Brot, ihr Laublager und ihr Haus. Er verließ sie nicht wieder. Er war am Ende seiner Wanderungen angelangt.

Der alte Joseph sagte noch: »Das hat die heilige Jungfrau erlaubt, Monsieur, weil eine Frau dem Judas ihre Tür geöffnet hatte.«

Denn der alte Vagabund war der Ewige Jude.

Die Leute im Dorf erfuhren es erst später; aber sie ahnten es schon bald, weil er in einem fort umherwanderte, so sehr war es ihm zur Gewohnheit geworden.

Zum Entstehen des Argwohns hatte ein weiterer Grund beigetragen. Die Frau, die den Unbekannten bei sich behalten hatte, galt als Jüdin, da man sie nie zur Kirche hatte gehen sehen.

Auf zehn Meilen in der Runde wurde sie immer nur »die Jüdin« genannt.

Wenn die kleinen Kinder im Dorf sie auf ihren Bettelzügen herankommen sahen, riefen sie: »Mama, Mama, die Jüdin kommt!«

Der Alte und sie machten sich daran, durch die benachbarten Dörfer zu ziehen; vor allen Türen streckten sie die Hände aus, und hinter den Rücken aller Vorübergehenden stammelten sie demütige Bitten. Zu allen Tagesstunden waren sie auf abseitigen Pfaden in der Nähe der Dörfer zu sehen oder auch, wie sie am hohen Mittag im Schatten eines einsamen Baumes saßen und ein Stück Brot aßen.

Und so wurde in der Gegend angefangen, den Bettler »den alten Judas« zu nennen.

Nun aber trug er eines Tages in seinem Bettelsack zwei lebende Ferkel heim; sie waren ihm auf einem Bauernhof geschenkt worden, weil er den Pächter von einem Übel geheilt hatte.

Und bald hörte er mit dem Betteln auf, weil er vollauf damit beschäftigt war, seine Schweine auf die Weide zu treiben, längs des Teiches, unter den einsamen Eichen, in den kleinen, nahegelegenen Tälern. Die Frau indessen war unablässig unterwegs und bat um milde Gaben; doch allabendlich kehrte sie zu ihm zurück.

Auch er ging nie zur Kirche, und nie war beobachtet worden, daß er vor den Kalvarienmalen das Kreuzeszeichen geschlagen hätte. All das erregte viel Gerede.

Eines Nachts packte seine Genossin ein Fieber, und sie fing an zu schlottern wie ein vom Wind bewegter Lappen. Er ging bis zum Marktflecken und holte Arzneien; dann schloß er sich mit ihr ein, und sechs Tage lang bekam ihn niemand zu Gesicht.

Doch als der Pfarrer erfuhr, es gehe mit der »Jüdin« zu Ende, machte er sich auf den Weg, um der Sterbenden die Tröstungen der Religion zu bringen und sie mit den Sterbesakramenten zu versehen. War sie tatsächlich Jüdin? Er wußte es nicht. Auf alle Fälle jedoch wollte er versuchen, ihre Seele zu retten.

Kaum hatte er an die Tür gepocht, als auch schon der alte Judas keuchend und mit lodernden Augen auf der Schwelle erschien; sein langer Bart bewegte sich wie rieselndes Wasser, und er schrie in einer unbekannten Sprache lästerliche Worte und streckte die mageren Arme aus, um den Priester am Eintreten zu hindern.

Der Pfarrer wollte etwas sagen; er bot seine Geldtasche und seine Fürsorge an; doch der Alte fuhr fort, ihn zu beleidigen; er vollführte mit den Händen Gesten, als bewerfe er ihn mit Steinen.

Und da ging der Priester wieder, und die Flüche des Bettlers folgten ihm.

Am andern Tag starb die Gefährtin des alten Judas. Er begrub sie eigenhändig vor seiner Tür. Es waren so armselige, nichtige Leute, daß keiner sich darum kümmerte.

Und dann war abermals zu beobachten, wie der Mann seine Schweine am Teich entlang und die Hügelhänge hinauf trieb. Hin und wieder fing er auch aufs neue zu betteln an, damit er leben konnte. Aber es wurde ihm so gut wie nichts mehr gegeben, so viele Geschichten waren über ihn im Umlauf. Und außerdem wußte jeder, wie er den Pfarrer behandelt hatte.

Er verschwand. Und zwar während der Karwoche. Kein Mensch machte sich darüber Gedanken.

Doch als am Ostermontag die jungen Burschen und die Mädchen auf ihrem Rundgang bis an den Teich gekommen waren, hörten sie in der Hütte lauten Lärm. Die Tür war abgeschlossen; die Burschen brachen sie auf, und die beiden Schweine fuhren heraus und sprangen dabei wie Ziegenböcke. Keiner hat sie je wiedergesehen.

Als sie dann alle hineingegangen waren, sahen sie auf dem Lehmboden ein paar alte Lumpen, den Hut des Bettlers, ein paar Knochen, getrocknetes Blut und Fleischreste in den Höhlungen eines Totenschädels.

Seine Schweine hatten ihn aufgefressen.

Und der alte Joseph fügte hinzu: »Das ist am Karfreitag geschehen, nachmittags um drei.«

Ich fragte: »Wie können Sie das wissen?«

Er erwiderte: »Jeder Zweifel scheidet aus.«

Ich versuchte nicht, ihm begreiflich zu machen, wie natürlich es sei, wenn ausgehungerte Tiere ihren plötzlich in seiner Hütte gestorbenen Herrn auffressen.

Was nun das Kreuz an der Mauer betraf, so war es eines Morgens da gewesen, ohne daß herausgekommen wäre, welche Hand es in dieser absonderlichen Farbe hingemalt hätte.

Fortan bezweifelte niemand mehr, daß an dieser Stätte der Ewige Jude gestorben sei.

Ich selber habe es eine Stunde lang geglaubt.

Der Mann mit der Hurenseele

Französischer Titel: L'Homme-Fille
Erstdruck: Le Gil-Blas, 13. März 1883,
unter dem Pseudonym »Maufrigneuse«

Wie oft hören wir die Äußerung: »Ein reizender Mensch, aber eine Hure, eine richtige Hure.«

Damit wird auf den Mann mit der Hurenseele abgezielt, die Pest unseres Landes.

Denn in Frankreich sind wir samt und sonders Männer mit Hurenseelen, das heißt: launisch, bizarr, auf eine unschuldige Art perfide, ohne Folgerichtigkeit in Überzeugungen und Willensbekundungen, ungestüm und schwach wie Frauen.

Aber der ärgerlichste Typ des Mannes mit Hurenseele ist sicherlich der Pariser, der Boulevardier, bei dem der Anschein von Intelligenz schärfer ausgeprägt ist und der alle Verführungskünste und alle Fehler der entzückenden leichten Mädchen in sich vereint; sie werden durch sein männliches Temperament noch gesteigert.

Unser Abgeordnetenhaus wimmelt von Männern mit Hurenseelen. Sie bilden dort die große Partei der liebenswürdigen Opportunisten; man könnte sie auch »die Bezauberer« nennen. Sie regieren mit sanften Worten und trügerischen Verheißungen; sie verstehen es, Hände auf eine Art zu drücken, daß ihnen die Herzen zufliegen, auf eine gewisse, delikate Weise »mein lieber Freund« zu den Leuten zu sagen, die sie am wenigsten kennen, ihre Meinung zu ändern, ohne daß sie selber es merken, sich für jede neue Idee zu begeistern, aufrichtig in ihren Wetterfahnenglaubenssätzen zu sein, sich täuschen zu lassen, wie sie selber täuschen, am andern Tag nicht mehr zu wissen, was sie am vorhergegangenen behauptet haben.

In der Presse finden sich die Männer mit Hurenseelen haufenweise. Dort begegnet man ihnen vielleicht am häufigsten; aber dort sind sie auch am notwendigsten. Einige Organe wie »Les Débats« oder »La Gazette de France« müssen ausgenommen werden.

Freilich muß jeder gute Journalist ein bißchen Hure sein, das heißt: der Öffentlichkeit zur Verfügung stehen, geschmeidig und unbewußt den Nuancen der gängigen Meinung folgen; er muß unbeständig und mannigfaltig sein, skeptisch und gläubig, boshaft und aufopfernd, Spötter und Spießer, enthusiastisch und ironisch und stets überzeugt, ohne an irgend etwas zu glauben.

Die Ausländer, unsere »Anti-Typen«, wie Madame Abel gesagt hat, die zähen Engländer und die schwerfälligen Deutschen, betrachten uns mit einer gewissen Verwunderung, in die sich Verachtung mischt, und so werden sie uns bis ans Ende aller Zeiten betrachten. Sie sagen, wir seien leichtfertig. Das stimmt nicht: Wir sind Huren. Und eben deshalb werden wir trotz unserer Fehler geliebt, eben deshalb kommt man immer wieder zu uns, trotz alles Schlechten, das uns nachgesagt wird; das sind eben Liebeszwiste...

Der Mann mit der Hurenseele, so, wie er einem in der Gesellschaft begegnet, ist dermaßen bezaubernd, daß er einen im Verlauf einer Plauderei von fünf Minuten völlig gefangennimmt. Sein Lächeln scheint eigens für uns geschaffen; man kann nicht anders, als zu meinen, nur um unsertwillen sei sein Stimmklang ganz besonders liebenswürdig. Wenn er sich von uns verabschiedet, glauben wir ihn seit zwanzig Jahren zu kennen. Wir sind vollauf geneigt, ihm Geld zu leihen, wenn er uns darum bittet. Er hat uns bestrickt wie eine Frau.

Hat er sich uns gegenüber zweifelhaft benommen, dann können wir ihm nichts nachtragen, so nett ist er, wenn wir ihm wiederbegegnen. Entschuldigt er sich? Wir selber fühlen uns gedrängt, ihn um Verzeihung zu bitten! Lügt er? Das traut man ihm nicht zu! Prellt er den anderen auf unbestimmte Zeit mit immer falschen Versprechungen? Man weiß ihm allein schon für seine Versprechungen mehr Dank, als wenn er die Welt umgekrempelt hätte, um uns einen Gefallen zu tun. Bewundert er etwas, so gerät er dermaßen in Verzückung und bedient sich so gefühlvoller Ausdrücke, daß er seine Überzeugungen in die Seele des anderen pflanzt. Er hat Victor Hugo vergöttert; aber heute bezeichnet er ihn als Halbidioten. Für Zola hätte er sich duelliert; jetzt wendet er sich von ihm ab und Barbey d'Aurevilly zu. Und wenn er bewundert, dann duldet er keinerlei Einschränkungen; um eines Wortes willen würde er einen ohrfeigen; aber wenn er anfängt zu verachten, dann kennt er in seiner Geringschätzung keine Grenzen mehr und verwahrt sich dagegen, daß man Einwände erhebt.

Im Grunde begreift er nichts.

Man höre sich die Unterhaltung zweier Huren an: »Du hast dich also mit Julia verkracht?« – »Darauf kannst du dich verlassen: Ich habe ihr eine geknallt.« – »Was hat sie dir denn getan?« – »Sie hat zu Pauline gesagt, ich säße dreizehn von zwölf Monaten in Geldnöten. Und das hat Pauline an Gontram weitergetratscht. Verstehst du?« – »Habt ihr nicht in der Rue Clauzel zusammen gewohnt?« – »Vor vier Jahren haben wir mal in der Rue Bréda zusammen gewohnt; dann haben wir uns wegen einem Paar Strümpfe verkracht; sie hat behauptet, ich hätte – aber das stimmte gar nicht! – ein Paar Seidenstrümpfe angezogen, die sie bei der alten Martin gekauft hatte. Da habe ich sie vertrimmt. Und da ist sie von mir weggezogen. Vor einem halben Jahr habe ich sie wiedergetroffen, und da hat sie mich gebeten, ich solle doch zu ihr ziehen, ihre Bude sei ihr nämlich viel zu groß.«

Den Schluß hört man sich nicht mehr an; man geht weiter.

Aber als man am nächsten Sonntag nach Saint-Germain fährt, steigen zwei junge Frauen in denselben Wagen. Die eine erkennt man auf der Stelle: Julias Feindin. Und die andere? Julia!

Und sogleich kommt es zu überströmenden Herzlichkeiten, Koseworten, Plänen. »Sag mal, Julia…« – »Hör mal, Julia…« usw.

Solcherlei Freundschaften unterhält auch der Mann mit der Hurenseele. Drei Monate lang kann er nicht ohne seinen alten Jacques, seinen lieben Jacques auskommen. Auf der ganzen Welt gibt es nur Jacques. Nur er hat Geist, gesunden Menschenverstand, Talent. Nur er stellt in Paris etwas dar. Überall trifft man die beiden gemeinsam; sie essen zusammen zu Abend, schlendern zusammen durch die Straßen, und jeden Abend begleitet der eine den andern bis zu dessen Haustür und umgekehrt wieder zurück, ohne daß sie sich zum Auseinandergehen entschließen könnten.

Aber wenn man dann ein Vierteljahr später Jacques erwähnt, heißt es: »Dieser Lump, dies unverschämte Rindvieh, dieser Schuft. Den habe ich jetzt durchschaut, lassen Sie's gut sein. – Und nicht mal anständig ist er und schlecht erzogen«, usw. usw.

Nach einem weiteren Vierteljahr haben sie eine gemeinsame Wohnung; aber eines Morgens erfährt man, sie hätten sich duelliert, und danach seien sie einander auf dem Kampfplatz schluchzend in die Arme gesunken.

Im übrigen sind sie die besten Freunde der Welt, die Hälfte des Jahres tödlich verzankt; sie verleumden und herzen einander abwechselnd, drücken sich die Hände, daß es beinahe zu Knochenbrüchen kommt, und sind bereit, einander um eines mißverstandenen Wortes willen die Bäuche aufzuschlitzen.

Denn die wechselseitigen Beziehungen der Männer mit Hurenseelen sind ungewiß; ihre Gemütsart ist Erschütterungen unterworfen, ihre Begeisterung jähen Umschwüngen, ihre Neigung plötzlichem Wandel, ihr Aufstrahlen Verdunkelungen. Den einen Tag umwerben sie uns, am nächsten gönnen sie uns kaum einen Blick, weil sie letztlich einen Hurencharakter haben, das Bestrickende von Huren, das Temperament von Huren, und weil alle ihre Gefühlsäußerungen der Liebe von Huren ähneln.

Sie behandeln ihre Freunde wie die leichten Mädchen ihre Schoßhunde.

Es ist wie mit dem kleinen, gehätschelten Wauwau, den man hingerissen küßt, den man mit Zuckerstücken füttert, den man auf seinem Kopfkissen schlafen läßt, aber den man in einer Anwandlung von Ungeduld mir nichts, dir nichts zum Fenster hinauswirft, den man am Schwanz packt und wie eine Schleuder herumwirbelt, den man in den Armen erwürgt und ohne jeden Grund in einen Eimer mit kaltem Wasser taucht.

Daher gibt es kein befremdlicheres Schauspiel als die Liebesbeziehungen einer echten Hure und eines Mannes mit einer Hurenseele. Er prügelt sie, und sie zerkrallt ihn mit den Fingernägeln, sie verabscheuen einander, können sich gegenseitig nicht ausstehen und dennoch nicht voneinander lassen, da sie durch irgendwelche geheimnisvollen Herzensbande miteinander verknüpft sind. Sie betrügt ihn, und er erfährt es, schluchzt und verzeiht. Er nimmt das Bett in Kauf, das ein anderer bezahlt, und hält sich guten Glaubens für über jeden Vorwurf erhaben. Er verachtet sie und vergöttert sie, ohne zu merken, daß sie berechtigt wäre, ihm seine Verachtung heimzuzahlen. Sie leiden beide schrecklich aneinander, ohne voneinander lassen zu können; sie werfen sich von morgens früh bis abends spät ganze Körbe voll Kränkungen und Vorwürfe und abscheulicher Beschuldigungen an den Kopf; und wenn sie dann bis zum Äußersten erschöpft sind, wenn sie vor Wut und Haß zittern, fallen sie einander in die Arme und umschlingen sich selbstvergessen, und ihre bebenden Lippen und ihre Hurenseelen vereinen sich.

Der Mann mit einer Hurenseele ist gleichzeitig tapfer und feige; mehr als jeder andere besitzt er ein übersteigertes Ehrgefühl, aber der Sinn für schlichte Anständigkeit geht ihm ab, und wenn die Umstände dabei mitwirken, bekommt er moralische Schwächezustände und begeht Infamien, deren er sich keineswegs bewußt wird; denn er gehorcht ohne Unterscheidungsvermögen den Schwankungen seiner stets weitertreibenden Gedanken.

Einen Lieferanten zu begaunern erscheint ihm als etwas Erlaubtes und beinahe Vorgeschriebenes. Seine Schulden nicht zu bezahlen gilt ihm als ehrenhaft, sofern es sich nicht um Spielschulden handelt, also um leidlich verdächtige; er haut einen übers Ohr, sofern dabei gewisse Bedingungen innegehalten werden, die das Gesetz der Gesellschaft billigt; befindet er sich in einer Geldklemme, so pumpt er auf jede Weise, wobei er sich nicht das mindeste Gewissen daraus macht, den Geldverleihern etwas vorzuspiegeln; aber er würde mit aufrichtigem Unwillen jedem den Degen durch den Leib rennen, der ihn auch nur verdächtigte, es fehle ihm an Zartgefühl.

Übertragen von Irma Schauber

FRÄULEIN KOKOTTE

Französischer Titel: Mademoiselle Cocotte
Erstdruck: Le Gil-Blas, 20. März 1883,
unter dem Pseudonym »Maufrigneuse«

Wir wollten aus der Heilanstalt hinausgehen, als mir in einer
Ecke des Hofes ein großer, magerer Mann auffiel, der hartnäckig
so tat, als rufe er einen nur in seiner Einbildung bestehenden
Hund. Mit sanfter, zärtlicher Stimme rief er: »Kokotte, kleine
Kokotte, komm her, Kokotte, komm her, mein Tierchen«, und
dabei klopfte er sich auf den Schenkel, wie man tut, um solch ein
Tier anzulocken.

Ich fragte den Arzt: »Was ist denn mit dem da los?«

Er antwortete mir: »Ach, der ist ziemlich uninteressant. Ein
Kutscher, François heißt er, und er ist verrückt geworden, nachdem er seinen Hund ertränkt hatte.«

Ich beharrte: »Erzählen Sie mir seine Geschichte. Das Ein-
fachste und Schlichteste geht einem manchmal am meisten zu
Herzen.«

Und jetzt soll das Abenteuer jenes Mannes folgen; ein Pferdeknecht, sein Kamerad, hat es von Anfang bis Ende berichtet.

»In der Pariser Bannmeile lebte eine wohlhabende Bürgerfa-
milie. Die Leute besaßen eine elegante Villa in einem Park am
Seineufer. Ihr Kutscher war jener François; er stammte vom
Land, war ein bißchen tölpelhaft, gutherzig, unbeholfen und
leicht übers Ohr zu hauen.

Als er eines Abends auf dem Heimweg zu seiner Herrschaft
war, lief ihm ein Hund nach. Anfangs beachtete er das nicht; aber
die Hartnäckigkeit, mit der das Tier ihm auf den Fersen blieb,
ließ ihn sich bald umwenden. Er wollte sich überzeugen, ob er
den Hund kenne. Nein, er hatte ihn nie zuvor gesehen.

Es war eine abstoßend magere Hündin mit langen, niederbaumelnden Zitzen. Sie trottete kläglich und ausgehungert hinter

dem Mann her, den Schwanz zwischen den Beinen, die Ohren angelegt; sie blieb stehen, wenn er stehen blieb, und lief weiter, wenn er weiterlief.

Er wollte dies Skelett von Köter wegjagen und rief: ›Hau ab! Willst du wohl machen, daß du wegkommst!‹ Sie lief ein paar Schritte weg und setzte sich abwartend auf die Hinterbeine; aber sobald der Kutscher sich wieder in Bewegung gesetzt hatte, lief sie abermals hinter ihm her.

Er tat, als sammle er Steine auf. Das Tier lief ein bißchen weiter weg, wobei seine schlaffen Zitzen wild hin und her geschüttelt wurden, aber es kam sofort wieder, als der Mann den Rücken gewandt hatte.

Da überkam den Kutscher François Mitleid, und er rief die Hündin zu sich. Scheu kam sie heran, mit gekrümmtem Rückgrat; sämtliche Rippen zeichneten sich unter dem Fell ab. Der Mann streichelte diese hervortretenden Knochen; das Elend des Köters ging ihm nahe, und er sagte: ›Los, komm mit!‹ Da wedelte sie, fühlte sich willkommen geheißen, es hatte sich jemand ihrer angenommen; und anstatt sich neben ihrem neuen Herrn zu halten, fing sie an, ihm vorauszulaufen.

Er brachte sie im Stroh seines Stalles unter; dann lief er in die Küche und holte ein Stück Brot. Als sie sich satt gefressen hatte, rollte sie sich zusammen und schlief ein.

Am nächsten Tag erzählte der Kutscher seiner Herrschaft das Vorgefallene, und es wurde ihm erlaubt, sie zu behalten. Es war ein guter, treuer, auf Streicheln erpichter, kluger und sanfter Hund.

Aber bald wurde an dem Tier ein schrecklicher Charakterfehler offenbar. Sie brannte das ganze Jahr hindurch in Liebesflammen. Innerhalb kurzer Zeit hatte sie Bekanntschaft mit allen Hunden der ganzen Gegend geschlossen, und die waren Tag und Nacht hinter ihr her. Sie verteilte mit geradezu hurenhafter Gleichgültigkeit ihre Gunst unter sie, schien sich mit allen aufs beste zu stehen, zog eine wahre Meute unterschiedlicher Vertreter der Kläfferrasse hinter sich her, die einen klein wie eine Faust, die andern groß wie Esel. Sie führte sie in endlosen Läufen über die Wald- und Feldwege, und wenn sie sich ins Gras setzte, um sich zu verschnaufen, bildeten sie rings um sie einen Kreis und betrachteten sie mit heraushängenden Zungen.

Die Leute im Dorf hielten sie für ein Phänomen; nie zuvor hatte man so etwas erlebt. Der Tierarzt schüttelte ratlos den Kopf.

Als sie eines Abends in ihren Stall zurückgekehrt war, fing die Köterschar an, das Grundstück zu belagern. Sie stahlen sich durch alle Lücken der den Park umgebenden Hecke herein, zertrampelten die Rabatten, rissen die Blumen aus, wühlten Löcher in die Beete und brachten den Gärtner zur Verzweiflung. Und sie heulten nächtelang um das Gebäude herum, in dem ihre Freundin hauste, und nichts vermochte sie zum Abziehen zu bewegen.

Am Tag drangen sie bis ins Haus vor. Es war eine Invasion, eine Plage, ein Unheil. Die Hausbesitzer stießen alle Augenblicke auf der Treppe und sogar in den Schlafzimmern auf kleine gelbe Bastardmöpse mit federbuschartigen Schwänzen, auf Jagdhunde, Bulldoggen, streunende Wolfshunde mit dreckigem Fell, Vagabunden ohne Heim und Herd, riesige Neufundländer, vor denen die Kinder wegliefen.

Dann tauchten im Dorf auf zehn Meilen in der Runde unbekannte Köter auf, die von wer weiß wo herbeigelaufen waren, von wer weiß was lebten und danach wieder verschwanden.

François nun aber liebte Kokotte innig. Er hatte sie Kokotte getauft und sich dabei weiter nichts gedacht, obwohl die Hündin den Namen verdiente; und er sagte in einem fort: ›Das Tier, das ist wie ein Mensch. Nur daß es nicht sprechen kann.‹

Er hatte ihr ein prächtiges Halsband aus rotem Leder anfertigen lassen, mit einer Messingplatte, in die hineingraviert worden war: ›Fräulein Kokotte, Besitzer Kutscher François.‹

Sie hatte sich mächtig entwickelt. So mager sie ehedem gewesen war, so fettleibig war sie jetzt: Sie hatte einen Hängebauch, und daran hingen und baumelten die noch immer langen Zitzen. Sie war mit einemmal übermäßig dick geworden und konnte sich nur noch mühsam fortbewegen; sie spreizte die Beine wie allzu korpulente Menschen, hatte stets die Schnauze offen, damit sie schnaufen konnte, und war, wenn sie zu laufen versuchte, sofort außer Atem.

Im übrigen bezeigte sie eine phänomenale Fruchtbarkeit; sowie sie geworfen hatte, war sie schon wieder trächtig, und sie warf viermal im Jahr eine Schar von Welpen, die sämtlichen Hunderassen angehörten. Dann suchte François jedesmal den aus, den er ihr lassen wollte, ›damit ihr die Milch verging‹, packte die andern in seine Stallschürze und warf sie erbarmungslos in den Fluß.

Aber bald vereinigte die Köchin ihre Beschwerden mit denen des Gärtners. Sogar unter ihrem Herd stieß sie auf Köter, im Küchenschrank, im Kohlenwinkel, und sie stahlen alles, dessen sie habhaft werden konnten.

Der Hausherr wurde unwillig und befahl François, Kokotte abzuschaffen. Dem Kutscher fiel das schwer aufs Herz, und er versuchte, sie irgendwoanders unterzubringen. Aber niemand wollte sie haben. Da entschloß er sich, sie auszusetzen, und vertraute sie einem Fuhrunternehmer an, der sie in der Gegend von Joinville-le-Pont, an der andern Seite von Paris, auf freiem Feld laufen lassen sollte. Noch am selben Abend war Kokotte wieder da.

Es mußte etwas Durchgreifendes geschehen. Sie wurde, gegen ein Trinkgeld von fünf Francs, dem Führer des Zugs nach Le Havre übergeben. Nach der Ankunft dort sollte er sie loslassen.

Drei Tage später erschien sie wieder in ihrem Stall, todmüde, abgemagert, zerschunden, am Ende ihrer Kräfte.

Der Hausherr hatte Mitleid; er bestand nicht länger darauf.

Doch bald stellten die Hunde sich wieder ein, zahlreicher und erbitterter denn je. Und als eines Abends ein großes Essen stattfand, schnappte eine Dogge eine getrüffelte Poularde der Köchin vor der Nase weg; sie wagte nicht, sie ihr streitig zu machen.

Diesmal wurde der Hausherr rechtschaffen wütend, ließ François kommen und sagte zornig zu ihm: ›Wenn Sie nicht bis morgen früh das Biest ins Wasser geschmissen haben, setze ich Sie vor die Tür. Verstanden?‹

Der Kutscher war völlig verdattert; er ging in seine Kammer hinauf, um sein Bündel zu schnüren; er wollte lieber seine Stellung aufgeben. Dann überlegte er sich, daß er nirgendwo eine neue Stellung finden könne, solange er dies lästige Tier am Bein hatte; er bedachte, daß er hier in einem guten Haus sei, bei gutem

Lohn und gutem Essen; er sagte sich, das sei ein Köter nicht wert; sein eigenes Interesse stieg ihm zu Kopfe; und so kam er denn endlich zu dem Entschluß, Kokotte in der Frühe des nächsten Tages abzutun.

Allein er schlief recht schlecht. Als es dämmerte, stand er auf, langte sich einen kräftigen Strick und holte die Hündin. Sie erhob sich träge, reckte die Beine und umwedelte ihren Herrn.

Da sank sein Mut hin; er fing an, sie zu umarmen, streichelte ihr die langen Ohren, küßte sie auf die Schnauze und überschüttete sie mit allen ihm bekannten Kosenamen.

Aber eine Uhr in der Nähe schlug sechs. Er durfte nicht länger zögern. Er machte die Tür auf und sagte: ›Komm.‹ Das Tier wedelte; es verstand: Jetzt sollte spazierengegangen werden.

Sie kamen ans Ufer, und er suchte eine Stelle aus, wo das Wasser tief zu sein schien. Dann knotete er ein Strickende an das schöne Lederhalsband, langte sich einen dicken Stein und band ihn an das andere Ende. Darauf nahm er Kokotte auf den Arm und küßte sie wild wie einen Menschen, den man verlassen muß. Er drückte sie an die Brust, rief wieder und wieder: ›Meine liebe kleine Kokotte, meine liebe kleine Kokotte‹, und die Hündin ließ alles mit sich geschehen und knurrte leise vor Freude.

Zehnmal setzte er an, sie ins Wasser zu werfen, und jedesmal gebrach es ihm an Mut.

Aber dann raffte er sich zusammen und schleuderte sie so weit wie möglich weg. Anfangs versuchte sie zu schwimmen, wie stets, wenn sie gebadet worden war; doch ihr von dem Stein niedergezogener Kopf tauchte immer tiefer ein; sie warf ihrem Herrn verstörte Blicke zu, menschliche Blicke, und sträubte sich wie ein Ertrinkender. Dann verschwand der vordere Teil ihres Körpers, während die Hinterpfoten noch immer wie toll außerhalb des Wassers zappelten; dann verschwanden auch sie.

Darauf stiegen fünf Minuten lang Luftblasen an die Wasseroberfläche und zerplatzten, als habe der Fluß zu kochen angefangen; und François stand entsetzt, mit wirrem Kopf und zuckendem Herzen da und vermeinte zu sehen, wie Kokotte sich im Schlamm wand; und in seiner Bauerneinfalt sagte er sich: ›Was denkt sie wohl in dieser Minute von mir, das arme Tier?‹

Er wurde darüber fast zum Idioten; einen Monat lang lag er krank; und jede Nacht träumte er von seiner Hündin; er spürte, wie sie ihm die Hände leckte; er hörte sie bellen. Es mußte ein Arzt geholt werden. Endlich ging es ihm besser, und gegen Ende Juni nahm ihn seine Herrschaft mit nach ihrem Gut Biessard in der Nähe von Rouen.

Auch dort war er am Ufer der Seine. Er fing an zu baden. Jeden Morgen ging er mit dem Pferdeknecht hinunter, und sie schwammen im Fluß.

Als sie eines Tages fröhlich im Wasser herumplätscherten, rief François plötzlich seinem Kameraden zu: ›Sieh mal, was da herantreibt! Da schneide ich dir ein Kotelett raus!‹

Es war ein riesiger, aufgedunsener, enthaarter Kadaver, der, die Pfoten in der Luft, von der Strömung mitgeführt wurde.

François schwamm in kräftigen Zügen heran; er scherzte weiter: ›Den Teufel auch! Er ist nicht mehr ganz frisch. Ist das ein Fund! Mager ist er gerade nicht!‹ Er schwamm darum herum, hielt sich aber in gehöriger Entfernung von dem verwesenden Tier.

Dann verstummte er jäh und schaute es mit absonderlicher Aufmerksamkeit an; er schwamm noch einmal ganz nah heran, und diesmal faßte er es an. Er starrte auf das Halsband, dann streckte er den Arm aus, packte den Hals, drehte den Kadaver um sich selbst, zog ihn dicht an sich heran und las auf dem grünspanbedeckten Messingschild, das noch an dem entfärbten Leder haftete: ›Fräulein Kokotte, Besitzer Kutscher François.‹

Die tote Hündin hatte ihren Herrn sechzig Meilen von ihrer beider Haus wiedergefunden!

Er stieß einen entsetzlichen Schrei aus, schwamm mit aller Kraft dem Ufer zu und heulte dabei weiter; und sobald er an Land war, lief er kopflos, nackt wie er war, durch die Felder davon. Er war wahnsinnig geworden!«

DIE SCHMUCKSACHEN

Französischer Titel: Les Bijoux
Erstdruck: Le Gil-Blas, 27. März 1883,
unter dem Pseudonym »Maufrigneuse«

Als Lantin das junge Mädchen auf einer Abendgesellschaft bei seinem Vorgesetzten, dem stellvertretenden Abteilungsleiter, kennengelernt hatte, war die Liebe über ihm wie ein Netz zusammengeschlagen.

Sie war die Tochter eines subalternen Finanzbeamten aus der Provinz, der seit einer Reihe von Jahren tot war. Unmittelbar danach war sie nach Paris übergesiedelt, und zwar mit ihrer Mutter, die Verkehr mit ein paar Bürgerfamilien des Viertels anknüpfte, weil sie hoffte, die Tochter auf diese Weise verheiraten zu können. Sie waren arme und ehrenhafte, ruhige und angenehme Leute. Das Mädchen war der Inbegriff der Wohlanständigkeit; sie war ganz das, was ein vernünftiger junger Mann sich als Lebensgefährtin ersehnt. Ihrer schlichten Schönheit wohnte etwas engelhaft Reines inne, und das leise Lächeln, das ihre Lippen allezeit umspielte, schien ein Abglanz ihres Herzens zu sein.

Alle Welt war ihres Lobes voll; wer sie nur kannte, sagte ohne Unterlaß: »Wer die bekommt, ist ein Glückspilz. Eine Bessere ist schwerlich vorstellbar.«

Lantin, der damals mit einem Jahresgehalt von dreitausendfünfhundert Francs im Innenministerium angestellt war, hielt um sie an und heiratete sie.

Er wurde geradezu unwahrscheinlich glücklich mit ihr. Sie leitete den Haushalt dermaßen sparsam und geschickt, daß sie im Überfluß zu leben schienen. Sie ließ ihrem Mann alle erdenklichen kleinen Aufmerksamkeiten, Zärtlichkeiten und Schmeicheleien zuteil werden; und das Verführerische, das ihr anhaftete, war so groß, daß er sie sechs Jahre nach ihrer beider ersten Begegnung noch inniger liebte als in den ersten Tagen. Einzig zweierlei mißbilligte er an ihr: die Vorliebe fürs Theater und die Vorliebe für unechten Schmuck.

Ihre Freundinnen (sie verkehrte mit ein paar kleinen Beamtenfrauen) verschafften ihr des öfteren Logenbillette für beliebte Stücke und manchmal sogar für Erstaufführungen; und sie schleppte ihren Mann, mochte er nun wollen oder nicht, mit zu solcherlei Veranstaltungen, die ihm gräßlich langweilig vorkamen, wenn er seinen Arbeitstag hinter sich hatte. So bat er sie denn, doch mit irgendeiner ihr bekannten Dame ins Theater zu gehen, die sie hernach schon heimbegleiten werde. Es dauerte eine ganze Zeit, bis sie sich darein schickte; sie meinte, das gehöre sich nicht. Schließlich aber gab sie, um ihm gefällig zu sein, ihre Zustimmung, und er war ihr unendlich dankbar dafür.

Nun aber entwickelte sich aus der Begeisterung für das Theater nur zu bald das Verlangen, sich zu schmücken. Ihre Garderobe blieb überaus einfach, wie man gestehen muß; sie zeugte von gutem Geschmack, war indessen anspruchslos; und ihre sanfte, unwiderstehliche Anmut, ihr schlichtes Lächeln schienen der Unauffälligkeit ihrer Kleider einen neuen Reiz zu leihen; dennoch fing sie an, sich zwei dicke Rheinkiesel, die wie Diamanten aussahen, ans Ohr zu hängen; überdies trug sie imitierte Perlenhalsbänder, Simili-Armringe sowie Kämme, in denen mannigfache bunte Glassplitter Edelsteine vortäuschten.

Ihr Mann, der sich mit dieser Vorliebe für Flitterkram nicht befreunden konnte, meinte dann und wann: »Liebes Kind, wenn man nicht die Mittel hat, sich echten Schmuck zu leisten, so schmückt man sich lediglich mit der eigenen Schönheit und Anmut; das sind überdies die kostbarsten Juwelen.«

Sie jedoch lächelte ihm freundlich zu und sagte: »Warum nicht gar? Ich mag das nun einmal. Es ist mein Laster. Ich weiß nur zu gut, daß du recht hast; aber man kann nun einmal nicht aus seiner Haut. Echten Schmuck – den würde ich einfach anbeten!« Und sie ließ die Perlenkette durch die Finger gleiten und den Schliff der Glaskristalle aufglitzern, wobei sie sagte: »Sieh doch nur, wie hübsch so etwas gemacht ist. Man könnte darauf schwören, es sei echt.«

Er lächelte und stellte fest: »Du hast einen Geschmack wie eine Zigeunerin.«

Manchmal, abends, wenn sie zu zweit am Feuer saßen, stellte sie das Maroquinlederkästchen, in dem sie ihren »Schund« verwahrte, wie Lantin zu sagen pflegte, auf den Tisch, an dem sie ihren Tee tranken, und begann, ihre imitierten Schmuckstücke mit einer derartig leidenschaftlichen Aufmerksamkeit zu betrachten, als empfinde sie dabei einen geheimen, tiefen Genuß; und sie bestand darauf, ihrem Mann eine der Ketten um den Hals zu legen, worauf sie herzhaft lachte und rief: »Wie komisch du aussiehst!« Dann warf sie sich in seine Arme und küßte ihn ungestüm.

Als sie eines Winterabends in der Oper gewesen war, kehrte sie klappernd vor Kälte heim. Anderntags hustete sie. Eine Woche später starb sie an einer Lungenentzündung.

Lantin wäre ihr beinahe ins Grab gefolgt. Seine Verzweiflung war so furchtbar, daß er innerhalb eines Monats ergraute. Er weinte vom Morgen bis zum Abend; unheilbarer Kummer zerriß ihm das Herz, das die Erinnerung an die Tote marterte, an ihr Lächeln, ihre Stimme, an alles, was ihn an ihr bezaubert hatte.

Die Zeit vermochte seinen Schmerz nicht zu lindern. Während der Bürostunden, wenn die Kollegen kamen, um mit ihm ein wenig über die Tagesneuigkeiten zu plaudern, geschah es bisweilen, daß seine Backen schwollen, daß er auf der Nase Falten bekam und daß seine Augen sich mit Tränen füllten; er schnitt eine schreckliche Grimasse und fing an zu schluchzen. Er hatte das Zimmer seiner Frau unverändert gelassen; dort schloß er sich täglich ein und dachte an sie; alle Möbel, selbst ihre Kleider verblieben an dem Platz, den sie an ihrem letzten Tag innegehabt hatten.

Derweilen gestaltete sich sein Leben immer härter. Sein Gehalt, das unter den Händen der Frau für die Bedürfnisse des Haushalts gereicht hatte, langte jetzt nicht einmal mehr für ihn allein. Und er fragte sich betroffen, wie sie es wohl fertiggebracht habe, daß er immer gute Weine und vortreffliches Essen hatte zu sich nehmen können, wie er sie sich jetzt bei seinen bescheidenen Mitteln gar nicht leisten konnte.

Er machte einige Schulden und mußte hinter dem Geld her sein wie Leute, die sich nur durch verzweifelte Mittel zu helfen wissen. Als er schließlich eines Morgens dasaß und für die noch bis zum Monatsende verbleibende volle Woche keinen roten Heller mehr sein eigen nannte, überlegte er, ob er nicht etwas verkaufen könne; und da kam ihm der Gedanke, sich den »Schund« seiner Frau vom Hals zu schaffen; denn im Grunde seines Herzens war ein Widerwille gegen diesen »Augentrug« verblieben, der ihn früher geärgert hatte. Allein schon der tägliche Anblick beeinträchtigte ein wenig die Erinnerung an die geliebte Tote.

Lange stöberte er in dem Häuflein Flitterkram, das sie hinterlassen hatte; denn bis in ihre letzten Lebenstage hinein hatte sie immer noch etwas hinzugekauft; fast allabendlich hatte sie etwas Neues mit nach Haus gebracht; und er entschied sich für die lange Halskette, für die sie dem Anschein nach eine besondere Vorliebe gehegt hatte und die, wie er meinte, ihre sechs bis acht Francs wert war; denn für eine Imitation war sie tatsächlich nicht übel gearbeitet.

Er steckte sie in die Tasche und machte sich auf den Weg nach seinem Ministerium, wobei er über die Boulevards ging und nach dem Laden eines vertrauenerweckenden Juweliers Ausschau hielt. Schließlich fand er einen und ging hinein; er schämte sich ein bißchen, daß er seine Notlage offen eingestehen und etwas verkaufen müsse, das so wenig wert war.

»Ich wüßte gern«, erklärte er dem Geschäftsmann, »wie hoch Sie dieses Stück hier bewerten.«

Der Mann nahm die Kette, beschaute sie prüfend, drehte sie hin und her, wog sie in der Hand, langte sich eine Lupe her, rief seinen Gehilfen, tuschelte mit ihm, legte die Kette wiederum auf den Ladentisch und trat ein paar Schritte zurück, um ihre Wirkung besser beurteilen zu können.

Lantin, dem diese Umstände peinlich waren, wollte gerade den Mund auftun und erklären: »Oh, ich weiß, daß nicht viel daran ist!«, als der Juwelier sagte: »Sie ist zwölf- bis fünfzehntausend Francs wert; aber ich könnte sie nur kaufen, wenn Sie mir genauere Angaben über ihre Herkunft machen.«

Der Witwer riß die Augen weit auf; sein Gesicht war alles andere als geistreich; dies ging über seine Fassungskraft. Schließlich stotterte er: »Meinen Sie?... Irren Sie sich auch nicht?«

Der andere mißverstand sein Erstaunen und sagte trocken:

»Versuchen Sie doch anderswo, ob Sie mehr dafür bekommen. Für mich ist sie höchstens fünfzehntausend wert. Sie können ja wiederkommen, wenn Sie kein höheres Angebot erhalten.«

Lantin stand der Verstand still; er steckte die Kette ein und ging, von einem wirren Verlangen getrieben, allein zu sein und nachzudenken.

Aber sobald er auf der Straße war, überkam ihn eine unwiderstehliche Lachlust. »Der Idiot! O der Idiot! Hätte ich ihn nur gleich beim Wort genommen! Es gibt also tatsächlich Juweliere, die außerstande sind, echt und falsch zu unterscheiden!« Und er ging in den Laden eines anderen Juweliers, der am Eingang der Rue de la Paix lag.

Sobald er die Kette erblickt hatte, rief der Goldwarenhändler: »Ah! Donnerwetter! Die kenne ich ganz genau, die Kette! Die ist bei mir gekauft worden.«

Der höchst betroffene Lantin fragte: »Wieviel ist sie denn wert?«

»Ich habe sie für fünfundzwanzigtausend verkauft. Ich bin bereit, sie für achtzehntausend zurückzunehmen, sofern Sie sich als der rechtmäßige Besitzer ausweisen können, wie die gesetzliche Vorschrift es verlangt.«

Diesmal mußte Lantin sich hinsetzen, so betroffen war er. Er sagte: »Aber... aber sehen Sie sie sich bitte ganz genau an; ich hatte nämlich bis jetzt gemeint, sie sei... nicht echt.«

Der Juwelier sagte: »Darf ich um Ihren Namen bitten?«

»Gern. Ich heiße Lantin, bin Beamter im Innenministerium und wohne Rue des Martyrs 16.«

Der Händler schlug sein Geschäftsbuch auf, suchte und sagte: »Tatsächlich, die Kette ist an Madame Lantin, Rue des Martyrs 16, geschickt worden, und zwar am 20. Juli 1876.«

Und die beiden Männer schauten einander prüfend an, Auge in Auge, der Beamte wie vom Donner gerührt, der Juwelier, als wittere er einen Dieb. Dann fragte er: »Würden Sie mir das Objekt für vierundzwanzig Stunden überlassen? Ich stelle Ihnen eine Quittung darüber aus.«

Lantin stotterte: »Natürlich, gewiß.« Und er ging fort, faltete das Papier zusammen und steckte es in die Tasche.

Dann überquerte er die Straße, ging sie wieder zurück, merkte den Irrtum, machte in Richtung auf die Tuilerien kehrt, ging über die Seinebrücke, merkte, daß er sich abermals geirrt hatte, und wandte sich nach den Champs-Élysées hin, mit völlig leerem Kopf. Angestrengt bemühte er sich, nachzudenken und das Ganze zu begreifen. Seine Frau hatte sich etwas so Wertvolles nicht kaufen können. Nein, auf keinen Fall. Dann handelte es sich also um ein Geschenk. Ein Geschenk! Ein Geschenk von wem? Wofür? Er war stehen geblieben; mitten auf der breiten Prunkstraße stand er. Der schreckliche Zweifel nahm ihm alle Illusionen. Sie? Aber dann waren ja auch all die andern Schmucksachen Geschenke! Ihm war, als gerate der Boden unter ihm in Bewegung, als falle ein vor ihm stehender Baum jäh um; er streckte die Arme aus und brach bewußtlos zusammen.

Als er wieder zu sich kam, lag er in einer Apotheke, wohin Vorübergehende ihn getragen hatten. Er ließ sich nach Haus bringen und schloß sich ein.

Bis zum Abend weinte er verzweifelt; er zerbiß sein Taschentuch, um nicht laut aufzuschreien. Dann ging er zu Bett, übermannt von Erschöpfung und Leid, und fiel in einen bleischweren Schlaf. Ein Sonnenstrahl weckte ihn; langsam stand er auf, um in sein Ministerium zu gehen. Doch nach solcherlei Erschütterungen fühlte er sich der Arbeit nicht gewachsen. So überlegte er denn, ob er sich nicht bei seinem Vorgesetzten entschuldigen könne, und schrieb ihm. Dann dachte er darüber nach, ob er nun tatsächlich noch einmal zu dem Juwelier gehen müsse, und er wurde dabei schamrot. Indessen konnte er dem Mann die Kette unmöglich lassen; er zog sich an und ging fort.

Es war schönes Wetter; der blaue Himmel wölbte sich über der Stadt, die zu lächeln schien. Spaziergänger waren unterwegs, die Hände in den Taschen.

Lantin sah sie dahinschlendern und sagte sich: »Wie gut hat man es doch, wenn man reich ist! Hat man Geld, so kann man auch den ärgsten Kummer abschütteln; man geht, wohin man will, man reist, man zerstreut sich! Ach, wenn ich reich wäre!«

Er spürte, daß er hungrig war; er hatte seit vorgestern abend nichts gegessen. Aber seine Taschen waren leer, und da fiel ihm die Kette wieder ein. Achtzehntausend Francs! Achtzehntausend Francs! Das war eine Menge Geld!

Er gelangte in die Rue de la Paix und fing an, auf dem Bürgersteig gegenüber dem Geschäft auf und ab zu gehen. Achtzehntausend Francs! Zwanzigmal war er nahe daran hineinzugehen; doch stets hielt die Scham ihn zurück.

Dabei hatte er Hunger; geradezu Heißhunger. Er faßte einen jähen Entschluß, überquerte die Straße, wobei er lief, um sich nicht Zeit zum Nachdenken zu lassen, und trat hastig in den Laden ein.

Sobald der Inhaber seiner gewahr wurde, tat er höchst geflissentlich und bot ihm mit lächelnder Höflichkeit einen Stuhl an. Auch die Angestellten erschienen und warfen Seitenblicke auf Lantin, mit einem Lächeln in den Augen und um die Mundwinkel.

Der Juwelier erklärte: »Ich habe Erkundigungen eingezogen, und wenn Sie es sich inzwischen nicht anders überlegt haben, bin ich bereit, Ihnen den Betrag auszuzahlen, den ich Ihnen genannt habe.«

Der Beamte brachte stotternd hervor: »Ja, gern.«

Der Juwelier nahm achtzehn große Scheine aus seinem Geldschrank, zählte sie noch einmal durch, hielt sie Lantin hin, der eine Empfangsbestätigung unterschrieb und mit zitternder Hand das Geld in die Tasche schob.

Als er dann dem Ausgang zuschritt, wandte er sich dem noch immer lächelnden Juwelier zu und fragte mit niedergeschlagenen Augen: »Ich habe... ich habe noch andere Schmucksachen... die mir... die aus dem gleichen Nachlaß stammen. Würden Sie mir die wohl auch abkaufen?«

Der Händler machte eine Verbeugung: »Mit Vergnügen.«

Einer der Angestellten ging hinaus, um nach Herzenslust zu lachen; ein anderer putzte sich nachdrücklich die Nase.

Lantin ließ sich nichts anmerken; rot und ernst kündigte er an: »Ich bringe sie Ihnen.« Und er nahm eine Droschke, um die Sachen zu holen.

Als er eine Stunde später wieder zu dem Juwelier kam, hatte er noch immer nicht gegessen. Sie machten sich daran, die

Schmucksachen Stück für Stück zu untersuchen und den Wert abzuschätzen. Fast alle waren in diesem Geschäft gekauft worden.

Jetzt aber focht Lantin die Schätzungen an, wurde wütend, verlangte, daß ihm die Geschäftsbücher vorgelegt würden, und sprach desto lauter, je mehr die Summe anwuchs.

Die schweren Brillantohrgehänge waren zwanzigtausend Francs wert, die Armbänder fünfunddreißigtausend, die Broschen, Ringe und Anhänger sechzehntausend, ein Schmuck aus Smaragden und Saphiren vierzehntausend, ein Solitär an einer Goldkette, Teil eines Halsschmuckes, vierzigtausend; alles zusammen ergab einen Betrag von hundertsechsundneunzigtausend Francs.

Der Händler erklärte mit gut gespieltem Spott: »Das ist der Nachlaß von jemand, der all seine Ersparnisse in Schmuck angelegt hat.«

Lantin erklärte, ohne sich aus der Ruhe bringen zu lassen: »Man kann auf diese Weise so gut wie auf irgendeine andere sein Geld anlegen.« Und dann ging er fort, nachdem er mit dem Ankäufer verabredet hatte, daß anderntags eine abermalige Besichtigung erfolgen solle.

Als er auf der Straße war, sah er die Vendôme-Säule und hatte nicht übel Lust hinaufzuklettern, als sei sie eine Kletterstange beim Volksfest. Er fühlte eine Leichtigkeit in allen Gliedern, daß er vermeinte, im Bocksprung über die Statue des Kaisers hinwegsetzen zu können, die hoch oben auf der Säule in den blauen Himmel ragte.

Er aß bei Voisin zu Mittag und trank einen Wein, der zwanzig Francs die Flasche kostete.

Dann nahm er eine Droschke und ließ sich durchs Bois fahren. Er warf geringschätzige Blicke auf die Equipagen; er unterdrückte den Wunsch, den Vorübergehenden zuzurufen: »Auch ich bin reich! Ich habe zweihunderttausend Francs!«

Sein Ministerium fiel ihm ein. Er ließ sich hinfahren, ging ohne weiteres zu seinem Chef und verkündete: »Ich bitte um meine Entlassung. Ich habe eine Erbschaft gemacht, dreihunderttausend Francs.«

Er schüttelte seinen ehemaligen Kollegen die Hände und vertraute ihnen seine Zukunftspläne an; dann aß er im Café Anglais zu Abend.

Zufällig saß er neben einem Herrn, der nach etwas aussah, und er konnte, da es ihn sehr juckte, nicht umhin, ihm gewissermaßen beiläufig anzuvertrauen, daß er gerade vierhunderttausend Francs geerbt habe.

Zum erstenmal in seinem Leben langweilte er sich nicht im Theater, und die Nacht verbrachte er mit leichten Mädchen. Ein halbes Jahr danach verheiratete er sich abermals. Seine zweite Frau war durch und durch anständig, aber von schwierigem Charakter. Er hatte mancherlei auszustehen.

Sankt Antonius

Französischer Titel: Saint-Antoine
Erstdruck: Le Gil-Blas, 3. April 1883,
unter dem Pseudonym »Maufrigneuse«

Für X. Charmes

Er wurde »Sankt Antonius« genannt, weil er Antoine hieß, und vielleicht auch, weil er ein fröhlicher, stets zu Possen und Scherzen aufgelegter, stets gutgelaunter Mensch war, ein mächtiger Esser und gewaltiger Zecher; dazu lief er tüchtig hinter den Mägden her, obgleich er schon über die Sechzig hinaus war.

Er war ein wohlhabender Bauer in der Landschaft Caux mit hochrotem Gesicht, breiter Brust und dickem Bauch, und das alles saß wie aufgebaumt auf langen Beinen, die der Massigkeit des Körpers wegen viel zu dünn wirkten.

Er war Witwer und lebte allein mit seiner Haushälterin und seinen beiden Knechten auf seinem Hof, den er als schlauer Fuchs leitete, auf seinen Nutzen bedacht, bewandert in geschäftlichen Dingen, in der Viehzucht und in der Bestellung seiner Äcker. Seine beiden Söhne und seine drei Töchter hatten vorteilhafte Ehen geschlossen, wohnten in der Nähe und kamen einmal im Monat zu ihrem Vater zum Essen. Seine Körperkraft war in der ganzen Gegend berühmt; die Redewendung »Er ist stark wie Sankt Antonius« hatte sprichwörtlichen Klang.

Als die preußische Invasion das Land überflutete, rühmte Sankt Antonius sich in der Kneipe, er werde eine ganze Armee vertilgen; er war nämlich, wie jeder echte Normanne, ein Großtuer, dabei ein bißchen feige und windbeutelig. Er hieb mit der Faust auf die hölzerne Tischplatte, daß die Tassen und Schnapsgläser hochhüpften, und er schrie mit rotem Gesicht und tückischen Augen in dem unechten Zorn des Wohlgelaunten: »Ich *muß* einfach ein paar vertilgen, zum Donnerwetter!« Er rechnete nämlich damit, daß die Preußen überhaupt nicht bis Tanneville kämen; doch als er hörte, sie ständen bereits in Rautôt, ging er nicht mehr aus dem Haus, spähte unausgesetzt durch sein kleines Küchenfenster auf die Landstraße hinaus und war sich jeden Augenblick gewärtig, die Bajonette vorüberziehen zu sehen.

Als er eines Morgens mit seinem Gesinde bei der Suppe saß, ging die Tür auf, und es erschien der Gemeindevorsteher Meister Chicot, und hinter ihm ein Soldat, der einen schwarzen Helm mit Messingspitze trug. Sankt Antonius sprang auf, und alle seine Leute starrten ihn an und waren darauf gefaßt, daß er den Preußen zusammenhaute; allein er begnügte sich damit, dem Gemeindevorsteher die Hand zu schütteln. Chicot sagte: »Der hier ist für dich, Sankt Antonius. Letzte Nacht sind sie eingerückt. Mach bloß keine Dummheiten, sie wollen erschießen und niederbrennen, sagen sie, wenn das Geringste passiert. Jetzt weißt du also Bescheid. Gib ihm zu essen, er scheint ein guter Kerl zu sein. Tag, ich will jetzt zu den andern. Es bekommt jeder einen.« Und damit ging er.

Der alte Antoine war blaß geworden und sah seinen Preußen von oben bis unten an. Der war ein dicklicher Bursche mit fettem, hellem Fleisch, blauen Augen, blondem Haar, einem Bartgewucher bis zu den Backenknochen; er wirkte leicht schwachsinnig, schüchtern und gutartig. Der abgefeimte Normanne durchschaute ihn auf der Stelle, und nun da er beruhigt war, bedeutete er ihm durch einen Wink, er solle sich setzen. Dann fragte er: »Wollen Sie Suppe?« Der Ausländer verstand nicht. Da überkam Antoine ein Anfall von Kühnheit; er schob dem Preußen einen gefüllten Teller vor die Nase und sagte: »Da, friß das, dickes Schwein.«

Der Soldat antwortete: »Ja« und fing gierig zu essen an, indessen der triumphierende Bauer, der merkte, daß er seinen Ruf zurückerobert habe, seinem absonderliche Gesichter schneidenden Gesinde, das gleichzeitig gehörige Angst hatte und Lust zum Lachen verspürte, zuzwinkerte.

Als der Preuße seinen Teller leergefuttert hatte, schob Sankt Antonius ihm einen weiteren hin, den er gleichfalls verschwinden ließ; aber vor dem dritten zuckte er zurück, obwohl der Bauer ihn förmlich zum Essen zwingen wollte, wobei er sagte: »Los, stopf dir das auch noch in den Wanst. Du sollst dich hier mästen, du sollst wissen, wie es gekommen ist. Los, friß, du Schwein.«

Und der Soldat, der bloß verstand, er solle sich gehörig satt essen, lachte und deutete durch Gesten an, daß er randvoll sei.

Da schwand Sankt Antonius alle Scheu hin; er klopfte dem Preußen auf den Bauch und rief: »Jetzt hat mein Schwein sich vollgefressen!« Aber plötzlich wand er sich; er wurde rot, als stehe er kurz vor einem Schlaganfall; er brachte kein Wort mehr hervor. Es war ihm ein Einfall gekommen, der ihm vor Lachen den Atem benahm. »Da haben wir's, da haben wir's ja: Sankt Antonius mit seinem Schwein. Der da soll mein Schwein sein.« Und nun platzten die beiden Knechte und die Magd ihrerseits heraus.

Der Alte war in so guter Stimmung, daß er Schnaps holen ließ, den guten, hochprozentigen, und sie alle mittrinken hieß. Es wurde mit dem Preußen angestoßen; der fühlte sich geschmeichelt und schnalzte mit der Zunge, um anzudeuten, er finde das ganz großartig. Und Sankt Antonius rief ihm mitten ins Gesicht: »Na? Das ist vielleicht ein Schnäpschen, was? Sauf dich voll, als wärst du zu Hause, du Schwein!«

Fortan ging Sankt Antonius nicht mehr ohne seinen Preußen aus. Jetzt hatte er eine Gelegenheit ausfindig gemacht, dies war seine persönliche Rache, die Rache eines, der es faustdick hinter den Ohren hatte. Und das ganze Dorf, das zuvor vor Angst fast umgekommen war, hielt sich hinter dem Rücken der Sieger den Bauch vor Lachen über den Streich Sankt Antonius'. Wirklich, der hatte nicht seinesgleichen, wenn es um Possen ging. Nur er konnte auf so etwas kommen. Ein toller Bursche war er, wahrhaftig!

Jeden Nachmittag ging er Arm in Arm mit seinem Deutschen zu den Nachbarn und stellte ihn vor, wobei er ihm mit aufgeräumter Miene auf die Schulter klopfte: »Seht bloß mal mein Schwein an! Merkt ihr, wie fett das Biest wird?«

Und die Bauern blühten auf. »Ist das ein Spaß! Nein, dieser Kerl, dieser Antoine!«

»Kannst es kaufen, Césaire, drei Pistolen.«

«Tu' ich, Antoine, und ich lade dich zum Schlachtfest ein.«

»Gemacht, aber ich will seine Eisbeine. – Faß ihn mal an den Bauch, da kannst du sehen, wie er Speck angesetzt hat.«

Und alle zwinkerten einander zu, hüteten sich indessen, allzu laut zu lachen, aus Angst, der Preuße werde es am Ende merken, daß sie sich über ihn lustig machten. Nur der mit jedem Tag kühner werdende Antoine kniff ihn in die Schenkel und rief: »Nichts als Fett!« Er klopfte ihn auf den Hintern und brüllte: »Alles Schwarten!« Er hob ihn mit beiden Armen hoch, der alte Kraftbolzen, der einen Amboß tragen konnte, und erklärte: »Sechs Zentner wiegt es, und kein Gramm weniger.«

Außerdem hatte er sich zur Gewohnheit werden lassen, darauf zu dringen, daß seinem Schwein in jedem Haus, in das er mit ihm ging, zu essen angeboten wurde. Das war dann seine Hauptbelustigung, die große Erheiterung jedes Tages: »Gebt ihm, was ihr wollt; er frißt alles.« Und es wurden dem Mann Butterschnitten, Kartoffeln, kalter Braten, Bratwürste gereicht, und dabei hieß es: »Langen Sie nur zu, Sie haben die Wahl.«

Der Soldat war beschränkt und friedfertig; er aß aus Höflichkeit, er war begeistert über all diese Aufmerksamkeiten; er futterte sich lieber krank, als daß er ablehnte; und er wurde tatsächlich immer fetter, die Uniform wurde ihm zu eng, und das entzückte Sankt Antonius, und er sagte ein übers andre Mal: »Weißt du, Schwein, ich muß dir demnächst einen andern Kofen zimmern lassen.«

Die beiden waren übrigens die besten Freunde von der Welt geworden; und wenn der Alte zu Geschäftsabschlüssen in die nähere Umgebung fuhr, kam der Preuße von sich aus mit, einzig um der Freude willen, mit ihm zusammen zu sein.

Das Wetter war rauh; es herrschte strenger Frost; der schreckliche Winter 1870 schien alle seine Geißelhiebe auf Frankreich niederprasseln zu lassen.

Der alte Antoine, der alles von langer Hand vorzubereiten und alle Gelegenheiten wahrzunehmen pflegte, hatte vorausgesehen, daß der Mist für die Frühjahrsbestellung knapp werden würde, und also hatte er den eines Nachbarn, der sich gerade in einer Geldklemme befand, aufgekauft; es war vereinbart worden, er solle jeden Abend mit seinem Kippwagen kommen und sich eine Ladung Dünger abholen.

Also machte er sich jeden Tag bei Anbruch der Dunkelheit auf den Weg nach dem eine halbe Meile entfernten Hof Les Haules, und stets kam sein Schwein mit ihm. Und jeden Tag war es ein Fest, mit anzusehen, wie das Tier gemästet wurde. Das ganze Dorf kam dazu herbei, so wie man sonntags zum Hochamt geht.

Allein der Soldat fing nach und nach an, mißtrauisch zu werden, und wenn allzu laut gelacht wurde, rollte er unruhig mit den Augen, und manchmal loderte in ihnen eine Zornesflamme auf.

Eines Abends nun aber, als er sich satt gegessen hatte, weigerte er sich, auch nur noch einen einzigen weiteren Happen zu sich zu nehmen; er wollte aufstehen und weggehen. Doch Sankt Antonius hielt ihn mit einem harten Griff zurück, legte ihm die beiden mächtigen Fäuste auf die Schultern und zwang ihn so heftig zum Niedersitzen, daß der Stuhl unter ihm zusammenkrachte.

Da brach stürmische Heiterkeit los; der strahlende Antoine half seinem Schwein hoch, tat, als verbinde er ihm eine Verletzung, und erklärte dann: »Wenn du schon nicht fressen willst, dann sollst du wenigstens saufen, zum Donnerwetter!« Und es wurde aus der Kneipe Schnaps herbeigeschafft.

Der Soldat rollte bösartig mit den Augen; aber dennoch trank er; er trank, so viel die andern wollten; und Sankt Antonius tat es ihm zur Freude aller Anwesenden gleich.

Der Normanne war rot wie eine Tomate, seine Augen blitzten, er füllte die Gläser, er stieß an und brüllte: »Dein Wohl!« Und der Preuße goß stumm ein Glas Kognak nach dem andern in sich hinein.

Es war ein Kampf, eine Schlacht, eine Revanche! Wer am meisten trinken konnte, war Sieger, den Teufel noch mal! Sie konnten alle beide nicht mehr, als die Literflasche leer war. Aber keiner der beiden war unterlegen. Sie zogen als gleichwertige Kämpen ab, und weiter gar nichts. Am nächsten Tag mußte wieder von vorn angefangen werden.

Schwankend gingen sie hinaus und machten sich auf den Weg; sie trotteten neben der Mistfuhre her; sie wurde von den beiden im Schritt gehenden Pferden gezogen.

Es begann zu schneien, und die mondlose Nacht wurde trübselig durch das tote Weiß der Felder aufgelichtet. Der Frost langte sich die beiden Männer und steigerte ihr Besäufnis, und Sankt Antonius, dem es mißbehagte, daß er nicht triumphiert hatte, machte sich einen Spaß daraus, sein Schwein mit der Schulter anzurempeln, damit es in den Straßengraben purzele. Der andere wich diesen Angriffen durch Zurücktreten aus; und dabei stieß er jedesmal gereizt ein paar deutsche Worte aus, über die der Bauer laut lachen mußte. Schließlich wurde der Preuße wütend; und als ihn Antoine wieder einmal anrempelte, antwortete er mit einem so heftigen Fausthieb, daß der Koloß taumelte.

Da packte der schnapsentflammte Alte den Preußen um den Leib, schüttelte ihn ein paar Sekunden wie ein kleines Kind und schleuderte ihn dann mit vollem Schwung auf die andere Wegseite. Froh des Vollbrachten schlug er alsdann die Arme unter und lachte abermals. Aber der Soldat sprang sofort wieder auf, barhäuptig, da sein Helm weggerollt war, zog sein Seitengewehr und stürzte sich auf den alten Antoine.

Als der Bauer das sah, packte er seinen Peitschenstiel in der Mitte, einen langen, geraden Peitschenstiel aus Steineichenholz, der stark und geschmeidig war wie eine Ochsensehne.

Der Preuße kam mit gesenkter Stirne und vorgestreckter Waffe heran, sichtlich gewillt zu töten. Aber der Alte faßte mit bloßer Hand die Klinge, deren Spitze ihm in den Bauch dringen sollte, drängte sie weg und schlug dem Gegner mit einem trockenen Hieb den Peitschengriff gegen die Schläfe, so daß er zu seinen Füßen zusammensackte.

Dann starrte er wirr und stumpf vor Bestürztheit zu dem Körper nieder, der anfangs krampfhaft zuckte und dann reglos auf dem Bauch liegen blieb. Er beugte sich nieder, drehte ihn um und besah ihn eine Weile. Die Augen des Preußen waren geschlossen; ein Blutgerinnsel lief aus einem Riß im Stirnwinkel. Trotz der Dunkelheit konnte der alte Antoine den braunen Blutflecken im Schnee wahrnehmen.

Er blieb dort stehen; er verlor den Kopf, und währenddessen fuhr sein Mistwagen, den die in ruhigem Schritt gehenden Pferde zogen, immer weiter.

Was sollte er anfangen? Er würde erschossen, sein Hof würde niedergebrannt, das Dorf zugrunde gerichtet werden! Was sollte er tun, was tun? Wie die Leiche verstecken, den Todesfall vertuschen, die Preußen hinters Licht führen? In der Ferne, im tiefen Schweigen des verschneiten Landes, hörte er Stimmen. Da geriet er vollends außer sich, raffte den Helm auf, stülpte ihn seinem Opfer über den Kopf, packte es an den Hüften, hob es hoch, lief, holte sein Gespann ein und warf die Leiche auf den Mist. War er erst daheim, so würde er schon Rat schaffen.

Er ging mit kleinen Schritten, zermarterte sich das Gehirn, und nichts fiel ihm ein. Er sah sich, er fühlte sich verloren. So fuhr er in seinen Hof ein. In einer Dachluke schimmerte Licht; die Magd schlief noch nicht; da lenkte er seinen Wagen rasch an den Rand der Düngergrube. Er meinte nicht anders, als daß die oben auf dem Mist liegende Leiche beim Umkippen der Ladung zuunterst in der Grube liegen werde, und brachte den Karren zum Kippen.

Wie erwartet, wurde der Preuße von dem Mist völlig begraben. Antoine schob den Haufen mit der Mistforke glatt und stieß sie dann daneben in die Erde. Er rief seinen Knecht und befahl ihm, er solle die Pferde in den Stall bringen; dann ging er in sein Schlafzimmer.

Er legte sich hin und zergrübelte sich nach wie vor, was er tun müsse; doch es kam ihm keinerlei Erleuchtung; nun er untätig im Bett lag, wurde seine Bangnis immer größer. Er würde erschossen werden! Vor Angst brach ihm der Schweiß aus; seine Zähne schlugen aufeinander; schlotternd stand er auf; er konnte es im Bett nicht länger aushalten.

Also ging er hinunter in die Küche, nahm die Kognakflasche aus dem Schrank und stieg wieder nach oben. Er trank zwei große Gläser voll hintereinander und überlagerte die alte Trunkenheit mit einer neuen, ohne daß seine Seelenangst sich milderte. Da hatte er schön was angerichtet, er gottverfluchter Idiot!

Jetzt ging er im Zimmer auf und ab und suchte nach Ausflüchten, nach Erklärungen und Kniffen und Pfiffen; und dann und wann spülte er sich den Mund mit einem gehörigen Schluck Hochprozentigem aus, um sich ein Herz zu fassen.

Und es fiel ihm nichts ein, nicht das mindeste!

Gegen Mitternacht fing sein Wachhund, eine Art Wolfsbastard, der »Reißzahn« hieß, wie in Todesnöten zu heulen an. Der alte Antoine erzitterte bis ins Mark; und jedesmal, wenn der Hund mit seinem unheimlichen, langgezogenen Gejaul wieder einsetzte, überrann die Haut des Bejahrten ein Angstschauer.

Er hatte sich auf einen Stuhl geworfen; seine Beine waren wie zerschlagen; er war völlig verstumpft; er konnte nicht mehr; er wartete angstvoll, daß »Reißzahn« abermals mit seinem kläglichen Geheul anfange; er zuckte zusammen, er wurde durchrüttelt von allem, was das Entsetzen den Nerven anhaben kann.

Unten im Haus schlug die Standuhr fünf. Der Hund hatte sich noch immer nicht beruhigt. Der Bauer war fast irrsinnig geworden. Er stand auf; er wollte das Tier losketten und laufen lassen, nur um es nicht mehr zu hören. Er ging nach unten, machte die Tür auf und trat hinaus ins Dunkel.

Es schneite nach wie vor. Alles war weiß. Die Hofgebäude bildeten große, dunkle Flecken. Der Bauer ging auf die Hundehütte zu. Der Hund zerrte an seiner Kette. Er ließ ihn los. Da machte »Reißzahn« einen Satz und blieb dann starr stehen, mit gesträubtem Fell, eingestemmten Pfoten, gefletschten Fangzähnen, die Nase dem Misthaufen zugekehrt.

Sankt Antonius zitterte an allen Gliedern und stotterte: »Was hast du denn, du Drecksköter?« Er trat ein paar Schritte vor und durchstöberte mit den Blicken das verschwommene, das trübe Dunkel des Hofes.

Da sah er eine Gestalt, eine Menschengestalt auf seinem Misthaufen sitzen!

Entsetzt und keuchend starrte er sie an. Aber dann sah er neben sich den Stiel seiner in den Boden gerammten Mistforke; er riß sie heraus, und in einem jähen Furchtausbruch, wie er selbst die größten Feiglinge tollkühn macht, stürzte er vor, um zu sehen.

Es war sein Preuße; er war über und über beschmutzt aus seinem Unratlager hervorgekrochen; es hatte ihn erwärmt und wieder zum Leben erweckt. Mechanisch hatte er sich hingesetzt und war sitzen geblieben, vom Schnee überpudert, besudelt mit allem

möglichen Schmutz und Blut, noch ganz stumpfsinnig vor Besof-
fenheit, betäubt von dem Schlag, erschöpft durch die Verletzung.

Er sah Antoine, er war viel zu hirnlos, um irgend etwas zu begreifen, er machte eine unwillkürliche Bewegung, als wolle er aufstehen. Doch sowie der Alte ihn erkannt hatte, schäumte er wie
ein tollwütiger Köter.

Er prustete: »Du Schwein! Du Schwein! Du bist ja gar nicht
tot! Jetzt willst du mich verpfeifen... Warte... warte!«

Und damit stürzte er sich auf den Deutschen, stieß mit aller
Kraft seiner beiden Arme die wie eine Lanze hochgehobene Mistforke vor und bohrte sie ihm bis ans Ende der vier Eisenzacken in
die Brust.

Der Soldat fiel rücklings um und stieß einen langgezogenen
Todesseufzer aus; der alte Bauer indessen zog seine Waffe aus
den Wundlöchern heraus und stieß sie ihm immer wieder in den
Bauch, in den Magen, in den Hals, wie ein vom Irrsinn Gepack-
ter; er durchlöcherte von Kopf bis Füßen den zuckenden Körper,
aus dem das Blut in dicken Strudeln hervorquoll.

Dann hielt er inne, völlig außer Atem ob der Gewaltsamkeit
seines Tuns, und sog in langen Zügen die Luft ein; der voll-
brachte Mord hatte ihm die Ruhe wiedergegeben.

Als dann die Hähne zu krähen anfingen und der Tag anbrach,
machte er sich daran, den Preußen einzuscharren.

Er wühlte ein Loch in den Misthaufen, stieß auf gewachsenen
Boden, wühlte und grub noch tiefer; er rackerte sich planlos unter
dem Einsatz aller Kraft und mit wütenden Bewegungen der
Arme und des ganzen Körpers ab.

Als die Grube tief genug war, stieß er die Leiche mit der Mistforke hinein, schaufelte Erde darüber, stampfte sie lange mit den
Füßen fest, häufte den Mist wieder an seinen Ort und lächelte, als
er wahrnahm, wie der dichtfallende Schnee sein Werk vollendete
und mit seinem weißen Schleier sämtliche Spuren bedeckte.

Dann stemmte er seine Forke wieder in den Misthaufen und
ging zurück ins Haus. Seine noch halbvolle Schnapsflasche war
auf einem Tisch stehen geblieben. Er trank sie in einem Zug leer,
warf sich aufs Bett und schlief sofort tief ein.

Beim Aufwachen war er nüchtern; er fühlte sich ruhig, frisch und gesund, durchaus zur Beurteilung des Falles fähig und imstande zu überblicken, was jetzt geschehen werde.

Eine Stunde später lief er durchs Dorf und erkundigte sich überall nach seinem Soldaten. Er suchte die Offiziere auf, um zu erfahren, wie er sagte, warum man ihm seine Einquartierung wieder weggenommen habe.

Da bekannt war, wie gut die beiden sich gestanden hatten, fiel auf ihn kein Verdacht; er lenkte sogar die Nachforschungen, indem er behauptete, der Preuße sei jeden Abend hinter den Mädchen her gewesen.

Ein alter, im Ruhestand lebender Gendarm, der in einem Nachbardorf ein Gasthaus unterhielt und eine hübsche Tochter hatte, wurde verhaftet und erschossen.

Übertragen von Irma Schauber

ERSCHEINUNG

Französischer Titel: Apparition
Erstdruck: Le Gaulois, 4. April 1883

Sie hatten im Zusammenhang mit einem unlängst stattgehabten Prozeß über zwanghafte Isolierungen gesprochen. Es war gegen Ende einer Abendgesellschaft im engsten Kreis in einem alten Stadthaus in der Rue de Grenelle, und jeder hatte mit seiner Geschichte aufgewartet, einer Geschichte, von der er behauptete, sie sei wahr.

Da stand der alte, zweiundachtzigjährige Marquis de la Tour-Samuel auf und lehnte sich an den Kamin. Er sagte mit seiner ein wenig zittrigen Stimme:

»Auch ich weiß über ein seltsames Geschehnis zu berichten, ein so seltsames, daß es mich mein ganzes Leben lang im Bann gehalten hat. Es ist jetzt sechsundfünfzig Jahre her, daß jenes Abenteuer mir zugestoßen ist, und es vergeht kein Monat, ohne daß ich es im Traum nochmals erlebe. Von jenem Tag her ist in mir eine Art Brandmal zurückgeblieben, ein Nachbleibsel der Furcht, können Sie sich das vorstellen? Ja, ich habe zehn Minuten lang grauenhaften Schrecken ausgestanden, so sehr, daß seit jener Stunde eine Art ständigen Entsetzens in meiner Seele fortdauert. Geräusche, auf die ich nicht gefaßt bin, lassen mich bis ins tiefste Innere zusammenfahren; Dinge, die ich abends im Dunkel nicht deutlich wahrnehmen kann, lösen in mir ein wahnsinniges Verlangen aus davonzulaufen. Mit einem Wort: Nachts habe ich Angst.

Oh, das hätte ich schwerlich eingestanden, ehe ich so alt war, wie ich heute bin. Jetzt kann ich getrost alles sagen. Ist man erst mal zweiundachtzig, so braucht man gegenüber imaginären Gefahren nicht mehr tapfer zu sein. Vor wirklichen Gefahren bin ich niemals zurückgewichen, meine Damen.

Jene Geschichte hat mein Inneres dermaßen um und um gekehrt, hat mich in eine so tiefe Verstörtheit gestürzt, eine so mysteriöse und entsetzliche, daß ich sie bislang nicht mal erzählt habe. Ich habe sie in den tiefsten Gründen meiner selbst bewahrt, dort, wo man schmerzliche, peinliche, beschämende Geheimnisse verbirgt, all die unbekennbaren Schwächen, die sich in unser aller Dasein finden.

Ich will Ihnen das Abenteuer einfach als solches erzählen, ohne den Versuch einer Erklärung. Wahrscheinlich ist es erklärbar, sofern ich damals nicht gerade eine Stunde der Geistesgestörtheit durchlebt habe. Aber was, ich bin nicht verrückt gewesen, und ich werde es Ihnen beweisen. Stellen Sie sich vor und bilden Sie sich ein, was Sie wollen. Hier in aller Schlichtheit die Tatsachen:

Es war im Juli 1827. Ich stand in Rouen in Garnison.

Als ich eines Tages am Kai spazieren ging, begegnete ich einem Herrn, den ich wiederzuerkennen glaubte, ohne daß ich mich genau erinnern konnte, wer er sei. Ich machte eine instinktive Bewegung; ich wollte stehen bleiben. Das sah der Fremde, schaute mich an und fiel mir um den Hals.

Es war einer meiner Jugendfreunde, den ich sehr gern gehabt hatte. Innerhalb der fünf Jahre, die ich ihn nicht gesehen hatte, schien er um ein halbes Jahrhundert gealtert zu sein. Sein Haar war völlig weiß; er ging gebeugt, als sei er vollkommen verbraucht. Er begriff mein Erstaunen und erzählte mir sein Leben. Ein schreckliches Unglück hatte ihn zerbrochen.

Er hatte sich wahnsinnig in ein junges Mädchen verliebt und sie in einer Art Glücksüberschwang geheiratet. Nach einem Jahr übermenschlicher Seligkeit und nicht zu beschwichtigender Leidenschaft war sie plötzlich an einer Herzkrankheit gestorben, sicherlich an der Liebe selbst.

Am Tag der Beisetzung hatte er sein Schloß verlassen und war in sein Rouener Stadthaus übergesiedelt. Dort lebte er einsam und verzweifelt, von seinem Schmerz zerfressen, so jämmerlich, daß er nichts als den Gedanken an Selbstmord im Kopf hatte.

›Nun ich dir wiederbegegnet bin‹, sagte er, ›möchte ich dich eigentlich bitten, mir einen sehr großen Gefallen zu tun, nämlich mein Schloß aufzusuchen und mir aus dem Sekretär in meinem Schlafzimmer, unserm Schlafzimmer, einige Papiere zu holen, die ich dringend brauche. Ich kann mit dieser Besorgung keinen Untergebenen oder Anwalt betrauen, denn es bedarf dazu undurchdringlicher Diskretion und absoluten Schweigens. Mich selber bringt nichts in der Welt dazu, jenes Haus nochmals zu betreten. Ich gebe dir den Schlüssel des Zimmers, das ich bei meinem Aufbruch selber abgeschlossen habe, und den Schlüssel zu meinem Sekretär. Du bekommst überdies ein paar Zeilen von mir an meinen Gärtner mit, der dir dann die Schloßtür aufschließen wird. Aber iß morgen mit mir zu Mittag; dann können wir all das eingehender besprechen.‹

Ich versprach, ihm den kleinen Gefallen zu tun. Er stellte für mich übrigens nur einen Spazierritt dar; sein Besitz lag etwa fünf Meilen von Rouen entfernt. Die ließen sich zu Pferde innerhalb einer Stunde zurücklegen.

Am nächsten Morgen um zehn fand ich mich bei ihm ein. Wir aßen zu zweit; aber er sprach keine zwanzig Worte. Er bat mich deswegen um Entschuldigung; der Gedanke, ich werde das Zimmer betreten, das all sein Glück geborgen habe, gehe ihm sehr nahe, sagte er. Tatsächlich kam er mir sonderbar erregt und befangen vor, als vollziehe sich in seiner Seele ein geheimnisvoller Kampf.

Schließlich setzte er mir ganz genau auseinander, was ich zu tun hatte. Es war nicht weiter schwierig. Ich solle zwei Päckchen Briefe und ein Aktenbündel an mich nehmen; das alles liege im obersten Schubfach rechts des Möbelstücks, dessen Schlüssel ich bekommen hätte. Er sagte noch: ›Ich brauche dich nicht zu bitten, keinen Blick in die Papiere zu tun.‹

Jene Äußerung verletzte mich beinahe, und ich sagte es ihm ein wenig lebhaft.

Er stotterte: ›Verzeih; es ist für mich allzu schmerzlich.‹ Und er fing an zu schluchzen.

Gegen eins verließ ich ihn, um meinen Auftrag auszuführen.

Es war strahlend schönes Wetter; ich ritt in schlankem Trab durch das Wiesengelände und lauschte dem Trillern der Lerchen und dem rhythmischen Klopfen des Säbels gegen meinen Stiefelschaft.

Dann kam ich in den Wald und ließ mein Pferd im Schritt gehen. Baumzweige streiften mir kosend das Gesicht; und manchmal schnappte ich mir mit den Zähnen ein Blatt, zerkaute es gierig und empfand dabei jene Lebensfreude, die einen, ohne daß man weiß, warum, mit einem stürmischen und gleichsam unfaßbaren Glücksgefühl erfüllt, einer Art Krafttrunkenheit.

Als ich dem Schloß näher kam, suchte ich in meiner Tasche nach dem Brief für den Gärtner und sah zu meinem Erstaunen, daß er versiegelt war. Das verdutzte und ärgerte mich so sehr, daß ich fast kehrtgemacht hätte, ohne mich meines Auftrags zu entledigen. Dann fiel mir ein, daß ich dadurch eine geschmacklose Überempfindlichkeit bezeigen würde. Überdies hätte ja mein Freund in dem verworrenen Zustand, in dem er sich befand, den Brief verschließen können, ohne sich dessen recht bewußt zu sein.

Das Herrenhaus mutete an, als sei es seit zwanzig Jahren unbewohnt. Das Gattertor stand offen und war vermodert; es war rätselhaft, daß es überhaupt noch in den Angeln hing. Auf den Parkwegen wucherte Gras; die Beete auf den Rasenflächen waren kaum noch zu erkennen.

Auf das Geräusch hin, das ich vollführte, als ich mit dem Fuß gegen den einen Torflügel stieß, kam aus einer Seitentür ein alter Mann und schien bei meinem Anblick bestürzt. Ich saß ab und gab ihm meinen Brief. Er las ihn, las ihn nochmals, drehte und wendete ihn, sah mich von unten herauf an, steckte den Brief in die Tasche und brachte hervor: ›Ja, was wünschen Sie nun eigentlich?‹

Ich antwortete barsch: ›Das sollten Sie wissen, da Sie ja durch den Brief die Befehle Ihres Herrn erhalten haben; ich will ins Schloß.‹

Er wirkte wie vor den Kopf geschlagen. Er erklärte: ›Dann wollen Sie also in... in... ihr... sein... Zimmer?‹

Ich begann die Geduld zu verlieren. ›Zum Donnerwetter, wollen Sie mich hier etwa ausfragen?‹

Er stammelte: ›Nein... Aber die Sache ist bloß die... Es ist nicht gelüftet worden... seit... seit... dem Todesfall. Wenn Sie fünf Minuten warten wollen, dann gehe ich und... sehe nach, ob...‹

Ich fiel ihm wütend ins Wort: ›Sagen Sie mal, wollen Sie mich zum besten halten? Sie können doch gar nicht hinein; den Schlüssel habe nämlich ich!‹

Er wußte nicht mehr, was er sagen sollte. ›Dann will ich Ihnen den Weg zeigen.‹

›Zeigen Sie mir die Treppe, und dann lassen Sie mich allein. Ich finde mich schon ohne Sie zurecht.‹

›Aber... es wäre doch...‹

Diesmal konnte ich nicht mehr an mich halten: ›Jetzt halten Sie gefälligst den Mund, nicht wahr? Oder ich werde Sie Mores lehren.‹ Ich schob ihn mit einem Ruck beiseite und ging in das Haus hinein.

Erst durchschritt ich die Küche, dann zwei kleine Räume, in denen wohl jener Gärtner und seine Frau wohnten. Dann gelangte ich in eine große Vorhalle, stieg die Treppe hinauf und erkannte die mir von meinem Freund beschriebene Tür.

Ich schloß sie ohne Schwierigkeiten auf und trat ein.

Der Raum war so düster, daß ich zunächst nicht das mindeste erkennen konnte. Ich blieb stehen, betroffen ob des faden Schimmelgeruchs, wie er in allen unbewohnten und vernachlässigten Zimmern herrscht, erstorbenen Zimmern. Nach und nach gewöhnten meine Augen sich an die Dunkelheit, und ich nahm ziemlich deutlich einen großen, unordentlichen Raum wahr; ein Bett ohne Laken, aber mit den Matratzen und den Kopfkissen stand darin; auf dem einen war eine tiefe Einbeulung zu sehen, gleich als sei vor kurzem erst ein Ellbogen oder ein Kopf darauf gelehnt worden. Die Sitzgelegenheiten waren sozusagen in Auflösung begriffen. Mir fiel noch eine Tür auf, wohl die eines Wandschranks, die spaltbreit offengeblieben war.

Erst einmal ging ich an das Fenster und machte es auf, um Licht hereinzulassen; aber der Verschluß der Laden war so verrostet, daß ich ihn nicht aufbekam.

Ich versuchte sogar, ihn mit meinem Säbel zu sprengen, aber es gelang mir nicht. Da mich diese unnützen Anstrengungen ärgerten und da meine Augen sich inzwischen völlig an die Dunkelheit gewöhnt hatten, verzichtete ich auf die Hoffnung, hier etwas mehr Helle zu schaffen, und machte mich an den Sekretär.

Ich setzte mich in einen Lehnstuhl, klappte die Schreibplatte nieder und zog das mir gewiesene Schubfach auf. Es war randvoll. Ich brauchte nur drei Bündel, von denen ich wußte, woran ich sie erkennen konnte, und machte mich ans Suchen.

Ich überanstrengte meine Augen beim Entziffern der Aufschriften; da glaubte ich hinter mir ein Rascheln zu hören oder vielmehr zu fühlen. Ich achtete nicht darauf, der Meinung, ein Luftzug habe irgendwelchen Stoff bewegt. Doch nach einer Minute ließ ein weiteres, kaum wahrnehmbares Sichregen mir einen merkwürdigen, unbehaglichen Schauer über die Haut rieseln. Es war dermaßen blöd, sich etwas daraus zu machen, wenn auch nur andeutungsweise, daß ich mich aus Scham vor mir selbst nicht umdrehen wollte. Ich hatte kurz zuvor das zweite Bündel entdeckt, das ich brauchte; und ich fand gerade das dritte, als ein tiefer, schmerzlicher, unmittelbar neben meiner Schulter ausgestoßener Seufzer mich einen zwei Meter weiten Irrsinnssprung vollführen ließ. Dabei war ich herumgefahren, die Hand am Säbelknauf, und hätte ich den Säbel nicht an meiner Seite gefühlt, so wäre ich sicherlich davongelaufen wie ein Feigling.

Eine hochgewachsene, weißgekleidete Frau sah mich an; sie stand hinter dem Sessel, auf dem ich noch vor einer Sekunde gesessen hatte.

Mir schoß ein solcher Schrecken durch die Glieder, daß ich fast auf den Rücken gefallen wäre. Wer dergleichen nicht erlebt hat, dem ist solch ein schauerlicher, blöder Schreck etwas Unbegreifliches. Die Seele zergeht einem; man spürt sein Herz nicht mehr, der ganze Körper wird schlaff wie ein Schwamm; man könnte meinen, das ganze Innere fließe einem aus.

Ich glaube nicht an Geister; und dennoch ist mir vor scheußlicher Angst vor den Toten schwach geworden, und ich habe innerhalb einiger Sekunden mehr durchgemacht als in meinem ganzen übrigen Leben, so unwiderstehlich war meine Angst vor übernatürlichen Schrecknissen.

Hätte sie nicht gesprochen, so wäre ich vielleicht tot umgesunken! Aber sie sprach; sie sprach mit sanfter, schmerzlicher Stimme, die einem die Nerven vibrieren ließ. Ich könnte nicht sagen, daß ich wieder Herr meiner selbst geworden und zur Vernunft gekommen sei. Nein. Ich war so kopflos, daß ich nicht mehr wußte, was ich tun sollte; allein der heimliche Stolz, den ich in mir trage, und auch ein wenig Berufsstolz ließen mich fast unwillkürlich eine anständige Haltung bewahren. Mit einem Wort: Ich bezeigte Sicherheit, um meinetwillen und zweifellos auch um ihretwillen, wer sie auch sein mochte, Frau oder Geist. Erst später bin ich mir alles dessen bewußt geworden; denn ich versichere Ihnen: Im Augenblick der Erscheinung habe ich an überhaupt nichts gedacht. Ich hatte einfach Angst.

Sie sagte: ›Oh, Sie könnten mir einen großen Gefallen tun!‹

Ich wollte antworten, aber ich brachte kein Wort hervor. Irgendein unbestimmter Laut entrang sich meiner Kehle.

Sie fuhr fort: ›Ob Sie es wohl tun? Sie können mich retten, mich heilen. Ich leide entsetzlich. Immer leide ich. Ich leide, oh, ich leide!‹ Und sie setzte sich behutsam in meinen Sessel. Sie blickte mich an: ›Tun Sie es?‹

Ich nickte; meine Stimme war noch immer gelähmt.

Da hielt sie mir einen großen Schildpattkamm hin und sagte leise: ›Kämmen Sie mich, oh, kämmen Sie mich; dann werde ich wieder gesund; man braucht mich bloß zu kämmen. Sehen Sie nur meinen Kopf an… Er tut mir so weh; und mein Haar, das schmerzt mich so!‹

Ihr offenes, sehr langes, sehr dunkles Haar, so schien es mir, hing über die Sesselrücklehne hinab und berührte den Boden.

Warum habe ich es getan? Warum habe ich erschauernd den Kamm entgegengenommen, und warum habe ich ihr langes Haar durch meine Hände gleiten lassen, das sich grausig kalt anfühlte, als faßte ich Schlangen an? Ich weiß es nicht.

Die Empfindung ist in meinen Fingern verblieben; ich zittere, wenn ich daran denke.

Ich kämmte sie. Ich strählte, wie, das weiß ich nicht, dieses Eishaar. Ich wand es, ich legte es zusammen und entbreitete es wieder; ich flocht es, wie man eine Pferdemähne flicht. Sie seufzte, neigte den Kopf, schien glücklich.

Unvermittelt sagte sie: ›Danke!‹, riß mir den Kamm aus der Hand und entwich durch die Tür, von der ich wahrgenommen hatte, daß sie nur angelehnt war.

Als ich allein war, hatte ich ein paar Sekunden lang das gleiche verstörte und verworrene Gefühl wie beim Erwachen aus einem Alptraum. Dann kam ich endlich wieder zu vollem Bewußtsein, lief zum Fenster und zertrümmerte die Laden mit einem wütenden Fausthieb.

Eine Flut von Tageshelle schwoll herein. Ich stürzte nach der Tür, durch die jenes Wesen hinausgegangen war. Sie war verschlossen und gab nicht nach.

Da überkam mich ein fieberischer Fluchtdrang, eine Panik, eine richtige Panik wie nach einer verlorenen Schlacht. Ich raffte die drei Briefpäckchen aus dem offengebliebenen Sekretär an mich; ich hastete quer durch den Raum, sprang die Treppe hinab, wobei ich mehrere Stufen auf einmal nahm, war im Freien, ohne zu wissen, wo, sah mein Pferd ein paar Schritte weit vor mir stehen, saß mit einem Satz auf und sprengte davon.

Erst in Rouen, vor meiner Unterkunft, hielt ich an. Ich warf die Zügel meinem Burschen zu, hastete in mein Zimmer hinauf, schloß mich ein und versuchte, Klarheit zu gewinnen.

Eine Stunde lang überlegte ich ängstlich, ob ich nicht Beute einer Halluzination gewesen sei. Sicherlich hatte mich eine der unbegreiflichen Erschütterungen des Nervensystems heimgesucht, eine der Störungen der Gehirnfunktionen, die die Wunder gebären, denen das Übernatürliche seine Macht dankt.

Und mir blieb nichts übrig, als an eine Vision, einen Irrtum meiner Sinne zu glauben, bis ich an mein Fenster herantrat. Zufällig glitten meine Blicke über meine Brust hinab. An meinem Dolman hafteten Haare, lange Frauenhaare, die sich an den Knöpfen verfangen hatten!

Ich nahm sie eins nach dem andern und warf sie hinaus, mit zitternden Fingern.

Dann rief ich meinen Burschen. Ich fühlte mich erschüttert, zu sehr durcheinander, als daß ich an jenem Tag noch zu meinem Freund hätte gehen können. Und zudem wollte ich mir reiflich überlegen, was ich ihm sagen mußte.

Ich ließ ihm seine Briefe überbringen; er gab dem Soldaten eine Empfangsbestätigung. Nach mir erkundigte er sich eingehend. Es wurde ihm gesagt, ich sei unpäßlich, ich hätte einen

Sonnenstich erlitten, irgend so etwas. Ich soll beunruhigt gewirkt haben.

Am andern Tag ging ich in aller Frühe zu ihm, fest entschlossen, ihm die Wahrheit zu sagen. Er war abends zuvor weggegangen und noch nicht wieder heimgekehrt.

Im Lauf des Tages ging ich nochmals hin; er war noch nicht gesehen worden. Ich wartete eine Woche. Er ließ sich nicht wieder blicken. Da erstattete ich Anzeige. Es wurde überall nach ihm geforscht, aber es fand sich keine Spur von ihm; er war weder gesehen worden, noch wurde er gefunden.

In dem unbewohnten Schloß wurde eine peinlich genaue Haussuchung durchgeführt. Sie ergab nichts Verdächtiges.

Nichts ließ darauf schließen, daß dort eine Frau versteckt gehalten werde.

Die Fahndungen zeigten keinerlei Ergebnis; die Nachforschungen wurden abgebrochen.

Und sechsundfünfzig Jahre lang habe ich nichts erfahren. Weiter weiß ich nichts.«

Walter Schnaffs' Abenteuer

Französischer Titel: L'Aventure de Walter Schnaffs
Erstdruck: Le Gaulois, 11. April 1883

Für Robert Pinchon

Seit dem Einmarsch des Invasionsheeres in Frankreich hielt Walter Schnaffs sich für den unseligsten aller Sterblichen. Er war dick, schlecht zu Fuß, schnaufte viel und litt schrecklich unter seinen stets geschwollenen Plattfüßen. Überdies war er friedlich und wohlwollend, in keiner Weise auf Ruhm erpicht oder blutdürstig, Vater von vier Kindern, die er zärtlich liebte, und Ehemann einer jungen blonden Frau, nach deren Liebkosungen, deren kleinen Fürsorglichkeiten, deren Küssen er sich jeden Abend verzweifelt sehnte. Er stand gern spät auf und ging gern spät zu Bett, aß gern bedächtig gute Dinge und trank gern in den Bierlokalen seinen Schoppen. Des weiteren meinte er, daß alles Annehmliche im Dasein mit dem Leben dahinschwinde; und er hegte in seinem Herzen einen furchtbaren, instinktiven und wohlerwogenen Haß gegen Kanonen, Gewehre, Revolver und Säbel, vor allem aber gegen Bajonette, da er sich außerstande wußte, diese schnelle Waffe bei der Verteidigung seines dicken Bauchs behend genug zu handhaben.

Und wenn er bei anbrechender Dunkelheit sich in seinen Mantel gewickelt an der Seite seiner schnarchenden Kameraden auf dem nackten Erdboden schlafen legte, gab er sich lange Gedanken an die daheim zurückgelassenen Seinen und an die Gefahren hin, mit denen sein Weg übersät war: Wenn er fiel, was sollte dann aus den Kindern werden? Wer würde sie ernähren und großziehen? Sie waren ohnehin nicht mit großen Mitteln versehen, trotz der Schulden, die er auf sich genommen hatte, als er ins Feld rückte, um ihnen einiges Geld dazulassen. Und machmal kamen Walter Schnaffs die Tränen.

Bei Beginn einer Schlacht fühlte er eine solche Schlaffheit in den Beinen, daß er sich hätte zu Boden fallen lassen, wenn er nicht bedacht hätte, daß dann das ganze Heer über ihn hinwegtrampeln würde. Beim Pfeifen der Kugeln sträubte sich auf seiner Haut jedes Haar.

So lebte er seit Monaten in Angst und Schrecken.

Sein Armeekorps rückte gegen die Normandie vor; eines Tages wurde er mit einem schwachen Sonderkommando auf Patrouille geschickt; er sollte lediglich einen Teil des Gebiets erkunden und sich dann wieder zurückziehen. In den Feldern schien alles ruhig zu sein; nichts ließ auf vorbereiteten Widerstand schließen.

Als nun aber die Preußen in aller Ruhe in ein kleines, von tiefen Schluchten durchzogenes Tal hinabstiegen, brachte heftiges Gewehrfeuer sie jäh zum Stehen; etwa zwanzig der Ihren blieben am Platz; und ein unvermittelt aus einem wie eine Handfläche großen Wäldchen hervorbrechender Trupp Freischärler stürzte ihnen mit aufgepflanztem Bajonett entgegen.

Zunächst blieb Walter Schnaffs starr stehen; er war so verdutzt, so außer sich, daß ihm nicht einmal der Gedanke kam, er könne machen, daß er wegkomme. Dann packte ihn ein wahnwitziger Drang, sich aus dem Staub zu machen; zugleich aber mußte er daran denken, daß er im Vergleich mit den mageren Franzosen, die mit leichtfüßigen Sprüngen wie eine Ziegenschar herankamen, sich fortbewegen würde wie eine Schildkröte. Da gewahrte er sechs Schritte vor sich einen breiten Graben voll Gestrüpp mit trockenen Blättern und sprang sofort mit geschlossenen Füßen hinein, ohne die mögliche Tiefe zu bedenken, wie man von einer Brücke in einen Fluß springt.

Auf diese Weise glitt er wie ein Pfeil durch eine dicke Schicht von Waldreben und Brombeerranken, deren scharfe Dornen ihm Gesicht und Hände zerschrammten, und plumpste schwer auf ein Lager von Steinen.

Im Aufblicken sah er durch das von ihm gerissene Loch den Himmel. Dieses frische Loch konnte ihn verraten, und so kroch er vorsichtig auf allen vieren auf dem Grund der Vertiefung unter einem Dach in sich verschlungener Ranken hinweg; so schnell wie möglich entfernte er sich vom Kampfplatz. Dann hielt er inne und setzte sich abermals hin; wie ein Hase hockte er inmitten hohen, trockenen Pflanzengewuchers.

Eine Zeitlang hörte er noch Schüsse, Schreie und Klagerufe. Dann wurde der Gefechtslärm schwächer und hörte schließlich ganz auf. Alles wurde wieder stumm und ruhig.

Plötzlich regte sich etwas dicht neben ihm. Er zuckte entsetzt zusammen. Es war ein kleiner Vogel, der sich auf einen Zweig gesetzt und dabei die abgestorbenen Blätter gestreift hatte. Fast eine Stunde lang klopfte Walter Schnaffs' Herz in heftigen, gepreßten Schlägen.

Die Nacht kam und erfüllte den Graben mit Dunkelheit. Und der Soldat fing an zu grübeln. Was sollte er tun? Was sollte aus ihm werden? Sollte er wieder zu seinem Truppenteil stoßen? Aber wie? Und wo? Und damit würde für ihn abermals das Leben der Ängste, der Schrecknisse, der Mühseligkeiten und Leiden einsetzen, das er von Kriegsbeginn an geführt hatte! Nein! Dazu verspürte er den Mut nicht mehr! Er würde nicht mehr die Energie aufbringen, deren er zum Ertragen der Märsche, zum Trotzen der Gefahren bedurfte, die jede Minute mit sich brachte.

Doch was tun? Er konnte nicht in diesem Graben hocken bleiben und sich bis zum Aufhören der Feindseligkeiten versteckt halten. Nein, ganz bestimmt nicht. Hätte er nicht essen müssen, so hätte diese Aussicht ihm vielleicht nicht allzu viel zu schaffen gemacht; aber essen muß der Mensch nun mal, und zwar jeden Tag.

Und also befand er sich ganz allein in Wehr und Waffen im Feindesland, fern von allen, die ihn hätten verteidigen können. Schauder überrannen seine Haut.

Plötzlich durchzuckte ihn der Gedanke: Wäre ich doch nur Gefangener! Und sein Herz bebte vor Begier, heftiger, maßloser Begier, in französische Gefangenschaft zu geraten. Kriegsgefangener sein! Dann wäre er in Sicherheit, bekäme Verpflegung und Unterkunft, bliebe verschont von Kugeln und Säbeln, brauchte keine Angst mehr zu haben, säße wohlbehütet in einem guten Gefängnis. Gefangener! Welch schöner Traum!

Und auf der Stelle hatte er seinen Entschluß gefaßt: Ich lasse mich gefangennehmen.

Er stand auf; er wollte seinen Plan in die Tat umsetzen, ohne auch nur eine Minute zu zögern. Doch er rührte sich nicht vom Fleck; es bestürmten ihn peinliche Erwägungen und neue Schrecken.

Wo sollte er sich gefangengeben? Auf welche Weise? Und wem? Und schreckliche Vorstellungen, Bilder des Todes, überstürzten einander in seinem Innern.

Er würde sich gräßlichen Gefahren aussetzen, wenn er sich ganz allein mit seiner Pickelhaube ins ungedeckte Gelände vorwagte.

Wenn er nun auf Bauern stieß? Bauern, die, wenn sie einen versprengten Deutschen erblickten, einen wehrlosen Preußen, ihn totschlagen würden wie einen streunenden Köter? Sie würden ihn mit ihren Mistgabeln, ihren Hacken, ihren Sensen, ihren Spaten niedermetzeln! Sie würden in ihrer Erbitterung als verzweifelte Besiegte Hackfleisch und Brei aus ihm machen!

Wenn er nun wieder auf Freischärler stieß? Die waren Rasende ohne Gesetz und Disziplin, die würden ihn aus purem Vergnügen erschießen, zum Zeitvertreib, aus bloßem Ulk, um zu sehen, was für ein Gesicht er dabei machte. Er sah sich schon an einer Mauer stehen, gegenüber zwölf Gewehrläufen, deren kleine, runde, schwarze Löcher ihn anzustarren schienen.

Und wenn er nun gar an die französische Armee geriet? Die Avantgarde würde ihn für einen Aufklärer halten, für ein tollkühnes, gewitztes altes Frontschwein, das auf eigene Faust auf Erkundung gegangen sei, und ihn ohne weiteres über den Haufen schießen. Und es klangen ihm schon die unregelmäßigen Schüsse der Soldaten in den Ohren, die im Buschwerk versteckt kauerten, während er selber schutzlos mitten auf einem Feld stand und hinsank, durchlöchert wie ein Schaumlöffel von Kugeln, die er schon jetzt in sein Fleisch einschlagen spürte.

Verzweifelt setzte er sich wieder hin. Seine Lage dünkte ihm ausweglos.

Inzwischen war es völlig dunkel geworden, stumme, finstere Nacht. Er rührte sich nicht, er erbebte bei all den fremdartigen, leisen Geräuschen, wie sie die Finsternis zu durchgleiten pflegen. Ein mit dem Hintern den Rand eines Erdlochs streifendes Kaninchen hätte Walter Schnaffs beinahe die Flucht ergreifen lassen. Die Käuzchenrufe zerrissen sein Inneres, durchstießen ihn mit jähen Ängsten, die ihn wie Verwundungen schmerzten. Er riß seine hervorquellenden Augen weit auf und versuchte, im Dunkel etwas zu erkennen; und in einem fort bildete er sich ein, er höre ganz in der Nähe Schritte.

Nach unermeßlichen Stunden und den Ängsten eines in der Hölle Schmachtenden nahm er durch das Rankendach über sich wahr, daß der Himmel heller wurde. Da durchdrang ihn eine gewaltige Erleichterung; seine Glieder entspannten sich, er fühlte sich plötzlich ausgeruht; sein Herzklopfen beschwichtigte sich; die Augen fielen ihm zu. Er schlief ein.

Als er erwachte, meinte er, die Sonne sei ungefähr am Scheitelpunkt des Himmels angelangt; es mußte Mittag sein. Kein Geräusch störte den trübseligen Frieden der Felder; und Walter Schnaffs wurde sich bewußt, daß er nagenden Hunger habe.

Er gähnte; bei dem Gedanken an eine Wurst, eine gute Soldatenwurst, lief ihm das Wasser im Mund zusammen; sein Magen krampfte sich zusammen.

Er stand auf, machte ein paar Schritte, verspürte Schwäche in seinen Beinen, setzte sich wieder hin und dachte nach. Noch zwei oder drei Stunden lang erwog er das Für und Wider, kam alle Augenblicke zu einem andern Entschluß; er fühlte sich überwältigt, tief unglücklich, hin und her gezerrt von den einander widersprechenden Erwägungen.

Schließlich erschien ihm ein Gedanke als logisch und durchführbar, der nämlich, abzuwarten, bis ein einzelner, unbewaffneter, kein gefährliches Arbeitsgerät mit sich führender Dorfbewohner vorüberkomme; dem wollte er entgegenlaufen, sich seinen Händen anbefehlen und ihm deutlich machen, er gebe sich gefangen.

Also warf er seinen Helm weg, dessen Spitze ihn hätte verraten können, und steckte unendlich vorsichtig den Kopf aus seinem Loch heraus.

Kein einziges Lebewesen war in weiter Runde wahrzunehmen. Weit hinten, zur Rechten, sandte ein kleines Dorf den Rauch seiner Dächer gen Himmel, den Rauch seiner Küchen! Weit hinten, zur Linken, erblickte er am Ende der Bäume einer Allee ein großes, von Türmchen flankiertes Schloß.

Er wartete auf diese Weise bis zum Abend, litt entsetzlich, sah nichts als vorüberfliegende Krähen und hörte nichts als die dumpfen Klagerufe seiner Gedärme.

Und abermals sank die Nacht über ihn herab.

Er streckte sich auf dem Boden seiner Zufluchtsstätte aus und versank in fiebrigen, von Alpträumen durchspukten Schlaf, den Schlaf eines Ausgehungerten.

Abermals stieg über ihm die Morgendämmerung auf. Er machte sich wieder ans Auslugen. Doch das Land ringsum blieb leer wie tags zuvor; und Walter Schnaffs' bemächtigte sich eine neue Furcht, die Furcht, Hungers zu sterben! Er sah sich unten in seinem Loch liegen, auf dem Rücken, mit geschlossenen Augen. Dann kamen Tiere, alle möglichen kleinen Tiere an seine Leiche herangekrochen und fingen an, ihn aufzufressen; alle zugleich machten sie sich über ihn her, sie schlüpften unter seine Beinkleidung und bissen sich in seine kalte Haut ein. Und ein großer Rabe pickte ihm mit seinem scharfen, spitzen Schnabel die Augen aus.

Da packte ihn Irrsinn; er malte sich aus, wie er vor Schwäche ohnmächtig werde und nicht mehr weitergehen könne. Und er war schon drauf und dran, nach dem Dorf hinzueilen, entschlossen, alles zu wagen, allem zu trotzen, als er drei Bauern gewahrte, die, ihre Forken auf der Schulter, aufs Feld gingen; und da tauchte er wieder zurück in sein Versteck.

Doch als die Nacht die Felder in Dunkelheit hüllte, kroch er langsam aus dem Graben heraus und setzte sich in Marsch; gebückt, furchtsam, unter Herzklopfen ging er auf das Schloß zu; er wollte lieber dort Einlaß suchen als in dem Dorf, das ihn schreckerregender dünkte als eine von Tigern wimmelnde Höhle.

Die Fenster des Erdgeschosses schimmerten hell. Eins stand sogar offen, und ein kräftiger Duft nach gesottenem Fleisch schwoll heraus, ein Duft, der Walter Schnaffs sogleich in die Nase drang und von dort bis hinab in seinen Bauch; dieser Duft ließ ihn sich zusammenkrampfen, ihn keuchen; er zog ihn unwiderstehlich an, er schleuderte ihm eine verzweifelte Kühnheit ins Herz.

Und ohne zu überlegen, erschien er jäh, den Helm auf dem Kopf, im Fensterrahmen.

Um einen großen Tisch herum saßen acht Bedienstete beim Abendessen. Doch plötzlich sperrte ein Hausmädchen Mund und Nase auf, ließ das Glas fallen und bekam starre Augen. Alle Blicke folgten dem ihrigen.

Der Feind war da!

Du lieber Himmel! Die Preußen griffen das Schloß an!

Zunächst gellte ein Schrei auf, ein einziger Schrei; er bestand aus acht in acht verschiedenen Tonhöhen ausgestoßenen Schreien und bildete einen grauenerregenden Entsetzensschrei; dann sprang alles in wirrem Tumult auf, es gab ein Geschubse, ein Durcheinander, eine kopflose Flucht durch die Hintertür. Stühle fielen um, Männer rannten die Frauen über den Haufen und stiegen über sie hinweg. Innerhalb weniger Sekunden lag der Raum leer und verlassen da, und vor den Augen des verblüfften Walter Schnaffs, der nach wie vor am Fenster stand, prangte der mit Fressalien bedeckte Tisch.

Nach ein paar Augenblicken des Zauderns schwang er sich über die Fensterbank und ging zu den Tellern hin. Ob seines grimmigen Hungers schlotterte er wie im Fieber; aber noch immer hielt Furcht ihn zurück und lähmte ihn. Er lauschte. Das ganze Gebäude schien zu zittern; Türen klappten zu, hastige Schritte liefen im oberen Stockwerk hin und her. Der Preuße in seiner Unruhe spitzte das Ohr und horchte gespannt auf diese verworrenen Geräusche; dann vernahm er dumpfe Laute, als fielen Körper auf die weiche Erde unten an den Mauern, Körper von Menschen, die aus dem ersten Stock hinabgesprungen waren.

Dann hörte alles Rumoren, alles Hin und Her auf, und in dem großen Schloß herrschte Grabesstille.

Walter Schnaffs setzte sich vor einen unangerührt gebliebenen Teller und fing an zu essen. Er stopfte sich den Mund voll, als habe er Angst, vor der Zeit unterbrochen zu werden und nicht genug in sich hineinschlingen zu können. Mit beiden Händen stopfte er sich Bissen in den wie eine Falle offenstehenden Mund; und ganze Ladungen an Nahrung rutschten ihm eine nach der andern in den Magen und schwellten ihm im Hinabgleiten die Gurgel. Manchmal machte er eine kurze Pause; er war drauf und dran, zu platzen wie ein allzu volles Rohr. Dann langte er sich einen Ziderkrug und wusch sich die Speiseröhre aus, wie man ein verstopftes Leitungsrohr durchspült.

Er leerte sämtliche Teller, sämtliche Schüsseln und sämtliche Flaschen; als er dann trunken von Essen und Trinken, verstumpft, rot im Gesicht, von Rülpsern geschüttelt, wirren Kopfes und mit fettigen Lippen dasaß, knöpfte er sich die Uniform auf, um ungehinderter atmen zu können; auch nur einen Schritt zu tun, war er übrigens außerstande. Seine Augen klappten zu, seine Gedanken taumelten schlaff durcheinander; er senkte die schwere Stirn auf die auf der Tischplatte gekreuzten Arme und verlor langsam das Wahrnehmungsvermögen für Dinge und Geschehnisse.

Das letzte Mondviertel beleuchtete verschwommen die Weite jenseits der Parkbäume. Es war die kühle Stunde vor Tagesanbruch.

Dunkle Gestalten glitten durchs Dickicht, zahlreiche stumme Gestalten; und manchmal ließ ein Mondstrahl eine stählerne Spitze aufblinken. Das stille Schloß reckte seine dunkle Silhouette auf. Nur zwei Fenster im Erdgeschoß schimmerten nach wie vor.

Da brüllte eine Donnerstimme: »Zum Satan! Sturmangriff, Jungs!«

Und im Nu wurden Türen, Laden und Fensterscheiben von einer Woge von Männern eingeschlagen, die sich heranwälzte, alles kurz und klein schlug und das Gebäude überschwemmte. Im Nu stürzten fünfzig bis an die Zähne bewaffnete Soldaten in die Küche, wo Walter Schnaffs friedlich schlief, richteten fünfzig geladene Gewehre auf seine Brust, warfen ihn zu Boden, walkten ihn, fesselten ihn von oben bis unten.

Er schnappte vor Bestürzung nach Luft, er war viel zu benommen, um zu begreifen; er war vom Wahnsinn geschlagen und niedergeschmettert vor Angst.

Und dann pflanzte ihm plötzlich ein feister, goldverbrämter

Offizier den Fuß auf den Bauch und brüllte ihn an: »Sie sind mein Gefangener, ergeben Sie sich!«

Der Preuße verstand nur das eine Wort »Gefangener« und ächzte: »Ja, ja, ja!«

Er wurde hochgehoben, auf einem Stuhl festgebunden und von seinen Besiegern, die wie Walfische schnauften, mit lebhafter Neugier gemustert. Ein paar setzten sich hin; sie konnten sich vor Aufregung und Mattigkeit nicht mehr auf den Beinen halten.

Walter Schnaffs lächelte, er lächelte jetzt; er war sich sicher, daß er endlich Kriegsgefangener sei!

Ein anderer Offizier kam herein und meldete: »Herr Oberst, der Feind ist in die Flucht geschlagen; mehrere scheinen verwundet. Wir halten das Schloß besetzt.«

Der dicke Offizier wischte sich die Stirn ab und schmetterte: »Viktoria!« Und dann schrieb er in ein bei Kaufleuten übliches Merkbuch, das er aus der Tasche gezogen hatte: »Nach hartem Kampf mußten die Preußen zum Rückzug blasen; ihre Toten und Verwundeten haben sie mitgenommen; es dürften an die fünfzig außer Gefecht gesetzt worden sein. Mehrere sind uns in die Hände gefallen.«

Der junge Offizier fuhr fort: »Haben Herr Oberst weitere Befehle?«

Der Oberst antwortete: »Wir wollen uns zurückziehen, zwecks Vermeidung eines Überfalls mit Artillerie und überlegenen Kräften.« Und er gab den Befehl zum Abrücken.

Die Kolonne trat in der Dunkelheit unterhalb der Schloßmauern an und setzte sich in Marsch; in der Mitte wurde der gefesselte Walter Schnaffs mitgeführt; sechs Krieger, den Revolver in der Faust, hielten ihn fest.

Späher wurden vorausgeschickt, um auf der Landstraße aufzuklären. Unter äußerster Vorsicht wurde vorgerückt; von Zeit zu Zeit wurde haltgemacht.

Als es Tag wurde, kamen sie bei der Unterpräfektur von La Roche-Oysel an, dessen Nationalgarde dies Heldenstück vollbracht hatte.

Die ängstliche, übererregte Einwohnerschaft wartete bereits. Beim Erblicken der Pickelhaube des Gefangenen brach ein fürchterliches Geschrei los. Die Frauen reckten die Arme gen Himmel; die alten Weiber brachen in Tränen aus; ein Urgreis schwang seine Krücke gegen den Preußen und verwundete einen von dessen Bewachern an der Nase.

Der Oberst brüllte: »Wacht über die Sicherheit des Gefangenen!«

Schließlich kam der Zug vor dem Rathaus an. Das Gefängnis wurde aufgeschlossen und der seiner Fesseln entledigte Walter Schnaffs hineingeworfen.

Zweihundert Bewaffnete zogen auf Wache rings um das Gebäude.

Jetzt aber fing der Preuße trotz der Symptome einer Magenverstimmung, die ihm seit geraumer Weile zu schaffen machte, schier närrisch vor Freude zu tanzen an, völlig außer sich zu tanzen, wobei er Arme und Beine in die Luft warf und dann und wann wie irrsinnig auflachte, bis er völlig erschöpft an einer der Wände niederfiel.

Er war ein Gefangener! Mit heiler Haut davongekommen!

Auf diese Weise wurde Schloß Champignet nach einer Besatzungszeit von nur sechs Stunden dem Feind wieder abgenommen.

Oberst Ratier, im Zivilberuf Tuchhändler, der an der Spitze der Nationalgarde von La Roche-Oysel das Unternehmen durchgeführt hatte, bekam einen Orden.

Übertragen von Irma Schauber

Die Liebesbezeigungen

Französischer Titel: Les Caresses
Erstdruck: Le Gil-Blas, 14. April 1883,
unter dem Pseudonym »Maufrigneuse«

Nein, mein Freund, schlagen Sie es sich aus dem Kopf. Was Sie von mir verlangen, empört mich und widert mich an. Man könnte sagen, daß Gott – denn *ich* glaube an Gott – alles, was er an Gutem getan hat, habe verderben wollen, indem er ihm etwas Abscheuliches beifügte. Er hat uns die Liebe geschenkt, das Holdeste, was es auf Erden gibt; doch dann ist sie ihm als zu schön und zu rein für uns erschienen, und er hat die Sinne erdacht, die niedrigen, schmutzigen, abstoßenden, brutalen Sinne, die Sinne, die er wie aus Hohn und Spott gebildet und mit dem Unreinsten des Körpers vermischt, die er so ersonnen hat, daß wir ihrer nicht ohne Erröten gedenken, daß wir davon nur mit gesenkter Stimme sprechen können. Ihre häßliche Betätigung wird von der Scham verhüllt. Sie geschieht im Verborgenen, erfüllt die Seele mit Auflehnung, verletzt die Augen, und da sie von der Moral in Bann getan und vom Gesetz verfolgt wird, geschieht sie im Dunkeln, als sei sie ein Verbrechen.

Sprechen Sie mir nie davon, nie!

Ich weiß nicht, ob ich Sie liebe, aber ich weiß, daß ich gern mit Ihnen zusammen bin, daß Ihr Blick mir angenehm ist und daß Ihre Stimme mir das Herz liebkost. Von dem Tag an, da Sie von meiner Schwachheit erhalten hätten, was Sie wünschen, würden Sie mir verhaßt sein. Die zarten Bande, die uns miteinander verknüpfen, würden zerbrochen sein. Es bestände zwischen uns nichts als ein Abgrund von Schändlichkeiten.

Wir wollen es dabei belassen, wie es ist. Und... lieben Sie mich, wenn Sie wollen, ich erlaube es.

Ihre Freundin
Geneviève

Madame, erlauben Sie mir wohl, unumwunden zu Ihnen zu sprechen, ohne galante Schonung, wie ich zu einem Freund sprechen würde, der ewige Gelübde ablegen möchte?

Auch ich weiß nicht, ob ich Sie liebe. Ich werde es erst wahrhaft wissen, wenn geschehen ist, was Sie so sehr empört.

Haben Sie Mussets Verse vergessen?

»Ich denke immer noch des Zuckens grauser Krämpfe,
Der stummen Küsse und des Fieberglühns der Muskeln
Der hingegebnen Frau, die bleich die Zähne preßte.
Wenn das nicht göttlich ist, so sind es ekle Kämpfe.«

Dieses Gefühl des Entsetzens und des unüberwindlichen Ekels empfinden auch wir, wenn unser ungestümes Blut uns hinreißt und wir uns in den Liebesumarmungen eines Zufallsabenteuers ergehen. Doch wenn eine Frau von uns auserkoren worden, wenn sie mit beständigem Zauber und unendlicher Verlockung begabt ist, wie Sie es für mich sind, dann wird die Zärtlichkeit, die Liebesbezeigung zur inständigsten, vollkommensten und grenzenlosesten unter allen Möglichkeiten des Glücks.

Die Liebesbezeigung, Madame, ist der Beweis der Liebe. Wenn unser Entflammtsein nach der Umarmung erlischt, haben wir uns geirrt. Wenn es stärker auflodert, lieben wir einander.

Ein Philosoph, der solcherlei Lehren mitnichten in die Praxis umsetzte, hat uns gewarnt, wir müßten vor dieser Falle der Natur auf der Hut sein. Die Natur will Lebewesen, sagt er, und um uns zu zwingen, sie zu erschaffen, hat sie uns den Doppelköder der Liebe und der Wollust in die Falle gelegt. Und er fügt hinzu: Sobald wir uns haben verlocken lassen, sobald die Kopflosigkeit eines Augenblicks vorüber ist, überkommt uns maßlose Traurigkeit, denn wir durchschauen die List, durch die wir getäuscht worden sind; wir sehen, spüren, greifen mit Händen den geheimen, verhüllten Grund, der uns wider Willen vorwärtsgetrieben hat.

Das stimmt häufig, sehr häufig. Dann erheben wir uns angeekelt. Die Natur hat uns besiegt, hat uns nach ihrem Wohlgefallen in Arme geworfen, die sich auftaten, weil sie will, daß Arme sich auftun.

Ja, ich weiß nur zu gut um die kalten, heftigen Küsse auf unbekannte Lippen, die starren, brennenden Blicke in Augen, die man nie zuvor gesehen hat und nie wiedersehen wird, und ich weiß um alles, was in unserer Seele bittere Schwermut hinterläßt.

Doch wenn die Wolke wechselseitiger Zuneigung, die Liebe genannt wird, zwei Menschenwesen eingehüllt hat, wenn sie beide lange, immer, aneinander gedacht haben, wenn während des Fernseins die Erinnerung unablässig wacht, Tag und Nacht, und der Seele die Gesichtszüge nahebringt und das Lächeln und den Klang der Stimme, wenn man gequält und besessen ist von der abwesenden Gestalt, die man dennoch immerfort vor Augen hat – ist es dann nicht etwas vollauf Natürliches, daß die Arme sich endlich öffnen, daß die Lippen einander begegnen und daß die Körper sich vereinen?

Hat es Sie nie nach einem Kuß verlangt? Sagen Sie mir, ob Lippen nicht nach Lippen rufen und ob die Schauder, die die Adern zu durchrinnen scheinen, nicht ein wütendes, unwiderstehliches Erglühen entfachen?

Ja, gerade das sei die Falle, die schmähliche, unreine Falle, sagen Sie? Was geht sie mich an, ich weiß es, ich gerate hinein und liebe sie. Die Natur beschenkt uns mit der Liebesbezeigung, um uns ihre List zu verbergen, um uns wider unsern Willen zur Verewigung der Geschlechterfolgen zu zwingen. Nun, dann wollen wir ihr die Liebesbezeigung entwenden, sie zu unserm Eigentum machen, sie verfeinern, sie wandeln, sie idealisieren, wenn Sie wollen. Lassen Sie uns unsererseits die Natur täuschen, diese Täuscherin. Lassen Sie uns mehr tun, als sie gewollt, mehr, als sie uns zu lehren gewagt hat. Möge die Liebesbezeigung etwas Kostbares sein, das roh und ungestalt aus der Erde hervorgegangen ist; wir wollen sie nehmen, sie bearbeiten und vervollkommnen, unbesorgt um die ursprünglichen Pläne und Absichten, den getarnten Willen dessen, was Sie Gott nennen. Und da der Gedanke alles dichterisch verklärt, lassen Sie sie uns dichterisch verklären, Madame, bis hinein in die gräßlichsten Roheiten, in die unsaubersten Verquickungen, in die ungeheuerlichsten Erfindungen.

Wir wollen die Liebesbezeigung, die köstliche, würzige, lieben wie Wein, der berauscht, wie die reife Frucht, die den Mund durchduftet, wie alles, was unsern Körper mit Glücksgefühlen durchdringt. Wir wollen das Fleisch lieben, weil es schön, weil es weiß und fest ist und rund und weich und wonnig unter den Lippen und unter den Händen.

Als die Künstler nach der erlesensten und reinsten Form für die Schalen suchten, daraus die Kunst Trunkenheit trinken sollte, erwählten sie die Rundung der Brüste, deren Knospe der der Rose ähnelt.

Nun aber habe ich in einem gelehrten Band, betitelt »Wörterbuch der medizinischen Wissenschaft«, folgende Definition der weiblichen Brust gelesen – es heißt, Joseph Prudhomme, der Inbegriff des Spießbürgers, habe sie sich ausgedacht, als er Doktor der Medizin geworden sei: »Die Brust der Frau kann als etwas Nützliches und Annehmliches betrachtet werden.«

Lassen wir, wenn es Ihnen recht ist, die Nützlichkeit aus dem Spiel und halten wir uns an das Annehmliche. Hätte sie diese göttliche Form, die unwiderstehlich nach der Liebesbezeigung ruft, wenn sie einzig zum Stillen von Kindern bestimmt wäre?

Ja, Madame, lassen Sie die Moralisten getrost Züchtigkeit predigen und die Ärzte Vorsicht; lassen Sie die Dichter, diese stets getäuschten Täuscher, die keusche Vereinigung der Seelen und das unkörperliche Glück besingen; überlassen Sie häßliche Frauen ihren häuslichen Pflichten und vernünftige Männer ihren unnützen Obliegenheiten; überlassen Sie die Doktrinäre ihren Doktrinen, die Priester ihren Geboten; wir jedoch wollen vor allem die Liebesbezeigung lieben, die trunken, die von Sinnen macht, erschlafft, erschöpft, neu belebt, die süßer ist als alle Düfte, schwereloser als ein Windhauch, schriller als Wunden, rasch und verzehrend, die beten läßt, schluchzen läßt, seufzen läßt, schreien läßt, um derentwillen alle Verbrechen und alle tapferen Taten begangen werden!

Sie wollen wir lieben, und zwar nicht ruhig, normal und legal, sondern heftig, ungestüm, maßlos! Wir wollen sie suchen, wie man Gold und Diamanten sucht, denn sie ist mehr wert, ist unschätzbar und flüchtig! Ihr wollen wir ohne Unterlaß nacheilen, für sie und durch sie wollen wir sterben.

Und wenn Sie gestatten, Madame, lassen Sie mich Ihnen eine Wahrheit sagen, die Sie, wie ich glaube, in keinem Buch verzeichnet finden werden: Die einzigen wahrhaft glücklichen Frauen auf Erden sind die, die keine Liebkosung, keine Liebesbezeigung entbehren müssen. Sie leben sorglos dahin, ohne quälende Gedanken, ohne ein anderes Verlangen als das nach dem nächsten Kuß, der köstlich und beschwichtigend sein wird, wie der vorhergegangene es war.

Die andern, die nur mit maßvollen Liebesbezeigungen bedacht werden oder unvollkommenen oder seltenen, werden lebenslang von tausend erbärmlichen Unruhen heimgesucht, von Wünschen nach Geld oder nach eitlen Dingen, von allen Geschehnissen, die zu Kummer und Betrübnis führen.

Die bis zur Sättigung geliebkosten und umarmten Frauen dagegen brauchen nichts, begehren nichts. Ruhig und lächelnd leben sie ein Traumdasein und werden kaum gestreift von dem, was für die andern zu nicht wieder gutzumachenden Katastrophen wird; denn die Liebesbezeigung ersetzt alles, heilt alles, tröstet über alles hinweg.

Und dabei hätte ich noch so vielerlei Dinge zu sagen...

Henri

Diese beiden auf japanisches Reisstrohpapier geschriebenen Briefe sind in einer kleinen Brieftasche aus Juchtenleder am gestrigen Sonntag nach der Ein-Uhr-Messe in der Madeleine unter einem Betstuhl gefunden worden durch

Maufrigneuse

SELBSTMORDE

Französischer Titel: Suicides
Erstdruck: Le Gil-Blas, 17. April 1883,
unter dem Pseudonym »Maufrigneuse«

Für Georges Legrand

Es vergeht kein Tag, ohne daß man in einer beliebigen Zeitung eine Notiz wie die folgende lesen könnte:

»In der Nacht vom Mittwoch zum Donnerstag sind die Bewohner des Hauses Rue de... Nr. 40 durch zwei aufeinanderfolgende Schüsse aus dem Schlaf geweckt worden. Das Geräusch erscholl aus einer von Monsieur X... bewohnten Wohnung. Die Tür wurde aufgebrochen und der Mieter in seinem Blut schwimmend vorgefunden; in der Hand hielt er noch den Revolver, mit dem er sich das Leben genommen hat.

Monsieur X... war siebenundfünfzig Jahre alt, erfreute sich eines vortrefflichen Rufes und besaß alles, um glücklich leben zu können. Die Gründe seines unseligen Entschlusses sind unbekannt.«

Welch tiefes Leid, welche Herzenswunden, geheime Verzweiflungen, brennende Narben treiben Menschen, die glücklich leben könnten, zum Selbstmord? Man sucht nach Liebestragödien und malt sie sich aus, man vermutet katastrophale Vermögensverluste, und da man nie Genaueres herausbekommt, deckt man dergleichen Todesfälle mit dem Wort »Geheimnis« zu.

Ein auf dem Tisch eines dieser »Selbstmörder ohne ersichtlichen Grund« vorgefundener Brief, der im Lauf der letzten Nacht geschrieben worden war, neben der geladenen Pistole, ist uns in die Hände gefallen. Wir halten ihn für aufschlußreich. Er offenbart keine der großen Katastrophen, wie man sie stets hinter solcherlei Akten der Verzweiflung vermutet; er zeigt vielmehr die langsame Abfolge der kleinen Nöte des Lebens auf, den schicksalsbedingten Verfall eines einsamen Daseins, dessen Träume hingeschwunden sind; er vermittelt den Grund solch eines tragischen Endes, wie nur Nervöse und Sensible es verstehen können.

Er lautet:

»Es ist Mitternacht. Wenn dieser Brief beendet ist, mache ich Schluß. Warum? Ich will versuchen, es zu sagen, nicht für die, die diese Zeilen lesen werden, sondern für mich selber, um meinen versagenden Mut anzufachen, mich mit der Notwendigkeit, der jetzt unabwendbaren, dieser Tat zu durchdringen, die lediglich aufgeschoben werden könnte.

Ich bin von schlichten Eltern großgezogen worden; sie glaubten an alles. Und ich habe geglaubt wie sie. Mein Traum hat lange gewährt. Die letzten Fetzen sind unlängst erst zerrissen.

Schon seit einigen Jahren vollzieht sich in mir etwas Seltsames. Alle Geschehnisse des Daseins, die ehedem vor meinen Augen schimmerten wie Morgenröten, scheinen mir ihre Farbigkeit einzubüßen. Die wahre Bedeutung der Dinge ist mir in ihrer brutalen Wirklichkeit deutlich geworden; und der eigentliche Grund der Liebe hat mich selbst in den romantischen Augenblicken der Zärtlichkeit angeekelt.

Wir sind nichts als die ewigen Spielzeuge unsinniger und zauberhafter, immerfort erneuter Illusionen.

Als ich dann immer älter wurde, habe ich mich in das grauenhafte Elend der Dinge geschickt, in das Nutzlose aller Mühen, die Vergeblichkeit der Erwartungen, bis mir heute abend, nach dem Essen, ein neues Licht über die allgemeine Nichtigkeit aufgegangen ist.

Wie fröhlich bin ich früher gewesen! Alles riß mich hin: vorübergehende Frauen, der Anblick der Straßen, meine Wohnungen; ich interessierte mich sogar für die Form der Kleidung. Doch die stete Wiederholung immer derselben Anblicke hat schließlich mein Herz mit Überdruß und Langeweile erfüllt, wie es einem Zuschauer geschehen könnte, der jeden Abend in das gleiche Theater geht. Seit dreißig Jahren stehe ich jeden Tag zur selben Stunde auf; seit dreißig Jahren esse ich im selben Restaurant zur selben Stunde dieselben Speisen, nur daß sie mir von unterschiedlichen Kellnern gebracht werden.

Ob ich es nicht mit Reisen versucht habe? Die Vereinsamung, die man an unbekannten Stätten empfindet, hat mich geängstigt. Ich bin mir so allein auf der Erde vorgekommen und so klein, daß ich recht schnell wieder die Heimreise angetreten habe.

Aber das unwandelbare Aussehen meiner Möbel, die seit dreißig Jahren am selben Fleck stehen, die Abnutzung meiner Sessel, die ich gekannt hatte, als sie noch neu waren, der Geruch meiner Wohnung (denn jede Wohnung nimmt mit der Zeit einen besonderen Geruch an) haben mir jeden Abend Ekel vor dem Gewohnten eingeflößt und schwarze Melancholie, so zu leben.

Alles wiederholt sich unablässig und auf jämmerliche Weise. Sogar die Art und Weise, wie ich beim Heimkommen den Schlüssel ins Loch stecke, der Platz, wo ich immer und ewig meine Streichhölzer wiederfinde, der erste Blick in mein Schlafzimmer, wenn das Schwefelköpfchen aufflammt, lösen in mir das Verlangen aus, zum Fenster hinauszuspringen und Schluß zu machen mit den monotonen Geschehnissen, denen wir nie entrinnen.

Jeden Tag empfinde ich beim Rasieren einen maßlosen Drang, mir den Hals abzuschneiden; und wenn ich mein Gesicht, immer dasselbe, mit dem Seifenschaum auf den Wangen in dem kleinen Spiegel wiedererblicke, habe ich oftmals vor Traurigkeit weinen müssen.

Ich kann nicht einmal mehr zu Leuten gehen, mit denen ich früher voller Freude zusammen gewesen bin; im gleichen Maß, wie ich sie kenne, weiß ich, was sie mir sagen werden und was ich ihnen antworten werde: So gut kenne ich die Gußform ihrer unabänderlichen Gedanken, den Verlauf ihrer Schlußfolgerungen. Jedes Gehirn ist wie eine Reitbahn, in der ewig ein armes, eingeschlossenes Pferd im Kreis herumläuft. Was wir auch an Bemühungen, Umwegen, Winkelzügen aufwenden, die Begrenzung ist nahe und umgibt uns stets als Rundung, ohne unvorhergesehene Vorsprünge und ohne einen Ausgang ins Unbekannte. Es geht im Kreis, immer im Kreis, durch dieselben Gedanken, dieselben Freuden, dieselben Scherze, dieselben Gewohnheiten, denselben Glauben, denselben Ekel hindurch.

Es war heute abend abscheulich neblig. Der ganze Boulevard war vom Dunst eingehüllt; die dunkler scheinenden Gaslaternen sahen aus wie schwelende Kerzen. Auf meinen Schultern lag eine noch schwerere Last als sonst. Wahrscheinlich stand es schlecht mit meiner Verdauung.

Denn eine gute Verdauung ist im Leben schlechthin alles. Sie verleiht den Künstlern Inspiration, den jungen Leuten Liebesverlangen, den Denkern klare Ideen, allen Menschen Lebensfreude, und sie erlaubt es einem, viel zu essen (denn das ist schließlich noch ein Glück). Ein kranker Magen treibt zum Skeptizismus, zur Ungläubigkeit, läßt schwarze Gedanken und Todesbegehren keimen. Das ist mir oftmals aufgefallen. Ich begehe vielleicht Selbstmord, weil heute abend etwas mit meiner Verdauung nicht stimmt.

Als ich in dem Sessel saß, in den ich mich seit dreißig Jahren täglich setze, blickte ich um mich, und ich spürte, wie eine so grauenhafte Niedergeschlagenheit mich überkam, daß ich glaubte, ich würde wahnsinnig werden.

Ich überlegte, was ich tun könne, um mir selbst zu entrinnen. Vor jeder Beschäftigung empfand ich Entsetzen; sie kam mir noch widerlicher vor als Untätigkeit. Da fiel mir ein, ich könne ja meine Papiere ordnen.

Schon seit längerer Zeit hatte ich vor, meine Schubfächer auszumisten; denn seit dreißig Jahren werfe ich, wie es gerade kommt, meine Briefe und Rechnungen in dasselbe Möbelstück, und der Wirrwarr, das Durcheinander haben mir häufig Verdruß bereitet. Aber bei dem bloßen Gedanken, etwas aufzuräumen, empfinde ich eine so tiefe moralische und physische Müdigkeit, daß ich nie den Mut aufbringe, mich an diese verhaßte Arbeit zu machen.

Ich setzte mich also vor meinen Sekretär und machte ihn auf; ich wollte unter meinen alten Papieren eine Auswahl treffen und einen großen Teil davon verbrennen.

Anfangs saß ich ratlos vor dieser Anhäufung vergilbter Blätter; dann nahm ich eins zur Hand.

Oh, rührt niemals an ein solches Möbelstück, an diesen Friedhof der Briefe vergangener Zeiten, wenn ihr Wert auf das Leben legt! Und wenn ihr es dennoch durch Zufall öffnet, dann packt die darin liegenden Briefe mit beiden Händen, schließt die Au

gen, damit ihr kein einziges Wort lest, damit keine einzige vergessene und wiedererkannte Handschrift euch jäh mit einem Ozean
von Erinnerungen überflutet; werft jene todbringenden Papiere
ins Feuer, und wenn sie zu Asche geworden sind, dann zer-
stampft sie zu allem Überfluß noch zu Staub, in dem nichts mehr
zu erkennen ist... oder es ist um euch geschehen... wie es um
mich seit einer Stunde geschehen ist...

Die ersten Briefe, die ich wieder las, haben mich kein bißchen
interessiert. Übrigens waren sie neueren Datums; sie rührten von
Lebenden her, mit denen ich noch ziemlich häufig zusammen-
komme und deren Vorhandensein mich kaum berührt. Aber
plötzlich ließ ein Briefumschlag mich zusammenfahren. Eine
große breite Schrift hatte meinen Namen darauf geschrieben;
und unvermittelt stiegen mir Tränen in die Augen. Jener Brief
stammte von meinem liebsten Freund, dem Gefährten meiner Jugend, dem Vertrauten meiner Hoffnungen; und jener Freund erschien so deutlich vor meinem inneren Auge, mit seinem guten,
kindlichen Lächeln und seiner mir dargebotenen Hand, daß mir
ein Schauer durchs Gebein fuhr. Ja, ja, die Toten kehren wieder,
denn ich habe ihn gesehen! Unser Gedächtnis ist eine vollkommenere Welt als das All: Es leiht dem, was nicht mehr existiert,
Leben!

Mit zitternder Hand und umflortem Blick las ich alles wieder,
was er mir geschrieben hatte, und ich habe in meinem armen,
schluchzenden Herzen eine so schmerzliche Wunde verspürt,
daß ich angefangen habe, zu ächzen und zu stöhnen, wie jemand,
dem die Glieder einzeln zerbrochen werden.

Dann bin ich meinen ganzen Lebenslauf hinaufgeglitten, wie
man einen Fluß hinauffährt. Ich habe seit langem vergessene
Menschen wiedererkannt, deren Namen ich nicht mehr wußte.
Nur ihr Gesicht lebte in mir fort.

Aus den Briefen meiner Mutter sind mir die alten Dienstboten
wiedererstanden und die Gestalt unseres Hauses und die kleinen,
bedeutungslosen Einzelzüge, an die das Wahrnehmungsvermögen der Kinder sich klammert.

Ja, ich habe plötzlich all die alten Gesellschaftskleider meiner
Mutter wieder vor Augen gehabt, die sie getragen hatte, mit

sämtlichen durch die Mode bedingten Veränderungen, und auch die Art, wie sie im Lauf der Zeit das Haar aufgesteckt hatte. Vor allem erschien sie mir in einem Seidenkleid mit altertümlichem Rankenwerk; und es fiel mir etwas ein, das sie eines Tages, als sie dieses Kleid trug, zu mir gesagt hatte: ›Robert, lieber Junge, wenn du dich nicht gerade hältst, mußt du lebenslang mit einem Buckel herumlaufen.‹

Als ich dann ein anderes Schubfach aufzog, sah ich mich meinen Liebeserinnerungen gegenüber: einem Ballschuh, einem zerrissenen Taschentuch, sogar einem Strumpfband, Haar und verdorrten Blumen. Dann haben mich zwei gelebte Romane, deren noch lebende Heldinnen heute ganz weißes Haar haben, in die bittere Schwermut dessen getaucht, was unwiderruflich aus ist. Ach, die jungen Stirnen, über denen goldenes Haar sich lockt, Streicheln der Hände, sprechender Blick, klopfende Herzen, Lächeln, das die Lippen verheißt, Lippen, die die Liebesumarmung versprechen... Und der erste Kuß... dieser Kuß ohne Ende, der die Augen sich schließen läßt, der alles Denken zerfließen läßt im unermeßlichen Glück nahen Besitzens.

Ich faßte mit beiden Händen diese alten Zeugnisse weit zurückliegender Zärtlichkeiten und ließ ihnen wütende Liebkosungen zuteil werden, und in meinem von Erinnerungen verheerten Inneren erlebte ich nochmals jede Stunde des Überschwangs, und ich erlitt eine grausamere Marter als alle Qualen, die alle Fabeln von der Hölle je ausgemalt haben.

Noch ein letzter Brief war übriggeblieben. Er war von mir selbst und mir vor fünfzig Jahren von meinem Schreiblehrer diktiert worden. Hier ist er:

›Meine liebe kleine Mama,

heute werde ich sieben Jahre alt. Das ist das Alter, in dem man vernünftig wird, und das nehme ich wahr, um Dir zu danken, daß Du mich zur Welt gebracht hast.

Dein kleiner Junge, der Dich sehr lieb hat.

Robert‹

Damit war es aus. Ich war an der Quelle angelangt, und jäh wandte ich mich, um zu betrachten, was mir noch an Lebenstagen blieb. Ich sah ein häßliches, einsames Alter, nahende Gebrechlichkeit, und mit allem, allem andern war es aus! Und niemand, keine Seele war bei mir.

Mein Revolver liegt vor mir auf dem Tisch... Ich spanne ihn... Lest niemals eure alten Briefe wieder.«

Und auf diese Weise bringen sich viele Menschen um, deren Dasein man vergebens nach einem wahrhaft großen Schmerz durchstöbert.

Die Königin Hortense

Französischer Titel: La Reine Hortense
Erstdruck: Le Gil-Blas, 24. April 1883,
unter dem Pseudonym »Maufrigneuse«

In ganz Argenteuil wurde sie »die Königin Hortense« genannt. Warum – das hat niemand je herausbekommen. Vielleicht, weil sie mit fester Stimme sprach, wie ein Offizier, der ein Kommando gibt? Vielleicht, weil sie hochgewachsen, knochig und gebieterisch war? Vielleicht, weil sie über ein Volk von Haustieren herrschte, Hühner, Hunde, Katzen, Kanarienvögel und Sittiche, all die Tiere, an die alte Jungfern ihr Herz hängen? Aber sie bedachte die Tiere, die sie um sich hatte, weder mit Leckereien noch mit Koseworten, noch mit den kindischen Zärtlichkeiten, die von Frauenlippen auf das samtige Fell eines schnurrenden Katers niederzuträufeln scheinen. Sie herrschte über ihre Tiere mit selbstbewußter Machtvollkommenheit, sie regierte.

Sie war tatsächlich eine alte Jungfer, eine der alten Jungfern mit schneidender Stimme, dürren Bewegungen und dem Anschein nach harter Seele. Von je hatte sie nur junge Hausmädchen eingestellt, weil Jugend sich einem barschen Willen leichter beugt. Sie duldete keinerlei Widerspruch, weder Entgegnungen noch Trödeln, noch Lässigkeit, noch Trägheit, noch Müdigkeit. Nie war aus ihrem Mund ein Wort der Klage vernommen worden, des Bedauerns über irgend etwas, des neidischen Verlangens nach irgend etwas. Sie pflegte aus einer fatalistischen Überzeugung heraus zu sagen: »Jedem das Seine.« Zur Kirche ging sie nicht, hatte für Priester nichts übrig, glaubte kaum an Gott und bezeichnete alles, was mit Religion zusammenhing, als »Handelsartikel für Klageweiber«.

Seit einem Menschenalter bewohnte sie ihr Häuschen, vor dem sich längs der Straße ein Garten hinzog; sie hatte ihre Lebensgewohnheiten nie geändert und einzig erbarmungslos ihre

Hausmädchen gewechselt, wenn sie einundzwanzig geworden waren.

Wenn ihre Hunde, Katzen und Vögel an Altersschwäche oder durch einen unglücklichen Zufall starben, ersetzte sie sie ohne Tränen oder Bedauern durch andere; die eingegangenen Tiere begrub sie mittels eines kleinen Spatens in einem Beet, häufte Erde darüber und stampfte sie mit ein paar gleichgültigen Fußtritten fest.

In der Stadt unterhielt sie einigen Verkehr mit Beamtenfamilien, deren männliche Mitglieder täglich nach Paris fuhren. Dann und wann wurde sie abends zu einer Tasse Tee eingeladen. Bei dergleichen geselligen Zusammenkünften schlief sie unvermeidlich ein; sie mußte geweckt werden, damit sie nach Hause ging. Nie gestattete sie, daß jemand sie begleite; sie war weder bei Tag noch bei Nacht ängstlich. Aus Kindern schien sie sich nichts zu machen.

Ihre Zeit füllte sie mit tausend männlichen Obliegenheiten aus: Sie tischlerte, gärtnerte, zerkleinerte Holz mit der Säge oder Axt, reparierte ihr alterndes Haus und spielte, wenn es sein mußte, sogar den Maurer.

Sie hatte Verwandte, die sie zweimal jährlich besuchten: die Familien Cimme und Colombel, denn ihre beiden Schwestern hatten die eine einen Kräuterhändler, die andere einen kleinen Rentner geheiratet. Die Cimmes waren ohne Nachwuchs geblieben; die Colombels hatten drei Kinder: Henri, Pauline und Joseph. Henri war zwanzig, Pauline siebzehn und Joseph erst drei; er hatte sich eingestellt, als es dem Anschein nach ausgeschlossen war, daß seine Mutter noch schwanger werden könne.

Kein Band der herzlichen Zuneigung verknüpfte die alte Jungfer mit ihren Verwandten.

Im Frühling des Jahres 1882 erkrankte die Königin Hortense urplötzlich. Die Nachbarn ließen einen Arzt holen; sie warf ihn hinaus. Als sich danach ein Priester eingefunden hatte, sprang sie halb aus dem Bett und setzte ihn ebenfalls vor die Tür.

Das kleine, tränenüberströmte Hausmädchen machte ihr Kräuteraufgüsse.

Als sie drei Tage lang gelegen hatte und ihr Zustand ernst zu werden schien, nahm der nebenan wohnende Böttcher, der auf den Rat des Arztes hin sich mit einigem Nachdruck Einlaß bei ihr verschafft hatte, es auf sich, die beiden verwandten Familien kommen zu lassen.

Sie kamen mit demselben Zug gegen zehn Uhr morgens an; die Colombels hatten den kleinen Joseph mitgebracht.

Bei ihrem Erscheinen an der Gartentür erblickten sie zunächst das Hausmädchen, das flennend an der Wand auf einem Stuhl saß.

Der Hund schlief auf der Fußmatte vor der Haustür in der brennenden Sonne; zwei Katzen, die man hätte für tot halten können, lagen auf den beiden Fensterbänken, mit zugekniffenen Augen, Pfoten und Schwanz lang von sich gestreckt.

Eine dicke, gluckende Henne führte ein Bataillon Küken in dem kleinen Garten spazieren; sie waren mit gelben, watteleichten Daunen bedeckt; und ein großer, an der Mauer hängender Käfig, in dem überall Vogelmiere steckte, barg eine Heerschar von Vögeln, die sich in der Lichtflut dieses warmen Frühlingsmorgens heiser schrien.

Zwei Wellensittiche in einem anderen, kleineren Bauer – es hatte die Gestalt einer Sennhütte – saßen auf ihrem Stab still nebeneinander.

Monsieur Cimme, ein dicker, schnaufender Mensch, der sich stets und überall den Vortritt verschaffte, indem er die andern, Männer wie Frauen, einfach beiseite schob, wenn es nicht anders ging, fragte: »Na, Céleste, es steht also nicht zum besten?«

Das kleine Hausmädchen brachte unter Tränen hervor: »Nicht mal mich erkennt sie mehr. Der Arzt hat gesagt, es gehe zu Ende.«

Alle warfen einander Blicke zu.

Madame Cimme und Madame Colombel küßten einander sofort auf die Backen, ohne etwas zu äußern. Sie sahen sich sehr ähnlich, da sie von je glatt und platt gescheiteltes Haar und brennend rote Kopftücher aus französischem Kaschmir getragen hatten.

Cimme wandte sich seinem Schwager zu, einem blassen, gelblichen, mageren, von einer Magenkrankheit heimgesuchten

Menschen, der schrecklich hinkte, und stieß mit ernster Stimme hervor: »Den Teufel auch! Es war hohe Zeit.«

Aber keiner wagte, in das im Erdgeschoß gelegene Zimmer der Sterbenden vorzudringen. Sogar Cimme gab den Weg frei. Schließlich faßte Colombel sich als erster ein Herz; er schwankte beim Hineingehen wie ein Schiffsmast; die Eisenspitze seines Stocks klang auf den Steinplatten hell auf.

Dann erkühnten sich die beiden Frauen, und Monsieur Cimme bildete den Schluß der Marschkolonne.

Der kleine Joseph war draußen geblieben; er hatte den Hund gesehen, und der verlockte ihn.

Ein Sonnenstrahl zerschnitt das Bett; er beleuchtete gerade die beiden Hände; sie bewegten sich nervös, sie öffneten und schlossen sich unablässig. Die Finger zuckten, als belebe sie ein Gedanke, als seien sie etwas Selbständiges, als würden sie von Vorstellungen geleitet, als gehorchten sie Einsichten. Der ganze übrige Körper lag reglos unter der Bettdecke. Das eckige Gesicht wies keinerlei Zuckung. Die Augen waren fest geschlossen.

Die Verwandten stellten sich im Halbkreis auf und beobachteten stumm die beengte Brust, den kurzen Atem. Das kleine Hausmädchen hatte sich ihnen angeschlossen und zerfloß nach wie vor in Tränen.

Schließlich fragte Cimme: »Was hat denn nun eigentlich der Arzt gesagt?«

Das Mädchen brachte stotternd hervor: »Er hat gesagt, sie solle in Ruhe gelassen werden; es sei nichts mehr zu machen.«

Doch plötzlich begannen die Lippen der alten Jungfer sich zu bewegen. Sie schienen lautlose Worte auszusprechen, Worte, die im Kopf der Sterbenden verborgen gelegen hatten; und ihre Hände fuhren hastiger mit ihren seltsamen Bewegungen fort.

Und dann sprach sie mit kleiner, spärlicher Stimme, wie man sie bei ihr nie vernommen hatte, einer Stimme, die von weither zu kommen schien – vielleicht aus der Tiefe dieses stets verschlossenen Herzens?

Cimme ging auf Zehenspitzen hinaus; dies alles war ihm peinlich. Colombel, dessen verkrüppeltes Bein müde geworden war, setzte sich.

Die beiden Frauen blieben stehen.

Die Königin Hortense plapperte jetzt sehr schnell, ohne daß auch nur ein einziges ihrer Worte zu verstehen gewesen wäre. Sie sprach Namen, viele Namen, sie rief zärtlich nach Wesen, die nur in ihrer Einbildung bestanden.

»Komm her, Philippe, mein kleiner Junge, gib deiner Mutter einen Kuß. Nicht wahr, Kind, sag, du hast deine Mama sehr lieb? Rose, paß ja gut auf deine kleine Schwester auf, solange ich fort bin. Auf keinen Fall darfst du sie allein lassen, hast du verstanden? Und ich verbiete dir, die Streichhölzer anzurühren.«

Ein paar Sekunden lang schwieg sie; dann sagte sie lauter, als rufe sie jemanden: »Henriette!« Sie wartete ein wenig; dann fuhr sie fort: »Sag deinem Vater, ich müsse noch mal mit ihm sprechen, ehe er ins Büro geht.« Und unvermittelt: »Ich bin heute nicht ganz auf der Höhe, Lieber; versprich mir, daß du pünktlich heimkommst. Sag deinem Chef, ich sei krank. Du mußt doch einsehen, daß es gefährlich ist, die Kinder sich selber zu überlassen, wenn ich zu Bett liege. Ich koche uns zum Abendessen Reis mit brauner Butter und Zucker. Das essen die Kleinen so gern. Claire wird sich freuen!«

Sie fing zu lachen an, ein junges, schallendes Lachen, wie sie es nie zuvor gelacht hatte: »Sieh doch nur mal Jean an, wie komisch er aussieht! Er hat sich mit Marmelade beschmiert, der kleine Schmutzfink! Sieh doch nur, Lieber, wie drollig er aussieht!«

Colombel, der alle paar Augenblicke sein ob der Bahnfahrt ermüdetes Bein in eine andere Lage brachte, sagte leise: »Sie träumt, sie habe Kinder und einen Mann; das kommt, weil jetzt der Todeskampf einsetzt.«

Die beiden überraschten, dümmlichen Schwestern standen noch immer am selben Fleck.

Das Hausmädchen sagte: »Sie müssen doch Ihre Hüte und Ihre Tücher ablegen; wollen Sie nicht ins Wohnzimmer gehen?«

Ohne daß sie ein Wort hätten laut werden lassen, gingen sie hinaus. Und Colombel hinkte ihnen nach, und die Sterbende blieb abermals allein.

Als sie sich ihrer Reisekleidung entledigt hatten, setzten die Frauen sich endlich hin. Da sprang eine der Katzen von der Fensterbank herab, gähnte, reckte sich, lief durchs Zimmer und sprang schließlich Madame Cimme auf den Schoß; sie streichelte das Tier.

Von nebenan war die Stimme der Sterbenden zu hören, die in dieser ihrer letzten Stunde das Leben durchlebte, das sie sicherlich erwartet hatte; sie ließ in dem Augenblick, da alles für sie endete, ihren tiefsten Träumen freien Lauf.

Cimme spielte im Garten mit dem kleinen Joseph und dem Hund; er hatte viel Spaß daran, er war aufgeräumt wie eben ein dicker Mann in der freien Natur; an die Sterbende dachte er mit keinem Gedanken. Doch dann ging er plötzlich ins Haus und fragte das Mädchen: »Sag mal, mein Kind, jetzt könntest du eigentlich für unser Mittagessen sorgen. Was wollt ihr essen, ihr beiden Frauen?«

Man einigte sich auf eine Omelette mit feinen Kräutern, ein Lendenstück zweiter Güte mit neuen Kartoffeln, Käse und eine Tasse Kaffee.

Und als Madame Colombel in ihrer Tasche nach ihrem Portemonnaie fummelte, hinderte Cimme sie daran; er fragte das Mädchen: »Du hast doch sicher Geld?«

Sie antwortete: »Ja.«

»Wieviel?«

»Fünfzehn Francs.«

»Das reicht. Mach schnell, Mädchen, ich bekomme allmählich Hunger.«

Madame Cimme sah zu den sonnenüberfluteten Kletterpflanzen draußen hin und zu zwei verliebten Tauben auf dem Dach gegenüber und sagte mit schmerzlich verzogenem Gesicht: »Schade, daß wir unter so traurigen Umständen hergekommen sind. Es könnte hier draußen auf dem Land heute so schön sein.«

Ihre Schwester seufzte bloß statt einer Antwort, und Colombel, dem vielleicht der Gedanke an einen längeren Spaziergang Unbehagen schuf, flüsterte: »Mein Bein zwackt mich ganz verteufelt.«

Der kleine Joseph und der Hund vollführten schauderhaften Lärm; der eine stieß Jubelschreie aus, der andere bellte wie verrückt. Sie spielten um die drei Beete herum Haschen; sie liefen hintereinander her wie nicht klug.

Die Sterbende rief nach wie vor nach ihren Kindern; sie sprach mit jedem einzelnen; sie bildete sich ein, sie ziehe sie an, sie streichele sie, sie bringe ihnen Lesen bei: »Komm, Simon! Sag noch mal: A B C D. Du sprichst es nicht richtig aus, D D D, hör doch mal zu! Jetzt also noch mal…«

Cimme meinte: »Merkwürdig, was man in solchen Augenblikken alles redet.«

Madame Colombel fragte: »Wäre es nicht besser, wenn wir wieder zu ihr hineingingen?«

Aber sofort redete Cimme es ihr aus: »Warum denn? Helfen können wir ihr ja doch nicht. Es läuft auf dasselbe hinaus, wenn wir hier bleiben.«

Keiner bestand darauf.

Madame Cimme sah sich die beiden grünen Sittiche an, die »Unzertrennlichen«. Sie pries mit ein paar banalen Redensarten diese eigenartige Treue und tadelte die Menschen, daß sie nicht täten wie diese Tiere.

Cimme fing an zu lachen, sah seine Frau von oben bis unten an und trällerte mit der Miene eines Spaßmachers: »Tra-la-la. Tra-la-la«, wie um mancherlei über seine, Cimmes, Auffassung von der Treue anzudeuten.

Colombel hatte inzwischen Magenkrämpfe bekommen und klopfte mit seinem Stock auf die Fliesen.

Die andere Katze kam mit emporgerecktem Schwanz herein.

Um eins wurde zu Tisch gegangen.

Als Colombel den Wein gekostet hatte – es war ihm empfohlen worden, nur besten Bordeaux zu trinken –, rief er das Hausmädchen zu sich: »Sag mal, mein Kind, habt ihr keinen besseren als den hier im Keller?«

»Doch, den guten, den Sie immer bekommen haben, wenn Sie zu Besuch hier waren.«

»Na, dann hol uns mal drei Pullen von dem.«

Der Wein wurde probiert und schien vortrefflich zu sein; er war nicht gerade ein Hochgewächs, aber er hatte fünfzehn Jahre im Keller gelagert.

Cimme erklärte: »Das ist der richtige Wein für einen Kranken.«

Colombel überkam heftiges Verlangen, diesen Wein zu beschlagnahmen; nochmals wandte er sich an das Hausmädchen: »Wieviel ist davon noch da?«

»Ach, beinah aller; Mam'zelle hat kaum je davon getrunken. Unten liegt noch ein ganzer Haufen.«

Da sagte er zu seinem Schwager: »Wenn du einverstanden bist, Cimme, dann übernehme ich den Wein, und ihr bekommt dafür was anderes; er bekommt meinem Magen glänzend.«

Die Glucke mit ihrer Kükenschar war ebenfalls hereingekommen; den beiden Frauen machte es Spaß, ihnen Brotkrumen hinzuwerfen.

Joseph und der Hund, die genug gefuttert hatten, wurden wieder in den Garten geschickt.

Die Königin Hortense redete nach wie vor, doch jetzt sehr viel leiser, so daß die einzelnen Worte nicht mehr zu verstehen waren.

Als der Kaffee getrunken worden war, gingen alle zu der Kranken, um zu sehen, wie es mit ihr stehe. Sie schien ganz ruhig zu sein.

Also gingen sie wieder nach draußen, setzten sich in der Runde in den Garten und verdauten.

Plötzlich fing der Hund an, rasend schnell, mit wirbelnden Pfoten, um die Stühle herumzulaufen; er hielt etwas im Maul. Der kleine Junge lief aus Leibeskräften hinter ihm her. Dann verschwanden sie beide im Haus.

Cimme war eingeschlafen; die Sonne schien ihm auf den Bauch.

Die Sterbende redete jetzt wieder ganz laut. Dann schrie sie mit einemmal auf.

Die beiden Frauen und Colombel hasteten hinzu, um zu sehen, was es gebe. Cimme war aufgewacht, ließ sich aber nicht stören; er mochte nun mal dergleichen nicht.

Die Königin Hortense hatte sich mit verstörten Augen aufgerichtet. Um den ihn verfolgenden Joseph loszuwerden, war ihr Hund zu ihr aufs Bett gesprungen, über die Sterbende hinweg; er hockte jetzt hinter dem Kopfkissen und sah mit blitzenden Augen zu seinem Kameraden hin, bereit, abermals aufzuspringen und das Spiel von neuem zu beginnen. Er hielt einen der Pantoffel seiner Herrin in der Schnauze; er hatte ihn während der Stunde, die er damit gespielt, mit den Zähnen völlig zerfetzt.

Der kleine Junge war eingeschüchtert durch die jäh vor ihm hochgefahrene Frau; er stand dem Bett gegenüber.

Die ebenfalls hereingekommene Glucke war auf einen Stuhl geflattert; sie rief verzweifelt nach ihren piepsenden Küken, die kopflos zwischen den vier Stuhlbeinen herumliefen.

Die Königin Hortense schrie gellend: »Nein, nein, ich will nicht sterben, ich will nicht! Ich will nicht! Was soll denn aus meinen Kindern werden? Wer sorgt für sie? Wer hat sie lieb? Nein, ich will nicht! Ich will…«

Sie fiel zurück. Es war aus.

Der über die Maßen aufgeregte Hund sprang wie toll im Zimmer herum.

Colombel lief ans Fenster und rief seinen Schwager: »Komm schnell, komm schnell, ich glaube, sie ist hinüber.«

Da stand Cimme auf, faßte sich, ging ins Zimmer und blubberte: »Ist schneller gegangen, als ich geglaubt hätte.«

UNTERWEGS

Französischer Titel: En Voyage
Erstdruck: Le Gaulois, 10. Mai 1883

I

Das Abteil war seit Cannes voll besetzt; man unterhielt sich; denn alle kannten einander. Als Tarascon durchfahren wurde, sagte einer: »Hier geschehen immer Morde.« Und sie fingen an, von dem geheimnisvollen, unfaßbaren Mörder zu sprechen, der sich seit zwei Jahren von Zeit zu Zeit das Leben eines Reisenden als Opfer darbrachte. Jeder stellte Vermutungen an, jeder tat seine Meinung kund; die Damen schauten fröstelnd in die düstere Nacht hinter den Scheiben; sie fürchteten halb und halb, es könne plötzlich zwischen den Vorhängen ein Männerkopf auftauchen. Und das Gespräch wandte sich schrecklichen Geschichten von schlimmen Begegnungen zu, die in Schnellzügen stattgefunden hatten, etwa mit Wahnsinnigen, Geschichten von Stunden, da einem ein Verdächtiger gegenübergesessen hatte.

Jeder der Herren wußte ein Begebnis vorzubringen, bei dem er gut abgeschnitten hatte; jeder hatte irgendeinen Übeltäter eingeschüchtert, niedergerungen oder erwürgt, unter den merkwürdigsten Umständen, mit geradezu bewundernswerter Geistesgegenwart und Kühnheit. Ein Arzt, der jeden Winter im Süden verbrachte, wollte ebenfalls ein Abenteuer zum besten geben.

»Ich«, sagte er, »habe niemals Gelegenheit gehabt, meinen Mut bei dergleichen Anlässen auf die Probe zu stellen; aber ich habe eine Frau gekannt, eine meiner Patientinnen, sie ist jetzt tot, der das sonderbarste Abenteuer widerfahren ist, das man sich nur vorstellen kann, und zugleich das geheimnisvollste und rührendste.

Sie war Russin, Gräfin Maria Baranowna, eine Dame von Welt und ungewöhnlich schön. Sie wissen, wie schön die Russinnen sind, wenigstens wie schön sie uns vorkommen, mit ihren feinen Nasen, dem zartgeschnittenen Mund, den beinahe beieinanderstehenden Augen, deren Farbe kaum benannt zu werden vermag – von einem bläulichen Grau sind sie –, und mit ihrer kühlen, ein wenig starren Anmut! Es haftet ihnen etwas Bösartiges und Verführerisches an, etwas Hoffärtiges und Süßes, etwas Zartes und Strenges, etwas, das für einen Franzosen unendlich reizvoll ist. Im Grunde ist es vielleicht einzig der Unterschied der Rasse und des Typus, der mich in ihnen so viel erblicken läßt.

Ihr Arzt hatte seit mehreren Jahren gesehen, daß sie von einer Lungenkrankheit bedroht war; er hatte sie zu bestimmen versucht, daß sie nach Südfrankreich reise; sie aber hatte sich hartnäckig geweigert, Petersburg zu verlassen. Im letzten Herbst schließlich, als er sah, daß keine Rettung mehr sei, klärte der Arzt den Mann auf, der seiner Frau sogleich befahl, nach Mentone zu reisen.

Sie bestieg den Zug und saß ganz allein im Abteil, da ihre Dienerschaft ein anderes innehatte. Sie saß da und lehnte den Kopf gegen den Fenstervorhang; ihr war ein wenig traurig zumute; sie sah Felder und Dörfer vorübergleiten; sie fühlte sich recht einsam, recht verlassen im Leben, ohne Kinder, nahezu ohne Verwandte, mit einem Mann, dessen Liebe erkaltet war und der sie ans andere Ende der Welt verbannt hatte, ohne mit ihr zu kommen, so wie man einen kranken Dienstboten ins Krankenhaus schickt.

Auf jeder Station kam ihr Diener Iwan und erkundigte sich, ob die Herrin etwas wünsche. Es war ein alter, blind ergebener Bediener, der jeden Befehl, den sie ihm gegeben, willig ausgeführt hätte.

Es wurde Nacht; der Zug fuhr mit voller Geschwindigkeit dahin. Sie konnte nicht schlafen, da sie sich über die Maßen schwach und gereizt fühlte. Plötzlich kam ihr der Gedanke, das Geld zu zählen, das ihr Mann ihr in der allerletzten Minute ausgehändigt hatte, in französischen Goldstücken. Sie machte ihren kleinen Beutel auf und ließ die schimmernde Metallflut auf ihre Knie fließen.

Aber plötzlich traf ein kalter Luftzug ihr Gesicht. Überrascht hob sie den Kopf. Der Türvorhang schien sich zu öffnen. Gräfin Maria, einer Ohnmacht nahe, warf jäh einen Schal über das auf ihrem Rock liegende Geld und wartete. Es vergingen ein paar Sekunden; dann erschien ein Mann, barhäuptig, an der Hand verwundet, keuchend, im Abendanzug. Er schloß die Tür hinter sich, nahm Platz, schaute seine Nachbarin mit funkelnden Augen an und band dann ein Taschentuch um seine Faust, aus der das Blut rann.

Die junge Frau spürte, wie ihr vor Angst die Sinne schwanden. Sicherlich hatte dieser Mann gesehen, wie sie ihr Geld zählte, und er war gekommen, um es zu rauben und um sie zu töten. Er sah sie noch immer starr an, außer Atem, mit krampfhaft angespanntem Gesicht und zweifellos bereit, sich auf sie zu stürzen.

Er sagte unvermittelt: ›Gnädige Frau, fürchten Sie nichts!‹

Sie gab keine Antwort, unfähig, den Mund aufzutun; sie hörte, wie ihr Herz schlug und wie es ihr in den Ohren sauste.

Er fuhr fort: ›Ich bin kein Verbrecher, gnädige Frau.‹

Noch immer sagte sie nichts; aber in einer jähen Bewegung, die sie tat, wobei ihre Knie sich schlossen, fing ihr Gold an, auf den Teppich zu rutschen, so wie Wasser aus einer Rinne fließt.

Der überraschte Mann blickte auf diesen metallenen Sturzbach und bückte sich hastig, um die Münzen aufzusammeln. Sie fuhr entsetzt hoch, warf ihr gesamtes Geld zu Boden und lief auf den Vorhang zu, um in den Seitengang zu stürzen. Doch er begriff sogleich, was sie tun wollte, trat ihr schnell entgegen, fing sie mit den Armen auf und zwang sie, sich wieder hinzusetzen, indem er sie bei den Handgelenken packte: ›Bitte hören Sie mich an, gnädige Frau; ich bin kein Verbrecher; und zum Beweis will ich jetzt ihr Geld zusammensuchen und Ihnen geben. Aber es ist um mich geschehen, ich bin ein toter Mann, wenn Sie mir nicht helfen, über die Grenze zu kommen. Mehr kann ich Ihnen nicht sagen. In einer Stunde kommen wir auf der letzten russischen Station an; in einer Stunde zwanzig Minuten fahren wir über die Grenze. Wenn Sie mir nicht helfen, bin ich verloren. Und dabei, gnädige Frau, habe ich weder gemordet noch gestohlen, noch etwas getan, das gegen die Ehre verstößt. Das schwöre ich Ihnen. Mehr kann ich Ihnen nicht sagen.‹

Darauf ließ er sich auf die Knie nieder und suchte das Gold zusammen; er beugte sich unter die Bänke und spähte nach den letzten weit weggerollten Stücken. Dann, als der kleine Lederbeutel abermals gefüllt war, gab er ihn wortlos seiner Nachbarin und setzte sich wiederum in die andere Ecke des Abteils.

Keiner tat eine Bewegung. Sie blieb reglos und stumm, noch immer schier von Sinnen vor Angst, wenngleich sie nach und nach ruhiger wurde. Was ihn betraf, so machte er keine Geste, keine Bewegung; er saß starr aufgerichtet, er starrte vor sich hin, sehr bleich, wie ein Toter. Von Zeit zu Zeit warf sie ihm einen hastigen Blick zu und sah dann rasch wieder fort. Es war ein Mann von etwa dreißig Jahren, sehr hübsch, und sein Äußeres war das eines Mannes von Welt.

Der Zug raste durch die Dunkelheit, stieß seine gellenden Pfiffe in die Nacht, verlangsamte bisweilen die Fahrt und ging dann wieder auf volle Geschwindigkeit. Doch plötzlich wurde sein Tempo ruhiger; er pfiff ein paarmal und hielt dann unvermittelt an.

Iwan erschien zwischen den Vorhängen, um seiner Herrin Befehle entgegenzunehmen.

Gräfin Maria, deren Stimme bebte, warf einen letzten Blick auf ihren sonderbaren Reisegenossen; dann sagte sie dem Diener kurz und knapp: ›Iwan, du kehrst jetzt zu dem Herrn Grafen zurück, ich brauche dich nicht länger.‹

Der Diener war sprachlos, riß die Augen weit auf und stotterte: ›Aber…‹

Sie fuhr fort: ›Nein, du kommst nicht mit; ich habe es mir anders überlegt. Ich will, daß du in Rußland bleibst. Hier, da hast du Geld für die Rückfahrt. Gib mir deine Mütze und deinen Mantel.‹

Der verdutzte alte Diener nahm die Mütze ab und gab den Mantel her, in wortlosem Gehorsam; er war an die plötzlichen Willensäußerungen und unwiderstehlichen launenhaften Eingebungen der Herrschaft gewöhnt. Dann ging er fort, Tränen in den Augen.

Der Zug fuhr ab; er rollte der Grenze zu.

Da sagte Gräfin Maria zu ihrem Nachbarn: ›Diese Sachen sind

für Sie, Sie sind jetzt Iwan, mein Diener. Was ich tue, knüpfe ich lediglich an eine Bedingung: Sie dürfen mich niemals ansprechen; Sie dürfen nie das Wort an mich richten, weder um mir zu danken noch aus einem andern Beweggrund.‹

Der Unbekannte verneigte sich stumm.

Bald darauf wurde abermals gehalten, und Beamte in Uniform kontrollierten den Zug. Die Gräfin ließ sie Einblick in ihre Papiere nehmen, wies auf den Mann, der in der Ecke saß, und sagte: ›Das ist mein Diener Iwan; hier ist sein Paß.‹

Der Zug setzte sich wieder in Bewegung.

Während der Nacht saßen sie einander gegenüber und schwiegen beide.

Als es Morgen war und man auf einem deutschen Bahnhof hielt, stieg der Fremde aus; aber am Vorhang stehend sagte er: ›Verzeihen Sie mir, gnädige Frau, daß ich mein Versprechen breche; aber ich habe Sie Ihres Dieners beraubt, und es ist recht und billig, wenn ich seine Stelle einnehme. Haben Sie irgendwelche Wünsche?‹

Sie antwortete kühl: ›Holen Sie meine Kammerfrau.‹

Er tat es. Dann verschwand er.

Wenn sie ausstieg und an ein Bahnhofsbüfett ging, sah sie ihn von weitem; immerfort sah er sie an. So gelangten sie nach Mentone.«

II

Der Arzt schwieg einen Augenblick; dann fuhr er fort:

»Als ich eines Tages meine Patienten im Ordinationszimmer empfing, sah ich einen hochgewachsenen jüngeren Herrn eintreten.

Er sagte: ›Herr Doktor, ich möchte mich nach dem Befinden der Gräfin Maria Baranowna erkundigen. Ich bin, obwohl sie mich nicht kennt, mit ihrem Mann befreundet.‹

Ich antwortete: ›Sie ist todkrank. Sie wird nicht wieder nach Rußland zurückkehren.‹

Und da fing der Mann plötzlich an zu schluchzen; dann stand

er auf und ging, und er schwankte dabei wie ein Betrunkener. Am gleichen Abend noch teilte ich der Gräfin mit, ein Fremder sei zu mir gekommen und habe sich nach ihrer Gesundheit erkundigt.

Sie schien bewegt und erzählte mir die ganze Geschichte, die ich Ihnen soeben vorgetragen habe. Sie fügte noch hinzu: ›Dieser Mann, den ich überhaupt nicht kenne, folgt mir neuerdings wie ein Schatten; jedesmal, wenn ich ausgehe, begegne ich ihm; er sieht mich auf eine merkwürdige Weise an; aber angesprochen hat er mich nie.‹ Sie dachte nach; dann sagte sie noch: ›Passen Sie auf: Ich wette, daß er unter meinen Fenstern steht.‹

Sie erhob sich von dem Ruhebett, schlug die Vorhänge beiseite und zeigte mir tatsächlich den Mann, der mich aufgesucht hatte; er saß auf einer der Promenadenbänke und sah zum Hotel empor. Er gewahrte uns, stand auf und ging weg, ohne auch nur den Kopf zu wenden.

Von nun an war ich Zeuge von etwas Erstaunlichem und Leidvollem, nämlich der stummen Liebe dieser beiden Wesen, die einander nicht kannten.

Er liebte sie mit der Hingabe eines geretteten Tieres, dankbar und treu bis zum Tod. Tagtäglich kam er zu mir und fragte: ›Wie geht es ihr?‹, wobei er wohl annahm, daß ich ihn durchschaut hätte. Und er weinte schrecklich, wenn er sie, die von Tag zu Tag schwächer und blasser wurde, hatte vorübergehen sehen.

Sie sagte mir: ›Nur ein einziges Mal habe ich mit ihm gesprochen, mit diesem sonderbaren Menschen, und dennoch ist mir, als kennte ich ihn seit zwanzig Jahren.‹

Und wenn sie einander begegneten, erwiderte sie seinen Gruß mit einem Lächeln voller Ernst und Liebreiz. Ich fühlte, daß sie glücklich war, die Einsame und um ihren nahen Tod Wissende; ich fühlte, daß sie glücklich war, auf solche Weise geliebt zu werden, voller Achtung und Beständigkeit, mit einer geradezu dichterischen Selbstentäußerung, einer Hingabe, die zu allem bereit war. Und dennoch, getreu ihrer exaltierten Hartnäckigkeit, weigerte sie sich verzweifelt, ihn zu empfangen, seinen Namen zu erfahren, mit ihm zu sprechen. Sie sagte: ›Nein, nein, das würde mir diese sonderbare Freundschaft beflecken. Wir müssen einander fremd bleiben.‹

Was nun ihn betrifft, so war er zweifellos von einer ähnlichen Donquichotterie besessen; denn er tat nicht das mindeste, um ihr näherzukommen. Er wollte das absurde Versprechen, niemals mit ihr zu reden, das er ihr im Eisenbahnwagen gegeben hatte, bis zum letzten halten.

Oft, während der langen Stunden ihrer Schwächezustände, stand sie von ihrem Ruhebett auf und schlug die Vorhänge beiseite, um zu sehen, ob er da sei, unter ihrem Fenster. Und wenn sie ihn, der stets reglos auf der Bank saß, gesehen hatte, legte sie sich wieder hin und schlief mit einem Lächeln auf den Lippen ein.

Eines Morgens, gegen zehn Uhr, starb sie. Als ich das Hotel verließ, kam er auf mich zu, mit verstörtem Gesicht; er wußte es schon. ›Ich möchte sie einen Augenblick sehen, in Ihrer Gegenwart‹, sagte er.

Ich nahm seinen Arm und ging mit ihm in das Gebäude zurück. Als er an dem Bett der Toten stand, ergriff er ihre Hand und küßte sie, lange; dann stürzte er davon wie ein Unsinniger.«

Wiederum schwieg der Arzt; dann sagte er noch: »Das ist wohl das sonderbarste Eisenbahnabenteuer, das ich kenne. Man muß schon sagen, daß die Menschen auf eine tolle Weise verrückt sind.«

Eine Dame flüsterte, kaum daß man es hören konnte: »Diese beiden Menschen sind weniger verrückt gewesen, als Sie meinen... Sie waren... sie waren...«

Weiter konnte sie nicht sprechen, so sehr weinte sie. Da der Gesprächsgegenstand gewechselt wurde, um sie zu beruhigen, wurde nicht offenbar, was sie hatte sagen wollen.

DER ALTE MILON

Französischer Titel: Le Père Milon
Erstdruck: Le Gaulois, 22. Mai 1883

Seit einem Monat schleudert die Sonne ihre lodernden Flammen auf die Felder. Strahlendes Leben erschließt sich unter diesem feurigen Platzregen; die Erde grünt, so weit das Auge reicht. Bis zu den Grenzen des Horizonts ist der Himmel blau. Die über das flache Land verstreuten normannischen Bauernhöfe wirken aus der Ferne wie kleine Wälder, da sie von hoch aufragenden Buchen umzäunt sind. Aus der Nähe glaubt man einen riesigen Garten zu sehen, wenn man das wurmstichige Gattertor aufmacht; denn all die uralten Apfelbäume, die knorrig sind wie die Bauern, stehen in Blüte. Die bejahrten, schwarzen, krummen und schiefen, in sich gewundenen Stämme, die in Zeilen auf dem Hofplatz stehen, entfalten unterm Himmel ihre schimmernden, weißen und rosa Kuppeln. Ihr süßer Duft mischt sich mit dem fetten Geruch der offenstehenden Ställe und den Dünsten des gärenden Misthaufens, auf dem sich Hühner tummeln.

Es ist Mittag. Die Familie ißt im Schatten des vor der Tür wachsenden Birnbaums: der Vater, die Mutter, die vier Kinder, die beiden Mägde und die drei Knechte. Es fällt fast kein einziges Wort. Die Suppe wird verspeist; dann wird das reichlich mit Speckkartoffeln garnierte Fleischgericht aufgetragen.

Von Zeit zu Zeit steht eine Magd auf und geht in den Keller, wo sie den Ziderkrug füllt.

Der Mann, ein großer Kerl von vierzig Jahren, beschaut an seiner Hauswand eine noch kahle Rebe; wie eine Schlange windet sie sich unter den Fensterladen an der ganzen Mauer entlang.

Schließlich sagt er: »Vaters Rebe sproßt früh in diesem Jahr. Vielleicht trägt sie...«

Die Frau dreht sich um und schaut ebenfalls hin, stumm.

Jene Rebe ist genau an der Stelle gepflanzt worden, wo der Vater erschossen wurde.

Das geschah während des Krieges 1870. Die Preußen hatten das ganze Land besetzt. General Faidherbe leistete ihnen mit der Nordarmee Widerstand.

Auf jenem Hof hatte sich ein preußischer Stab einquartiert. Zehn Meilen entfernt lagen die Franzosen und verhielten sich ruhig; und dennoch verschwanden in jeder Nacht Ulanen.

Alle vereinzelten Aufklärer, die auf Erkundung geschickt wurden, auch wenn sie zu zweit oder zu dritt losritten, kehrten nie wieder.

Morgens wurden sie tot aufgefunden, auf einem Feld, an der Grenze eines Bauernhofs, in einem Graben. Sogar ihre Pferde lagen, von einem Säbelhieb getötet, längs der Landstraßen.

Stets schienen jene Morde von denselben Männern begangen worden zu sein; sie zu entdecken gelang nicht.

Das Dorf wurde einer Schreckensherrschaft unterworfen. Auf eine bloße Denunziation hin wurden Bauern erschossen, Frauen gefangengesetzt; Kindern wurde Angst eingejagt, damit sie etwas aussagten. Es wurde nichts entdeckt.

Eines Morgens jedoch wurde der alte Milon mit einer Hiebwunde im Gesicht in seinem Stall liegend aufgefunden.

Etwa drei Kilometer vom Hof entfernt lagen zwei niedergemetzelte Ulanen. Der eine hielt noch seinen blutbeschmierten Säbel in der Faust. Er hatte gekämpft, sich gewehrt.

Sogleich trat ein Standgericht zusammen, im Freien, vor dem Haus; der Alte wurde vorgeführt.

Er war achtundsechzig Jahre alt. Er war klein, mager, ein wenig in sich verkrümmt; seine großen Hände sahen wie Taschenkrebsscheren aus. Sein glanzloses, spärliches Haar war weich wie der Flaum eines Entenkükens; es ließ überall den Schädel durchschimmern. Auf der braunen, faltigen Haut des Halses zogen sich dicke Adern hin; sie verschwanden unter dem Kinn und kamen unter den Schläfen wieder zum Vorschein. Er galt in der Gegend als geizig und als ein raffinierter Geschäftsmann.

Zwischen vier Soldaten stand er vor dem nach draußen geschafften Küchentisch. Fünf Offiziere und der Oberst setzten sich ihm gegenüber.

Der Oberst ergriff in französischer Sprache das Wort: »Vater

Milon, seit wir hier sind, haben wir nur Lobesworte für Sie gehabt. Sie sind stets gefällig, ja sogar zuvorkommend uns gegenüber gewesen. Aber heute belastet Sie eine schreckliche Anklage; es muß Licht in die Sache gebracht werden. Wie sind Sie zu der Wunde in Ihrem Gesicht gekommen?«

Der Bauer antwortete nicht.

Der Oberst fuhr fort: »Ihr Schweigen spricht gegen Sie, Vater Milon. Aber ich möchte, daß Sie mir antworten, verstehen Sie? Wissen Sie, wer die beiden Ulanen ermordet hat, die heute morgen beim Kalvarienmal gefunden worden sind?«

Unumwunden stieß der Alte hervor: »Ich.«

Der überraschte Oberst blieb für eine Sekunde stumm und starrte den Gefangenen an. Der alte Milon mit seinem stumpfen Bauerngesicht blieb ungerührt; er hielt die Augen niedergeschlagen, als spreche er mit seinem Pfarrer. Nur ein einziges Zeichen für das, was in ihm vorging, gab es – nämlich daß er immer wieder mit sichtlicher Anstrengung den Speichel hinunterschluckte, gleich als ziehe sich um seinen Hals eine Schlinge zusammen.

Zehn Schritt hinter ihm stand bestürzt und verstört seine Familie: sein Sohn Jean, seine Schwiegertochter und zwei kleine Kinder.

Der Oberst sprach weiter: »Wissen Sie auch, wer alle übrigen Aufklärer unserer Armee ermordet hat? Die, die seit einem Monat jeden Morgen in der ganzen Gegend aufgefunden werden?«

Der Alte antwortete mit derselben stumpfsinnigen Ungerührtheit: »Ich.«

»Sie also haben sie alle ermordet?«

»Alle, ja, ich.«

»Sie ganz allein?«

»Ganz allein.«

»Sagen Sie mir, wie Sie das fertiggebracht haben.«

Diesmal schien der Mann unruhig; offenbar bedrückte ihn die Notwendigkeit, lange sprechen zu müssen. Er stotterte: »Wie soll ich das wissen? Ich habe es getan, wie es gerade kam.«

Der Oberst sagte: »Ich weise Sie darauf hin, daß Sie uns alles ganz genau sagen müssen. Sie täten gut, sich sofort dazu zu entschließen. Wie haben Sie damit angefangen?«

Der Mann warf einen ängstlichen Blick auf seine hinter ihm lauschende Familie. Er zögerte noch eine kurze Weile; dann plötzlich faßte er sich ein Herz: »Ich ging mal eines Abends, so gegen zehn, nach Hause, es war an dem Tag, nachdem Sie hergekommen waren. Sie und nachher Ihre Soldaten, ihr habt mir für mehr als fünfzig Taler Futter weggenommen und dann noch eine Kuh und zwei Hammel. Ich habe mir gesagt: ›Wenn sie mir noch mal für zwanzig Taler Futter wegnehmen, dann zahle ich es ihnen heim.‹ Und außerdem hatte ich noch was anderes auf dem Herzen; ich sage es Ihnen gleich. Und da sehe ich einen Ihrer Reiter an meinem Graben sitzen und seine Pfeife rauchen, hinter meiner Scheune. Da habe ich meine Sense losgehakt und bin ganz leise hinter ihn getreten, damit er nichts hörte. Und dann habe ich ihm mit einem Hieb, einem einzigen, den Kopf abgemäht wie eine Ähre; nicht mal ›uff‹ hat er sagen können. Sie brauchen nur im Tümpel nachzusehen; da finden Sie ihn in einem Kohlensack, zusammen mit einem Stein von der Hofmauer. Ich hatte so meine Gedanken. Ich habe alle seine Sachen genommen, von den Stiefeln bis zur Mütze, und sie im Kalkbrennofen in Martins Wald hinter dem Hof versteckt.«

Der Alte schwieg. Die sprachlosen Offiziere schauten einander an. Das Verhör wurde fortgesetzt, und sie erfuhren Folgendes:

Nachdem er diesen ersten Mord begangen hatte, war der Mann von einem Gedanken besessen gewesen: Preußen umbringen! Er haßte sie mit dem heimtückischen, verbissenen Haß des habgierigen Bauern und zugleich des Patrioten. Er hatte so seine Gedanken, wie er gesagt hatte. Ein paar Tage wartete er.

Er besaß volle Freiheit, zu gehen und zu kommen, sich im Haus oder im Freien zu bewegen, als so gefügig hatte er sich den Siegern bezeigt, als so unterwürfig und entgegenkommend. Aber jeden Abend sah er Spähtrupps wegreiten; und als er den Namen des Dorfs aufgeschnappt hatte, wohin die Reiter sollten, verließ er eines Nachts sein Haus; er hatte sich im Umgang mit den Soldaten die paar deutschen Worte angeeignet, deren er bedurfte.

Er verließ seinen Hof, schlich sich durch das Gehölz, kam zu dem Kalkofen, drang in den langen Gang ein, fand die Uniform des Toten am Boden liegen und zog sie sich an.

Dann streifte er durch die Felder, kroch an Böschungen entlang, um unentdeckt zu bleiben, lauschte auf die geringsten Geräusche und war gespannt wie ein Wilddieb.

Als er meinte, die Stunde sei gekommen, schlich er sich an die Landstraße heran und versteckte sich im Buschwerk. Nach wie vor lauschte er. Endlich, gegen Mitternacht, erscholl auf dem harten Boden der Landstraße Pferdegetrappel. Milon legte das Ohr auf den Erdboden, um sich zu versichern, daß nur ein einzelner Reiter herankomme; dann machte er sich bereit.

Der Ulan kam in schlankem Trab heran; er überbrachte Eilmeldungen. Er ritt mit wachsamen Augen und gespitzten Ohren. Als er nur noch zehn Schritte entfernt war, schleppte der alte Milon sich quer über die Landstraße und stöhnte: »Hilfe! Hilfe!« Der Reiter hielt, erkannte einen unberittenen Deutschen, hielt ihn für verwundet, saß ab, trat ahnungslos heran, und als er sich über den Unbekannten beugte, fuhr ihm die lange, gebogene Säbelklinge mitten in den Bauch. Er fiel ohne Todeskampf um; er zuckte nur noch ein paarmal.

Da stand Milon auf, strahlend in der stummen Freude eines alten Bauern, und aus purem Vergnügen durchsäbelte er die Kehle der Leiche. Dann schleppte er sie an den Chausseegraben und warf sie hinein.

Das Pferd stand ruhig da und wartete auf seinen Herrn. Der alte Milon schwang sich in den Sattel und galoppierte über die Felder.

Nach einer Stunde gewahrte er zwei weitere Ulanen, die nebeneinander reitend ihrem Quartier zustrebten. Er ritt auf sie zu und rief abermals: »Hilfe! Hilfe!« Die Preußen ließen ihn herankommen, erkannten die Uniform und waren ohne jeden Argwohn. Und der Alte schoß wie eine Kanonenkugel zwischen ihnen hindurch und machte den einen mit dem Säbel, den andern mit dem Revolver nieder.

Dann stach er die Pferde ab – es waren ja deutsche Pferde! Darauf kehrte er behutsam zu dem Kalkofen zurück und versteckte das Pferd hinten in dem dunklen Gang. Er entledigte sich der Uniform, zog wieder seine zerlumpte Kleidung an, ging heim, kroch ins Bett und schlief bis zum Morgen.

Vier Tage lang verließ er den Hof nicht; er wartete das Ende der angestellten Nachforschungen ab; aber am fünften Tag zog er wieder los und brachte mittels derselben List zwei weitere Soldaten um.

Von nun an gab es für ihn kein Halten mehr. Jede Nacht schweifte er umher, streifte aufs Geratewohl durch die Gegend und machte bald hier, bald dort Preußen nieder, galoppierte im Mondschein über die kahlen Felder, ein versprengter Ulan, ein Menschenjäger. War er mit seinem Vorhaben fertig, hatte er längs der Landstraßen Leichen hinter sich gelassen, so brachte der alte Reiter sein Pferd zurück in den Kalkofen und versteckte dort seine Uniform.

Mittags brachte er dem in dem unterirdischen Gang verbliebenen Tier in aller Ruhe Hafer und Wasser; er ernährte es ausgiebig, da er von ihm schwere Arbeit verlangte.

Gestern jedoch war einer der Angegriffenen auf der Hut gewesen und hatte dem alten Bauern einen Säbelhieb durchs Gesicht versetzt.

Und dennoch hatte er sie alle beide erledigt! Er war zurückgeritten, hatte das Pferd versteckt und wieder seine armselige Kleidung angezogen; aber beim Heimkommen hatte er einen Schwächeanfall erlitten, und er hatte sich bis zum Stall geschleppt, weil er nicht mehr die Kraft aufbrachte, ins Haus zu gehen.

Da war er dann blutüberströmt im Stroh gefunden worden.

Als er mit seinem Bericht fertig war, hob er plötzlich den Kopf und sah die preußischen Offiziere stolz an.

Der Oberst zupfte sich am Schnurrbart und fragte: »Haben Sie noch etwas zu sagen?«

»Nein, nichts mehr. Die Rechnung stimmt: Sechzehn habe ich umgebracht, keinen mehr, keinen weniger.«

»Wissen Sie, daß Sie jetzt sterben müssen?«

»Ich habe Sie nicht um Gnade gebeten.«

»Sind Sie Soldat gewesen?«

»Ja. Ich habe seinerzeit auch im Feld gestanden. Und außerdem habt ihr meinen Vater auf dem Gewissen, der war Soldat unter dem ersten Kaiser. Und auch im letzten Monat meinen jüngsten Sohn François, bei Évreux. Ich war euch was schuldig, das habe ich jetzt bezahlt. Wir sind quitt.«

Die Offiziere sahen einander an.

Der Alte redete weiter: »Acht für meinen Vater, acht für mein Jungchen, wir sind quitt. Ich habe keinen Streit mit euch gesucht! Ich kenne euch nicht! Ich weiß nicht mal, wo ihr herkommt. Ihr seid hier auf meinem Grund und Boden, und da kommandiert ihr herum, als ob ihr bei euch zu Hause wärt. Ich habe mich an den andern gerächt. Ich bereue nichts.«

Dann reckte der Alte den steifen Oberkörper auf und kreuzte die Arme in der Pose eines bescheidenen Helden.

Die Preußen besprachen sich leise eine ganze Weile. Ein Hauptmann, dessen Sohn ebenfalls im letzten Monat gefallen war, verteidigte diesen hochgemuten armen Teufel.

Der Oberst stand auf, trat vor den alten Milon und sagte mit gesenkter Stimme: »Hören Sie, Alter, es gäbe vielleicht ein Mittel, Ihnen das Leben zu retten, wenn Sie nämlich…«

Aber der alte Milon hörte gar nicht hin; er starrte dem feindlichen Offizier, dem Sieger, fest in die Augen; der Wind bewegte sein wirres Haar; er zog eine gräßliche Grimasse, die sein hiebzerspaltenes Gesicht verzerrte, wölbte die Brust heraus und spuckte mit aller Kraft dem Preußen mitten ins Gesicht.

Der bestürzte Oberst hob die Hand auf, und der Alte spuckte ihm abermals ins Gesicht.

Sämtliche Offiziere waren aufgesprungen; alle brüllten gleichzeitig Befehle.

Innerhalb einer Minute war der nach wie vor ungerührte Bauer an die Hauswand gestellt und erschossen worden; lächelnd hatte er Jean, seinen ältesten Sohn, seine Schwiegertochter und die beiden Kleinen angeblickt, die außer sich vor Entsetzen zuschauten.

DAS BROT DER SÜNDE

Französischer Titel: Le Pain maudit
Erstdruck: Le Gil-Blas, 29. Mai 1883,
unter dem Pseudonym »Maufrigneuse«

Für Henry Brainne

I

Der alte Taille hatte drei Töchter: Anna, die älteste, von der in der Familie kaum je gesprochen wurde, Rose, die mittlere, die jetzt achtzehn war, und Claire, die jüngste, noch kindliche, die im Frühling fünfzehn geworden war.

Der alte Taille, Witwer, war Mechanikermeister in Lebruments Knopffabrik. Er war ein tüchtiger, allgemein geschätzter Mann, rechtlich, nüchtern, das Musterbild eines fleißigen Arbeiters. Er wohnte in der Rue d'Angoulême in Le Havre.

Als Anna angefangen hatte, ihre eigenen Wege zu gehen, wie man zu sagen pflegt, war der Alte schrecklich zornig geworden; er hatte gedroht, er werde den Verführer umbringen: einen Gelbschnabel, einen Abteilungsleiter in einem großen Modegeschäft der Stadt. Dann wurde ihm von verschiedenen Seiten zugetragen, die Kleine komme wieder auf die rechte Bahn, sie lege Geld beiseite, sie treibe es nicht mehr mit diesem und jenem, da sie sich jetzt mit einem Mann reiferen Alters zusammengetan habe, einem Richter am Handelsgericht, Monsieur Dubois; und so hatte der Vater sich beruhigt.

Er kümmerte sich sogar um ihr Tun und Lassen, holte bei ihren alten Freundinnen, die sie besucht hatten, Auskünfte über ihren Haushalt ein; und als ihm versichert wurde, sie wohne in eigenen Möbeln, und auf ihrem Kaminsims stehe ein Haufen farbiger Vasen, an den Wänden hingen mit der Hand gemalte Bilder, und überall fänden sich vergoldete Stutzuhren und Teppiche, umspielte seine Lippen ein leises, zufriedenes Lächeln. Dreißig Jahre lang hatte er geschuftet, um armselige fünftausend, sechstausend Francs zusammenzubekommen! Wenn man es richtig ansah, war das junge Ding gar nicht so dumm!

Nun jedoch kam eines Tages der junge Touchard, dessen Vater am anderen Ende der Straße Böttcher war, zu ihm und bat ihn um die Hand Roses, seiner zweiten Tochter. Dem Alten schlug das Herz höher. Die Touchards waren reiche, angesehene Leute; ganz entschieden hatte er Glück mit seinen Töchtern.

Die Hochzeit wurde festgesetzt, und man beschloß, sie großartig zu feiern. In Sainte-Adresse, im Restaurant der Mutter Jusa, sollte sie stattfinden. Das würde ein teurer Spaß werden, den Teufel auch, aber du großer Gott, das half nichts: Es war eben eine einmalige Gelegenheit.

Doch als der Alte eines Tages zum Mittagessen heimgekommen war und sich gerade mit seinen beiden Töchtern zu Tisch setzen wollte, wurde die Tür aufgerissen, und Anna erschien. Sie trug ein leuchtend buntes Kleid, Ringe und einen Federhut. Aber trotzdem war sie nett und herzlich. Ehe der Vater noch »Uff!« sagen konnte, fiel sie ihm um den Hals, dann sank sie schluchzend den beiden Schwestern in die Arme, dann setzte sie sich, wischte sich die Augen und bat um einen Teller, um im trauten Familienkreis zu essen. Das rührte den alten Taille zu Tränen, und er sagte mehrmals hintereinander: »Schon gut, Kindchen, schon gut, schon gut.« Da sagte Anna denn, was sie auf dem Herzen hatte. Sie wolle nicht, daß Roses Hochzeit in Sainte-Adresse gefeiert werde; nein, das wolle sie nicht. Man könne sie doch in ihrer Wohnung feiern, die Hochzeit, und das werde dann den Vater nichts kosten. Sie habe sich schon ganz darauf eingestellt, alle Vorbereitungen getroffen, alles geregelt; sie werde alles auf sich nehmen, und damit basta.

Der Alte sagte nochmals: »Schon gut, Kindchen, schon gut.« Aber es kam ihm ein Zweifel. Würden die Touchards damit einverstanden sein? Rose, die Verlobte, fragte überrascht: »Ja, warum denn nicht? Laß nur, das übernehme *ich*, ich gehe zu Philippe und rede mit ihm.«

Tatsächlich sprach sie noch am selben Tag mit ihrem Bräutigam darüber, und Philippe erklärte, es sei ihm durchaus recht. Auch die Eltern Touchard waren begeistert über die Aussicht auf ein gutes Essen, das sie nichts kosten würde. Und sie sagten: »Es wird sicher tadellos, wo doch Monsieur Dubois im Geld schwimmt.«

Sie baten nur noch, eine Bekannte einladen zu dürfen, Mademoiselle Florence, die Köchin der Leute im ersten Stock. Anna war mit allem einverstanden.

Die Hochzeit wurde auf den letzten Dienstag des Monats festgesetzt.

II

Nach der Förmlichkeit im Bürgermeisteramt und der kirchlichen Feier begab sich der Hochzeitszug nach Annas Haus. Die Tailles hatten noch einen bejahrten Vetter mitgebracht, Monsieur Sauvetanin, einen zu philosophischen Gedanken neigenden, zeremoniellen, sehr gemessenen Mann, auf dessen Erbe sie warteten, sowie eine alte Tante, Madame Lamondois.

Monsieur Sauvetanin war gebeten worden, Anna zu führen. Sie waren zusammengekoppelt worden, weil sie als die wichtigsten und angesehensten Persönlichkeiten der Hochzeitsgesellschaft galten.

Bei der Ankunft vor der Haustür ließ Anna sofort den Arm ihres Kavaliers los, erklärte: »Ich will euch den Weg zeigen« und lief voraus.

Sie hastete die Treppe hinauf; die Prozession der Gäste folgte langsamer.

Kaum hatte das junge Mädchen die Wohnungstür aufgeschlossen, als es auch schon beiseite trat, um alle an sich vorüberziehen zu lassen; sie machten große Augen und wandten die Köpfe nach allen Seiten, um diesen geheimnisvollen Luxus in sich aufzunehmen.

Die Tafel war im Wohnzimmer gedeckt worden, weil das Eßzimmer zu klein dafür erachtet worden war. Ein benachbarter Restaurantbesitzer hatte die Gedecke geliehen, und die mit Wein

gefüllten Karaffen leuchteten im Schein eines durchs Fenster her-
einfallenden Sonnenstrahls.

Die Damen gingen ins Schlafzimmer, um sich ihrer Schals und
ihrer Kopfbedeckungen zu entledigen, und der alte Touchard,
der in der Tür stehen geblieben war, zwinkerte nach dem breiten,
niedrigen Bett hin und machte den Männern witzige, gutmütige
Zeichen. Der alte Taille bewahrte Würde und betrachtete mit in-
nerem Stolz die prunkvolle Wohnungseinrichtung der Tochter;
er ging von Raum zu Raum, hatte noch immer den Hut in der
Hand, schätzte alles, was da herumstand, mit den Blicken ab und
schritt einher wie der Sakristan einer Kirche.

Anna eilte hin und her, gab Weisungen, beschleunigte das An-
richten. Endlich erschien sie auf der Schwelle des ausgeräumten
Eßzimmers und rief: »Kommt alle für eine Minute hier herein.«
Die zwölf Gäste folgten schleunigst und gewahrten auf einem
kleinen Tisch zwölf kranzförmig aufgestellte Gläser mit Madeira.

Rose und ihr Mann hatten einander die Arme um die Hüften
gelegt und küßten sich bereits in den Ecken. Monsieur Sauvetanin ließ Anna nicht aus den Augen; ihn trieben vielleicht das Entflammtsein und die Erwartung, die in allen Männern, sogar alten
und häßlichen, angesichts galanter Frauen wach werden, als
schuldeten jene ihres Gewerbes, ihrer beruflichen Verpflichtung
wegen allen männlichen Wesen ein wenig von sich.

Dann wurde zu Tisch gegangen, und das Festmahl begann.
Die Eltern saßen am einen Ende, das junge Paar am andern. Die
alte Madame Touchard führte zur Rechten, die junge Braut zur
Linken den Vorsitz. Anna befaßte sich mit allem und jedem, paßte auf, daß die Gläser immer voll, die Teller stets gut gefüllt waren. Eine gewisse respektvolle Beklommenheit, eine gewisse
Schüchternheit angesichts des Reichtums der Wohnung und der
Feierlichkeit, mit der bedient wurde, hielten die Gäste im Bann.
Es wurde gut gegessen, es wurde tüchtig gegessen, aber es wurde
nicht geulkt, wie bei Hochzeiten geulkt werden muß. Man hatte
die Empfindung, man sei in einer allzu vornehmen Atmosphäre;
das hinderte.

Madame Touchard-Mutter, die gern lachte, versuchte, die
Stimmung zu heben, und als der Nachtisch aufgetragen wurde,

rief sie: »Hör mal, Philippe, sing uns doch ein bißchen was vor.«
In ihrer Straße hieß es von dem Sohn, er besitze eine der hübsche-
sten Stimmen von ganz Le Havre.

Sogleich stand der Bräutigam auf, lächelte, wandte sich aus
Höflichkeit und Galanterie der Schwägerin zu und kramte in seinem Gedächtnis nach etwas den Umständen Angepaßtem, etwas
Getragenem, etwas Hochanständigem, von dem er meinte, daß
es dem Ernst dieses Essens entspreche.

Anna schaute zufrieden drein und lehnte sich hörbegierig auf
ihrem Stuhl zurück. Alle Gesichter wurden aufmerksam und lä-
chelten unbestimmt.

Der Sänger verkündete: »Das Brot der Sünde«, bog den rechten Arm ein, wodurch sein Frack ihm hoch bis in den Hals
rutschte, und begann:

> »Es gibt ein heil'ges Brot, das wir der kargen Erde
> Entreißen müssen mit der Arme Siegerkraft.
> Das Brot der Arbeit ist's; mit freudiger Gebärde
> Der Vater täglich es den lieben Kindern schafft.
> Doch gibt's ein andres noch, das stets sich lockend bot:
> Der Sünde Brot, mit dem die Hölle will verführen.
> Ihr Kinder, rührt's nicht an – es ist des Lasters Brot,
> Ihr Kinder, hütet euch, dies Brot je anzurühren!«

Die ganze Tafelrunde klatschte hingerissen Beifall. Der alte
Touchard erklärte: »Das ist famos!« Die eingeladene Köchin
drehte ein Stück Brot in der Hand und sah es voller Rührung an.
Monsieur Sauvetanin brummte: »Sehr gut!« Und die Tante Lamondois wischte sich mit der Serviette die Augen.

Der Bräutigam verkündete: »Zweite Strophe« und schmetterte
mit wachsender Energie:

> »Dem Ärmsten Mitleid ziemt, der schwach und altersmüd
> Am Straßensaume hockt, daß unser Herz erbebt.
> Doch kehrt den Rücken dem, der seine Arbeit flieht,
> Der quick und kerngesund die Bettlerhand erhebt.
> Denn Betteln ohne Zwang ist Diebstahl an den Alten,

An allen Fleiß'gen, die den Druck der Arbeit spüren.
Schmach allen, die sich durch der Faulheit Brot erhalten!
Ihr Kinder, hütet euch, dies Brot je anzurühren!«

Alle, selbst die beiden an der Wand stehen gebliebenen Diener, brüllten im Chor die letzte Zeile als Kehrreim. Die falschen, schrillen Stimmen der Frauen ließen die fettigen Männerstimmen aus der richtigen Tonart abweichen.

Die Tante und die Braut schluchzten herzzerbrechend. Der alte Taille schneuzte sich mit Posaunengedröhn, und der alte Touchard schwenkte ein unangebrochenes Brot bis zur Mitte der Tafel hin. Die befreundete Köchin ließ stumme Tränen auf ihr Stück Brot fallen, das sie noch immer zerdrückte.

Mitten in die allgemeine Rührung hinein sagte Monsieur Sauvetanin: »Das ist was Unverdorbenes, was ganz anderes als die üblichen Schlüpfrigkeiten.«

Auch Anna war das Lied nahegegangen; sie warf ihrer Schwester Kußhände zu und deutete mit einer freundlichen Handbewegung auf deren Gatten, wie um sie zu beglückwünschen.

Berauscht von seinem Erfolg fuhr der junge Mann fort:

»Arbeitermädchen du in deiner schlichten Kammer,
Mich dünkt, als lauschtest du auf des Versuchers Wort.
Wirf nicht die Nadel fort, mein Kind – es wär' ein Jammer!
Denk an die Eltern dein; du bist ihr einz'ger Hort.
Kannst du in eitlem Prunk dich etwa glücklich wähnen,
Wenn sterbend Vater Flüche ächzt, die dir gebühren?
Das Brot der Sünde wird zu Stein durch deine Tränen.
Ihr Kinder, hütet euch, dies Brot je anzurühren!«

Nur die beiden Diener und der alte Touchard sangen den Kehrreim. Anna war ganz blaß geworden und hatte die Augen niedergeschlagen. Der betroffene Bräutigam blickte in die Runde und begriff die Ursache dieser plötzlichen Kälte nicht. Die Köchin hatte ihr Stück Brot jäh losgelassen, als sei unvermittelt Gift hineingekommen.

Monsieur Sauvetanin erklärte, um die Situation zu retten, mit ernster Stimme: »Die letzte Stophe hätte sich erübrigt.« Der alte Taille war rot bis an die Ohren und warf wütende Blicke.

Da sagte Anna – ihr standen Tränen in den Augen – mit verschleierter, schmelzender Stimme, der Stimme einer Weinenden, zu den Dienern: »Bringen Sie jetzt den Champagner.«

Sogleich durchrüttelte Freude die Gäste. Alle Gesichter wurden wieder strahlend. Und da der alte Touchard, der nichts gesehen, nichts gewittert, nichts begriffen hatte, noch immer mit seinem Brot herumfuchtelte, es den Geladenen zeigte und ganz allein sang: »Ihr Kinder, hütet euch, dies Brot je anzurühren«, fiel die ganze Hochzeitsgesellschaft, die beim Erscheinen der Flaschen mit den silbernen Kapseln wie elektrisiert war, mit Donnergedröhn ein: »Ihr Kinder, hütet euch, dies Brot je anzurühren!«

Freund Joseph

Französischer Titel: L'Ami Joseph
Erstdruck: Le Gaulois, 3. Juni 1883

Sie waren einen ganzen Pariser Winter lang mehr als gut miteinander bekannt gewesen. Nach dem Abgang von der Schule hatten die beiden Freunde, wie es stets geschieht, einander aus den Augen verloren und sich dann eines Abends bei einer gesellschaftlichen Veranstaltung wiedergetroffen; beide waren schon alt und ergraut; der eine war Junggeselle, der andere verheiratet.

Monsieur de Méroul wohnte die Hälfte des Jahres in Paris, die andere Hälfte auf seinem kleinen Schloß Tourbeville. Er hatte die Tochter eines in der Nähe wohnenden Schloßherrn geheiratet und das geruhsame, gute, lässige Leben eines Menschen geführt, der nichts zu tun hat. Da er von Charakter ausgeglichen und gesetzten Geistes war, ohne intellektuelles Draufgängertum und auf Unabhängigkeit erpichten Drang zum Rebellieren, hatte er seine Zeit in milder Sehnsucht nach dem Vergangenen verbracht, im Jammern über die Sitten und Institutionen von heutzutage; in einem fort hatte er zu seiner Frau gesagt, die dann die Augen zum Himmel erhob und manchmal auch die Hände, zum Zeichen unumwundenen Beipflichtens: »Mein Gott, unter welcher Regierung leben wir!«

Madame de Méroul war, was die Intelligenz betraf, ihrem Mann so ähnlich, als seien die beiden Geschwister. Sie wußte aus Tradition, daß man vor allem dem Papst und dem König Verehrung zu zollen habe.

Und sie liebte und verehrte sie von ganzem Herzen, ohne sie zu kennen, mit poetischer Übertreibung, mit ererbter Ergebenheit, mit der Rührung einer hochgeborenen Frau. Sie war bis in die letzten Falten der Seele gutartig. Sie hatte keine Kinder gehabt und bedauerte es ohne Unterlaß.

Als Monsieur de Méroul bei einem Ball Joseph Mouradour,

seinem ehemaligen Schulkameraden, wiederbegegnete, empfand er über dieses Wiedersehen eine tiefe, naive Freude; denn in ihrer Jugendzeit hatten sie einander sehr gern gehabt.

Nach Ausrufen des Staunens über die Veränderungen, die das Alter den Gestalten und Gesichtern der beiden hatte zuteil werden lassen, überschütteten sie einander mit Fragen über ihr Ergehen.

Joseph Mouradour, ein Südländer, war in seiner Heimat Departementsrat geworden. Sein Gehaben war freimütig, er redete lebhaft und ohne Zurückhaltung einher und rückte mit dem, was er dachte, rundweg und schonungslos heraus. Er war Republikaner, und zwar einer der wackeren Republikaner, für die Ungeniertheit ein Grundsatz ist und die die Ungebundenheit der mündlichen Äußerung bis zur Brutalität treiben.

Fortan verkehrte er im Haus seines Freundes, und die Mérouls hatten ihn um seiner gefälligen Herzlichkeit willen gern, trotz seiner fortschrittlichen Ansichten. Madame de Méroul pflegte auszurufen: »Wie schade! Solch ein reizender Mensch!«

Monsieur de Méroul sagte inständigen und vertrauensvollen Tons zu seinem Freund: »Du hast keine Ahnung, wieviel Übles ihr unserm Land zufügt.« Dabei hatte er ihn herzlich gern, denn nichts ist verläßlicher als eine im reifen Alter wieder aufgenommene Bindung aus Kinderzeiten. Joseph Mouradour machte sich über die Frau und den Mann lustig; er nannte sie »meine liebenswerten Schildkröten«, und manchmal erging er sich in dröhnenden Tiraden gegen »zurückgebliebene« Leute, gegen Vorurteile und Traditionen.

Wenn er auf solcherlei Weise die Fluten seiner demokratischen Beredsamkeit sich ergießen ließ, schwieg das Ehepaar, dem unbehaglich zumute war, aus Wohlerzogenheit und Lebensart; der Mann versuchte, dem Gespräch eine andere Wendung zu geben, um Reibungen zu vermeiden. Joseph Mouradour wurde nur empfangen, wenn die beiden allein waren.

Es wurde Sommer. Die Mérouls kannten keine größere Freude, als ihre Freunde nach ihrem Landsitz Tourbeville einzuladen. Das war eine sehr persönliche, gesunde Freude, eine Freude, wie wackere Menschen und ländliche Gutsbesitzer sie empfinden. Sie fuhren den Gästen bis zum nächstgelegenen Bahnhof entgegen, brachten sie in ihrem Wagen heim und erwarteten Lobsprüche über ihr Land, über den Baumbestand, den Zustand der Landstraßen im Departement, die Sauberkeit der Bauernhäuser, die Wohlgenährtheit des auf den Feldern weidenden Viehs, über alles, was es ringsum zu sehen gab.

Sie deuteten an, daß ihr Pferd auf überraschende Weise trabte, da es doch einen Teil des Jahres als Ackergaul herhalten mußte; und sie warteten beinahe angstvoll auf die Meinungsäußerungen des Neuankömmlings über ihren Familiensitz; sie waren empfänglich für das geringste Wort, dankbar für die leiseste freundliche Absicht.

Joseph Mouradour wurde eingeladen und meldete seine Ankunft an.

Das Ehepaar war zum Bahnhof gekommen, herzlich erfreut, mit seiner Heimat Ehre einlegen zu können.

Sobald er sie erblickt hatte, sprang Joseph Mouradour mit einer Lebhaftigkeit aus seinem Abteil, die ihre Genugtuung noch steigerte. Er schüttelte ihnen die Hände, beglückwünschte sie, berauschte sie mit Komplimenten.

Während der ganzen Fahrt war er reizend, staunte über die Höhe der Bäume, den üppigen Stand der Ernte, die Schnelligkeit des Pferdes.

Als er den Fuß auf die Freitreppe des Schlosses setzte, sagte Monsieur de Méroul mit einer gewissen freundschaftlichen Feierlichkeit zu ihm: »Jetzt fühle dich bitte bei uns daheim.«

Joseph Mouradour antwortete: »Danke, mein Lieber, damit hatte ich gerechnet. Ich erlege mir übrigens keinerlei Zwang auf, wenn ich bei Freunden bin. Anders fasse ich Gastfreundschaft nicht auf.«

Dann ging er in sein Zimmer hinauf, um sich als Bauer anzuziehen, wie er sagte, und kam in blauem Leinenanzug, Strohhut und gelben Reitstiefeln wieder herunter; er sah vollkommen aus wie ein Pariser, der auf einen Maskenball geht. Auch schien er vulgärer geworden zu sein, jovialer, auf plumpere Weise vertraulich; es war, als habe er zusammen mit seinem ländlichen Kostüm eine Lässigkeit und Ungezwungenheit angelegt, von der er meinte, sie entspreche den Gegebenheiten. Seine neue Haltung stieß Monsieur und Madame de Méroul ein wenig vor den Kopf; sie nämlich blieben auch auf dem Land immer ernst und würdig, als verpflichte die ihrem Namen vorangestellte Partikel zu einem gewissen Zeremoniell auch im intimsten Kreis.

Nach dem Mittagessen wurden die Pachthöfe besichtigt, und der Pariser machte die respektvollen Bauern durch seine kameradschaftliche Redeweise kopfscheu.

Zum Abendessen kam der Pfarrer ins Schloß, ein alter, beleibter Pfarrer, der für gewöhnlich sonntags gebeten wurde, aber ausnahmsweise zu Ehren des Gastes an diesem Tag geladen worden war.

Als Joseph ihn erblickte, verzog er das Gesicht, dann musterte er ihn verwundert, als sei der Pfarrer ein seltenes Tier von ganz besonderer Gattung, das er nie zuvor aus so großer Nähe gesehen habe. Während des Essens wartete er mit »freien« Geschichten auf, die zwar unter guten Freunden erlaubt sind, die aber den Mérouls im Dabeisein eines Geistlichen als recht fehl am Platz erschienen. Mouradour sagte nie »Monsieur le Curé«, sondern einfach kurz und knapp »Monsieur«, und er setzte den Priester in Verlegenheit durch philosophische Betrachtungen über die mannigfachen auf der Erdoberfläche vorhandenen Formen des Aberglaubens. Er sagte etwa: »Ihr Gott, Monsieur, ist einer von denen, die man achten, zugleich aber einer von denen, über die man diskutieren muß. Ich selber habe eine Göttin mit Namen Vernunft; und sie ist von jeher die Feindin Ihres Gottes gewesen...«

Die tief betroffenen Mérouls versuchten, auf andere Gebiete überzulenken. Der Pfarrer verabschiedete sich sehr frühzeitig.

Daraufhin sagte Méroul freundlich: »Bist du nicht vielleicht mit dem Priester ein bißchen zu weit gegangen?«

Aber sogleich rief Joseph: »Ach, bewahre! Ich geniere mich doch nicht vor einem Pfaffen! Übrigens, weißt du, du tust mir wohl den Gefallen und lädst mir den alten Knaben nicht wieder bei den Mahlzeiten auf den Hals. Bedient ihr euch seiner an Sonn- und Werktagen, so viel ihr wollt, aber verschont eure Freunde damit, heiliges Kreuzdonnerwetter noch mal!«

»Aber mein Lieber, sein geweihtes Amt...«

Joseph Mouradour fiel ihm ins Wort: »Ja, ich weiß: Sie müssen behandelt werden wie Mädchen mit der Tugendrose! Olle Kamellen, mein Guter! Wenn diese Leute meine Überzeugungen respektieren, dann respektiere ich auch die ihrigen!«

An jenem Tag geschah nichts weiter.

Als Madame de Méroul am nächsten Morgen ins Wohnzimmer kam, sah sie auf dem Tisch drei Zeitungen liegen, bei deren Anblick sie zurückfuhr: den »Voltaire«, die »République française« und die »Justice«.

Fast gleichzeitig erschien, noch immer in blauer Kluft, Joseph Mouradour auf der Schwelle und las aufmerksam im »Intransigeant«. Er rief: »Hier in diesem Blatt steht ein famoser Artikel von Rochefort. Das ist ein erstaunlicher Bursche!«

Er las ihn laut vor, betonte nachdrücklich die Pointen und geriet dermaßen in Begeisterung, daß er das Kommen seines Freundes überhörte.

Monsieur de Méroul hielt in der Hand den »Gaulois« für sich selber und den »Clairon« für seine Frau.

Die glühende Prosa des meisterlichen Schriftstellers, der das Kaiserreich niedergeworfen hatte, durchdröhnte, schwungvoll deklamiert, noch dazu im singenden Akzent des Südens, das friedliche Wohnzimmer, rüttelte an den Vorhängen mit den steifen Falten, schien die Wände, die großen Sessel mit den Gobelinbezügen, die gravitätischen Möbel, die seit einem Jahrhundert nicht vom Fleck gerückt worden waren, mit einem Hagel von aufprallenden, frechen, ironischen und plündernden Worten zu bespritzen. Das Ehepaar, er stehend, sie sitzend, lauschte betäubt; sie waren so tief empört, daß sie sich nicht zu regen wagten.

Mouradour ließ die Schlußpointe knallen und zischen wie ein Büschelfeuerwerk und erklärte dann triumphierend: »He? Das ist gesalzen, was?«

Doch da erblickte er die beiden Zeitungen, die sein Freund mitgebracht hatte, und nun sperrte er seinerseits Mund und Nase vor Verblüffung auf. Dann trat er mit langen Schritten auf ihn zu und fragte wütend: »Was willst du denn mit dem Papier da anfangen?«

Zögernd antwortete Monsieur de Méroul: »Ja ... das sind doch meine Zeitungen!«

»Deine Zeitungen ... Hör mal: Willst du mich etwa zum Narren halten? Du wirst mir fortan die Freude machen, *meine* Zeitungen zu lesen; die werden dir den Kopf gelenkig machen; und *deine* Zeitungen ... Paß mal auf, was *ich* damit mache ...«

Und bevor der sprachlose Gastgeber sich dagegen hätte zur Wehr setzen können, hatte er die beiden Blätter an sich gerissen und sie zum Fenster hinausgeworfen. Dann drückte er mit ernster Miene Madame de Méroul die »Justice« in die Hand, gab ihrem Mann den »Voltaire« und ließ sich in einen Sessel sinken, um seine Lektüre des »Intransigeant« zu Ende zu führen.

Das rücksichtsvolle Ehepaar tat, als lese es ein wenig; dann gaben sie die republikanischen Zeitungen zurück; sie hatten sie nur mit den Fingerspitzen angefaßt, als seien sie vergiftet.

Da fing Mouradour an zu lachen und rief: »Acht Tage lang diese Geistesnahrung – dann habe ich euch zu meinen Ideen bekehrt.«

Tatsächlich regierte er nach acht Tagen das Haus. Der Pfarrer durfte auf seine Weisung hin nicht mehr erscheinen; Madame de Méroul suchte ihn heimlich auf. Er hatte verboten, daß »Gaulois« und »Clairon« ins Schloß geliefert wurden; ein Diener mußte sie auf Schleichwegen vom Postamt abholen, und sobald Mouradour ins Zimmer kam, wurden sie unter den Sofakissen versteckt. Er regelte alles nach seinem Ermessen, immer reizend, immer gutartig, ein jovialer, allmächtiger Tyrann.

Andere Freunde sollten kommen, fromme, legitimistisch eingestellte Leute. Die Mérouls hielten ein Zusammentreffen für unmöglich, und da sie nicht wußten, was sie tun sollten, teilten sie Joseph Mouradour eines Abends mit, sie müßten einer kleinen geschäftlichen Angelegenheit wegen für ein paar Tage verreisen und bäten ihn, allein zu bleiben. Ihm ging das nicht weiter nahe; er antwortete: »Schon gut, mir soll es recht sein; ich warte hier auf euch, solange ihr wollt. Ich habe es euch ja gesagt: Unter Freunden darf es keinen Zwang geben. Zum Teufel noch mal, ihr habt vollkommen recht, euch um eure Geschäfte zu kümmern! Das nehme ich euch nicht übel, ganz im Gegenteil! Dadurch fühle ich mich bei euch erst richtig wohl. Fahrt getrost weg; ich warte hier auf euch.«

Madame und Monsieur de Méroul reisten am andern Tag.

Er wartet noch immer auf sie.

Die Mutter der Missgeburten

Französischer Titel: La Mère aux Monstres
Erstdruck: Le Gil-Blas, 12. Juni 1883,
unter dem Pseudonym »Maufrigneuse«

Ich habe an diese gräßliche Geschichte und diese gräßliche Frau denken müssen, als ich neulich in einem bei reichen Leuten beliebten Seebad eine bekannte, junge, elegante, reizende, von allen vergötterte und hochgeachtete Pariserin vorübergehen sah.

Meine Geschichte hat sich schon vor langer Zeit ereignet; aber dergleichen Dinge vergißt man eben nicht.

Ich war von einem Freund eingeladen worden, einige Zeit bei ihm in einer kleinen Provinzstadt zu verbringen. Damit ich der Örtlichkeit Ehre erwies, zeigte er mir die gerühmten Ausblicke in die Landschaft, die Schlösser, die verschiedenen Gewerbe, die Ruinen; er wies mich auf die Baudenkmäler hin, die Kirchen, die alten, gemeißelten Tore, auf riesige oder seltsam gestaltete Bäume, die Eiche des heiligen Andreas und die Eibe von Roqueboise.

Als ich unter Ausrufen wohlwollender Begeisterung sämtliche Sehenswürdigkeiten der Gegend besichtigt hatte, erklärte mein Freund mir mit schmerzlicher Miene, weiter gebe es nichts anzuschauen. Ich atmete auf. Ich würde also im Baumesschatten ein wenig der Ruhe pflegen können.

Doch plötzlich stieß er einen Schrei aus: »Doch, richtig! Es gibt ja noch die Mutter der Mißgeburten; die mußt du kennenlernen.«

Ich fragte: »Wieso ›Mutter der Mißgeburten‹?«

»Das ist eine abscheuliche Frau, ein wahrer Dämon, ein Wesen, das alljährlich aus freien Stücken mißgestaltete, häßliche, grauenhaft anzusehende Kinder zur Welt bringt, wahre Scheusale; und die verkauft sie dann an Schaubudenbesitzer. Diese widerlichen Geschäftemacher erkundigen sich von Zeit zu Zeit, ob sie schon wieder eine Mißgeburt zur Welt gebracht habe, und wenn das betreffende Etwas ihnen gefällt, nehmen sie es mit und zahlen der Mutter eine Rente. Sie hat bereits elf Sprößlinge dieser Art. Sie ist reich... Du glaubst wohl, ich scherzte, ich dächte mir was aus, ich übertriebe. Nein, mein Lieber. Ich erzähle dir lediglich die Wahrheit, die genaue Wahrheit... Komm, laß uns zu dieser Frau gehen. Hernach sage ich dir dann, auf welche Weise sie zu einer Fabrik für Mißgeburten geworden ist.«

Er geleitete mich in die Vorstadt.

Sie wohnte in einem hübschen Häuschen an der Landstraße. Es war nett und gut gepflegt. Der Garten stand voller Blumen und duftete. Man hätte meinen können, es sei die Wohnung eines im Ruhestand lebenden Notars.

Ein Hausmädchen führte uns in ein ländliches Wohnzimmer, und die Verruchte erschien.

Sie war an die Vierzig, eine große Person mit herben Zügen, aber gut gebaut, kräftig und gesund, der echte Typ der robusten Bäuerin, halb Vieh, halb Weibwesen.

Sie wußte, unter welchem Verdammungsurteil sie stand, und schien Besucher nur mit haßerfüllter Unterwürfigkeit zu empfangen.

Sie fragte: »Was wollen die Herren von mir?«

Mein Freund entgegnete: »Ich habe gehört, Ihr letztes Kind sehe aus wie alle normalen Kinder und ähnele seinen Geschwistern in keiner Weise. Davon habe ich mich überzeugen wollen. Stimmt es?«

Sie warf uns einen tückischen und wütenden Blick zu und antwortete: »O nein, o nein, mein lieber Herr! Es ist vielleicht sogar noch häßlicher als die andern. Ich habe nun mal kein Glück, kein Glück. Alle sind sie so, mein guter Herr, alle, es ist trostlos, wie kann der liebe Gott nur so hart sein zu einer Frau, die ganz allein in der Welt dasteht, wie kann er nur?«

Sie sprach schnell, mit niedergeschlagenen Augen und heuchlerischer Miene, sie war wie ein wildes Tier, das Angst hat. Sie milderte den rauhen Klang ihrer Stimme, und es war erstaunlich, daß diese weinerlichen, im Falsett vorgebrachten Worte aus diesem großen, knochigen, allzu kräftigen Körper in seiner plumpen

133

Eckigkeit herauskamen, der für ungestüme Gesten und ein Wolfsgeheul geschaffen zu sein schien.

Mein Freund fragte: »Können wir Ihren Kleinen nicht einmal sehen?«

Mir war, als werde sie rot. Sollte ich mich getäuscht haben? Nach ein paar Sekunden des Schweigens stieß sie mit lauter Stimme hervor: »Was hätten Sie denn davon?«

Sie hatte den Kopf zurückgeworfen und musterte uns mit jähen, lodernden Blicken.

Mein Begleiter fuhr fort: »Warum wollen Sie ihn uns nicht zeigen? Sie führen ihn doch so vielen Leuten vor. Sie wissen schon, von wem ich rede!«

Sie zuckte zusammen, ließ ihrer Stimme und ihrer Wut freien Lauf und schrie: »Deswegen sind Sie also hergekommen? Um mich zu beleidigen, was? Weil meine Kinder wie Tiere sind, nicht wahr? Sie bekommen ihn nicht zu sehen, nein, nein, Sie bekommen ihn nicht zu sehen; hauen Sie ab, hauen Sie ab. Was braucht ihr alle mich so zu quälen?«

Mit in die Seiten gestemmten Händen kam sie auf uns zu. Bei dem groben Klang ihrer Stimme erscholl aus dem Nebenraum eine Art Ächzen oder vielmehr Miauen, ein kläglicher Idiotenschrei. Ich erschauerte bis ins Mark. Wir wichen vor ihr zurück.

Mit strenger Stimme sprach mein Freund: »Hüten Sie sich, Teufelsche«, im Volk hieß sie »die Teufelsche«, »hüten Sie sich! Eines Tages geraten Sie deswegen ins Unglück.«

Sie fing an, vor Wut zu zittern; außer sich schwang sie die Fäuste und heulte: »Raus mit Ihnen! Was soll mich denn ins Unglück bringen? Raus, ihr Schandmäuler!«

Sie war drauf und dran, uns ins Gesicht zu springen. Wir sind mit beklommenem Herzen geflüchtet.

Als wir draußen waren, fragte mich mein Freund: »Na? Hast du sie dir angesehen? Was hältst du von ihr?«

Ich antwortete: »Erzähle mir lieber die Lebensgeschichte dieses Viehs.«

Und folgendes hat er mir erzählt, als wir langsamen Schrittes auf der weißen Landstraße heimgingen; sie war von schon reifen Kornfeldern gesäumt, die von einem leichten, in Böen vorüberstreichenden Wind wie Wellen auf einem ruhigen Meer bewegt wurden.

»Jenes Weib ist ehedem eine wackere, ordentliche, sparsame Magd auf einem Bauernhof gewesen. Es ließ sich ihr kein Liebhaber nachsagen, sie stand nicht im Verdacht eines Fehltritts.

Dennoch beging sie einen, wie alle es tun, und zwar an einem Ernteabend inmitten der gemähten Garben; der Himmel war gewitterig; die reglose, schwere Luft ist dann wie erfüllt von Backofenhitze, und die braunen Leiber der Burschen und Mädchen sind schweißfeucht.

Nur zu bald fühlte sie sich schwanger und wurde von Scham und Furcht gepeinigt. Da sie um jeden Preis ihr Unglück geheimhalten wollte, zwängte sie sich den Bauch gewaltsam mit einer Apparatur eigener Erfindung ein, einer Art Zwangsjacke aus Latten und Stricken. Je mehr ihr Leib durch das größer werdende Kind anschwoll, desto mehr schnürte sie das Folterinstrument zusammen; sie erlitt dabei Märtyrerqualen, ertrug indessen tapfer die Schmerzen, lächelte unentwegt und war gelenkig und behend, ohne sich etwas anmerken, ohne etwas vermuten zu lassen.

So verkrüppelte sie in ihrem Schoß das kleine Wesen; der grauenhafte Apparat drückte es zusammen, preßte, deformierte es, machte daraus etwas Mißgestaltetes. Der zusammengezwängte Schädel dehnte sich in die Länge und lief in einer Spitze aus; zwei dicke Augen quollen völlig aus der Stirn heraus. Die gegen den Körper gedrückten Gliedmaßen waren gewunden wie Rebholz und verlängerten sich maßlos; sie liefen aus in Finger, die wie Spinnenbeine waren.

Der Oberkörper blieb ganz klein und rundlich wie eine Walnuß.

An einem Frühlingsmorgen kam sie nieder, auf freiem Feld.

Als die ihr zu Hilfe geeilten Jäterinnen das aus ihrem Körper hervorkommende Scheusal sahen, liefen sie schreiend davon. Und es verbreitete sich in der Gegend das Gerücht, sie habe ein Höllenwesen zur Welt gebracht. Seit jener Zeit wurde sie ›die Teufelsche‹ genannt.

Sie wurde aus ihrer Stellung gejagt. Fortan lebte sie von milden Gaben oder vielleicht von der Liebe im Dunkeln, weil sie nämlich ein schönes Mädchen war und nicht alle Männer Angst vor der Hölle haben.

Sie zog ihr Scheusal auf; übrigens haßte sie es mit wildem Haß und hätte es wahrscheinlich erwürgt, wenn nicht der Pfarrer, der auf das Verbrechen gefaßt war, sie mit Drohungen vor dem Gericht ins Bockshorn gejagt hätte.

Eines Tages nun aber hörten durchziehende Schausteller von der erschreckend häßlichen Mißgeburt reden und baten sie, sie ihnen zu zeigen; sie würden sie mitnehmen, wenn sie ihnen gefalle. Sie gefiel ihnen, und sie zahlten der Mutter fünfhundert Francs in bar. Sie hatte sich anfangs geschämt und sich geweigert, diese Art Tier vorzuzeigen; aber als sie erkannte, daß dergleichen Geldeswert besaß, da es die Begierde dieser Leute reizte, fing sie an zu feilschen, um jeden Sou zu handeln, sich für die Mißgestalt ihres Kindes zu entflammen, und dabei schraubte sie mit bäuerlicher Zähigkeit ihren Preis immer höher.

Um nicht übers Ohr gehauen zu werden, schloß sie mit ihnen einen schriftlichen Vertrag. Und sie verpflichteten sich, ihr überdies jährlich vierhundert Francs zu zahlen, wie wenn sie das Scheusal gemietet hätten.

Diese unverhoffte Einnahme verdrehte der Mutter den Kopf, und nun ließ sie das Verlangen nicht los, abermals ein ›Naturwunder‹ in die Welt zu setzen, um sich auf diese Weise Renten zu verschaffen wie eine Bürgersfrau.

Sie war fruchtbar, deshalb gelang ihr alles aufs beste, und es scheint, daß sie sogar eine gewisse Geschicklichkeit in der Veränderung der Formen ihrer Mißgeburten erwarb, je nach dem Druck, den sie sie während ihrer Schwangerschaft erleiden ließ.

Sie bekam lange und kurze, die einen wie Taschenkrebse, die andern wie Eidechsen. Mehrere starben, darüber war sie untröstlich.

Die Behörden versuchten einzugreifen; aber es ließ sich ihr nichts nachweisen. Also ließ man sie ihre ›Naturwunder‹ in aller Ruhe weiterfabrizieren.

Gegenwärtig sind ihrer elf am Leben und bringen ihr, je nachdem, fünf- bis sechstausend Francs ein. Nur eins ist noch nicht untergebracht, das, das sie uns nicht hat zeigen wollen. Aber sie wird es schwerlich noch lange behalten; denn jetzt ist sie sämtlichen Besitzern von Jahrmarktsschaubuden gut bekannt; sie kommen von Zeit zu Zeit her und sehen nach, ob sie etwas Neues anzubieten hat.

Wenn das Objekt es lohnt, veranstaltet sie unter ihnen sogar Versteigerungen.«

Mein Freund verstummte. Ich verspürte einen tiefen Ekel in meinem Innern, eine wilde Wut sowie das Bedauern, jenes Vieh nicht einfach erwürgt zu haben, als es in meiner Reichweite gewesen war.

Ich fragte: »Und wer ist der Vater?«

Er antwortete: »Das weiß man nicht. Er hat oder sie haben eine gewisse Scham. Er hält oder sie halten sich verborgen. Vielleicht sind sie am Gewinn beteiligt.«

Ich habe an dieses weit zurückliegende Abenteuer nicht mehr gedacht, bis ich neulich an einem in Mode befindlichen Badestrand eine elegante, reizende, kokette, geliebte, von sie hochachtenden Herren umgebene Dame gewahrte.

Ich schlenderte am Arm eines Freundes, des Badearztes, den Strand entlang. Zehn Minuten später sah ich ein Kindermädchen, das drei im Sand sich kugelnde kleine Jungen betreute.

Zwei Kinderkrücken lagen am Boden und rührten mich. Dann erst sah ich, daß die drei kleinen Wesen mißgestaltet waren, bucklig, krummbeinig, abstoßend häßlich.

Der Arzt sagte: »Das sind die Produkte der reizenden Frau, der du vorhin begegnet bist.«

Mich durchdrang tiefes Mitgefühl für sie und für die Kinder. Ich rief: »Ach, die arme Mutter! Wie kann die je froh sein!«

Mein Freund entgegnete: »Die braucht dir nicht leid zu tun, mein Lieber. Die armen Kleinen muß man bedauern. Das sind die Folgen der bis zum letzten Schwangerschaftstag schlank und schmal gebliebenen Taillen. Diese kleinen Scheusale, diese Mißgeburten sind mittels des Korsetts fabriziert worden. Sie weiß ganz genau, daß sie bei diesem Spiel ihr Leben riskiert. Aber was kümmert sie das, solange sie schön und begehrenswert ist.«

Und da mußte ich an die andere denken, das Landmädchen, die »Teufelsche«, die ihre »Naturwunder« verschacherte.

DER WAISENJUNGE

Französischer Titel: L'Orphelin
Erstdruck: Le Gaulois, 15. Juni 1883

Mademoiselle Source hatte den jungen Menschen seinerzeit unter recht traurigen Umständen adoptiert. Sie war damals sechsunddreißig Jahre alt gewesen, und ihre Verunstaltung – sie war als kleines Kind von den Knien des Kindermädchens in den Kamin gerutscht, und ihr gräßlich verbranntes Gesicht bot seither einen grauenhaften Anblick – hatte sie zu dem Entschluß gebracht, nicht zu heiraten, da sie nicht ihres Geldes wegen hatte genommen werden wollen.

Eine während der Schwangerschaft zur Witwe gewordene Nachbarin war im Wochenbett gestorben, ohne einen Sou zu hinterlassen. Mademoiselle Source hatte sich des Neugeborenen angenommen, ihn zu einer Amme gegeben, ihn aufgezogen, in ein Internat geschickt und ihn dann, als er vierzehn war, zu sich geholt, um in ihrem leeren Haus jemanden zu haben, der sie lieb hätte, der für sie sorgte, der ihr das Alter annehmlich machte.

Sie bewohnte ein kleines, etwa vier Meilen von Rennes entfernt gelegenes Landhaus, und sie behalf sich jetzt ohne Dienstmädchen. Nach der Ankunft des Waisenjungen hatten die Ausgaben sich um mehr als das Doppelte gesteigert; ihre dreitausend Francs Zinsen hätten für die Ernährung von drei Menschen nicht gelangt.

Sie selber besorgte Haushalt und Küche; der Junge mußte die Besorgungen machen und sich überdies den Arbeiten im Garten unterziehen.

Er war sanft, schüchtern, schweigsam und liebebedürftig. Sie empfand tiefe Freude, eine ihr neue Freude, wenn er sie auf die Backen küßte, ohne ob ihrer Häßlichkeit überrascht oder erschrocken zu sein. Er nannte sie Tante und behandelte sie wie eine Mutter.

Abends setzten sie sich beide ans Küchenfenster, und sie bereitete ihm Süßigkeiten. Sie wärmte Wein an und röstete eine Schnitte Brot, und es ergaben sich reizende kleine Abendmahlzeiten, ehe zu Bett gegangen wurde. Oft nahm sie ihn auf den Schoß und überschüttete ihn mit Liebkosungen, wobei sie ihm zärtliche, leidenschaftliche Worte zuflüsterte. Sie nannte ihn »mein Blümchen, mein Cherubin, mein angebeteter Engel, mein göttliches Kleinod«. Er ließ es gutartig über sich ergehen und lehnte den Kopf an die Schulter der alten Jungfer.

Obwohl er jetzt fast fünfzehn war, war er klein und gebrechlich geblieben; er wirkte ein bißchen kränklich.

Manchmal nahm Mademoiselle ihn mit in die Stadt; sie besuchten dann zwei Verwandte, die sie dort hatte, entfernte Basen; sie waren verheiratet und wohnten in der Vorstadt; es war ihr einziger Familienanhang.

Die beiden Frauen trugen es ihr nach, daß sie den Jungen adoptiert hatte, der Erbschaft wegen; aber dennoch nahmen sie sie unter Freudenbezeigungen auf, da sie noch immer auf ihren Anteil hofften, sicherlich doch auf ein Drittel, wenn das Erbe zu gleichen Teilen vermacht wurde.

Sie war glücklich, sehr glücklich, und immer mit ihrem Jungen beschäftigt. Sie kaufte ihm Bücher zu seiner Weiterbildung, und er begann, eifrig zu lesen.

Jetzt setzte er sich abends nicht mehr auf ihren Schoß und liebkoste sie wie bisher; er setzte sich vielmehr auf seinen kleinen Stuhl an der Kaminecke und schlug ein Buch auf. Die auf einem Tischchen über seinem Kopf stehende Lampe beleuchtete sein gelocktes Haar und ein Stückchen seiner Stirn; er saß ganz still da, er hob nicht den Blick, er tat keine Bewegung; er las, er war ganz eingegangen, untergetaucht in die Abenteuer, von denen das Buch berichtete.

Sie saß ihm gegenüber und musterte ihn mit einem eingehenden, starren Blick, erstaunt über seine Aufmerksamkeit, eifersüchtig, oft den Tränen nahe.

Gelegentlich sagte sie zu ihm: »Du mußt davon doch müde werden, mein Schatz«, weil sie hoffte, er werde den Kopf heben, zu ihr gehen und sie küssen; aber er antwortete nicht einmal; er hatte sie gar nicht gehört: Es war ihm nichts bewußt, als was er vermöge der Buchstaben vor sich sah.

Zwei Jahre lang verschlang er unzählige Bände. Sein Charakter wandelte sich.

Danach bat er Mademoiselle Source mehrmals um Geld, und sie gab ihm welches. Da er immer mehr brauchte, verweigerte sie es ihm schließlich; sie hielt auf Ordnung und war energisch, und sie konnte sehr vernünftig sein, wenn es sein mußte.

Als er inständig darum bat, bekam er eines Abends abermals einen beträchtlichen Betrag; doch als er ein paar Tage danach von neuem deswegen in sie drang, bezeigte sie sich als unbeugsam und gab nicht nach.

Er schien sich darein zu fügen.

Er wurde wieder still wie ehedem, saß gern stundenlang da, ohne sich zu regen, mit gesenktem Blick, in Grübeleien versunken. Er redete Mademoiselle Source nicht mehr an, antwortete kaum auf das, was sie sagte, höchstens in kurzen, knappen Sätzen.

Dennoch war er nett zu ihr und auch fürsorglich; aber er gab ihr nie mehr einen Kuß.

Wenn sie jetzt abends an beiden Seiten des Kamins einander gegenübersaßen, reglos und stumm, bekam sie dann und wann Angst. Sie wollte ihn aufwecken, etwas reden, irgend etwas, um dieser Stille zu entgehen, die erschreckend war wie ein finsterer Wald. Aber er schien sie gar nicht zu hören, und es durchschauerte die arme, schwache Frau, wenn sie ihn fünf- oder sechsmal hintereinander angeredet hatte, ohne ein Wort aus ihm herauszulocken.

Was hatte er? Was ging in seinem verstockten Kopf vor? Wenn sie ihm auf solcherlei Weise zwei oder drei Stunden gegenübergesessen hatte, spürte sie sich wahnsinnig werden, bereit zur Flucht, zum Davonlaufen quer durch die Felder, um diesem ewigen, stummen Zusammensein zu zweit zu entrinnen und auch einer unbestimmten Gefahr, die sie nicht argwöhnte, aber fühlte.

Oftmals weinte sie ganz für sich allein.

Was hatte er nur? Wenn sie einen Wunsch aussprach, kam er ihm ohne Murren nach. Wenn sie irgend etwas aus der Stadt brauchte, ging er sogleich hin. Sie hatte sich nicht über ihn zu beklagen, bestimmt nicht! Und dennoch...

Noch ein Jahr ging hin, und ihr schien, als habe sich im Inneren des jungen Menschen eine weitere Wandlung vollzogen. Sie merkte es, spürte es, erriet es. Auf welche Weise? Das war gleichgültig. Sie war überzeugt, daß sie sich nicht getäuscht hatte; aber sie hätte nicht sagen können, in was die unbekannten Gedanken dieses seltsamen Jungen sich geändert hätten.

Ihr schien, als sei er bislang wie ein Zögernder gewesen und habe nun plötzlich einen Entschluß gefaßt. Dieser Gedanke kam ihr eines Abends, als sie seinem Blick begegnete, einem starren, seltsamen Blick, der ihr an ihm ungewohnt war.

Dann fing er an, sie alle Augenblicke zu betrachten, und sie hätte sich am liebsten versteckt gehalten, um diesem kalten, auf sie gerichteten Blick zu entgehen.

Ganze Abende lang starrte er sie an und wandte sich nur ab, wenn sie, am Ende ihrer Kraft, sagte: »Sieh mich doch nicht so an, mein Junge!«

Dann senkte er den Kopf.

Doch sobald sie den Rücken gekehrt hatte, spürte sie von neuem seine Augen auf sich. Wo immer sie ging und stand, verfolgte er sie mit seinem hartnäckigen Blick.

Sie hatte gut fragen: »Was hast du nur, mein Junge? Seit drei Jahren bist du ganz anders geworden. Ich kenne dich kaum wieder. Sag mir doch, was du hast, was du denkst, ich bitte dich so sehr.«

Mit ruhiger, müder Stimme antwortete er immer das Gleiche: »Aber ich habe doch nichts, Tante!«

Und wenn sie beharrte und ihn flehentlich bat: »Antworte mir doch, Kind, antworte mir, wenn ich dir etwas sage. Wenn du wüßtest, wie weh du mir tust, würdest du mir antworten und mich nicht immer so anstarren. Hast du Kummer? Sag ihn mir, damit ich dich trösten kann...«, ging er mit erschöpfter Miene weg und murmelte: »Glaub mir doch: Ich habe nichts.«

Er war nur wenig gewachsen, er hatte noch immer das Aussehen eines Kindes, obwohl seine Gesichtszüge die eines Mannes waren. Sie waren hart und dennoch wie unvollendet. Er wirkte unvollkommen, mißglückt, bloß wie ein Entwurf und beunruhigend wie ein Geheimnis. Er war ein verschlossener, undurchdringlicher Mensch, in dem sich unausgesetzt eine auf Betätigung erpichte, gefährliche Gedankenarbeit vollzog.

Mademoiselle Source spürte das alles nur zu sehr und konnte vor Furcht nicht mehr schlafen. Schreckliche Ängste suchten sie heim, furchtbare Alpträume. Sie schloß sich in ihr Zimmer ein und verbarrikadierte die Tür, furchtgemartert wie sie war.

Aber wovor hatte sie Furcht?

Sie wußte es nicht.

Vor allem vor dem Dunkel, den Wänden, vor den Gebilden, die der Mond durch die weißen Gardinen an den Fenstern formte, und in ganz besonderem Maße Furcht vor ihm!

Warum?

Was hatte sie denn zu befürchten? Hätte sie es nur gewußt...

So konnte es nicht länger weitergehen! Sie war sich gewiß, daß ihr ein Unglück drohe, ein gräßliches Unglück.

Eines Morgens verließ sie heimlich das Haus und begab sich in die Stadt zu ihren Verwandten. Mit keuchender Stimme erzählte sie ihnen alles.

Die beiden Frauen meinten, sie sei verrückt geworden, und versuchten, sie zu beruhigen.

Sie sagte: »Wenn ihr wüßtet, wie er mich von früh bis spät anstarrt! Er läßt mich nicht aus den Augen! Manchmal möchte ich am liebsten um Hilfe schreien, die Nachbarn herbeirufen, solche Angst habe ich! Aber was sollte ich ihnen sagen? Er tut ja nichts, als mich anzustarren.«

Die beiden Basen fragten: »Ist er denn manchmal grob zu dir? Gibt er freche Antworten?«

Sie entgegnete: »Nein, nie. Er tut alles, was ich will; er arbeitet gut, er ist bis jetzt solide; aber ich halte es vor Angst nicht mehr aus. Er hat etwas im Kopf, davon bin ich überzeugt, fest überzeugt. Ich will da draußen auf dem Land nicht mit ihm allein bleiben.«

Die aufgebrachten Verwandten stellten ihr vor, wie alle Leute sich wundern und verständnislos sein würden; sie rieten ihr, ihre Ängste und Pläne zu verschweigen, ohne ihr indessen eine Übersiedelung in die Stadt auszureden, weil sie dadurch auf das Einheimsen der ganzen Erbschaft hofften.

Sie versprachen ihr sogar, ihr beim Verkauf ihres Hauses behilflich zu sein und ein anderes in ihrer beider Nähe für sie ausfindig zu machen.

Mademoiselle Source kehrte heim. Aber sie war so verstört und zerrüttet, daß sie beim leisesten Geräusch zusammenzuckte und daß ihre Hände bei der kleinsten Aufregung zu zittern anfingen.

Noch zwei weitere Male fuhr sie in die Stadt und besprach sich mit ihren Verwandten; sie war jetzt fest entschlossen, ihre abgelegene Behausung aufzugeben. Schließlich entdeckte sie in der Vorstadt ein kleines Landhaus, das ihr zusagte, und kaufte es heimlich.

Die Unterzeichnung des Kaufvertrages fand an einem Dienstagmorgen statt, und den Rest des Tages befaßte Mademoiselle Source sich mit den Vorbereitungen ihres Umzugs.

Um acht Uhr abends stieg sie wieder in die Postkusche, die in einer Entfernung von etwa einem Kilometer an ihrem Haus vorbeifuhr; sie ließ sie an der Stelle halten, wo der Schaffner sie für gewöhnlich abzusetzen pflegte. Der Mann hieb auf seine Pferde ein und rief ihr nach: »Guten Abend, Mademoiselle Source, gute Nacht!«

Im Weggehen rief sie: »Guten Abend, Papa Joseph!«

Am nächsten Morgen um halb acht gewahrte der Briefträger, der die Post ins Dorf bringt, auf dem Querweg, nahe der Landstraße, einen noch frischen großen Blutfleck. Er sagte sich: »Siehe da! Da hat irgendein Betrunkener Nasenbluten gehabt.« Aber zehn Schritte weiter sah er ein blutbeflecktes Taschentuch liegen. Er hob es auf. Es war aus feinem Stoff, und der verdutzte Briefträger trat an den Graben heran, in dem er etwas Auffälliges liegen zu sehen glaubte.

Im Gras auf der Grabensohle lag Mademoiselle Source, ihre Kehle klaffte von einem Messerstich.

Eine Stunde später umstanden die Gendarmen, der Untersuchungsrichter und eine Anzahl von Beamten die Leiche und stellten Vermutungen an.

Die beiden als Zeugen herbeigerufenen Basen erzählten von den Ängsten der alten Dame und ihren letzten Plänen.

Der Waisenjunge wurde verhaftet. Seit dem Tode derer, die ihn adoptiert, hatte er von morgens früh bis spät abends geweint, überwältigt von heftigem Schmerz, wenigstens dem Anschein nach.

Er wies nach, er habe am vergangenen Abend bis elf Uhr in einem Café gesessen. Zehn Leute hatten ihn gesehen; sie waren bis zu seinem Fortgehen dort geblieben.

Nun aber sagte der Kutscher des Postwagens aus, er habe die Ermordete zwischen neun und halb zehn auf der Landstraße abgesetzt. Das Verbrechen konnte nur auf dem Verbindungsweg zwischen der Landstraße und dem Haus verübt worden sein, und zwar spätestens um zehn Uhr.

Der Angeklagte wurde freigesprochen.

Ein schon altes, bei einem Notar in Rennes hinterlegtes Testament hatte ihn zum Universalerben eingesetzt; er trat die Erbschaft an.

Lange Zeit hielten die Dorfleute sich von ihm fern, weil sie ihn nach wie vor verdächtigten. Sein Haus, das der Toten, galt als verflucht. Auf der Straße wurde ihm aus dem Weg gegangen.

Aber er bezeigte sich als ein so guter, sympathischer Kerl, daß allmählich der abscheuliche Zweifel hinschwand. Er war großherzig, zuvorkommend, er plauderte mit den Ärmsten über alles, solange man wollte.

Der Notar Rameau war einer der ersten, die ihr Urteil über ihn revidierten; seine harmlos lächelnde Beredsamkeit hatte ihn dazu gebracht. Gelegentlich eines Abendessens beim Steuereinnehmer erklärte der Notar: »Ein Mensch, der sich so glatt und geläufig ausdrückt und stets so wohlgelaunt ist, kann nicht ein solches Verbrechen auf dem Gewissen haben.«

Die ob dieses Argumentes betroffenen Anwesenden dachten nach, und es fielen ihnen tatsächlich lange Unterhaltungen mit diesem Menschen ein, der sie fast gewaltsam an Wegbiegungen festgehalten hatte, um ihnen seine Ideen darzulegen, der sie gezwungen hatte, zu ihm hereinzukommen, wenn sie an seinem Garten vorübergingen, dem Scherzworte leichter vom Mund gingen als sogar dem Gendarmerieleutnant und über dessen mitteilsame Fröhlichkeit man trotz des Widerwillens, den er einem einflößte, stets hatte lachen müssen, wenn man mit ihm zusammen gewesen war.

Alle Türen taten sich ihm auf.

Heute ist er in seiner Gemeinde Bürgermeister.

Das Treibhaus

Französischer Titel: La Serre
Erstdruck: Le Gil-Blas, 26. Juni 1883,
unter dem Pseudonym »Maufrigneuse«

Monsieur und Madame Lerebour waren gleichaltrig. Aber Monsieur wirkte etwas jünger, obwohl er der Anfälligere der beiden war.

Sie wohnten in der Nähe von Mantes in einem hübschen Landhaus; sie hatten es sich gebaut, als sie es durch den Verkauf von Rouener Baumwollzeug zu Vermögen gebracht hatten.

Das Haus war von einem schönen Garten umgeben; er enthielt einen Geflügelhof, chinesische Pavillons und ein kleines Treibhaus ganz am Ende des Grundstücks. Lerebour war untersetzt, rundlich und jovial, von der Fröhlichkeit eines dem Leben zugetanen Ladenbesitzers. Nicht einmal seiner mageren, eigenwilligen und stets unzufriedenen Frau war es gelungen, die Wohlgelauntheit des Mannes niederzuringen. Sie färbte sich das Haar, las manchmal Romane, die ihr die Seele träumerisch stimmten, obwohl sie tat, als verachte sie dergleichen Geschreibsel. Sie wurde für leidenschaftlich gehalten, obwohl sie nie etwas zur Bekräftigung dieser Meinung getan hatte. Aber ihr Mann sagte dann und wann: »Meine Frau, die hat den Bogen raus«, und zwar mit einer gewissen zwinkernden Miene, die zu allerlei Vermutungen Anlaß gab.

Seit ein paar Jahren indessen bezeigte sie sich Monsieur Lerebour gegenüber angreiferisch; stets war sie gereizt und hart, als quäle sie ein geheimer, unbekennbarer Kummer. Daraus ergaben sich Mißhelligkeiten. Die beiden sprachen kaum noch miteinander, und Madame, die Palmyre hieß, bedachte Monsieur, der Gustave hieß, unablässig ohne augenscheinlichen Grund mit unfreundlichen Redensarten, verletzenden Anspielungen, bitteren Worten.

Er beugte den Rücken, verdrossen, aber dennoch heiter; er besaß einen solchen Fundus an Zufriedenheit, daß er diese kleinen Stänkereien in Kauf nahm. Allein er überlegte, aus welchem ihm unbekannten Grund seine Lebensgefährtin mehr und mehr verbittere; denn er ahnte nur zu gut, daß ihre Gereiztheit eine heimliche Ursache haben müsse, freilich eine, die so schwierig zu durchschauen war, daß es seine Kräfte überstieg.

Oftmals fragte er sie: »Nun sag mir doch bloß mal, was du gegen mich hast? Ich habe das Gefühl, daß du mir etwas verheimlichst.«

Dann antwortete sie stets: »Nichts habe ich, absolut nichts. Wenn ich übrigens irgendeinen Grund zur Unzufriedenheit haben sollte, so wäre es an dir, ihn herauszufinden. Ich mag keine verständnislosen Männer, Männer, die so schlapp und untauglich sind, daß man ihnen zu Hilfe kommen muß, damit sie wenigstens *etwas* begreifen.«

Er brummelte mutlos: »Ich merke, du willst mir nichts sagen.« Und damit ging er weg und grübelte über das Geheimnis nach.

Vor allem die Nächte wurden für ihn zu etwas sehr Lästigem; die beiden teilten nämlich nach wie vor dasselbe Bett, wie es in allen guten, schlichten Ehen Brauch ist. Dann gab es keine Gehässigkeit, deren sie sich nicht gegen ihn bedient hätte. Sie erkor sich die Zeit, da sie beide nebeneinander lagen, um ihn mit treffsicheren Spötteleien zu überhäufen.

Vor allem warf sie ihm vor, er werde immer dicker: »Den ganzen Platz nimmst du für dich allein in Anspruch, so dick wirst du. Und du schwitzt wie zerlassener Speck, und ausgerechnet an meinem Rücken. Glaubst du etwa, das sei mir angenehm?«

Bei jeder kleinsten Gelegenheit zwang sie ihn aufzustehen; sie schickte ihn nach unten, damit er ihr eine Zeitung hole, die sie vergessen hatte, oder die Flasche mit Orangenblütenwasser, die er dann nicht finden konnte, weil sie sie versteckt hatte. Und wütend und sarkastisch keifte sie ihn an: »Dabei solltest du ganz genau wissen, wo du suchen müßtest, du Einfaltspinsel!«

Wenn er dann eine Stunde lang in dem nachtschlafenden Haus umhergelaufen war und mit leeren Händen wieder nach oben kam, bestand ihr ganzer Dank in den Worten: »Marsch, komm wieder ins Bett; durch das Herumlaufen magerst du ein bißchen ab; du wirst allmählich schlaff wie ein Schwamm.«

Alle paar Augenblicke weckte sie ihn mit der Behauptung, sie habe Magenkrämpfe, und er müsse ihr mit einem in Eau de Cologne getauchten Flanellappen den Bauch abreiben. Er bemühte sich nach Kräften, sie von ihren Schmerzen zu befreien; es ging ihm nahe, daß sie litt. Er schlug vor, er wolle das Hausmädchen Céleste wecken.

Da wurde sie richtig böse und rief: »Was bist du für ein blöder Kerl! Laß das! Es ist schon wieder vorbei, es tut mir nicht mehr weh. Schlaf weiter, du Jammerlappen.«

Er fragte: »Tut es dir auch ganz bestimmt nicht mehr weh?«

Sie warf ihm ins Gesicht: »Nein. Halt den Mund, laß mich schlafen. Öde mich nicht länger an. Nichts bringst du fertig, nicht mal eine Frau abreiben kannst du.«

Er fing verzweifelt an: »Aber... Liebste...«

Sie geriet außer sich: »Kein ›aber‹... Hör jetzt auf. Laß mich endlich in Ruhe...« Damit drehte sie sich zur Wand.

Eines Nachts nun aber rüttelte sie ihn so grob wach, daß er erschrocken hochfuhr und sich mit ungewohnter Behendigkeit im Bett aufrecht setzte.

Er stotterte: »Was... was ist denn los?«

Sie hielt seinen Arm fest und kniff ihn, daß er am liebsten aufgeschrien hätte.

Sie flüsterte ihm ins Ohr: »Ich habe im Haus ein Geräusch gehört.«

Da er die häufigen Alarmrufe seiner Frau gewohnt war, regte er sich nicht übermäßig auf und fragte in aller Ruhe: »Was für ein Geräusch denn?«

Sie zitterte, sie war vollkommen närrisch; sie antwortete: »Ein Geräusch... eben ein Geräusch... Schritte... Es ist wer drin.«

Er blieb ungläubig: »Wer drin? Meinst du? Unsinn, du mußt dich getäuscht haben. Wer könnte es denn auch sein?«

Sie zuckte zusammen: »Wer? Wer? Natürlich Diebe, du Rindvieh!«

Er kuschelte sich in aller Ruhe wieder in die Bettdecke: »Ach was, mein Kind, es ist niemand da, sicher hast du geträumt.«

Da schlug sie die Decke zurück, sprang aus dem Bett und rief außer sich: »Du bist ebenso feige wie untauglich! Auf keinen Fall lasse ich mich deiner Schlappschwänzigkeit wegen massakrieren!« Und damit packte sie die Feuerzange und stellte sich in kämpferischer Haltung hinter der verriegelten Tür auf.

Dieses Beispiel der Tapferkeit ging ihm nahe; vielleicht schämte er sich. Er stand ebenfalls auf, wenngleich mit saurem Gesicht, und ohne die baumwollene Nachtmütze abzusetzen, langte er sich die Kohlenschaufel und pflanzte sich seiner besseren Häfte gegenüber auf.

Zwanzig Minuten lang warteten sie im tiefsten Schweigen. Die Ruhe des Hauses wurde durch kein abermaliges Geräusch gestört.

Da kroch Madame wütend wieder ins Bett und erklärte: »Und trotzdem bin ich sicher, daß wer da war!«

Um einem Streit auszuweichen, machte er tagsüber keine Anspielung auf die grundlose Bestürzung.

Aber in der folgenden Nacht weckte Madame Lerebour ihren Mann noch gewalttätiger als das letzte Mal und stammelte keuchend: »Gustave, Gustave, es hat wer die Gartentür aufgemacht!«

Ihn wunderte die Beharrlichkeit; er glaubte, seine Frau leide an Somnambulismus, und war drauf und dran, sie aus diesem gefährlichen Schlafzustand wachzurütteln, als auch ihm war, als höre er vor dem Haus ein leises Geräusch.

Er stand auf, trat ans Fenster und sah, ja, er sah eine weiße, schattenhafte Gestalt, die rasch über einen Gartenweg glitt. Mit versagender Kraft flüsterte er: »Es ist tatsächlich wer da.«

Dann kam er wieder zur Besinnung, raffte sich auf, und plötzlich überkam ihn ein schrecklicher Zorn, der Zorn eines Grundbesitzers, dessen Einfriedigung überstiegen worden ist, und er stieß hervor: »Aufgepaßt, aufgepaßt, ihr sollt was erleben!« Er stürzte an seinen Sekretär, riß ihn auf, langte sich seinen Revolver und hastete ins Treppenhaus.

Seine Frau lief kopflos hinter ihm her und schrie: »Gustave, Gustave, verlaß mich nicht, laß mich nicht allein! Gustave, Gustave!«

Aber er hörte sie kaum noch, er war schon an der Gartentür.

Da ging sie rasch wieder nach oben und verbarrikadierte sich im ehelichen Schlafgemach.

Sie wartete fünf Minuten, zehn Minuten, eine Viertelstunde. Wahnwitzige Angst packte sie. Sicherlich hatten sie ihn umgebracht, gepackt, erwürgt, erdrosselt. Weit lieber wäre es ihr gewesen, die sechs Revolverschüsse zu hören, zu wissen, daß er kämpfte, daß er sich wehrte. Aber das tiefe Schweigen, die erschreckende Stille des offenen Landes brachte sie völlig aus der Fassung.

Sie schellte nach Céleste. Céleste kam nicht, antwortete nicht. Nochmals schellte sie; ihre Kraft schwand hin, sie war einer Ohnmacht nahe. Das ganz Haus blieb stumm.

Sie lehnte die brennende Stirn an die Fensterscheibe und versuchte, das draußen herrschende Dunkel zu durchdringen. Sie vermochte indessen nichts zu erkennen als die noch schwärzeren Schatten der Gebüsche seitlich der grauen Spuren der Wege.

Es schlug halb zwölf. Seit fünfundvierzig Minuten war ihr Mann fort. Nie würde sie ihn wiedersehen! Nein! Ganz bestimmt würde sie ihn nie wiedersehen! Und schluchzend sank sie auf die Knie.

Zwei leichte Schläge gegen die Schlafzimmertür ließen sie aufspringen.

Lerebour rief: »Mach doch auf, Palmyre, ich bin es.«

Sie stürzte hin, schloß auf, trat vor ihn hin, die Fäuste in die Hüften gestemmt, die Augen noch voller Tränen: »Wo kommst du her, du Dreckskerl? Ganz allein läßt du mich vor Angst krepieren! Du kümmerst dich genauso wenig um mich, als wenn ich überhaupt nicht existierte...«

Er hatte die Tür wieder zugemacht, und er lachte, lachte wie ein Irrer, sein Mund spaltete seine Backen, er hielt sich den Bauch, die Augen waren ihm feucht.

Die verdutzte Madame Lerebour verstummte.

Er stammelte: »Es war... es war... Céleste! Sie hat ein... ein Stelldichein... im Treibhaus... Wenn du wüßtest, was ich... was ich... mitangesehen habe!«

Sie war blaß geworden; Entrüstung verschlug ihr den Atem.

»Was sagst du da? Céleste? Bei mir? In meinem... meinem...
Haus? In meinem... meinem Treibhaus? Und du hast den Kerl
nicht umgebracht? Du steckst mit ihm unter einer Decke! Du hast
einen Revolver bei dir gehabt und ihn nicht umgebracht? In meinem Haus... So was in meinem Haus...« Sie setzte sich hin; sie
konnte nicht mehr.

Er tat einen Luftsprung, imitierte mit den Fingern Kastagnetten, schnalzte mit der Zunge, lachte noch immer und sagte:
»Wenn du wüßtest... wenn du wüßtest!« Unversehens küßte er
sie.

Sie machte sich von ihm los. Mit vor Zorn überschnappender
Stimme stieß sie hervor: »Ich will diese Nutte keinen Tag länger
im Haus behalten, hast du mich verstanden? Keinen Tag...
keine Stunde. Wenn sie jetzt wieder reinkommt, werfen wir sie
raus...«

Lerebour hatte seine Frau um die Taille gefaßt und drückte ihr
serienweise Küsse auf den Hals, knallende Küsse, wie ehemals.
Wiederum schwieg sie, starr vor Staunen. Er jedoch umfing sie
mit beiden Armen und drängte sie behutsam zum Bett...

Morgens gegen halb zehn wunderte sich Céleste, daß ihre sonst
immer beizeiten aufstehende Herrschaft noch nicht erschienen
sei, und klopfte leise an die Schlafzimmertür.

Sie lagen noch zu Bett und plauderten heiter miteinander.

Céleste sperrte Mund und Nase auf; dann sagte sie: »Ich
bringe den Milchkaffee.«

Madame Lerebour antwortete sehr freundlich: »Stell ihn nur
hierher, mein Kind, wir sind ein bißchen erschöpft, wir haben
sehr schlecht geschlafen.«

Kaum war das Mädchen draußen, als Lerebour wieder zu lachen anfing, seine Frau kitzelte und mehrmals sagte: »Wenn du
wüßtest! Ach, wenn du wüßtest!«

Sie jedoch hielt ihm die Hände fest: »Aber, aber, bleib doch ruhig, Liebster, wenn du so lachst, passiert dir noch was.« Und sie
küßte ihn zärtlich auf die Augen.

Jetzt ist alle Bitterkeit von Madame Lerebour gewichen. Manchmal schleichen die beiden Gatten in hellen Nächten verstohlenen Schrittes an den Büschen und Hecken entlang zu dem kleinen Treibhaus hinten im Garten. Und da stehen sie dann dicht aneinandergedrängt vor der Glaswand, als sähen sie dahinter etwas sehr Merkwürdiges und Hochinteressantes.

Célestes Lohn ist erhöht worden.

Monsieur Lerebour ist sehr viel magerer.

DENIS

Französischer Titel: Denis
Erstdruck: Le Gaulois, 28. Juni 1883

Für Léon Chapron

I

Monsieur Marambot öffnete den Brief, den ihm sein Diener Denis gebracht hatte, und lächelte.

Denis gehörte dem Haus seit zwanzig Jahren an. Er war ein stämmiges, joviales Kerlchen und wurde in der ganzen Gegend als das Musterbild eines Dieners gerühmt. Er fragte: »Freut Monsieur sich? Hat Monsieur eine gute Nachricht bekommen?«

Marambot war nicht reich. Er war der ehemalige Dorfapotheker und unverheiratet, und sein kleines Einkommen verschaffte er sich durch den Verkauf von Medikamenten an die Bauern.

»Ja, mein Junge, der alte Malois schreckt vor dem Prozeß zurück, mit dem ich ihm drohe; morgen soll ich mein Geld haben. Fünftausend Francs richten in der Kasse eines alten Junggesellen nicht gerade Unheil an.« Und Marambot rieb sich die Hände.

Er war ein schicksalsergebener Mensch, eher der Traurigkeit geneigt als heiter, außerstande, sich längere Zeit anzustrengen, und in seinen geschäftlichen Angelegenheiten lässig.

Sicherlich hätte er es zu beträchtlicherem Wohlstand bringen können, wenn er sich den Tod von in größeren Orten wohnenden Berufsgenossen zunutze gemacht hätte, an ihre Stelle getreten wäre und ihre Kundschaft übernommen hätte. Aber das Verdrießliche eines Umzugs und der Gedanke an all die Schritte, die er hätte unternehmen müssen, hielten ihn stets zurück, und so hatte er sich nach zwei Tagen des Nachdenkens damit begnügt zu sagen: »Basta! Nächstes Mal greife ich zu. Ich verliere nichts, wenn ich warte. Vielleicht finde ich etwas Besseres.«

Denis hingegen trieb seinen Herrn immerfort dazu an, etwas zu unternehmen. Er besaß einen tatkräftigen Charakter und sagte ohne Unterlaß: »Hätte ich bloß ein bißchen Grundkapital gehabt, dann hätte ich es zu Vermögen gebracht. Nur tausend Francs, dann säße ich im Sattel.«

Marambot antwortete nicht; er lächelte und trat in sein Gärtchen hinaus, wo er, die Hände auf dem Rücken, sich erging und vor sich hin träumte.

Denis trällerte den lieben langen Tag, als habe er alle Ursache zur Freude, die Lieder und Tanzweisen, die im Dorf im Schwang waren. Er bezeigte sogar einen über das Übliche hinausgehenden Tätigkeitsdrang, indem er im ganzen Haus die Fenster putzte und schwungvoll die Glasscheiben blank rieb und dabei aus voller Kehle seine Lieder grölte.

Marambot wunderte sich über diesen Eifer und sagte mehrmals schmunzelnd zu ihm: »Wenn du so drauflos arbeitest, mein Junge, dann bleibt dir für morgen nichts zu tun übrig.«

Am andern Tag gegen neun Uhr morgens händigte der Briefträger Denis vier Briefe für seinen Herrn ein; der eine war sehr schwer. Daraufhin schloß Marambot sich bis zum Spätnachmittag in seinem Zimmer ein. Dann vertraute er seinem Diener vier Briefe an, die dieser zur Post bringen sollte. Einer davon war an Monsieur Malois gerichtet; sicherlich enthielt er die Empfangsbestätigung für das Geld.

Denis stellte seinem Herrn keine Fragen; er wirkte heute genauso bekümmert und düster, wie er tags zuvor vergnügt gewesen war.

Es dunkelte. Marambot ging zur gewohnten Stunde zu Bett und schlief ein.

Ein eigentümliches Geräusch weckte ihn. Sogleich richtete er sich im Bett hoch und lauschte. Aber jäh ging die Tür auf, und auf der Schwelle erschien Denis, in der einen Hand eine Kerze, in der andern ein Küchenmesser; seine Augen waren groß und starr, Lippen und Backen waren verzerrt wie bei Leuten, die eine furchtbare Erregung durchtobt; und er war so blaß, daß er wie ein dem Grab Entstiegener wirkte.

Marambot verschlug es die Sprache; er glaubte, sein Diener sei

Nachtwandler geworden, und wollte aufspringen und auf ihn zu-
gehen, als Denis die Kerze ausblies und auf das Bett zustürzte.
Sein Herr streckte die Hände aus, um den Stoß abzufangen,
wurde jedoch dadurch auf den Rücken geworfen. Er versuchte,
die Arme des Dieners zu packen, von dem er jetzt meinte, daß er
wahnsinnig geworden sei – er wollte die schnell aufeinanderfol-
genden Stiche abwehren, die ihm versetzt wurden.

Der erste traf ihn in die Schulter, der zweite in die Stirn, der
dritte in die Brust. Er wehrte sich heftig, er fuchtelte mit den
Händen im Dunkel, er teilte auch Fußtritte aus und schrie dabei:
»Denis! Denis! Bist du verrückt? Hör doch, Denis!«

Aber der Diener keuchte bloß und wurde immer erbitterter; er
stieß nach wie vor zu, wurde bald durch einen Fußtritt, bald
durch einen Fausthieb zurückgeworfen und fing immer wütender
von neuem an.

Marambot wurde noch zweimal am Bein und einmal am
Bauch verwundet. Aber plötzlich durchzuckte ihn ein Gedanke,
und er fing an zu schreien: »Hör doch auf, hör doch auf, Denis!
Ich habe ja mein Geld gar nicht bekommen!«

Da hielt der Mensch sofort inne, und sein Herr hörte in der
Dunkelheit den Atem des Dieners pfeifen.

Marambot redete weiter: »Ich habe nichts bekommen! Malois
widerruft, der Prozeß muß geführt werden; deswegen hast du
die Briefe zur Post bringen müssen. Lies doch die, die in meinem
Sekretär liegen!« Mit letzter Kraft langte er nach den auf dem
Nachttisch liegenden Streichhölzern und steckte seine Kerze
an.

Er blutete über und über. An der Wand waren rote Spritzer.
Die Laken, die Bettvorhänge, alles war rot. Auch Denis war von
Kopf bis Füßen blutig; er stand mitten im Zimmer.

Als Marambot das alles sah, hielt er sich für verloren, und das
Bewußtsein schwand ihm.

Bei Tagesanbruch kam er wieder zu sich. Es dauerte eine
Weile, bis er voll bei Besinnung war, bis er begreifen, zurückden-
ken konnte. Aber dann kehrte jäh die Erinnerung an den Angriff
und an seine Verwundung wieder, und es überkam ihn eine so
ungestüme Angst, daß er die Augen schloß, um nichts mehr zu

sehen. Nach ein paar Minuten verebbte seine Furcht, und er dachte nach. Er war nicht auf der Stelle getötet worden; also konnte er davonkommen. Er fühlte sich schwach, sehr schwach, aber frei von qualvollen Schmerzen, obwohl er an verschiedenen Körperstellen ein deutliches Schmerzgefühl hatte, als werde er dort gekniffen. Auch fühlte er sich eiskalt und ganz naß und beengt, als sei er in Bandagen eingewickelt. Er meinte, das Feuchte rühre von dem verlorenen Blut her, und bei dem gräßlichen Gedanken an die seinen Adern entströmende Flüssigkeit, die sein Bett bedeckte, wurde er von Angstschauern durchrüttelt. Die Vorstellung, diesen schrecklichen Anblick nochmals erleben zu müssen, brachte ihn außer sich, und er kniff gewaltsam die Augen zu, als könnten sie sich wider seinen Willen öffnen.

Was mochte aus Denis geworden sein? Wahrscheinlich war er davongelaufen.

Aber was sollte er, Marambot, jetzt anfangen? Um Hilfe rufen? Doch wenn er eine einzige Bewegung vollführte, würden seine Wunden sicherlich wieder aufbrechen; er würde verbluten und sterben.

Plötzlich hörte er, daß seine Schlafzimmertür aufgestoßen wurde. Sein Herzschlag stockte. Jetzt kam bestimmt Denis und wollte ihm den Rest geben. Er hielt den Atem an, damit der Mörder glaube, alles sei gut gegangen, sein Werk vollbracht.

Er spürte, daß die Bettdecke hochgehoben, daß sein Bauch betastet wurde. Ein heftiger Schmerz nahe der Hüfte ließ ihn zusammenzucken. Jetzt wurde er mit kaltem Wasser gewaschen, ganz behutsam. Also war die Untat entdeckt worden; er wurde gepflegt, er kam davon. Tolle Freude packte ihn; aber ein Rest von Klugheit hieß ihn nicht zeigen, daß er wieder bei Bewußtsein sei, und also machte er ganz wenig ein Auge auf, nur eines, und zwar denkbar vorsichtig.

Er sah Denis neben sich stehen, Denis in Person! Barmherziger Gott! Hastig machte er das Auge wieder zu.

Denis! Aber was trieb der denn da? Was wollte er? Welch einen schrecklichen Plan hegte er noch immer?

Was trieb er? Nun, er wusch ihn, um die Spuren zu vertuschen! Und würde er ihn dann wohl im Garten verscharren, zehn Fuß tief unter der Erde, damit keiner ihn je entdecken könne? Oder vielleicht im Keller, unter den Weinflaschen?

Und Marambot fing so heftig zu zittern an, daß alle seine Glieder zuckten.

Er sagte sich: »Ich bin erledigt, erledigt!« Und er kniff verzweifelt die Lider zusammen, um nicht den letzten Messerstich niedersausen zu sehen. Doch er bekam ihn nicht.

Denis hatte ihn jetzt angehoben und verband ihn mit einer Leinenbinde. Dann machte er sich daran, die Beinwunden sorgsam zu bepflastern, wie er es zu tun gelernt hatte, als sein Herr noch Apotheker gewesen war.

Jetzt gab es für jemanden, der sich in dergleichen Dingen auskannte, keinen Zweifel mehr: Sein Diener, der ihn erst hatte ermorden wollen, versuchte jetzt, ihn zu retten.

Da gab Marambot ihm mit ersterbender Stimme einen praktischen Rat: »Mach die Waschungen und die Verbände mit Wasser, in dem du Teerseife aufgelöst hast!«

Denis antwortete: »Das tue ich schon.«

Marambot riß beide Augen auf.

Weder auf dem Bett noch im Zimmer oder an dem Mörder war eine Spur von Blut zu sehen. Der Verwundete lag in völlig weißem Bettzeug.

Die beiden Männer blickten einander an.

Endlich sagte Marambot schmerzlich: »Du hast ein schweres Verbrechen begangen.«

Denis antwortete: »Ich bin dabei, es ungeschehen zu machen. Wenn Sie mich nicht anzeigen, will ich Ihnen ebenso treu dienen wie bisher.«

Der Augenblick war nicht danach angetan, den Diener zu verstimmen. Marambot machte die Augen wieder zu und stieß hervor: »Ich schwöre dir, daß ich dich nicht anzeige.«

Denis rettete seinen Herrn. Tage- und nächtelang fand er keinen Schlaf; er wich nicht aus dem Zimmer des Kranken, bereitete ihm Medizin, Kräuteraufgüsse, Tränke, fühlte ihm den Puls, zählte ängstlich die Schläge, behandelte ihn geschickt wie ein Krankenwärter und hingebungsvoll wie ein Sohn. Alle paar Augenblicke fragte er: »Na, Monsieur, wie fühlen Sie sich?«

Marambot antwortete mit schwacher Stimme: »Danke, mein Junge, ein bißchen besser.«

Und wenn der Verwundete nachts aufwachte, geschah es häufig, daß er seinen Betreuer weinend im Sessel sitzen und sich stumm die Augen wischen sah.

Nie war der ehemalige Apotheker so gut gepflegt, so verwöhnt, so verhätschelt worden. Anfangs hatte er sich gesagt: »Sowie ich wieder gesund bin, schaffe ich mir den Taugenichts vom Hals.«

Er genas jetzt zusehends und schob von Tag zu Tag den Augenblick hinaus, da er sich von seinem Mörder trennen mußte. Er erwog, daß ihm nie wieder jemand eine solche Fülle von Hilfeleistungen und Gefälligkeiten erweisen würde, daß er den Burschen durch die Furcht am Gängelband halte; er teilte ihm mit, er habe bei einem Notar ein Testament hinterlegt, das ihn der Justiz überantworten würde, falls abermals etwas geschehe.

Diese Vorsichtsmaßnahme, so meinte er, werde ihn in Zukunft vor einem zweiten Angriff bewahren. Er überlegte sogar, ob es nicht besser sei, diesen Menschen bei sich zu behalten, damit er ihn genau überwachen könne.

Wie ehedem, wenn er gezögert hatte, ob er eine größere Apotheke kaufen solle oder nicht, konnte er sich nicht dazu aufraffen, einen Entschluß zu fassen. »Es hat ja noch Zeit«, sagte er sich.

Denis bezeigte sich noch immer als ein unvergleichlicher Diener. Marambot war wieder gesund. Er behielt ihn.

Eines Vormittags aber, als er fast mit dem Mittagessen fertig war, hörte er plötzlich in der Küche großen Lärm. Er lief hin. Zwei Gendarmen hielten Denis gepackt; er sträubte sich heftig. Der Wachtmeister schrieb mit ernster Miene Notizen in sein Buch.

Als der Diener seinen Herrn erblickte, fing er an zu schluchzen und rief: »Sie haben mich angezeigt! Das ist nicht recht, wo Sie mir doch Ihr Versprechen gegeben hatten. Sie haben Ihr Ehrenwort gebrochen, Monsieur Marambot, das ist nicht recht, das ist nicht recht!«

Der betroffene Marambot geriet außer sich über diese Verdächtigung und hob die Hand: »Ich schwöre dir bei Gott, mein Junge, daß ich dich nicht angezeigt habe. Ich habe nicht die leiseste Ahnung, wie die Herren Gendarmen Kenntnis von deinem Mordversuch an mir erlangt haben.«

Der Wachtmeister sprang auf: »Soll das etwa heißen, daß er Sie hat umbringen wollen, Monsieur Marambot?«

»Nun... ja... Aber ich habe ihn nicht angezeigt... Ich habe nichts gesagt... Ich schwöre, daß ich nie etwas gesagt hätte... Er hat mir seit damals tadellos gedient...«

Der Wachtmeister sagte streng: »Ich nehme Ihre Aussage zur Kenntnis. Das Gericht wird dieses weitere Verbrechen zu würdigen wissen; es war ihm bislang unbekannt. Ich hatte Befehl, Ihren Diener zu verhaften wegen Diebstahls zweier Enten, die er Monsieur Duhamel heimlich entwendet hat, für welches Delikt es Zeugen gibt. Entschuldigen Sie bitte, Monsieur Marambot. Ich werde über Ihre Erklärung Bericht erstatten.« Dann drehte er sich zu seinen Gefolgsleuten um und befahl: »Los! Marsch!«

Die beiden Gendarmen schleppten Denis weg.

III

Der Anwalt hatte auf Geisteskrankheit plädiert und dabei jedes der beiden Delikte auf das andere bezogen, um seine Begründung noch nachdrücklicher zu gestalten. Er hatte einleuchtend bewiesen, daß der Diebstahl der beiden Enten in demselben Geisteszustand erfolgt sei wie die acht Messerstiche in Marambots Körper. Scharfsinnig hatte er alle Phasen dieses Zustands von vorübergehender Unzurechnungsfähigkeit analysiert, der sicherlich durch eine mehrmonatige Behandlung in einer ausgezeichneten Heilanstalt behoben werden könne. Er hatte in enthusiastischen

Wendungen von der Ergebenheit dieses durch und durch ehrlichen Dieners gesprochen, von der unvergleichlichen Sorgfalt, mit der er seinen von ihm in einer Stunde der Geistesstörung verwundeten Herrn gepflegt habe.

Marambot überkam bei dieser Erinnerung eine Rührung bis ins tiefste Herz hinein; er spürte, daß ihm die Augen feucht wurden.

Das bemerkte der Anwalt; er breitete in einer ausladenden Geste die Arme aus und entfaltete die langen schwarzen Robenärmel wie Fledermausflügel. Mit schwingender, bebender Stimme rief er: »Sehen Sie, sehen Sie, sehen Sie diese Tränen, meine Herren Geschworenen! Was könnte ich jetzt noch zugunsten meines Mandanten sagen? Welche Rede, welche Begründung, welche Erwägung wögen diese Tränen seines Herrn auf? Sie sprechen lauter als ich, lauter als das Gesetz; sie rufen: ›Gnade dem, den für eine Stunde der Irrsinn packte!‹ Diese Tränen flehen, sprechen frei, segnen!« Er verstummte und setzte sich.

Daraufhin wandte der Vorsitzende sich an Marambot, der glänzend für seinen Diener ausgesagt hatte, und fragte ihn: »Aber schließlich, selbst zugegeben, daß Sie diesen Menschen für geistesgestört gehalten haben, so erklärt das nicht, warum Sie ihn bei sich behalten haben. Er war deswegen doch nicht weniger gefährlich!«

Marambot wischte sich die Augen und erklärte: »Ach, Herr Präsident, es ist heutzutage so schwer, einen Diener zu finden... Einen besseren hätte ich nie bekommen.«

Denis wurde freigesprochen und auf Kosten seines Herrn in eine Heilanstalt eingewiesen.

ER?

Französischer Titel: Lui?
Erstdruck: Le Gil-Blas, 3. Juli 1883,
unter dem Pseudonym »Maufrigneuse«

Für Pierre Decourelle

Mein Lieber, dir ist dies alles unverständlich? Nun, das begreife ich. Du meinst, ich sei wahnsinnig geworden? Das stimmt vielleicht halbwegs, wenn auch nicht aus den Gründen, die du vermutest.

Ja. Ich heirate. Da hast du es.

Und dabei haben meine Vorstellungen und Überzeugungen sich nicht gewandelt. Ich halte die Verkuppelung durch das Gesetz für eine Dummheit. Acht von zehn Ehemännern, dessen bin ich mir gewiß, tragen Hörner. Und das verdienen sie vollauf, ihres Schwachsinns wegen, ihr Leben an die Kette gelegt, auf die freie Liebeswahl verzichtet zu haben, und damit auf das einzig Erheiternde und Gute auf Erden, der Phantasie, die uns unablässig zu allen Frauen hintreibt, die Flügel beschnitten zu haben, usw. usw. Mehr denn je fühle ich mich außerstande, nur eine einzige Frau zu lieben, weil ich immer allzu sehr alle andern lieben werde. Ich möchte tausend Arme haben, tausend Lippen, tausend... Temperamente, um gleichzeitig eine ganze Heerschar dieser bezaubernden und bedeutungslosen Wesen umschlingen zu können.

Und dabei heirate ich.

Ich muß noch sagen, daß ich meine künftige Frau kaum kenne. Ich habe sie nur vier- oder fünfmal gesehen. Ich weiß, daß sie mir durchaus nicht mißfällt; für das, was ich mit ihr vorhabe, genügt mir das.

Sie ist klein, blond und dicklich. Übermorgen begehre ich sicher glühend eine große, dunkle, schmale Frau.

Reich ist sie nicht. Sie gehört einer mittleren Familie an. Sie ist ein junges Mädchen, wie man sie in bürgerlichen Kreisen haufenweise findet: gut zum Heiraten, ohne besondere Eigenschaften und hervorstechende Fehler. Man sagt von ihr: »Mademoiselle Lajolle ist recht nett.« Morgen wird man sagen: »Madame Raymon ist sehr nett.« Mit einem Wort: Sie gehört der Unzahl anständiger junger Mädchen an, »die zu seiner Frau zu machen man sich glücklich schätzen darf«, bis man eines Tages merkt, daß man alle anderen Frauen derjenigen vorzieht, die man geheiratet hat.

Warum ich dann überhaupt heirate, fragst du mich?

Ich wage es kaum, dir den seltsamen, unwahrscheinlichen Grund einzugestehen, der mich zu dieser Wahnsinnstat treibt.

Ich heirate, um nicht allein zu sein!

Ich weiß nicht, wie ich dir das auseinandersetzen, wie ich mich verständlich machen soll. Du wirst Mitleid mit mir haben, mich verachten, so jämmerlich ist es um meinen Geisteszustand bestellt.

Ich will nachts nicht länger allein sein. Ich will ein Wesen bei mir, neben mir fühlen, ein Wesen, das sprechen, etwas sagen kann, gleichgültig, was.

Ich will es aus dem Schlaf reißen, ihm unvermittelt eine Frage stellen können, irgendeine blöde Frage, nur um eine Stimme zu hören, um zu spüren, daß meine vier Wände bewohnt sind, um das Wachsein einer Seele, das Arbeiten eines Gehirns zu empfinden, um, wenn ich plötzlich eine Kerze anstecke, an meiner Seite ein menschliches Antlitz zu sehen... weil... weil... (kaum wage ich dieses schmähliche Eingeständnis)... weil ich, wenn ich allein bin, Angst habe.

Ach, du verstehst mich noch immer nicht.

Ich habe keine Angst vor einer Gefahr. Stiege ein Mann bei mir ein, so würde ich ihn, ohne zu zittern, umbringen. Auch vor Geistern habe ich keine Angst; ich glaube an nichts Übernatürliches. Ich habe keine Angst vor den Toten; ich glaube an die endgültige Auslöschung jedes hingeschiedenen Wesens!

Also? Ja, also... Ich habe einfach Angst vor mir selbst! Ich habe Angst vor der Angst, Angst vor den Verkrampfungen meines närrisch werdenden Gehirns, Angst vor der grauenhaften Empfindung unbegreiflichen Entsetzens.

Lach getrost, wenn du willst. Dergleichen ist abscheulich und unheilbar. Ich habe Angst vor den Zimmerwänden, den Möbeln, den Dingen um mich; sie gewinnen für mich eine Art animalisches Leben. Vor allem jedoch habe ich Angst vor den schrecklichen Verwirrungen meines Denkens, meiner Vernunft: Sie entzieht sich mir in einem trüben Durcheinander, sie wird durch eine geheimnisvolle, gegenstandslose Furchtempfindung auseinandergesprengt.

Anfangs empfinde ich eine vage Unruhe; sie bemächtigt sich meiner Seele und läßt mir ein Erschauern über die Haut laufen. Ich schaue um mich. Nichts! Und mich verlangt nach etwas! Wonach? Nach etwas Begreiflichem! Denn ich habe einzig und allein Angst, weil ich meine Angst nicht begreife.

Ich sage etwas. Dann habe ich Angst vor meiner Stimme. Ich gehe auf und ab. Dann habe ich Angst vor dem Unbekannten hinter der Tür, hinter dem Vorhang, im Schrank, unterm Bett. Und dabei weiß ich, daß dieses Unbekannte nirgendwo vorhanden ist.

Ich fahre jäh herum, weil ich Angst vor dem habe, was hinter mir ist, obwohl nichts hinter mir ist und ich es weiß.

Ich rege mich auf; ich spüre, wie meine Bestürzung wächst; und ich schließe mich in meinem Zimmer ein, und ich verkrieche mich in mein Bett, und ich verstecke mich unter der Steppdecke; ich liege zusammengekauert da, zur Kugel gerollt, ich kneife verzweifelt die Augen zu, und so bleibe ich unendlich lange liegen und quäle mich mit dem Gedanken herum, daß die Kerze auf dem Nachttisch noch brennt und daß sie doch ausgelöscht werden muß. Und das zu tun wage ich nicht.

Ist ein solcher Zustand nicht grauenhaft?

Früher habe ich so etwas nie empfunden. Ich kam in aller Ruhe heim. Ich ging in meiner Wohnung hin und her, ohne daß etwas die heitere Ausgeglichenheit meines Innern störte. Hätte mir jemand gesagt, welche unwahrscheinliche, dumme und schreckliche Furcht eines Tages wie eine Krankheit über mich hereinbrechen würde, so hätte ich gelacht; unbeirrt machte ich im Dunkeln

Türen auf; ich schlief lange, ohne je den Riegel vorzuschieben, und ich stand nie mitten in der Nacht auf, um mich zu überzeugen, daß alle Ausgänge meines Zimmers fest verschlossen seien.

Letztes Jahr hat es angefangen, und zwar auf eigentümliche Weise.

Es war im Herbst, an einem feuchten Abend. Als meine Haushälterin nach dem Abendessen gegangen war, überlegte ich, was ich anfangen sollte. Ich ging eine Zeitlang im Zimmer auf und ab. Ich fühlte mich schlaff, grundlos bedrückt, unfähig zum Arbeiten, sogar zu kraftlos zum Lesen. Ein feiner Regen feuchtete die Scheiben; ich war traurig, ganz durchtränkt von einer der grundlosen Traurigkeiten, die einem Lust zum Weinen machen, die einem das Verlangen eingeben, mit irgend jemandem zu reden, um das Lastende unserer Gedanken abzuschütteln.

Ich fühlte mich allein. Meine Wohnung kam mir leer vor wie nie zuvor. Unendliche, herzzerreißende Einsamkeit war um mich. Was tun? Ich setzte mich hin. Da durchrann eine nervöse Ungeduld meine Beine. Ich stand auf, ich ging wieder hin und her. Vielleicht habe ich auch ein bißchen Fieber gehabt; denn meine Hände, die ich hinterm Rücken verschränkt hielt, wie man es häufig beim langsamen Aufundabgehen tut, verbrannten eine die andere, und das fiel mir auf. Dann rann mir plötzlich ein kalter Schauer über den Rücken. Ich meinte, die Feuchtigkeit draußen sei in mein Zimmer gedrungen, und es kam mir der Gedanke, Feuer zu machen. Ich steckte es an, es war das erste Mal in diesem Jahr. Und abermals setzte ich mich und schaute in die Flammen. Doch nur zu bald ließ die Unmöglichkeit, an Ort und Stelle zu bleiben, mich wieder aufstehen; ich spürte, daß ich gehen müsse, mich aufrütteln, einen Freund besuchen.

Ich ging ins Freie. Ich sprach bei drei Bekannten vor, traf indessen keinen von ihnen daheim an; dann bog ich in den Boulevard ein, entschlossen, jemanden aufzutreiben, den ich kannte.

Überall herrschte Traurigkeit. Die nassen Gehsteige leuchteten. Eine feuchte Lauheit, eine der Lauheiten, bei denen uns jähe Schauer überjagen, so daß es uns friert, eine lastende Lauheit unspürbaren Regens bedrückte die Straße und schien die Gaslaternen zu ermüden und dunkler brennen zu lassen.

Ich ging mit müden, trägen Schritten und sagte mir immer wieder: »Ich treffe niemanden, mit dem ich ein paar Worte reden könnte.«

Mehrmals durchsuchte ich die Cafés zwischen der Madeleine und dem Faubourg Poisonnière. An den Tischen saßen bekümmerte Gestalten und schienen nicht einmal die Kraft zur Beendigung ihrer Mahlzeiten aufzubringen.

So irrte ich lange umher, und gegen Mitternacht trat ich den Heimweg an. Ich war völlig ruhig, aber sehr erschöpft. Mein Concierge, der um elf zu Bett zu gehen pflegt, öffnete mir gegen seine Gewohnheit sofort, und ich dachte: Siehe da, sicher ist unmittelbar vor mir ein anderer Mieter hinaufgegangen.

Wenn ich weggehe, schließe ich meine Tür stets zweimal ab. Ich fand sie lediglich zugezogen, und das machte mich stutzig. Ich vermutete, es sei mir im Lauf des Abends Post gebracht worden.

Ich ging hinein. Mein Feuer brannte noch immer und erhellte sogar das Zimmer ein bißchen. Ich nahm eine Kerze und wollte sie am Kamin anstecken, und als ich vor mich hinsah, sah ich jemanden in meinem Sessel sitzen und mit mir zugewandtem Rücken sich die Füße wärmen.

Ich hatte keine Angst, nein, nein, nicht die mindeste. Eine der Wahrscheinlichkeit sehr nahe Vermutung glitt mir durch den Kopf, die nämlich, daß einer meiner Freunde mich besucht habe. Der Pförtner, dem ich gesagt hatte, ich wolle ausgehen, mußte ihm wohl gesagt haben, ich werde bald wiederkommen, und hatte ihm seinen Schlüssel geliehen. Und alle Umstände meiner Rückkehr fielen mir in Sekundenschnelle wieder ein: die sofort geöffnete Haustür, meine nur zugezogene Wohnungstür.

Mein Freund, von dem ich nur das Haar sah, war wohl beim Warten an meinem Kamin eingeschlafen, und ich trat zu ihm, um ihn zu wecken. Ich sah ihn ganz deutlich; sein rechter Arm hing nieder; die Füße hatte er übereinandergelegt, der ein wenig gegen die linke Sesselseite gelehnte Kopf ließ ohne weiteres auf ein Eingeschlummertsein schließen. Ich überlegte: Wer ist es nun eigentlich? Es war im Zimmer übrigens kaum etwas zu erkennen. Ich streckte die Hand aus und wollte sie ihm auf die Schulter legen...

Ich traf auf das Holz der Sessellehne! Es war niemand mehr da. Der Sessel war leer!

Welch ein Schreck, barmherziger Himmel! Ich fuhr zurück, als habe sich vor mir eine entsetzliche Gefahr erhoben.

Dann drehte ich mich um, weil ich jemanden hinter mir spürte; dann ließ mich sofort ein gebieterischer Drang, nochmals zu dem Sessel hinzusehen, mich um mich selber drehen. Und ich stand da und keuchte vor Entsetzen, so kopflos, daß kein einziger Gedanke mehr in mir war, dem Umfallen nahe.

Aber ich bin kaltblütig, und also kam die Vernunft mir sogleich wieder. Ich überlegte: Ich habe eben eine Halluzination gehabt und weiter gar nichts. Und sofort dachte ich über dieses Phänomen nach. In solcherlei Augenblicken vollzieht der Denkprozeß sich sehr schnell.

Ich hatte eine Halluzination gehabt – das stand unbestreitbar fest. Nun aber war mein Geist während ihrer ganzen Dauer klar gewesen und hatte regelmäßig und logisch funktioniert. Also konnte im Gehirn keine Störung gewaltet haben. Einzig die Augen hatten eine Vision gehabt, eine der Visionen, die naive Menschen an Wunder glauben lassen. Es war ein nervöser Zwischenfall im optischen Apparat gewesen, nichts sonst, vielleicht auf Grund eines Blutandrangs.

Ich steckte meine Kerze an. Als ich mich zum Feuer niederbeugte, merkte ich, daß ich zitterte; ich fuhr mit einem Ruck hoch, als sei ich von hinten angerührt worden.

Ganz sicher war ich jetzt alles andere als ruhig.

Ich tat ein paar Schritte; ich redete laut vor mich hin. Ich sang mit halber Stimme ein paar Takte eines Chansons.

Dann schloß ich meine Zimmertür doppelt ab und merkte, daß ich mich leidlich beschwichtigt hatte. Wenigstens konnte jetzt keiner mehr zu mir herein.

Wiederum setzte ich mich hin und dachte lange über mein Abenteuer nach; dann ging ich zu Bett und blies mein Licht aus.

Ein paar Minuten lang ging alles gut. Ich blieb halbwegs behaglich auf dem Rücken liegen. Dann überkam mich das Verlangen, im Zimmer Umschau zu halten, und ich legte mich auf die Seite.

Mein Kaminfeuer bestand nur noch aus ein paar rotglühenden Scheiten; sie beleuchteten gerade die Füße des Sessels, und abermals glaubte ich, den Mann darauf sitzen zu sehen.

Mit einer raschen Bewegung riß ich ein Zündholz an. Ich hatte mich getäuscht; es war nichts mehr zu sehen.

Aber ich stand auf und schob den Sessel hinter mein Bett.

Dann machte ich es wieder dunkel und versuchte einzuschlafen. Kaum fünf Minuten hatte ich das Bewußtsein verloren, als ich im Traum, und zwar so klar wie in der Wirklichkeit, die ganze Szene des Abends nochmals vor mir sah. Ich wachte verzweifelt auf, machte Licht und blieb aufrecht im Bett sitzen; ich wagte es nicht einmal, wieder einzuschlafen.

Dennoch überkam mich wider Willen für ein paar Sekunden zweimal der Schlummer. Zweimal erlebte ich abermals dasselbe. Ich glaubte, ich würde wahnsinnig.

Als es Tag wurde, fühlte ich mich gesundet und schlief friedlich bis zum Mittag.

Es war vorbei, völlig vorbei. Ich hatte Fieber gehabt, Alpdrükken, was weiß ich? Kurzum, ich war krank gewesen. Nichtsdestoweniger kam ich mir sehr dumm vor.

Den ganzen Tag über war ich recht gut aufgelegt. Ich aß auswärts; ich ging ins Theater, und dann machte ich mich auf den Heimweg. Als ich mich indessen meinem Haus näherte, überkam mich eine merkwürdige Unruhe. Ich hatte Angst, »ihn« wiederzusehen. Keine Angst vor »ihm«, keine Angst vor seiner Anwesenheit, an die ich nicht glaubte, sondern Angst vor einer abermaligen Störung meines Sehvermögens, Angst vor der Halluzination, Angst vor dem Entsetzen, das mich packen würde.

Länger als eine Stunde wanderte ich auf dem Gehsteig auf und ab; schließlich jedoch kam ich mir allzu idiotisch vor und ging hinein. Ich keuchte so sehr, daß ich kaum meine Treppe hinaufkam. Länger als zehn Minuten blieb ich auf dem Treppenabsatz vor meiner Wohnung stehen; dann überkam mich plötzlich eine Aufwallung von Mut, eine Willensverhärtung. Ich schob den Schlüssel ins Schloß, mit einer Kerze in der Hand stürzte ich vorwärts, stieß mit dem Fuß die angelehnte Zimmertür auf und warf einen verstörten Blick auf den Kamin. Ich sah nichts.

»Ah!« Welche Erleichterung! Welche Freude! Welche Befreiung! Mit frohgemuter Miene ging ich auf und ab. Aber ich war meiner Sache nicht sicher; dann und wann drehte ich mich ruckhaft um; das Dunkel in den Winkeln schuf mir Unruhe.

Ich schlief schlecht; in einem fort schreckten mich eingebildete Geräusche hoch. Aber »ihn« sah ich nicht. Nein. Damit war es aus und vorbei!

Seit jenem Tag habe ich Angst davor, nachts allein zu sein. Ich wittere das Trugbild, die Vision, bei mir, um mich. Sie ist mir nicht wiedererschienen. Nein, nein! Und was kommt es letztlich auch darauf an, da ich ja nicht daran glaube, da ich ja weiß, daß sie inexistent ist?

Allein sie ist mir lästig, weil ich immerfort daran denken muß. Die rechte Hand hing nieder; der Kopf war nach links geneigt wie bei einem Schlafenden... Schluß damit, zum Donnerwetter! Ich will nicht mehr daran denken!

Nur was hat es mit dieser Besessenheit auf sich? Warum dies hartnäckige Fortdauern? Seine Füße waren ganz nah am Kaminfeuer!

Er sucht mich heim – es ist verrückt, aber es ist so. Wer »er«? Ich weiß genau, daß er nicht existiert, daß es ihn nicht gibt! Er existiert lediglich in meiner Vorstellung, meiner Furcht, meiner Angst! Ach, genug davon!

Ja, aber ich mag mir mit Vernunftgründen aufwarten, so viel ich will, und mich versteifen – ich kann dennoch nicht in meiner Wohnung allein bleiben, weil »er« darin ist. Ich weiß: Wiedersehen werde ich ihn nicht; er zeigt sich nicht mehr; damit ist es aus. Aber dennoch ist er da, nämlich in meinen Gedanken. Er bleibt unsichtbar, was nicht hindert, daß er da ist. Er ist hinter den Türen, im verschlossenen Schrank, in allen dunklen Ecken, überall, wo kein Licht ist. Wenn ich die Tür aufmache, wenn ich den Schrank öffne, wenn ich unters Bett leuchte, in die Ecken, die dunklen Winkel, ist er nicht mehr da; doch dann spüre ich ihn hinter mir. Ich drehe mich rasch um, obwohl ich dabei überzeugt bin, daß ich ihn nicht sehen, daß ich ihn nie mehr sehen werde. Dennoch ist er nach wie vor hinter mir.

Es ist blöd, aber es ist gräßlich. Nichts zu machen. Ich kann nicht dagegen an.

Aber wenn wir in meiner Wohnung zu zweit wären, dann, ich fühle es, ich fühle es unumstößlich, dann wäre er nicht mehr da! Denn er ist nur da, weil ich allein bin, einzig und allein, weil ich allein bin!

MISS HARRIET

Französischer Titel: Miss Harriet
Erstdruck: Le Gaulois, 9. Juli 1883,
unter dem Titel »Miss Hastings«

Wir saßen zu siebt im Breakwagen, vier Damen und drei Herren, deren einer auf dem Bock neben dem Kutscher Platz gefunden hatte; die Pferde klommen auf gewundener Straße die große Steigung hinauf.

Da wir ums Frührot von Étretat aufgebrochen waren, um die Ruinen von Tancarville zu besuchen, waren wir noch schlaftrunken und wie benommen von der frischen Morgenluft. Zumal die Damen, die schwerlich daran gewöhnt waren, früh wie wir Jäger aufzustehen, ließen immerfort die Lider sinken, neigten die Köpfe oder gähnten gar, unempfänglich für das Schauspiel des anbrechenden Tages.

Es war Herbst. Auf beiden Wegseiten erstreckten sich kahle Felder mit braunen Stoppeln von Hafer und gemähtem Korn, die den Boden wie ein schlecht rasierter Bart bedeckten. Die nebelverhüllte Erde schien zu dampfen. In der Luft sangen Lerchen; andere Vögel zwitscherten im Gebüsch.

Endlich ging vor uns die Sonne auf, ganz rot am Rand des Horizonts; und je höher sie stieg, von Minute zu Minute heller, in desto stärkerem Maße schien das Land zu erwachen, zu lächeln, sich zu recken und, wie ein aus dem Bett schlüpfendes Mädchen, das weiße Nebelhemd abzulegen.

Graf d'Étraille, der auf dem Bock saß, rief: »Da, ein Hase!« und wies mit dem ausgestreckten linken Arm auf ein Kleefeld. Das Tier flüchtete; es verschwand fast im Klee; man sah einzig die langen Ohren; dann hoppelte es über einen Sturzacker, hielt inne, lief abermals in toller Hast davon, schlug einen Haken, hielt wiederum inne, mißtrauisch nach der Gefahr ausspähend, ungewiß, welche Richtung es jetzt einschlagen solle; dann fing es wieder an zu laufen, mit großen Sprüngen und hochgeworfenem Hinterteil, und verschwand in einem ausgedehnten, quadratischen Runkelrübenfeld. Alle Herren waren wach geworden und verfolgten mit den Blicken den Lauf des Tieres.

René Lemanoir stieß hervor: »Heute morgen sind wir alles andere als galant«, und indem er einen Blick auf seine Nachbarin warf, die kleine Baronin de Sérennes, die mit dem Schlummer kämpfte, sagte er ihr mit gesenkter Stimme: »Sie denken an Ihren Mann, Baronin. Seien Sie ganz sicher, daß er nicht vor Sonnabend kommt. Sie haben noch vier volle Tage.«

Sie antwortete mit einem schläfrigen Lächeln: »Wie dumm Sie doch sind!« Dann schüttelte sie die Schlafbefangenheit von sich ab und sagte: »Erzählt uns doch etwas, das uns zum Lachen bringt. Sie, Chenal, von Ihnen heißt es doch, Sie hätten mehr Glück als der Herzog von Richelieu gehabt; erzählen Sie uns eine Liebesgeschichte, eine selbst erlebte, wenn Sie wollen.«

Léon Chenal, ein alter Maler, der einmal sehr gut ausgesehen hatte, war sehr stark, sehr stolz auf seine physische Erscheinung, ein Vielgeliebter, strich mit der Hand durch seinen langen weißen Bart und lächelte; dann aber, nachdem er ein paar Augenblicke nachgedacht hatte, wurde er plötzlich ernst. »Es ist keine lustige Geschichte, meine Damen; ich will Ihnen das kläglichste Liebeserlebnis meines Lebens erzählen. Ich wünsche meinen Freunden, daß sie nicht Anlaß zu einem ähnlichen werden.«

I

»Ich war damals fünfundzwanzig Jahre alt und trieb mich als Wandermaler an der normannischen Küste herum.

Wandermaler – das soll heißen, daß ich mit dem Rucksack von Gasthaus zu Gasthaus zog, unter dem Vorwand, ich wolle nach der Natur Studien und Landschaften malen. Ich kenne nichts Schöneres als solch ein dem Zufall anheimgegebenes Reiseleben. Man ist frei, ungehindert in jeder Beziehung, sorglos, unbefangen; man zerbricht sich nicht den Kopf über den nächsten Tag. Man schlägt den Weg ein, der einem zusagt; die eigene Phantasie ist der einzige Führer, und Ratschläge nimmt man nur von dem entgegen, was dem Auge gefällt. Man hält inne, weil ein Bachufer einen verführt, weil der Duft der Pommes frites vor der Tür einer Gaststätte einen verlockt hat. Bisweilen bestimmt ein Hauch von Waldreben die Wahl, bisweilen das naive Geäugel eines Wirtshausmädchens. Man darf dergleichen ländliche Zärtlichkeiten nicht zu gering einschätzen. Auch sie haben eine Seele und Sinne, diese Mädchen, und feste Wangen und frische Lippen, und ihr heftiger Kuß ist stark und saftig wie eine Wildfrucht. Die Liebe ist immer etwas Wertvolles, möge sie kommen, woher sie wolle. Ein Herz, das höher schlägt, wenn man kommt, ein Auge, das weint, wenn man geht, das sind so seltene, so liebenswerte, so kostbare Dinge, daß man niemals darauf herabsehen darf. Ich habe Liebesstunden in Gräben voller Schlüsselblumen kennengelernt, hinter dem Kuhstall und im Scheunenstroh, das noch warm von der Tageshitze war. Viele meiner Erinnerungen sind mit grober Leinwand über geschmeidigen und derben Körpern verknüpft, und ich sehne mich zuweilen nach naiven, unverfälschten Liebesbezeigungen, die in ihrem von Verstellung freien Ungestüm köstlicher sind als die erlesenen Freuden, die man bei gepflegten, bezaubernden Frauen zu finden vermag. Aber was man bei dergleichen abenteuerlichen Wanderungen am meisten liebt, das ist das Land, das sind die Wälder, die Sonnenaufgänge, die Dämmerungen, die Mondscheinnächte. Für uns Maler bedeutet solch eine Fahrt eine Hochzeitsreise mit der Erde. Man ist mit ihr allein und ihr ganz nahe während solcher langen, ruhevollen Liebesstunden. Man legt sich auf eine Wiese, zwischen Margeriten und Mohnblumen; man liegt mit offenen Augen inmitten einer hellen Flut von Sonnenlicht, und in der Ferne sieht man ein Dörfchen mit spitzem Glockenturm, von dem es Mittag läutet.

Man läßt sich an einer Quelle nieder, die am Fuß einer Eiche entspringt, inmitten eines Vlieses von dünnen, hohen, vor Leben leuchtenden Gräsern. Man kniet nieder, man bückt sich, man trinkt das kalte, klare Wasser und macht sich dabei den Schnurrbart und die Nase naß; man trinkt es mit einer Empfindung körperlicher Lust, als küsse man die Quelle, Lippe auf Lippe. Bisweilen, wenn man beim Entlanggehen an diesen zierlichen Wasserläufen auf eine breitere Stelle stößt, taucht man hinein, ganz nackt, und man spürt auf der Haut, vom Kopf bis zu den Füßen, das Zittern der raschen, leichten Strömung wie eine eiskalte, köstliche Liebkosung.

Auf Hügeln fühlt man sich heiter, am Teichufer melancholisch, und man gerät außer sich, wenn die Sonne in einem Ozean von blutig roten Wolken ertrinkt und roten Widerschein über die Gewässer wirft. Und nachts, wenn der Mond am Grunde des Himmels dahinzieht, denkt man an tausend sonderbare Dinge, die einem in der brennenden Klarheit des Tages schwerlich durch den Kopf geglitten wären.

Als ich auf solcherlei Weise die Gegend durchschweifte, in der wir uns dieses Jahr befinden, gelangte ich eines Abends in das kleine Dorf Bénouville, das zwischen Yport und Étretat an der Steilküste gelegen ist. Ich war von Fécamp her an der Küste entlang gekommen, der Küste, die hoch und schroff wie eine Mauer ist mit ihren Kreidefelsvorsprüngen, die lotrecht zum Meer hin abfallen. Ich war seit dem Morgen über das Gras gewandert, das kurz, fein und weich wie ein Teppich ist und unterm Salzhauch des Meeres am Rand des Abgrundes wächst. Ich hatte aus voller Kehle gesungen, war tüchtig ausgeschritten und hatte bald dem weichen, gerundeten Flug einer Möwe zugeschaut, die auf dem Himmelsblau die weiße Kurvung ihrer Schwingen spazierenführte, bald dem braunen Segel eines Fischerbootes auf dem grünen Meer; so hatte ich einen glücklichen, unbeschwerten Tag der Freiheit hinter mich gebracht. Man wies mich zu einem kleinen Bauernhaus, wo Fremde unterkommen konnten, einer Art Gasthof inmitten eines normannischen Hofes, der von einer Doppelreihe von Buchen umgeben war und von einer Bäuerin bewirtschaftet wurde.

Ich wandte also der Steilküste den Rücken und gelangte zu der winzigen, von hohen Bäumen eingeschlossenen Häusergruppe, wo ich mich der Mutter Lecacheur präsentierte.

Sie war eine alte Landfrau mit faltigem, strengem Gesicht, die ihre Kunden nur widerwillig aufzunehmen schien, mit einigem Mißtrauen.

Wir waren im Mai; die in Blüte stehenden Apfelbäume wölbten ein Dach von duftenden, aufbrechenden Knospen über den Hof und säten ohne Unterlaß einen wirbelnden Regen von rosigen Blütenblättchen auf die Menschen und auf das Gras.

Ich fragte: ›Na, Madame Lecacheur, haben Sie ein Zimmer für mich?‹

Sie schien erstaunt, daß ich ihren Namen kannte, und antwortete: ›Das kommt drauf an; es ist alles vermietet. Aber man könnte dennoch mal sehen, was sich machen läßt.‹ Nach fünf Minuten hatten wir uns geeinigt, und ich legte meinen Rucksack auf den Erdboden einer bäuerlichen Kammer, in der ein Bett, zwei Stühle, ein Tisch und ein Waschbecken standen. Sie stieß an die Küche, die groß und verräuchert war; dort nahmen die Pensionsgäste ihre Mahlzeiten ein, gemeinsam mit den Landarbeitern und der Wirtin, die Witwe war.

Ich wusch mir die Hände; dann ging ich in die Küche. Die Alte frikassierte auf ihrem geräumigen Herd, über dem der schwarz geräucherte Kesselhaken hing, ein Huhn für das Abendessen.

›Haben Sie denn um diese Zeit Gäste?‹ fragte ich sie.

Sie antwortete mit übellauniger Miene: ›Ja, eine Dame, eine alte Englische. Sie wohnt in der anderen Kammer.‹

Gegen einen Aufschlag von täglich fünf Sous wurde mir eingeräumt, daß ich bei gutem Wetter allein im Hof essen könne. Also wurde für mich vor der Tür gedeckt, und ich begann mit den Zähnen die mageren Glieder des normannischen Huhnes zu zerstückeln; dazu trank ich Zider und aß von einem dicken Weißbrot, das schon vier Tage alt, aber vortrefflich war. Plötzlich tat die Holztür, die auf den Weg hinausführte, sich auf, und eine seltsame Gestalt bewegte sich auf das Haus zu. Sie war sehr mager, sehr groß und dermaßen in einen rotgemusterten, schottischen Schal gewickelt, daß man hätte meinen können, sie habe keine Arme, hätte nicht in der Höhe der Hüften eine lange Hand hervorgeschaut, die einen weißen Touristenschirm trug. Ihr Mumiengesicht, das von grauen Lockenrollen eingerahmt war, die bei jedem ihrer Schritte baumelten, ließ mich, warum, weiß ich nicht, an einen geräucherten Hering mit Papilloten denken. Sie ging schnell an mir vorüber, wobei sie die Augen niederschlug, und verschwand im Haus.

Diese sonderbare Erscheinung erregte meine Heiterkeit; sicher war es meine Nachbarin, die alte Engländerin, von der die Wirtin gesprochen hatte.

An diesem Tag sah ich sie nicht wieder. Als ich mich am folgenden Tag zum Malen in dem reizenden Tal niedergelassen hatte, das Sie kennen und das sich bis Étretat erstreckt, gewahrte ich, als ich plötzlich aufblickte, daß sich auf dem Hügelkamm etwas Merkwürdiges erhob; man hätte meinen können, es sei ein Flaggenmast. Das war sie. Als sie mich sah, verschwand sie.

Mittags ging ich zum Essen heim und nahm am gemeinsamen Tisch Platz, um die Bekanntschaft dieses alten Originals zu machen. Aber sie gab auf meine höflichen Fragen keine Antwort und blieb selbst kleinen Aufmerksamkeiten gegenüber unempfänglich. Ich goß ihr unablässig Wasser ein; ich reichte ihr mit übertriebener Dienstwilligkeit die Schüsseln. Eine leichte, beinahe nicht wahrnehmbare Bewegung des Kopfes und ein so leise geflüstertes englisches Wort, daß ich es nicht verstehen konnte, waren ihr einziger Dank. Ich gab es auf, mich mit ihr zu befassen, obwohl sie meine Gedanken beunruhigte. Nach drei Tagen wußte ich von ihr genau so viel und so wenig wie Madame Lecacheur.

Sie hieß Miss Harriet. Bei der Suche nach einem abgelegenen Dorf als Sommerfrische war sie in Bénouville hängen geblieben, sechs Wochen vor meiner Ankunft, und schien keinerlei Neigung zu hegen, jemals wieder fortzugehen. Bei Tisch sprach sie niemals, aß hastig und las dabei in einer kleinen protestantischen Propagandabroschüre. Diese Bücher verteilte sie an alle Welt. Selbst der Geistliche hatte vier bekommen; ein Junge hatte sie ihm gebracht und dafür zwei Sous Botenlohn eingesteckt. Manchmal sagte sie unvermittelt zu der Wirtin, ohne daß diese Bekundung im mindesten vorbereitet gewesen wäre: ›Ich lieben den Herr mehr als alles; ich bewundern ihn in aller seiner Schöpfung; ich ihn anbeten in aller seiner Natur, ich ihn tragen immer in meinem Herzen.‹ Und darauf überreichte sie dann der verdutzten Bäuerin eine ihrer Broschüren, die dazu dienen sollten, das Universum zu bekehren.

Im Dorf war sie alles andere als beliebt. Seit der Lehrer erklärt hatte: ›Sie ist eine Atheistin‹, lastete auf ihr eine Art Mißbilligung. Der Geistliche, den Madame Lecacheur um Rat fragte, antwortete: ›Sie ist zwar eine Häretikerin, aber Gott will nicht den Tod des Sünders, und ich halte sie für eine durchaus moralische Person.‹

Die Worte ›Atheistin‹ und Häretikerin‹, deren genaue Bedeutung man nicht kannte, warfen Zweifel in die Gemüter. Überdies wurde behauptet, die Engländerin sei reich und habe ihr Leben damit verbracht, alle Länder der Erde zu bereisen, weil ihre Familie sie hinausgeworfen hatte. Warum hatte die Familie sie hinausgeworfen? Natürlich um ihres Unglaubens willen.

In Wahrheit war sie eine überspannte Prinzipienreiterin, eine der verbissenen Puritanerinnen, wie England sie in so beträchtlicher Zahl hervorbringt, eine der unerträglichen, guten alten Jungfern, die an allen Hoteltafeln Europas herumspuken, die Italien verheeren, die Schweiz vergiften, die reizenden Städte der Mittelmeerküste unbewohnbar machen, die ihre bizarren Eigenheiten, ihre Sitten, die denen versteinerter Vestalinnen gleichen, ihre unbeschreiblichen Toiletten und einen gewissen Gummigeruch immerfort mit sich führen, der einen glauben läßt, sie würden nachtsüber in ein Etui gepackt.

Wenn ich in einem Hotel solch eines Wesens gewahr werde, so ergreife ich die Flucht wie die Vögel, wenn sie auf einem Feld eine Vogelscheuche erblicken.

Miss Harriet nun aber kam mir dermaßen merkwürdig vor, daß ich beinahe schon wieder Gefallen an ihr fand.

Madame Lecacheur, aus Instinkt allem abgeneigt, was nicht bäuerlich war, verspürte in ihrer engen Seele eine Art Haß gegenüber den ekstatischen Allüren der alten Jungfer. Sie hatte zu ihrer Bezeichnung einen Ausdruck gefunden, natürlich einen verächtlichen Ausdruck, der ihr von ungefähr in den Mund gekommen war, hervorgerufen durch irgendeinen verworrenen und geheimnisvollen Denkvorgang. Sie sagte: ›Die ist eine Besessene.‹ Und dieses Wort im Zusammenhang mit jenem sittenstrengen und sentimentalen Wesen schien mir von unwiderstehlicher Komik zu sein. Fortan nannte ich selbst sie immer nur ›die Besessene‹ und empfand eine drollige Freude daran, diese Silben ganz laut vor mich hin zu sprechen, wenn ich sie erblickte.

Ich fragte die alte Lecacheur: ›Na, was macht denn unsere Besessene heute?‹

Und die Bauersfrau antwortete mit beleidigter Miene: ›Ob Sie es nun glauben oder nicht, sie hat eine Kröte mit einem zerquetschten Fuß aufgelesen und in ihr Zimmer gebracht, und dann hat sie sie in die Waschschüssel gesetzt und ihr einen Verband gemacht wie einem Menschen. Wenn das keine Profanierung ist!‹

Ein andermal, als sie am Fuß der Klippen spazieren ging, hatte sie einen gerade gefangenen großen Fisch gekauft, einzig um ihn wieder ins Meer zu werfen. Und obwohl sie den Fischer sehr gut bezahlt hatte, hatte er sie mit Schimpfworten überhäuft, weit aufgebrachter, als wenn sie ihm sein Geld aus der Tasche gestohlen hätte. Noch nach einem Monat konnte er nicht davon sprechen, ohne in Wut zu geraten und laut loszuschimpfen. Freilich, sie war schon eine Besessene, diese Miss Harriet! Die alte Lecacheur hatte einen genialen Einfall gehabt, als sie sie so taufte.

Der Pferdeknecht, der Sapeur genannt wurde, weil er in jungen Jahren in Afrika Dienst getan hatte, war anderer Ansicht. Er sagte mit verschlagener Miene: ›Die hat's faustdick hinter den Ohren; jetzt ist sie bloß zu alt dazu.‹

Wenn das arme Frauenzimmer das gewußt hätte!

Céleste, das kleine Hausmädchen, bediente sie nicht gern, ohne daß der Grund mir klar geworden wäre. Vielleicht geschah es einzig, weil sie eine Fremde war, ein Wesen von anderer Rasse, anderer Sprache und anderer Religion. Und dann war sie ja auch eine Besessene!

Sie brachte ihre Zeit damit hin, über Land zu irren und Gott in der Natur zu suchen und anzubeten. Eines Abends traf ich sie an, wie sie im Gebüsch kniete. Ich hatte etwas Rotes durch das Laubwerk schimmern sehen, und Miss Harriet fuhr auf, verwirrt, daß sie so gesehen worden sei, und starrte mich aus verstörten Augen an, wie eine vom hellen Tageslicht überraschte Waldeule.

Manchmal, wenn ich zwischen den Klippen arbeitete, gewahrte ich sie plötzlich am Rand des Steilhanges, wie ein Semaphorensignal. Sie beschaute mit leidenschaftlichen Blicken das weite, vom Licht übergoldete Meer und den großen, in purpurnen Feuern flammenden Himmel. Manchmal konnte ich sie hinten im Tal wahrnehmen, wo sie rasch einherging, mit ihren elastischen Engländerinnenschritten; und dann ging ich zu ihr hin, irgend etwas zog mich zu ihr, vielleicht weil ich ihr gleichsam von innen erleuchtetes Gesicht sehen wollte, ihr trockenes, neutrales Gesicht, das von einer tiefen, innerlichen Beglückung aussagte. Oft fand ich sie auch in der Nähe eines Bauernhauses im Gras sitzen, im Schatten eines Apfelbaumes, das kleine religiöse Buch aufgeschlagen auf den Knien, den Blick ins Weite gerichtet. Denn ich reiste nicht ab; tausend Liebesbande verknüpften mich mit diesem Gebiet und seinen weiten, lieblichen Landschaften. Ich fühlte mich auf diesem Bauernhof, den kein Mensch kannte, wohl, allem entrückt, der Erde nahe, der guten, gesunden, schönen, grünen Erde, die wir selbst eines Tages mit unserm Körper düngen. Und vielleicht, wie ich gestehen muß, hielt mich auch ein winziges bißchen Neugierde bei der alten Lecacheur fest. Mir lag daran, diese absonderliche Miss Harriet kennenzulernen und zu erfahren, was in den einsamen Seelen dieser alten reisenden Engländerinnen vor sich geht.

II

Wir wurden auf eine recht sonderbare Weise miteinander bekannt. Ich hatte eine Studie vollendet, die ich für famos hielt und die es auch war. Fünfzehn Jahre später ist sie für zehntausend Francs verkauft worden. Sie war übrigens weit einfacher, als zwei mal zwei vier sind, und stand jenseits aller akademischen Regeln. Die ganze rechte Seite meines Bildes stellte einen Felsen dar, einen riesengroßen, warzigen Felsen, der mit braunem, gelbem und rotem Tang bedeckt war, und darüber rann das Sonnenlicht wie Öl. Ohne daß man das hinter mir stehende Gestirn sah, fiel das Licht auf den Stein und übergoldete ihn mit Feuer. Das war es. Ein erster Entwurf von bestürzender und leichtfertiger Helligkeit, flammend, großartig. Links war das Meer, nicht das blaue, das schieferfarbene Meer, sondern das jadefarbene, das grüne, milchige und zugleich harte unter dem dunklen Himmel.

Ich war dermaßen zufrieden mit meiner Arbeit, daß ich geradezu tanzte, als ich sie zu dem Gasthof hintrug. Es wäre mir am liebsten gewesen, wenn die ganze Welt sie auf der Stelle gesehen hätte. Ich erinnere mich, daß ich sie einer am Rand des Wiesenweges grasenden Kuh hingehalten und dabei gerufen habe: ›Sieh dir das mal an, mein Kind. So etwas bekommst du nicht alle Tage zu sehen.‹

Vor dem Haus rief ich sogleich nach Madame Lecacheur, und zwar aus vollem Hals: ›Hallo! Hallo! Kommen Sie mal her, Frau Wirtin, und freuen Sie sich!‹

Die Bauersfrau kam und beschaute sich mein Werk mit ihren stumpfsinnigen Augen, die nichts zu unterscheiden vermochten, die nicht einmal erkennen konnten, ob mein Bild einen Ochsen oder ein Haus darstellen solle.

Miss Harriet kam herein und ging gerade in dem Augenblick hinter mir vorbei, da ich der Herbergsmutter mit ausgestreckten Armen mein Gemälde zeigte. Die Besessene konnte nicht umhin, es zu sehen, denn ich bemühte mich, das Ding so zu halten, daß sie es einfach nicht übersehen konnte. Sie blieb jäh stehen, ergriffen, verblüfft. Es war ihr Felsen, so schien es, der, auf den sie kletterte, um nach Gefallen zu träumen.

Sie brachte ein britisches ›Aoh!‹ hervor, und zwar dermaßen betont und schmeichelhaft, daß ich mich ihr lächelnd zuwandte und ihr sagte: ›Meine letzte Studie, Miss.‹

Sie flüsterte ekstatisch, zugleich komisch und rührend: ›Aoh! Monsieur, Sie verstehen der Natur auf eine erhebende Weise.‹

Ich wurde rot, wahrhaftig; dieses Kompliment regte mich stärker auf, als wenn es von einer Königin gekommen wäre. Ich war verführt, erobert, besiegt. Am liebsten hätte ich sie geküßt, auf Ehrenwort!

Bei Tisch setzte ich mich neben sie, wie stets. Zum erstenmal sprach sie; sie vollendete mit lauter Stimme ihren Gedanken: ›Aoh! Ich lieben so sehr der Natur!‹

Ich reichte ihr Brot, Wasser, Wein. Jetzt nahm sie es mit einem kleinen Mumienlächeln hin. Und ich fing an, über Landschaftsmalerei zu sprechen.

Nach dem Essen gingen wir, da wir gleichzeitig aufgestanden

waren, auf dem Hof spazieren; dann aber muß uns wohl die furchtbare Feuersbrunst verlockt haben, die die sinkende Sonne über dem Meer entfacht hatte, ich machte die Holztür auf, die zur Steilküste führte, und so gingen wir denn Seite an Seite, zufrieden wie zwei Leute, die gerade anfangen, einander zu verstehen und ineinander einzudringen.

Es war ein lauer, weicher Abend, einer der Abende, da man sich wohl fühlt und da Körper und Geist glücklich sind. Alles ist Genuß, und alles kommt einem liebenswert vor. Die feuchte, duftgeschwängerte Luft, geschwellt vom Aroma des Grases und dem Geruch der Meeresgewächse, schmeichelt dem Geruchssinn mit ihrem milden Duft, schmeichelt dem Gaumen durch ihren Seegeschmack, schmeichelt dem Geist mit ihrer durchdringenden Süße. Wir gingen jetzt am Rand des Absturzes, oberhalb des weiten Meeres, das hundert Meter unter uns seine kleinen Wogen rollte. Und wir tranken offenen Mundes und mit geweiteter Brust den frischen Windhauch, der den Ozean überquert hatte und uns nun über die Haut glitt, langsam und von den langen Küssen der Wellen salzgewürzt.

Eng in ihren gemusterten Schal gewickelt, mit begeisterter Miene, die Zähne dem Wind preisgegeben, schaute die Engländerin zu, wie die riesengroße Sonne sich dem Meer zu senkte. Vor uns, fern, fern, an der Grenze des Gesichtskreises, zeichnete sich die Silhouette eines vollgetakelten Dreimasters vor dem flammenden Himmel ab, und in etwas geringerer Entfernung glitt ein Dampfer dahin und entrollte seine Rauchfahne, die eine riesengroße Wolke hinter ihm ließ – sie überzog den ganzen Horizont.

Langsam sank der rote Ball immer tiefer. Und bald berührte er das Wasser, just hinter dem unbeweglichen Schiff, das mitten in dem strahlenden Gestirn aussah, als sei es von Feuer eingerahmt. Nach und nach verschwamm die Sonne, verschlungen vom Ozean. Sie tauchte tiefer, nahm ab, verschwand. Es war vorbei. Einzig das kleine Schiff zeigte nach wie vor sein scharf ausgeschnittenes Profil auf dem Goldhintergrund des fernen Himmels.

Miss Harriet betrachtete mit einem leidenschaftlichen Blick das flammende Enden des Tages. Und sicherlich empfand sie Lust, den Himmel, das Meer, den ganzen Horizont zu umarmen.

Sie murmelte: ›Aoh! Ich lieben… ich lieben… ich lieben…‹
Ich sah eine Träne in ihrem Auge. Sie fuhr fort: ›Ich möchten sein
eine kleine Vogel, um aufzufliegen in das Firmament.‹ Und sie
blieb stehen, wie ich sie oft gesehen habe, wie in den Felsgrund
hineingesteckt, rot in ihrem purpurnen Schal. Am liebsten hätte
ich sie in meinem Skizzenbuch verewigt. Es wäre die Karikatur
der Ekstase geworden.

Ich wandte mich ab, um nicht zu lächeln.

Dann sprach ich mit ihr über Malerei, als ob ich mit einem Kameraden spräche; ich bezeichnete die Töne, die Valeurs, die
Drücker mit den Fachausdrücken. Sie hörte mir aufmerksam zu,
bemüht zu verstehen, den dunklen Sinn der Worte zu erraten, in
meine Gedanken einzudringen. Von Zeit zu Zeit äußerte sie:
›Aoh! Ich verstehen, ich verstehen. Es sein sehr erhebend.‹

Wir gingen heim.

Als sie meiner am nächsten Tag ansichtig wurde, kam sie rasch
auf mich zu und bot mir die Hand. Und alsbald wurden wir gute
Freunde.

Sie war ein braves Geschöpf mit einer Art Sprungfederseele,
die im Idealismus umherhüpfte. Es mangelte ihr an Gleichgewicht, wie es bei allen Frauen um die Fünfzig der Fall ist, die
Mädchen geblieben sind. Sie schien in einer säuerlichen Unschuld eingekocht zu sein; allein sie hatte im Herzen etwas sehr
Junges, Glühendes und Begeisterungsfähiges bewahrt. Sie liebte
die Natur und die Tiere mit einer exaltierten Liebe, die in steter
Gärung begriffen war wie ein zu altes Getränk, mit einer sinnli-
chen Liebe, die sie den Männern nicht hatte zuteil werden lassen.

Sicher ist, daß der Anblick einer säugenden Hündin, einer
über die Weide laufenden Stute mit dem Füllen zwischen den
Beinen, eines Vogelnestes voll piepsender Jungen mit offenen
Schnäbeln, übergroßen Köpfen und ganz nackten Körperchen
sie in einer übertriebenen Rührung erbeben ließ.

Arme, einsame Wesen, ruhelose, traurige Gäste der Hoteltafeln, arme, lächerliche, jämmerliche Wesen, ich habe eine
Schwäche für euch, seit ich Miss Harriet kennengelernt habe. Ich
bekam bald heraus, daß sie mir etwas sagen wollte; aber sie ge-
traute sich nicht, und ich hatte meinen Spaß an ihrer Schüchtern-

heit. Wenn ich morgens fortging, mein Malgerät auf dem Rük-
ken, so begleitete sie mich bis ans Ende des Dorfes, stumm, au-
genscheinlich voller Angst und nach einem Anfang suchend.
Dann verließ sie mich unvermittelt und ging mit ihren hüpfenden
Schritten schnell davon.

Schließlich, eines Tages, faßte sie sich ein Herz: ›Ich mögen sehen Sie, wie Sie machen der Malerei.‹ Und dabei wurde sie rot,
als habe sie etwas außerordentlich Verfängliches gesagt.

Ich führte sie in das kleine Tal hinein, wo ich eine große Studie
angefangen hatte. Sie blieb hinter mir stehen und folgte allen
meinen Bewegungen mit konzentrierter Aufmerksamkeit.

Dann plötzlich, vielleicht weil sie Angst hatte, mich zu stören,
sagte sie: ›Danke‹ und ging davon.

Aber innerhalb einer kurzen Zeitspanne wurde sie zutrauli-
cher und fing an, mich täglich mit sichtbarer Freude zu begleiten.
Sie trug ihren Klappstuhl unterm Arm und gab nicht zu, daß ich
ihn nahm; sie setzte sich neben mich. Stundenlang blieb sie sitzen, reglos und stumm, und folgte mit dem Blick allen Bewegungen meiner Pinselspitze. Wenn ich mittels eines großen, pastos
mit dem Spachtel aufgetragenen Farbfleckes eine passende, aber
unerwartete Wirkung erzielt hatte, stieß sie, ohne daß sie es gewollt hätte, ein kleines ›Aoh!‹ des Erstaunens, der Freude und der
Bewunderung aus. Sie empfand etwas wie zärtliche Ehrfurcht
vor meinen Bildern, eine beinahe religiöse Ehrfurcht vor dieser
menschlichen Wiedergabe eines Ausschnittes aus dem Werk
Gottes. Meine Studien erschienen ihr als eine Art Abbilder des
Heiligen; und manchmal sprach sie zu mir von Gott und versuchte, mich zu bekehren.

Oh, er war ein spaßiger Biedermann, ihr lieber Gott, eine Art
Dorfphilosoph, ohne große Mittel und ohne große Macht, denn
sie stellte ihn sich immer untröstlich vor über die Ungerechtigkeiten, die unter seinen Augen begangen wurden – gleich als habe er
sie nicht verhindern können.

Übrigens stand sie auf vortrefflichem Fuß mit ihm; sie schien
sogar die Vertraute seiner Geheimnisse und seiner Widerwärtig-
keiten zu sein. Sie sagte: ›Gott will‹ oder: ›Gott will nicht‹, wie ein
Feldwebel, der einem Rekruten verkündet: ›Der Herr Oberst haben befohlen.‹

Sie beklagte aus tiefstem Herzensgrund meine Unkenntnis der göttlichen Absichten, die mir darzulegen sie sich bemühte; und ich fand tagtäglich in meinen Taschen, in meinem Hut, wenn ich ihn auf der Erde hatte liegen lassen, in meinem Tubenkasten, in meinen Schuhen, wenn sie morgens frisch geputzt vor der Tür standen, die kleinen frommen Broschüren, die sie sicherlich unmittelbar vom Paradies bezog.

Ich behandelte sie wie eine alte Freundin, mit herzlichem Freimut. Doch ich bemerkte bald, daß ihr Gehaben sich ein wenig geändert hatte. In der ersten Zeit schenkte ich dem weiter keine Beachtung.

Wenn ich arbeitete, sei es unten in meinem Tal, sei es in einem Hohlweg, sah ich sie plötzlich auftauchen; sie stakte schnellen Schrittes heran. Sie setzte sich jäh, ganz außer Atem, als sei sie gelaufen oder als befinde sie sich in tiefer Erregung. Sie war sehr rot, von jenem englischen Rot, dessen kein anderes Volk teilhaftig ist; dann wurde sie ohne jeden Grund blaß, geradezu erdfarben, und schien einer Ohnmacht nahe. Nach und nach indessen nahm sie, wie ich beobachtete, ihr gewöhnliches Aussehen wieder an und begann zu plaudern.

Dann plötzlich brach sie mitten im Satz ab, sprang auf und brachte sich so schnell und auf eine dermaßen befremdliche Weise in Sicherheit, daß ich überlegte, ob ich nicht vielleicht etwas getan hatte, was ihr mißfallen oder sie verletzt hatte.

Schließlich meinte ich, es sei ihr natürliches Gehaben, das sie wohl mir zu Ehren in der ersten Zeit unserer Bekanntschaft ein wenig gemäßigt habe.

Wenn sie, nach stundenlangen Gängen längs der windgepeitschten Küste, wieder im Bauernhaus anlangte, war ihr langes, zu Spiralen gedrehtes Haar bisweilen aufgegangen und hing ihr um den Kopf, als seien die Stützen gebrochen. Früher hatte sie sich nicht darum gekümmert und war dessen ungeachtet, zerzaust wie die Windsbraut, zum Essen gekommen.

Jetzt ging sie erst in ihr Zimmer und brachte sich die Locken in Ordnung, die ich ihre Lampenzylinder nannte; und wenn ich zu ihr mit jener vertraulichen Galanterie, die sie immer schockierte, sagte: ›Heute sind Sie schön wie ein Stern, Miss Harriet‹, stieg ihr ein wenig Blut in die Backen, das Blut eines jungen Mädchens, fünfzehnjähriges Blut.

Dann wurde sie plötzlich verschlossen und menschenscheu und hörte auf da zu sein, wenn ich malte. Ich dachte: ›Das ist eine Krisis; das wird schon vorübergehen.‹ Aber es ging nicht vorüber. Wenn ich sie jetzt anredete, antwortete sie mir entweder mit gespielter und gezierter Gleichgültigkeit oder mit stummer Gereiztheit. Sie wurde sprunghaft, ungeduldig, nervös. Ich bekam sie nur noch bei den Mahlzeiten zu Gesicht, und wir sprachen kaum noch miteinander. Ich meinte wahrhaftig, ich hätte sie auf irgendeine Weise gekränkt; und eines Abends fragte ich sie: ›Miss Harriet, warum sind Sie nicht mehr wie früher zu mir? Wodurch habe ich Ihr Mißfallen erregt? Ich mache mir ernstliche Gedanken darüber!‹

Sie antwortete mit einem Anflug von Zorn, der recht komisch wirkte: ›Ich sein immer mit Sie derselbe wie früher. Es sein nicht wahr, nicht wahr‹, und dann lief sie fort und schloß sich in ihrem Zimmer ein.

In manchen Augenblicken sah sie mich ganz sonderbar an. Ich habe mir seither oft gesagt, daß zum Tode Verurteilte so dreinschauen müssen, wenn man ihnen sagt, ihre letzte Stunde sei gekommen. Es war eine Art Wahnsinn in ihren Augen, ein mystischer und gewalttätiger Wahnsinn, und noch etwas andres, ein Fieber, ein unüberwindliches, ungeduldiges und ohnmächtiges Verlangen nach etwas Unwirklichem und nicht zu Verwirklichendem! Und mir schien auch, als tobe in ihr ein Kampf, ein Ringen zwischen ihrem Herzen und einer unbekannten Macht, die sie bändigen wollte, und vielleicht noch etwas anderes...

Was weiß ich? Was weiß ich?

Das war wirklich eine merkwürdige Entdeckung.

Seit einiger Zeit arbeitete ich allmorgendlich, vom Frührot an, an einem Bild, das folgenden Gegenstand hatte:

Eine tiefe, zwischen zwei Abhängen mit Dorngesträuch und Bäumen eingezwängte Schlucht dehnte sich, verloren, ertrunken in dem milchigen Dunst, in der Watte, die bisweilen bei Tagesanbruch durch die Täler wogt. Und ganz hinten in diesem dichten und dennoch durchsichtigen Nebel sah man ein Menschenpaar kommen, oder man erriet es vielmehr, einen Burschen und ein Mädchen, die einander eng umschlungen hielten; sie neigte den Kopf zu ihm hin, er beugte sich zu ihr nieder, Mund auf Mund.

Ein erster Sonnenstrahl, der zwischen dem Gezweig hindurchglitt, teilte den Frührotnebel, schuf einen rosigen Schimmer hinter dem bäuerlichen Liebespaar und ließ die umrißlosen Schatten der beiden durch eine silbrige Helle schreiten. Es war gut. Donnerwetter noch mal, recht gut.

Ich arbeitete an der abschüssigen Stelle, die in das kleine Tal von Étretat hinabführt. Zufällig war an diesem Morgen der wehende Dunst, den ich brauchte.

Etwas richtete sich vor mir auf, wie ein Phantom; es war Miss Harriet. Als sie mich sah, wollte sie davonlaufen. Aber ich rief sie an, ich rief ihr zu: ›Kommen Sie, kommen Sie doch her, Miss, ich habe hier ein kleines Bild für Sie.‹

Sie kam heran, als bereue sie ihr Fortlaufen. Ich hielt ihr meine Skizze hin. Sie sagte nichts, aber sie stand eine ganze Weile reglos und schaute, und dann fing sie unvermittelt zu weinen an. Sie weinte und zuckte dabei nervös, wie Menschen, die sich heftig gegen die Tränen gewehrt haben und es nun nicht mehr können, die nachgeben und dabei noch immer widerstreben. Es schüttelte mich, und ich stand auf; ich selbst war bewegt von diesem Leid, das ich nicht verstand, und mit einer von jäher Zuneigung diktierten Bewegung, einer echt französischen Bewegung – denn wir handeln immer schneller, als wir denken –, langte ich nach ihren Händen.

Sie ließ sie ein paar Augenblicke in den meinigen, und ich

fühlte, wie sie zitterten, gleich als seien alle ihre Nerven durchein-
andergeraten. Dann entzog sie sie mir unvermittelt, oder vielmehr: sie riß sie mir weg.

Plötzlich wußte ich, was es mit diesem Zittern auf sich hatte;
ich kannte es, ich hatte es schon gefühlt, und nichts vermochte
mich zu täuschen. Ach, das Liebeswerben einer Frau, möge sie
nun fünfzehn oder fünfzig sein, möge sie aus dem Volk oder aus
der guten Gesellschaft stammen, dringt mir immer so unmittelbar ins Herz, daß ich es stets auf der Stelle verstehe.

Ihr ganzes armseliges Wesen hatte gebebt, hatte geschwungen
und war vergangen. Ich wußte es. Sie ging davon, ohne daß ich
ein Wort gesagt hätte, und ließ mich verblüfft wie vor einem
Wunder und untröstlich, als hätte ich ein Verbrechen begangen.
Ich ging nicht heim zum Essen. Ich machte eine Wanderung
längs des Klippenhanges, und ich hatte im gleichen Maße Lust
zu lachen wie zu weinen, weil mir das Abenteuer ebenso komisch
wie jämmerlich erschien; ich kam mir lächerlich vor, und sie hielt
ich für so unglücklich, daß ich für ihren Verstand fürchtete. Ich
überlegte, was zu tun sei.

Es wurde mir klar, daß mir nichts übrigblieb, als schleunigst
abzureisen, und dazu entschloß ich mich auf der Stelle.

Nachdem ich mich bis zum Abendessen herumgetrieben hatte,
ein wenig bekümmert, ein wenig nachdenklich, kehrte ich zur Es-
senszeit heim.

Man setzte sich wie alle Tage zu Tisch. Miss Harriet war da;
sie aß mit ernster Miene, ohne mit jemandem zu sprechen oder
den Blick zu erheben. Ihr Gesicht und ihr Gehaben waren übrigens ganz wie immer.

Ich wartete bis zum Ende der Mahlzeit; dann sagte ich zu der
Wirtin: ›Ja, Madame Lecacheur, ich muß nun leider fort.‹

Die gute Frau war überrascht und bekümmert; sie rief mit ihrer durchdringenden Stimme: ›Was sagen Sie da, mein guter
Herr? Sie wollen uns verlassen? Und dabei hatte ich mich so
schön an Sie gewöhnt!‹

Von weitem sah ich zu Miss Harriet hin; sie hatte nicht mit der
Wimper gezuckt. Aber Céleste, das Hausmädchen, blickte zu mir
auf. Es war ein kräftiges Mädchen von achtzehn Jahren, mit ro-

tem Gesicht, frisch, stark wie ein Pferd und dabei sauber, was etwas Seltenes ist. Ich hatte sie manchmal in dunklen Winkeln abgeküßt, wie das in Gasthäusern so üblich ist; weiter war nichts geschehen.

Und die Mahlzeit ging zu Ende.

Ich ging hinaus, um meine Pfeife unter den Apfelbäumen zu rauchen, wobei ich auf und ab ging, von einem Ende des Hofes zum andern. Alle Erwägungen, die ich während des Tages angestellt hatte, die sonderbare Entdeckung am Morgen, diese groteske und leidenschaftliche Liebe, die mir da entgegengebracht wurde, Erinnerungen, die mir im Zusammenhang mit dieser Offenbarung gekommen waren, reizende und verwirrende Erinnerungen, vielleicht auch die Art und Weise, wie die Magd mich angesehen, als ich meine Abreise kundgetan hatte – all das glitt in mir durcheinander, verknüpfte sich und versetzte mich jetzt in eine Stimmung körperlicher Heiterkeit, so daß ich das Prickeln von Küssen auf den Lippen zu spüren vermeinte und mich zu wer weiß welchen Dummheiten aufgelegt fühlte.

Die Nacht kam; ihre Schatten glitten unter den Bäumen hin, und ich sah, wie Céleste an der andern Seite der Einfriedigung den Hühnerstall zuschloß. Ich stürzte hin; ich lief mit so leichten Schritten, daß sie nichts hörte, und als sie sich aufrichtete, nachdem sie die kleine Falltür niedergelassen hatte, durch die die Hühner aus und ein schlüpfen, umschlang ich sie und bedeckte ihr großes, dickliches Gesicht mit einem Hagel von Küssen. Sie wehrte sich, aber sie lachte dabei; sie war dergleichen gewohnt. Warum habe ich sie sofort losgelassen? Warum habe ich mich, von einem Schauer durchrüttelt, umgedreht? Wie hatte ich spüren können, daß jemand mir gefolgt war?

Es war Miss Harriet, die heimkam und die uns gesehen hatte; nun stand sie unbeweglich, als habe sie eine Geistererscheinung erblickt. Dann verschwand sie in der Dunkelheit.

Beschämt und verwirrt ging ich weg; ich war tiefer betroffen, daß ich von ihr überrascht worden war, als wenn sie mich bei der Begehung eines Verbrechens ertappt hätte.

Ich schlief schlecht; ich war über die Maßen nervös, und traurige Gedanken durchspukten mich. Mir war, als hörte ich jemanden weinen. Doch ich hatte mich wohl geirrt. Ein paarmal war mir auch, als gehe jemand im Haus umher und als werde die Außentür geöffnet.

Gegen Morgen überkam mich Müdigkeit, und schließlich überwältigte mich der Schlaf. Ich wachte spät auf und zeigte mich erst zum Mittagessen, noch immer einigermaßen verwirrt und unkundig, welche Miene ich aufsetzen solle.

Miss Harriet war noch nicht gesehen worden. Es wurde auf sie gewartet; sie erschien nicht. Mutter Lecacheur ging in ihr Zimmer; die Engländerin war fortgegangen. Sie mußte sogar schon gegen Tagesanbruch weggegangen sein, wie sie es des öfteren tat, um sich den Sonnenaufgang anzuschauen.

Keiner fand dabei etwas Auffälliges, und wir setzten uns schweigend zu Tisch.

Es war warm, sehr warm; es war einer jener glühend heißen, lastenden Tage, an denen sich kein Blättchen regt. Der Tisch war ins Freie gerückt worden, unter einen Apfelbaum; und dann und wann ging Sapeur in den Keller und füllte den Ziderkrug nach, so viel wurde getrunken. Céleste brachte die Schüsseln aus der Küche, ein Hammelragout mit Kartoffeln, ein geschmortes Kaninchen und Salat. Dann stellte sie uns eine Schüssel Kirschen hin, die ersten des Jahres.

Da ich sie waschen und kühlen wollte, bat ich das Mädchen, mir einen Eimer recht kalten Wassers zu holen.

Nach fünf Minuten kam sie wieder und erklärte, der Brunnen sei ausgetrocknet. Sie habe das ganze Seil ablaufen lassen; der Eimer habe den Grund berührt; aber er sei leer wieder heraufgekommen. Mutter Lecacheur wollte sich höchstpersönlich davon überzeugen und ging, um in das Brunnenloch zu schauen. Sie kam wieder und verkündete, das gehe nicht mit rechten Dingen zu; im Brunnen sei etwas, das nicht hineingehöre. Wahrscheinlich habe ein Nachbar aus Rache ein paar Bunde Stroh hineingeworfen.

Ich wollte ebenfalls nachsehen, weil ich hoffte, ich würde es besser erkennen können, und ich beugte mich über den Rand. Ich sah etwas unbestimmt Weißes. Was mochte das sein? Mir kam der Gedanke, eine Laterne an einer Schnur hinabzulassen. Das gelbe Licht tanzte über das Mauerwerk hin und sank langsam immer tiefer. Wir neigten uns alle vier über das Brunnenloch; denn Sapeur und Céleste waren ebenfalls herangekommen. Die Laterne blieb über einer undeutlichen, weißen und schwarzen, sonderbaren Masse schweben. Sapeur rief: ›Das ist ein Pferd! Ich sehe den Huf. Es muß diese Nacht hineingefallen sein, nachdem es aus der Hürde ausgebrochen ist.‹

Aber plötzlich erschauerte ich bis ins Mark. Ich hatte einen Fuß erkannt, dann ein hochgerecktes Bein; der ganze Körper und das andere Bein verloren sich unter Wasser.

Ich stammelte, ganz leise, und dabei zitterte ich so sehr, daß die Laterne heftig über dem Schuh tanzte: ›Da drinnen liegt… liegt… eine Frau… Miss Harriet.‹

Einzig Sapeur verzog keine Miene. Er hatte in Afrika ganz andere Dinge erlebt!

Mutter Lecacheur und Céleste fingen an, gellende Schreie auszustoßen, und liefen schleunigst davon.

Die Bergung der Toten mußte ins Werk gesetzt werden. Ich band dem Knecht das Brunnenseil um die Schultern und ließ ihn mittels der Rolle langsam hinab, wobei ich ihn, als er in die Dunkelheit tauchte, nicht aus den Augen ließ. Er hielt die Laterne und ein weiteres Seil in den Händen. Bald rief seine Stimme, die aus dem Mittelpunkt der Erde zu kommen schien: ›Halt!‹, und ich sah, wie er etwas aus dem Wasser fischte, das andere Bein, wie er die beiden Füße zusammenband, und dann rief er: ›Ziehen!‹

Ich wand ihn hoch; aber ich spürte, wie die Kraft aus meinen Armen wich, wie meine Muskeln weich wurden; ich hatte Angst, daß das Seil sich lockerte und der Mann hinabstürzte. Als sein Kopf über dem steinernen Brunnenrand erschien, fragte ich: ›Na?‹, als erwartete ich, daß er mir Auskunft über das Befinden derjenigen gebe, die dort unten lag.

Wir stellten uns beide auf die steinerne Einfassung, neigten uns, Kopf an Kopf, über die Öffnung und machten uns daran, die Leiche emporzuhissen.

Mutter Lecacheur und Céleste schauten uns dabei von weitem zu; sie hatten sich hinter der Hausmauer versteckt. Als sie sahen, wie die schwarzen Schuhe und die weißen Strümpfe der Ertrunkenen aus dem Loch emportauchten, verschwanden sie.

Sapeur packte sie an den Fesseln, und so wurde das arme, keusche Mädchen in einer höchst unanständigen Stellung hochgezogen. Der Kopf sah schauderhaft aus, schwarz und zerschunden; und das lange, graue Haar, das völlig verwirrt und für alle Zeit auseinandergegangen war, hing triefend naß und schlammig. Sapeur äußerte im Ton tiefster Verachtung; ›Pfui Teufel, ist die aber mal mager!‹

Wir trugen sie in ihr Zimmer, und da die beiden Frauen nicht wieder zum Vorschein kamen, besorgte ich mit dem Pferdeknecht ihre Sterbetoilette.

Ich wusch ihr armes entstelltes Gesicht. Unter meinen Fingern öffnete sich das eine Auge ein wenig und sah mich mit dem blassen, dem kalten, dem schrecklichen Leichenblick an, der von jenseits des Lebens herzukommen scheint. Ich ordnete, so gut ich es konnte, ihr aufgelöstes Haar, und mit meinen ungeschickten Händen brachte ich über ihrer Stirn eine neue, seltsame Frisur zuwege. Dann zog ich ihr das nasse Kleid aus und entblößte dabei ein wenig Schultern und Brust und ihre langen Arme, die dünn wie Zweige waren, und ich empfand deswegen Scham, als hätte ich eine Entweihung begangen.

Dann pflückte ich Blumen, Mohn, Kornblumen, Margeriten, und frisches, duftendes Gras, und damit bedeckte ich ihr Totenbett. Dann mußte ich, als einziger, der sie näher gekannt hatte, die üblichen Formalitäten erfüllen. Ein in ihrer Tasche gefundener, in letzter Minute geschriebener Brief bat, man möge sie in diesem Dorf begraben, wo sie ihre letzten Tage verlebt habe. Ein schauerlicher Gedanke zerriß mir das Herz. Wollte sie um meinetwillen an dieser Stätte bleiben?

Gegen Abend fanden sich die alten Frauen aus der Nachbarschaft ein, um sich die Tote anzusehen; aber ich wußte ihr Eintreten zu verhindern; ich wollte allein mit ihr sein; und ich habe die ganze Nacht bei ihr gewacht.

Beim Kerzenlicht habe ich sie betrachtet, die arme, allen unbekannte Frau, die in der Fremde auf eine so jämmerliche Weise zu Tode gekommen war. Hinterließ sie wohl irgendwo Freunde,

Verwandte? Wie war ihre Kindheit, wie war ihr Leben gewesen? Woher kam sie wohl, diese Einsame, Umherirrende, die verloren war wie ein aus dem Haus gejagter Hund? Welch ein geheimes Leid, welche Verzweiflung mochte dieser anmutlose Körper bergen, dieser Körper, den sie gleich einer schmählichen Last während ihres ganzen Daseins getragen, diese lächerliche Hülle, die alle Zuneigung und alle Liebe von ihr weggetrieben hatte?

Wie unglücklich doch manche Wesen sind! Ich fühlte auf diesem Menschenwesen die ewige Ungerechtigkeit der gnadenlosen Natur lasten! Für sie war jetzt alles aus, ohne daß ihr, vielleicht, das zuteil geworden wäre, was den Ärmsten der Armen zum Trost gereicht: die Illusion, einmal geliebt worden zu sein! Denn weshalb hatte sie sich verborgen, weshalb floh sie die andern? Warum liebte sie mit so leidenschaftlicher Zärtlichkeit alle Dinge und alle Lebewesen außer den Menschen?

Und ich verstand, daß sie an Gott glauben mußte, die arme Kreatur, und daß sie auf einen jenseitigen Ausgleich ihres Elends gehofft hatte. Nun würde sie sich auflösen und ihrerseits eine Pflanze werden. Sie würde im Sonnenschein blühen, würde von den Kühen abgeweidet, ihre Samenkörner würden von den Vögeln weggetragen, und aus dem Tierfleisch würde sie wieder Menschenfleisch werden. Doch das, was gemeinhin Seele hieß, war im Grund des schwarzen Brunnens erloschen. Sie litt nicht länger. Sie hatte ihr Leben gegen andere Leben getauscht, die sie entstehen lassen würde.

Die Stunden gingen während dieses düsteren, schweigenden Beieinanderseins hin. Ein bleicher Schimmer kündete den Tagesanbruch an; dann glitt ein roter Strahl bis zum Bett hin und schuf einen feurigen Streifen auf den Laken und den Händen. Es war die Stunde, die sie so sehr geliebt hatte. Die erwachten Vögel sangen in den Bäumen.

Ich öffnete das Fenster so weit wie möglich, ich schlug die Vorhänge zurück, damit der ganze Himmel uns sehe; und dann beugte ich mich über den kalten Leichnam; ich nahm den entstellten Kopf in meine Hände und drückte langsam, ohne Schrecken und Ekel, einen Kuß, einen langen Kuß, auf die Lippen, die niemals einen Kuß empfangen hatten...«

Léon Chenal schwieg. Die Damen schluchzten. Auf dem Bock bediente sich der Graf d'Étraille seines Taschentuches, immer wieder. Nur der Kutscher döste. Und die Pferde, die die Peitsche nicht mehr spürten, trotteten immer langsamer dahin und zogen lässig. Und der Breakwagen kam kaum noch von der Stelle; er war plötzlich so schwer geworden, als sei er mit Traurigkeit beladen.

Das Fenster

Französischer Titel: La Fenêtre
Erstdruck: Le Gil-Blas, 10. Juli 1883

Ich lernte Madame de Jadelle diesen Winter in Paris kennen. Sie gefiel mir auf der Stelle über die Maßen. Sie kennen sie übrigens genauso gut wie ich... nein, Verzeihung... fast so gut wie ich... Sie wissen, wie bizarr und gleichzeitig romantisch sie ist. Sie ist ungezwungen von Gehaben und hat ein Eindrücken zugängliches Herz; sie ist eigenwillig, emanzipiert, beherzt, unternehmungslustig, kühn, mit einem Wort: über alle Vorurteile erhaben, und dennoch sentimental, empfindlich, leicht verletzt, zart und schamhaft.

Sie war Witwe; ich habe eine große Schwäche für Witwen, aus Faulheit. Ich wollte mich um jene Zeit verheiraten; also machte ich ihr den Hof. Je besser ich sie kennenlernte, desto mehr gefiel sie mir; ich hielt den Zeitpunkt für meinen Antrag für gekommen. Ich war verliebt in sie und drauf und dran, es allzu sehr zu werden. Wenn man heiratet, darf man seine Frau nicht allzu sehr lieben, weil man sonst Dummheiten macht; man gerät durcheinander, man wird gleichzeitig albern und brutal. Man muß sich zunächst noch zusammennehmen. Verliert man am ersten Abend den Kopf, so riskiert man, daß er einem ein Jahr später verholzt ist.

So fand ich mich denn eines Tages mit weißen Handschuhen bei ihr ein und sagte: »Madame, mir ist das Glück widerfahren, daß ich Sie liebe, und ich bin gekommen, weil ich Sie fragen möchte, ob ich einige Hoffnung hegen darf, Ihnen zu gefallen, woran mir überaus gelegen ist, und die Hoffnung, Ihnen meinen Namen zu geben.«

Sie antwortete mir seelenruhig:

»Wie rasch Sie aufs Ziel losgehen! Ich habe nicht die leiseste Ahnung, ob Sie mir früher oder später gefallen werden; aber ich würde es nur zu gern erproben. Als Mann finde ich Sie gar nicht übel. Also müßte ich nur noch herausbekommen, was für ein Herz Sie haben, was für einen Charakter, was für Lebensgewohnheiten. Die meisten Ehen werden gewitterig oder gehen durch Ehebruch in die Brüche, weil die Partner einander nur unzulänglich kannten, als sie sich zusammentaten. Es genügt ein Nichts, ein eingewurzelter Hang, eine hartnäckige Meinung über irgendeine moralische, religiöse oder sonstige Frage, eine Mißfallen erregende Geste, ein Tick, ein ganz kleiner Fehler oder sogar nur eine unangenehme Angewohnheit, um aus den zärtlichsten und leidenschaftlichsten Verlobten zwei unversöhnliche, erbitterte, bis zum Tode aneinandergekettete Gegner zu machen.

Ich heirate nicht, ehe ich den Mann, mit dem ich mein Dasein zu teilen beabsichtige, nicht von Grund auf kenne, bis in alle Winkel und Falten seiner Seele hinein. Ich will ihn monatelang aus nächster Nähe in aller Muße durchforschen.

Also schlage ich Ihnen folgendes vor. Sie verbringen den Sommer bei mir, auf meinem Landsitz bei Lauville, und dort werden wir dann schon sehen, ob wir dazu geschaffen sind, Seite an Seite zu leben...

Ich merke: Sie lachen! Sie haben einen schlimmen Hintergedanken. Oh, wäre ich meiner selbst nicht sicher, so würde ich Ihnen diesen Vorschlag keinesfalls machen. Ich empfinde für die Liebe, wie Sie und die Männer überhaupt sie auffassen, eine solche Verachtung und einen solchen Ekel, daß ein Sündenfall für mich etwas Unmögliches ist. Schicken Sie sich darein?«

Ich küßte ihre Hand: »Wann reisen wir?«

»Am 10. Mai. Einverstanden?«

»Einverstanden.«

Einen Monat später ließ ich mich bei ihr häuslich nieder. Tatsächlich, sie war eine eigenartige Frau. Von früh bis spät beobachtete sie mich genau. Da sie viel für Pferde übrig hatte, ritten wir täglich stundenlang durch den Wald und sprachen dabei von allem Möglichen, weil sie in meine geheimsten Gedanken einzudringen und selbst meine geringsten Regungen festzustellen suchte.

Ich selber wurde toll verliebt und kümmerte mich nicht im

mindesten um den Einklang unserer Charaktere. Nur zu bald stellte ich fest, daß sogar mein Schlaf überwacht wurde. Es schlief jemand in dem kleinen Zimmer neben dem meinen, und der oder die Betreffende betrat es erst zu sehr später Stunde mit unendlicher Behutsamkeit. Schließlich machte es mich einigermaßen gereizt, in jeder Minute bespitzelt zu werden. Ich wollte die Lösung beschleunigen, und so ging ich eines Abends aufs Ganze. Das nahm sie in einer Weise auf, daß ich jeden weiteren Versuch unterließ; aber es überkam mich ein heftiges Verlangen, ihr auf irgendeine Weise die Polizeiaufsicht heimzuzahlen, der sie mich unterwarf, und ich dachte über die Mittel und Wege dazu nach.

Sie kennen Césarine, ihre Zofe, das niedliche Mädchen aus Granville, wo alle weiblichen Wesen schön sind; sie ist genauso blond wie ihre Herrin braun.

Eines Tages lockte ich die Kleine in mein Zimmer, drückte ihr hundert Francs in die Hand und sagte zu ihr: »Liebes Kind, ich verlange nichts Schlechtes von dir, aber ich möchte deiner Herrin dasselbe antun, was sie mir antut.«

Die kleine Zofe lächelte durchtrieben.

Ich fuhr fort: »Ich werde Tag und Nacht überwacht; ich weiß es. Ich werde beim Essen, Trinken, Rasieren, Strümpfeanziehen beobachtet; ich weiß es.«

Das Mädelchen sagte: »Freilich, ja…«, dann schwieg sie.

Ich sprach weiter: »Du wirst in das Zimmer neben dem meinen zum Schlafen geschickt, damit du belauschen kannst, ob ich schnaufe oder ob ich im Schlaf rede – streite es nicht ab!«

Da lachte sie auf und antwortete: »Freilich, ja…« und verstummte abermals.

Ich wurde lebhafter: »Na, mein Kind, du siehst wohl ein, daß es ungerecht ist, wenn jemand anders alles über mich weiß, und ich erfahre nichts über die Dame, die meine Frau werden soll. Ich liebe sie von ganzer Seele. Sie ist von Aussehen, von Herz und Geist das, was ich mir erträumt habe – was das alles betrifft, bin ich der glücklichste aller Sterblichen. Aber es gibt da noch mancherlei, was ich gern wissen möchte…«

Césarine entschloß sich, meinen Geldschein in die Tasche zu stecken. Da wußte ich, daß ich gewonnenes Spiel hatte.

»Hör zu, Kind: Wir Männer legen großes Gewicht auf gewisse... gewisse körperliche Einzelheiten; sie hindern eine Frau nicht daran, zauberhaft zu sein, aber sie können ihren Preis in unsern Augen herabsetzen. Ich verlange nicht, daß du mir über deine Herrin Schlechtes sagst noch daß du mir ihre geheimen Mängel eingestehst, falls sie welche hat. Du brauchst nur offen auf vier oder fünf Fragen zu antworten, die ich dir stellen möchte. Du kennst Madame de Jadelle wie dich selber, da du sie tagtäglich an- und auskleidest. Also los, erzähl mir darüber was. Ist sie so mollig, wie sie aussieht?«

Die kleine Zofe gab keine Antwort.

Ich sprach weiter: »Siehst du, mein Kind, du weißt doch ganz genau, daß manche Frauen sich da und dort mit Watte polstern... na ja, etwa da, wo die Babys genährt werden, und auch da, wo man sich draufsetzt. Sag mir: Tut sie das? Benutzt sie Wattepolster?«

Césarine hatte die Augen niedergeschlagen. Schüchtern brachte sie vor: »Fragen Sie nur weiter; ich beantworte dann alles zugleich.«

»Also gut. Es gibt auch Frauen mit X-Beinen, so daß ihnen bei jedem Schritt die Knie zusammenscheuern. Und bei andern stehen die Knie so weit auseinander, daß sie Beine haben wie Brückenbogen. Man kann dazwischen die Landschaft sehen. Beides ist sehr niedlich. Sag mir, was für Beine deine Herrin hat.«

Die kleine Zofe gab keine Antwort.

Ich fuhr fort: »Es gibt auch welche mit einer so schönen Brust, daß sich darunter eine dicke Falte bildet. Manche haben dicke Arme und eine schmale Taille. Manche sind vorn sehr stark, und hinten haben sie gar nichts; andere sind hinten sehr stark, und dafür haben sie vorn nichts. All das ist sehr hübsch, sehr hübsch; aber ich möchte wissen, wie es bei deiner Herrin ist. Sag es mir offen; dann bekommst du von mir einen Haufen Geld...«

Césarine sah mir tief in die Augen, und dann lachte sie von ganzem Herzen und antwortete: »Monsieur, abgesehen davon, daß sie dunkel ist, ist Madame genau so gebaut wie ich.« Damit lief sie davon.

Ich war überlistet.

Jetzt kam ich mir lächerlich vor und war entschlossen, mich zumindest an dieser impertinenten Zofe zu rächen.

Eine Stunde später schlich ich mich in das Kämmerchen, von dem aus sie meinen Schlaf belauschte, und schraubte die Riegel los.

Gegen Mitternacht bezog sie ihren Beobachtungsposten. Ich folgte ihr sofort. Als sie mich erblickte, wollte sie aufschreien, aber ich verschloß ihr mit der Hand den Mund und wurde ohne große Mühe ihrer Herr; und wenn die Kleine nicht gelogen hatte, mußte Madame de Jadelle tatsächlich sehr gut gebaut sein.

Ich fand sogar großes Gefallen an dieser Feststellung, die übrigens, als ich sie ein bißchen weitertrieb, Césarine nicht mehr zu mißfallen schien.

Wahrhaftig, sie war ein entzückendes Musterstück des nieder- · normannischen Schlages, zugleich kräftig und feingliedrig. Vielleicht gebrach es ihr an einer gewissen körperlichen Gepflegtheit; aber die hatte auch Heinrich IV. vernachlässigt. Ich klärte sie darüber ziemlich rasch auf, und da ich eine Schwäche für Parfüms habe, schenkte ich ihr noch am gleichen Abend einen Flacon Lavendel mit Ambra.

Bald waren wir einander enger verbunden, als ich es je für möglich gehalten hätte, und beinahe befreundet. Sie wurde eine köstliche Geliebte, von angeborener Gewitztheit und durchtrieben in der Lust. In Paris wäre aus ihr eine Kurtisane von Rang geworden.

Die Freuden, die sie mir schenkte, ließen mich das Ende der mir von Madame de Jadelle auferlegten Prüfungszeit ohne Ungeduld abwarten. Ich bekundete unvergleichliche Charaktereigenschaften; ich war weich, gefügig, gefällig.

Sicherlich kam ich meiner Verlobten ganz reizend vor, und aus gewissen Anzeichen schloß ich, daß ich bald Gewährung finden würde. Ich war zweifellos der glücklichste Mann der Welt; ich konnte in aller Ruhe den legalen Kuß einer geliebten Frau in den Armen eines schönen jungen Mädchens abwarten, für das ich Zärtlichkeit empfand.

Und jetzt, Madame, müssen Sie sich ein wenig abwenden; denn jetzt kommt die heikle Stelle meiner Geschichte.

Als wir eines Abends vom Spazierritt heimkehrten, beschwerte Madame de Jadelle sich lebhaft, daß ihre Stallknechte dem von ihr gerittenen Pferd nicht eine gewisse Pflege angedeihen ließen, die sie angeordnet hatte. Mehrmals sagte sie: »Sie sollen sich in acht nehmen, sie sollen sich in acht nehmen; ich habe ein Mittel, sie zu ertappen.«

Ich verbrachte eine ruhige Nacht in meinem Bett. Ich wachte früh auf, voll Eifer und Unternehmungslust. Und ich zog mich an.

Es war mir zur Gewohnheit geworden, jeden Morgen auf ein Türmchen des Schlosses zu steigen und dort eine Zigarette zu rauchen; es führte eine Wendeltreppe hinauf, die ihr Licht durch ein großes Fenster auf der Höhe des ersten Stockwerks erhielt.

Geräuschlos, in Maroquin-Hausschuhen mit wattierten Sohlen, schickte ich mich an, die ersten Stufen zu ersteigen, als ich Césarine erblickte, die aus jenem Fenster lehnte und hinausschaute.

Ich sah nicht die ganze Césarine, sondern nur die halbe, und zwar die untere Hälfte; für jene Hälfte hatte ich eine Schwäche. Bei Madame de Jadelle hätte ich vielleicht die obere vorgezogen. Die sich mir darbietende Hälfte war bei dieser Haltung ganz reizend, gerundet, kaum mit einem weißen Unterröckchen bekleidet.

Ich näherte mich so leise, daß das junge Mädchen mich nicht hörte. Ich ließ mich auf die Knie nieder; mit äußerster Behutsamkeit faßte ich den Saum des dünnen Unterrocks und hob ihn dann mit einem Ruck hoch. Sogleich erkannte ich üppig, frisch, mollig und glatt das zweite Gesicht meiner Geliebten wieder und drückte, Pardon, Madame, einen zärtlichen Kuß darauf – den Kuß eines Liebhabers, der sich alles erlauben darf.

Etwas verdutzte mich. Es roch nach Verbenen! Aber es blieb mir keine Zeit, mir darüber Gedanken zu machen. Ich empfing einen gehörigen Klaps oder vielmehr einen Stoß ins Gesicht, der mir fast das Nasenbein gebrochen hätte. Ich hörte einen Aufschrei, daß sich mir die Haare sträubten. Die Betreffende war herumgefahren – es war Madame de Jadelle!

Sie fuchtelte mit den Händen in der Luft herum, als wolle

sie in Ohnmacht fallen; ein paar Sekunden lang keuchte sie, tat eine Bewegung, als wolle sie mich mit der Reitpeitsche durchprügeln – dann lief sie davon.

Zehn Minuten später überbrachte die verdatterte Césarine mir einen Brief. Ich las: »Mme. de Jadelle hofft, daß M. de Brives sie auf der Stelle von seiner Gegenwart befreit.«

Ich reiste ab.

Ja, ich habe mich noch immer nicht darüber hinweggetröstet. Ich habe nichts unversucht gelassen, kein Mittel und keine Erklärung, um Verzeihung für diesen Mißgriff zu erlangen. Alle meine Schritte waren vergeblich.

Seit jenem Augenblick, sehen Sie, trage ich im … im Herzen einen Verbenenduft, und der erregt in mir ein grenzenloses Verlangen, jenes Arom noch einmal zu erhaschen.

Der Esel

Französischer Titel: L'Ane
Erstdruck: Le Gaulois, 15. Juli 1883,
unter dem Titel »Le Bon Jour«

Für Louis Le Poittevin

Kein Lufthauch durchwehte den dicken, über dem Fluß einge-
schlafenen Nebel. Er war wie eine matte, auf das Wasser gebreitete Wattewolke. Sogar die Ufer blieben undeutlich, sie verschwanden unter dem bizarren, wie Berge gezackten Dunst.
Aber der Tag war dem Anbrechen nahe, der Hügel begann sichtbar zu werden. An seinem Fuß erschienen in dem sich gebären-
den Lichtschimmer der Morgenröte nach und nach die großen,
weißen Flecken der mit Stuck bepflasterten Häuser.

Unten an der andern Seite des vom Nebel eingehüllten Flusses,
gerade gegenüber La Frette, unterbrach dann und wann ein leises Geräusch die große, windlose Himmelsstille. Bald war es ein
vages Plätschern, wie vom vorsichtigen Weitergleiten eines Bootes, bald ein trockener Schlag, wie der Stoß eines Riemens an eine
Bordwand, bald, wie wenn etwas Weiches ins Wasser gefallen
sei. Dann nichts mehr.

Und ab und zu leise Worte von irgendwoher, vielleicht aus
weiter Ferne, vielleicht ganz aus der Nähe; sie irrten durch den
dichten Nebel und entstammten entweder dem festen Land oder
dem Fluß; sie glitten, furchtsam auch sie, einher, sie flatterten
vorüber wie die Wildvögel, die im Schilf geschlafen haben und
nun beim ersten Blasserwerden des Himmels aufbrechen und
abermals fliehen, immer fliehen; man sieht sie für eine Sekunde,
wie sie den Dunst durchfliegen und dabei einen sanften, ängstlichen Ruf ausstoßen, der ihre Brüder längs der Ufer weckt.

Plötzlich erschien nahe dem Ufer, dem Dorf zu, auf dem Wasser ein Schatten, anfangs kaum wahrnehmbar; dann wurde er

größer, prägte sich schärfer aus, und aus dem nebligen, über den Fluß geworfenen Vorhang kam ein flaches, von zwei Männern gelenktes Boot hervor und wurde an der Grasnarbe auf den Strand gesetzt.

Der es gerudert hatte, stand auf und langte sich vom Bootsboden her einen Eimer voll Fische; dann warf er sich das noch triefende Netz über die Schulter.

Sein Kamerad, der sich nicht gerührt hatte, sagte: »Nimm dein Gewehr mit; wir wollen am Ufer Kaninchen aufstöbern, was, Mailloche?«

Der andere antwortete: »Soll mir recht sein. Warte, ich komme gleich wieder.« Und er ging weg und brachte das Ergebnis ihres Fischzuges in Sicherheit.

Der im Boot gebliebene Mann stopfte sich langsam die Pfeife und steckte sie an.

Er hieß Labouise, genannt Chicot, und hatte sich mit seinem Kumpel Maillochon, mit Spitznamen Mailloche, zur Ausübung des zweideutigen, vagen Seine-Säubererberufs zusammengetan.

Sie waren Schiffer niedersten Ranges und gingen nur in den Monaten auf Fahrt, da Nahrungsmittelknappheit herrschte. Die übrige Zeit trieben sie sich auf der Seine herum und rafften auf, was sie fanden; bei Tag und bei Nacht hielten sie Ausschau nach jeder Beute, ob tot oder lebendig, Wilddiebe zu Wasser, nächtliche Jäger, eine Art Kanalräumer, bald auf dem Anstand nach Rehen im Wald von Saint-Germain, bald auf der Suche nach Ertrunkenen, die wieder an der Oberfläche trieben und denen sie die Taschen ausräuberten, Sammler von schwimmenden Lumpen, von leeren Flaschen, die, die Öffnung nach oben, in der Strömung schwanken wie Betrunkene, von irgendwo abgetriebenen Holzstücken. So verbrachten Labouise und Maillochon ihre Tage recht angenehm.

Dann und wann brachen sie gegen Mittag zu Fuß auf und schlenderten einfach vor sich hin, wie es gerade kam. In irgendeiner Kneipe am Flußufer aßen sie zu Abend und zogen dann Seite an Seite weiter. Einen Tag oder zwei blieben sie weg; dann sah man sie eines Morgens wieder, wie sie in dem dreckigen halben Wrack, das ihnen als Boot diente, umherstreunten.

Unten in Joinville, in Nogent suchten dann verzweifelte Ruderer nach ihrem Boot, das eines Nachts verschwunden, losgekettet und auf und davon gegangen war, sicherlich gestohlen, während zwanzig oder dreißig Meilen von dort entfernt, an der Oise, sich ein gutbürgerlicher Grundbesitzer die Hände rieb und mit bewundernden Blicken die Jolle musterte, die er, als Gelegenheitskauf, tags zuvor für fünfzig Francs von zwei Männern gekauft hatte; sie hatten sie ihm einfach beiläufig aus freien Stücken mit den ehrlichsten Gesichtern der Welt angeboten.

Maillochon erschien mit seinem in einen Lappen gewickelten Gewehr wieder. Er war vierzig oder fünfzig, groß, mager und besaß den unsteten Blick der Leute, denen die Gesetze Unruhe schaffen, den Blick oftmals gehetzter Tiere. Sein klaffendes Hemd ließ seine mit einem grauen Vlies behaarte Brust sehen. Aber sein Bartwuchs schien von je nur aus einem bürstenartigen, kurzen Schnurrbart und ein paar Stachelhaaren unterhalb der Unterlippe bestanden zu haben.

Wenn er das schmutzig-fettige Etwas abnahm, das ihm als Mütze diente, sah es aus, als sei seine Kopfhaut mit einem dunstigen Flaum bedeckt, einer Andeutung von Haar, wie ein gerupftes Hähnchen, das gesengt werden soll.

Chicot dagegen war rotgesichtig und bepickelt, dick, kurz und bärtig; er sah aus wie ein rohes Beefsteak in einem Pionierhelm.

Das linke Auge hielt er stets geschlossen, als ziele er auf etwas oder jemanden, und wenn er mit diesem Tick aufgezogen wurde, etwa durch den Zuruf: »Mach doch dein Auge auf, Labouise!«, antwortete er seelenruhig: »Nur keine Angst, Schwester, gelegentlich mache ich es auf.« Es gehörte übrigens zu seinen Gewohnheiten, jedermann mit »Schwester« anzureden, selbst seinen Seine-Säuberergenossen.

Jetzt legte er sich seinerseits in die Riemen, und abermals tauchte das Boot in den reglos über dem Fluß liegenden Nebel ein; er wurde, nun den Himmel rosiger Schein erhellte, milchweiß.

Labouise fragte: »Was für Schrot hast du mit, Maillochon?«

Maillochon antwortete: »Ganz kleinen, neuen, das ist das Richtige für Kaninchen.«

Sie fuhren so langsam und vorsichtig an das andere Ufer heran, daß keinerlei Geräusch sie verriet. Jenes Ufer gehört zum Wald von Saint-Germain und grenzt an das Jagdrevier für Kaninchen. Überall gibt es dort unter Baumwurzeln verborgene Baue, und frühmorgens treiben die Tierchen dort ihre Possen, kommen, gehen, schlüpfen hinein und wieder heraus.

Maillochon kniete im Bug und hielt Ausschau; sein Gewehr lag auf dem Bootsboden. Plötzlich griff er danach, zielte, und der Hall des Schusses rollte lange durch die stille Landschaft.

Mit zwei Riemenschlägen war Labouise am Ufer; sein Kamerad sprang an Land und hob ein kleines, graues, noch zappelndes Kaninchen auf.

Darauf tauchte das Boot abermals in den Nebel ein und fuhr an das andere Ufer, um sich vor den Jagdhütten in Sicherheit zu bringen.

Nach einer Viertelstunde fragte Labouise: »Na, Schwester, wie wär's mit noch einem?«

Maillochon antwortete: »Soll mir recht sein; man los.«

Und das Boot stieß ab und fuhr mit der Strömung rasch davon. Die den Fluß überwallenden Schwaden begannen zu steigen. Wie durch einen Schleier hindurch waren an den Ufern die Bäume zu sehen, und die Nebelfetzen flogen in Wölkchen mit dem Strömen des Wassers davon.

Als sie der Insel näher kamen, deren Spitze vor Herblay liegt, verlangsamten die beiden Männer die Fahrt und fingen an umherzuspähen. Und bald war ein zweites Kaninchen erlegt.

Danach ließen sie sich halbwegs bis hinab nach Conflans treiben; dort legten sie an, vertäuten ihr Boot an einem Baum, legten sich auf seinen Boden und schliefen ein.

Von Zeit zu Zeit stand Labouise auf und ließ sein offenes Auge über die Gegend schweifen. Der letzte Frühdunst hatte sich verflüchtigt, und die große Sommersonne stieg strahlend am blauen Himmel empor.

Hinten am andern Flußufer rundete sich der mit Reben bepflanzte Hügel halbkreisförmig. Oben darauf stand nur ein einziges Haus unter einer Baumgruppe.

Alles war still.

Aber auf dem Treidelweg bewegte sich etwas langsam und mühselig vorwärts. Es war eine Frau, und sie zog einen Esel hinter sich her. Das gelenksteife, widerstrebende, störrische Tier streckte dann und wann ein Bein aus und gab dem Zerren der Frau nach, wenn es ihm nicht länger standhalten konnte; und so ging es mit vorgestrecktem Hals und angelegten Ohren dermaßen träge vorwärts, daß sich nicht absehen ließ, wann es außer Sichtweite kommen würde.

Die vornüber gebeugte Frau zog und zerrte; manchmal drehte sie sich um und schlug mit einem Zweig auf den Esel ein.

Als Labouise sie wahrgenommen hatte, stieß er hervor: »Oha, Mailloche!«

Mailloche antwortete: »Was ist denn los?«

»Willst du mal lachen?«

»Wenn schon.«

»Los, raff dich auf, Schwester, jetzt gibt es was zu lachen.« Und Chicot nahm die Riemen.

Als er über den Fluß gerudert war und sich gegenüber der Gruppe befand, rief er: »Hallo, Schwester!«

Die Frau hörte auf, ihr Grautier zu zerren, und sah hinüber.

Labouise rief weiter: »Willst du zum Lokomotivenmarkt?«

Die Frau gab keine Antwort.

Chicot fuhr fort: »Hallo, sag mal, dein Grauer hat sicher beim Rennen einen Preis bekommen. Wo willst du ihn denn so schnell hinbringen?«

Endlich entschloß die Frau sich zu einer Antwort: »Zu Macquart in Les Champioux, zur Abdeckerei. Er ist zu nichts mehr nütze.«

Labouise erwiderte: »Kann ich mir denken. Und wieviel gibt Macquart dir dafür?«

Die Frau wischte sich mit dem Handrücken die Stirn ab und zögerte: »Was weiß ich? Vielleicht drei Francs, vielleicht vier!«

Chicot rief: »Ich gebe dir hundert Sous dafür, dann sparst du den Weg, und es ist nicht zu wenig.«

Nach kurzem Überlegen sagte die Frau: »Gemacht.«

Und die Seine-Säuberer legten an.

Labouise nahm das Tier beim Zügel.

Der verdutzte Maillochon fragte: »Was willst du denn mit diesem Knochengerippe anfangen?«

Diesmal machte Chicot auch sein anderes Auge auf; damit deutete er immer an, daß er besonders wohlgelaunt sei. Sein ganzes rotes Gesicht grimassierte vor Vergnügen; er gluckerte: »Keine Angst, Schwester, ich weiß, was ich tue.«

Er gab der Frau die hundert Sous, und sie setzte sich an den Grabenrand; sie wollte zusehen, was jetzt geschah.

Labouise war glänzender Laune; er holte das Gewehr und hielt es Maillochon hin: »Jeder einen Schuß, Alte; jetzt gehen wir auf Großwildjagd, Schwester. Aber nicht so dicht ran, zum Donnerwetter, sonst legst du ihn gleich als erster um. Der Spaß muß doch ein bißchen andauern.« Und er stellte seinen Kameraden etwa vierzig Schritt von dem Opfer entfernt auf.

Der Esel hatte gemerkt, daß er frei sei, und versuchte, das hohe Ufergras abzuweiden; aber er war so sehr von Kräften, daß er auf seinen vier Beinen schwankte, als wolle er umfallen.

Maillochon zielte lange und sagte: »Prise Salz auf die Ohren; paß auf, Chicot.« Und er schoß.

Die winzigen Bleikörner durchsiebten die langen Eselsohren; er schüttelte sie heftig, er schwenkte bald das eine, bald das andere, bald beide, um das Prickeln loszuwerden.

Die beiden Männer hielten sich die Bäuche vor Lachen, sie bogen sich und stampften mit den Füßen. Aber die empörte Frau sprang auf; sie wollte nicht, daß ihr Grauchen gequält wurde; wütend und winselnd erbot sie sich, die hundert Sous zurückzuzahlen.

Labouise drohte ihr eine Tracht Prügel an und machte Miene, sich die Ärmel hochzukrempeln. Er hatte bezahlt, oder etwa nicht? Also Maul gehalten! Er tat, als wolle er ihr in die Röcke schießen, damit sie merkte, daß man nichts spüre.

Da lief sie davon und rief, jetzt hole sie die Gendarmen. Noch eine ganze Weile hörten sie sie schimpfen, und zwar immer unflätiger, je weiter sie sich entfernte.

Maillochon reichte das Gewehr seinem Kameraden. »Jetzt du, Chicot.«

Labouise zielte und schoß. Der Esel empfing die Ladung in den

Schenkel; aber der Schrot war so fein und aus so großer Entfernung abgeschossen, daß das Tier wohl glaubte, es sei von Bremsen gestochen worden. Es fing nämlich an, sich tüchtig mit dem Schwanz abzuwischen, Beine und Rücken.

Labouise setzte sich hin und lachte nach Herzenslust, indessen Maillochon die Waffe wieder lud; er kicherte dabei, daß es aussah, als niese er in den Lauf hinein.

Er trat ein paar Schritte näher heran, zielte auf dieselbe Stelle wie sein Kamerad und schoß abermals. Diesmal tat das Tier einen Sprung, versuchte auszuschlagen, wandte den Kopf. Endlich floß etwas Blut. Der Schrot war tief eingedrungen, ein brennender Schmerz mußte spürbar geworden sein, denn der Esel machte sich daran, längs des Ufers in einem langsamen, hinkenden, ruckenden Galopp davonzulaufen.

Die beiden Männer hasteten ihm nach, Maillochon mit langen Schritten, Labouise mit eilfertigem Trippeln, dem atemlosen Trab eines untersetzten Mannes.

Doch der Esel war am Ende seiner Kraft und blieb stehen; ratlosen Auges sah er seine Mörder herankommen. Und unvermittelt streckte er den Kopf vor und begann zu schreien.

Der keuchende Labouise hatte das Gewehr genommen. Diesmal trat er ganz nahe heran; er hatte keine Lust zu einem zweiten Wettlauf. Als der Esel endlich mit seinen jämmerlichen Klagelauten aufgehört hatte, die wie ein Hilferuf, ein letzter Schrei der Machtlosigkeit gewesen waren, rief der Mensch, dem etwas eingefallen war: »Mailloche, komm her! Hilf mir, Schwester, jetzt soll er seine Medizin bekommen!« Und indem der andere gewaltsam dem Tier das zusammengepreßte Maul aufmachte, schob Chicot ihm den Gewehrlauf tief in den Schlund, als wolle er ihm ein Medikament einflößen, und sagte: »Paß auf, Schwester, jetzt kriegt er sein Abführmittel.«

Damit drückte er auf den Abzug. Der Esel fuhr drei Schritte zurück, fiel auf den Hintern, versuchte aufzustehen, warf sich schließlich auf die Flanke und schloß die Augen. Sein alter, ausgemergelter Rumpf zuckte und bebte; seine Beine regten sich, als wolle er laufen. Zwischen den Zähnen quoll ihm das Blut hervor. Bald lag er still. Er war tot.

Die beiden Männer lachten nicht; es war ihnen zu schnell gegangen; sie fühlten sich begaunert.

Maillochon fragte: »Na, und was fangen wir jetzt mit ihm an?«

Labouise antwortete: »Keine Angst, Schwester, ins Boot mit ihm. Wenn's dunkel ist, gibt's einen neuen Spaß.«

Sie holten das Boot heran. Der Eselkadaver wurde hineinverstaut, mit frischem Gras und Kräutern bedeckt, und die beiden Herumstreicher legten sich darauf und pennten wieder mal.

Gegen Mittag entnahm Labouise einem Geheimfach des vermoderten, schmutzigen Bootes eine Literflasche Wein, ein Brot, Butter und rohe Zwiebeln, und sie fingen an zu essen.

Als sie damit fertig waren, legten sie sich abermals auf den toten Esel und pennten weiter. Bei Dunkelwerden wachte Labouise auf, rüttelte seinen wie eine Orgel schnarchenden Kameraden und befahl: »Los, Schwester, weiter!«

Und Maillochon machte sich ans Rudern. Langsam fuhren sie die Seine hinauf; sie hatten ja Zeit. Sie fuhren an den Ufern mit den blühenden Schwertlilien und dem duftenden Weißdorn entlang, der seine weißen Blütentuffen über die Strömung neigte; und das schwere, schlammfarbene Boot glitt über die großen, flachen Blätter der Seerosen und bog deren blasse, runde, schellenförmige Blüten beiseite; sie richteten sich sofort wieder auf.

Als sie an der Mauer von L'Éperon anlangten, die den Wald von Saint-Germain und den Park von Maisons-Laffitte trennt, ließ Labouise seinen Kameraden stoppen und legte ihm seinen Plan dar; Maillochon mußte darüber stumm und lange lachen.

Sie warfen das über den Kadaver gebreitete Gras ins Wasser, packten das Tier an den Füßen, zogen es an Land und versteckten es in einem Dickicht.

Dann stiegen sie wieder ins Boot und fuhren nach Maisons-Laffitte.

Es war völlig dunkel, als sie bei Papa Jules, dem Kneipwirt und Weinhändler, eintraten. Als er sie erblickte, ging der Händler auf sie zu, schüttelte ihnen die Hände und setzte sich zu ihnen an den Tisch, und sie plauderten von diesem und jenem.

Als gegen elf der letzte Gast gegangen war, kniff Papa Jules ein Auge ein und fragte Labouise: »Na, was gibt's?«

Labouise wiegte den Kopf und brachte hervor: »Es gibt was und gibt vielleicht auch nichts.«

Der Kneipwirt ließ nicht locker: »Karnickel, vielleicht bloß Karnickel?«

Da tauchte Chicot die Hand in sein Wollhemd, zog an den Ohren ein Kaninchen hervor und erklärte: »Die kosten drei Francs das Paar.«

Daraufhin erhob sich ein langes Palaver über den Preis. Sie einigten sich auf zwei Francs fünfundsechzig. Und die beiden Kaninchen wurden ausgeliefert.

Als die beiden Marodeure aufstanden, sagte Papa Jules, der sie beobachtet hatte: »Ihr habt noch was anderes, aber ihr wollt es nicht sagen.«

Labouise gab zurück: »Könnte sein, aber nicht für dich, du bist zu knausrig.«

Dem Wirt ging ein Licht auf; er wurde dringlich. »He, ist es was Dickes? Los, sag, was es ist, dann werden wir uns schon einigen.«

Labouise tat verlegen, machte Miene, Maillochon mit dem Auge um Rat zu fragen, und antwortete dann zögernd: »Also paß auf. Ich war bei L'Éperon auf dem Anstand, und da regt sich was im ersten Gebüsch links am Ende der Mauer. Mailloche schießt drauf, es fällt. Und wir machen, daß wir wegkommen, du weißt ja, die Gendarmen. Ich kann dir nicht sagen, was es ist, weil ich es nämlich nicht weiß. Es ist ziemlich groß. Aber was mag es gewesen sein? Wenn ich es dir genau sagte, könnte ich dich übers Ohr hauen, und du weißt ja, Schwester, ganz unter uns, ich habe nun mal das Herz auf der Zunge.«

Der Wirt wurde zappelig und fragte: »Doch nicht etwa ein Reh?«

Labouise antwortete: »Kann sehr wohl sein, oder aber was anderes. Ein Reh? Aber vielleicht war es ein bißchen größer? Man könnte sagen: wie 'ne Hirschkuh. Oh, ich sage dir nicht, daß es eine Hirschkuh ist, weil ich ja doch nichts weiß, aber es könnte immerhin sein!«

Der Kneipier ließ nicht locker: »Vielleicht ein Hirsch?«

Labouise streckte abwehrend die Hand aus: »Das? Nein. Nach

einem Hirsch hat es nicht ausgesehen, ich haue dich nicht übers Ohr, ein Hirsch war es nicht. Das hätte ich gemerkt, am Geweih. Nein, für einen Hirsch war es nicht groß genug.«

»Warum habt ihr es denn nicht mitgenommen?« fragte der Wirt.

»Warum? Weil ich künftig nur an Ort und Stelle verkaufe. Ich habe Abnehmer. Du mußt doch einsehen: Man geht da ein bißchen herum, findet es, nimmt es mit. Kein Risiko für Bibi. Siehst du.«

Der Kneipwirt war mißtrauisch: »Wenn es jetzt nun nicht mehr da ist?«

»Es ist da, es ist bestimmt noch da, darauf kannst du dich verlassen, ich schwör's dir. Im ersten Gebüsch links. Was es ist, das weiß ich nicht. Ich weiß, es ist kein Hirsch, nein, das nicht, davon bin ich überzeugt. Im übrigen brauchst du ja bloß hinzugehen und nachzusehen. Es macht zwanzig Francs, sofort zahlbar, ist dir das recht?«

Der Wirt zögerte noch immer: »Könntest du es mir nicht herbringen?«

Maillochon mischte sich ein: »Also Schluß jetzt. Wenn es ein Reh ist, fünfzig Francs; wenn es 'ne Hirschkuh ist, siebzig Francs; das sind unsere Preise.«

Der Wirt entschloß sich: »Also gut, zwanzig Francs. Abgemacht. Hand drauf.« Dann holte er aus seiner Kasse vier dicke Hundertsousstücke, und die beiden Freunde steckten sie ein.

Labouise stand auf, trank sein Glas leer und ging; aber ehe er ins Dunkel hinaustrat, drehte er sich um und wiederholte noch einmal: »Also ein Hirsch ist es bestimmt nicht. Aber was wohl? Es liegt noch da. Wenn du nichts findest, gebe ich dir dein Geld zurück.« Und damit verschwand er in der Nacht.

Der hinter ihm gehende Maillochon schlug ihm mit der Faust tüchtig in den Rücken; damit deutete er an, wie er sich freute.

Andrés Krankheit

Französischer Titel: Le Mal d'André
Erstdruck: Le Gil-Blas, 24. Juli 1883,
unter dem Pseudonym »Maufrigneuse«

Für Edgar Courtois

Das Haus des Notars lag mit der Front zum Marktplatz hin. Auf der Rückseite erstreckte sich ein schöner, wohlbepflanzter Garten bis zur kaum je von jemandem betretenen Les-Piques-Gasse, von der er durch eine Mauer getrennt war.

Ganz hinten in jenem Garten hatte die Frau des Notars Moreau sich zum erstenmal heimlich mit dem Hauptmann Sommerive getroffen, der schon seit langem hinter ihr her war.

Ihr Mann hatte auf acht Tage nach Paris reisen müssen. Somit hatte sie die ganze Woche zu ihrer freien Verfügung. Der Hauptmann hatte so sehr gebeten, hatte sie mit so rührenden Worten angefleht; sie war überzeugt davon, daß er sie leidenschaftlich liebe; und sie selber fühlte sich so vereinsamt, so unverstanden, so vernachlässigt inmitten der Kontrakte, mit denen der Notar sich ausschließlich befaßte, daß sie ihr Herz hatte bestricken lassen, ohne sich zu fragen, ob sie nicht eines Tages noch mehr geben werde.

Dann aber, nach Monaten platonischer Liebe, nach Händedrücken und hastig hinter der Tür gestohlenen Küssen, hatte der Hauptmann erklärt, er werde umgehend um seine Versetzung einkommen und die Stadt verlassen, wenn er nicht ein Beisammensein bewilligt erhalte, ein richtiges Beisammensein im Baumdunkel, während der Abwesenheit des Mannes.

Sie hatte nachgegeben; sie hatte es versprochen.

Und jetzt stand sie mit klopfendem Herzen dicht an der Mauer, wartete und fuhr bei den leisesten Geräuschen zusammen.

Plötzlich hörte sie, daß jemand die Mauer erkletterte; fast wäre sie davongelaufen. Wenn nun nicht *er* es war? Sondern ein Dieb? Unsinn! Eine leise Stimme rief: »Mathilde!« Sie antwortete: »Etienne!« Und unter Eisengerassel plumpste ein Mann auf den Gartenweg.

Er war es! Nein, dieser Kuß!

Lange standen sie eng umschlungen und mit vereinten Lippen da. Aber da fing ein dünner Regen zu fallen an, und die Tropfen glitten von Blatt zu Blatt und vollführten im Dunkel ein Wassergeriesel. Sie zuckte, als sie den ersten Tropfen auf den Hals bekam.

Er sagte: »Mathilde, mein Liebes, mein Engel, laß uns doch zu dir hineingehen. Es ist Mitternacht; wir haben nichts zu befürchten. Laß uns hineingehen; ich beschwöre dich.«

Sie antwortete: »Nein, mein Geliebter, ich habe Angst. Wer weiß, was uns zustoßen könnte.«

Aber er hielt sie fest in den Armen; er flüsterte ihr ins Ohr: »Deine Dienerschaft schläft im dritten Stock, nach dem Marktplatz zu. Dein Schlafzimmer liegt im ersten an der Gartenseite. Niemand hört uns, wenn wir hineingehen. Ich liebe dich, ich will dich in aller Freiheit lieben, ganz und gar, von Kopf bis Fuß.« Und er umschlang sie heftiger, und seine Küsse machten sie toll.

Sie widerstrebte noch; sie war erschrocken; sie empfand wohl auch Scham. Doch er faßte sie um die Taille, hob sie hoch und trug sie fort durch den Regen, der inzwischen fürchterlich geworden war.

Die Haustür war offengeblieben; sie tappten im Finstern die Treppe hinauf; als sie im Schlafzimmer waren, steckte er ein Zündholz an, und sie schob den Riegel vor.

Doch dann sank sie schlaff in einen Sessel. Er ließ sich vor ihr auf die Knie nieder und zog sie langsam aus; bei den Stiefelchen und den Strümpfen fing er an, um ihre Füße küssen zu können.

Sie sagte keuchend: »Nein, nein, Etienne, ich flehe dich an: Laß mich anständig bleiben; hinterher wäre ich dir deswegen allzu böse; es ist so häßlich, so plump! Kann man sich denn nicht nur mit der Seele lieben? Ach, Etienne…«

Mit der Geschicklichkeit einer Kammerzofe und der Fixigkeit

eines Mannes, der es eilig hat, machte er Knöpfe auf, Schnüre, Haken, Schleifen – ohne Ruhe und Rast. Und als sie aufstehen und weglaufen wollte, um dem zu entgehen, was er sich herausnahm, glitt sie plötzlich aus ihren Kleidern, Unterröcken und dem Hemd heraus wie eine Hand aus einem Muff und stand splitternackt da.

Kopflos lief sie zum Bett, um sich hinter den Vorhängen zu verstecken. Doch das war ein gefährliches Rückzugsmanöver. Er folgte ihr nämlich dorthin. Aber als er zu ihr hasten wollte, fiel sein zu schnell losgehakter Degen aufs Parkett, daß es nur so dröhnte.

Sogleich erscholl aus dem anstoßenden Zimmer, dessen Tür offengeblieben war, ein langgezogener Klageruf, ein quäkender, anhaltender Kinderschrei.

Sie flüsterte: »Oh, jetzt hast du André aufgeweckt; nun kann er nicht wieder einschlafen.«

Ihr Söhnchen war fünfzehn Monate alt und schlief in der Nähe der Mutter, damit sie unablässig zur Hand sei.

Der vor Begierde tolle Hauptmann hörte gar nicht hin. »Laß ihn doch! Laß ihn doch! Ich liebe dich; du bist mein, Mathilde!«

Aber sie sträubte sich verzweifelt und erschrocken. »Nein, nein! Hör doch, wie er schreit; er weckt noch die Amme auf. Wenn sie käme, was würde da aus uns? Wir wären verloren! Hör doch, Etienne, wenn er das nachts tut, dann nimmt ihn sein Vater immer zu sich in unser Bett, damit er sich beruhigt. Dann ist er sofort still; ein anderes Mittel gibt es nicht. Laß mich ihn holen, Etienne...«

Das Kind brüllte und stieß jene durchdringenden Jammerschreie aus, die auch die dicksten Mauern durchdringen, die man sogar auf der Straße hört, wenn man an dem betreffenden Haus vorübergeht.

Der bestürzte Hauptmann stand auf, und Mathilde stürzte hin, holte das Kind und legte es zu sich. Es war auf der Stelle still.

Etienne setzte sich rittlings auf einen Stuhl und rollte sich eine Zigarette. Nach knapp fünf Minuten schlief André. Die Mutter flüsterte: »Jetzt will ich ihn wieder hinübertragen.« Und unendlich behutsam trug sie das Kind zurück in seine Wiege.

Als sie wiederkam, hieß der Hauptmann sie mit offenen Armen willkommen.

Außer sich vor Liebesverlangen umschlang er sie.

Und sie, die endlich Besiegte, umarmte ihn und stammelte: »Etienne... Etienne... mein Geliebter! O wenn du wüßtest, wie... wie...«

Abermals fing André zu schreien an.

Der wütende Hauptmann fluchte: »Heiliges Kreuzdonnerwetter! Ist er nun bald still, der Rotzlöffel?«

Aber er war nicht still, der Rotzlöffel, er blökte weiter.

Mathilde glaubte, im obersten Stockwerk Geräusche zu hören. Sicherlich kam jetzt die Amme. Sie sprang auf, nahm das Kind hoch und legte es wieder zu sich ins Bett. Sofort war es wieder still.

Dreimal hintereinander wurde es noch in die Wiege zurückgebracht. Dreimal hintereinander mußte es wieder herausgenommen werden.

Hauptmann Sommerive ging eine Stunde vor Sonnenaufgang weg und fluchte, was das Zeug halten wollte.

Doch um seine Ungeduld zu beschwichtigen, hatte Mathilde ihm versprochen, ihn noch am selben Abend abermals zu sich zu lassen.

Er kam wie das erste Mal, aber noch begieriger, noch entflammter, beinahe wütend durch das lange Warten.

Er ließ es sich angelegen sein, den Degen behutsam über die beiden Arme eines Sessels zu legen; er zog seine Stiefel aus wie ein Einbrecher; er sprach so leise, daß Mathilde ihn kaum zu verstehen vermochte. Endlich war er seinem Glück, seinem höchsten Glück, ganz nahe, da aber knackte das Parkett oder ein Möbelstück oder vielleicht sogar das Bett. Es war ein trockenes Geräusch, als sei irgendeine Stütze gebrochen, und sogleich antwortete darauf ein anfangs leises, dann über die Maßen gellendes Geschrei. André war aufgewacht.

Er kläffte wie ein Fuchs. Wenn das so weiterging, würde bald das ganze Haus auf den Beinen sein.

Außer sich sprang die Mutter auf und holte ihn zu sich. Der Hauptmann blieb liegen. Er schäumte. Dann streckte er ganz vorsichtig die Hand aus, nahm etwas von dem Fleisch des Kleinen zwischen zwei Finger, wie es gerade kam, am Schenkel oder am Hintern, und zwickte es. Das Kind wehrte sich; es heulte ohrenzerreißend. Da kniff der erbitterte Hauptmann stärker zu, überall. Er packte einen Hautwulst und drehte und zerrte heftig daran; dann ließ er ihn los und langte sich einen an einer anderen Stelle, dann wieder an einer anderen, etwas weiter weg, dann an noch einer.

Das Kind stieß Jammerschreie aus, wie ein Huhn, das geschlachtet werden soll, oder wie ein Hund, der Prügel bekommt. Die schluchzende Mutter küßte es, streichelte es, versuchte es zu beruhigen, sein Geschrei durch Küsse zu ersticken. Aber André lief violett an, als bekomme er Krämpfe, und zappelte mit Ärmchen und Beinchen auf eine erschreckende, erschütternde Weise.

Der Hauptmann sagte mit einschmeichelnder Stimme: »Versuch doch mal, ihn wieder in seine Wiege zu legen; vielleicht beruhigt er sich da.« Und Mathilde, das Kind auf dem Arm, verschwand im Nebenzimmer.

Sobald der Kleine aus dem Bett der Mutter heraus war, schrie er weniger laut; und sobald er in seiner Wiege lag, wurde er still; er schluchzte nur noch dann und wann einmal auf.

Der Rest der Nacht verlief ohne Störung, und der Hauptmann wurde glücklich.

In der folgenden Nacht kam er nochmals. Als er einmal etwas lauter sprach, wachte André wiederum auf und fing an zu blöken. Sogleich holte die Mutter ihn zu sich; aber der Hauptmann zwickte ihn so nachdrücklich, so hart und so lange, daß dem Kind die Luft wegblieb, daß es die Augen verdrehte, daß ihm Schaum auf die Lippen trat.

Es wurde wieder in seine Wiege gelegt. Sogleich beruhigte es sich.

Nach vier Tagen weinte es nicht mehr, weil es in das mütterliche Bett geholt werden wollte.

Am Samstagabend kam der Notar zurück. Er nahm seinen Platz am heimischen Herd und im Ehebett wieder ein.

Da er von der Reise müde war, ging er frühzeitig zu Bett; als er sich dann wieder eingewöhnt und gewissenhaft alle seine

Pflichten als anständiger, übertrieben genauer Mann erfüllt hatte, fragte er erstaunt: »Ja, sag mal, André brüllt ja heute abend gar nicht? Hol ihn doch ein bißchen her, Mathilde; ich habe es so gern, wenn er zwischen uns liegt.«

Sofort stand die Frau auf und wollte das Kind holen; doch sobald es sich in dem Bett befand, in dem es noch vor ein paar Tagen so gern eingeschlummert war, fing es in seiner Angst sich zu winden an und heulte so wütend, daß es zurück in die Wiege gebracht werden mußte.

Notar Moreau wollte das nicht in den Kopf: »Wie merkwürdig! Was hat er heute abend nur? Vielleicht ist er übermüdet?«

Die Frau antwortete: »So war er immer, während du fort warst. Kein einziges Mal habe ich ihn zu mir nehmen können.«

Am Morgen wachte das Kind auf und fing sofort an zu spielen und zu lachen und zappelte mit den Händchen.

Der gerührte Notar ging zu ihm hin, küßte sein Produkt ab und hob es dann hoch, um es ins Ehebett zu tragen. André lachte das nur angedeutete Lachen kleiner Menschenwesen, deren Denkvermögen noch unentwickelt und verworren ist. Plötzlich sah er das Bett und die Mutter darin, und sein glückliches kleines Gesicht legte sich in Falten, verzog sich, seiner Brust entquollen wütende Schreie, und er sträubte sich, als schrecke er vor Folterqualen zurück.

Der erstaunte Vater brummte: »Mit dem Kind ist irgendwas nicht in Ordnung«, und aus einer ganz natürlichen Regung heraus hob er ihm das Hemdchen hoch.

Er stieß ein tief betroffenes »Oh!« aus. Die Waden, die Schenkel, der Rücken, der ganze Hintere des Kleinen waren marmoriert von blauen Flecken von der Größe einer Kupfermünze.

Notar Moreau rief: »Mathilde, sieh doch mal, das ist ja entsetzlich!« Die Mutter stürzte kopflos herbei. Mitten durch jeden der Flecke zog sich ein violetter Strich; dort war das Blut gestockt. Es handelte sich gewiß um eine schreckliche, absonderliche Krankheit, der Beginn einer Art Lepra, eine der seltsamen Entzündungen, bei denen die Haut bald Pusteln aufweist wie ein Krötenrücken, bald schuppig wird wie die eines Krokodils.

Die verstörten Eltern schauten einander an.

Der Notar rief: »Auf der Stelle muß der Arzt geholt werden!«

Doch Mathilde – sie war bleicher als eine Tote – starrte auf den wie ein Leopard gefleckten Sohn. Und plötzlich stieß sie einen lauten, unüberlegten Schrei aus, als sei plötzlich jemand vor ihr aufgetaucht, der sie mit Entsetzen erfüllte, und sie stieß hervor: »O der Schuft!«

Der verdutzte Moreau fragte: »Wieso? Von wem redest du? Welcher Schuft denn?«

Sie wurde rot bis an die Haarwurzeln und stammelte: »Nichts... Es ist... Siehst du... Ich kann es mir denken... Es war... Der Arzt braucht nicht geholt zu werden... Es war ganz sicher die schuftige Amme; die kneift den Kleinen immer, wenn er schreit, damit er still ist.«

Der Notar fuhr fast aus der Haut, zitierte die Amme vor sich und hätte sie fast geprügelt. Sie leugnete unverfroren und wurde hinausgeworfen.

Und da ihr Verhalten sich in der Gemeinde herumsprach, bekam sie nie wieder eine Stellung.

DAS GRAB

Französischer Titel: La Tombe
Erstdruck: Le Gil-Blas, 29. Juli 1883,
unter dem Pseudonym »Maufrigneuse«

Am 17. Juli des Jahres 1883 wurde der Friedhofswärter von Bé-
ziers, der in einem Häuschen am Ende des Totenackers wohnte,
morgens um halb drei durch das Gekläff seines in der Küche eingeschlossenen Hundes aufgeweckt.

Sogleich ging er hinunter und sah, daß das Tier unten an der
Tür schnupperte und dabei wütend bellte, als umschleiche ein
Landstreicher das Haus. Da nahm der Wärter Vincent sein Ge-
wehr und ging behutsam hinaus.

Sein Hund lief in Richtung auf den General-Bonnet-Weg davon und blieb plötzlich vor dem Grabmal der Madame Tomoi-
seau stehen.

Der Wärter folgte vorsichtig und bemerkte alsbald einen kleinen Lichtschimmer vom Malenvers-Weg her. Er schlich zwischen den Gräbern weiter und wurde Zeuge einer entsetzlichen
Grabschändung.

Ein Mann hatte die Leiche einer am Vortag bestatteten jungen
Frau ausgegraben; er zog sie gerade aus der Gruft heraus.

Auf einem Erdhaufen stand eine kleine Blendlaterne und beleuchtete das abscheuliche Geschehnis.

Wärter Vincent stürzte sich auf den Übeltäter, warf ihn zu Boden, fesselte ihn und führte ihn zur Polizeiwache.

Es handelte sich um einen jungen, reichen, angesehenen Anwalt aus der Stadt, namens Courbataille.

Er kam vor Gericht. Die Staatsanwaltschaft wies auf die Unta-
ten des Sergeanten Bertrand hin und wiegelte die Zuhörerschaft
auf.

Ein Schauer des Unwillens ging durch die Menge. Als der Beamte sich setzte, erschollen Rufe: »Zum Tode! Zum Tode!«

Der Vorsitzende hatte große Mühe, die Ruhe wiederherzustellen. Dann sagte er mit ernster Stimme: »Angeklagter, was haben Sie zu Ihrer Verteidigung vorzubringen?«

Courbataille, der sich geweigert hatte, einen Verteidiger zu nehmen, stand auf. Er war ein hübscher Mensch, groß, dunkel, mit offenem Gesicht und energischen Zügen.

In der Zuhörerschaft wurden Pfiffe laut.

Er ließ sich nicht beirren; anfangs sprach er mit etwas verschleierter, ziemlich leiser Stimme, die sich indessen allmählich festigte.

»Herr Vorsitzender, meine Herren Richter, ich habe nur sehr wenig zu sagen. Die Frau, deren Gruft ich erbrochen habe, war meine Freundin. Ich habe sie sehr lieb gehabt.

Nicht mit sinnlicher Liebe habe ich sie geliebt und auch nicht lediglich mit der Zuneigung der Seele und des Herzens, sondern mit einer unbedingten, uneingeschränkten Liebe, einer glühenden Leidenschaft.

Hören Sie mich an:

Als ich ihr zum erstenmal begegnete, habe ich bei ihrem bloßen Anblick etwas Seltsames empfunden. Kein Erstaunen und auch keine bewundernde Hingerissenheit; es war durchaus nicht das, was man als ›Liebe auf den ersten Blick‹ bezeichnet, vielmehr ein köstliches Wohlgefühl, als sei ich in ein laues Bad eingetaucht worden. Ihre Gesten wirkten auf mich verlockend, ihre Stimme entzückte mich, sie nur anzuschauen bereitete mir ein unendliches Lustgefühl. Mir war, als kenne ich sie bereits seit langem, als hätte ich sie schon gesehen. Sie barg ein Stück meines Innern.

Sie erschien mir als die Antwort eines Rufes meiner Seele, jenes gestaltlosen, beständigen Rufes, den wir an die Hoffnung richten, solange unser Leben währt.

Als ich sie ein wenig besser kannte, durchwogte allein schon der Gedanke, sie wiederzusehen, mich mit erlesenem, tiefem Aufruhr; der Druck ihrer Hand in der meinen bereitete mir eine Wonne, wie ich sie mir ähnlich zuvor niemals vorgestellt hatte; ihr Lächeln ließ in meine Augen eine tolle Fröhlichkeit strömen und flößte mir das Verlangen ein, zu laufen, zu tanzen, mich am Boden zu wälzen.

Sie wurde also meine Geliebte.

Sie wurde mehr als das; sie wurde mein ganzes Leben. Ich erwartete auf Erden nichts mehr, ich begehrte nichts mehr, nicht das mindeste. Ich sehnte mich nach nichts mehr.

Eines Abends aber, als wir ein wenig weiter als sonst am Fluß entlanggegangen waren, überraschte uns ein Regenguß. Sie erkältete sich.

Am andern Tag war eine Lungenentzündung offensichtlich. Acht Tage danach ist sie gestorben.

Während der Stunden des Todeskampfes hinderten mich Kopflosigkeit und Bestürzung am Verstehen und klaren Überlegen.

Als sie tot war, benahm brutale Verzweiflung mir so sehr die Sinne, daß ich keines Gedankens fähig war. Ich habe nur geweint.

Während all der grausigen Einzelheiten bei der Bestattung war mein schriller, wütender Schmerz nach wie vor der Schmerz eines Irren, eine Art sinnlicher, physischer Schmerz.

Als sie nicht mehr da, als sie in der Erde war, wurde mein Geist mit einem Schlag wieder klar, und ich durchlebte eine Folge so furchtbarer seelischer Leiden, daß sogar die Liebe, mit der sie mich beschenkt hatte, um diesen Preis zu teuer bezahlt war.

Da überkam mich die fixe Idee: ›Ich sehe sie nie wieder.‹

Wenn man über so etwas einen ganzen Tag lang nachgrübelt, dann reißt einen der Wahnsinn mit sich fort! Bedenken Sie doch! Da ist ein Wesen, das man vergöttert, denn auf dem ganzen Erdenrund gibt es kein zweites, das ihm ähnlich wäre. Dieses Wesen hat sich einem geschenkt, es hat mit einem die mystische Vereinigung geschaffen, die wir Liebe nennen. Ihr Auge dünkte uns weiter als der Weltenraum, zauberhafter als das All – ihr klares Auge, daraus die Zärtlichkeit lächelte. Jenes Wesen hat uns geliebt. Wenn es zu uns sprach, dann hat seine Stimme uns mit einer Glückswoge überflutet.

Und plötzlich ist es verschwunden! Bedenken Sie doch! Es verschwindet nicht nur für einen selber, sondern für immer. Es ist tot. Verstehen Sie, was das heißt? Nie, nie, nie und nirgends existiert dieses Wesen mehr. Nie wird dieses Auge je wieder etwas anschauen; nie wird diese Stimme, nie wird eine ähnliche unter allen Menschenstimmen auf die gleiche Weise eins der Worte aussprechen, die die ihre sprach.

Nie wieder wird ein Antlitz geboren, das dem seinen gleicht. Nie, nie wieder! Es werden Abgußformen von Statuen aufbewahrt; es bleiben Abdrücke erhalten, die Dinge mit denselben Konturen und denselben Farben nochmals erschaffen. Doch jener Körper und jenes Gesicht erscheinen auf Erden niemals aufs neue. Und dabei werden Tausende von Geschöpfen geboren, Millionen, Milliarden und mehr noch, und dabei wird unter allen künftigen Frauen diese eine sich nie wieder finden. Man wird verrückt, wenn man darüber nachgrübelt!

Zwanzig Jahre hat sie auf Erden gelebt, mehr nicht, und dann ist sie für immer dahingegangen, für immer, für immer! Sie hat sich Gedanken gemacht, hat gelächelt, hat mich geliebt. Weiter nichts. Die Fliegen, die im Herbst sterben, sind in der Schöpfung dasselbe wie wir. Weiter nichts! Und ich mußte daran denken, daß ihr Körper, ihr junger, warmer, süßer, weißer, schöner Körper in einem Holzkasten unter der Erde der Verwesung anheimfallen müsse. Und ihre Seele, ihr Geist, ihre Liebe, wo bleiben die?

Sie nie mehr wiedersehen! Sie nie mehr wiedersehen! Mich durchspukte der Gedanke an ihren zerfallenden Körper, den ich dennoch vielleicht würde wiedererkennen können. Und einmal, ein einziges Mal noch wollte ich ihn anschauen.

Mit einem Spaten, einer Laterne, einem Hammer ging ich hin. Ich sprang über die Friedhofsmauer. Ich fand die Höhlung ihres Grabes; es war noch nicht gänzlich zugeschüttet worden.

Ich schaufelte den Sarg frei und hob eins der Bretter an. Ein abscheulicher Geruch, der gemeine Hauch der Verwesung schlug mir ins Gesicht. O ihr Bett, das immer mit Irisdüften besprengt war!

Dennoch hob ich den Sargdeckel ab, steckte meine Laterne an, ließ den Lichtstrahl hineinfallen – und da sah ich sie. Ihr Gesicht war blau, gedunsen, entsetzlich! Aus ihrem Mund war eine schwarze Flüssigkeit geronnen.

Das also war sie, das war sie! Grausen packte mich. Aber ich streckte den Arm aus und faßte ihr Haar, um dieses gräßlich entstellte Antlitz zu mir hin zu ziehen!

In diesem Augenblick wurde ich verhaftet.

Wie das Parfüm einer Frau nach der Liebesumarmung an einem haften bleibt, so hat die ganze Nacht hindurch der unreine Geruch der Verwesung an mir gehaftet, der Duft meiner Geliebten!

Machen Sie mit mir, was Sie wollen.«

Seltsame Stille schien auf dem Gerichtssaal zu lasten. Man schien noch auf etwas zu warten. Die Geschworenen zogen sich zur Beratung zurück.

Als sie nach einigen Minuten wiederkamen, erweckte der Angeklagte den Eindruck, als stehe er jenseits aller Furcht, aber auch jenseits allen Denkens.

Mittels der üblichen Formeln teilte der Vorsitzende ihm mit, seine Richter hätten ihn für schuldlos erklärt.

Er stand völlig reglos da, und die Zuhörerschaft klatschte Beifall.

DER SCHNURRBART

Französischer Titel: La Moustache
Erstdruck: Le Gil-Blas, 31. Juli 1883,
unter dem Pseudonym »Maufrigneuse«

Schloß Solles, Montag, den 30. Juli 1883

Meine liebe Lucie,

nichts Neues. Wir verbringen unser Dasein im Salon und schauen zu, wie der Regen fällt. Man kann bei diesem abscheulichen Wetter kaum je ins Freie; also spielen wir Komödie. Ach, Liebste, wie sind die heute gespielten Salonstücke dumm! Alles darin ist gezwungen, plump, schwerfällig. Die Scherze wirken wie Kanonenkugeln und zerschlagen alles. Keine Spur von Geist, nichts Natürliches, keine Wohlgelauntheit, keine Eleganz. Wirklich, die Schriftsteller haben keine Ahnung von der großen Welt. Sie wissen nicht, wie man bei uns denkt, wie man spricht. Ich würde ihnen vollauf zugestehen, daß sie unsere Gepflogenheiten, unsere Konventionen und Umgangsformen verachten; aber ich würde ihnen nie nachsehen, daß sie sich darin nicht auskennen. Um als witzig zu erscheinen, machen sie Wortspiele, die bestenfalls eine Kaserne ergötzen könnten; wenn sie heiter sein wollen, warten sie uns mit Geistreicheleien auf, die sie wahrscheinlich auf dem äußeren Boulevard aufgeschnappt haben, in sogenannten Künstlerkneipen, wo seit fünfzig Jahren immer dieselben Studentenkalauer die Runde machen.

Kurzum: Wir spielen Komödie.

Da wir nur zwei Frauen sind, übernimmt mein Mann die Zofenrollen, und zu diesem Behuf hat er sich rasiert. Du kannst Dir nicht vorstellen, liebe Lucie, wie verändert er dadurch wirkt! Ich erkenne ihn nicht wieder... weder bei Tag noch bei Nacht. Wenn er sich nicht schleunigst seinen Schnurrbart wieder wachsen läßt, werde ich ihm, glaube ich, untreu, so sehr mißfällt er mir in dieser Aufmachung.

Wirklich, ein Mann ohne Schnurrbart ist kein Mann mehr. Aus Vollbärten mache ich mir nicht viel; sie sehen fast immer nach Vernachlässigung aus; aber der Schnurrbart, ja, der Schnurrbart ist für ein männliches Antlitz unentbehrlich. Nein, Du könntest Dir niemals vorstellen, wie nützlich diese kleine Bürste aus Haar dem Auge ist... und auch... den ehelichen Beziehungen. Mir ist in diesem Zusammenhang eine Fülle von Gedanken eingefallen, die Dir zu schreiben ich kaum wage. Sagen werde ich sie Dir gern... ganz leise. Aber es lassen sich so schwer die richtigen Worte finden, um gewisse Dinge auszudrücken, und manche darunter, die sich kaum durch andere ersetzen lassen, haben auf dem Papier ein so garstiges Aussehen, daß ich sie nicht niederschreiben kann. Und zudem ist das Thema so heikel, so delikat, so anstößig, daß es unendlicher Kundigkeit bedarf, es ungefährdet zu erörtern.

Nun, wenn Du mich nicht verstehst, dann hilft es eben nichts. Und überdies, Liebste, versuche ein wenig, zwischen den Zeilen zu lesen.

Ja, als mein Mann rasiert vor mich hintrat, ist mir zunächst klar geworden, daß ich niemals eine Schwäche für einen Schauspieler haben könnte und ebenso wenig für einen Geistlichen, sei es selbst der Pater Didon, der doch der verführerischste von allen ist! Als ich dann jedoch später mit ihm allein war (mit meinem Mann!), war es noch schlimmer. Liebe Lucie, laß Dich nie von einem Mann küssen, der keinen Schnurrbart hat; seine Küsse schmecken nach nichts, nichts, nichts! Sie haben keinen Reiz mehr, nichts Markiges, nichts... Pfeffriges, ja, nicht das Pfeffrige des wahren Kusses. Bei dem ist der Schnurrbart die Würze.

Stell Dir vor, es würde Dir ein Stück Pergament, trockenes oder feuchtes, auf die Lippen gedrückt. So ist der Kuß eines glattrasierten Mannes. Sei sicher: Er lohnt sich nicht.

Worin beruht nun eigentlich das Verführerische des Schnurrbarts? wirst du mich fragen. Ja, weiß ich das denn? Zunächst kitzelt er auf eine köstliche Weise. Man spürt ihn noch vor dem

Mund, und er läßt einem durch den ganzen Körper bis in die Zehenspitzen hinein ein wonniges Erschauern rinnen. Denn er liebkost die Haut und läßt sie erbeben und erzittern, er versetzt die Nerven in die exquisiten Schwingungen, die einen ein leises »Oh!« ausstoßen lassen, als ob einen sehr fröre.

Und auf dem Hals! Ja, hast du jemals einen Schnurrbart auf Deinem Hals verspürt? Das berauscht und macht zusammenziehen, das rieselt den Rücken hinab und kribbelt bis in die Fingerspitzen. Man windet sich, man schüttelt die Schultern oder wirft den Kopf zurück; man möchte entweichen und zugleich bleiben; es ist göttlich und aufreizend! Aber wie schön ist es, wie tut es wohl!

Und weiter noch... Wirklich, soll ich noch mehr wagen? Ein Mann, der einen liebt, ja, ganz und gar – der weiß eine Fülle von Fleckchen und Winkelchen zu finden, wo er heimliche Küsse anbringen kann, Fleckchen, die man selber und ganz allein schwerlich herausfinden würde. Nun, jene Küsse verlieren ohne Schnurrbart ebenfalls viel von ihrem Reiz, ganz abgesehen davon, daß sie dann beinahe ungehörig werden. Mach Dir das klar, wie immer Du kannst. Was jedoch mich betrifft, so habe ich folgenden Grund dafür ausfindig gemacht. Eine Lippe ohne Schnurrbart ist nackt wie ein unbekleideter Körper; aber man muß immer etwas anhaben, meinetwegen nur sehr wenig, aber anhaben muß man etwas!

Der Schöpfer (einen andern Namen wage ich keinesfalls niederzuschreiben, wenn von diesen Dingen die Rede ist), der Schöpfer hat Sorge getragen, alle geheimen Stellen unseres Körpers, in denen die Liebe nisten könnte, auf diese Weise zu verhüllen. Ein rasierter Mund scheint mir einem abgeholzten Wald rings um eine Quelle zu gleichen, an der man zu trinken und zu schlafen pflegte.

Dabei muß ich an einen Satz denken (er stammt von einem Politiker), der mir seit einem Vierteljahr im Gehirn herumtrottet. Mein Mann, ein eifriger Zeitungsleser, hat mir eines Abends eine recht merkwürdige Rede unseres Landwirtschaftsministers vorgelesen; damals hieß er Méline. Ist inzwischen ein anderer an seine Stelle getreten? Ich weiß es nicht.

Ich habe nicht hingehört; aber dieser Name Méline hat mich stutzig gemacht. Er hat mich, ohne daß ich recht wüßte, warum, an Szenen aus »La Bohème« erinnert. Ich hatte gemeint, es handele sich um eine Grisette. Da sieht man, wie ein paar Fetzchen des Stückes in meinem Kopf haften geblieben sind. Monsieur Méline hat also der Einwohnerschaft von Amiens, glaube ich, folgendes erklärt, nach dessen Sinn ich bislang vergeblich gegrübelt habe: »Es gibt keinen Patriotismus ohne Landwirtschaft!« Nun, der Sinn dieses Ausspruchs ist mir gerade eben klar geworden, und ich erkläre Dir nun meinerseits, daß es keine Liebe ohne Schnurrbart gibt. Wenn man das einfach so hinsagt, klingt es komisch, nicht wahr? Es gibt keine Liebe ohne Schnurrbart!

»Es gibt keinen Patriotismus ohne Landwirtschaft«, hatte Monsieur Méline behauptet; und er hat recht gehabt, dieser Minister, das habe ich jetzt durchschaut!

Aber auch noch unter einem andern Gesichtspunkt ist der Schnurrbart wesentlich. Er bestimmt die Physiognomie. Er verleiht den sanften, zärtlichen, gewalttätigen, kinderfresserischen, liederlichen, draufgängerischen Ausdruck! Ein bärtiger Mann, einer mit Vollbart, einer, der alle seine Haare (ach, dies verruchte Wort!) auf den Wangen trägt, bezeigt auf seinem Gesicht, dessen Züge ja verborgen sind, nie eine Spur von Feinheit. Und die Form der Backenknochen, des Kinns sagt für jemanden, der zu sehen weiß, mancherlei aus.

Ein Mann mit Schnurrbart bewahrt die ihm eigene Haltung und zugleich seine Feinheit.

Und welch ein unterschiedliches Aussehen haben Schnurrbärte! Manchmal sind sie gezwirbelt, gelockt, kokett. Die, so scheint es, behagen den Frauen am meisten!

Manchmal sind sie spitzig, scharf wie Nadelspitzen, bedrohlich. Ihre Träger sind versessen auf Wein, Pferde, Schlachten.

Manchmal sind sie riesengroß, fallen nieder, flößen Schrecken ein. Diese dichten Schnurrbärte tarnen im allgemeinen einen vortrefflichen Charakter, eine Güte, die fast schon Schwäche ist, und eine Sanftmut, die an Schüchternheit grenzt.

Und ferner: Das Liebste am Schnurrbart ist für mich, daß er französisch, urfranzösisch ist. Er ist von unsern Vorvätern, den

Galliern, auf uns gekommen, und er ist, mit einem Wort, für uns das Merkmal unseres Nationalcharakters geblieben.

Er ist ruhmredig, galant und tapfer. Er läßt sich gern vom Wein befeuchten und weiß auf elegante Weise zu lachen; die breiten, mit Vollbärten behängten Backenknochen dagegen sind schwerfällig in allem, was sie tun.

Doch da fällt mir etwas ein, das mich alle meine Tränen hat vergießen und, wie ich mir jetzt erst bewußt werde, mich zugleich die Schnurrbärte auf Männerlippen hat lieben lassen.

Es geschah während des Krieges, daheim bei Papa. Ich war damals noch ein junges Mädchen. Seit dem frühen Morgen hatte ich Kanonendonner und Gewehrfeuer gehört, und abends kam ein deutscher Oberst und ließ sich bei uns häuslich nieder. Am andern Morgen rückte er wieder ab. Papa wurde davon unterrichtet, daß auf den Feldern viele Gefallene lägen. Er ließ sie aufsammeln und zu uns bringen; sie sollten in einem Massengrab bestattet werden. Sie wurden zu beiden Seiten der großen Fichtenallee niedergelegt, je nachdem sie gebracht wurden; und da sie anfingen, übel zu riechen, wurden sie mit Erde bedeckt, bis das große Grab ausgehoben worden war. Auf diese Weise waren nur noch ihre Köpfe zu sehen; sie schienen aus dem Erdboden zu wachsen und sahen bei geschlossenen Augen gelb aus wie dieser.

Ich wollte sie mir ansehen; doch als ich die beiden langen Reihen grausiger Gesichter erblickte, glaubte ich, mir müsse schlecht werden; dann schaute ich sie mir an, einen nach dem andern, und suchte zu erraten, was für Menschen sie gewesen seien.

Die Uniformen lagen unter der Erde begraben, und dennoch, ja, Liebste, ganz plötzlich erkannte ich die Franzosen an ihren Schnurrbärten!

Manche hatten sich am Kampftag rasiert, als wollten sie bis zum letzten Augenblick geschniegelt sein! Allein der Bart war ihnen ein wenig nachgewachsen; Du weißt ja, daß er auch nach dem Tod noch sprießt. Andere schienen den ihren seit acht Tagen zu tragen; alle indessen hatten sie den französischen Schnurrbart, deutlich erkennbar, den stolzen Schnurrbart, der zu sagen schien: »Verwechsle mich nicht mit meinem vollbärtigen Freund, Mädchen, ich bin ein Bruder.«

Und ich habe geweint, oh, ich habe weit mehr geweint, als wenn ich sie nicht auf diese Weise erkannt hätte, die armen Toten.

Es ist wohl unrecht, daß ich Dir das erzähle. Denn nun bin ich traurig und außerstande, noch weiter zu plaudern. Also leb wohl, meine liebe Lucie, ich umarme und küsse Dich von ganzem Herzen. Es lebe der Schnurrbart!

Jeanne

Für die Richtigkeit der Abschrift: Guy de Maupassant

TIMBUKTU

Französischer Titel: Timbouctou
Erstdruck: Le Gaulois, 2. August 1883

Der Boulevard, dieser Lebensstrom, wimmelte im Goldstaub der untergehenden Sonne. Der ganze Himmel war blendend rot; hinter der Madeleine stand eine ungeheure, flammende Wolke und warf über die volle Länge der Prunkstraße einen jähen, schrägen Feuerregen, der wie der aus einem Kohlenbecken aufsteigende Brodem waberte.

Die froherregte, vibrierende Menge ging in diesem lodernden Dunst einher wie in einer Verklärung. Die Gesichter waren übergoldet; die dunklen Hüte und die Kleidung wiesen einen purpurnen Abglanz auf; die blanken Schuhe bildeten zuckende Flämmchen auf den asphaltierten Gehsteigen.

Vor den Cafés saß Männervolk bei bunt schimmernden Getränken, die in den Kristallgefäßen wie geschmolzene Edelsteine anmuteten.

Inmitten der licht und leicht gekleideten Gästeschar hoben zwei Offiziere in großer Uniform sich schwerer und dunkler ab; das Gold ihrer Verschnürungen leuchtete so sehr, daß man geblendet den Blick senken mußte. Sie waren guter Dinge und plauderten in diesem strahlenden Abendglanz über Belanglosigkeiten; sie musterten beiläufig die Menge, die sich weiterschob, die Männer langsam, die Frauen geschäftiger; ihnen wehte ein kostbarer, bestrickender Dufthauch nach.

Plötzlich ging ein riesengroßer Neger, schwarz gekleidet, beleibt, auf der Zwillichweste eine lächerliche Fülle von Uhrgehängen, mit einem wie gewichst glänzenden Gesicht und dem Gehaben eines Triumphators an ihnen vorüber. Er lachte die Passanten an, er lachte die Zeitungsverkäufer an, er lachte den strahlenden Himmel an, er lachte ganz Paris an. Er war so groß, daß er alle andern um Haupteslänge überragte, und hinter ihm drehten sämtliche Schlenderer die Köpfe, um ihn sich von rückwärts anzuschauen.

Doch plötzlich gewahrte er die Offiziere, zwängte sich mit Ellbogenstößen zwischen den Trinkenden hindurch und stürzte zu ihnen hin. Als er an ihrem Tisch stand, richtete er seine strahlenden, entzückten Augen auf sie, und seine Mundwinkel hoben sich bis zu seinen Ohren hinauf und entblößten die weißen Zähne, die hell waren wie der Mond im ersten Viertel am dunklen Himmel. Die beiden Herren schauten diesen ebenholzfarbenen Riesen verblüfft an, ohne seine Heiterkeit im mindesten zu begreifen.

Und mit einer Stimme, die sämtliche Tischrunden zum Lachen brachte, rief er: »Tag, Herr Leutnant!«

Einer der Offiziere war Bataillonskommandeur, der andere Oberst.

Der erstere sagte: »Ich kenne Sie nicht und habe keine Ahnung, was Sie von mir wollen.«

Der Neger entgegnete: »Ich dich sehr mögen, Herr Leutnant Védié, Belagerung Bézi, viel Trauben, ich gesucht.«

Der völlig verdatterte Offizier starrte den Mann an und kramte in den Tiefen seiner Erinnerungen; doch dann rief er aus: »Timbuktu?«

Der Neger strahlte auf, klatschte sich auf die Schenkel und stieß ein röhrendes Lachen von unwahrscheinlicher Lautstärke aus: »Ja, Herr Leutnant, Timbuktu wiedererkannt, ja, guten Tag!«

Der Major streckte ihm die Hand hin und lachte nun ebenfalls von Herzen. Da wurde Timbuktu wieder ernst. Er ergriff die Hand des Offiziers, und ehe dieser ihn daran hindern konnte, hatte er sie geküßt, wie es bei Negern und Arabern Brauch ist.

Der betroffene Offizier sagte mit strenger Stimme: »Aber, aber, Timbuktu, wir sind hier nicht in Afrika. Setz dich da hin und erzähle, wie du hierher kommst.«

Timbuktu schob den Bauch vor und berichtete so schnell, daß er sich dabei verhaspelte. »Viel Geld verdient, viel, großes Restaurant, gut Essen, Preußen, ich viel gestohlen, viel, französische Küche, Timbuktu, Leibkoch von Kaiser, zweihunderttausend Francs für mich ganz allein, hahahaha!« Und er bog und wand sich vor Lachen, er brüllte, und in seinen Augen leuchtete eine irrsinnige Freude.

Der Offizier konnte seine seltsame Landessprache; nachdem er ihn eine Zeitlang ausgefragt hatte, sagte er zu ihm: »Also schön, Timbuktu, auf Wiedersehen demnächst.«

Sogleich sprang der Neger auf, drückte diesmal die ihm gereichte Hand und rief, noch immer lachend: »Wiedersehen, Wiedersehen, Herr Leutnant!«

Der Oberst fragte: »Was ist denn das für ein gräßlicher Kerl?«

Der Major antwortete:

»Ein wackerer Bursche und ein tapferer Soldat. Ich will Ihnen erzählen, was ich von ihm weiß; es ist ziemlich komisch.

Wie Sie wissen, war ich zu Beginn des Krieges von 1870 in Bézières eingeschlossen; der Neger nannte es Bézi. Wir waren nicht gerade belagert, nur blockiert. Die preußischen Linien umgaben uns überall, außerhalb der Reichweite der Geschütze; auch sie schossen nicht auf uns, sie wollten uns nach und nach aushungern.

Ich war damals Leutnant. Unsere Garnison bestand aus allen möglichen Truppen, Trümmern aufgeriebener Regimenter, Flüchtlingen, Versprengten, die von ihren Einheiten abgekommen waren. Kurzum, wir hatten von allem etwas, sogar elf Turcos, die eines Abends zu uns gestoßen waren, ohne daß jemand wußte, wie und woher. Sie hatten sich am Stadttor gemeldet, abgekämpft, zerlumpt, ausgehungert und besoffen. Sie wurden mir zugeteilt.

Ich merkte bald, daß sie sich keiner Disziplin fügten; immer waren sie unterwegs und immer voll. Ich versuchte es mit der Polizeiwache, sogar mit dem Gefängnis, aber nichts nützte. Meine Männer waren tagelang verschwunden, als hätten sie sich unter der Erde versteckt; dann erschienen sie wieder und waren besoffen zum Umfallen. Geld hatten sie nicht. Wo mochten sie trinken? Und wie und was?

Die Sache fing an, mir lebhaft zu schaffen zu machen, und zwar um so mehr, als diese Wilden mit ihrem ewigen Lachen und ihrem Charakter, der wie der großer, mutwilliger Kinder war, mich interessierten.

Ich stellte bald fest, daß sie dem größten unter ihnen, dem, den Sie da gerade gesehen haben, blind gehorchten. Er beherrschte sie nach freiem Ermessen, er bereitete ihre mysteriösen Unternehmungen als allmächtiger, unangefochtener Häuptling vor. Ich ließ ihn zu mir kommen und fragte ihn aus. Unsere Unterhaltung dauerte gut und gern drei Stunden, solche Mühe machte es mir, aus seinem seltsamen Kauderwelsch klug zu werden. Er selber, der arme Teufel, versuchte sein Bestes, verstanden zu werden; er erfand Wörter, gestikulierte, geriet vor Anstrengung in Schweiß, wischte sich die Stirn, schnaufte, hielt inne und redete dann plötzlich wieder los, wenn er glaubte, eine neue Möglichkeit, sich auszudrücken, gefunden zu haben.

Ich bekam schließlich heraus, daß er der Sohn eines großen Häuptlings war, einer Art Negerkönig in der Gegend von Timbuktu. Ich fragte ihn nach seinem Namen. Er antwortete etwas wie Schawaharibuhalikkranafotapolara. Es schien mir einfacher, ihm den Namen seines Heimatorts beizulegen: ›Timbuktu‹. Acht Tage später nannte die ganze Garnison ihn so und nicht anders.

Aber uns alle verlangte stark danach zu erfahren, wo dieser afrikanische Exprinz etwas zu trinken aufstöberte. Ich entdeckte es auf recht sonderbare Weise.

Eines Morgens war ich auf den Wällen und inspizierte die Umgebung; da fiel mir auf, daß in einem Weinberg sich etwas bewegte. Die Zeit der Lese rückte näher, die Trauben waren reif, aber an all das dachte ich schwerlich. Ich meinte vielmehr, ein Spion schleiche sich an die Stadt heran, und ich stellte einen größeren Streiftrupp zusammen, der den Strauchdieb schnappen sollte. Ich selber übernahm im Einverständnis mit dem General den Befehl.

Durch drei verschiedene Tore ließ ich drei kleine Trupps die Festung verlassen; sie sollten bei dem verdächtigen Weinberg zusammenstoßen und ihn umzingeln. Um dem Spion den Rückzugsweg abzuschneiden, hatte eine dieser Abteilungen einen mindestens einstündigen Marsch durchzuführen. Ein auf den Mauern als Beobachtungsposten verbliebener Mann sollte mir durch Winkzeichen angeben, daß der beobachtete Kerl den Weinberg nicht verlassen habe. Äußerst still robbten wir vorwärts; wir krochen förmlich in den Wagenspuren entlang. Schließlich kamen wir an die bewußte Stelle; ich ließ meine Männer ausschwärmen; sie stürzten sich in den Weinberg und fanden... Timbuktu! Er kroch auf allen vieren zwischen den Reben umher und aß Trauben, oder vielmehr: Er schnappte sich Trauben, wie ein Hund seine Suppe schlappert; einfach so, mit den Zähnen, riß er die Trauben vom Weinstock ab.

Ich befahl ihm aufzustehen; aber daran war nicht zu denken, und ich merkte nur zu bald, warum er sich so auf Händen und Knien weiterschleppte. Als er auf die Beine gestellt worden war, schwankte er ein paar Sekunden, streckte die Arme aus und fiel auf die Nase. Er war besoffen, wie ich nie einen Menschen besoffen gesehen habe.

Auf zwei Rebpfählen wurde er zurückgetragen. Auf dem ganzen Rückmarsch lachte er ununterbrochen und strampelte mit Armen und Beinen.

Das war das ganze Geheimnis. Die Burschen tranken den Wein unmittelbar aus der Traube. Wenn sie dann so voll waren, daß sie sich nicht mehr bewegen konnten, legten sie sich an Ort und Stelle schlafen.

Was nun Timbuktu betraf, so überstieg seine Liebe zu jenem Weinberg alles Glaubhafte und jedes Maß. Er lebte darin wie die Rebdrosseln, die er übrigens mit dem Haß eines eifersüchtigen Rivalen haßte. In einem fort sagte er: ›Drosseln alle Trauben gefressen, Schweine!‹

Eines Tages wurde ich geholt. In der Ebene hatte sich etwas gezeigt, das auf uns zurückte. Ich hatte mein Fernglas nicht mitgenommen und konnte es nur sehr schlecht erkennen. Es sah aus wie eine große, sich windende Schlange; vielleicht war es ein Geleitzug.

Ich schickte dieser seltsamen Karawane ein paar meiner Männer entgegen; bald wurde sie im Triumph eingebracht. Timbuktu und neun seiner Kameraden trugen auf einer Art aus Feldstühlen bestehenden Altars acht abgeschnittene, blutige, verzerrte Köpfe. Der zehnte Turco zog ein Pferd nach sich, an dessen Schwanz ein anderes angebunden worden war, und dahinter sechs weitere, ebenso festgebundene Pferde.

Folgendes wurde mir gemeldet. Meine Afrikaner waren wieder einmal in die Reben gegangen, und da hatten sie plötzlich gesehen, wie eine Abteilung Preußen auf ein Dorf vorrückte. Anstatt wegzulaufen, waren sie in Deckung gegangen; als dann die Offiziere vor einem Gasthaus, wo sie sich verschnaufen wollten, abgesessen waren, waren die elf Burschen vorgebrochen, hatten die Ulanen, die an einen Angriff glaubten, in die Flucht geschlagen, die beiden Posten umgelegt und dann auch den Oberst und die fünf Offiziere seines Stabes niedergemacht.

An jenem Tag habe ich Timbuktu umarmt. Aber es fiel mir auf, daß er nur mühsam gehen konnte. Ich hielt ihn für verwundet; aber er fing an zu lachen und sagte: ›Ich, Vorrat für Heimat.‹

Timbuktu führte nicht um der Ehre, sondern um der Beute willen Krieg. Alles, was er fand, alles, was ihm irgendwelchen Wert zu haben schien, vor allem alles, was glänzte, steckte er in die Tasche. Was für eine Tasche war das! Ein Schlund, der an der Hüfte begann und bis zu den Fußgelenken reichte. Er hatte einen militärischen Ausdruck aufgeschnappt und nannte sie sein ›Arsenal‹, und so war es ja auch tatsächlich.

Er hatte nämlich von den preußischen Uniformen alles Gold abgeschnitten, das Messing der Helme losgelöst, die Knöpfe usw. und alles in sein ›Arsenal‹ gesteckt; es war zum Platzen voll.

Jeden Tag stopfte er schleunigst hinein, was ihm an Glänzendem vor Augen kam, ein Stück Zinn oder eine Silbermünze, und so kam es, daß seine Gangart manchmal unendlich komisch wirkte.

Er rechnete damit, daß er das alles mit sich zurück in die Heimat der Strauße werde schleppen können, deren Bruder er zu sein schien, dieser vom Verlangen, glänzende Dinge einzuheimsen, gemarterte Königssohn. Was hätte er ohne sein ›Arsenal‹ anfangen sollen? Wahrscheinlich hätte er alles hinuntergeschlungen.

Jeden Morgen war seine Tasche leer. Also mußte er ein Magazin haben, in dem er seine Schätze aufhäufte. Aber wo? Ich habe es nicht ausfindig machen können.

Der General, dem Timbuktus Henkerstat gemeldet worden war, ließ rasch die im Nachbarort gebliebenen Leichen bestatten, damit nicht herauskam, daß sie enthauptet worden waren. Am andern Tag kamen die Preußen zurück. Der Bürgermeister und sechs angesehene Einwohner wurden auf der Stelle als Vergeltungsmaßnahme erschossen; sie sollten die Anwesenheit der Deutschen verraten haben. –

Es war Winter geworden. Wir hatten unsere Not und waren in einer verzweifelten Lage. Es kam jetzt jeden Tag zu Kampfhandlungen. Die ausgehungerten Männer waren kaum noch diensttähig. Nur die acht Turcos (drei waren inzwischen gefallen) blieben wohlgenährt und strahlend, kräftig und stets einsatzbereit. Timbuktu wurde sogar dicker. Eines Tages sagte er zu mir: ›Du viel Hunger, ich gutes Fleisch.‹

Tatsächlich brachte er mir ein vortreffliches Filet. Aber von was für einem Tier? Wir hatten weder Rinder noch Hammel, noch Ziegen, noch Esel, noch Schweine mehr. Sich Pferdefleisch zu verschaffen war unmöglich. All das ging mir durch den Kopf, bevor ich mit meinem Fleischgericht zu Ende war. Dann stieg ein grausiger Gedanke in mir auf. Jene Neger waren in der Nähe des Landes geboren worden, wo Menschen gefressen wurden! Und jeden Tag fielen in der Umgebung der Stadt so viele Soldaten! Ich unterzog Timbuktu einem Verhör. Er wollte nicht mit der Sprache heraus. Ich drang nicht weiter in ihn, wies aber fortan seine Geschenke zurück.

Er vergötterte mich. Als wir eines Nachts auf Vorposten waren, überraschte uns Schneefall. Ich schaute mitleidig zu den armen Negern hin, die in diesem weißen, eisigen Staub schlotterten. Da mir sehr kalt war, fing ich an zu husten. Da fühlte ich, wie sich etwas über mich senkte wie eine große, warme Decke. Es war Timbuktus Mantel; er hatte ihn mir über die Schultern geworfen.

Ich stand auf und erstattete ihm sein Bekleidungsstück zurück: ›Behalt ihn, mein Junge; du hast ihn nötiger als ich.‹

Er antwortete: ›Nein, Herr Leutnant, für dich, ich nicht nötig, ich warm, warm.‹ Und er sah mich mit flehenden Augen an.

Ich fuhr fort: ›Los, gehorche, behalte deinen Mantel, dienstlicher Befehl.‹

Da stand der Neger auf, zog seinen Säbel, den er scharf wie eine Sense zu schleifen verstand, und hielt in der andern Hand seinen von mir abgelehnten langen Mantel: ›Wenn du nicht behalten Mantel, ich zerschneiden; dann keiner Mantel.‹

Er hätte es getan. Ich gab nach.

Acht Tage später haben wir kapituliert. Einige von uns hatten sich durchschlagen können. Die andern sollten aus der Stadt herausziehen und sich den Siegern ergeben.

Ich begab mich zur Place d'Armes, wo wir antreten mußten, blieb aber starr vor Staunen vor einem riesigen, in weißen Zwillich gekleideten Neger stehen, der einen Strohhut trug. Es war Timbuktu. Er winkte strahlend und ging, die Hände in den Taschen, vor einem kleinen Laden auf und ab, in dessen Schaufenster zwei Teller und zwei Gläser standen.

Ich fragte ihn: ›Was treibst du denn hier?‹

Er antwortete: ›Ich nicht weggehen, ich guter Koch, ich gekocht für Oberst, Algerien; ich gegessen Preußen, viel gestohlen, viel.‹

Es herrschten zehn Grad unter Null. Ich zitterte angesichts dieses Negers im Zwillichanzug. Da nahm er mich beim Arm und führte mich hinein. Ich erblickte ein übergroßes Reklameschild, das er vor seiner Tür anbringen wollte, wenn wir weg wären; er schämte sich nämlich ein bißchen.

Und ich las den von der Hand irgendeines Helfershelfers geschriebenen Text:

Militärküche Timbuktu
Ehemaliger Leibkoch S. M. des Kaisers
Pariser Kochkünstler – Mäßige Preise

Trotz der mir am Herzen nagenden Verzweiflung mußte ich lachen, und ich beließ meinen früheren Neger bei seinem neuen Gewerbe.

War das nicht besser, als ihn in die Gefangenschaft ziehen zu lassen?

Sie haben es ja vorhin gesehen, daß er Erfolg gehabt hat, der pfiffige Kerl.

Bézières gehört heute zu Deutschland. Das Restaurant Timbuktu ist der erste Schritt zur Revanche.«

MEIN ONKEL JULES

Französischer Titel: Mon Oncle Jules
Erstdruck: Le Gaulois, 7. August 1883

Für Achille Bénouville

Ein alter Bettler mit weißem Bart bat uns um ein Almosen. Mein
Kamerad Joseph Davranche gab ihm hundert Sous. Das überraschte mich. Er sagte:

»Der arme Kerl hat mich an eine Geschichte erinnert, die ich
dir erzählen möchte; die Erinnerung daran verfolgt mich unablässig. Hör zu:

Meine Familie stammt aus Le Havre; wir waren nicht reich.
Man schlug sich durch, und weiter nichts. Mein Vater arbeitete,
kam spät vom Büro heim und verdiente nicht viel. Ich hatte zwei
Schwestern.

Meine Mutter litt sehr unter unsern beschränkten Verhältnissen und bedachte ihren Mann oft mit bitteren Worten, mit verhüllten und tückischen Vorwürfen. Dann vollführte der arme
Mann eine Handbewegung, die mir zu Herzen ging. Er fuhr sich
mit geöffneter Hand über die Stirn, als wolle er nicht vorhandenen Schweiß wegwischen, und antwortete nicht. Ich spürte seinen ohnmächtigen Schmerz. An allem wurde gespart; nie wurde
eine Einladung zum Abendessen angenommen, damit sie nicht
erwidert zu werden brauchte; was im Haushalt gebraucht wurde,
wurde zu herabgesetzten Preisen gekauft, immer nur Ladenhü-
ter. Meine Schwestern nähten sich ihre Kleider selber, und es gab
langes Hinundhergerede über den Preis eines Besatzes, der pro
Meter fünfzehn Centimes kostete. Unser Essen bestand für gewöhnlich aus einer fetten Suppe und aus gekochtem Rindfleisch,
zu dem es dann alle möglichen Saucen gab. Das ist, so scheint es,
gesund und kräftigend; aber mir wäre etwas anderes lieber gewesen.

Ich mußte die entsetzlichsten Vorwürfe über mich ergehen lassen, wenn ich Knöpfe verloren oder mir die Hose zerrissen hatte.

Aber jeden Sonntag wurde in großer Aufmachung unser Spaziergang auf der Mole unternommen. Mein Vater trug Gehrock, Zylinder und Handschuhe; er bot meiner Mutter den Arm, die ›über die Toppen geflaggt‹ hatte wie ein Schiff an Festtagen. Meine Schwestern waren stets als die ersten fertig und warteten auf das Zeichen zum Aufbruch; aber im letzten Augenblick wurde dann immer ein übersehener Fleck auf dem Gehrock des Familienoberhauptes entdeckt und mußte schnell noch mit einem in Benzin getauchten Lappen beseitigt werden.

Mein Vater behielt den Zylinder auf dem Kopf und wartete in Hemdsärmeln auf das Ende der Prozedur; meine Mutter machte, so schnell sie konnte; sie war kurzsichtig und schob sich die Brille auf die Nase; die Handschuhe zog sie aus, um sie nicht zu verderben.

Danach setzten wir uns feierlich in Marsch. Meine Schwestern gingen untergehakt voran. Sie standen im heiratsfähigen Alter und wurden in der Stadt vorgeführt. Ich ging links neben meiner Mutter, deren rechte Seite mein Vater behütete. Und ich weiß noch genau, wie pompös meine armen Eltern sich bei den Sonntagsspaziergängen gehabten, wie steif ihre Mienen waren und wie gemessen ihre Haltung. Sie stolzierten gravitätisch einher, aufgereckt, stelzigen Schrittes, als hänge von ihrem Verhalten etwas unglaublich Wichtiges ab.

Und jeden Sonntag, wenn mein Vater die großen, aus fernen, unbekannten Ländern kommenden Schiffe einlaufen sah, äußerte er unabänderlich dieselben Worte: ›Ach, wenn Jules da mitkäme, das wäre mal eine Überraschung!‹

Mein Onkel Jules, der Bruder meines Vaters, war der Schrecken der Familie gewesen und war jetzt ihre einzige Hoffnung. Ich hatte seit meiner Kindheit von ihm reden hören, und mir war, als würde ich ihn auf Anhieb erkennen, so vertraut war sein Bild mir geworden. Ich wußte um alle Einzelheiten seines Lebens bis zum Tag seiner Abreise nach Amerika, obwohl von jener Spanne seines Lebens immer nur getuschelt wurde.

Er hatte, so scheint es, ›nicht gut getan‹, das heißt: er hatte einiges Geld durchgebracht, und das ist für arme Familien das größte unter allen Verbrechen. Für die Reichen heißt es von einem Mann, der einen lockeren Lebenswandel führt, ›er mache Dummheiten‹. Er ist, wie lächelnd gesagt wird, ein ›lustiger Bruder‹. Bei den Bedürftigen jedoch gilt ein junger Mensch, der seine Eltern zwingt, das Kapital anzugreifen, als ein schlechter Mensch, ein Lump, ein ›Halunke‹!

Und dieser Unterschied wird zu Recht gemacht, obwohl die Tatsachen an sich die gleichen sind; denn einzig die Folgen bestimmen das Gewicht einer Handlung.

Mit einem Wort: Onkel Jules hatte die Erbschaft, mit der mein Vater gerechnet hatte, beträchtlich geschmälert, und zuvor hatte er seinen eigenen Anteil bis auf den letzten Sou vergeudet.

Er war nach Amerika verfrachtet worden, wie es damals gang und gäbe war, und zwar auf einem zwischen Le Havre und New York verkehrenden Handelsschiff.

Als mein Onkel Jules drüben angekommen war, ließ er sich als Kaufmann nieder, ohne daß ich wüßte, womit er eigentlich gehandelt hat, und bald schrieb er, er verdiene einiges Geld und hoffe, meinen Vater für die Einbuße entschädigen zu können, die dieser durch ihn erlitten habe. Der Brief löste in der Familie tiefe Rührung aus. Jules, der, wie man so sagt, keinen Pfifferling wert war, wurde plötzlich zum Ehrenmann, zu einem, der das Herz auf dem rechten Fleck hat, einem echten Davranche, makellos wie alle Davranches.

Ein Kapitän erzählte uns zu allem Überfluß, Jules habe einen großen Laden gemietet und sei ein angesehener Handelsmann.

Zwei Jahre später kam ein zweiter Brief; darin hieß es: ›Mein lieber Philippe, ich schreibe Dir, damit Du Dich nicht meiner Gesundheit wegen sorgst; sie ist ausgezeichnet. Auch die Geschäfte gehen gut. Morgen trete ich eine lange Reise nach Südamerika an. Vielleicht werde ich Dir mehrere Jahre lang nicht schreiben können. Wenn Du keine Nachricht von mir erhältst, so beunruhige Dich nicht. Sobald ich es zu Vermögen gebracht habe, kehre ich nach Le Havre zurück. Hoffentlich dauert es damit nicht allzu lange, und dann können wir glücklich miteinander leben…‹

Dieser Brief war zum Evangelium der Familie geworden. Bei jeder Gelegenheit wurde er vorgelesen; allen Leuten wurde er gezeigt.

Tatsächlich ließ Onkel Jules zehn Jahre lang nichts von sich hören; aber je weiter die Zeit voranschritt, desto höher steigerten sich meines Vaters Hoffnungen; und auch meine Mutter sagte oftmals: ›Wenn der liebe Jules erst wieder hier ist, dann ändert sich unsere Lage. Das ist einer, der sein Schäfchen ins trockene gebracht hat!‹

Und jeden Sonntag wiederholte mein Vater beim Auftauchen der großen schwarzen Dampfer, die Rauchschlangen über den Himmel spien, seinen ewigen Satz: ›Ach, wenn Jules da mitkäme, das wäre mal eine Überraschung!‹

Und beinahe waren wir darauf gefaßt, daß der Onkel sein Taschentuch schwenkte und rief: ›Hallo, Philippe!‹

Im Zusammenhang mit dieser als sicher geltenden Wiederkehr waren tausend Pläne geschmiedet worden; es sollte sogar mit des Onkels Geld ein kleines Landhaus in der Nähe von Ingouville gekauft werden. Ich möchte mich nicht zu der Behauptung versteigen, mein Vater habe deswegen bereits Unterhandlungen angeknüpft.

Meine älteste Schwester war damals achtundzwanzig, die andere sechsundzwanzig. Sie hatten nicht geheiratet, und das war für alle Beteiligten ein großer Kummer.

Endlich stellte sich für die jüngere ein Bewerber ein. Ein Beamter, nicht reich, aber in guten Verhältnissen. Ich bin immer überzeugt davon gewesen, daß der Brief Onkel Jules', der ihm eines Abends gezeigt worden war, dem Zögern des jungen Mannes ein Ende gemacht und ihn zu seinem Entschluß bewogen hat.

Sein Antrag wurde begeistert angenommen, und es wurde beschlossen, nach der Hochzeit solle die ganze Familie einen kleinen Ausflug nach Jersey machen.

Jersey ist das ideale Ausflugsziel für arme Leute. Es ist nicht weit; man fährt mit einem Postdampfer übers Meer und befindet sich im Ausland, da die kleine Insel ja den Engländern gehört. Somit kann also ein Franzose sich durch eine zweistündige Seefahrt das Erlebnis eines Nachbarvolks in dessen eigenem Land leisten und die übrigens recht kläglichen Sitten und Bräuche auf dieser Insel beobachten, die von der britischen Flagge geschützt wird, wie sich auf schlichte Redewendungen erpichte Leute ausdrücken.

Jene Fahrt nach Jersey hielt uns im Bann; einzig ihr galt unsere Erwartung; sie war ein Traum, der uns nicht losließ.

Endlich war es soweit. Ich sehe das alles vor mir, als sei es gestern gewesen: den Dampfer, der am Kai Granville Dampf aufmachte, meinen aufgeregten Vater, der unsere drei Gepäckstücke beim Anbordbringen nicht aus den Augen ließ, meine ängstliche Mutter, die den Arm meiner unverheirateten Schwester genommen hatte; sie wirkte nach dem Fortgehen der andern wie ein Hühnchen, das vom ganzen Gehege als einziges übriggeblieben ist; und hinter uns das junge Ehepaar, das stets zurückblieb, weswegen ich oft den Kopf nach ihnen umdrehte.

Der Dampfer tutete. Wir waren auf Deck, das Schiff verließ den Kai und glitt über ein Meer dahin, das glatt war wie eine Tischplatte aus grünem Marmor. Wir beobachteten das Zurückweichen der Küste und waren stolz und glücklich wie alle, die nur selten auf Reisen gehen.

Mein Vater wölbte den Bauch unter seinem Gehrock vor, aus dem noch am Morgen sorgfältig sämtliche Flecke entfernt worden waren, und verbreitete um sich den gleichen Benzingeruch wie an Ausgehtagen; er war für mich ein Merkmal der Sonntage.

Plötzlich schaute er zu zwei eleganten Damen hinüber, denen zwei Herren Austern darboten. Ein alter, schäbiger Matrose öffnete mit einem Messerstich die Muschelschalen und gab sie den Herren, die sie dann den Damen reichten. Sie aßen zierlich; sie hielten die Schale über ein feines Taschentuch und streckten den Mund vor, damit sie sich nicht die Kleider beschmutzten. Dann tranken sie mit einer raschen Bewegung den Saft und warfen die Schale ins Meer.

Mein Vater war offensichtlich sehr angetan von dieser vornehmen Art, auf einem in Fahrt befindlichen Schiff Austern zu essen. Er hielt das für gute Lebensart, für gepflegten, überlegenen Stil, und er trat zu meiner Mutter und meinen Schwestern hin und fragte: ›Darf ich euch zu ein paar Austern einladen?‹

Meine Mutter zögerte, der Kosten wegen; aber meine beiden Schwestern waren sogleich einverstanden.

Meine Mutter sagte maulig: ›Ich habe Angst, daß ich mir damit den Magen verderbe. Kauf bloß für die Kinder welche, aber nicht zu viele, sonst bekommen sie ihnen womöglich nicht.‹ Dann wandte sie sich zu mir hin und fügte hinzu: ›Joseph braucht keine; kleine Jungen dürfen nicht verwöhnt werden.‹

Ich blieb also bei meiner Mutter und fühlte mich benachteiligt. Mit dem Blick folgte ich meinem Vater, der feierlich Töchter und Schwiegersohn zu dem schäbigen alten Matrosen hinführte.

Die beiden Damen waren gerade weggegangen, und mein Vater unterwies meine Schwestern, wie sie sich beim Essen zu verhalten hätten, damit kein Saft heruntertropfte; er wollte es ihnen sogar vormachen und bemächtigte sich einer Auster. Bei dem Versuch, es den Damen gleichzutun, goß er sich auf der Stelle die ganze Flüssigkeit auf den Gehrock, und ich hörte meine Mutter unwillig vor sich hin sagen: ›Er hätte die Finger davon lassen sollen.‹

Aber plötzlich schien irgend etwas meinen Vater stutzig zu machen; er trat ein paar Schritte beiseite, starrte auf seine um den Austernöffner gescharte Familie und kam dann mit einer jähen Wendung auf uns zu. Er kam mir sehr blaß vor und machte ganz sonderbare Augen. Halblaut sagte er zu meiner Mutter: ›Merkwürdig, wie der Mensch da, der die Austern aufmacht, Jules ähnlich sieht.‹

Meiner Mutter verschlug es die Sprache; sie fragte: ›Welchem Jules?‹

Mein Vater fuhr fort: ›Ja... meinem Bruder... Wüßte ich nicht, daß er in guten Verhältnissen in Amerika lebt, würde ich glauben, er ist es.‹

Meine verwirrte Mutter stammelte: ›Du bist verrückt! Wenn du schon weißt, daß er es nicht ist, warum redest du dann solchen Blödsinn?‹

Aber mein Vater ließ nicht locker: ›Sieh ihn dir doch mal an, Clarisse; es wäre mir lieber, wenn du dich mit eigenen Augen überzeugtest.‹

Sie stand auf und ging hinüber zu ihren Töchtern. Auch ich

schaute mir den Mann an. Er war alt, unsauber, verrunzelt und blickte von seiner Tätigkeit nicht auf.

Meine Mutter kam wieder. Ich merkte, daß sie zitterte. Überhastet sagte sie: ›Ich glaube, er ist es. Geh doch und laß dir vom Kapitän Auskunft geben. Aber vor allem sei dabei vorsichtig, sonst fällt der gräßliche Kerl uns womöglich um den Hals!‹

Mein Vater ging; ich lief ihm nach. Ich fühlte mich seltsam erschüttert.

Der Kapitän war ein großer, magerer Mann mit langem Bakkenbart; er ging mit wichtigtuerischer Miene auf der Kommandobrücke auf und ab, als sei er der Commodore eines Westindien-Steamers.

Mein Vater redete ihn mit übertriebener Höflichkeit an, stellte ihm Fragen über den Seemannsberuf und ließ es dabei nicht an Komplimenten fehlen.

Worin die Bedeutung Jerseys eigentlich bestehe? Was es hervorbringe? Wie die Bevölkerung sei? Wie ihre Sitten? Ihre Bräuche? Wie die Bodenbeschaffenheit? Und was dergleichen mehr ist.

Man hätte glauben können, es handele sich mindestens um die Vereinigten Staaten.

Dann wurde von dem Dampfer gesprochen, der ›L'Express‹ hieß, und dann von der Mannschaft.

Schließlich fragte mein Vater beklommen: ›Sie haben da einen Austernöffner; der kommt mir ganz interessant vor. Wissen Sie Näheres über den alten Knaben?‹

Der Kapitän, dem diese endlose Unterhaltung wohl auf die Nerven ging, antwortete trocken: ›Das ist ein alter Bummler, ein Franzose; ich habe ihn letztes Jahr in Amerika aufgegabelt und mit zurück in die Heimat genommen. Anscheinend hat er Verwandte in Le Havre, aber zu denen will er nicht gehen, weil er ihnen Geld schuldet. Er heißt Jules... Jules Darmanche oder Darvanche, kurzum, so ähnlich. Es scheint, daß er drüben mal eine Zeitlang sehr reich gewesen ist; aber Sie sehen ja selber, wie drekkig es ihm jetzt geht.‹

Mein Vater war leichenblaß geworden; mit zugeschnürter Kehle und verstörtem Blick stieß er hervor: ›So, so! Gut... sehr gut… Es wundert mich nicht weiter… Ich danke Ihnen vielmals, Herr Kapitän.‹ Damit ging er davon, und der Seemann schaute ihm verdutzt nach.

Er trat dermaßen aufgelöst vor meine Mutter hin, daß sie zu ihm sagte: ›Setz dich hin, sonst merken die anderen was.‹

Er sank auf eine Bank und stotterte: ›Er ist es; er ist es tatsächlich.‹ Dann fragte er: ›Was sollen wir bloß tun?‹

Lebhaft antwortete sie: ›Die Kinder müssen von ihm weggeschafft werden. Da Joseph alles weiß, kann er sie holen. Vor allem müssen wir auf der Hut sein, daß unser Schwiegersohn nichts merkt.‹

Mein Vater sah völlig niedergeschmettert aus. Er murmelte: ›Es ist eine Katastrophe!‹

Meine unversehens wütend gewordene Mutter ergänzte: ›Ich habe von je geahnt, daß dieser Dieb nichts tut und daß wir ihn eines Tages auf dem Buckel haben! Als ob man von einem Davranche etwas anderes hätte erwarten können!‹

Und mein Vater fuhr sich mit der Hand über die Stirn, wie er es stets tat, wenn seine Frau ihn mit Vorwürfen überschüttete.

Sie fuhr fort: ›Du gibst jetzt Joseph sofort Geld, damit er die Austern bezahlt. Es fehlte gerade noch, daß dieser Bettler uns wiedererkennt. Das würde hier an Bord einen reizenden Eindruck machen. Laß uns ans andere Ende gehen und paß auf, daß der Kerl uns vom Leib bleibt!‹

Sie stand auf; ich bekam ein Hundertsousstück in die Hand.

Meine erstaunten Schwestern hatten den Vater erwartet. Ich behauptete, Mama fühle sich ein bißchen seekrank, und ich fragte den Austernöffner: ›Was schulden wir Ihnen, Monsieur?‹

Am liebsten hätte ich ›lieber Onkel‹ zu ihm gesagt.

Er antwortete: ›Zwei Francs fünfzig.‹

Ich gab ihm mein Fünffrancsstück, und er gab mir den Rest heraus.

Ich sah seine Hand an, eine arme, ganz zerschundene Seemannshand, und ich sah sein Gesicht an, ein altes, jämmerliches, trauriges, leidvolles Gesicht, und ich sagte mir: ›Dies ist mein Onkel, Papas Bruder, mein Onkel!‹

Ich ließ ihm fünfzig Centimes Trinkgeld.

Er bedankte sich: ›Gott segne Sie, lieber junger Herr!‹

Die Stimme klang wie die eines Bettlers, der ein Almosen bekommt. Ich mußte daran denken, daß er auch wohl drüben schon
gebettelt hatte!

Meine Schwestern bedachten mich mit überraschten Blicken
meiner Freigebigkeit wegen.

Als ich meinem Vater die zwei Francs einhändigte, fragte
meine Mutter verwundert: ›Drei Francs hat das gekostet? Das ist
doch unmöglich.‹

Mit fester Stimme erklärte ich: ›Ich habe ihm zehn Sous Trinkgeld gegeben.‹

Meine Mutter fuhr auf und starrte mich an: ›Du bist verrückt!
Diesem Kerl, diesem Bettler zehn Sous zu schenken!‹

Unter dem Blick meines Vaters, der auf seinen Schwiegersohn
deutete, hielt sie inne.

Dann schwiegen wir.

Vor uns schien am Horizont ein veilchenfarbener Schatten
dem Meer zu entsteigen. Das war Jersey.

Als wir an den Kai heranfuhren, durchzog ein heftiges Verlangen mein Herz, meinen Onkel Jules einmal wiederzusehen, zu
ihm hinzutreten, ihm etwas Tröstliches und Liebevolles zu sagen.

Aber da jetzt niemand mehr Austern aß, war er verschwunden;
der arme Kerl war wohl in das übelriechende Logis hinunterge-
stiegen, wo er hauste.

Und wir sind dann mit dem Dampfer der Saint-Malo-Linie
heimgefahren, um ihm nicht nochmals zu begegnen. Meine Mutter verging fast vor Angst.

Ich habe meines Vaters Bruder nie wiedergesehen!

Und deswegen schenke ich manchmal einem Vagabunden fünf
Francs.«

Übertragen von Irma Schauber

TOLLWÜTIG?

Französischer Titel: Enragée?
Erstdruck: Le Gil-Blas, 7. August 1883,
unter dem Pseudonym »Maufrigneuse«

Meine liebe Geneviève,

Du bittest mich, Dir von meiner Hochzeitsreise zu erzählen.
Wie soll ich das fertigbringen? Du Hinterhältige, Du hattest mir
nichts gesagt, nicht einmal angedeutet hast Du mir auch nur das
mindeste, nichts, aber auch gar nichts! Wie geht das zu? Du bist
seit anderthalb Jahren verheiratet, ja, seit anderthalb Jahren; Du
sagst, Du seiest meine beste Freundin, Du hast früher nichts vor
mir geheimgehalten, und nun hast Du nicht einmal das Mitgefühl aufgebracht, mich zu warnen! Hättest Du mir wenigstens einen Wink gegeben, hättest Du mir halbwegs die Augen geöffnet,
hättest Du einen bloßen, einen ganz gelinden Argwohn in meine
Seele schlüpfen lassen, so hättest Du mich an der Begehung einer
großen Dummheit gehindert – noch heute werde ich deswegen
rot, und mein Mann wird deswegen sein Leben lang lachen, und
schuld daran bist Du – Du allein!
Ich habe mich für alle Zeit abscheulich lächerlich gemacht; ich
habe einen der Irrtümer begangen, deren Erinnerung nie ver-
lischt, und schuld daran bist Du, bist Du, Du boshaftes Geschöpf!
Ach, wenn ich gewußt hätte!
Ja, nun raffe ich, indem ich Dir schreibe, allen Mut zusammen
und beschließe, Dir alles zu sagen. Aber Du mußt mir versprechen, nicht gar zu sehr zu lachen.
Bitte erwarte keine Komödie. Es ist ein Drama.
Du erinnerst Dich wohl meiner Hochzeitsfeier. Noch am selben Abend sollte ich meine Hochzeitsreise antreten. Ich hatte bestimmt keinerlei Ähnlichkeit mit jener Paulette, deren Geschichte uns Gyp so drollig in ihrem geistvollen Roman »Rund

um die Ehe« erzählt hat. Und wenn meine Mutter zu mir gesagt hätte wie Madame d'Hautretan zu ihrer Tochter: »Dein Mann wird dich in die Arme nehmen... und...«, dann hätte ich bestimmt nicht wie Paulette schallend losgelacht und geantwortet: »Jetzt mach aber Schluß, Mama... Das alles weiß ich wie du...«

Ich habe nichts gewußt, nicht das mindeste, und Mama, meine arme Mama, die vor allem zurückschreckt, hat nicht gewagt, dies delikate Thema auch nur zu streifen.

Es wurde uns also nachmittags um fünf, nach dem Festessen, gemeldet, unser Wagen sei vorgefahren. Die Gäste waren schon fort; ich war reisefertig. Ich weiß noch, mit welchem Gepolter die Koffer die Treppe hinuntergeschafft wurden; ich höre noch, wie Papa durch die Nase sprach, weil keiner merken sollte, daß er schluchzte. Als er mich küßte, hat der arme Mann zu mir gesagt: »Nur Mut!«, als ob ich mir einen Zahn ziehen lassen wollte! Mama aber – Mama war der reinste Springbrunnen. Mein Mann trieb mich zur Eile an, um diesem schwierigen Abschied zu entgehen; ich selber war in Tränen aufgelöst, aber dennoch sehr glücklich. Das ist kaum zu verstehen, aber trotzdem stimmt es. Plötzlich fühlte ich, wie etwas mich am Rock zupfte. Es war Bijou; ich hatte ihn seit dem Morgen völlig vergessen. Das arme Tier sagte mir auf seine Art adieu. Das gab mir einen kleinen Stich durchs Herz; und zugleich den Wunsch, meinem Hündchen einen Kuß zu geben. Ich nahm ihn hoch (Du weißt ja, er ist nur faustgroß) und fing an, ihn abzuküssen. Ich finde es wundervoll, zu Tieren zärtlich zu sein. Das verursacht mir ein wonniges Gefühl, es durchschauert mich geradezu; es ist etwas Köstliches.

Bijou nun aber war wie verrückt; er zappelte mit den Pfoten, er leckte mich, er biß ganz zart um sich, wie immer, wenn er sich freut. Urplötzlich nahm er meine Nase zwischen seine Fangzähne und tat mir weh. Ich schrie leise auf und setzte den Hund wieder auf die Erde. Er hatte mich tatsächlich im Spiel gebissen. Ich blutete. Alle waren außer sich. Es wurde Wasser, Essig, Verbandstoff gebracht, mein Mann wollte mich selber behandeln. Es war übrigens nicht weiter gefährlich, nur zwei kleine Löcher, wie Nadelstiche. Nach fünf Minuten war das Blut gestillt, und ich fuhr ab.

Wir hatten eine etwa sechswöchige Reise durch die Normandie machen wollen. Abends kamen wir in Dieppe an. Wenn ich sage »abends«, so meine ich: um Mitternacht.

Du weißt, wie gern ich das Meer habe. Ich erklärte meinem Mann, ich ginge nicht eher zu Bett, als bis ich es gesehen hätte. Das schien ihm einen Strich durch die Rechnung zu machen. Lachend fragte ich ihn: »Bist du denn so müde?«

Er antwortete: »Nein, mein Kind; aber du müßtest doch verstehen, daß ich es eilig habe, mit dir allein zu sein.«

Das überraschte mich: »Mit mir allein sein? Aber wir sind doch von Paris an im Abteil allein gewesen!«

Er lächelte: »Ja... aber... im Abteil; das ist nicht dasselbe, als wenn wir in unserm Schlafzimmer wären.«

Ich gab nicht nach: »Na, am Strand sind wir ebenfalls allein!«

Ganz entschieden mißfiel ihm das. Dennoch sagte er: »Gut. Ganz wie du willst.«

Es war eine herrliche Nacht, eine der Nächte, die einem erhabene, verschwommene Gedanken durch die Seele gleiten lassen, mehr Gefühle und sinnliche Empfindungen als Gedanken, und da verspürt man Lust, die Arme auszubreiten, Flügel zu entfalten, den ganzen Himmel zu umarmen – was weiß ich? Man glaubt dann immer, man werde Dinge begreifen, von denen man nichts weiß.

In der Luft liegt dann etwas Träumerisches, eine durchdringende Poesie, ein Glück anderer Art als das irdische, etwas wie eine unendliche Trunkenheit – sie kommt von den Sternen hernieder, vom Mond, sie steigt aus dem silbrigen, bewegten Wasser auf. Solche Augenblicke gehören zu den besten, die einem im Leben zuteil werden. Man sieht das Dasein mit andern Augen; es kommt einem schöner und köstlicher vor; alles ist wie die Enthüllung dessen, was sein könnte... oder was sein wird.

Indessen mein Mann schien so schnell wie möglich heimgehen zu wollen. Ich fragte ihn: »Ist dir kalt? – »Nein.« – »Dann sieh doch nur das kleine Boot da hinten: Es sieht aus, als sei es auf dem Wasser eingeschlafen. Kann man sich irgendwo wohler fühlen als hier? Ich bliebe am liebsten hier, bis es Tag wird. Sag, wollen wir nicht den Sonnenaufgang abwarten?«

Er glaubte, ich machte mich über ihn lustig, und zog mich beinahe gewaltsam zum Hotel! Wenn ich gewußt hätte! O der Schuft!

Als wir allein waren, schämte ich mich und fühlte mich gehemmt, ohne zu wissen, warum – ich schwöre es Dir! Endlich ließ ich ihn ins Toilettekabinett gehen und legte mich hin.

O Liebste, wie soll ich es Dir schildern? Also, kurz und gut. Vielleicht hielt er mein Übermaß an Unschuld für Durchtriebenheit, mein Übermaß an Einfalt für Abgefeimtheit, meine vertrauende, dumme Hingabe für eine Taktik, und so ließ er nicht die zarte Schonung walten, deren es bedarf, um einer kein Mißtrauen hegenden, in keiner Weise vorbereiteten Seele solcherlei geheime Dinge zu erklären, sie ihr verständlich und sie dazu willens zu machen.

Und plötzlich glaubte ich, er habe den Verstand verloren. Dann überkam mich Angst, ich fragte mich, ob er mich umbringen wolle. Wenn das Entsetzen einen packt, überlegt man nicht und denkt nicht nach: Man wird verrückt. Innerhalb einer Sekunde malte ich mir Grausiges aus. Ich dachte an Zeitungsnotizen, an geheimnisvolle Verbrechen, an Flüstergeschichten von jungen Mädchen, die von Schuften geheiratet worden waren. Kannte ich ihn denn, diesen Mann? Ich sträubte mich, stieß ihn zurück, außer mir vor Angst. Ich riß ihm sogar eine Handvoll Haare aus dem Bart, dadurch konnte ich mich losmachen, sprang auf und brüllte: »Hilfe! Hilfe!« Ich lief zur Tür, zog die Riegel zurück und stürzte halbnackt ins Treppenhaus.

Andere Türen gingen auf. Männer im Hemd erschienen, Kerzen in der Hand. Ich taumelte in die Arme eines von ihnen und flehte um Schutz. Er stürzte sich auf meinen Mann.

Was dann geschah, weiß ich nicht mehr. Sie prügelten sich, sie schrien; dann wurde gelacht, gelacht, wie Du es nicht für möglich halten kannst. Das ganze Haus lachte, vom Keller bis zum Speicher. In den Fluren hörte ich wahre Raketen von Heiterkeit und andere in den Zimmern einen Stock höher. Unter den Dächern lachten die Küchenjungen, und der Nachtdienstportier wand sich im Vestibül auf seiner Matratze.

Bedenk doch: in einem Hotel!

Dann war ich wieder allein mit meinem Mann; er gab mir ein paar summarische Erklärungen, wie man ein Chemieexperiment erklärt, ehe man es durchführt. Er war alles andere als zufrieden. Ich weinte bis zum Tagesanbruch, und sobald die Türen aufgeschlossen wurden, haben wir gemacht, daß wir wegkamen.

Aber das ist noch nicht alles.

Am folgenden Tag kamen wir in Pourville an; das ist vorerst noch ein Embryo von Badeort. Mein Mann überhäufte mich mit kleinen Fürsorglichkeiten, mit Liebkosungen. Nach seiner anfänglichen Mißzufriedenheit schien er begeistert. Ich schämte mich meines Abenteuers vom Vortag und war darüber bekümmert; also war ich so liebenswürdig, wie man nur sein kann, und fügte mich. Aber Du kannst Dir das Entsetzen, den Ekel, den fast an Haß grenzenden, nicht vorstellen, den Henry mir einflößte, als ich das infame Geheimnis wußte, das den jungen Mädchen so sorgfältig verborgen wird. Ich fühlte mich verzweifelt, sterbenstraurig, aus allen Wolken gefallen und gemartert von dem Verlangen, zu meinen guten Eltern heimzukehren. Am übernächsten Tag langten wir in Étretat an. Unter den Badegästen herrschte große Aufregung: Eine von einem kleinen Hund gebissene Frau war gerade an der Tollwut gestorben. Mir lief ein gewaltiger Schauer über den Rücken, als ich bei der Table d'hôte davon erzählen hörte. Sofort war mir, als tue mir die Nase weh, und in allen Gliedern hatte ich ein ganz merkwürdiges Gefühl.

In der Nacht tat ich kein Auge zu; meinen Mann hatte ich völlig vergessen. Wenn auch ich an der Tollwut sterben mußte! Am nächsten Tag ließ ich mir vom Oberkellner alle Einzelheiten sagen. Seine Auskünfte waren fürchterlich. Den ganzen Tag über ging ich an der Steilküste spazieren. Ich sagte kein Wort; ich grübelte in mich hinein. Die Tollwut! Welch entsetzlicher Tod! Henry fragte mich: »Was hast du denn? Du siehst so bedrückt aus.« Ich antwortete: »Ach, nichts, gar nichts.« Verwirrten Blicks starrte ich aufs Meer, ohne es zu sehen, auf das Flachland, ohne daß ich hätte sagen können, was ich vor Augen hatte. Um nichts in der Welt hätte ich eingestehen können, was mich quälte. Ein Schmerz, ein richtiger Schmerz, durchzog mir die Nase. Ich wollte heim.

Kaum war ich wieder im Hotel, als ich mich einschloß, um mir die Bißwunde genau anzuschauen. Sie war kaum noch zu sehen. Und dabei ließ sich daran nichts drehen und deuteln: Sie tat mir weh.

Sofort schrieb ich an meine Mutter einen kurzen Brief, der ihr absonderlich vorkommen mußte. Ich bat um umgehende Antwort auf völlig bedeutungslose Fragen. Nachdem ich schon unterschrieben hatte, schrieb ich noch: »Vor allem vergiß nicht, mir über Bijou zu berichten.«

Am nächsten Tag brachte ich keinen Bissen hinunter, weigerte mich aber, zum Arzt zu gehen. Den ganzen Tag lang saß ich am Strand und schaute den Badenden zu. Es kamen dicke oder schlanke, und alle wirkten in ihren scheußlichen Badeanzügen häßlich; aber mir war nicht nach Lachen zumute. Ich dachte: Wie glücklich sie doch sind, alle diese Leute! Sie sind nicht gebissen worden. Sie bleiben am Leben; sie brauchen keine Angst zu haben. Sie können sich amüsieren, so viel sie wollen. Wie ruhig und sorglos sie sind!

Alle paar Augenblicke faßte ich an meine Nase und betastete sie. Schwoll sie etwa an? Und kaum war ich wieder im Hotel, als ich mich einschloß, um sie mir im Spiegel anzusehen. Hätte sie sich verfärbt, so wäre ich auf der Stelle tot umgesunken.

Am Abend überkam mich plötzlich etwas wie Zärtlichkeit für meinen Mann, die Zärtlichkeit einer Verzweifelten. Ich meinte, er sei gütig; ich lehnte mich in seine Arme. Zwanzigmal war ich nahe daran, ihm mein jämmerliches Geheimnis zu sagen; doch ich schwieg.

Er mißbrauchte meine Hingegebenheit und die Kraftlosigkeit meiner Seele aufs schmählichste. Ich brachte nicht die Kraft zum Widerstreben auf, nicht einmal den Willen. Ich hätte alles ertragen, alles erduldet! Am nächsten Tag bekam ich einen Brief von meiner Mutter. Sie beantwortete meine Fragen; aber Bijou ließ sie unerwähnt. Sogleich mußte ich denken: Er ist tot, und sie verheimlichen es mir. Ich wollte zum Telegraphenamt laufen und eine Depesche aufgeben. Eine Erwägung hielt mich davon ab: Wenn er wirklich tot ist, dann sagen sie es mir nicht. Also schickte ich mich in zwei weitere Tage der Ängste. Und dann schrieb ich nochmals. Ich bat, der Hund solle mir geschickt werden; ich könne mich dann mit ihm beschäftigen, weil ich mich ein wenig langweile.

Am Nachmittag überkamen mich Anfälle von Schüttelfrost. Ich konnte kein volles Glas anheben, ohne die Hälfte zu verschütten. Mein Seelenzustand war erbärmlich. Um die Dämmerung entschlüpfte ich meinem Mann und lief zur Kirche. Ich habe lange gebetet.

Auf dem Heimweg verspürte ich wiederum Schmerzen in der Nase und ging in eine noch erhellte Apotheke. Ich erzählte dem Apotheker, eine meiner Freundinnen sei von einem Hund gebissen worden, und bat ihn um Rat. Es war ein freundlicher, gefälliger Mensch. Er gab mir eine Fülle von Hinweisen. Aber was er mir sagte, vergaß ich sofort wieder, so durcheinander war ich. Nur eins behielt ich: »Oft werden Einläufe empfohlen.« Ich kaufte mehrere Flaschen des betreffenden Mittels und sagte, ich wolle sie meiner Freundin schicken.

Wenn mir Hunde begegneten, bekam ich es mit der Angst und wäre am liebsten davongelaufen, so schnell meine Beine mich trugen. Mehrmals war mir, als hätte *ich* Lust, sie zu beißen.

In der Nacht war ich gräßlich aufgeregt. Mein Mann hatte den Nutzen davon. Am anderen Tag erhielt ich die Antwort meiner Mutter. Bijou, so schrieb sie, befinde sich wohl. Aber es sei eine zu große Zumutung für ihn, wenn er ganz allein per Bahn transportiert werde. Also wolle man ihn mir lieber nicht schicken. – Also war er tot!

Ich konnte noch immer nicht schlafen. Aber Henry – der hat geschnarcht. Ein paarmal wachte er auf. Ich war wie gerädert.

Am folgenden Tag nahm ich ein Seebad. Beinahe wäre mir schlecht geworden, als ich ins Wasser stieg, so nahm die Kälte mich mit. Hernach fühlte ich mich noch weit mehr durcheinander durch diese Eiseskälte. In meinen Beinen war ein gräßliches Zittern; aber vor allem hatte ich Schmerzen in der Nase.

Ganz zufällig wurde mir der Badearzt vorgestellt, ein reizender Mensch.

Mit einem Riesenaufwand von Geschicklichkeit brachte ich ihn auf mein Thema. Ich erzählte ihm, mein junger Hund habe mich vor ein paar Tagen gebissen, und fragte ihn, was ich tun müsse, wenn sich eine Entzündung ergebe.

Er fing an zu lachen und antwortete: »In Ihrer Situation, Madame, sehe ich nur *ein* Mittel: Lassen Sie sich eine neue Nase machen.« Er sagte: »Un nouveau nez«, und es klang wie »un nouveau né« – ein Neugeborenes. Und da ich ihn nicht verstand, fügte er noch hinzu: »Übrigens ist das Sache Ihres Mannes.«

Ich war nicht weitergekommen und hatte auch nicht mehr erfahren, als er sich verabschiedete.

Henry schien an jenem Abend sehr heiter und sehr glücklich. Abends gingen wir ins Kasino, aber er wartete das Ende der Darbietung nicht ab, sondern schlug mir vor heimzugehen. Für mich besaß nichts mehr Interesse; ich folgte ihm.

Aber ich konnte es im Bett nicht aushalten; mein ganzes Nervensystem war erschüttert und vibrierte. Auch er konnte nicht schlafen. Er küßte mich; er streichelte mich; er war lieb und zärtlich geworden, als habe er erraten, wie sehr ich litt. Ich ließ seine Zärtlichkeiten über mich ergehen, ohne sie zu begreifen, ohne ihrer auch nur bewußt zu werden.

Aber plötzlich überkam mich ein jäher, erstaunlicher, niederschmetternder Anfall. Ich stieß einen entsetzlichen Schrei aus, stieß meinen sich an mich klammernden Mann zurück, stürzte durchs Zimmer und fing an, mit dem Kopf gegen die Tür zu hämmern. Es war die Tollwut, die grausige Tollwut. Ich war verloren!

Henry trug mich zurück ins Bett, tief betroffen; er wollte wissen, was in mich gefahren sei. Aber ich schwieg. Ich hatte mich jetzt in mein Schicksal ergeben. Ich war darauf gefaßt, daß ich sterben müsse. Ich wußte: Nach ein paar Stunden des Aufschubs würde mich ein neuer Anfall überkommen, dann wieder einer, dann wieder einer, bis zum letzten, dem tödlichen.

Ich ließ mich also ins Bett tragen. Gegen Tagesanbruch führte die aufreizende Zudringlichkeit meines Mannes einen neuen Anfall herbei; er dauerte länger als der erste. Am liebsten hätte ich etwas zerfetzt, um mich gebissen, geheult; es war entsetzlich, aber weniger schmerzhaft, als ich geglaubt hätte.

Gegen acht Uhr morgens schlief ich zum erstenmal seit vier Nächten ein.

Um elf weckte mich eine geliebte Stimme. Es war Mama; meine Briefe hatten sie erschreckt; sie war schleunigst hergekommen, um nach mir zu sehen. In der Hand trug sie einen großen Korb, aus dem plötzlich Gebell hervorklang. Ich nahm ihn hin, außer mir, verrückt vor Hoffnung. Als ich ihn aufmachte, sprang Bijou aufs Bett, gab Küßchen, sprang possierlich umher, wälzte sich auf meinem Kopfkissen, völlig außer sich vor Freude.

Ja, meine Liebe, nun magst Du glauben, was Du willst... Mir ist erst am nächsten Morgen alles klar geworden!

Ach, die Phantasie! Wie die arbeitet! Und sich vorzustellen, daß ich es geglaubt habe! Sag, ist das nicht *zu* blöd?

Ich habe niemandem – das wirst Du einsehen – von meinen Qualen während jener vier Tage erzählt. Bedenk doch: Wenn mein Mann davon erfahren hätte! Er zieht mich ohnehin schon zur Genüge auf mit meinem Abenteuer in Dieppe. Übrigens ärgere ich mich nicht allzu sehr über seine Witzeleien. Darüber bin ich hinaus. Man gewöhnt sich an alles im Leben...

Ein Duell

Französischer Titel: Un Duel
Erstdruck: Le Gaulois, 14. August 1883

Der Krieg war aus; die Deutschen hielten Frankreich besetzt: Das Land zuckte und wand sich wie ein besiegter, niedergestürzter Ringer unter dem Knie des Siegers.

Aus dem verstörten, ausgehungerten, verzweifelten Paris fuhren die ersten Züge den neuen Grenzen entgegen; langsam fuhren sie durch Felder und Dörfer. Die ersten Reisenden schauten durch die Fenster auf das verwüstete Land und die niedergebrannten kleinen Dörfer. Vor den Türen der erhalten gebliebenen Häuser saßen preußische Soldaten, die ihre schwarzen Helme mit der Messingspitze trugen, rittlings auf Stühlen und rauchten ihre Pfeifen. Andere arbeiteten oder plauderten, als gehörten sie zur Familie. Beim Durchfahren von Städten waren ganze Regimenter zu sehen, die auf den Plätzen exerzierten, und trotz des Geratters der Räder waren dann und wann rauhe Kommandorufe zu hören.

Monsieur Dubuis, der während der ganzen Dauer der Belagerung der Pariser Nationalgarde angehört hatte, fuhr in die Schweiz, um seine Frau und seine Tochter abzuholen; er hatte sie klugerweise vor Beginn der Invasion ins Ausland geschickt.

Hunger und Anstrengungen hatten seinen dicken Bauch, den eines reichen, friedlichen Kaufmanns, nicht gemindert. Er hatte die schrecklichen Geschehnisse mit trostloser Resignation und unter bitteren Worten über den zügellosen Wahnwitz der Menschen durchlitten. Nun er der Grenze entgegenfuhr, nun der Krieg vorbei war, sah er zum erstenmal lebendige Preußen, obwohl er seinen Dienst auf den Wällen getreulich erfüllt und manche Wache in eiskalten Nächten geschoben hatte.

Mit zornigem Entsetzen schaute er diese bewaffneten, bärtigen Männer an, die sich auf dem Boden Frankreichs eingenistet hatten, als seien sie daheim, und er verspürte in seinem Inneren eine Art ohnmächtigen patriotischen Fiebers und zugleich den jetzt dringend erforderlichen neuen Antrieb, auf der Hut zu sein, der nicht mehr von uns gewichen ist.

In seinem Abteil befanden sich zwei Engländer, die aus Schaulust herübergekommen waren, und betrachteten alles mit ihren ruhigen, neugierigen Augen. Auch sie waren beide sehr dick; sie unterhielten sich in ihrer Sprache, blätterten manchmal in ihrem Reiseführer, lasen laut daraus vor und waren bemüht, die darin angegebenen Örtlichkeiten auch tatsächlich wahrzunehmen.

Als der Zug im Bahnhof einer kleinen Stadt hielt, stieg unvermutet ein preußischer Offizier ein und vollführte an den beiden Trittbrettern des Waggons ein lautes Gerassel mit seinem Säbel. Er war hochgewachsen, in seine Uniform eingezwängt und bis an die Augen mit Bart bedeckt. Sein rotes Haar schien zu flammen, und sein langer, etwas hellerer Schnurrbart stach auf beiden Seiten seines Gesichts ins Leere und schnitt es mitten durch.

Sogleich fingen die beiden Engländer an, ihn mit Lächelblikken voll befriedigter Neugier zu mustern; Monsieur Dubuis dagegen tat, als lese er in der Zeitung. Er kauerte sich in seiner Ecke zusammen wie ein Dieb angesichts eines Gendarmen.

Der Zug setzte sich wieder in Bewegung. Die Engländer fuhren fort, sich zu unterhalten und die Schlachtorte zu suchen; und plötzlich, als einer den Arm ausstreckte und in die Weite nach einem Dorf hinzeigte, machte der preußische Offizier seine Beine lang, warf sich zurück und sagte in einem schauderhaften Französisch: »In dem Dorf habe ich zwölf Franzosen erschossen. Mehr als hundert Gefangene habe ich gemacht.«

Die höchst interessierten Engländer fragten sofort: »Aoh! Wie heißen diese Dorf?«

Der Preuße antwortete: »Pharsbourg.« Er fuhr fort: »Ich habe diese Franzosenlümmel bei den Ohren genommen!« Und er warf Dubuis einen Blick zu und lachte arrogant in seinen Bartwuchs hinein.

Der Zug rollte weiter; er durchfuhr nach wie vor besetzte Dörfer. Auf allen Landstraßen waren deutsche Soldaten zu sehen, an den Feldrainen, an den Schranken, oder sie saßen plaudernd vor den Kneipen. Sie bedeckten den Erdboden wie in Afrika die Heuschrecken.

Der Offizier streckte die Hand aus: »Wenn ich den Oberbefehl gehabt hätte, dann hätte ich Paris genommen und alles niedergebrannt und alle Menschen getötet. Es gäbe kein Frankreich mehr!«

Aus Höflichkeit antworteten die Engländer lediglich: »Aoh yes.«

»In zwanzig Jahren gehört ganz Europa uns. Preußen ist stärker als alle.«

Die etwas unruhig gewordenen Engländer antworteten nicht mehr. Ihre unzugänglich gewordenen Gesichter sahen zwischen den langen Bartkoteletten aus wie Wachs. Da fing der preußische Offizier zu lachen an. Er lag noch immer ganz zurückgelehnt und spottete. Er spottete über das niedergeworfene Frankreich, beleidigte den am Boden liegenden Gegner; er verhöhnte das unlängst besiegte Österreich, er verhöhnte den hartnäckigen, ohnmächtigen Widerstand der Departements; er verhöhnte die Mobilgarde, die nutzlose Artillerie. Er verkündete, Bismarck werde aus den erbeuteten Geschützen eine eiserne Stadt erbauen. Und plötzlich rieb er sich die Reitstiefel an Monsieur Dubuis' Schenkel ab, und Dubuis sah weg, rot bis an die Ohren.

Die Engländer schienen allem gegenüber gleichgültig geworden zu sein, als befänden sie sich unvermittelt im Schutz ihrer Insel, fern den Geräuschen der Welt.

Der Offizier zog seine Pfeife hervor und starrte dabei den Franzosen an. »Haben Sie Tabak?«

Dubuis antwortete: »Nein, Monsieur.«

Der Deutsche fuhr fort: »Bitte kaufen Sie mir welchen, wenn der Zug hält.« Und von neuem fing er an zu lachen: »Ich gebe Ihnen auch ein Trinkgeld.«

Der Zug pfiff und fuhr langsamer. Die abgebrannten Bauten eines Bahnhofs glitten vorüber; dann wurde gehalten.

Der Offizier machte die Waggontür auf und packte Dubuis am Arm: »Sie erledigen jetzt meinen Auftrag, los, los!«

Ein preußischer Truppenteil hielt den Bahnhof besetzt. Andere Soldaten schauten längs des hölzernen Zauns zu. Die Maschine pfiff schon zur Abfahrt. Da sprang Dubuis auf den Bahnsteig und stürzte trotz des Gefuchtels des Bahnhofvorstehers ins Nachbarabteil.

Er war allein! Er knöpfte sich die Weste auf, solches Herzklopfen hatte er, und wischte sich schwer atmend die Stirn.

Abermals hielt der Zug an einer Station. Und plötzlich erschien in der Tür der preußische Offizier und stieg ein, und gleich darauf erschienen auch die beiden Engländer, neugierig wie sie waren.

Der Deutsche setzte sich dem Franzosen gegenüber; er lachte noch immer: »Sie haben meinen Auftrag nicht durchführen wollen.«

Dubuis antwortete: »Nein.«

Der Zug war gerade wieder angefahren.

Der Offizier sagte: »Ich schneide Ihnen den Schnurrbart ab und stopfe meine Pfeife damit.« Und er streckte die Hand nach dem Gesicht seines Gegenübers aus.

Die nach wie vor unzugänglichen Engländer schauten mit ihren unbeweglichen Augen zu.

Schon hatte der Deutsche ein paar Härchen gefaßt und zupfte daran – da schlug ihm Dubuis mit dem Handrücken den Arm nieder, packte ihn am Kragen und warf ihn auf die Bank. Irrsinnig vor Zorn, mit geschwollenen Schläfenadern, die Augen blutunterlaufen, würgte er ihn mit der einen Hand und schlug ihm mit der andern, zur Faust geballten, mit wütenden Hieben ins Gesicht. Der Preuße wehrte sich, versuchte, seinen Säbel zu ziehen, den auf ihm liegenden Gegner zu erdrücken. Aber Dubuis zerquetschte ihn fast mit dem ungeheuren Gewicht seines Bauchs und schlug, schlug ohne Unterlaß, ohne Atem zu schöpfen, ohne sich bewußt zu werden, wohin seine Hiebe fielen. Blut strömte; der erdrosselte Deutsche röchelte, spie seine Zähne aus, versuchte, abermals vergeblich, den außer sich geratenen dicken Mann abzuwerfen, der dabei war, ihn umzubringen.

Die Engländer waren aufgestanden und herangetreten, um besser sehen zu können. Voll freudiger Neugier standen sie da, bereit, Wetten für oder gegen jeden der beiden Kämpfer abzuschließen.

Und da stand der ob einer solchen Anstrengung erschöpfte Dubuis auf und setzte sich wortlos hin.

Der Preuße stürzte sich nicht etwa auf ihn; dazu war er viel zu verstört, zu verstumpft vor Verblüffung und Schmerz. Als er wieder zu Atem gekommen war, stieß er hervor: »Wenn Sie mir nicht Genugtuung auf Pistolen geben, bringe ich Sie um.«

Dubuis antwortete: »Jederzeit. Mir ist es recht.«

Der Deutsche fuhr fort: »Wir kommen jetzt nach Straßburg. Ich nehme zwei Offiziere als Zeugen. Es ist Zeit genug, ehe der Zug weiterfährt.«

Dubuis, der genauso wie die Lokomotive schnaufte, fragte die Engländer: »Wollen Sie meine Zeugen sein?«

Beide antworteten aus einem Mund: »Aoh yes!«

Und der Zug hielt.

Innerhalb einer Minute hatte der Preuße zwei mit Pistolen versehene Kameraden aufgetrieben, und sie gingen alle auf die Festungswälle.

Die Engländer zogen unaufhörlich ihre Taschenuhren, gingen schneller, überhasteten die Vorbereitungen, zeigten sich besorgt und wollten keinesfalls den Zug versäumen.

Dubuis hatte nie im Leben eine Pistole in der Hand gehabt. Er wurde zwanzig Schritt von seinem Gegner entfernt aufgestellt und gefragt: »Fertig?«

Als er es bejahte, sah er, daß einer der Engländer seinen Regenschirm aufgespannt hatte, um sich vor der Sonne zu schützen.

Eine Stimme befahl: »Feuer!«

Dubuis drückte ab, wie es gerade kam, ohne Zögern, und zu seiner Verblüffung sah er den ihm gegenüberstehenden Preußen schwanken, die Arme hochheben und starr und steif auf die Nase fallen. Er hatte ihn erschossen.

Einer der Engländer stieß ein von Freude, befriedigter Neugier und glücklicher Ungeduld durchzittertes »Aoh!« aus. Der andere, der noch immer die Taschenuhr in der Hand hielt, packte Dubuis am Arm und zog ihn mit Sportsmann-Laufschritten zum Bahnhof.

Der erste Engländer lief mit geschlossenen Fäusten, die Ellbogen an den Körper gepreßt, und gab das Tempo an: »Eins, zwei! Eins, zwei!«

Und alle drei trabten trotz ihrer Bäuche in einer Reihe einher und sahen dabei aus wie Groteskzeichnungen in einem Witzblatt.

Der Zug fuhr gerade an. Sie sprangen in ihren Waggon. Da nahmen die Engländer ihre Reisemützen ab, hoben sie hoch, schwenkten sie und riefen dreimal hintereinander: »Hip, hip, hurrah!« Darauf streckten sie Dubuis mit ernster Miene einer nach dem andern die rechte Hand hin, und dann machten sie kehrt und setzten sich wieder nebeneinander in ihre Ecke.

DER KLEINE

Französischer Titel: Le Petit
Erstdruck: Le Gaulois, 19. August 1883

Monsieur Lemonnier war Witwer mit einem Kind. Er hatte seine
Frau schier wahnsinnig geliebt, und seine übersteigerte und zärtliche Liebe hatte während ihrer beider gemeinsamem Leben nie
nachgelassen.

Er war ein guter Mensch, ein braver, unkomplizierter, ganz
unkomplizierter, aufrichtiger Mensch, ohne Mißtrauen und
ohne Tücke.

Er hatte sich in ein armes Mädchen aus der Nachbarschaft verliebt, um ihre Hand gebeten und sie geheiratet. Er betrieb einen
recht gedeihlichen Stoffhandel, verdiente nicht schlecht und bezweifelte keinen Augenblick lang, daß das junge Ding ihn einzig
um seinetwillen erhört habe.

Zudem hatte er sie glücklich gemacht. Für ihn hatte es auf der
Welt nur sie gegeben; unablässig hatte er sie mit Augen eines an-
betend knienden Verehrers angeschaut. Während der Mahlzeiten beging er tausend Ungeschicklichkeiten, nur um den Blick
nicht von dem geliebten Antlitz abwenden zu müssen; er goß den
Wein auf seinen Teller und das Wasser in die Salatschüssel; und
dann lachte er wie ein Kind und sagte immer wieder: »Siehst du,
ich liebe dich gar zu sehr, und das läßt mich einen Haufen
Dummheiten begehen.«

Sie lächelte mit stiller, willfähriger Miene; dann wandte sie den
Blick ab, als bedrücke es sie, daß ihr Mann sie vergötterte, und
versuchte, ihn zum Sprechen zu bringen, mit ihm über irgend etwas zu plaudern; er jedoch langte über den Tisch hinweg nach ihrer Hand, behielt sie in der seinen und flüsterte: »Kleine Jeanne,
meine liebe kleine Jeanne!«

Schließlich wurde sie ungeduldig und sagte: »Hör mal, sei
doch vernünftig, iß und laß mich essen.«

Er stieß einen Seufzer aus, brach sich einen Happen Brot ab und zerkaute ihn dann langsam.

Fünf Jahre lang blieben sie kinderlos. Dann plötzlich fühlte sie sich Mutter. Das bedeutete ein Glück, das ihn fast um den Verstand brachte. Während der Schwangerschaft wich er nicht von ihrer Seite, so daß sein Hausmädchen, ein altes Hausmädchen, das ihn aufgezogen hatte und in der Wohnung das große Wort führte, ihn bisweilen hinauswarf und die Tür hinter ihm abschloß, um ihn zu einem Spaziergang zu zwingen.

Es hatte sich eine enge Freundschaft zwischen ihm und einem jungen Herrn angebahnt, der seine Frau von Kindheit an gekannt hatte; er war zweiter Bürochef in der Präfektur. Monsieur Duretour aß dreimal die Woche bei den Lemonniers zu Abend, brachte Madame Blumen mit und manchmal Theaterbilletts, und häufig rief der gute Lemonnier beim Nachtisch gerührt aus, wobei er seine Frau anblickte: »Mit einer Lebensgefährtin, wie du es bist, und einem Freund wie ihm ist man auf Erden vollkommen glücklich.«

Sie starb im Wochenbett. Auch er wäre deswegen beinahe gestorben. Doch der Anblick des Kindes, eines kleinen, runzligen, greinenden Wesens, gab ihm neuen Mut.

Er liebte es mit einer leidenschaftlichen und schmerzlichen, krankhaften Liebe, in der die Erinnerung an den Tod verharrte, aber in der zugleich etwas von seiner Vergötterung der Toten fortlebte. Es war das Fleisch und Blut seiner Frau, das Ausdauernde ihres Wesens, gewissermaßen ihre Quintessenz. Der kleine Junge war ihr in einen anderen Körper eingegangenes Leben; sie war hingeschwunden, auf daß er lebe. Und der Vater küßte ihn außer sich. Doch gleichzeitig hatte dieses Kind sie getötet; es hatte das geliebte Dasein für sich genommen, gestohlen, hatte sich davon genährt, hatte seinen Lebensanteil in sich gesogen. Und Lemonnier legte seinen kleinen Sohn wieder in die Wiege, setzte sich daneben und schaute ihn an. Stunden und Stunden blieb er so sitzen, sah ihn an und grübelte über tausenderlei traurige oder liebliche Dinge. Wenn dann der Kleine eingeschlafen war, neigte er sein Gesicht über ihn und weinte in die Spitzen.

Der kleine Junge wurde größer. Da hielt der Vater es keine Stunde mehr ohne ihn aus; er schlich um ihn herum, fuhr ihn spazieren, zog ihn selber an, badete ihn, fütterte ihn. Sein Freund Duretour schien das Bürschlein genauso gern zu haben; er küßte es ausgiebig, mit dem Überschwang von Zärtlichkeit, wie Eltern sie bekunden. Er warf ihn in die Luft und fing ihn auf, ließ ihn stundenlang auf seinem einen Bein »Hoppereiter« machen, lehnte ihn auf seinen Knien zurück, hob ihm das kurze Röckchen hoch und küßte seine dicklichen Kleinkinderschenkel und seine runden Waden.

Der entzückte Lemonnier sagte vor sich hin: »Wie wonnig, wie wonnig!«

Und Duretour drückte das Kind in seine Arme und kitzelte es mit dem Schnurrbart am Hals.

Einzig Céleste, das alte Hausmädchen, schien keinerlei Zärtlichkeit für den Kleinen zu hegen. Sie erboste sich über seine Mutwilligkeiten und schien über die Hätscheleien der beiden Männer aus dem Häuschen zu geraten. Sie rief: »Kann man *so* einen Jungen erziehen? Sie werden einen schönen Affen aus ihm machen!«

Es gingen noch weitere Jahre dahin, und Jean wurde nun neun. Er konnte kaum lesen, so sehr war er verwöhnt worden, und er tat nichts, was ihm nicht paßte. Dabei legte er eine zähe Willenskraft an den Tag, ein hartnäckiges Sichsträuben und neigte zu heftigen Wutausbrüchen. Der Vater gab stets nach und gewährte ihm alles. Duretour kaufte in einem fort das Spielzeug, das der Kleine hatte haben wollen, und fütterte ihn mit Kuchen und Bonbons.

Dann regte Céleste sich auf und rief: »Es ist eine Schande, Monsieur, eine Schande ist es! Sie machen das Kind unglücklich, haben Sie verstanden? Unglücklich machen Sie es. Aber damit muß jetzt Schluß gemacht werden; ja, ja, das hört jetzt auf, sage ich Ihnen; ich verspreche Ihnen: Lange geht das nicht mehr so weiter.«

Lemonnier antwortete lächelnd: »Hilft nichts, Mädchen! Ich habe ihn eben zu lieb, ich kann ihm nichts abschlagen; damit mußt du dich wohl oder übel abfinden.«

Jean war schwächlich, ein bißchen kränklich. Der Arzt stellte Blutarmut fest, verordnete Eisen, rohes Fleisch und fette Suppe.

Nun aber mochte der Kleine nur Kuchen und lehnte alle sonstige Nahrung ab, und der verzweifelte Vater stopfte ihn voll mit Torte und Schlagsahne und Schokoladen-Eclairs.

Als sie eines Abends einander bei Tisch gegenübersaßen, trug Céleste die Suppenterrine mit einer Selbstsicherheit und einer gebieterischen Miene auf, wie sie sie für gewöhnlich nicht bezeigte. Sie hob mit einem harten Griff den Deckel ab, tauchte die Kelle hinein und erklärte: »Dies ist eine Fleischbrühe, wie ich sie Ihnen noch nie gekocht habe; diesmal muß der Kleine sie essen.«

Der erschrockene Lemonnier ließ den Kopf sinken. Dies würde ein schlimmes Ende nehmen.

Céleste nahm seinen Teller, füllte ihn und schob ihn ihm zu.

Sogleich kostete er die Suppe und sagte: »Tatsächlich, wunderbar!«

Da bemächtigte sich das Hausmädchen des Tellers des Kleinen und füllte ihm einen Löffel voll ein. Dann trat sie zwei Schritt zurück und wartete ab.

Jean schnupperte, stieß den Teller weg und ließ ein angeekeltes »Puah!« hören.

Die blaß gewordene Céleste trat brüsk zu ihm hin, nahm den Löffel und zwängte ihn ganz voll in den halboffenen Mund des Jungen.

Er verschluckte sich, hustete, nieste, spuckte, heulte los, packte sein Glas und warf es nach dem Hausmädchen. Es traf sie mitten auf den Bauch. Da geriet sie außer sich, nahm den Kopf des Knirpses unter den Arm und fing an, ihm die Suppe, einen Löffel nach dem andern, in den Schlund zu schütten. Er spie sie jedesmal wieder aus, trampelte, wand sich, bekam keine Luft, fuchtelte mit den Händen in der Luft und lief rot an, als sei er am Ersticken.

Anfangs saß der Vater so verdutzt da, daß er sich kaum rührte. Dann aber sprang er plötzlich mit der Wut eines tobsüchtigen Irren auf, packte das Mädchen an der Gurgel und schleuderte es gegen die Wand. Er stammelte: »Raus! Raus! Raus! Rohes Weib!«

Aber sie schüttelte ihn ab, stieß ihn zurück und schrie mit aufgegangenem Haar, auf dem Rücken baumelnder Haube und zornfunkelnden Augen: »Was fällt Ihnen denn mit einemmal ein? Sie wollen mich prügeln, weil ich das Kind Suppe essen lasse? Sie bringen es ja noch um durch Ihre Verwöhnerei!«

Er zitterte und bebte von Kopf bis Fuß und sagte immer wieder: »Raus! Geh weg... Verschwinde, du rohe Bestie!«

Da verlor sie den Kopf, trat vor ihn hin und sagte mit zitternder Stimme, Auge in Auge mit ihm: »Glauben Sie etwa... glauben Sie etwa, daß Sie mir so was bieten dürfen? Ausgerechnet mir? Kommt nicht in Frage! Und noch dazu dieses... dieses Rotzlöffels wegen, der nicht mal von Ihnen ist? Nein, er ist nicht von Ihnen... ist nicht von Ihnen... nicht die Spur... nicht die Spur! Alle wissen es, du großer Gott! Nur Sie nicht... Fragen Sie doch den Krämer, den Metzger, den Bäcker, fragen Sie alle, alle...« Sie verhaspelte sich beim Sprechen, vor Wut blieb ihr die Luft weg, sie verstummte und starrte ihn an.

Er stand da, leichenblaß, mit hängenden Armen. Nach einer Weile stammelte er mit erstickter, bebender Stimme, in der eine schreckliche Erschütterung zuckte: »Was hast du gesagt? Was hast du gesagt? Was hast du da eben gesagt?«

Sie schwieg; sein Gesichtsausdruck entsetzte sie.

Er trat einen Schritt vor und fing nochmals an: »Was hast du gesagt? Was hast du da eben gesagt?«

Da antwortete sie etwas ruhiger: »Ich habe gesagt, was ich weiß! Was jeder weiß!«

Er hob beide Hände, stürzte sich mit tierischer Wildheit auf sie und versuchte sie zu Boden zu werfen.

Aber trotz ihres Alters war sie kräftig und auch behend. Sie glitt ihm aus den Armen, lief um den Tisch herum; ihre Wut schoß aufs neue auf, und sie kläffte: »Sehen Sie ihn doch an, sehen Sie sich ihn doch bloß mal an, Sie dummer Mensch, ob er nicht das leibhaftige Ebenbild Monsieur Duretours ist! Sehen Sie sich doch seine Nase und seine Augen an; haben Sie vielleicht solche Augen? Und so eine Nase? Und solches Haar? Und Ihre Frau? Hatte die es? Ich habe Ihnen gesagt, was alle wissen, alle, nur Sie nicht! Die ganze Stadt lacht darüber! Sehen Sie ihn doch an…« Sie schlüpfte zur Tür hin, machte sie auf und verschwand.

Der erschrockene Jean saß ganz still vor seinem Suppenteller.

Nach einer Stunde kam sie behutsam wieder herein, um nachzusehen. Der Kleine hatte den Kuchen verschlungen, die Schale mit Schlagsahne, die mit eingemachten Birnen, und jetzt schleckte er mit seinem Suppenlöffel das Marmeladenglas aus.

Der Vater war nicht mehr im Zimmer.

Céleste nahm den Jungen, küßte ihn, trug ihn leise in sein Schlafzimmer und brachte ihn zu Bett. Dann ging sie wieder ins Eßzimmer, deckte den Tisch ab, brachte alles in Ordnung und fühlte sich sehr beunruhigt.

Im ganzen Haus war nicht das mindeste Geräusch vernehmlich. Sie legte das Ohr an die Tür ihres Herrn. Er rührte sich nicht. Sie schaute durchs Schlüsselloch. Er schrieb; er wirkte ganz ruhig.

Da ging sie wieder hinüber und setzte sich in ihre Küche, um unter allen Umständen bereit zu sein; sie witterte irgend etwas. Auf einem Stuhl nickte sie ein und wachte erst wieder auf, als es schon hell war.

Sie erledigte die Haushaltsarbeit, wie sie es jeden Morgen tat, fegte, wischte Staub, und gegen acht bereitete sie für Monsieur Lemonnier den Kaffee.

Aber sie wagte nicht, ihn ihrem Herrn hinaufzutragen; sie wußte ja nicht, wie sie empfangen werden würde; sie wollte lieber warten, bis er schellte. Doch er schellte nicht. Es wurde neun, dann zehn.

Die verstörte Céleste machte ihr Tablett fertig und zockelte klopfenden Herzens los. Vor der Tür blieb sie stehen und lauschte. Nichts regte sich. Da raffte sie all ihren Mut zusammen, machte die Tür auf, stieß einen Entsetzensschrei aus und ließ das Frühstück fallen, das sie in Händen trug.

Monsieur Lemonnier hing mitten im Zimmer am Lampenhaken. Er streckte abscheulich weit die Zunge heraus. Sein rechter Hausschuh lag am Boden. Der linke war am Fuß geblieben. Ein umgefallener Stuhl war bis ans Bett gerollt.

Céleste lief heulend davon. Alle Nachbarn strömten herbei. Der Arzt stellte fest, daß der Tod um Mitternacht eingetreten sei.

Auf dem Schreibtisch des Selbstmörders wurde ein an Duretour adressierter Brief gefunden. Er enthielt nur die eine Zeile: »Ich hinterlasse den Kleinen Ihnen und vertraue ihn Ihnen an.«

Der Fall der Madame Luneau

Französischer Titel: Le Cas de Madame Luneau
Erstdruck: Le Gil-Blas, 21. August 1883,
unter dem Pseudonym »Maufrigneuse«

Für Georges Duval

Der Friedensrichter – er ist dick, sein eines Auge ist zu, das andere kaum geöffnet – hört mit mißzufriedener Miene die Kläger an. Manchmal stößt er etwas wie ein Grunzen aus, aus dem sich seine Auffassung mutmaßen läßt, und unterbricht mit dünner Kinderstimme den Redeschwall und stellt Fragen.

Er hat gerade den Streitfall Joly gegen Petitpas geschlichtet; es handelte sich um den Grenzstein eines Feldes, der durch Petitpas' Knecht beim Pflügen versehentlich verrückt worden war.

Jetzt ruft er den Fall des Sakristans und Kurzwarenhändlers Hippolyte Lacour gegen Madame Céleste-Césarine Luneau auf, Witwe des Anthime-Isidore Luneau.

Hippolyte Lacour ist fünfundvierzig, groß, mager, trägt das Haar lang und ist glatt rasiert wie ein Geistlicher; er spricht langsam, schleppend und singend.

Madame Luneau sieht aus, als sei sie vierzig. Da sie wie eine Ringkämpferin gebaut ist, quillt sie in ihrem engen, anliegenden Kleid nach überall hin über. Ihre enormen Hüften stützen auf der Vorderseite einen mächtig vorspringenden Busen und auf der Rückseite zwei Schulterblätter, deren Fettpolster wie Brüste wirken. Ihr breiter Hals trägt einen Kopf mit stark ausgeprägten Zügen, und ihre volle Stimme bringt, ohne tief zu sein, Töne hervor, die die Fensterscheiben und die Trommelfelle vibrieren lassen. Da sie hochschwanger ist, bietet sie einen Bauch dar, der wie ein Vorgebirge aussieht.

Die Entlastungszeugen sitzen da und warten.

Der Herr Friedensrichter nimmt den Fall in Angriff. »Hippolyte Lacour, legen Sie Ihre Forderung dar.«

Der Kläger ergreift das Wort. »Die Sache verhält sich folgendermaßen, Herr Friedensrichter. Vor etwa neun Monaten, am Michaelistag, kam Madame Luneau eines Abends zu mir, als ich gerade das Angelus geläutet hatte, und setzte mir ihre Situation bezüglich ihrer Unfruchtbarkeit auseinander...«

DER FRIEDENSRICHTER   Bitte drücken Sie sich genauer aus.

HIPPOLYTE   Ich bringe die Sache ins klare, Herr Richter. Also: Sie wolle ein Kind haben und bat mich um meine Mitwirkung. Ich machte keine Schwierigkeiten, und sie versprach mir hundert Francs. Nachdem alles vereinbart und geregelt worden ist, weigert sie sich heute, mir das Verheißene zu geben. Ich verlange es vor Ihnen, Herr Friedensrichter.

DER FRIEDENSRICHTER   Ich verstehe Sie ganz und gar nicht. Sie haben gesagt, sie habe ein Kind haben wollen. Wieso? Was für eine Art Kind? Eins zum Adoptieren?

HIPPOLYTE   Nein, Herr Richter, ein neues.

DER FRIEDENSRICHTER   Was verstehen Sie unter einem »neuen Kind«?

HIPPOLYTE   Darunter verstehe ich eins, das geboren werden sollte, das wir miteinander hätten, als wären wir Eheleute.

DER FRIEDENSRICHTER   Sie überraschen mich über die Maßen. Zu welchem Zweck hätte sie Ihnen solch einen anormalen Vorschlag machen sollen?

HIPPOLYTE   Herr Richter, der Zweck war mir auf den ersten Blick nicht klar, und auch ich empfand einige Hemmungen. Da ich nichts unternehme, was ich nicht zuvor nach jeder Richtung durchdacht hätte, wollte ich mir ihre Beweggründe zu Gemüte führen, und sie hat sie mir aufgezählt.

Die Sache war die, daß ihr Mann Anthime-Isidore, den Sie gekannt haben wie sich selber und mich, in der Woche zuvor gestorben war, und all sein Hab und Gut wäre an seine Familie zurückgefallen. Da ihr das hinsichtlich des Geldes gegen den Strich ging, suchte sie einen Rechtsberater auf, und der wies sie auf den Fall einer Geburt innerhalb von zehn Monaten hin. Ich will damit sagen, daß, wenn sie innerhalb von zehn Monaten nach dem

Erlöschen des seligen Anthime-Isidore niederkam, der Sprößling als legitim betrachtet und ihr ein Anrecht auf die Erbschaft geben würde.

Sie hat sich auf der Stelle entschlossen, daraus die Folgerungen zu ziehen, und hat mich am Ausgang der Kirche aufgesucht, wie ich bereits die Ehre hatte, Ihnen zu sagen, nämlich in Anbetracht des Umstandes, daß ich legitimer Vater von acht lebensfähigen Kindern bin, von denen das älteste Kolonialwarenhändler in Caen, Département Calvados, ist, und in legitimer Ehe vereint mit Victoire-Élisabeth Rabou...

DER FRIEDENSRICHTER Diese Einzelheiten erübrigen sich. Kommen Sie zur Sache.

HIPPOLYTE Ich komme zur Sache, Herr Richter. Sie hat mir also gesagt: »Wenn es klappt, schenke ich dir hundert Francs, sobald ich die Schwangerschaft durch den Arzt habe feststellen lassen.«

Da habe ich mich denn also fertiggemacht, Herr Richter, um imstande zu sein, sie zu befriedigen. Nach zehn Wochen oder zwei Monaten höre ich dann tatsächlich zu meiner Genugtuung von dem Erfolg. Aber als ich um die hundert Francs gebeten habe, da hat sie sie mir verweigert. Ich habe sie abermals bei den verschiedensten Gelegenheiten reklamiert, aber keinen roten Heller bekommen. Sie hat mich sogar als einen Freibeuter und als impotent bezeichnet, wo man ihr doch den Beweis des Gegenteils ansieht.

DER FRIEDENSRICHTER Was haben Sie dazu zu sagen, Madame Luneau?

MADAME LUNEAU Ich sage, Herr Friedensrichter, daß der Mann da ein Freibeuter ist.

DER FRIEDENSRICHTER Welchen Beweis können Sie zur Stützung dieser Behauptung erbringen?

MADAME LUNEAU (rot, nach Luft schnappend, stotternd) Welchen Beweis? Beweis? Ich habe nicht nur *einen* Beweis, einen gültigen, daß das Kind nicht von ihm ist. Nein, nicht von ihm, Herr Richter, ich schwöre es beim Haupt meines verstorbenen Mannes, nicht von ihm.

DER FRIEDENSRICHTER Von wem denn?

MADAME LUNEAU (vor Zorn lallend) Wie soll *ich* denn das wissen? Wie soll *ich* denn das wissen? Von allen und jedem, zum Donnerwetter! Da sind meine Zeugen, Herr Richter, samt und sonders. Sechs Mann. Lassen Sie sie Zeugnis ablegen, befragen Sie sie. Sie werden schon aussagen...

DER FRIEDENSRICHTER Beruhigen Sie sich, Madame Luneau, beruhigen Sie sich und sprechen Sie kühl und gelassen. Welche Gründe haben Sie zu bezweifeln, daß der Mann da der Vater des Kindes ist, das Sie tragen?

MADAME LUNEAU Welche Gründe? Hundert statt einen habe ich, zweihundert, fünfhundert, zehntausend, eine Million und mehr Gründe. Nachdem ich ihm den Vorschlag gemacht habe, den Sie kennen, und ihm die hundert Francs versprochen, habe ich gehört, daß er ein Hahnrei ist, mit Verlaub gesagt, Herr Richter, und daß seine Kinder gar nicht von ihm sind, kein einziges ist von ihm.

HIPPOLYTE (in aller Ruhe) Das ist Lügerei.

MADAME LUNEAU (außer sich) Lügerei soll das sein, Lügerei? Hat man so was schon gehört? Und dabei hat es seine Frau doch von allen und jedem machen lassen, das können Sie mir glauben, von allen und jedem. Das sind meine Zeugen, Herr Friedensrichter. Lassen Sie sie jetzt Zeugnis ablegen oder nicht?

HIPPOLYTE (kaltblütig) Alles Lügerei.

MADAME LUNEAU Hat man so was schon gehört? Und die fuchshaarigen, hast du die etwa auch gemacht, die fuchshaarigen?

DER FRIEDENSRICHTER Bitte werden Sie nicht persönlich, oder ich muß andere Saiten aufziehen.

MADAME LUNEAU Also mir waren Zweifel an seinen Fähigkeiten gekommen, und da habe ich mir gesagt, wie man sich so sagt: »Doppelt genäht hält besser«, und habe meinen Fall Césaire Lepic erzählt, da steht er als mein Zeuge; und er hat mir gesagt: »Zu Ihrer Verfügung, Madame Luneau«, und er hat mir seine Beihilfe geliehen für den Fall, daß bei Hippolyte was schiefgegangen wäre. Aber das ist dann den andern Zeugen zu Ohren gekommen, und wenn ich hätte vorbauen wollen, dann hätte ich über hundert finden können, wenn ich bloß gewollt hätte, Herr Richter.

271

Der Große, den Sie da sehen, der heißt Lucas Chandelier, und der hat mit geschworen, es sei ganz falsch, wenn ich Hippolyte Lacour die hundert Francs gäbe, denn der habe doch nicht mehr gemacht als die andern auch, und die hätten nichts dafür verlangt.

HIPPOLYTE Dann hätten Sie sie mir nicht versprechen sollen. Ich habe das Meine geleistet, Herr Richter. Und mit mir, da klappt es: Was versprochen ist, muß gehalten werden.

MADAME LUNEAU (außer sich) Hundert Francs! Hundert Francs! Hundert Francs bloß für so was, du Freibeuter, hundert Francs! Die andern da, die haben nichts dafür haben wollen, kein bißchen. Da, sieh sie dir an, sechs sind es im ganzen. Lassen Sie sie Zeugnis ablegen, Herr Friedensrichter, sie werden schon aussagen, ganz sicher werden sie aussagen. (Zu Hippolyte) Sieh sie dir doch an, du Freibeuter, ob sie dich nicht ausstechen. Sechs sind es, und ich hätte hundert haben können, zweihundert, fünfhundert, so viel ich nur wollte, und zwar umsonst, du Freibeuter!

HIPPOLYTE Notfalls hunderttausend!

MADAME LUNEAU Ja, hunderttausend, wenn ich gewollt hätte...

HIPPOLYTE Nichtsdestoweniger bin ich meiner Pflicht nachgekommen... Unsere Abmachungen bleiben bestehen.

MADAME LUNEAU (klapst sich mit beiden Händen auf den Bauch) Na, dann beweis doch, daß du es gewesen bist, beweis es, beweis es, du Freibeuter. Ich fordere dich dazu auf!

HIPPOLYTE (ganz ruhig) Vielleicht bin ich es genauso wenig gewesen wie irgendein anderer. Dadurch wird nicht aus der Welt geschafft, daß Sie mir für meine Teilhaberschaft hundert Francs versprochen hatten. Es war gar nicht nötig, daß Sie sich hinterher an alle und jeden wandten. Dadurch wird nichts anders. Ich hätte es auch allein fertiggebracht.

MADAME LUNEAU Das ist nicht wahr, du Freibeuter! Vernehmen Sie meine Zeugen, Herr Friedensrichter. Sie sagen alle aus.

Der Friedensrichter ruft die Entlastungszeugen auf. Es sind sechs, alle rotgesichtig, mit niederbaumelnden Armen, eingeschüchtert.

DER FRIEDENSRICHTER Lucas Chandelier, haben Sie Grund

zu der Mutmaßung, Sie seien der Vater des Kindes, das Madame Luneau trägt?

LUCAS CHANDELIER Ja.

DER FRIEDENSRICHTER Célestin-Pierre Sidoine, haben Sie Grund zu der Mutmaßung, Sie seien der Vater des Kindes, das Madame Luneau trägt?

CÉLESTIN-PIERRE SIDOINE Ja.

(Die vier andern Zeugen sagen wortwörtlich dasselbe aus.)

Nachdem er sich die Sache überlegt hat, verkündet der Friedensrichter:

»In Ansehung, daß, wenn Hippolyte Lacour Anlaß hat, sich für den Vater des von Madame Luneau geforderten Kindes zu halten, die pp. Lucas Chandelier usw. usw. ähnliche, wenn nicht schwererwiegende Gründe zur Beanspruchung der Vaterschaft an besagtem Kinde haben,

aber auch in Ansehung, daß Madame Luneau ursprünglich die Mitwirkung des Hippolyte Lacour gegen Aussetzung einer vereinbarten und genehmigten Entschädigungssumme von hundert Francs angerufen hatte,

in Ansehung jedoch, daß, wenngleich man die Gutgläubigkeit des besagten Lacour unterstellen kann, es statthaft ist, sein striktes Recht, sich auf solcherlei Weise zu verpflichten, in Abrede zu stellen, unter Berücksichtigung des Umstandes, daß der Kläger verehelicht ist und gesetzlich verpflichtet, seiner legitimen Ehefrau treu zu bleiben,

in Ansehung überdies, usw. usw. usw.,

wird Madame Luneau zu einer Schadensersatzleistung nebst Zinsen in Höhe von fünfundzwanzig Francs an besagten Hippolyte Lacour verurteilt, wegen Zeitverlust und aus dem Rahmen fallender Ablenkung.«

FREUND PATIENCE

Französischer Titel: L'Ami Patience
Erstdruck: Le Gaulois, 4. September 1883, unter dem Titel
»L'Ami« und dem Pseudonym »Maufrigneuse«

»Weißt du, was aus Leremy geworden ist?«

»Der ist Rittmeister bei den 6. Dragonern.«

»Und Pinson?«

»Unterpräfekt.«

»Und Racollet?«

»Tot.«

Wir suchten nach andern Namen, bei denen uns junge Gesichter unter goldbordierten Käppis einfielen. Mit einigen dieser Kameraden waren wir später wieder zusammengekommen; sie trugen jetzt Bärte, waren kahlköpfig, verheiratet, Väter mehrerer Kinder, und diese Begegnungen mit all den stattgehabten Veränderungen hatten uns einen unangenehmen Schauer über den Rücken rieseln lassen; sie hatten uns deutlich gemacht, wie kurz das Leben ist, wie alles vorübergeht, anders wird, sich wandelt.

Mein Freund fragte: »Und Patience, der dicke Patience?«

Ich stieß etwas wie ein Geheul aus:

»Oh, der! Da mußt du mal zuhören. Vor vier oder fünf Jahren bin ich gelegentlich einer Inspektionsreise nach Limoges gekommen. Es war noch zu früh zum Abendessen; ich setzte mich vor ein großes Café an der Place du Théâtre und langweilte mich elend. Auch die Kaufleute kamen dorthin, zu zweit, zu dritt oder zu viert, tranken ihren Absinth oder Wermut, sprachen laut über ihre Geschäfte und die der andern, lachten ungeniert oder senkten die Stimmen, wenn sie einander wichtige oder heikle Dinge mitteilten.

Ich überlegte: Was soll ich bloß nach dem Abendessen anfangen? Und ich stellte mir den endlosen Abend in dieser Provinzstadt vor, das langsame, trübselige Schlendern durch unbekannte Straßen, die bedrückende Traurigkeit, die auf den einsamen Reisenden von den Leuten überschwingt, die vorübergehen und einem fremd in allem und durch alles sind, durch den provinziellen Rockschnitt, durch Hut und Hose, durch ihre Lebensgewohnheiten und den ortsüblichen Stimmklang – und diese eindringliche Traurigkeit geht auch von den Häusern aus, den Läden, den sonderbar gestalteten Fahrzeugen, den ganz gewöhnlichen Geräuschen, die einem indessen ungewohnt sind; es ist eine quälende Traurigkeit, die einen nach und nach immer hastiger ausschreiten läßt, als habe man sich in einer gefährlichen Gegend verirrt; sie bedrückt einen und flößt Verlangen nach dem Hotel ein, dem abscheulichen Hotel, in dessen Zimmer noch tausenderlei verdächtige Gerüche verharren; man zögert vor dem Bett, ehe man sich hineinlegt, und auf dem staubigen Boden der Waschschüssel liegt ein Haar.

An all das dachte ich und sah zu, wie die Gaslaternen angesteckt wurden; ich fühlte, wie meine trübe Stimmung als Einsamer durch das sinkende Dunkel noch trüber wurde. Was sollte ich nach dem Abendessen anfangen? Ich war allein, allein, auf eine klägliche Weise verloren.

Am Nachbartisch hatte ein dicker Mann Platz genommen und mit dröhnender Stimme bestellt: ›Kellner, meinen Bitter!‹

Das ›meinen‹ in dem Satz klang wie ein Kanonenschuß. Ich merkte sofort, daß alles im Dasein ihm gehörte, ihm ganz allein, und keinem andern, daß er seinen Charakter hatte, zum Donnerwetter, seinen Appetit, seine Hose, sein Ichweißnichtwas, und zwar auf durchaus eigene, absolute, vollkommenere Weise als ein Beliebiger. Dann hielt er mit befriedigter Miene Umschau. Sein Bitter wurde ihm gebracht, und er rief: ›Meine Zeitung!‹

Ich überlegte: Welches mag wohl seine Zeitung sein? Sicherlich würde ihr Titel mir seine Einstellung enthüllen, seine Themen, seine Grundsätze, seine Marotten, seine Einfältigkeiten.

Der Kellner brachte den ›Temps‹. Das überraschte mich. Warum den ›Temps‹, diese ernste, graue, doktrinäre, ausgewogene Zeitung? Ich dachte: Also ist er ein abgeklärter Mensch von seriöser Lebensführung, regelmäßigen Gewohnheiten, ein guter Bürger mit einem Wort.

Er setzte eine goldene Brille auf die Nase, lehnte sich zurück, und ehe er mit der Lektüre begann, ließ er abermals den Blick um sich schweifen. Er gewahrte mich und fing sogleich an, mich beharrlich und lästig zu mustern. Ich wollte ihn gerade nach der Ursache dieser Aufmerksamkeit fragen, als er mir von seinem Platz aus zurief: ›Verflucht und zugenäht, das ist doch Gontran Lardois!‹

Ich erwiderte: ›Allerdings, da haben Sie recht.‹

Da stand er mit einem Ruck auf und kam mit vorgestreckten Händen auf mich zu: ›Na, alter Freund, wie geht's und steht's?‹

Die Sache war mir peinlich; er kam mir völlig unbekannt vor. Ich stotterte: ›Ja… recht gut… Und Ihnen?‹

Er lachte los: ›Jede Wette, du erkennst mich nicht!‹

›Nein, nicht ganz… Aber mir scheint…‹

Er klopfte mir auf die Schulter: ›Also mach keine Zicken. Ich bin Patience, Robert Patience, dein Kumpel, dein Schulkamerad.‹

Da erkannte ich ihn. Tatsächlich, Robert Patience, mein Klassengefährte. So war es. Ich drückte die mir hingehaltene Hand: ›Und wie geht's dir?‹

›Mir? Großartig!‹ Sein Lächeln trompetete Triumph. Er fragte: ›Was hat dich denn hierhergeführt?‹

Ich setzte ihm auseinander, ich sei als Finanzinspektor auf einer Inspektionsreise.

Er zeigte auf mein Ordensbändchen und fuhr fort: ›Dann hast du es also zu was gebracht?‹

Ich antwortete: ›Ja, ich bin ganz zufrieden. Und du?‹

›Oh, mir geht's glänzend!‹

›Was treibst du denn?‹

›Ich bin Geschäftsmann.‹

›Verdienst du tüchtig?‹

›Viel. Ich bin sehr reich. Aber komm doch einfach morgen zum Mittagessen zu mir, Rue du Coq-qui-chante 17; dann kannst du mal sehen, wie ich eingerichtet bin.‹ Er schien eine Sekunde zu zögern; dann redete er weiter: ›Du bist doch noch immer die gute alte Haut von früher?‹

›Aber hoffentlich!‹

›Unverheiratet, was?‹

›Ja.‹

›Desto besser. Und hast du noch immer eine Schwäche für die Freuden dieser Welt und Kartoffeln?‹

Er kam mir jämmerlich vulgär vor. Dennoch antwortete ich: ›Allerdings.‹

›Und für die hübschen kleinen Mädchen?‹

›Auch für die.‹

Er fing breit, gutmütig und zufrieden an zu lachen: ›Desto besser, desto besser. Weißt du noch, wie wir zum erstenmal über die Stränge geschlagen haben, in Bordeaux, nach dem Abendessen in Roupins Kneipe? War das eine Nacht!‹

Tatsächlich erinnerte ich mich des Gelages und dessen, was dann gekommen war; und daran zurückzudenken erheiterte mich. Andere Begebnisse fielen mir ein, dann noch welche, und bald hieß es: ›Weißt du noch, wie wir den Hilfslehrer in Papa Latoques Keller eingeschlossen haben?‹

Und er lachte, hieb mit der Faust auf den Tisch und redete weiter: ›Ja... ja... ja... Und weißt du noch, das Gesicht, das Marin gemacht hat, der Geographiepauker, als wir unter dem Globus einen Feuerwerkskörper gerade in dem Augenblick explodieren ließen, als er über die wichtigsten Vulkane der Erde schwadronierte?‹

Unvermittelt fragte ich ihn: ›Bist *du* eigentlich verheiratet?‹

Er rief: ›Seit zehn Jahren, mein Lieber, und ich habe vier Kinder, ganz erstaunliche kleine Bälger. Aber du siehst sie ja morgen zusammen mit der Mutter.‹

Wir sprachen ziemlich laut; die Nachbarn drehten sich um und sahen verwundert zu uns hin.

Plötzlich blickte mein Freund auf seine Taschenuhr, einen kürbisdicken Chronometer, und rief: ›Donnerwetter! Schade, aber ich muß jetzt gehen; abends bin ich nie frei.‹ Er stand auf, nahm meine beiden Hände, schüttelte sie, als wolle er mir die Arme ausreißen, und sagte: ›Also morgen mittag, abgemacht!‹

›Abgemacht.‹

Den Vormittag über war ich im Finanzamt beim Rendanten und arbeitete. Er wollte mich zum Mittagessen einladen; ich sagte, ich sei bereits mit einem Freund verabredet. Er begleitete mich hinaus.

Ich fragte ihn: ›Wissen Sie, wo die Rue du Coq-qui-chante ist?‹

Er antwortete: ›Bis dahin ist es von hier aus bloß fünf Minuten. Ich habe nichts vor; ich bringe Sie hin.‹

Und wir zogen los.

Bald langte ich in der gesuchten Straße an. Sie war breit, recht hübsch, auf der Grenze zwischen der Stadt und den Feldern. Ich sah mir die Häuser an und entdeckte die Nr. 17. Es war eine Art Villa mit einem Garten dahinter. Die Fassade mit Fresken im italienischen Stil kam mir geschmacklos vor. Göttinnen neigten sich über Urnen, über andere Göttinnen, deren geheime Schönheiten eine Wolke verhüllte. Das Nummernschild hielten zwei steinerne Amoretten.

Ich sagte zu dem Rendanten: ›Hierher will ich.‹ Und ich hielt ihm die Hand hin, um mich zu verabschieden.

Er vollführte eine jähe, eigentümliche Schulterbewegung, sagte aber nichts und drückte die ihm gebotene Hand.

Ich schellte. Es erschien ein Hausmädchen. Ich sagte: ›Bitte, ich möchte zu Monsieur Patience.‹

Sie antwortete: ›Ja, der wohnt hier ... Möchten Sie ihn persönlich sprechen?‹

›Freilich.‹

Die Halle war gleichfalls mit Wandmalereien geschmückt; sie rührten wohl von der Hand irgendeines ortsansässigen Künstlers her. Verschiedene Pauls und Virginies küßten einander unter in rosiges Licht getauchten Palmen. An der Decke hing eine scheußliche orientalische Laterne. Mehrere Türen waren da; davor hingen grellfarbene Portieren.

Am meisten jedoch fiel mir der hier herrschende Geruch auf. Es war ein widerlicher, parfümierter Geruch; er erinnerte an Reispuder und Kellerschimmel. Ein undefinierbarer Geruch in einer schweren, drückenden Atmosphäre wie in einem Dampfbad, in dem menschliche Körper geknetet werden. Ich stieg hinter dem Hausmädchen her eine Marmortreppe hinauf; der Läufer war ein imitierter Orientteppich; dann wurde ich in einen pompösen Wohnraum geführt.

Als ich allein war, schaute ich mich um.

Der Raum war üppig möbliert, aber mit der Anmaßung eines liederlichen Emporkömmlings. Kupferstiche aus dem vorigen Jahrhundert, recht hübsche übrigens, stellten halbnackte Damen mit hohen, gepuderten Frisuren dar, die von galanten Herren in gewagten Stellungen überrascht wurden. Die eine Dame lag in einem sehr breiten, zerwühlten Bett und schäkerte mit dem Fuß mit einem in dem Bettzeug versunkenen Hündchen; eine andere widerstrebte willfährig ihrem Liebhaber, der ihr mit der Hand unter die Röcke fuhr. Eine Zeichnung zeigte vier Füße; die dazugehörigen Körper waren hinter einem Vorhang zu vermuten. Der weitläufige Raum, den weiche Sofas umliefen, war völlig erfüllt von dem erschlaffenden, faden Geruch, der mich bereits betroffen gemacht hatte. Die Wände, die Stoffe, der übertriebene Luxus – alles strömte etwas Verdächtiges und Zweideutiges aus.

Ich trat an das Fenster, um in den Garten hinabzuschauen, dessen Bäume ich sehen konnte. Er war sehr groß, schattig, prächtig. Ein breiter Weg umrundete eine Rasenfläche, auf der ein Springbrunnen sein Wasser in der Luft zerstäubte, mündete in Baumgruppen, kam etwas weiter wieder daraus hervor. Und plötzlich erschienen ganz hinten, zwischen gestutztem Buschwerk, drei Frauen. Sie gingen langsam, untergehakt, und trugen lange weiße, von Spitzen überwölbte Morgenröcke. Zwei waren blond, die dritte dunkel. Sie gelangten unter die Bäume. Ich stand ergriffen und entzückt ob dieser flüchtigen, zauberhaften Erscheinung da; sie ließ in mir eine ganze poetische Welt erstehen. Sie hatten sich kaum in dem dazu erforderlichen Licht, in der Umrahmung des Laubwerks, auf dem geheimen, erlesenen Hintergrund dieses Parks gezeigt. Ich hatte mit einem Schlag die schönen Damen des andern Jahrhunderts wiedererblickt, wie sie in Hainbuchengängen einherschritten, die schönen Damen, an deren leichtfertige Liebschaften die galanten Kupferstiche an den Wänden erinnerten. Und ich dachte zurück an die glücklichen, überblühten, geistvollen, zärtlichen Zeiten, als die Sitten so wenig streng und die Lippen so leicht zu erhaschen waren...

Eine plumpe Stimme ließ mich zusammenzucken. Patience war hereingekommen und streckte mir strahlend die Hände entgegen.

Er sah mir tief in die Augen, mit der hinterhältigen Miene, die man aufsetzt, wenn es sich um das Anvertrauen von Liebesdingen handelt, und mit einer weiten, umfassenden, einer napoleonischen Geste zeigte er mir seinen Prunksalon, seinen Park, die drei Frauen, die ganz im Hintergrund wieder erschienen, und sagte mit triumphierender, stolzgeschwellter Stimme: ›Und dabei habe ich sozusagen mit nichts angefangen... bloß mit meiner Frau und meiner Schwägerin!‹«

MARTINE

Französischer Titel: La Martine
Erstdruck: Le Gil-Blas, 11. September 1883

Eines Sonntags, nach der Messe, hatte es ihn gepackt. Er war aus der Kirche gekommen und ging den zu seinem Haus führenden Hohlweg entlang, als er vor sich Martine sah; auch sie ging heim. Der Vater ging mit dem selbstbewußten Schritt eines reichen Bauern neben der Tochter her. Den Kittel verschmähte er; statt dessen trug er einen grauen Tuchrock und einen breitkrempigen Melonenhut.

Sie war in ein Korsett eingezwängt, das sie nur einmal in der Woche schnürte, hielt sich sehr gerade, mit Wespentaille, breiten Schultern und vorspringenden Hüften; im Gehen wiegte sie sich ein wenig.

Sie trug einen bei einer Modistin in Yvetot gefertigten Hut mit künstlichen Blumen; ihr ganzer kräftiger, runder, geschmeidiger Nacken war zu sehen, und daran kräuselten sich die von freier Luft und Sonne rötlich gelb gegerbten Härchen.

Er, Benoist, sah nur ihren Rücken; aber er kannte ihr Gesicht recht gut, ohne daß es ihm bislang in besonderem Maße aufgefallen wäre.

Und plötzlich sagte er sich: »Verdammt noch mal, sie ist doch ein hübsches Mädchen, die Martine.« Er sah sie gehen; unvermittelt kam sie ihm wundervoll vor; er fühlte Begehren in sich aufsteigen. Nein, das Gesicht brauchte er gar nicht noch mal zu sehen. Er ließ die Augen nicht von ihrer Taille, und immer wieder sagte er sich, als rede er laut: »Verdammt noch mal, was ist sie für ein schönes Mädchen.«

Martine bog nach rechts ab, nach der »Martinière«, dem Hof ihres Vaters Jean Martin; sie drehte sich um und blickte zurück. Sie sah Benoist; er kam ihr irgendwie komisch vor. Sie rief: »Tag, Benoist!« Er antwortete: »Tag, Martine, Tag, Meister Martin« und ging weiter.

Als er heimkam, stand die Suppe auf dem Tisch. Er setzte sich seiner Mutter gegenüber, neben den Knecht und den Hütejungen; die Magd zog die Ziderflaschen auf.

Er aß ein paar Löffel; dann schob er den Teller weg.

Die Mutter fragte: »Fehlt dir etwas?«

Er antwortete: »Nein, mir ist bloß, als hätte ich einen Kloß im Bauch, und der nimmt mir den Appetit.«

Er sah zu, wie die andern aßen; dann und wann schnitt er sich ein Stückchen Brot ab, führte es langsam zum Mund und kaute eine Weile darauf herum. Er dachte an Martine: Sie ist doch ein schönes Mädchen... Daß ihm das bis jetzt gar nicht aufgefallen war und daß es ihn urplötzlich mir nichts, dir nichts überkommen hatte, so stark, daß er deswegen keinen Happen mehr essen konnte!

Das Ragout rührte er kaum an.

Die Mutter sagte: »Na, Benoist, nimm dich ein bißchen zusammen; es sind Hammelrippen, die werden dir schon schmecken. Wenn man keinen Appetit hat, muß man sich zwingen.«

Er würgte ein Stück hinunter; dann schob er den Teller zum zweitenmal weg – nun, es rutschte nicht, ganz entschieden nicht.

Als sie aufgestanden waren, machte er einen Rundgang über die Felder und schickte den Hütejungen weg: Er wolle sich im Vorbeigehen selber um die Herde kümmern.

Das Land lag verlassen da, des Feiertags wegen. Hier und dort lagerten auf einem Kleefeld schwerfällig Kühe mit breit hingestreckten Bäuchen und käuten in der vollen Sonne wieder. Ausgespannte Pflüge lagen träge in der Ecke eines Ackers, und die umgebrochene, für die Aussat bereite Erdkrume breitete sich in großen braunen Vierecken zwischen den gelben Feldern aus, auf denen die Stoppeln verfaulten und vor kurzem gemähter Hafer lag.

Ein etwas trockener Herbstwind überwehte die Ebene und kündigte nach Sonnenuntergang einen kühlen Abend an. Benoist setzte sich an einen Graben, legte den Hut auf die Knie, als brauche sein Kopf unbedingt freie Luft, und sagte ganz laut in die ländliche Stille hinein: »Für ein hübsches Mädchen ist sie tatsächlich ein hübsches Mädchen.«

Auch abends, im Bett, dachte er an sie und auch, als er am andern Morgen aufwachte.

Er war nicht traurig; er war nicht mißgestimmt; er hätte nicht sagen können, was mit ihm los sei. Irgendwas hielt ihn fest, irgendwas krallte sich in seiner Seele fest, eine Vorstellung, die nicht von ihm wich und in seinem Herzen eine Art Kitzeln hervorbrachte. Manchmal hat sich eine dicke Fliege in ein Zimmer verflogen und kann nicht wieder hinaus. Man hört sie hin und her summen, und dies Geräusch läßt einen nicht los und reizt und ärgert einen. Plötzlich setzt sie sich hin; man vergißt sie; aber dann geht es unvermittelt wieder los, und man muß aufblicken. Man kann sie weder schnappen noch wegjagen, noch totschlagen, noch zum Hinsetzen bringen. Kaum hat sie Ruhe gegeben, da fängt sie auch schon wieder an zu summen.

Das Denken an Martine tobte in Benoists Kopf herum wie eine eingesperrte Fliege.

Dann überkam ihn das Verlangen, sie wiederzusehen, und er ging mehrere Male an der »Martinière« vorbei. Schließlich sah er sie; sie hängte Wäsche auf eine zwischen zwei Apfelbäumen gespannte Leine.

Es war warm; sie hatte nur einen kurzen Rock an, und das der Haut enganliegende Hemd ließ die gewölbten Brüste sich deutlich abzeichnen, wenn sie beim Aufhängen der Wäschestücke die Arme hob.

Länger als eine Stunde duckte er sich an die Grabenböschung, auch noch, als sie längst weg war. Danach plagte es ihn noch heftiger als zuvor.

Einen Monat lang war er völlig erfüllt von ihr; wenn ihr Name in seiner Gegenwart fiel, durchschüttelte es ihn. Er aß kaum noch; jede Nacht hatte er Schweißausbrüche, die ihn am Schlafen hinderten.

Sonntags, bei der Messe, ließ er sie nicht aus den Augen. Sie merkte es und lächelte ihm zu; auf diese Weise beachtet zu werden war ihr schmeichelhaft.

Da jedoch begegnete er ihr eines Abends unvermutet auf einem Feldweg. Sie blieb stehen, als sie ihn herankommen sah. Er ging geradewegs auf sie los; Angst und Ergriffenheit schnürten ihm die

Kehle zu; aber er war fest entschlossen, sie anzureden. Blubbernd nahm er einen Anlauf: »Wissen Sie, Martine, so kann es nicht mehr weitergehen.«

Als wolle sie ihn aufziehen, antwortete sie: »Was kann denn nicht mehr so weitergehen, Benoist?«

Er sagte: »Daß ich an Sie denke, so viel Stunden der Tag hat.«

Sie stemmte die Hände in die Hüften: »Zwinge ich Sie etwa dazu?«

Er stotterte: »Doch, ja; ich kann nicht mehr schlafen, es läßt mir keine Ruhe, ich mag nicht mehr essen, nichts, gar nichts.«

Sie brachte ganz leise hervor: »Was müßte man denn tun, damit das wieder anders wird?«

Er stand erschüttert da, mit schlaff niederhängenden Armen, runden Augen und offenem Mund.

Sie gab ihm einen gehörigen Puff in den Magen und lief weg.

Von diesem Tag an richteten sie es so ein, daß sie einander immerfort an den Grenzgräben, in den Hohlwegen oder auch gegen Tagesende am Feldrain begegneten, wenn er mit seinen Pferden heimkam und sie ihre Kühe zurück in den Stall trieb.

Er fühlte sich zu ihr hingezogen, hingerissen mit aller Schwungkraft des Herzens und des Leibes. Am liebsten hätte er sie umstrickt, sie erdrosselt, sie aufgefressen, sie sich einverleibt. Und er verspürte auch die Schauer der Schwäche, der Ungeduld, der Wut darüber, daß sie nicht ganz und gar ihm gehöre, als seien sie beide nur ein einziges Lebewesen.

Im Dorf wurde darüber geschwatzt. Es hieß, sie seien verlobt. Übrigens hatte er sie gefragt, ob sie seine Frau werden wolle, und sie hatte »ja« gesagt.

Sie warteten nur noch auf eine Gelegenheit, sich mit ihren Eltern zu besprechen.

Da nun aber kam sie plötzlich nicht mehr, wenn sie sich miteinander verabredet hatten. Er bekam sie nicht einmal mehr zu Gesicht, wenn er um den Hof herumstrich. Einzig sonntags, bei der Messe, sah er sie flüchtig. Und ausgerechnet an einem Sonntag gab der Pfarrer nach der Predigt von der Kanzel herab das Aufgebot der Victoire-Adélaïde Martin und des Joséphin-Isidore Vallin bekannt.

Benoist hatte in den Händen das Gefühl, als sei ihm alles Blut daraus abgezapft worden. Er bekam Ohrensausen; er konnte nichts mehr hören, und erst nach einer ganzen Weile merkte er, daß ihm die Tränen ins Meßbuch tropften.

Einen Monat lang lag er krank. Dann ging er wieder an seine Arbeit.

Aber geheilt war er nicht; er dachte unausgesetzt an sie. Er vermied die um ihr Haus herumführenden Wege, damit er nicht einmal die ihren Hof umstehenden Bäume sah; auf diese Weise war er zu einem großen Umweg gezwungen; er machte ihn morgens und abends.

Sie war jetzt mit Vallin verheiratet, dem reichsten Hofbesitzer des Kreises. Benoist und er sprachen nicht mehr miteinander, obwohl sie Kindheitsgefährten waren.

Als Benoist eines Abends am Bürgermeisteramt vorbeiging, erfuhr er, daß sie ein Kind erwarte. Anstatt deswegen tiefen Schmerz zu empfinden, verspürte er eine Art Erleichterung. Jetzt war es aus, endgültig aus. Dies trennte sie und ihn mehr als die Heirat. Wirklich, es war ihm lieber so.

Monate gingen hin und abermals Monate. Er sah sie manchmal, wenn sie beschwerten Schrittes durchs Dorf ging. Sie wurde bei seinem Anblick rot, senkte den Kopf und ging schneller. Und er bog vom Weg ab, um nicht an ihr vorübergehen und ihrem Blick begegnen zu müssen.

Aber voller Schrecken mußte er daran denken, daß er ihr eines frühen Morgens gegenüberstehen könne und gezwungen sei, mit ihr zu sprechen. Was sollte er ihr jetzt sagen, nach allem, was er ihr früher gesagt, als er sie an den Händen gehalten und ihr dicht an der Wange das Haar geküßt hatte? Noch oft dachte er an ihrer beider Beieinander an den Grabenböschungen. Was sie nach so viel Versprechungen getan hatte, war schuftig.

Nach und nach indessen wich der Kummer aus seinem Herzen; nur noch Traurigkeit verweilte darin. Und eines Tages schlug er zum erstenmal wieder den Weg nach dem Hof ein, wo sie wohnte. Von fern sah er das Hausdach. Da drin war sie! Da drin wohnte sie zusammen mit einem andern! Die Apfelbäume standen in Blüte, auf dem Misthaufen krähten die Hähne. Das ganze Anwesen mutete leer an; die Leute waren wohl alle bei der Frühjahrsbestellung auf den Feldern. Er blieb an der Einfriedigung stehen und warf einen Blick auf den Hof. Vor seiner Hütte schlief der Hund; zwei Kälber trotteten langsam, eins hinter dem andern, der Tränke zu. Ein dicker Puter schlug vor der Tür ein Rad und tat sich damit vor den Hennen groß wie ein Bühnensänger.

Benoist lehnte sich gegen den Pfeiler und verspürte plötzlich einen heftigen Drang zu weinen. Aber da hörte er einen Schrei, einen aus dem Haus herausschallenden Hilferuf. Betroffen stand er da; seine Hände umkrampften die Holzlatten; er lauschte. Ein zweiter Schrei, ein längerer, schrillerer, drang ihm in Ohren, Seele und Fleisch. Das war sie, die da so schrie! Er stürzte vorwärts, rannte über den Grasplatz, stieß die Tür auf, und da sah er sie: Sie lag zusammengekrümmt am Boden, mit fahlem Gesicht und erstorbenen Augen, in Kindesnöten.

Da blieb er stehen, noch bleicher, noch zitternder als sie und stotterte: »Ich bin ja da, ich bin ja da, Martine.«

Sie antwortete keuchend: »Oh, gehen Sie nicht weg, bleiben Sie bloß bei mir, Benoist.«

Er schaute auf sie nieder, er wußte nicht, was er sagen, was er tun solle.

Sie fing wieder an zu jammern: »Oh! Oh! Es reißt mich kaputt! Oh! Benoist!« Und sie wand und krümmte sich grauenerregend.

Ein wütendes Verlangen, ihr zu helfen, überkam Benoist, sie zu beruhigen, ihre Schmerzen zu vertreiben. Er bückte sich, faßte sie, hob sie hoch, trug sie auf ihr Bett; und während sie nach wie vor stöhnte und ächzte, zog er sie aus, streifte ihr das Leibchen ab, das Kleid, den Unterrock. Sie biß sich in die Fäuste, um nicht mehr zu schreien. Und dann tat er, wie er es bei den Tieren gewohnt war, den Kühen, den Schafen, den Stuten. Er half ihr und hielt danach ein kräftiges, plärrendes Kind in den Händen.

Er wischte es ab, wickelte es in ein Tuch, das er am Feuer trocknete und wärmte, und legte es auf einen Wäschehaufen, der auf dem Tisch lag und gebügelt werden sollte; dann ging er wieder zu der Mutter. Er legte sie noch mal auf den Fußboden, zog frische Laken über und legte sie wieder ins Bett.

Sie stammelte: »Danke, Benoist, du hast ein wackeres Herz.«
Sie weinte ein bißchen, als verspüre sie Reue.

Aber er liebte sie nicht mehr, kein bißchen. Es war aus.
Warum? Wieso? Das hätte er nicht zu sagen gewußt. Was er jetzt
eben hinter sich gebracht hatte, das hatte ihn gründlicher geheilt,
als zehn Jahre der Trennung es vermocht hätten.

Erschöpft und unter Zuckungen fragte sie: »Was ist es denn?«

Er antwortete ruhig: »Ein Mädchen; sieht nett aus.«

Sie schwiegen wieder. Nach einer kleinen Weile bat die Mutter
mit schwacher Stimme: »Zeig es mir, Benoist.«

Er holte das Kind und hielt es ihr hin, als trüge er die Hostie in
Händen.

Da ging die Tür auf, und Isidore Vallin kam herein.

Zunächst begriff er nicht das mindeste; dann plötzlich ging
ihm ein Licht auf.

Benoist hatte völlig die Fassung verloren; stotternd brachte er
hervor: »Ich ging bloß vorbei, ging einfach so vorbei, und da habe
ich sie schreien hören, und da bin ich reingegangen ... Da hast du
dein Kind, Vallin.«

Und da trat der Ehemann, Tränen in den Augen, einen Schritt
vor, nahm das winzige Wurm, das der andere ihm hinhielt, küßte
es, stand ein paar Sekunden da und rang nach Luft, legte das
Kind wieder aufs Bett und streckte Benoist beide Hände entgegen: »Schlag ein, schlag ein, Benoist, jetzt sind zwischen uns alle
Worte überflüssig. Wenn du willst, werden wir Freunde, und
zwar dicke Freunde!«

Und Benoist antwortete: »'türlich will ich, kannst dich drauf
verlassen.«

DER ORIENT

Französischer Titel: L'Orient
Erstdruck: Le Gaulois, 13. September 1883

Jetzt ist es Herbst! Jedesmal, wenn ich dies erste winterliche Erschauern verspüre, muß ich an den Freund denken, der in der Ferne an den Grenzen Asiens wohnt.

Als ich das letzte Mal zu ihm kam, wurde mir bewußt, daß ich ihn nicht wiedersehen würde. Es war vor drei Jahren, gegen Ende September. Er lag auf seinem Ruhebett, in tiefem Opiumtraum. Ohne seinen Körper zu bewegen, reichte er mir die Hand und sagte: »Bleib, sprich, ich werde dir dann und wann antworten, aber rühren werde ich mich nicht; du weißt ja, wenn man die Droge zu sich genommen hat, muß man auf dem Rücken liegen bleiben.«

Ich setzte mich und erzählte ihm tausenderlei Dinge, die sich in Paris und auf dem Boulevard ereignet hatten.

Er sagte: »Was du da redest, interessiert mich nicht; ich denke nur noch an hellere Länder! Wie hat der arme Théophile Gautier leiden müssen! Ihn hat doch stets das Verlangen nach dem Orient durchgeistert. Du weißt nicht, wie das ist, wie es einen packt, jenes Gefilde, wie es einen gefangennimmt, einen bis in die Herzenstiefen durchdringt und nie wieder losläßt. Mit all seinen unbesieglichen Verlockungen dringt es durchs Auge, durch die Haut in einen ein und hält einen an einem unsichtbaren Faden fest, der unablässig an einem zerrt, gleichgültig, an welchen Ort der Erde der Zufall einen geworfen hat. Ich nehme die Droge, um in der köstlichen Betäubung durch das Opium mich dorthin zu denken.« Er verstummte und schloß die Augen.

Ich fragte: »Was empfindest du eigentlich an Angenehmem, daß du dieses Giftzeug nimmst? Welches physische Glücksgefühl verschafft es nur, daß man es sich bis zum Tode einverleibt?«

Er antwortete: »Es ist nicht eigentlich ein physisches Glücksgefühl; es ist etwas Besseres, es ist mehr. Ich bin oft traurig; ich verabscheue das Leben, weil es mich jeden Tag mit all seinen Ecken und Kanten, all seinen Härten verwundet. Das Opium tröstet mich über all das hinweg, hilft mir, daß ich mich mit allem abfinde. Kennst du den Seelenzustand, den ich als das quälende Gereiztsein bezeichnen möchte? In diesem Zustand lebe ich für gewöhnlich. Zwei Dinge können mich davon heilen: das Opium oder der Orient. Sobald ich das Opium zu mir genommen habe, lege ich mich nieder und warte. Ich warte eine Stunde, manchmal zwei Stunden. Dann verspüre ich zunächst ein leises Zittern in Händen und Füßen, nicht etwa einen Krampf, sondern ein vibrierendes Einschlafen; danach überkommt mich dann das seltsame, köstliche Gefühl des Hinschwindens meiner Gliedmaßen. Mir scheint, als würden sie mir weggenommen; es wird immer stärker, steigt immer höher, übermannt mich gänzlich. Ich habe keinen Körper mehr. Nur etwas wie eine angenehme Erinnerung daran bleibt in mir zurück. Einzig mein Kopf ist da und arbeitet. Ich denke. Ich denke mit unendlicher stofflicher Freude, mit einer Hellsicht ohnegleichen, mit überraschender Eindringlichkeit. Ich arbeite, ich folgere, ich begreife alles, ich entdecke Gedanken, die mich zuvor niemals auch nur leise gestreift hatten; ich steige in neue Tiefen hinab, ich steige zu wunderbaren Höhen hinauf; ich schwimme in einem Gedankenozean, und ich koste das unvergleichliche Glück, den idealen Genuß des reinen, heiteren Rauschzustands der Intelligenz an sich aus.« Abermals verstummte er und schloß die Augen.

Ich sagte: »Dein Verlangen nach dem Orient rührt lediglich von diesem beständigen Rauschzustand her. Du lebst in einer Halluzination. Wie kann man sich in jene barbarischen Gegenden wünschen, wo der Geist erstorben ist, wo das unfruchtbare Denken kaum die engen Grenzen des Lebens hinter sich läßt und sich in keiner Weise bemüht, sich aufzuschwingen, größer zu werden und zu erobern?«

Er antwortete:

»Was kommt auf das praktische Denken an! Ich liebe nichts als den Traum. Nur der Traum ist gut, nur der Traum ist sanft und milde.

Die unversöhnliche Wirklichkeit würde mich zum Selbstmord treiben, wenn der Traum mir nicht erlaubte zu warten.

Doch du hast gesagt, der Orient sei das Land der Barbaren; schweig lieber, du Ärmster: Er ist das Land der Weisen, er ist der Bereich der Wärme, wo man das Leben hinfließen läßt, wo man alle scharfen Kanten glättet und abrundet.

Wir, wir Westmenschen, die wir uns als kultiviert bezeichnen, sind die Barbaren; abscheuliche Barbaren sind wir, die wir uns das Leben schwer machen wie Stumpfbolde.

Sieh doch nur unsere steinernen Städte an, unsere harten, eckigen Holzmöbel! Wir steigen keuchend schmale, steile Treppen hinauf und gelangen dann in enge Wohnungen, in die der eisige Wind pfeifend hineindringt, um alsdann durch einen wie eine Pumpe geformten Kamin zu entweichen, der einen tödlichen, so heftigen Luftzug verursacht, daß er Mühlenflügel zu drehen vermöchte. Unsere Sitzgelegenheiten sind hart, unsere mit scheußlichen Tapeten beklebten Wände kalt; überall sind Ecken und Kanten, an denen man sich stößt. Die Tische, die Kamine, die Türen, die Betten – alles hat Ecken und Kanten. Wir leben im Stehen oder im Sitzen, nie im Liegen, außer wenn wir schlafen wollen, und das ist albern, denn im Schlummer merkt man nichts mehr vom Glück zu liegen.

Doch bedenk auch unser intellektuelles Leben. Es ist ein Kampf, eine unablässige Schlacht. Über uns schwebt die Sorge, Unruhe martert uns; wir haben nicht einmal Zeit zum Aufsuchen und Verfolgen der zwei oder drei guten Dinge, die in unserer Reichweite liegen.

Es ist ein Kampf auf Leben und Tod. Mehr noch als unsere Möbelstücke hat unser Charakter Ecken und Kanten, auch er!

Kaum sind wir aufgestanden, da hasten wir durch Regen oder Kälte zur Arbeit. Wir kämpfen gegen Nebenbuhlerschaft, Mitbewerber, Feindseligkeit. Jeder Mensch ist ein Gegner, den man fürchten und niederwerfen, den man überlisten muß. Selbst die Liebe hat bei uns das Aussehen von Sieg und Niederlage; auch sie ist ein Kampf.«

Er dachte ein paar Sekunden lang nach und fuhr dann fort: »Das Haus, das ich kaufen werde, kenne ich schon. Es ist quadratisch; es hat ein flaches Dach und Holzschnitzereien, wie es im Orient üblich ist. Von der Terrasse aus erblickt man das Meer, und auf dem Meer gleiten weiße Segel einher, die wie spitzige Flügel sind, griechische oder muselmanische Schiffe. Die Außenmauern haben so gut wie keine Öffnungen. Die Mitte dieser Behausung bildet ein großer Garten; dort ist die Luft unter den Sonnenschirmen der Palmen schwer. Ein Springbrunnenstrahl steigt unter den Wipfeln empor und zersprüht im Niederfallen in einem breiten Marmorbecken, dessen Grund mit Goldstaub bestreut ist. Dort kann ich baden, wann ich will, zwischen zwei Pfeifen, zwei Träumen oder zwei Liebesumarmungen.

Ganz bestimmt werde ich keine Magd haben, kein widerwärtiges Hausmädchen mit fettiger Schürze, das, wenn es weggeht, mit einem Tritt seiner ausgelatschten Schuhe den dreckigen Rocksaum anhebt. Ach, dieser Hackenschwung, der das gelbe Fußgelenk entblößt: Dabei dreht sich mir vor Ekel das Herz um, und dabei kann ich ihm nicht ausweichen. Alle haben sie ihn, diese schauderhaften Geschöpfe!

Ich werde nicht mehr das Klacken von Schuhsohlen auf dem Parkett hören, das Knallen mit voller Wucht zugeschlagener Türen, den Krach zu Boden gefallenen Geschirrs.

Ich werde schöne, schwarze Sklavinnen mit weißen, gerafften Schleiergewändern haben, die nacktfüßig über geräuschdämpfende Teppiche eilen.

Meine Wände sind weich und elastisch wie Frauenbrüste, und auf meinen kreisförmig jedes Gemach umgebenden Ruhekissen gestatten mir Kissen jedweder Gestalt, mich in allen Haltungen niederzulegen, die sich einnehmen lassen.

Bin ich dann der köstlichen Ruhe satt, satt des Genießens der Reglosigkeit und meines ewigen Träumens, satt der geruhsamen Lust des Wohlseins, lasse ich mir ein weißes oder schwarzes, sehr schnelles Pferd vor meine Tür führen.

Und auf seinem Rücken reite ich davon und trinke die Luft in mich, die peitscht und berauscht, die pfeifende Luft eines rasenden Galopps.

Und ich fliege dahin wie ein Pfeil über die farbige Erde, die den Blick trunken macht und deren Anblick würzig ist wie Wein.

In der stillen Abendstunde stürme ich in wahnwitzigem Renn-lauf dem weiten Horizont entgegen, den die sinkende Sonne rosig tönt. Dort, in jenem fernen Land, färbt der Abenddämmer alles rosig: die verbrannten Gebirge, den Sand, die Gewänder der Araber, das weiße Fell der Pferde.

Aus dem Sumpfgelände fliegen rosa Flamingos im rosigen Himmel von dannen; und ich stoße Irrsinnsschreie aus und bin wie ein Ertrunkener in der grenzenlosen Rosenröte der Welt.

Nie wieder sehe ich längs der Gehsteige schwarzgekleidete Männer auf unbequemen Stühlen sitzen, die wie betäubt vom harten Lärm der Droschken auf dem Straßenpflaster sind, Absinth trinken und von Geschäften reden.

Ich weiß nichts von Börsenkursen, vom Auf und Ab der Werte, von all den unnützen Blödheiten, mit denen wir uns unser kurzes, erbärmliches und trügerisches Dasein verderben. Warum alle diese Mühsal, dies Leiden, dies Ringen? Ich werde ruhen im Windschutz meiner üppigen, hellen Behausung.

Und ich werde vier oder fünf Gattinnen in schwelgerischen Wohnräumen haben, fünf Gattinnen aus den fünf Weltteilen, und sie bringen mir die Würze weiblicher Schönheit dar, wie sie in allen Rassen erblüht.«

Abermals verstummte er; dann sagte er leise: »Laß mich jetzt.«

Ich bin gegangen. Ich habe ihn nie wiedergesehen.

Zwei Monate danach schrieb er mir nichts als die drei Worte: »Ich bin glücklich.«

Sein Brief duftete nach Weihrauch und anderen, sehr lieblichen Wohlgerüchen.

DAS KIND

Französischer Titel: L'Enfant
Erstdruck: Le Gil-Blas, 18. September 1883

Nach dem Abendessen wurde von einem Kindsmord gesprochen, der sich unlängst in der Gemeinde zugetragen hatte. Die Baronin bezeigte sich entrüstet: War so etwas denkbar? Das Mädchen war von einem Metzgerburschen verführt worden und hatte ihr Kind in einen Tümpel geworfen! Wie entsetzlich! Es hatte sich sogar ergeben, daß das arme Kleine noch gelebt hatte.

Der Arzt, der an jenem Abend zum Essen aufs Schloß geladen worden war, erzählte mit ruhiger Miene gräßliche Einzelheiten und schien sich aufs höchste über den Mut der bejammernswürdigen Mutter zu wundern, die, nachdem sie ganz allein niedergekommen war, zwei Kilometer zu Fuß zurückgelegt hatte, um ihr Kind zu ermorden. Mehrmals sagte er: »Diese Frau ist aus Eisen! Und welch wüste Energie hat sie aufbringen müssen, als sie bei Nacht durch den Wald ging, das wimmernde Kind auf dem Arm! Dergleich Weh stehe ich völlig ratlos gegenüber. Stellen Sie sich doch das Entsetzen dieser Seele vor, den zerreißenden Schmerz dieses Herzens! Wie verabscheuenswert und erbärmlich ist doch das Leben! Infame Vorurteile, jawohl, Madame, infame Vorurteile, ein falscher Ehrbegriff, der noch scheußlicher ist als das Verbrechen, eine Anhäufung von erkünstelten Gefühlen, von ekelhafter Ehrpusseligkeit, von empörender Wohlanständigkeit treiben arme Mädchen, die widerstandslos dem machtvollen Gesetz des Lebens gehorcht haben, zum Mord, zum Kindsmord. Welch eine Schmach für die Menschheit, daß sie eine solche Moral stabilisiert und die freie Liebesumarmung zweier Menschenwesen zum Verbrechen gestempelt hat!«

Die Baronin war vor Unwillen blaß geworden. Sie entgegnete: »Dann stellen Sie also das Laster über die Tugend, Herr Doktor, die Prostituierte über die anständige Frau? Eine, die sich ihren schändlichen Instinkten überläßt, hat für Sie den gleichen Wert wie die makellose Gattin, die reinen Gewissens ihre Pflicht erfüllt?«

Der Arzt, ein alter Mann, der an viele Wunden gerührt hatte, stand auf und sagte mit Nachdruck:

»Sie sprechen von Dingen, von denen Sie keine Ahnung haben, da Ihnen unbezwingliche Leidenschaften fremd geblieben sind. Lassen Sie mich Ihnen von einem vor kurzem stattgehabten Geschehnis erzählen, dessen Zeuge ich gewesen bin.

Ach, Madame, seien Sie stets nachsichtig, gütig und barmherzig; Sie sind ja ahnungslos! Weh denen, die die perfide Natur mit unstillbarem Hunger der Sinne begabt hat! Ausgeglichene Menschen, die ohne heftige Instinkte geboren worden sind, bleiben ihr Leben lang anständig; das kann nicht anders sein. Pflichterfüllung fällt allen leicht, die niemals von tollwütigem Begehren gequält werden. Ich erlebe es immer wieder, daß kleine Bürgersfrauen mit Fischblut, starren Sitten und durchschnittlichem Gehirn Entrüstungsschreie ausstoßen, wenn sie von den Verfehlungen gefallener Frauen hören.

Sie schlafen ruhig in ihrem friedevollen Bett, das niemals von glühenden Träumen umgeistert wird. Alle, die Sie um sich haben, sind wie Sie, tun wie Sie und werden von der instinktiven Zurückhaltung der Sinne geschützt. Sie brauchen kaum gegen den Anschein einer hinreißenden Gewalt anzukämpfen. Nur Ihr Inneres gibt sich manchmal krankhaften Eingebungen hin, ohne daß Ihr gesamter Körper sich allein schon bei der leisen Berührung durch einen verführerischen Gedanken aufbäumt.

Bei denen nun aber, die der Zufall mit Leidenschaften ausgestattet hat, sind die Sinne unbesieglich. Können Sie den Sturm hemmen, können Sie dem aufwallenden Meer Einhalt gebieten? Können Sie den Kräften der Natur Fesseln anlegen? Nein. Auch die Sinne sind Naturkräfte, sind unbesieglich wie Meeresflut und Sturm. Sie wallen auf und reißen den Menschen mit und stürzen ihn in die Wollust, ohne daß er dem Ungestüm des Begehrens Widerstand zu leisten vermöchte. Die makellosen Frauen sind Frauen ohne Temperament. Es gibt ihrer viele. Ich rechne ihnen ihre Tugend nicht allzu hoch an, weil sie nicht zu kämpfen brauchen. Verstehen Sie mich recht: Niemals kann eine Messalina, eine Katharina die Große wohlanständig sein. Sie kann es einfach nicht. Sie ist geschaffen für wütende Liebkosungen! Ihre Organe sind anderer Art als die Ihrigen, ihr Körper ist anderer Art, er gerät leichter in Schwingung, er gerät außer sich bei der leisesten Berührung mit einem andern Körper; und ihre Nerven vibrieren, überwältigen und bezwingen sie bei Gelegenheiten, wo die Ihrigen nicht das mindeste spüren. Versuchen Sie doch, einen Raubvogel mit den Sonnenblumenkernen zu nähren, mit denen Sie Ihren Papagei füttern! Dabei haben beide Vögel einen großen krummen Schnabel. Aber ihre Instinkte sind andersgeartet.

Ach, die Sinne! Wenn Sie wüßten, welche Gewalt ihnen innewohnt. Die Sinne, die einen ganze Nächte hindurch keuchen lassen, bei heißer Haut, beschleunigtem Herzschlag und von irrsinnig machenden Visionen gepeinigtem Hirn! Sie müssen einsehen, Madame: Menschen mit unbeugsamen Grundsätzen sind ganz einfach kalte Menschen, die, ohne es zu wissen, auf eine verzweifelte Weise eifersüchtig auf die andern sind.

Hören Sie mir zu:

Die, die ich Madame Hélène nennen will, war sinnlich. Sie war es von frühester Kindheit an. Die Sinne waren bei ihr erwacht, als sie zu sprechen anfing. Sie werden mir sagen, das sei krankhaft. Warum? Ist nicht vielmehr bei Ihnen die Sinnlichkeit schwach entwickelt? Als sie zwölf Jahre alt war, wurde ich zu Rate gezogen. Ich stellte fest, daß sie bereits eine voll entwickelte Frau war und rastlos vom Begehren nach körperlicher Liebe verzehrt wurde. Man brauchte sie nur anzuschauen, dann spürte man es. Sie hatte üppige, aufgeworfene Lippen, die sich auftaten wie Blumen, einen kräftigen Hals, heiße Haut, eine breite Nase mit weiten, zuckenden Nüstern und große, klare Augen, deren Blick die Männer entflammte.

Wer hätte das Blut dieses hitzigen Tierwesens dämpfen können? Nächtelang schluchzte sie ursachlos. Sie litt Todesnöte, weil ihr der männliche Partner fehlte.

Endlich, mit fünfzehn, wurde sie verheiratet. Zwei Jahre danach starb ihr Mann an der Schwindsucht. Sie hatte ihn ausgepumpt. Der nächste erlitt nach achtzehn Monaten dasselbe

Schicksal. Ein dritter hielt vier Jahre durch, dann verließ er sie. Es war hohe Zeit.

Nun sie allein war, wollte sie keusch bleiben. Sie besaß alle Ihre Vorteile. Schließlich ließ sie mich eines Tages kommen; sie litt unter Nervenkrisen, die sie beunruhigten. Mir war auf der Stelle klar, daß sie an ihrer Witwenschaft zugrunde gehen müsse. Ich sagte es ihr. Sie war eine anständige Frau, Madame; trotz der Qualen, die sie litt, lehnte sie es ab, meinem Rat zu folgen und sich einen Liebhaber zu nehmen.

Im Dorf hieß es, sie sei verrückt. Nachts lief sie ins Freie und unternahm regellose Spaziergänge, um ihren rebellischen Körper zu schwächen. Dann fiel sie in Ohnmachten, die von schrecklichen Krampfanfällen abgelöst wurden.

Sie lebte für sich allein in ihrem Schloß; es lag in der Nähe dessen ihrer Mutter und deren ihrer Verwandten. Ich suchte sie von Zeit zu Zeit auf und wußte nicht, was ich gegen den hartnäckigen Willen der Natur oder gegen ihren eigenen Willen unternehmen sollte.

Nun, eines Abends, ich war gerade mit Essen fertig, gegen acht Uhr, kam sie zu mir. Sobald wir allein waren, sagte sie: ›Ich bin verloren. Ich bekomme ein Kind!‹

Ich zuckte auf meinem Stuhl zusammen. ›Was sagen Sie da?‹

›Ich bekomme ein Kind.‹

›Sie?‹

›Ja, ich.‹

Und unverhohlen, mit abgehackter Stimme, mir geradewegs ins Gesicht sehend: ›Von meinem Gärtner, Herr Doktor. Ich bekam bei einem Spaziergang im Park einen Ohnmachtsanfall. Der Mann hatte mich umsinken sehen, ist herzugelaufen und hat mich hochgehoben und wegtragen wollen. Was ich getan habe? Ich weiß es nicht mehr! Habe ich ihn umarmt, geküßt? Vielleicht. Sie wissen ja um mein Elend und meine Schmach. Kurzum, er hat mich besessen! Ich bin schuldig, denn am andern Tag habe ich mich ihm nochmals geschenkt, auf dieselbe Weise, und dann noch viele Male. Ich war am Ende. Ich konnte nicht länger dagegen angehen…‹

In ihrer Brust quoll ein Schluchzen auf; dann fuhr sie mit stolzer Stimme fort: ›Ich habe ihn bezahlt; das war mir lieber als der Geliebte, den zu nehmen Sie mir rieten. Er hat mich schwanger gemacht. Oh, ich beichte Ihnen ohne Vorbehalt und ohne Hemmungen. Ich habe versucht abzutreiben. Ich habe kochend heiße Bäder genommen, ich bin auf schwierige Pferde gestiegen, ich habe waghalsige Turnübungen gemacht, ich habe alle möglichen Mittel getrunken, Absinth, Safran und mancherlei anderes. Aber nichts hat genutzt. Sie kennen ja meinen Vater, meine Brüder. Ich bin erledigt. Meine Schwester ist mit einem Ehrenmann verheiratet. Meine Schande wird auch auf sie zurückfallen. Und stellen Sie sich doch alle unsere Freunde, unsere sämtlichen Nachbarn vor, denken Sie an unsern Namen... an meine Mutter...‹

Sie fing an zu schluchzen. Ich nahm ihre Hände und fragte sie aus. Dann riet ich ihr, sie solle eine lange Reise machen und in der Ferne niederkommen.

Sie antwortete: ›Ja... ja... ja... Das ginge...‹, aber sie schien mir gar nicht zuzuhören.

Dann ist sie weggegangen.

Ich habe sie mehrere Male besucht. Sie wurde nach und nach irrsinnig. Der Gedanke an das Kind, das sich in ihrem Leib bildete, an diese lebendige Schmach und Schande war ihr in die Seele gedrungen wie ein spitziger Pfeil. In einem fort dachte sie daran; sie wagte sich bei Tag nicht mehr ins Freie, sie wagte nicht mehr, mit jemandem zusammenzukommen, aus Furcht, ihr abscheuliches Geheimnis könne entdeckt werden. Jeden Abend zog sie sich vor ihrem Spiegelschrank aus und betrachtete ihren verunstalteten Bauch; dann steckte sie sich eine Serviette in den Mund, um nicht aufzuschreien, und warf sich zu Boden. Jede Nacht stand sie zwanzigmal auf, steckte ihre Kerze an und trat vor den großen Spiegel, der das Bild ihres ausgebauchten nackten Körpers zurückwarf. Dann versetzte sie sich völlig kopflos Faustschläge in den Leib, um das Wesen zu töten, das sie zugrunde richtete. Ein furchtbarer Kampf wurde zwischen den beiden ausgefochten. Aber jenes Wesen starb nicht; es regte sich unablässig, als wolle es sich wehren. Sie wälzte sich auf dem Parkett, um es am Boden zu zerquetschen; sie versuchte, mit einem Gewicht auf dem Bauch zu schlafen, um es zu ersticken. Sie haßte es, wie man einen erbitterten Feind haßt, der einem nach dem Leben trachtet.

Nach diesen vergeblichen Kämpfen, diesen ohnmächtigen Anstrengungen, sich seiner zu entledigen, rannte sie durch die Felder, lief und hetzte von Sinnen umher, wahnsinnig vor Unglück und Angst.

Eines Morgens wurde sie gefunden, wie sie, die Füße in einem Bach, mit irren Augen dalag; es wurde geglaubt, sie habe einen Anfall von Geistesstörung erlitten – aber gemerkt wurde nichts.

Sie war im Bann einer fixen Idee. Das verfluchte Kind mußte aus ihrem Leib heraus.

Da sagte eines Abends ihre Mutter lachend zu ihr: ›Wie dick du wirst, Hélène! Wärst du verheiratet, so würde ich glauben, du bekämest ein Kind.‹

Diese Worte müssen auf sie gewirkt haben wie ein Todesstoß. Sie brach sogleich auf und fuhr heim.

Was mag sie getan haben? Sicherlich hat sie lange ihren aufgewölbten Bauch betrachtet; sicherlich hat sie ihn mit den Fäusten bearbeitet, ihn braun und blau geschlagen, ihn an die Möbelkanten gestoßen, wie sie es jeden Abend tat. Dann ist sie wohl barfuß hinunter in die Küche gegangen, hat einen Schrank aufgemacht und ein großes Messer genommen, wie es zum Fleischschneiden benutzt wird. Sie ist wieder nach oben gegangen, hat vier Kerzen angesteckt und sich in einen Weidenrohrsessel gesetzt, vor ihren Spiegel.

Und dann hat der Haß gegen diesen unbekannten, Furcht einflößenden Embryo sie überwältigt; sie hat ihn herausreißen und töten wollen, ihn endlich in ihren Händen halten und erdrosseln und weit wegwerfen wollen, und da hat sie auf die Stelle gedrückt, wo diese Larve sich regte, und sich mit einem einzigen Schnitt der scharfen Klinge den Bauch aufgeschlitzt.

Oh, sie ist sicherlich dabei sehr rasch und sehr gut zu Werke gegangen, denn sie hat ihn gepackt, diesen Feind, an den sie bislang nicht hatte herankommen können. Sie hat ihn an einem Bein gepackt, aus sich herausgerissen und ihn in die Kaminasche schleudern wollen. Aber er hing an der Schnur, die sie nicht hatte durchtrennen können, und noch bevor sie wohl begriffen hatte, was sie tun müsse, um sich von ihm zu trennen, war sie leblos über das in einer Blutwoge ertrinkende Kind gestürzt.

Lag die Schuld tatsächlich auf ihrer Seite, Madame?«

Der Arzt verstummte und wartete.

Die Baronin schwieg.

EINE ABENDGESELLSCHAFT

Erstdruck: Le Gaulois, 21. September 1883
Französischer Titel: Une Soirée

Notar Saval in Vernon war ein leidenschaftlicher Musikliebhaber. Er war noch jung, schon kahlköpfig, stets sorgfältig rasiert, etwas dicklich, wie es sich gehörte, Träger eines goldenen Kneifers anstatt der altmodischen Brille, lebhaft, galant und fröhlich, und so galt er in Vernon als ein Künstler. Er spielte Klavier und Violine und gab musikalische Abendgesellschaften, bei denen man sich mit neuen Opern auseinandersetzte.

Er besaß sogar ein bißchen Stimme, freilich nur ein bißchen, ein winziges bißchen; aber er wußte sich ihrer so geschmackvoll zu bedienen, daß die »Bravo! Köstlich! Erstaunlich! Wunderbar!« aus allen Mündern nur so hervorbrachen, sobald er den letzten Ton hingesäuselt hatte.

Er hatte ein Abonnement bei einer Pariser Musikalienhandlung, die ihm alles neu Erschienene schickte, und er sandte von Zeit zu Zeit an die Hautevolee der Stadt kleine Einladungskarten, auf denen es hieß: »Sie werden gebeten, am Montagabend bei Notar Saval an der Erstaufführung von ›Saïs‹ in Vernon teilzunehmen.«

Ein paar Offiziere mit annehmbaren Stimmen übernahmen die Chöre. Zwei oder drei Damen aus der Stadt sangen ebenfalls. Der Notar führte die Rolle des Dirigenten so sicher durch, daß der Musikmeister des 190. Infanterieregiments eines Tages im Café de l'Europe von ihm gesagt hatte: »Oh, Monsieur Saval ist eine Begabung; welch ein Jammer, daß er nicht die Künstlerlaufbahn eingeschlagen hat.«

Wenn in einem Salon sein Name fiel, so fand sich stets jemand, der erklärte: »Das ist kein Dilettant, das ist ein Künstler, ein richtiger Künstler.«

Und ein paar Leute wiederholten dann aus tiefster Überzeugung: »O ja, ein richtiger Künstler«; und dabei betonten sie das »richtiger«.

Jedesmal, wenn ein neues Werk auf einer der großen Pariser Bühnen zur Darstellung gelangte, fuhr Saval hin.

So wollte er sich denn, seiner Gewohnheit folgend, im letzten Jahr »Heinrich VIII.« anhören. Er bestieg also den Schnellzug, der um vier Uhr dreißig in Paris ankommt, und wollte nachts um zwölf Uhr fünfunddreißig wieder abfahren, um nicht im Hotel übernachten zu müssen. Schon daheim hatte er Abendkleidung angelegt, Frack und weiße Schleife, was er mit dem aufgeschlagenen Kragen seines Mantels verdeckte.

Sowie er den Fuß auf die Rue d'Amsterdam gesetzt hatte, stieg Fröhlichkeit in ihm auf. Er sagte sich: »Wirklich, die Pariser Luft ist mit keiner andern Luft vergleichbar. Es ist irgend etwas Belebendes darin, etwas Aufregendes, etwas Berauschendes, das einem das merkwürdige Verlangen einflößt, allerlei Possen und mancherlei anderes zu vollführen. Sobald ich hier ausgestiegen bin, ist mir plötzlich, als hätte ich eine Flasche Champagner getrunken. Was für ein Leben ließe sich in dieser Stadt führen, inmitten der Künstler! Glücklich die Erkorenen, die großen Männer, die in solch einer Stadt Ruf und Ansehen genießen! Welch ein Dasein können sie hier führen!«

Und er schmiedete Pläne; nur zu gern hätte er einige dieser berühmten Leute kennengelernt, um von ihnen in Vernon erzählen und dann und wann, wenn er nach Paris kam, einen Abend mit ihnen verleben zu können.

Doch plötzlich kam ihm ein jäher Einfall. Er hatte von den kleinen Cafés an den äußeren Boulevards reden hören, wo schon bekannte Maler, Schriftsteller und sogar Musiker verkehren sollten, und so schickte er sich denn an, langsamen Schrittes nach Montmartre hinaufzusteigen.

Er hatte noch zwei Stunden Zeit. Er wollte sehen. Er ging an Bierlokalen vorüber, wo die letzten Bohemiens sich aufzuhalten pflegten, sah sich die Köpfe an und versuchte, die Künstler herauszufinden. Schließlich ging er in die »Tote Ratte«, angelockt durch die Bezeichnung.

Fünf oder sechs Frauen, die Ellbogen auf die marmorne Tischplatte gestützt, sprachen leise von ihren Liebesgeschichten, von dem Zank zwischen Lucie und Hortense, und wie gemein Octave sei. Sie waren sämtlich über die erste Jugend hinaus, zu dick oder zu mager, müde, verbraucht. Man merkte es ihnen an, daß sie viele Federn hatten lassen müssen; sie tranken Bier wie Männer.

Saval rückte von ihnen ab und wartete; denn die Absinth-Stunde rückte näher.

Bald setzte sich ein hochgewachsener junger Mann neben ihn. Die Wirtin redete ihn mit »Monsieur Romantin« an. Dem Notar ging es durch und durch. War das der Romantin, der beim letzt-jährigen Salon eine der Goldmedaillen erhalten hatte?

Der junge Mann winkte den Kellner heran: »Du bringst mir sofort das Abendessen, und dann schaffst du mir in mein neues Atelier, Boulevard de Clichy 15, die dreißig Flaschen Bier und den Schinken, den ich heute früh bestellt habe. Wir wollen den Einzug feiern.«

Sofort bestellte Saval ebenfalls das Abendessen. Dann legte er den Mantel ab und ließ seinen Frack und seine weiße Schleife se-hen.

Sein Nachbar schien ihn nicht zu bemerken. Er hatte sich eine Zeitung vorgenommen und las. Saval schaute ihn von der Seite her an und brannte vor Neugier, ihn anzureden.

Zwei junge Leute in roten Samtjacken kamen herein; sie hatten Spitzbärte wie Heinrich III. Sie setzten sich Romantin gegen-über.

Der erste fragte: »Also heute abend?«

Romantin schüttelte ihm die Hand: »Das kannst du mir glau-ben, alter Junge: Sie kommen alle. Zugesagt haben Bonnat, Guillemet, Gervex, Béraud, Hébert, Duez, Clairin, Jean-Paul Laurens; es wird ein großartiges Fest. Und die Mädchen, du wirst Augen machen! Alle Schauspielerinnen ohne Ausnahme, alle, die heute abend nichts zu tun haben, wohlverstanden.«

Der Wirt der Kneipe war hinzugetreten. »Feiern Sie häufig Einzug?«

Der Maler antwortete: »Ich glaube, alle drei Monate, bei je-dem Quartalswechsel.«

Saval konnte nicht mehr an sich halten; mit bebender Stimme

fragte er: »Verzeihen Sie, wenn ich mich einmische; aber ich habe Ihren Namen gehört, und nun möchte ich nur zu gern wissen, ob Sie wohl der Maler Romantin sind, dessen Bilder ich im letzten Salon so sehr bewundert habe.«

Der Künstler antwortete: »In Person.«

Daraufhin machte der Notar ein gewundenes Kompliment, um darzutun, daß er ein gebildeter Mensch sei.

Der davon sehr angetane Maler antwortete mit Höflichkeitsfloskeln. Sie kamen ins Gespräch. Romantin kam wieder auf seine Einzugsfeier zu sprechen und malte aus, was für ein großartiges Fest es werden würde.

Saval ließ sich die Namen aller sagen, die kommen würden, und äußerte beiläufig: »Das wäre für einen Fremden eine herrliche Gelegenheit, auf einen Schlag sämtliche Berühmtheiten kennenzulernen, die sich bei einem Künstler Ihres Ranges einfinden.«

Romantin biß an und sagte: »Wenn Sie gern möchten, dann kommen Sie doch ebenfalls.«

Saval nahm begeistert an und dachte: Den »Heinrich VIII.« kann ich mir immer noch anhören.

Sie waren beide mit dem Essen fertig. Der Notar bestand eifrig darauf, die beiden Rechnungen zu bezahlen, da er die Liebenswürdigkeit seines Nachbarn wettmachen wollte. Er bezahlte auch, was die beiden jungen Leute in den roten Samtjacken verzehrt hatten; dann brach er mit seinem Maler auf.

Sie blieben vor einem langgestreckten, niedrigen Haus stehen, dessen erstes Stockwerk aussah wie ein riesengroßes Gewächshaus. Dort lagen nebeneinander, nach dem Boulevard hin, sechs Ateliers.

Romantin ging als erster hinein, stieg die Treppe hinauf, öffnete eine Tür, steckte ein Streichholz an und dann eine Kerze.

Sie befanden sich in einem über die Maßen großen Raum, dessen Mobiliar aus drei Stühlen, zwei Staffeleien und einigen auf dem Fußboden an der Wand lehnenden Skizzen bestand. Der verdutzte Saval blieb reglos an der Tür stehen.

Der Maler sagte: »Platz haben wir genug; aber alles übrige muß noch getan werden.«

Dann musterte er den hohen, kahlen Raum, dessen Decke sich im Dunkel verlor, und erklärte: »Man könnte einen großen Teil des Ateliers verkleiden.«

Er durchmaß es, wobei er mit angestrengter Aufmerksamkeit Umschau hielt, und fuhr dann fort: »Ich habe eine Freundin, die uns hätte helfen können, Stoffe zu drapieren, das haben die Mädchen raus. Aber ich habe sie aufs Land geschickt, damit ich sie für heute abend los bin. Nicht, daß ich sie satt hätte; aber sie fällt manchmal aus der Rolle; das wäre mir gegenüber meinen Gästen peinlich gewesen.«

Er überlegte ein paar Sekunden; dann sagte er noch: »Sie ist ein nettes Mädchen; aber man hat es nicht leicht mit ihr. Wenn sie wüßte, daß ich heute abend einen Haufen Leute bei mir habe, kratzte sie mir die Augen aus.«

Saval war nicht vom Fleck gewichen; er begriff nicht das mindeste.

Der Künstler trat zu ihm hin: »Da ich Sie nun mal eingeladen habe, könnten Sie mir eigentlich ein bißchen helfen.«

Der Notar erklärte: »Machen Sie mit mir, was Sie wollen. Ich stehe Ihnen völlig zur Verfügung.«

Romantin zog sich die Jacke aus. »Also frisch ans Werk, Bürger! Erst mal wollen wir reinmachen.« Er verschwand hinter einer Staffelei, auf der das Bild einer Katze stand, und brachte einen ziemlich schäbigen Besen zum Vorschein. »Da, fegen Sie aus; derweilen kümmere ich mich um die Beleuchtung.«

Saval nahm den Besen, sah ihn von oben bis unten an und begann dann, ungeschickt damit auf dem Fußboden herumzuschaben, wobei er eine Art Sandsturm entfesselte.

Romantin gebot ihm kopfschüttelnd Einhalt: »Sie können ja noch nicht mal fegen, zum Donnerwetter! Da, passen Sie mal auf!« Und er fing an, einen grauen Dreckhaufen vor sich herzuschieben, als habe er sein Lebtag nichts anderes getan; dann übergab er den Besen dem Notar, der es ihm gleichzutun versuchte.

Innerhalb von fünf Minuten war das Atelier von einer solchen Staubwolke erfüllt, daß Romantin fragte: »Wo stecken Sie eigentlich? Ich kann Sie nicht mehr sehen.«

Saval mußte husten und ging zu ihm hin.

Der Maler fragte: »Wie würden Sie es anfangen, einen Kronleuchter zu fabrizieren?«

Der andere sperrte Mund und Nase auf und fragte: »Einen Kronleuchter?«

»Freilich, zur Festbeleuchtung, einen Kronleuchter mit Kerzen.«

Der Notar begriff noch immer nicht. Er antwortete: »Das weiß ich nicht.«

Der Maler fing an, herumzutanzen und mit den Fingern Kastagnetten zu spielen. »Ha, ich weiß Rat, Euer Gnaden!« Dann fuhr er gleichmütiger fort: »Haben Sie vielleicht fünf Francs bei sich?«

Saval antwortete: »Natürlich!«

Der Künstler sprach weiter: »Gut! Dann gehen Sie und kaufen für fünf Francs Kerzen; ich gehe währenddessen zum Faßbinder.« Und damit schob er den befrackten Notar hinaus.

Nach fünf Minuten waren sie wieder da; der eine hatte die Kerzen, der andere einen Faßreifen. Dann tauchte Romantin in einen Wandschrank und brachte etwa zwanzig leere Flaschen zum Vorschein, die er im Kranz an dem Reifen befestigte. Darauf ging er hinunter und lieh sich von der Concierge eine Leiter, nachdem er zuvor auseinandergesetzt hatte, er habe sich die Gunst der alten Frau dadurch erworben, daß er das Bildnis ihrer Katze male; es stehe dort auf der Staffelei. Als er mit einer Trittleiter bewaffnet wiederkam, fragte er Saval: »Sind Sie gelenkig?«

Ohne zu begreifen, antwortete der andere: »Natürlich!«

»Gut, dann klettern Sie mal hinauf und machen den Kronleuchter an dem Ring unter der Decke fest. Dann stecken Sie eine Kerze in jeden Flaschenhals und zünden sie an. Ich sage Ihnen: In Beleuchtungsdingen habe ich großartige Einfälle. Aber ziehen Sie doch den Frack aus, zum Donnerwetter! Sie sehen ja aus wie ein Lohndiener.«

Die Tür wurde aufgerissen; es erschien ein Mädchen mit blitzenden Augen und blieb auf der Schwelle stehen.

Erschrockenen Blickes sah Romantin sie an.

Sie wartete ein paar Sekunden, kreuzte die Arme über der

Brust, und dann rief sie mit schriller, schwingender, empörter Stimme: »So, du dreckiger Muffel! Du hast mich also abschieben wollen?«

Romantin gab keine Antwort.

Sie redete weiter: »Du Schuft, du! Du tust nett und schickst mich aufs Land. Paß nur auf, wie ich dir dein Fest arrangieren werde! Ja, du wirst schon sehen, wie ich deine Freunde respektiere...« Sie geriet immer mehr in Fahrt: »Ich schmeiße ihnen die Flaschen und die Kerzen in die Fresse...«

Mit sanfter Stimme sagte Romantin: »Mathilde...«

Aber sie war jetzt in Schwung; sie fuhr fort, ihren Kübel voll Unflätigkeiten und ihren Sack voll Vorwürfe auszuleeren. Es floß ihr von den Lippen wie ein Bach, in dem Unrat dahintreibt. Die sich überstürzenden Worte schienen einander zu schubsen, nur um herauszukommen. Sie verhaspelte sich, fing an zu stottern, zu stammeln; dann fand sie den Faden wieder und schimpfte und fluchte.

Er hatte ihre Hände ergriffen, ohne daß sie es merkte; sie schien ihn nicht einmal zu sehen, so nahm es sie mit, zu reden und sich das Herz zu erleichtern. Und plötzlich fing sie an zu schluchzen. Die Tränen strömten ihr nur so aus den Augen, ohne daß ihr Wasserfall von Anklagen stockte. Doch jetzt waren die Worte zu kreischenden, mißtönenden Lauten geworden, zu feuchtigkeitsdurchtränkten Klängen; dann überwog das Schluchzen. Sie unternahm noch ein paar Ansätze, die durch eine Art Würgen nicht zum Ausbruch kamen, und schließlich verstummte sie und weinte fassungslos.

Da nahm er sie in die Arme, küßte ihr Haar und war nun seinerseits ganz gerührt: »Mathilde, liebe, kleine Mathilde, hör doch mal zu. Sei doch jetzt mal vernünftig. Du weißt doch, wenn ich ein Fest gebe, so geschieht es einzig und allein, um den Herren für die Medaille vom Salon zu danken. Da kann ich doch nicht gut Damen bei mir haben. Das mußt du doch einsehen. Bei Künstlern ist das anders als bei gewöhnlichen Sterblichen.«

Unter Tränen stieß sie hervor: »Warum hast du mir denn das nicht gleich gesagt?«

Er antwortete: »Damit du nicht einschnapptest; um dir nicht

weh zu tun. Paß auf, ich bringe dich jetzt heim. Du bist jetzt nett und vernünftig, wartest ruhig im Bettchen auf mich, und ich komme dann zu dir, sobald die Geschichte hier vorbei ist.«

Sie flüsterte: »Ja, aber du fängst ganz bestimmt nicht wieder von vorn an?«

»Nein, ich schwöre es dir.« Er wandte sich Saval zu, der endlich mit dem Aufhängen des Kronleuchters zurande gekommen war: »Lieber Freund, ich bin in fünf Minuten wieder da. Wenn während meiner Abwesenheit jemand kommt, dann vertreten Sie mich und empfangen ihn, nicht wahr?«

Und er zog Mathilde mit sich fort, die sich die Augen wischte und mehrmals die Nase putzte.

Der allein gebliebene Saval machte sich daran, endgültig Ordnung zu schaffen. Dann steckte er die Kerzen an und wartete.

Er wartete eine Viertelstunde, eine halbe Stunde, eine Stunde. Romantin kam nicht wieder. Da erscholl plötzlich im Treppenhaus ein furchtbarer Lärm, ein von zwanzig Stimmen gebrüllter Chorgesang und Marschtritt wie der eines preußischen Grenadierregiments. Das regelmäßige Aufstampfen ließ das ganze Haus erdröhnen. Die Tür wurde aufgerissen, eine Schar von Leuten erschien. Männer und Mädchen hintereinander, zu zweien und zweien eingehakt, taktmäßig mit den Hacken aufstampfend, hielten wie eine sich entringelnde Schlange Einzug in das Atelier. Sie grölten:

> »Immer rein in meine Schenke,
> Kindermädchen und Soldaten!«

Saval in seinem Frack stand sprachlos unter dem Kronleuchter. Die Prozession erblickte ihn und stieß ein Geheul aus: »Ein Lohndiener! Ein Lohndiener!« Und sie marschierten um ihn herum und schlossen einen johlenden Kreis um ihn. Dann faßten sie einander bei den Händen und begannen einen irrsinnigen Rundtanz.

Er versuchte, die Sache aufzuklären: »Meine Herren... meine Herren... meine Damen...«

Aber keiner hörte hin. Sie wirbelten, hüpften, kreischten.

Schließlich kam der Tanz zum Stillstand.

Saval brachte hervor: »Meine Herren...«

Ein großer, blonder, bis an die Nase bartbewachsener Bursche fiel ihm ins Wort: »Wie heißen Sie, lieber Freund?«

Der völlig durcheinandergeratene Notar sagte: »Saval.«

Eine Stimme rief: »Du meinst: Baptiste!«

Eins der Mädchen sagte: »Laßt doch den armen Kerl in Ruhe, sonst wird er womöglich böse. Er wird dafür bezahlt, daß er uns bedient, aber nicht dafür, daß er sich von uns auslachen läßt.«

Da sah Saval, daß jeder der Gäste sein Essen mitgebracht hatte. Der eine hatte eine Flasche, der andere eine Pastete, dieser ein Brot, jener einen Schinken.

Der lange Blonde drückte ihm eine über die Maßen dicke Wurst in die Hand und befahl: »Los, bau dein Büfett da drüben in der Ecke auf. Die Flaschen stellst du links hin, das Essen rechts.«

Saval verlor den Kopf und rief: »Aber, meine Herren, ich bin von Beruf Notar!«

Es entstand ein Augenblick tiefen Schweigens; dann wurde wie irr gelacht.

Ein Argwöhnischer fragte: »Wie kommen Sie denn hierher?«

Er setzte es auseinander, erzählte, daß er in die Oper habe gehen wollen, wie er von Vernon abgereist, wie er in Paris angekommen sei – den ganzen Verlauf des Abends.

Sie hatten sich um ihn herumgesetzt, um ihm zuzuhören; es wurden ihm Zwischenbemerkungen zugerufen; er bekam den Spitznamen Scheherazade.

Romantin kam noch immer nicht, dafür aber weitere Gäste. Saval wurde ihnen vorgestellt, damit er ihnen seine Geschichte noch einmal zum besten gebe; er wurde auf einen der drei Stühle gesetzt, zwischen zwei Mädchen, die ihm unaufhörlich zu trinken eingossen. Er trank, er lachte, er sang auch. Er wollte mit seinem Stuhl tanzen; dabei fiel er hin.

Von diesem Augenblick an losch sein Bewußtsein aus. Freilich war ihm, als werde er ausgezogen, zu Bett gebracht und als sei ihm sehr übel.

Es war heller Tag, als er aufwachte; er lag in einem Wandschrank, auf einem ihm unbekannten Lager.

Eine alte Frau, den Besen in der Hand, musterte ihn mit wütender Miene. Schließlich sagte sie: »So 'n Schwein! So 'n Schwein! Sollte man es für möglich halten, wie der sich besoffen hat?«

Er richtete sich auf; ihm war hundeelend. Er fragte: »Wo bin ich denn?«

»Wo Sie sind, Sie Schwein? Sie sind anscheinend immer noch blau. Wollen Sie nun gefälligst machen, daß Sie rauskommen?«

Er wollte aufstehen. Er merkte, daß er nicht im Bett lag. Seine Kleider waren verschwunden. Er stotterte: »Gute Frau, ich...« Dann dämmerte es ihm... Was sollte er anfangen? Er fragte: »Ist Monsieur Romantin noch nicht wieder daheim?«

Die Concierge schimpfte: »Wollen Sie nun gefälligst machen, daß Sie rauskommen, damit er Sie hier wenigstens nicht mehr vorfindet?«

Saval war völlig durcheinander; er erklärte: »Meine Kleider sind nicht da; sie müssen mir weggenommen worden sein.« Er mußte warten, seinen Fall darlegen, seine Freunde benachrichtigen, sich Geld leihen, um sich neu einkleiden zu können. Erst am Abend reiste er ab.

Und wenn jetzt bei ihm daheim, in seinem schönen Wohnzimmer zu Vernon, Gespräche über Musik geführt werden, erklärt er mit kennerischem Nachdruck, die Malerei sei eine höchst inferiore Kunstgattung.

ODYSSEE EINER DIRNE

Französischer Titel: L'Odyssée d'une Fille
Erstdruck: Le Gil-Blas, 25. September 1883,
unter dem Pseudonym »Maufrigneuse«

Nein, die Erinnerung an jenen Abend wird niemals in mir auslöschen. Ich habe eine halbe Stunde lang auf eine unheimliche Weise empfunden, daß gegen das Verhängnis nicht anzukommen ist; ich habe den gleichen Schauder erlebt, der einem bei der Einfahrt in einen Bergwerksschacht zuteil wird. Ich bin in den finsteren Urgrund menschlichen Elends hinabgestiegen und habe erkannt, daß für manche Menschen die Führung eines anständigen, ehrenhaften Lebens etwas Unmögliches ist.

Mitternacht war vorüber. Ich kam aus dem Vaudeville und ging hastigen Schrittes zur Rue Drouot; auf dem Boulevard eilten Regenschirme einher. Der Wasserstaub wirbelte mehr, als daß er niederfiel; er verschleierte die Gaslaternen und lieh der Straße ein trübseliges Aussehen. Der Bürgersteig glänzte; er war mehr klebrig als naß. Die Leute hatten es eilig und schauten weder nach rechts noch nach links.

Die Prostituierten hatten die Röcke hochgerafft, zeigten ihre Beine, ließen im matten Schein der Nachtbeleuchtung flüchtig ihre weißen Strümpfe sehen, warteten im Dunkel der Haustüren, riefen oder gingen hastig und dreist vorbei und tuschelten einem ein paar gemeine, blöde Worte zu. Sie folgten dem Mann ein paar Sekunden lang, drängten sich an ihn und bliesen ihm ihren verdorbenen Atem ins Gesicht; wenn sie dann die Vergeblichkeit ihrer Anerbietungen merkten, gaben sie ihn mit einer jähen, mißmutigen Wendung frei und trotteten mit wiegenden Hüften weiter.

Sie riefen mich sämtlich an, zupften mich am Ärmel; aber ich ging meines Weges, belästigt und unter aufwallendem Ekel. Plötzlich sah ich drei wie verrückt weglaufen; dabei riefen sie den andern ein paar rasche Worte zu. Und auch die andern fingen an zu laufen, zu machen, daß sie wegkamen; mit beiden Händen hoben sie die Röcke hoch, damit sie schneller davonhasten konnten. Es wurde an jenem Tag eine Razzia auf die Prostituierten veranstaltet.

Und mit einemmal schob sich ein Arm in den meinen, und eine verstörte Stimme flüsterte mir zu: »Helfen Sie mir, helfen Sie mir, bleiben Sie neben mir!«

Ich sah das Hürchen an. Sie war noch nicht zwanzig, aber schon ziemlich verblüht.

Ich sagte: »Bleib nur da.«

Sie flüsterte: »Oh, danke!«

Wir kamen an die Polizistenkette. Sie öffnete sich, um mich durchzulassen. Und ich bog in die Rue Drouot ein.

Meine Begleiterin fragte: »Kommst du mit?«

»Nein.«

»Warum denn nicht? Du hast mir aus der Patsche geholfen; ich will dir dankbar sein.«

Um sie loszuwerden, antwortete ich: »Weil ich verheiratet bin.«

»Was macht denn das?«

»Schon gut, mein Kind; für mich ist das ein Grund. Ich habe dir durchgeholfen. Jetzt laß mich in Ruhe.«

Die Straße war menschenleer und dunkel, irgendwie heillos und bedrohlich. Und diese sich an meinen Arm klammernde Frau machte das Gefühl der Trostlosigkeit, das über mich gekommen war, noch abscheulicher. Sie wollte mich küssen.

Ich schreckte entsetzt zurück und fuhr sie hart an: »Also jetzt scher dich zum Henker, verstanden?«

Sie machte eine wütende Bewegung, fing dann aber unvermittelt an zu schluchzen.

Ich stand betroffen, erschüttert, verständnislos da. »Na, was ist denn los mit dir?«

Sie murmelte unter Tränen: »Wenn du wüßtest, es macht wirklich keinen Spaß, laß nur gut sein.«

»Was macht keinen Spaß?«

»Dies Leben.«

311

»Warum hast du es dann angefangen?«

»Kann ich vielleicht etwas dafür?«

»Wer denn sonst?«

»Ich weiß es besser.«

Mich packte eine gewisse Anteilnahme an dieser Verlorenen. Ich fragte: »Willst du mir deine Lebensgeschichte erzählen?«

Sie tat es.

»Ich war sechzehn und in Yvetot in Stellung, bei dem Getreidehändler Lerable. Meine Eltern waren tot. Ich hatte niemanden; es fiel mir auf, daß mein Herr mich ganz merkwürdig ansah und mir die Wangen tätschelte; aber ich machte mir darüber keine Gedanken. Ich wußte natürlich Bescheid. Auf dem Land, da ist man früh aufgeklärt; aber Lerable war alt und sehr fromm; jeden Sonntag ging er zur Messe. Dem hätte ich es nie zugetraut.

Na, eines Tages will er es in der Küche mit mir tun. Ich sträube mich. Da geht er weg.

Uns gerade gegenüber hat der Krämer Dutan gewohnt, und der hat einen sehr netten Ladenjungen gehabt, und von dem habe ich mich rumkriegen lassen. So geht es doch allen, nicht wahr? Ich habe also jeden Abend meine Tür offengelassen, und da ist er zu mir gekommen.

Aber eines Nachts, da hat Lerable ein Geräusch gehört. Er kommt rauf und findet Antoine und will ihn umbringen. Es gibt eine Prügelei mit Stühlen, der Wasserkanne, mit allem. Ich habe meine Plünnen genommen und bin auf die Straße gelaufen. Und dann habe ich gemacht, daß ich wegkam.

Eine Angst habe ich gehabt – eine Hundeangst. In einem Torbogen habe ich mich angezogen. Dann bin ich losgezockelt, immer der Nase lang. Ich war fest davon überzeugt, daß einer totgeschlagen wäre und daß die Gendarmen schon nach mir suchten. Da kam ich auf die große Landstraße nach Rouen. In Rouen, habe ich mir gesagt, da konnte ich ganz gut unentdeckt bleiben.

Es war so dunkel, daß nicht einmal die Gräben zu erkennen waren, und in den Bauernhöfen hörte ich die Hunde bellen. Was alles bekommt man zu hören, wenn es dunkel ist! Vögel schreien wie Menschen, denen der Hals abgeschnitten wird, Tiere jappen

und kläffen, andere Tiere pfeifen und zischen, und noch mancherlei anderes, in dem man sich nicht auskennt. Bei jedem Geräusch schlug ich ein Kreuz. Man kann sich gar nicht vorstellen,
was einem alles durchs Herz geht. Als es Tag wurde, glaubte ich
wieder, die Gendarmen seien hinter mir her, und ich fing an zu
laufen. Nach und nach wurde ich ruhiger.

Ich merkte, daß ich trotz meiner Verstörtheit Hunger hatte;
aber ich besaß nichts, keinen Sou, ich hatte mein Geld vergessen,
alles, was mir auf Erden gehörte, achtzehn Francs.

Da zog ich also dahin mit knurrendem Magen. Es war heiß.
Die Sonne stach. Längst war es Mittag. Ich ging immer weiter.

Plötzlich höre ich hinter mir Pferdegetrappel. Ich drehe mich
um. Die Gendarmen! Das Blut durchschießt mich; ich habe geglaubt, ich müsse umfallen; aber ich hielt durch. Sie holen mich
ein. Sie sehen mich an.

Der eine, der ältere, sagt: ›Tag, Mamzelle.‹

›Tag, Monsieur.‹

›Wo soll's denn hingehen?‹

›Nach Rouen, in Stellung, ich habe da einen Arbeitsplatz gefunden.‹

›Einfach so, zu Fuß?‹

›Ja, einfach so.‹

Mir schlug das Herz so sehr, daß ich kein Wort mehr sagen
konnte. Ich dachte: Jetzt haben sie dich geschnappt. Und der
Wunsch wegzulaufen zuckte mir in den Beinen. Aber sie hätten
mich ja doch gleich wieder eingeholt, verstehen Sie.

Der Alte fing wieder an: ›Wir können bis Barantin zusammen-
bleiben, Mamzelle, wir haben denselben Weg.‹

›Gern.‹

Und wir zogen weiter und unterhielten uns. Ich war so freundlich, wie ich nur konnte, nicht wahr; so sehr, daß sie etwas glaubten, das gar nicht stimmte.

Als wir an einem Waldstück vorüberkamen, sagte der Alte: ›Ist
es Ihnen recht, wenn wir uns ein bißchen ins Moos legen?‹

Ohne nachzudenken, antwortete ich: ›Ganz wie Sie wollen.‹

Da steigt er ab und gibt sein Pferd dem andern zum Halten,
und dann sind wir beide in den Wald gegangen.

Nein sagen konnte ich nicht mehr. Was hätten Sie an meiner Stelle getan? Er nahm sich, was er wollte; dann sagte er: ›Der Kamerad muß auch was abbekommen.‹ Und er geht weg und hält die Pferde, und der andere kommt zu mir. Ich habe mich so geschämt, daß ich geweint habe. Aber mich zu sträuben habe ich nicht gewagt, Sie verstehen schon.

Dann sind wir weitergezogen. Ich habe kein Wort mehr gesagt. Mir saß zu viel Traurigkeit im Herzen. Und ich konnte kaum noch gehen, so hungrig war ich. Na, in einem Dorf, da haben sie mich zu einem Glas Wein eingeladen, und das hat mich für eine Weile wieder zu Kräften gebracht. Und dann haben sie zu traben angefangen, damit sie nicht in meiner Gesellschaft durch Barantin brauchten. Und da habe ich mich an den Grabenrand gesetzt und bitterlich geweint, bis ich keine Tränen mehr hatte.

Ich war noch über drei Stunden unterwegs, bis ich in Rouen ankam. Es war abends gegen sieben. Zuerst blendeten mich die vielen Lichter. Und dann wußte ich nicht, wo ich mich hinsetzen konnte. Draußen auf der Landstraße, da gibt es Gräben und Gras, und da drin läßt sich's sogar schlafen. Aber in den Städten, da gibt es so etwas nicht.

Die Beine wuchsen mir in den Leib hinein, mir wurde dann und wann schwindlig, daß ich glaubte, ich müsse umfallen. Und dann fing es an zu regnen, ein leichter, dünner Regen, so wie heute abend, einer, der nach nichts aussieht und einem dennoch durch und durch geht. An Regentagen habe ich nie Glück. Ich fing also an, durch die Straßen zu trotten. Ich schaute zu allen Häusern hinauf und sagte mir: ›Überall gibt es so viel Betten und so viel Brot da drin, und ich kann nicht einmal ein Stück Rinde und einen Strohsack auftreiben.‹ Ich hielt mich an die Straßen, wo Frauen waren und die vorübergehenden Männer anriefen. In solchen Fällen tut man, was man kann. Ich fing an, wie die andern, die Männer aufzufordern. Aber ich bekam nie eine Antwort. Am liebsten wäre ich tot gewesen. Das dauerte wohl bis Mitternacht. Ich weiß kaum noch, was ich getrieben habe.

Schließlich kommt ein Mann und hört mir zu. Er fragt: ›Wo wohnst du denn?‹

Wenn es sein muß, wird man rasch schlau. Ich habe geantwortet: ›Ich kann Sie nicht zu mir nehmen, ich wohne bei Mama. Gibt es denn hier keine Häuser, wo man hingehen kann?‹

Er antwortet: ›Da müßte ich ja schon wieder mal zwanzig Sous für das Zimmer ausgeben.‹ Dann überlegt er und sagt: ›Komm mit. Ich weiß ein stilles Plätzchen, wo uns keiner stört.‹

Er führt mich über eine Brücke und dann draußen vor der Stadt auf eine Wiese dicht am Fluß. Ich konnte ihm kaum noch folgen. Ich muß mich hinsetzen, und dann fängt er mit dem an, weswegen wir hergekommen waren. Aber es dauerte bei ihm lange, und ich war so gliederlahm vor Müdigkeit, daß ich dabei einschlief.

Er ist weggegangen, ohne mir was zu schenken. Nicht mal gemerkt habe ich es. Es hat geregnet, wie ich Ihnen schon gesagt habe. Seit dem Tag habe ich die Schmerzen, die ich nie wieder losgeworden bin, weil ich doch die ganze Nacht im Kuhdreck geschlafen hatte.

Zwei Polizisten haben mich aufgeweckt und mich zur Wache gebracht und von da ins Gefängnis, und da bin ich acht Tage lang drin geblieben, und währenddessen haben sie nachgeforscht, wer ich war und woher ich käme. Das habe ich nämlich nicht sagen wollen, aus Angst vor den Folgen.

Aber sie haben es trotzdem herausbekommen und mich freigelassen, als sie wußten, daß ich nichts auf dem Kerbholz hatte.

Nun mußte ich wieder anfangen, mein Brot zu verdienen. Ich versuchte, eine Stellung zu bekommen, aber das ging nicht, weil ich doch aus dem Gefängnis kam.

Da fiel mir ein alter Richter ein, der mich, als ich verhört wurde, genauso angesehen hatte wie der alte Lerable in Yvetot. Und zu dem ging ich. Ich hatte mich nicht geirrt. Als ich von ihm wegging, schenkte er mir hundert Sous und sagte: ›So viel bekommst du jedesmal; aber komm nicht öfter als zweimal in der Woche.‹

Das begriff ich; er war ja schon ein alter Mann. Ich sagte mir: ›Die Jungen, die sind lustig, denen macht es Spaß, aber es fällt nie etwas dabei ab; mit den Alten, da ist es anders.‹ Und ich lernte sie kennen, die alten Affen mit den geilen Augen und den verrunzelten Nußknackergesichtern.

Wissen Sie, was ich getan habe? Ich habe mich angezogen wie eine Amme, die vom Markt kommt, und lief durch die Straßen und suchte welche, denen sich etwas abknöpfen ließ. Oh, ich schnappte sie mir auf Anhieb. Ich wußte immer gleich: Der beißt an.

Er kam heran. Er fing an: ›Tag, Mamzelle.‹

›Tag, Monsieur.‹

›Wo soll's denn hingehen?‹

›Nach Hause, zu meiner Herrschaft.‹

›Wohnt sie weit weg, deine Herrschaft?‹

›Wie man's nimmt.‹

Dann wußte er nicht mehr, was er sagen sollte. Ich ging langsamer, damit er Zeit hatte, mit dem herauszurücken, was er wollte.

Dann sagte er für gewöhnlich ganz leise ein paar Schmeichelworte, und dann bat er mich, ich solle doch mit zu ihm kommen. Ich ließ mich immer erst eine Weile bitten, verstehen Sie, und dann gab ich nach. Auf diese Weise bekam ich jeden Morgen zwei oder drei und hatte meinen freien Nachmittag. Das waren gute Zeiten. Ich brauchte mich nicht abzurackern.

Aber dann kam es. Nie hat man längere Zeit seine Ruhe. Das Unglück hat gewollt, daß ich einen Reichen aus der großen Welt kennenlernte. Einen ehemaligen Präsidenten; er hatte gut und gern seine fünfundsiebzig auf dem Buckel.

Eines Abends nimmt er mich mit zum Essen in ein Restaurant draußen vor der Stadt. Und, verstehen Sie, da hat er des Guten zu viel getan. Beim Nachtisch ist er tot umgefallen.

Ich bekam drei Monate Gefängnis, weil ich ja doch nicht unter Kontrolle stand. Und dann bin ich nach Paris gefahren.

Das Leben hier, Monsieur, ist hart. Man hat nicht jeden Tag etwas zu essen; das können Sie mir glauben. Es gibt zu viele. Na ja, nichts zu machen, es hat jeder sein Päckchen zu tragen, nicht wahr?«

Sie sagte nichts mehr. Ich ging neben ihr her, beklommenen Herzens.

Plötzlich fing sie wieder an, mich zu duzen. »Du kommst also nicht mit zu mir rauf, Liebling?«

»Nein. Ich habe es dir ja schon gesagt.«

»Na, dann auf Wiedersehen, und vielen Dank auch, und nichts für ungut. Aber du kannst sicher sein: Du versäumst etwas.« Und damit ging sie davon; sie verschwand in dem feinen Regen wie hinter einem Schleier.

Ich sah sie unter einer Gaslaterne hindurchgehen und dann im Dunkel untertauchen. Armes Mädchen!

SCHLICHTE TRAGÖDIE

Französischer Titel: Humble Drame
Erstdruck: Le Gil-Blas, 2. Oktober 1883

Das Reizvollste am Reisen sind die Begegnungen. Wer wüßte
nicht um die Freude, unvermutet fünfhundert Meilen von der
Hauptstadt entfernt einen Pariser zu treffen, einen Schulkameraden, einen Gutsnachbarn? Wer hätte nicht in Gegenden, wo die
Eisenbahn noch etwas Unbekanntes ist, eine ganze Nacht hindurch mit offenen Augen in der klappernden Postkutsche neben
einer jungen, unbekannten Frau gesessen, die er nur flüchtig
beim Licht der Laterne erblickt hatte, als sie vor der Tür eines
weißen Kleinstadthauses in den Wagen gestiegen war?

Und wenn dann bei Anbruch des Morgens Gehirn und Ohren
noch ganz betäubt vom beständigen Klingeln der Schellen und
dem Klirren der Fensterscheiben sind, wie bezaubernd ist es
dann mitanzusehen, wie die hübsche, wirrhaarige Nachbarin die
Augen aufmacht, um sich schaut, mit den niedlichen Fingerspitzen ihr rebellisches Haar in Ordnung bringt, mit sicherer Hand
sich überzeugt, ob nicht etwa ihr Korsett sich verschoben hat, ob
die Bluse richtig sitzt und der Rock nicht allzu zerknautscht ist.

Auch sie schaut einen an, und zwar mit einem einzigen kühlen,
neugierigen Blick. Dann kuschelt sie sich in eine Ecke und scheint
nur noch Augen für die Landschaft zu haben.

Unwillkürlich späht man in einem fort zu ihr hin, unwillkürlich macht man sich in einem fort Gedanken über sie. Wer ist sie?
Woher kommt sie? Wohin reist sie? Unwillkürlich entwirft man
in Gedanken einen kleinen Roman. Sie ist hübsch; sie scheint ein
liebenswürdiges Wesen zu sein. Wie glücklich ist, wer... Das Leben an ihrer Seite wäre vielleicht wundervoll. Wer weiß? Vielleicht ist sie die Frau, die unserm Herzen not täte, unsern Träumen, unserm Charakter.

Und wie köstlich ist sogar die Enttäuschung, wenn man dann

sieht, daß sie am Gartengitter eines Landhauses aussteigt. Dort steht ein Mann und erwartet sie mit zwei Kindern und zwei Hausmädchen. Er fängt sie in seinen Armen auf und küßt sie, indem er sie niedersetzt. Sie bückt sich, hebt die Kleinen hoch, die ihr die Hände entgegenstrecken; sie liebkost sie zärtlich; und dann gehen sie alle auf dem Gartenweg davon, und die Hausmädchen nehmen das Gepäck in Empfang; der Postkutscher wirft es ihnen vom Wagenverdeck her zu.

Leb wohl! Es ist aus. Nie wird man sie wiedersehen, nie wieder. Adieu, junge Frau, die die Nacht neben einem verbracht hat. Man hat nicht mit ihr Bekanntschaft geschlossen, hat kein Wort mit ihr gewechselt; und dennoch ist man ein bißchen traurig über ihr Fortgehen. Adieu!

Ich hege vielerlei Reiseerinnerungen, heitere, düstere, viele, viele.

Einmal war ich in der Auvergne und durchwanderte jene bezaubernden französischen Berge, die nicht allzu hoch und nicht allzu steil sind, sondern anheimelnd und vertraut wirken. Ich hatte den Sancy erklommen und ging in ein kleines Gasthaus; es lag neben einer Wallfahrtskapelle – sie heißt Notre-Dame de Vassivière. Da erblickte ich eine alte, sonderbare, lächerliche Dame, die ganz allein an einem weit hinten stehenden Tisch zu Mittag aß.

Sie war zumindest siebzig, groß, ausgedörrt, knochig; das greise Haar lag ihr in Röllchen über den Schläfen, wie es früher einmal Mode gewesen ist. Sie war ungeschickt und komisch gekleidet, wie eine auf Reisen befindliche Engländerin; sie sah aus, als sei ihre Garderobe ihr völlig gleichgültig. Sie verzehrte eine Omelette und trank Wasser.

Sie wirkte eigenartig; ihre Augen schauten unruhig drein; ihr Gesicht mutete wie das eines Menschen an, dem das Dasein übel mitgespielt hat. Unwillkürlich musterte ich sie und überlegte: Wer mag das sein? Was für ein Leben sie wohl führt? Warum treibt sie sich ganz allein hier im Gebirge herum?

Sie zahlte, stand auf und wandte sich zum Gehen; dabei legte sie sich einen erstaunlich schmalen Schal um die Schultern, dessen Zipfel ihr über die Arme herabhingen. Sie nahm aus einer

Ecke einen langen Bergstock; er war von oben bis unten mit Kupferblechplättchen bedeckt, auf denen Namen standen; dann ging sie, aufgereckt, steif, mit den langen Schritten eines Briefträgers, der sich in Bewegung setzt.

Vor der Tür erwartete sie ein Bergführer. Sie zogen los. Ich sah sie talwärts entschwinden auf dem Weg, der durch eine Reihe hoher Holzkreuze markiert ist. Sie war größer als ihr Begleiter und schien rascher als er auszuschreiten.

Zwei Stunden danach erkletterte ich den Rand des tiefen Trichters, der inmitten einer wundervollen, riesengroßen Einsenkung voller Grün, Bäume, Buschwerk, Felsen und Blumen den Pavin-See birgt; er ist so kreisrund, daß er mit dem Zirkel entworfen zu sein scheint, dabei so klar und so blau, daß man ihn für eine vom Himmel niedergeflutete Woge halten könnte; so bezaubernd, daß man am liebsten in einer Hütte an dem bewaldeten Abhang oberhalb des Kraters leben möchte, in dem das stille, kalte Wasser schläft.

Dort stand sie, völlig reglos, und starrte auf die durchsichtige Fläche am Grund des erloschenen Vulkans. Sie schaute hinab, als wolle sie mit den Augen die unbekannte Tiefe durchdringen, die, wie es heißt, von riesengroßen Forellen wimmelt; sie sollen alle anderen Fische verschlungen haben. Als ich an ihr vorüberging, schien mir, als rieselten aus ihren Augen zwei Tränen. Doch sie ging mit großen Schritten davon, um wieder zu ihrem Bergführer zu gelangen; er war in einer Schenke am Fuße des Abstiegs geblieben, der sich zum See niedersenkte.

Ich habe sie an jenem Tag nicht nochmals gesehen.

Anderntags bei Anbruch der Dunkelheit langte ich auf der Burg zu Murol an. Die alte Befestigungsanlage, ein gewaltiger Turm auf einem steilen Hügel inmitten eines breiten Talgrundes, dort, wo drei kleine Seitentäler zusammenmünden, reckt sich braun, zerborsten, unregelmäßig geschichtet, doch rund, auf breiten, kreisförmigen Grundmauern bis zu den zerbröckelnden kleinen Türmen oben an der Brüstung vor dem Himmel auf.

Diese Ruine macht mehr als eine andere betroffen durch ihr schlichtes Übermaß, ihre Majestät, ihr altes, machtvoll und ernst anmutendes Aussehen. Abgesondert liegt sie da, hoch wie ein

Berg, eine tote Königin, doch noch immer die Königin der sich unter ihr duckenden Täler. Man steigt über einen mit Tannen bestandenen Abhang zu ihr hinauf; durch ein enges Tor gelangt man hinein; am Fuß der Mauern des ersten Wallringes bleibt man stehen, hoch über der ganzen Landschaft.

Im Innern sieht man Säle mit eingestürzten Decken, zerfallende Treppen, sonderbare Löcher, unterirdische Gänge, Kerker, zur Hälfte zusammengestürzte Mauern, Gewölbe, die noch standhalten, ohne daß man wüßte, wie, ein Labyrinth von Steinen, von grasbewachsenen Spalten, in die Tiere schlüpfen.

Ich war ganz allein beim Durchstöbern dieser Ruine.

Unvermittelt gewahrte ich hinter einem Mauerrest ein Wesen, eine Art Phantom, etwas wie den Geist dieser uralten, zerstörten Behausung.

Verdutzt zuckte ich zusammen, beinahe erschrocken. Dann erkannte ich die alte Dame, der ich schon zweimal begegnet war.

Sie weinte. Sie weinte dicke Tränen und hielt ihr Taschentuch in der Hand.

Ich kehrte mich ab und wollte weitergehen.

Da redete sie mich an; sie schämte sich wohl, daß sie beobachtet worden sei. »Ja, ich weine, Monsieur... Das passiert mir nicht oft.«

Verwirrt, ohne recht zu wissen, was ich antworten sollte, brachte ich stotternd hervor: »Bitte entschuldigen Sie, daß ich Sie gestört habe. Sie haben sicherlich etwas Schmerzliches erlebt.«

Sie murmelte: »Ja. Nein. Ich bin wie ein Hund, der sich verlaufen hat.« Und sie fuhr sich mit dem Taschentuch über die Augen und schluchzte.

Ich nahm ihre Hände und bemühte mich, sie zu beruhigen; ihre Tränen, die ansteckend wirkten, gingen mir nahe. Und da rückte sie unvermuteterweise mit ihrer Lebensgeschichte heraus, gleich als vermöge sie ihren Kummer nicht länger allein zu tragen.

»Ach... Ach... Wenn Sie wüßten... in welcher Trostlosigkeit ich dahinlebe... in welcher Trostlosigkeit...

Ich war einmal glücklich... Ich habe ein Haus, weit von

hier... in meiner Heimat. Ich kann nicht wieder dorthin zurück, ich will nie wieder dorthin zurück, es ist zu hart.

Ich habe einen Sohn... An ihm, an ihm liegt es! Kinder verstehen so etwas nicht... Unser Leben ist so kurz! Sähe ich ihn jetzt, so würde ich ihn vielleicht nicht einmal wiedererkennen! Ach, wie lieb, wie lieb habe ich ihn gehabt! Sogar schon vor seiner Geburt, als ich spürte, wie er sich in meinem Leib bewegte, und auch nachher. Wie habe ich ihn geküßt, geherzt, liebkost! Wenn Sie wüßten, wie viele Nächte ich damit hingebracht habe, ihn anzusehen, wenn er schlief, wie viele Nächte mit Gedanken an ihn. Ich war vernarrt in ihn. Er war acht Jahre alt, da steckte sein Vater ihn in ein Internat. Damit war alles aus. Er gehörte nicht mehr mir. O mein Gott! Er kam jeden Sonntag, das war alles.

Dann wurde er aufs Gymnasium geschickt, in Paris. Nun kam er alljährlich nur noch viermal; und jedesmal war ich erstaunt, wie sehr er sich verändert hatte, wie er größer geworden war, ohne daß ich ihn hatte größer werden sehen. Ich war um seine Kindheit bestohlen worden, um sein Vertrauen, um seine Zärtlichkeit, die sich nie von mir abgewandt haben würde, um alle meine Freude, ihn heranwachsen, ihn ein kleiner Mann werden zu sehen.

Viermal jährlich sah ich ihn! Bedenken Sie doch! Bei jedem seiner Besuche waren sein Körper, sein Blick, seine Gesten, seine Stimme, sein Lachen anders geworden und nicht mehr das, was mein gewesen war. Ein Kind verändert sich so rasch; und es ist so traurig, wenn man all diese Veränderungen nicht mit eigenen Augen beobachten kann; man findet sein Kind nicht wieder!

Das eine Jahr kam er zu uns und hatte Bartflaum auf der Wange! Er! Mein Sohn! Ich war ganz bestürzt... und bekümmert, ob Sie mir das wohl glauben? Ich wagte es kaum, ihn auf die Wange zu küssen. War er es denn wirklich? Mein kleiner Junge, der kleine blonde Lockenkopf von früher, mein liebes, liebes Kind, das ich gewindelt auf dem Schoß gehabt, das mit seinen gierigen kleinen Lippen meine Milch getrunken hatte – dieser aufgeschossene, gebräunte Bursche, der sich gar nicht mehr darauf verstand, zärtlich zu mir zu sein, der mich nur noch aus Pflichtgefühl liebzuhaben schien, der mich ›Mutter‹ nannte, weil es gang und gäbe war, und der mich auf die Stirn küßte, wenn ich ihn am liebsten ganz fest an mich gedrückt hätte?

Mein Mann starb. Dann starben auch meine Eltern, dann verlor ich meine beiden Schwestern. Hält der Tod in einem Haus Einzug, so möchte man meinen, er beeile sich, möglichst viel einzuheimsen, damit er nicht allzu schnell wiederzukommen braucht. Er läßt nur einen oder zwei am Leben, damit sie die andern beweinen können.

Ich blieb allein. Mein großer Sohn studierte damals Jura. Ich hoffte, ich könne bei ihm leben und sterben.

Ich fuhr zu ihm; ich meinte, ich könne mit ihm zusammenwohnen. Er hatte sich an das Leben eines alleinstehenden jungen Herrn gewöhnt; er gab mir zu verstehen, ich sei ihm hinderlich. Ich reiste wieder ab; ich hatte etwas Falsches getan; doch ich litt sehr darunter, daß ich, seine Mutter, ihm lästig sei. Ich bin heimgefahren.

Dann habe ich ihn nicht mehr wiedergesehen, fast nicht mehr.

Er heiratete. Welch eine Freude war das für mich! Nun würden wir endlich für immer vereint sein. Ich würde Enkelkinder bekommen! Er hatte eine Engländerin geheiratet; sie mochte mich nicht. Warum? Vielleicht spürte sie, daß ich ihn zu lieb hatte.

Ich sah mich gezwungen, abermals zu weichen. Wiederum war ich allein. Ja, so war es.

Dann siedelte er nach England über. Er wollte mit den Eltern seiner Frau zusammenleben. Können Sie sich da hineindenken? Sie haben ihn, sie haben meinen Sohn für sich allein! Gestohlen haben sie ihn mir! Er schreibt mir alle Monat. In der ersten Zeit hat er mich dann und wann besucht. Jetzt kommt er nicht mehr.

Vor vier Jahren habe ich ihn zum letztenmal gesehen! Er hatte ein faltiges Gesicht und weißes Haar. War das möglich? War dieser beinahe alte Mann mein Sohn? Mein rosiges Kind von damals? Sicherlich werde ich ihn nicht wiedersehen.

Und nun bin ich das ganze Jahr auf Reisen. Ich gehe hierhin, dorthin, wie Sie sehen, und niemand ist bei mir.

Wie ein Hund, der sich verlaufen hat, bin ich. Adieu, bleiben Sie nicht bei mir; es ist mir unangenehm, daß ich Ihnen dies alles erzählt habe.«

Und als ich den Hügel hinabstieg und mich umwandte, sah ich die alte Dame starr auf dem geborstenen Gemäuer stehen und nach den Bergen blicken, auf das gedehnte Tal und den fernen Chambon-See.

Und der Wind ließ ihren Rocksaum und den merkwürdigen dünnen Schal, den sie um die mageren Schultern trug, flattern wie Fahnen.

Übertragen von Irma Schauber

THÉODULE SABOTS BEICHTE

Französischer Titel: La Confession de Théodule Sabot
Erstdruck: Le Gil-Blas, 9. Oktober 1883,
unter dem Pseudonym »Maufrigneuse«

Wenn Sabot die Dorfkneipe von Martinville betrat, wurde schon im voraus gelacht. War dieser Teufelskerl, der Sabot, denn so komisch? Er gehörte, weiß Gott, zu denen, die keine Pfarrer mögen! O nein, o nein, er mochte sie nun mal nicht, dieser muntere Knabe; er hatte sie gefressen.

Sabot (Théodule), Schreinermeister, repräsentierte in Martinville die Fortschrittspartei. Er war ein großer, hagerer Mensch mit grauen, durchtriebenen Augen, an den Schläfen klebendem Haar und einem winzigen Mund. Wenn er auf eine bestimmte Art und Weise sagte: »Unser heiliger Vater, der Pfaff«, so wand sich alles. Er legte Wert darauf, sonntags während der Messe zu arbeiten. Jedes Jahr schlachtete er sein Schwein am Montag der Karwoche, damit er bis Ostern Blutwurst hatte, und wenn der Pfarrer vorüberging, pflegte Sabot zu sagen, als sei das ein Scherz: »Der hat gerade seinen lieben Gott an der Theke hinuntergekippt.«

Der Priester, ein dicker und zugleich sehr großer Mann, fürchtete ihn seines losen Mundwerks und seiner Possen wegen; denn die schufen ihm Anhänger. Der Abbé Maritime war ein weltkluger Kopf, ein Freund geschickter Mittel. Der Kampf zwischen den beiden dauerte schon zehn Jahre lang – ein heimliches, erbittertes, unaufhörliches Ringen. Sabot gehörte dem Gemeinderat an. Alle glaubten, er werde Bürgermeister werden, was dann sicherlich die endgültige Niederlage der Kirche bedeutet hätte.

Die Wahlen sollten demnächst stattfinden. In Martinville zitterte das kirchliche Lager. Da fuhr der Pfarrer eines Morgens nach Rouen und sagte seiner Magd, er habe im erzbischöflichen Palais zu tun.

Zwei Tage danach war er wieder da. Er wirkte fröhlich und triumphierend. Und am folgenden Tag erfuhr das ganze Dorf, das Gestühl im Chor der Kirche solle erneuert werden. Monseigneur habe dazu die Summe von sechshundert Francs aus seiner Privatschatulle gespendet.

Das gesamte alte Gestühl aus Fichtenholz sollte ausgemerzt und durch ein neues Gestühl aus solidem Eichenholz ersetzt werden. Das war ein ansehnlicher Schreinerauftrag, und es wurde abends in allen Häusern davon gesprochen.

Théodule Sabot war nicht nach Lachen zumute.

Als er anderntags durchs Dorf ging, fragten ihn die Nachbarn, Freunde oder Feinde, im Scherz: »Na, machst *du* das Chorgestühl?«

Er wußte nicht, was er antworten sollte, aber in ihm kochte es; es kochte sogar gehörig.

Die Boshaften sagten sogar noch: »Ein schöner Auftrag! Dabei fallen sicher zwei- bis dreihundert Francs Reingewinn ab.«

Zwei Tage später wurde bekannt, die Arbeit sei Célestin Chambrelan, dem Schreiner in Percheville, anvertraut worden. Dies Gerücht wurde widerrufen; dann jedoch wurde bekannt, auch sämtliche Kirchenbänke sollten erneuert werden. Das koste gut und gern zweitausend Francs; sie seien beim Ministerium beantragt worden. Alle waren ganz aufgeregt.

Théodule Sabot fand keinen Schlaf mehr. Niemals seit Menschengedenken war eine Arbeit dieses Umfangs von einem Schreiner des Dorfs ausgeführt worden. Dann kam abermals ein Gerücht in Umlauf. Einer raunte dem andern zu, der Pfarrer sei untröstlich, daß der Auftrag einem nicht im Ort ansässigen Handwerker anvertraut werden müsse; Sabots Ansichten jedoch stünden der Vergebung an ihn entgegen.

Sabot hörte davon. Bei Anbruch der Dunkelheit ging er zum Pfarrhaus. Die Magd sagte ihm, der Pfarrer sei in der Kirche. Da ging er dorthin.

Zwei Jungfrauen der Marianischen Kongregation, säuerliche alte Schachteln, schmückten unter der Leitung des Priesters den Altar für den Marienmonat. Er selber stand mitten im Chor, wölbte den mächtigen Bauch und überwachte die Arbeit der beiden Frauen; sie standen auf Stühlen und stellten Blumensträuße rings um das Tabernakel.

Sabot fühlte sich beklommen; ihm war, als befinde er sich im Haus seines schlimmsten Feindes; aber das Verlangen nach Geldgewinn zwickte sein Herz. Die Mütze in der Hand trat er herein, ohne die beiden marianischen Jungfrauen zu beachten; sie blieben erschüttert, verdutzt und starr auf ihren Stühlen stehen. Er stammelte: »Tag, Herr Pfarrer.«

Ohne ihn anzublicken erwiderte der völlig von seinem Altar in Anspruch genommene Priester: »Tag, Herr Schreinermeister.«

Sabot war völlig durcheinander und wußte nichts mehr zu sagen. Nach einer Schweigepause fragte er jedoch: »Bereiten Sie was vor?«

Abbé Maritime antwortete: »Ja, der Marienmonat rückt näher.«

Sabot brachte noch hervor: »Sieh mal einer an, sieh mal einer an«; dann verstummte er.

Jetzt wäre er am liebsten wortlos weggegangen; aber er hatte einen Blick in den Chor geworfen, und das hielt ihn fest. Er hatte vierzehn zu erneuernde Chorstühle festgestellt, sechs rechts und acht links, da die Sakristeitür zwei Plätze einnahm. Vierzehn Chorstühle aus Eichenholz, das machte mehr als dreihundert Francs, und wenn man scharf kalkulierte, ließen sich dabei zweihundert Francs herausschlagen, sofern man sich nicht gar zu ungeschickt anstellte.

Da stotterte er: »Ich bin der Arbeit wegen hergekommen.«

Der Pfarrer schien überrascht. Er fragte: »Wegen was für einer Arbeit denn?«

Sabot hatte vollends den Kopf verloren; er murmelte: »Die, die hier zu tun ist.«

Da wandte der Priester sich ihm zu und sah ihm in die Augen: »Meinen Sie etwa die Erneuerungsarbeiten hier in meiner Kirche?«

Bei dem Ton, den Abbé Maritime anschlug, lief Théodule Sabot ein Schauer über den Rücken, und abermals überkam ihn ein wildes Verlangen, sich zu verdrücken. Dennoch antwortete er demütig: »Ja freilich, Herr Pfarrer.«

Da kreuzte der Abbé die Arme über seinem Wanst und sagte, als sei er platt vor Verblüffung: »Sie, Sabot... Sie... Sie kommen her und fragen mich das? Sie... der einzige Gottlose meiner Gemeinde? Aber das gäbe ja ein Ärgernis, ein öffentliches Ärgernis. Monseigneur würde mir einen Verweis erteilen, mich womöglich gar versetzen.« Ein paar Sekunden lang holte er Luft; dann fuhr er ruhiger fort: »Ich verstehe, daß es Ihnen peinlich ist, wenn eine so umfangreiche und bedeutungsvolle Arbeit einem Schreiner aus einer Nachbargemeinde anvertraut wird. Aber ich kann nicht anders handeln, sofern nicht... Nein, das ist ausgeschlossen... Darauf gehen Sie nicht ein, und ohne das ist nun mal nichts zu machen.«

Sabot sah sich jetzt die Reihe der Bänke an, die bis zur Ausgangstür hintereinander standen. Zum Teufel, wenn die alle erneuert werden sollten? Er fragte: »Was ist denn dazu nötig? Sagen Sie es nur.«

Mit fester Stimme entgegnete der Priester: »Ich müßte ein in die Augen fallendes Unterpfand für Ihren guten Willen haben.«

Sabot brummte: »Da sage ich nicht nein. Da sage ich nicht nein. Vielleicht könnte man sich einigen.«

Der Pfarrer erklärte: »Sie müssen öffentlich nächsten Sonntag beim Hochamt kommunizieren.«

Der Schreiner spürte, daß er blaß wurde; ohne darauf zu antworten, fragte er: »Und die Kirchenbänke, werden die auch erneuert?«

Der Abbé antwortete überzeugt: »Ja, aber erst später.«

Sabot fuhr fort: »Ich sage nicht nein, ich sage nicht nein. Ich bin kein Abtrünniger, selbstverständlich billige ich die Religion; nur das Praktizieren, damit habe ich Schwierigkeiten; aber in diesem Fall will ich nicht widerspenstig sein.«

Die marianischen Jungfrauen waren von ihren Stühlen herabgestiegen; sie hatten sich hinter dem Altar versteckt und lauschten, blaß vor Aufregung.

Der Pfarrer sah den Sieg winken; er wurde unvermittelt gutartig und zutraulich: »Gerade zur rechten Zeit, gerade zur rechten Zeit. Das war ein vernünftiges Wort, und gar nicht dumm, wissen Sie. Sie werden schon sehen, Sie werden schon sehen.«

Sabot grinste verlegen und fragte: »Könnte sie nicht vielleicht ein bißchen verschoben werden, die Kommunion?«

Doch da setzte der Priester wieder sein strenges Gesicht auf: »In dem Augenblick, da der Auftrag Ihnen anvertraut wird, will ich Ihres Glaubenswandels sicher sein.« Dann fuhr er freundlicher fort: »Morgen müssen Sie zur Beichte kommen; ich muß Sie mindestens zweimal prüfen.«

Sabot wiederholte: »Zweimal?«

»Ja.«

Der Priester lächelte: »Sie verstehen wohl, daß Ihnen eine Generalreinigung not tut, ein völliges Auslaugen. Ich erwarte Sie also morgen.«

Der erschütterte Schreiner fragte: »Wo machen Sie denn das?«

»Nun... im Beichtstuhl.«

»In... dem Kasten dahinten, in der Ecke? Nämlich... der paßt mir nicht recht, Ihr Kasten.«

»Warum denn nicht?«

»Weil ich... weil ich nämlich so was nicht gewöhnt bin. Und weil ich auch ein bißchen harthörig bin.«

Der Pfarrer bezeigte sich entgegenkommend: »Na gut, dann kommen Sie eben zu mir in mein Amtszimmer. Wir machen es unter uns ab, nur wir beide. Ist Ihnen das recht?«

»Ja, wenn Sie es so machen, dann soll's mir recht sein; aber Ihr Kasten... nein.«

»Also morgen, nach des Tages Last und Mühe, um sechs.«

»In Ordnung, wird gemacht, wird gehalten. Bis morgen also, Herr Pfarrer. Wer sich nicht dran hält, ist ein Schwein!«

Und er hielt seine klobige, rauhe Hand hin, und der Priester schlug ein, daß es nur so knallte.

Das Klatschen lief unter dem Gewölbe hin und verhallte ganz hinten hinter den Orgelpfeifen.

Den ganzen folgenden Tag über fand Théodule Sabot keine Ruhe. Er durchlitt etwas Ähnliches wie die lange Vorfurcht, die man empfindet, wenn man sich einen Zahn ausreißen lassen muß. Alle Augenblicke durchschoß ihn der Gedanke: Heute abend muß ich beichten! Und seine verstörte Seele, die eines nicht völlig überzeugten Atheisten, wurde schier närrisch in

ihrer verworrenen, gewaltigen Angst vor dem göttlichen Myste-
rium.

Sobald er mit seiner Arbeit fertig war, ging er zum Pfarrhaus
hinüber.

Der Geistliche erwartete ihn im Garten; er ging auf einem kleinen Weg auf und ab und las dabei sein Brevier. Er schien strah-
lender Laune zu sein und begrüßte ihn mit kollerndem Lachen:
»Na, da sind Sie ja! Kommen Sie rein, kommen Sie rein, Monsieur Sabot, Sie werden schon nicht gefressen.« Und er ließ Sabot
den Vortritt.

Der stotterte: »Wenn Sie nichts dagegen haben, meine ich, wir
sollten anschließend unser Geschäftchen unter Dach bringen.«

Der Pfarrer antwortete: »Ganz wie Sie wollen. Da hängt mein
Chorhemd. In einer Minute stehe ich Ihnen zur Verfügung.«

Der Schreiner, der so aufgeregt war, daß in seinem Kopf nicht
zwei Gedanken nebeneinander Platz hatten, sah ihm zu, wie er
das weiße Gewand mit den starren Falten anlegte.

Der Priester bedeutete ihm: »Knien Sie auf diesem Kissen nieder.«

Sabot blieb stehen; er schämte sich, daß er knien sollte, und
stammelte: »Muß das sein?«

Aber der Abbé war jetzt sehr würdevoll: »Man darf sich nur
auf den Knien dem Beichtstuhl nahen.«

Und Sabot kniete nieder.

Der Priester sagte: »Sprechen Sie das Confiteor.«

Sabot fragte: »*Was* soll ich?«

»Das Confiteor sprechen. Wenn Sie es nicht mehr können, wiederholen Sie eins nach dem andern die Worte, die ich Ihnen vor-
spreche.« Und der Priester sagte mit langsamer Stimme das heilige Gebet; er sprach jedes Wort gesondert aus, und der Schreiner
wiederholte es.

Dann sagte der Abbé: »Und jetzt beichten Sie.«

Aber Sabot, der nicht wußte, wo er anfangen sollte, tat den
Mund nicht auf.

Abbé Maritime kam ihm zu Hilfe. »Mein Sohn, da es Ihnen
nicht geläufig zu sein scheint, will ich Sie befragen. Wir wollen,
eins nach dem andern, die Gebote Gottes durchsprechen. Hören

Sie mir zu und geraten Sie nicht in Verwirrung. Sprechen Sie frei und scheuen Sie sich nicht, zu viel zu sagen. Nur *einen* Gott sollst du anbeten und ihm in vollkommener Liebe anhangen. Haben Sie je jemanden oder etwas außer Gott geliebt? Haben Sie ihn von ganzer Seele, von ganzem Herzen, mit aller Kraft Ihres Liebesvermögens geliebt?«

Sabot schwitzte, so sehr strengte das Nachdenken ihn an. Er antwortete: »Nein. O nein, Herr Pfarrer. Ich liebe den lieben Gott, so sehr ich kann. Das – ja – lieben tue ich ihn schon. Aber sagen, meine Kinder, die hätte ich nicht so lieb, nein, das kann ich nicht. Sagen, wenn ich zwischen ihnen und dem lieben Gott zu wählen hätte, dann – nein, das kann ich nicht. Sagen, ich würde um des lieben Gottes willen gern hundert Francs verlieren – nein, das kann ich nicht. Aber lieben tue ich ihn natürlich, ich habe ihn trotzdem recht lieb.«

Ernst sagte der Priester: »Man muß ihn lieben über alles.«

Und Sabot, voll des guten Willens, erklärte: »Ich will mein Möglichstes tun, Herr Pfarrer.«

Abbé Maritime fuhr fort: »Du sollst den Namen des Herrn, deines Gottes, nicht mißbrauchen. Haben Sie manchmal einen Fluch geäußert?«

»Nein! Das nicht, nein! Ich fluche nie, niemals. Manchmal, wenn ich gerade wütend bin, sage ich: ›Heiliges Donnerwetter!‹ Aber fluchen, nein, das tue ich nicht.«

Der Priester rief: »Aber das ist ja schon ein Fluch!« Und ernst sagte er: »Sagen Sie so was künftig nicht mehr. Ich fahre fort: Du sollst den Feiertag heiligen. Was tun Sie sonntags?«

Diesmal kratzte Sabot sich hinterm Ohr: »Ja, da diene ich dem lieben Gott, so gut ich kann, Herr Pfarrer. Ich diene ihm... bei mir daheim. Ich arbeite sonntags...«

Großherzig unterbrach ihn der Pfarrer: »Ich weiß: In Zukunft werden Sie sich wohlgefälliger verhalten. Die nächsten drei Gebote übergehe ich, weil ich sicher bin, daß Sie gegen die beiden ersteren nicht verstoßen haben. Jetzt wollen wir uns mal das sechste und das neunte ansehen. Ich fahre fort: Laß dich nicht gelüsten nach dem, was deines Nächsten ist. Haben Sie gelegentlich mal irgendwie das Gut anderer entwendet?«

Da entrüstete sich Théodule Sabot: »Aber, aber! Nein! Ich bin ein ehrlicher, anständiger Mensch, Herr Pfarrer! Das kann ich beschwören. Daß ich manchmal ein paar Arbeitsstunden mehr als geleistet angerechnet habe, das streite ich nicht ab. Und daß ich dann und wann mal ein paar Centimes mehr auf die Rechnung gesetzt habe, aber nur ein paar Centimes, das streite ich auch nicht ab. Aber gestohlen, nein, das nicht!«

Mit strenger Stimme fuhr der Priester fort: »Schon die Entwendung eines einzigen Centime ist Diebstahl. Tun Sie es nicht wieder... Du sollst kein falsch Zeugnis sagen wider deinen Nächsten. Haben Sie gelogen?«

»Nein, das nicht. Ich bin kein bißchen lügnerisch veranlagt. Darauf halte ich mir was zugute. Daß ich dann und wann mal ein bißchen aufgeschnitten habe, das streite ich nicht ab. Daß ich nie jemandem was weisgemacht hätte, wenn es zu meinem Vorteil war, das will ich nicht behaupten. Aber verlogen, nein, verlogen bin ich nicht.«

Der Priester sagte nur: »Nehmen Sie sich künftig mehr in acht.« Dann sagte er: »Du sollst die Werke des Fleisches nur in der Ehe begehren. Haben Sie je eine andere Frau außer der Ihren begehrt oder besessen?«

Sabot rief aus ehrlichem Herzen: »Das? Nein! Das bestimmt nicht, Herr Pfarrer! Meine gute Frau betrügen! Nein, nein! Nicht mal einen Fingerbreit! Weder in Gedanken noch in Taten. Bestimmt nicht!« Er schwieg ein paar Sekunden; dann fuhr er leiser fort, als sei ihm ein Zweifel aufgestiegen: »Wenn ich in die Stadt fahre, daß ich dann nie in ein Haus ginge, Sie wissen schon: ein öffentliches Haus, nur um mal ein bißchen zu lachen und Unsinn zu machen und in eine andere Haut zu schlüpfen, um zu sehen, wie das ist – das will ich nicht behaupten... Aber ich bezahle dafür, Herr Pfarrer, ich bezahle stets, und wenn man bezahlt, dann... nichts gehört, nichts gesehen, Schwamm drüber!«

Der Pfarrer drang nicht weiter in ihn und erteilte die Absolution.

Théodule ist jetzt wacker bei der Arbeit am Chorgestühl und kommuniziert alle Monat.

Vendetta

Französischer Titel: Une Vendetta
Erstdruck: Le Gaulois, 14. Oktober 1883

Paolo Saverinis Witwe wohnte allein mit ihrem Sohn in einem armseligen Häuschen auf den Wällen von Bonifacio. Von der auf einem Gebirgsvorsprung erbauten, an manchen Stellen sogar über dem Meer hangenden Stadt aus kann man, über die klippengespickte Meerenge hinweg, die niedrigere Küste Sardiniens erblicken. Zu ihren Füßen befindet sich ein sie fast gänzlich umgebender Einschnitt in der Steilküste, der einem gigantischen Korridor ähnelt, ihr als Hafen dient und nach einer langen Fahrt zwischen zwei schroffen Mauern die kleinen italienischen oder sardinischen Fischerboote und jeden Fünfzehnten den alten, herzschwachen Dampfer, die Verbindung mit Ajaccio, bis fast an die ersten Häuser herangelangen läßt.

Auf dem hellen Berg bildet das Gehäuf der Häuser einen noch helleren Fleck. Sie wirken wie Nester wilder Vögel, wie sie sich da an den Felsen klammern; er beherrscht die gefährliche Durchfahrt, in die sich kaum je Schiffe wagen. Der ruhelose Wind quält das Meer, quält die nackte, von ihm zernagte, kaum mit Gras bewachsene Küste; er stürzt in die Meerenge und verheert deren beide Ufer. Die bleichen Schaumstreifen an den schwarzen Spitzen der unzähligen, überall die Wogen durchstechenden Felsen sehen aus wie an der Wasseroberfläche wallende und zuckende Leinwandfetzen.

Das Haus der Witwe Saverini ist unmittelbar an den Rand der Steilküste angeschweißt; seine drei Fenster blicken auf die wilde, trostlose Weite hinaus.

Sie lebte darin ganz allein mit ihrem Sohn Antoine und ihrer Hündin Sémillante, einem großen, mageren Tier von der Rasse der Hirtenhunde mit langem, rauhem Behang. Der junge Mensch bediente sich ihrer zur Jagd.

Eines Abends wurde Antoine Saverini nach einem Streit tük-
kisch durch einen Messerstich niedergestreckt, und zwar von Nicolas Ravolati, der noch in derselben Nacht nach Sardinien ent-
kam.

Als die, die ihn gefunden hatten, der alten Mutter den toten
Sohn ins Haus trugen, weinte sie nicht, sondern starrte ihn lange
reglos an; dann reckte sie die runzlige Hand über die Leiche und
gelobte Vendetta, Rache. Sie wollte nicht, daß jemand bei ihr
blieb; sie schloß sich mit der Hündin, die heulte, bei dem Toten
ein. Unausgesetzt heulte das Tier am Fußende des Bettes, den
Kopf seinem Herrn entgegengestreckt, den Schwanz eingeknif-
fen. Es rührte sich genauso wenig vom Fleck wie die Mutter, die
sich jetzt über die Leiche neigte, sie anstarrte und dabei dicke,
stumme Tränen weinte.

Der junge Mensch lag auf dem Rücken; er trug seinen Rock aus
derbem Tuch, der an der Brust durchlöchert und zerfetzt war. Er
schien zu schlafen; allein er war überall blutig: auf dem Hemd,
das bei der ersten Hilfeleistung zerrissen worden war, auf der
Weste, der Hose, auf Gesicht und Händen. Blutklümpchen waren im Bart und im Haar geronnen.

Die alte Mutter begann auf ihn einzureden. Beim Laut ihrer
Stimme verstummte die Hündin.

»Laß, laß, du wirst gerächt, mein Kleiner, mein Junge, mein
armes Kind. Schlaf, schlaf, du wirst gerächt, hörst du? Deine
Mutter verspricht es dir! Und deine Mutter hält stets Wort, das
weißt du ja.« Und langsam neigte sie sich zu ihm nieder und
preßte ihre kalten Lippen auf die toten Lippen.

Da fing Sémillante an zu stöhnen. Sie stieß eine langgezogene,
eintönige, herzzerreißende, schreckliche Klage aus.

So verharrten die beiden, die Frau und das Tier, bis zum
Morgen.

Am nächsten Tag wurde Antoine Saverini begraben, und bald
war von ihm in Bonifacio nicht mehr die Rede.

Er hatte weder Bruder noch nah verwandte Vettern hinterlassen.
Es lebte kein Mann, der die Vendetta hätte vollziehen können.
Nur der Mutter, der Alten, kam sie nicht aus dem Sinn.

Vom Morgen bis zum Abend sah sie jenseits der Meerenge auf der Küste einen hellen Fleck. Das war das kleine sardische Dorf Longosardo, wohin die korsischen Banditen flüchteten, wenn ihnen der Boden allzu heiß wurde. Sie machten fast die gesamte Einwohnerschaft des ihrer Heimatküste gegenüberliegenden Weilers aus und warteten der Stunde, da sie heimfahren, da sie in die Macchia zurückkehren konnten. In diesem Dorf, das wußte die Alte, hatte Nicolas Ravolati sich in Sicherheit gebracht.

Sie war den ganzen Tag über allein; sie saß am Fenster, blickte nach drüben und sann auf Rache. Wie sollte sie, die Verlassene, Kränkliche, dem Tode Nahe sie vollziehen? Aber sie hatte es gelobt, sie hatte es an der Leiche geschworen. Sie konnte nicht vergessen, sie konnte nicht abwarten. Was sollte sie tun? Sie fand nachts keinen Schlaf mehr; es gab für sie weder Ruhe noch Beschwichtigung; sie grübelte verbissen. Zu ihren Füßen lag im Halbschlaf die Hündin, und manchmal hob sie den Kopf und heulte in die Ferne. Seit ihr Herr nicht mehr da war, heulte sie oftmals so auf, als rufe sie ihn, als habe auch ihre untröstliche Tierseele eine Erinnerung bewahrt und nichts könne sie auslöschen.

Eines Nachts indessen, als Sémillante abermals aufstöhnte, kam der Mutter plötzlich ein Gedanke, der Gedanke einer rachsüchtigen, wilden Menschenfeindin. Sie überlegte bis zum Morgen; beim ersten Dämmern des Tages stand sie auf; dann ging sie in die Kirche. Sie betete, sie kniete auf den Fliesen, sie warf sich vor Gott nieder, sie flehte ihn an, ihr zu helfen, ihr seinen Beistand zu leihen, ihrem armen, verbrauchten Körper die Kraft zuteil werden zu lassen, deren sie bedurfte, um den Sohn zu rächen.

Dann ging sie heim. In ihrem Hof stand ein altes, schadhaftes Faß, das aus der Dachtraufe den Regen auffing; sie kippte es um, ließ es leerlaufen, befestigte es mit Holzkloben und Steinen am Erdboden; dann kettete sie Sémillante in dieser Hundehütte an und ging wieder ins Haus.

Jetzt wanderte sie ruhelos in ihrer Kammer auf und ab, den starren Blick unausgesetzt dorthin gerichtet, wo Sardinien lag. Dort war er, der Mörder.

Die Hündin heulte Tag und Nacht. Morgens trug die Alte ihr Wasser hin, aber weiter nichts: keine Suppe, kein Brot.

Auch dieser Tag ging hin. Die erschöpfte Sémillante schlief. Am folgenden Tag hatte sie leuchtende Augen, ihr Fell war gesträubt, sie zerrte außer sich an der Kette.

Noch immer gab die Alte ihr nichts zu fressen. Das wild gewordene Tier bellte mit heiserer Stimme. Auch diese Nacht ging hin.

Als es Tag geworden war, ging die alte Saverini zu einem Nachbarn und bat ihn um zwei Bündel Stroh. Dann nahm sie altes, zerlumptes Zeug, das ehedem ihr Mann getragen hatte, und stopfte es mit dem Stroh aus, um einen menschlichen Körper vorzutäuschen.

Vor Sémillantes Hütte steckte sie einen Stock in den Boden und befestigte die Puppe daran, die auf diese Weise zu stehen schien. Den Kopf fertigte sie aus einem Bündel alter Wäsche.

Die verdutzte Hündin sah diesen Strohmann an und verhielt sich still, obwohl der Hunger sie verzehrte.

Da ging die Alte zum Metzger und kaufte ein langes Stück schwarzer Blutwurst. Als sie wieder daheim war, steckte sie im Hof dicht bei der Hundehütte ein Holzfeuer an und briet ihre Blutwurst. Sémillante kam von Sinnen, sprang, geiferte, ließ die Pfanne nicht aus den Augen; der Duft drang ihr durch und durch.

Dann legte die Mutter die dampfende Wurst dem Strohmann wie einen Schlips um. Sie band sie ihm sorgfältig um den Hals, ganz nach innen. Als sie damit fertig war, kettete sie die Hündin los.

Mit einem gewaltigen Satz fuhr das Tier der Puppe an die Kehle, legte ihr die Pfoten auf die Schultern und zerfetzte ihr den Hals. Sie fiel zurück, ein Stück der Beute im Maul, sprang von neuem zu, grub die Fangzähne in die Schnüre, riß ein paar Stückchen Futter heraus, fiel abermals zurück, sprang nochmals erbittert. Sie riß das Gesicht der Puppe mit gewaltigen Bissen ab, riß den ganzen Hals in Fetzen.

Starr und stumm, leuchtenden Auges, schaute die Alte zu. Dann kettete sie das Tier wieder an, ließ es nochmals zwei Tage lang fasten und begann mit der seltsamen Übung von neuem.

Drei Monate lang gewöhnte sie die Hündin an diesen Kampf, an dieses durch Fangzahnbisse eroberte Futter. Sie kettete das Tier jetzt nicht mehr an; sie hetzte es durch eine Geste auf die Puppe.

Sie brachte ihm bei, sie zu zerreißen, hineinzubeißen, auch wenn in ihrer Kehle kein Futter steckte. Danach gab sie der Hündin zur Belohnung die gebratene Blutwurst.

Sobald sie den »Mann« wahrnahm, fing Sémillante an zu zittern und wandte die Augen ihrer Herrin zu. Diese rief mit zischender Stimme: »Faß!« und hob dabei den Finger.

Als sie meinte, es sei soweit, ging die Mutter Saverini eines Sonntagmorgens zur Kirche und beichtete und kommunizierte mit ekstatischer Glut; dann zog sie Männerkleidung an, wodurch sie wie ein alter, zerlumpter Bettler wirkte, und verhandelte mit einem sardischen Fischer, der sie und ihre Hündin ans andere Ufer der Meerenge brachte.

In einem Leinenbeutel trug sie ein großes Stück Blutwurst. Sémillante hatte zwei Tage lang gefastet. Alle paar Augenblicke ließ die alte Frau das Tier an dem duftenden Futter schnuppern und reizte es.

Sie gingen hinein nach Longosardo. Die Korsin hinkte. Sie sprach bei einem Bäcker vor und erkundigte sich, wo Nicolas Ravolati wohnte. Er hatte sein altes Schreinerhandwerk wieder aufgenommen. Er arbeitete für sich allein hinten in seiner Werkstatt.

Die Alte stieß die Tür auf und rief: »He! Nicolas!«

Er drehte sich um.

Da ließ sie die Hündin los und schrie: »Faß! Faß! Schling! Schling!«

Außer sich stürzte das Tier los und packte die Gurgel. Der Mann breitete die Arme aus, umschlang den Hund, rollte am Boden. Ein paar Sekunden lang wand er sich, trommelte mit den Füßen auf den Boden; dann lag er, ohne sich zu bewegen da, und Sémillante grub ihm die Zähne in den Hals und zerfleischte ihn.

Zwei vor ihren Türen sitzende Nachbarn haben sich deutlich erinnert, sie hätten einen alten Bettler mit einem abgemagerten schwarzen Hund weggehen sehen; der Hund habe im Laufen etwas Bräunliches gefressen, das sein Herr ihm gegeben hatte.

Die Alte war abends wieder daheim. In dieser Nacht schlief sie gut und fest.

DAS GESTÄNDNIS

Französischer Titel: La Confession
Erstdruck: Le Gaulois, 21. Oktober 1883,
unter dem Titel »L'Aveu«

Marguerite de Thérelles lag im Sterben. Obwohl sie erst sechsundfünfzig Jahre alt war, wirkte sie wie mindestens fünfundsiebzig. Sie keuchte; sie war bleicher als die Bettlaken; entsetzliche
Schauer durchrüttelten sie; ihr Gesicht war verkrampft, ihr Blick
verstört, als sei etwas Grausiges vor ihr erschienen.

Ihre um sechs Jahre ältere Schwester Suzanne kniete neben
dem Bett und schluchzte. Auf einem an das Lager der mit dem
Tode Ringenden herangeschobenen Tischchen standen auf einer
Serviette zwei brennende Kerzen; der Priester wurde erwartet,
der die letzte Ölung und die letzte Wegzehrung spenden sollte.

Der Raum bot den unheimlichen, niederdrückenden Anblick
aller Sterbezimmer, er sprach von einem Abschied in Verzweiflung. Auf der Kommode standen Medizinfläschchen, in den
Winkeln lagen Wäschestücke und Tücher, die mit dem Fuß oder
mit dem Besen beiseite geschoben worden waren. Die unordent-
lich dastehenden Stühle und Sessel wirkten bestürzt, als seien sie
nach allen Richtungen davongelaufen. Der grauenerregende Tod
war anwesend, hielt sich versteckt und wartete.

Der Lebensgeschichte der beiden Schwestern wohnte etwas
Rührendes inne. Weit und breit wurde davon gesprochen; viele
Augen hatten deswegen Tränen vergossen.

Suzanne, die Ältere, war ehemals wahnsinnig von einem jungen Herrn geliebt worden, den auch sie liebte. Sie hatte sich verlobt und nur noch auf den Tag der Eheschließung gewartet, als
Henry de Sampierre plötzlich gestorben war.

Das junge Mädchen fiel einer tiefen Verzweiflung anheim und
gelobte, nie zu heiraten. Sie hielt Wort. Sie trug fortan Witwen-
kleidung und legte sie nie wieder ab.

Da kam eines Morgens ihre Schwester, ihre kleine Schwester Marguerite, zu ihr, warf sich in die Arme der Älteren und sagte: »Große Schwester, ich will nicht, daß du unglücklich bist. Ich will nicht, daß du dein Leben lang weinst. Ich werde dich nie, nie, nie verlassen! Auch ich will niemals heiraten. Ich will bei dir bleiben, immer, immer, immer.«

Suzanne, gerührt ob dieser kindlichen Hingabe, küßte sie und glaubte ihr nicht.

Aber auch die Kleine hielt Wort, und trotz der Bitten der Eltern, trotz des Flehens der Älteren heiratete sie nie. Sie war hübsch, sehr hübsch; sie wies viele junge Herren zurück, die sie zu lieben schienen; sie wich nicht von der Schwester.

Alle Tage ihres Daseins verbrachten sie gemeinsam, ohne sich auch nur ein einziges Mal zu trennen. Sie wandelten Seite an Seite, untrennbar vereint. Doch Marguerite wirkte stets traurig und gedrückt, noch trübseliger als die Ältere; es war, als habe ihr erhabenes Opfer sie innerlich zerbrochen. Sie alterte schneller, bekam mit dreißig weißes Haar, kränkelte oft und schien von einem unbekannten Leiden heimgesucht zu sein, das an ihr nagte.

Und jetzt sollte sie als die erste sterben.

Seit vierundzwanzig Stunden sprach sie nicht mehr. Nur beim ersten Dämmern des Frührots hatte sie gesagt: »Laßt den Herrn Pfarrer holen; es ist soweit.«

Und danach hatte sie auf dem Rücken gelegen, von Krämpfen geschüttelt; ihre Lippen hatten sich zuckend bewegt, als seien aus ihrem Herzen fürchterliche Worte aufgestiegen und hätten nicht aus ihr hinausdringen können; ihr Blick war vor Furcht wie der einer Irren und erschreckend anzusehen.

Ihre schmerzzerrissene Schwester weinte wie von Sinnen, die Stirn auf der Bettkante, und sagte immer wieder: »Margot, arme, liebe Margot, mein Kleines!«

Sie hatte sie stets »mein Kleines« genannt, gerade wie die Jüngere stets »große Schwester« zu ihr gesagt hatte.

Auf der Treppe wurden Schritte vernehmlich. Die Tür ging auf. Ein Meßnerknabe erschien und dann der alte Priester im Chorhemd. Sowie sie ihn erblickte, richtete die Sterbende sich mit einem Ruck auf, öffnete die Lippen, stammelte einige Worte und fing an, mit den Fingernägeln zu kratzen, als wolle sie ein Loch scharren.

Der Abbé Simon trat herzu, nahm sie bei der Hand, küßte sie auf die Stirn und sagte mit milder Stimme: »Gott verzeiht Ihnen, mein Kind; haben Sie Mut, nun die Stunde gekommen ist, und sprechen Sie.«

Marguerite schlotterte von Kopf bis Füßen, so daß von ihren Zuckungen die Lagerstatt erbebte, und stammelte: »Setz dich, große Schwester; hör mich an.«

Der Priester bückte sich zu der noch immer am Bett knienden Suzanne, half ihr aufstehen, ließ sie sich in einen Sessel setzen, nahm in jede Hand eine der Hände der beiden Schwestern und sagte: »Herr, mein Gott! Gib ihr die Kraft, schütte auf sie nieder all deine Barmherzigkeit.«

Und Marguerite begann zu sprechen. Eins nach dem andern kamen die Worte ihr aus der Kehle, heiser, abgehackt, als koste es sie große Mühe.

»Verzeih, verzeih, große Schwester, verzeih mir! Ach, wenn du wüßtest, wie es mich vor dieser Stunde gegraut hat, mein Leben lang…«

Unter Tränen stammelte Suzanne: »Was soll ich dir denn verzeihen, Kleines? Du hast mir alles gegeben, alles geopfert; du bist ein Engel…«

Doch Marguerite unterbrach sie: »Schweig, schweig! Laß mich dir sagen… Unterbrich mich nicht… Es ist grauenvoll… Laß mich alles aussprechen… bis zu Ende, halt dich ganz still… Hör mich an… Weißt du noch… Henry…«

Suzanne erbebte und schaute die Schwester an.

Die Jüngere sprach weiter: »Du mußt alles anhören, um es zu verstehen. Ich war zwölf, erst zwölf, nicht wahr, du weißt es noch? Und ich war verwöhnt und verhätschelt, ich hatte alles, was ich wollte… Du weißt doch noch, wie ich verwöhnt worden bin? Hör zu… Als er zum erstenmal kam, trug er Lackstiefel; vor der Freitreppe ist er vom Pferd gestiegen und hat sich seiner Kleidung wegen entschuldigt, aber er müsse Papa eine Nachricht

überbringen. Das weißt du doch noch, nicht wahr? Sag nichts...
Hör zu. Als ich ihn sah, ging es mir durch und durch, so schön
fand ich ihn, und die ganze Zeit, da er sprach, bin ich in einer
Ecke des Wohnzimmers stehen geblieben. Kinder sind seltsam... und entsetzlich... Ach ja... ich habe von ihm geträumt!

Er ist wiedergekommen... mehrmals... Ich habe ihn angeschaut mit heißen Blicken und aus tiefster Seele... Ich war groß
für mein Alter und durchtriebener, als alle glaubten. Er ist häufig
wiedergekommen... Ich hatte nur ihn im Kopf. Leise sagte ich
vor mich hin: ›Henry... Henry de Sampierre!‹

Dann hieß es, er werde dich heiraten. Das war ein Schmerz...
o große Schwester... ein Schmerz... solch ein Schmerz! Drei
Nächte lang habe ich schlaflos gelegen und geweint. Jetzt kam er
jeden Tag, nachmittags, nach dem Mittagessen... Nicht wahr,
du weißt es noch? Sag nichts... Hör zu. Du backtest ihm die Kuchen, die er so gern aß... aus Mehl, Butter und Milch... Oh, ich
weiß, wie sie gemacht werden... Ich könnte sie noch heute bak-
ken, wenn es sein müßte. Er aß sie mit einem einzigen Bissen und
trank dann ein Glas Wein... Und dann sagte er: ›Köstlich!‹
Weißt du noch, wie er das immer gesagt hat?

Ich war eifersüchtig, eifersüchtig! Dein Hochzeitstag rückte
heran. Es waren nur noch vierzehn Tage bis dahin. Ich sagte mir:
›Nein, er soll Suzanne nicht heiraten, ich will es nicht! Mich soll
er heiraten, wenn ich groß bin. Ich begegne nie wieder einem, den
ich so lieb habe... Aber eines Abends, zehn Tage vor der Hochzeit, bist du mit ihm vor dem Schloß im Mondschein spazieren
gegangen... Und da... unter der Tanne, unter der großen
Tanne... da hat er dich geküßt... geküßt... dich in beiden Armen gehalten... lange... Das weißt du noch, nicht wahr? Vielleicht war es das erste Mal... ja... Du warst so blaß, als du wieder ins Zimmer kamst!

Ich habe euch beobachtet; ich stand im Gebüsch. Und ich war
erbost! Hätte ich gekonnt, ich hätte euch gemordet!

Ich habe mir gesagt: Er soll Suzanne nicht heiraten, nie und
nimmer! Niemanden soll er heiraten. Es würde mich zu unglücklich machen... Und mit einem Schlag habe ich angefangen, ihn
entsetzlich zu hassen.

Weißt du, was ich dann getan habe? Hör zu. Ich hatte gesehen, wie der Gärtner Fleischklöße machte, um streunende Hunde zu töten. Er zerstampfte eine Flasche mit einem Stein und knetete die kleinen Glassplitter in einen Fleischkloß.

Da habe ich Mama ein Medizinfläschchen weggenommen, es mit einem Hammer zerschlagen und das Glas in meine Tasche gesteckt. Es war ein schimmerndes Pulver... Als du am andern Tag die kleinen Kuchen backtest, habe ich den Teig mit einem Messer aufgeschlitzt und das Glas hineingestreut... Er hat drei gegessen... und auch ich habe einen gegessen... Die sechs andern habe ich in den Teich geworfen... Die beiden Schwäne sind drei Tage später gestorben... Weißt du es noch? Oh, sag nichts... Hör zu, hör zu... Nur ich bin nicht gestorben... Aber ich bin immer krank gewesen... Hör zu... Er ist gestorben... Du weißt es ja... Hör zu... Das ist nichts... Erst nachher, später... immer... das Schrecklichste... Hör doch...

Mein Leben, mein ganzes Leben lang... diese Qual! Ich habe mir gesagt: Jetzt will ich meine Schwester nie verlassen, und in meiner Todesstunde sage ich ihr alles... So ist es. Und seither habe ich immer, immer an den Augenblick denken müssen, den Augenblick, da ich dir alles sagen würde... Nun ist er gekommen... Es ist grauenvoll... oh... Große Schwester...

Immer habe ich gedacht, morgens und abends und bei Tag und bei Nacht: Ich muß es ihr sagen, einmal muß ich es ihr sagen... Ich habe gewartet... O diese Qual! Jetzt ist es geschehen... Sag nichts... Jetzt habe ich Angst... habe ich Angst... oh, solche Angst! Wenn ich ihn nun gleich wiedersehen muß, wenn ich gestorben bin... Ihn wiedersehen... Kannst du dir das vorstellen? Als die erste... Ich wage es nicht... Aber es muß sein... Ich sterbe... Ich will, daß du mir verzeihst. Ich will es... Ohne das kann ich nicht scheiden und vor ihn hintreten. O Herr Pfarrer, sagen Sie ihr, sie solle mir verzeihen... Bitte, sagen Sie es ihr. Ich kann sonst nicht sterben...«

Sie verstummte, keuchend lag sie da und kratzte noch immer mit ihren verkrampften Fingernägeln.

Suzanne hielt das Gesicht in den Händen verborgen und rührte sich nicht. Sie dachte zurück an ihn, den sie seit so langer

Zeit hätte lieben können! Welch ein schönes Leben hätten sie führen können! Sie sah ihn vor sich, im hingeschwundenen Ehedem, in der niemals verblaßten, entrückten Vergangenheit. Ach, dieser Kuß, ihr einziger Kuß! Sie trug ihn noch immer in der Seele. Und dann nichts mehr, nichts mehr ihr Leben lang...

Da richtete der Priester sich auf und rief mit starker, schwingender Stimme: »Mademoiselle Suzanne, Ihre Schwester muß sterben!«

Da ließ Suzanne die Hände sinken, zeigte ihr tränenüberströmtes Gesicht, beugte sich hastig über die Schwester, küßte sie, so innig sie konnte, und stammelte: »Ich verzeihe dir, ich verzeihe dir, Kleines...«

AUF DER BETTKANTE

Französischer Titel: Au Bord du Lit
Erstdruck: Le Gil-Blas, 23. Oktober 1883,
unter dem Pseudonym »Maufrigneuse«

Im Kamin flammte ein helles Feuer. Auf dem japanischen Tisch standen zwei Teetassen einander gegenüber; die Teekanne dampfte neben der Zuckerdose und einer Karaffe Rum.

Der Graf de Sallure warf seinen Hut, seine Handschuhe und den Pelz auf einen Stuhl; die Gräfin, die nach der Heimkehr vom Ball eine gewisse Erleichterung verspürte, ordnete vor dem Spiegel ein wenig ihr Haar. Sie lächelte sich selbst freundlich zu und strich mit den Spitzen ihrer zarten, beringten Finger über die Löckchen an den Schläfen. Dann wandte sie sich zu ihrem Gatten um.

Er hatte sie seit einigen Sekunden betrachtet und schien zu zögern, als hemme ihn ein heimlicher Gedanke. Schließlich sagte er: »Ist dir heute abend zur Genüge der Hof gemacht worden?«

Sie sah ihm in die Augen, und in ihrem Blick glomm ein Flämmchen von Triumph und Herausforderung. Sie antwortete: »Das will ich hoffen!« Dann setzte sie sich auf ihren Stuhl.

Er nahm ihr gegenüber Platz und begann wieder, indem er eine Brioche zerbröckelte: »Es war beinah lächerlich... für mich!«

Sie fragte: »Kommt jetzt eine Szene? Beabsichtigst du, mir Vorwürfe zu machen?«

»Nein, meine Liebe, ich möchte lediglich sagen, daß dieser Monsieur Burel sich dir gegenüber nahezu unpassend benommen hat. Wenn... wenn... wenn ich ein Recht dazu gehabt hätte... wäre ich fuchswild geworden.«

»Mein Lieber, sei ehrlich. Du denkst heute nicht mehr, wie du vor einem Jahr dachtest, darauf läuft alles hinaus. Als ich erfuhr, du habest eine Geliebte, eine Geliebte, die du wirklich liebtest, da kümmertest du dich kaum darum, ob mir der Hof gemacht wurde oder nicht. Ich habe dir gegenüber aus meinem Kummer kein Hehl gemacht; mit mehr Recht als du heute abend habe ich dir gesagt: ›Lieber Freund, du kompromittierst Madame de Servy, du tust mir weh, du machst mich lächerlich.‹ Was hast du geantwortet? Oh, du hast mir deutlich genug zu verstehen gegeben, ich sei frei, unter intelligenten Leuten stelle die Ehe lediglich eine Interessengemeinschaft dar, eine gesellschaftliche, aber keine moralische Bindung. Stimmt das? Du hast mir zu verstehen gegeben, deine Geliebte sei unvergleichlich viel besser als ich, sie sei verführerischer und fraulicher! Das hast du gesagt: fraulicher. Selbstverständlich war das alles umhüllt von der Rücksichtnahme eines wohlerzogenen Mannes, eingewickelt in Komplimente, und es wurde mit einer Behutsamkeit ausgesprochen, die ich zu würdigen weiß. Aber dennoch habe ich es nur zu gut verstanden.

Wir hatten vereinbart, zwar zusammen, aber völlig getrennt zu leben. Wir hatten ein Kind, und das bildete den Bindestrich zwischen uns.

Du hast mir andeutungsweise zu verstehen gegeben, daß dir nur am äußeren Schein liege und daß ich, wenn mir daran gelegen sei, mir einen Geliebten nehmen könne, vorausgesetzt, daß niemand von dieser Liaison erfahre. Du hast dich lange, und zudem recht gut, über die Durchtriebenheit der Frauen verbreitet, über ihre Geschicklichkeit bei der Wahrung der Anstandsregeln und so weiter.

Ich habe verstanden, mein Lieber, vollauf verstanden. Du warst damals Madame de Servy sehr zugetan, und meine rechtmäßige, meine mir vom Gesetz zugestandene Zärtlichkeit war dir lästig. Seither haben wir getrennt gelebt. Wir sind gemeinsam auf gesellschaftliche Veranstaltungen gegangen, wir sind gemeinsam heimgekehrt, und dann blieb jeder für sich.

Aber seit ein, zwei Monaten führst du dich auf wie ein eifersüchtiger Ehemann. Was soll das heißen?«

»Liebe Freundin, ich bin durchaus nicht eifersüchtig, aber ich habe Angst, daß du dich kompromittierst. Du bist jung, lebhaft, auf Abenteuer erpicht...«

»Entschuldige, wenn wir schon von Abenteuern sprechen, dann möchte ich, daß zwischen uns Gleichgewicht herrscht.«

»Bitte mach keine Witze. Ich spreche als Freund zu dir. Und überdies sind alle deine Äußerungen stark übertrieben.«

»Ganz und gar nicht. Du hast gestanden, zugegeben, du habest ein Verhältnis gehabt, das hat mir das Recht eingeräumt, es dir gleichzutun. Ich habe es nicht getan...«

»Erlaube bitte...«

»Laß mich doch zu Ende sprechen. Ich habe es nicht getan. Ich habe keinen Geliebten und habe keinen gehabt... bis jetzt. Ich warte... ich suche... aber ich finde keinen. Ich brauche einen guten... einen besseren, als du einer bist. Ich mache dir da ein Kompliment, und du siehst nicht aus, als habest du es bemerkt.«

»Meine Liebe, alle diese Scherze sind völlig unangebracht.«

»Aber ich scherze doch gar nicht. Du hast das achtzehnte Jahrhundert erwähnt und mir zu verstehen gegeben, du seiest ein Régence-Typ. Kein Wort habe ich vergessen. An dem Tag, da es mir paßt, nicht mehr zu sein, was ich jetzt bin, kannst du anfangen, was du willst, verstehst du, aber du wirst dennoch, ohne das mindeste zu ahnen... wirst du Hörner aufgesetzt bekommen wie andere auch.«

»Wie kannst du solche Ausdrücke in den Mund nehmen!«

»Solche Ausdrücke? Aber du selber hast doch wie toll gelacht, als Madame de Gers erklärte, Monsieur de Servy sehe aus wie ein Gehörnter auf der Suche nach seinen Hörnern.«

»Was in Madame de Gers' Mund komisch klingen kann, wird in deinem zu etwas Ungehörigem.«

»Absolut nicht. Du findest das Wort ›gehörnt‹ recht amüsant, wenn es sich um Monsieur de Servy handelt, und du lehnst es als höchst mißtönig ab, wenn es sich um dich handelt. Es hängt eben alles vom Blickpunkt ab. Im übrigen klammere ich mich nicht an dieses Wort, ich habe es nur gesagt, um zu sehen, ob du reif bist.«

»Reif... Wozu?«

»Nun, reif, das zu sein, was das Wort besagt. Wenn ein Mann, der dieses Wort aussprechen hört, sich aufregt, dann nur... weil ihm... vor Angst heiß wird. In zwei Monaten lachst du als

erster, wenn ich von einem... Hahnrei spreche. Denn... ja...
Wenn man es ist, dann merkt man es nicht.«

»Du benimmst dich heute abend durchaus nicht wohlerzogen.
So kenne ich dich noch gar nicht.«

»Mag sein... Ich habe mich eben verändert... zum Schlechten. Daran bist du schuld.«

»Meine Liebe, laß uns jetzt ernsthaft reden. Ich bitte dich, ich
flehe dich an, gestatte Monsieur Burel nicht so unziemliche An-
näherungen, wie du sie heute abend geduldet hast.«

»Du bist eifersüchtig. Ich habe es dir bereits gesagt.«

»Ach was, ach was. Ich möchte einzig und allein nicht lächerlich werden. Ich will und mag nicht als lächerlich dastehen. Und
wenn ich es noch einmal erlebe, daß dieser Herr dir zwischen
die... Schulterblätter oder vielmehr in die Brüste hineinflü-
stert...«

»Er hat nach einem Sprachrohr gesucht.«

»Dann werde... dann werde ich ihn bei den Ohren nehmen.«

»Solltest du etwa in mich verliebt sein?«

»Man könnte in weniger reizende Frauen verliebt sein.«

»Sieh mal einer an, so stehen also die Dinge! Die Sache ist nur
die, daß ich nicht mehr in dich verliebt bin!«

Der Graf war aufgestanden. Er geht um den Tisch herum. Und
als er hinter seiner Frau vorbeikommt, gibt er ihr schnell einen
Kuß auf den Nacken.

Sie richtet sich mit einem Ruck auf und sieht ihm scharf in die
Augen: »Bitte, verschone mich künftig mit dergleichen Scherzen.
Wir leben getrennt. Damit ist es aus und vorbei.«

»Laß gut sein, werde nicht böse. Ich finde dich seit einiger Zeit
entzückend.«

»Nun, dann... dann habe ich gewonnenes Spiel. Auch du...
findest mich also... reif.«

»Entzückend finde ich dich; du hast Arme, eine Wangenhaut,
Schultern...«

»Die Monsieur Burel sicherlich gefallen würden...«

»Du bist grausam. Aber... wirklich... Ich kenne keine Frau,
die so verführerisch wäre wie du.«

»Du hast gefastet.«

»Wie bitte?«

»Ich sagte: ›Du hast gefastet.‹«

»Was soll das heißen?«

»Wenn man gefastet hat, dann hat man Hunger, und wenn man Hunger hat, ißt man auch Dinge, die man zu anderer Zeit nicht anrühren würde. Ich bin das… früher abgelehnte Gericht, das heute abend zu verzehren du nicht abgeneigt wärst.«

»Aber Marguerite! Wer hat dich so reden gelehrt?«

»Du selber! Hör mal zu: Seit deinem Bruch mit Madame de Servy hast du, so viel ich weiß, vier Freundinnen gehabt, und zwar Kokotten, Künstlerinnen in ihrem Fach. Womit sonst als mit einer augenblicksbedingten Fastenzeit sollte ich mir also deine… Anwandlungen von heute abend erklären?«

»Ich will ungeschminkt ehrlich sein, unter Hintansetzung aller Höflichkeit. Ich bin wieder verliebt in dich. Und noch dazu sehr heftig. Nun weißt du es.«

»Sieh mal einer an. Und nun möchtest du also… von vorn anfangen?«

»Ja.«

»Heute abend?«

»Ach, Marguerite!«

»Na ja. Jetzt bist du wieder entrüstet. Mein Lieber, wir wollen uns verständigen. Wir bedeuten einander nichts mehr, nicht wahr? Ich bin deine Frau, das stimmt, aber deine Frau – in aller Freiheit. Ich wollte mich nach einer anderen Seite hin binden, du bittest mich um ein Vorkaufsrecht. Ich könnte es dir einräumen… zu gleichem Preis.«

»Ich verstehe nicht recht.«

»Dann muß ich mich deutlicher ausdrücken. Bin ich ebenso gut wie deine Kokotten? Antworte offen.«

»Tausendmal besser.«

»Besser als die beste?«

»Tausendmal.«

»Und wieviel hat die beste dich in drei Monaten gekostet?«

»Ich kann dir nicht mehr folgen.«

»Ich habe gefragt: Wieviel hat die reizendste deiner Geliebten dich in drei Monaten gekostet, an Geld, Schmuck, Soupers,

Theater und so weiter, kurz und gut: der vollständige Unterhalt?«

»Wie soll ich das wissen?«

»Du müßtest es aber wissen. Gut, nehmen wir einen Durchschnittspreis an, einen mäßigen. Fünftausend Francs monatlich: Stimmt das so ungefähr?«

»Ja... so ungefähr.«

»Also gut, gib mir sofort fünftausend, und ich gehöre dir für einen Monat, von heute abend an gerechnet.«

»Du bist verrückt.«

»Wie du meinst. Guten Abend.«

Die Gräfin wendet sich ab und geht in ihr Schlafzimmer. Die Bettdecke ist halb aufgeschlagen. Ein Dufthauch durchschwebt den Raum, durchtränkt die Behänge.

Der Graf erscheint an der Tür: »Es duftet hier gut.«

»Wirklich? Dabei hat sich da nichts geändert. Ich nehme immer noch Peau d'Espagne.«

»Erstaunlich... Es duftet sehr gut.«

»Mag sein. Aber jetzt tu mir den Gefallen und verschwinde; ich möchte schlafen gehen.«

»Marguerite!«

»Verschwinde!«

Er kommt ins Zimmer und setzt sich in einen Sessel.

Die Gräfin: »Ja, so ist es nun mal. Schön, um so schlimmer für dich.«

Sie zieht langsam das Ballkleid aus, entblößt ihre weißen Arme. Sie hebt sie über den Kopf und löst sich vor dem Spiegel das Haar; und unter schaumigen Spitzen erscheint am Rand des schwarzseidenen Korsetts etwas Rosiges.

Der Graf steht hastig auf und tritt zu ihr hin.

Die Gräfin: »Komm mir nicht zu nahe, sonst werde ich ernstlich böse!«

Er umfaßt sie mit beiden Armen und sucht ihre Lippen. Da beugt sie sich schnell vor, ergreift ein auf ihrem Toilettentisch stehendes Glas mit parfümiertem Mundwasser und schleudert es über die Schulter ihrem Mann mitten ins Gesicht.

Triefend, wütend richtet er sich auf und flüstert: »Jetzt wird die Sache blöd.«

»Mag sein... Aber du kennst meine Bedingung: fünftausend Francs.«

»Aber das wäre doch idiotisch...«

»Warum denn?«

»Wieso: warum denn? Ein Ehemann soll bezahlen, um mit seiner Frau ins Bett zu gehen?«

»Was für häßliche Worte du da sagst!«

»Vielleicht. Aber ich wiederhole: Es wäre idiotisch, seine Frau, seine legitime Frau zu bezahlen.«

»Wenn man eine legitime Frau hat, ist es weit blöder, Kokotten zu bezahlen.«

»Meinetwegen, aber ich will mich nicht lächerlich machen.«

Die Gräfin hat sich auf eine Chaiselongue gesetzt. Sie zieht sich langsam die Strümpfe aus, streift sie ab wie eine Schlangenhaut. Ihr rosiges Bein gleitet aus der seidenen, malvenfarbenen Hülle hervor; sie setzt den reizenden Fuß auf den Teppich.

Der Graf tritt ein wenig näher und sagt zärtlich: »Was für komische Einfälle du hast!«

»Wieso?«

»Fünftausend Francs von mir zu verlangen.«

»Aber das ist doch etwas ganz Natürliches. Wir sind füreinander Fremde, nicht wahr? Und du begehrst mich. Heiraten kannst du mich nicht, weil wir schon verheiratet sind. Also kaufst du mich, vielleicht sogar etwas billiger als diese und jene andere. Denk doch einmal nach. Anstatt daß das Geld an irgendein Frauenzimmer geht, das wer weiß was damit anstellen würde, bleibt es im Haus, in deinem Haushalt. Und ferner: Gibt es für einen intelligenten Mann etwas Amüsanteres, etwas Originelleres, als die eigene Frau zu bezahlen? In der außerehelichen Liebe wird nur das geschätzt, was teuer, sehr teuer ist. Du verleihst unserer... unserer legitimen Liebe einen neuen Wert, einen Anhauch von Ausschweifung, den Reiz der... Liederlichkeit, wenn du... sie nach Tarif bezahlst wie einen Seitensprung. Stimmt das etwa nicht?« Sie ist aufgestanden und geht beinahe nackt in ihren Toilettenraum. »Jetzt verschwinde, oder ich klingle meiner Zofe.«

Der Graf steht starr, ratlos, mißvergnügt da, sieht sie an und wirft ihr plötzlich seine Brieftasche zu. »Da, du Gaunerin! Es sind sechstausend... Aber eins merk dir bitte...«

Die Gräfin nimmt das Geld heraus, zählt es und fragt lässig: »Was soll ich mir denn merken?«

»Laß es nicht zur Gewohnheit werden.«

Sie bricht in Lachen aus und tritt auf ihn zu: »Jeden Monat fünftausend, oder ich schicke dich zurück zu deinen Kokotten. Und wenn du... wenn du mit mir zufrieden bist... dann verlange ich eine Preiserhöhung.«

Übertragen von Walther Georg Hartmann

REUE

Französischer Titel: Regret
Erstdruck: Le Gaulois, 4. November 1883

Für Léon Dierx

Monsieur Saval, der in Mantes »der alte Saval« genannt wird, ist gerade aufgestanden. Es regnet. Ein trübseliger Herbsttag; die Blätter fallen. Sie fallen langsam im Regen, wie ein anderer, lichterer, trägerer Regen. Saval ist bedrückt. Er wandert von seinem Kamin zu seinem Fenster und von seinem Fenster zu seinem Kamin. Es gibt im Leben düstere Tage. Für ihn gibt es fortan nur noch düstere Tage; er ist zweiundsechzig! Er ist allein, ein alter Junggeselle; er hat niemanden um sich. Wie traurig, so sterben zu müssen, ganz allein, ohne herzliche, sorgende Anteilnahme!

Er überdenkt sein kahles, leeres Dasein. Vor ihm ersteht das entlegene Vergangene, die Kindheit, das Haus, das Haus mit den Eltern, die Schulzeit, die Ferienbeginne, die Zeiten seines Rechtsstudiums in Paris. Dann die Krankheit des Vaters, sein Tod.

Er ist heimgekehrt und zu seiner Mutter gezogen. Sie haben still und friedlich vor sich hingelebt, der junge Mann und die alte Frau, ohne mehr und anderes zu verlangen. Auch sie ist gestorben. Wie traurig doch das Leben ist!

Er ist allein geblieben. Und jetzt wird auch er bald sterben. Er wird hinschwinden, und damit ist alles aus. Dann gibt es auf Erden keinen Monsieur Paul Saval mehr. Wie schrecklich! Dann leben, lieben und lachen andere Menschen. Ja, sie sind froh und heiter, und er ist nicht mehr da! Wie seltsam, daß man lachen, auf Freuden erpicht und fröhlich sein kann angesichts der ewigen Gewißheit des Todes. Wäre er lediglich etwas Mögliches, der Tod, so könnte man noch hoffen; doch nein, er ist unentrinnbar, so unentrinnbar, wie die Nacht dem Tag folgt.

Wäre sein Leben wenigstens erfüllt gewesen! Hätte er etwas

vollbracht; hätte er Abenteuer erlebt, große Freuden; wären ihm Erfolge zuteil geworden, Genugtuungen aller Art! Doch nein: nichts. Er hatte nichts getan, nichts als aufzustehen, zu immer denselben Stunden zu essen und zu Bett zu gehen. Und darüber war er zweiundsechzig Jahre alt geworden. Nicht einmal wie andere Männer verheiratet hatte er sich. Warum nicht? Ja, warum hatte er nicht geheiratet? Er hätte es tun können; er besaß ja einiges Vermögen. Hatte es ihm an Gelegenheiten gefehlt? Vielleicht. Aber Gelegenheiten, die schafft man sich doch! Er war lässig, das war es. Die Lässigkeit war sein Leiden, sein Makel, sein Laster gewesen. Wie viele Menschen verfehlen ihr Leben durch Lässigkeit! Für gewisse Naturen ist es schwierig, sich aufzuraffen, sich umzutun, Schritte zu unternehmen, zu sprechen, Fragen auf den Grund zu gehen.

Nicht einmal geliebt worden war er. Keine einzige Frau hatte in völliger Liebeshingebung an seiner Brust geschlummert. Er kannte die köstlichen Bangnisse des Wartens nicht, des göttlichen Erschauerns der gedrückten Hand, den Überschwang der siegreichen Leidenschaft.

Welch übermenschliches Glück mußte einem das Herz überfluten, wenn Lippen einander zum erstenmal begegnen, wenn die Umschlingung von vier Armen aus zwei einander bis zum Wahnsinn verfallenen Wesen ein einziges Wesen erschafft, ein unumschränkt glückliches!

Monsieur Saval hatte sich gesetzt, im Schlafrock, die Füße am Kaminfeuer.

Freilich, sein Leben war verfehlt, völlig verfehlt. Und dennoch hatte auch er geliebt. Heimlich hatte er geliebt, schmerzlich und lässig, wie bei allem, was er getan hatte. Ja, er hatte seine alte Freundin Madame Sandres geliebt, die Frau seines alten Kameraden Sandres. Ach, hätte er sie als junges Mädchen kennengelernt! Aber er war ihr zu spät begegnet; sie war schon verheiratet gewesen. Sicherlich hätte er um ihre Hand angehalten! Und dabei: Wie hatte er sie geliebt, ohne Unterlaß, vom ersten Tag an.

Er gedachte seiner Erschütterung bei jedem Wiedersehen, seiner Betrübnis bei jedem Abschied, der Nächte, da er nicht hatte schlafen können, weil er an sie hatte denken müssen.

Morgens wachte er immer ein bißchen weniger verliebt auf, als er abends zuvor gewesen war. Warum nur?

Wie hübsch war sie damals gewesen, wie liebreizend, blondgelockt, wie lachlustig! Sandres war schwerlich der richtige Mann für sie gewesen. Jetzt war sie achtundfünfzig. Sie schien glücklich zu sein. Ach, wenn sie ihn damals geliebt, wenn sie ihn geliebt hätte! Und warum sollte sie ihn, Saval, nicht geliebt haben, da er sie, Madame Sandres, doch so sehr geliebt hatte?

Hätte sie wenigstens etwas davon geahnt... Ob sie wirklich nichts geahnt, nichts gemerkt, nichts durchschaut hatte? Was hätte sie dann wohl gedacht? Hätte er gesprochen – was hätte sie dann wohl geantwortet?

Und noch tausenderlei andere Dinge fragte Saval sich. Er durchlebte sein Leben noch einmal; er suchte sich abermals einer Fülle von Einzelheiten zu bemächtigen.

Er gedachte all der langen Écarté-Abende bei Sandres, damals, als dessen Frau so jung und so liebreizend gewesen war.

Er gedachte der Dinge, die sie zu ihm gesagt hatte, ihres damaligen Stimmklangs, ihres leisen, stummen Lächelns, das so viele Gedanken andeutete.

Er gedachte ihrer Spaziergänge zu dritt an der Seine entlang, ihrer sonntäglichen Picknicks; denn Sandres war Beamter an der Unterpräfektur. Und plötzlich überkam ihn die unverhüllte Erinnerung an einen mit ihr in einem Wäldchen am Flußufer verbrachten Nachmittag.

Morgens waren sie aufgebrochen; ihr Essen hatten sie in Päckchen mitgenommen. Ein sprühender Frühlingstag war es gewesen, einer der Tage, die einen berauschen. Alles duftet köstlich, alles scheint glücklich zu sein. Die Vögel zwitschern fröhlicher und regen die Flügel behender. Sie hatten unter Weidenbäumen gepicknickt, ganz dicht am Wasser, das im Sonnenschein träge dahinfloß. Die Luft war lau, erfüllt von saftstrotzenden Düften; voller Entzücken sog man sie ein. Wie schön war es an jenem Tag gewesen!

Nach dem Essen hatte Sandres sich auf den Rücken gelegt und war eingeschlafen. »Das Beste, was man vom Leben haben kann«, hatte er beim Aufwachen gesagt.

Madame Sandres hatte Savals Arm genommen, und sie waren beide am Fluß entlanggegangen.

Sie hatte sich auf ihn gestützt. Sie hatte gelacht, hatte gesagt: »Berauscht bin ich, lieber Freund, ganz und gar berauscht.«

Er hatte sie angeblickt und war bis in den tiefsten Herzensgrund erschauert; er hatte gespürt, wie er blaß wurde vor Angst, seine Blicke seien zu kühn, ein Zittern seiner Hand könne sein Geheimnis verraten.

Sie hatte sich einen Kranz aus hohen Kräutern und Schwertlilienblüten geflochten und ihn gefragt: »Mögen Sie mich so?«

Da er nichts geantwortet hatte – es war ihm keine Antwort eingefallen, am liebsten wäre er vor ihr niedergekniet –, hatte sie zu lachen angefangen, ein mißvergnügtes Lachen, und ihm ins Gesicht gesagt: »Dummer Kerl du! Man sagt doch wenigstens etwas!«

Er war den Tränen nahe gewesen, ohne daß er ein einziges Wort hätte hervorbringen können.

All das erstand jetzt wieder vor ihm, deutlich wie am ersten Tag. Warum hatte sie das zu ihm gesagt: »Dummer Kerl du! Man sagt doch wenigstens etwas!«?

Und er mußte daran denken, wie sie sich zärtlich auf ihn gestützt hatte. Als sie unter einem sich neigenden Baum hindurchgegangen waren, hatte er ihr Ohr an seiner Wange gespürt, und in seiner Angst, sie könne die Berührung nicht für zufällig halten, war er zurückgezuckt.

Als er gefragt hatte: »Wird es nicht Zeit zum Umkehren?«, hatte sie ihm einen sonderbaren Blick zugeworfen. Ja, wirklich, sie hatte ihn auf eine eigentümliche Weise angesehen. Damals hatte er sich keine Gedanken darüber gemacht; und nun fiel es ihm wieder ein.

»Wie Sie wollen. Wenn Sie müde sind, kehren wir eben um.«

Und er hatte geantwortet: »Nicht, daß ich müde wäre; aber Sandres ist jetzt vielleicht aufgewacht.«

Und sie hatte achselzuckend gesagt: »Wenn Sie Angst haben, mein Mann sei aufgewacht, so ist das etwas anderes. Kommen Sie, wir kehren um!« Auf dem Rückweg hatte sie geschwiegen und sich nicht mehr auf seinen Arm gestützt. Warum wohl?

Jenes »Warum?« hatte er sich noch nie gefragt. Jetzt schien er etwas wahrzunehmen, das er nie durchschaut hatte.

Sollte etwa...?

Monsieur Saval fühlte, wie er rot wurde, und stand so bestürzt auf, wie wenn, als er dreißig Jahre jünger gewesen war, er Madame Sandres hätte sagen hören: »Ich liebe dich!«

War das möglich? Der in seine Seele eingedrungene Argwohn marterte ihn! War es möglich, daß er nichts gemerkt, nichts geahnt hatte?

Oh, wenn das wahr wäre! Wenn er an diesem Glück vorübergegangen wäre, ohne es zu ergreifen!

Er sagte: »Ich will es wissen. Ich kann nicht in diesem Zweifel verbleiben. Ich will es wissen!« Und er kleidete sich an, in aller Hast zog er den Mantel über. Er dachte: Ich bin zweiundsechzig, sie ist achtundfünfzig; ich kann sie getrost danach fragen. Und er ging.

Das Haus der Sandres' lag an der anderen Straßenseite, dem seinen fast gegenüber. Er ging hinein. Auf den Hall des Klopfers hin machte das Dienstmädchen ihm auf.

Es wunderte sie, daß er zu so früher Stunde kam: »Sie, Monsieur Saval? Ist was passiert?«

Saval antwortete: »Nein, mein Kind; aber sag deiner Herrin, ich möchte sie sofort sprechen.«

»Aber Madame kocht gerade ihren Wintervorrat Birnenkompott ein; sie steht am Herd, und sie ist nicht angezogen, wissen Sie.«

»Schon gut, sag ihr nur, es handle sich um etwas sehr Wichtiges.«

Das Mädchen ging, und Saval fing an, mit langen, nervösen Schritten im Wohnzimmer auf und ab zu wandern. Dabei fühlte er sich nicht im mindesten verlegen. Er wollte sie einfach danach fragen, wie er etwa nach einem Kochrezept gefragt hätte. Schließlich war er ja zweiundsechzig!

Die Tür ging auf; sie erschien. Sie war jetzt eine große, breite, rundliche Frau mit vollen Backen und kollerndem Lachen. Sie hielt die Hände weit vom Körper weggestreckt; die Ärmel hatte sie über den nackten Armen hochgekrempelt; es klebte zuckriger

Fruchtsaft daran. Besorgt fragte sie: »Was ist denn los? Sie sind doch nicht etwa krank?«

Er antwortete: »Nein, das nicht, aber ich möchte Sie etwas fragen, das für mich von größter Bedeutung ist und mir das Herz abdrückt. Versprechen Sie mir, ganz frei und offen zu antworten?«

Sie lächelte. »Ich bin immer frei und offen. Heraus damit.«

»Also. Ich habe Sie vom ersten Tag unserer Bekanntschaft an geliebt. Haben Sie das geahnt?«

Lachend antwortete sie (und dabei war in ihrem Stimmklang etwas von dem damaligen: »Dummer Kerl du!«): »Natürlich habe ich es vom ersten Tag an gemerkt!«

Saval überkam ein Zittern; er stammelte: »Sie haben es gewußt! Ja...« Und er verstummte.

Sie fragte: »Ja? Was denn?«

Er fuhr fort: »Ja... Was haben Sie sich dabei gedacht? Was... was... was hätten Sie geantwortet?«

Sie lachte noch lauter. Von ihren Fingerspitzen rannen Siruptropfen und fielen auf den Fußboden. »Geantwortet? Aber Sie haben ja nie gefragt! Schließlich hätte *ich* Ihnen doch keine Liebeserklärung machen können!«

Da trat er einen Schritt auf sie zu: »Sagen Sie... Sagen Sie... Erinnern Sie sich noch des Tages, als Sandres nach dem Picknick eingeschlafen war... und als wir beide dann allein bis zur Flußbiegung gegangen sind?« Er wartete.

Sie lachte nicht mehr und blickte ihm in die Augen: »Freilich weiß ich das noch.«

Erschauernd fuhr er fort: »Ja... An jenem Tag... wenn ich da... wenn ich da... kühner gewesen wäre... was hätten Sie dann getan?«

Sie lächelte das Lächeln einer glücklichen Frau, die nichts bedauert, und antwortete frei und offen mit klarer, von leichter Ironie durchklungener Stimme: »Ich hätte nachgegeben, mein Freund.« Damit machte sie kehrt und eilte zu ihrem Eingemachten.

Saval ging wieder hinaus auf die Straße; er war niedergeschmettert wie nach einem großen Unglück. Mit langen Schritten lief er durch den Regen, einfach geradeaus, zum Fluß hinab, ohne zu bedenken, wohin er gehe. Als er ans Ufer kam, bog er rechts ab und folgte ihm. Lange Zeit ging er weiter, instinktiv vorwärtsgetrieben. Seine Kleidung war triefend naß, sein Hut hatte die Form eingebüßt und war nur noch ein schlaffer Stoff-fetzen, von dem es herabtropfte wie von einem Dach. Er lief wei-ter, immer weiter geradeaus. Und so kam er zu der Stelle, wo sie vor langer, langer Zeit eines Tages, an den zurückzudenken ihm das Herz zerriß, gepicknickt hatten.

Da setzte er sich unter die kahlen Bäume und weinte.

Übertragen von Irma Schauber

DER RÄCHER

Französischer Titel: Le Vengeur
Erstdruck: Le Gil-Blas, 6. November 1883,
unter dem Pseudonym »Maufrigneuse«

Maupassant hat das Thema dieser Novelle
im zweiten Kapitel seines Romans »Bel Ami« erneut behandelt (siehe Band
IX der vorliegenden Gesamtausgabe der Novellen und Romane).

Als Antoine Leuillet die Witwe Mathilde Souris heiratete, war er
bereits seit gut zehn Jahren in sie verliebt.

Souris war sein Freund gewesen, sein alter Studienkamerad.
Leuillet hatte ihn sehr gern, hielt ihn indessen für ein bißchen ein-
fältig. »Der arme Souris hatte nicht gerade das Pulver erfunden«,
pflegte er zu sagen.

Als Souris Mathilde Duval heiratete, war Leuillet überrascht
und einigermaßen betroffen, denn er war ein wenig verschossen
in sie. Sie war die Tochter einer Nachbarsfrau, einer ehemaligen
Kurzwarenhändlerin, die sich mit einem nicht allzu beträchtlichen Vermögen zur Ruhe gesetzt hatte. Sie nahm Souris um seines Geldes willen.

Hinfort nährte Leuillet andere Hoffnungen. Er machte der
Frau seines Freundes den Hof. Er war ein ansehnlicher Mann,
nicht auf den Kopf gefallen und ebenfalls reich. Er glaubte sich
seines Erfolges sicher; und dennoch erlitt er Schiffbruch. So
wurde er denn ganz und gar zum Verliebten, einem Verliebten,
den das Vertrauensverhältnis zu dem Ehemann verschwiegen,
schüchtern und verlegen machte. Madame Souris war der Meinung, daß er ihrer ohne alle eroberischen Nebenabsichten ge-
denke, und schenkte ihm nicht ungern ihre Freundschaft. Das
dauerte neun Jahre.

Eines Morgens jedoch brachte ein Bote Leuillet ein paar nie-
dergeschlagene Zeilen der armen Frau. Souris war an einem
Herzschlag gestorben.

Es durchfuhr ihn ein heftiger Schreck, denn sie waren gleichaltrig; aber unmittelbar danach überkam ihn eine tiefe Freude; ein unendliches Trostgefühl, ein Gefühl der Befreiung durchdrang ihm Leib und Seele. Madame Souris war frei.

Indessen wußte er die betrübte Miene zur Schau zu tragen, die nun einmal geboten war; er wartete die geziemende Zeit ab, er beobachtete alle Regeln der Schicklichkeit. Nach fünf Vierteljahren heiratete er die Witwe.

Man hielt diese Handlungsweise für natürlich und selbst für großherzig. Es war die Tat eines guten Freundes und anständigen Menschen.

So wurde er denn doch noch glücklich, sehr glücklich sogar.

Sie lebten im herzlichsten Einvernehmen, da sie sich von Anfang an verstanden und geschätzt hatten. Sie hatten keinerlei Geheimnisse voreinander und erzählten sich ihre intimsten Gedanken. Leuillet liebte seine Frau mit ruhiger und vertrauensvoller Liebe; er liebte sie als eine zärtliche, treu ergebene Gefährtin, mit der man sich auf einer Stufe weiß und auf die man bauen kann. Es verblieb jedoch in seiner Seele ein seltsames, unerklärliches Gefühl nachtragender Gehässigkeit gegen den verstorbenen Souris, der diese Frau als erster besessen, der die Blüte ihrer Jugend und ihrer Seele genossen, der sie sogar ein wenig banalisiert hatte. Die Erinnerung an den toten Gatten verdarb das Glück des lebenden Gatten; und diese posthume Eifersucht peinigte hinfort Tag und Nacht Leuillets Herz.

Er gelangte dahin, unaufhörlich von Souris zu sprechen, nach tausend intimen und geheimen Einzelheiten zu fragen, alles, was seine Gewohnheiten und seine Person betraf, wissen zu wollen. Und er verfolgte ihn mit seinen Spottreden bis übers Grab hinaus; er gedachte voller Wohlgefallen seiner Verschrobenheiten, verweilte bei seinen lächerlichen Eigenschaften und pochte auf seine Fehler.

Immerfort rief er durch das ganze Haus nach seiner Frau: »Hallo, Mathilde!«

»Ja?«

»Komm mal her, ich muß dich was fragen.«

Stets kam sie lächelnd herbei, da sie sehr wohl wußte, daß er mit ihr über Souris sprechen wolle; sie schmeichelte dieser harmlosen Narrheit ihres neuen Gatten.

»Sag mal, weißt du noch, wie mir Souris eines Tages hatte beweisen wollen, warum kleine Männer mehr geliebt würden als große?« Und er stürzte sich in Gedankengänge, die für den Verstorbenen unangenehm waren, da er klein gewesen war, und bei denen er, Leuillet, gut abschnitt, denn er war groß.

Und Madame Leuillet ließ ihn hören, daß er natürlich recht habe, völlig recht; und sie lachte von ganzem Herzen, machte sich auf eine sanfte Weise über den ehemaligen Gatten lustig, damit es den neuen desto mehr freute, der es sich nie verkneifen konnte, als Schlußwort hinzuzufügen: »Na, wie dem auch sei: Souris war dämlich.«

Sie waren glücklich, vollkommen glücklich. Und Leuillet hörte nicht auf, seiner Frau seine Liebe zu beweisen, die durch die tagtägliche Gewohnheit nicht matter wurde.

Als sie eines Nachts beide nicht einzuschlafen vermochten, da der Rausch einer wiedergewonnenen Jugend sie wachhielt, fragte Leuillet, der seine Frau eng an sich gedrückt hielt und sie aus Leibeskräften küßte, unvermittelt: »Sag mal, mein Liebchen…«

»Was denn?«

»Souris… Ja, das ist eine schwierige Frage… Ist Souris eigentlich… ein guter Liebhaber gewesen?«

Sie gab ihm einen herzhaften Kuß und flüsterte: »Nicht so wie du, mein Kater.«

Er fühlte sich in seiner männlichen Eigenliebe geschmeichelt und fuhr fort: »Er stellte sich doch sicher… dämlich an… Nicht wahr?«

Sie antwortete nicht. Sie lachte lediglich ein kleines, boshaftes Lachen und verbarg das Gesicht am Hals ihres Mannes.

Er fragte: »Sicher hat er sich doch sehr dämlich angestellt und nicht… wie soll ich das nur ausdrücken… nicht gerade geschickt?«

Sie tat eine leichte Bewegung mit dem Kopf, die bedeutete: »Nein… ganz und gar nicht.«

Er fuhr fort: »Da hat er dich wohl nachts recht gelangweilt, was?«

Diesmal riß die Offenherzigkeit sie fort, und sie antwortete: »O ja!«

Er umarmte sie von neuem um dieser Bekundung willen und flüsterte: »Was für ein dummer Kerl er doch gewesen ist! Du bist also nicht glücklich mit ihm gewesen?«

Sie antwortete: »Nein. Es war manchmal nicht ganz leicht mit ihm.«

Leuillet fühlte sich entzückt und stellte in seinem Inneren für ihn höchst vorteilhafte Vergleiche zwischen der einstigen Lage seiner Frau und der gegenwärtigen an.

Eine Zeitlang blieb er stumm; dann schüttelte ihn ein Lachanfall, und er fragte: »Sag mal...«

»Was denn?«

»Willst du auch ganz offen zu mir sprechen, ganz offen?«

»Aber natürlich!«

»Na ja, gut, schön, bist du niemals in Versuchung geraten, ihn... ihn zu betrügen, diesen dummen Kerl, den Souris?«

Madame Leuillet stieß ein kleines »Oh!« aus, so schämte sie sich, und kuschelte sich noch enger an ihres Mannes Brust. Aber er nahm wahr, daß sie lachte.

Er beharrte: »Na, gesteh es nur. Er sah ganz nach Hahnrei aus, der blöde Tropf. Es wäre so komisch, so komisch! Der gute Souris. Sag doch, sag, mein Herzchen, mir kannst du es doch sagen.«

Er beharrte auf diesem »mir«, da er nicht anders meinte, als daß, wenn sie schon Geschmack daran gefunden hätte, Souris zu betrügen, es mit niemand anders als mit ihm, Leuillet, hätte geschehen müssen; und er erzitterte förmlich in der Erwartung dieses Geständnisses, überzeugt, daß er sie, wäre sie nicht die tugendhafte Frau gewesen, die sie war, schon damals hätte haben können.

Aber sie antwortete nicht; sie lachte in einem fort wie bei der Erinnerung an etwas unendlich Komisches.

Leuillet seinerseits fing ebenfalls bei dem Gedanken, daß er Souris hätte Hörner aufsetzen können, zu lachen an. Welch ein Spaß! Was für eine tolle Geschichte! Ja, wahrhaftig, welch eine tolle Geschichte!

Er stammelte, während das Lachen ihn schüttelte: »Der arme

Souris, der arme Souris, ach ja, er hat ganz danach ausgesehen; ach ja, ach ja!«

Nun wälzte sich Madame Souris unter der Bettdecke, lachte Tränen und stieß beinahe kleine Schreie aus.

Und Leuillet wiederholte: »Los, gesteh es nur, gesteh es nur. Sei offen. Du siehst wohl ein, daß mir das nicht weiter unangenehm sein kann.«

Da stammelte sie, während ihr beinahe die Luft wegblieb: »Ja, ja!«

Der Mann redete beharrlich weiter: »Ja was? Komm, sag doch alles.«

Jetzt kicherte sie nur noch in sich hinein, hob den Mund bis an Leuillets Ohr, der ein ihm angenehmes Geständnis erwartete, und flüsterte: »Ja... ich habe ihn betrogen.«

Ein eiskalter Schauer rann ihm durch Mark und Bein; ganz verdattert stotterte er: »Du... du... hast ihn... betrogen? Ganz und gar?«

Sie meinte noch immer, daß ihm die Sache unendlichen Spaß mache, und antwortete: »Ja... ganz und gar... ganz und gar.«

Er konnte nicht umhin, sich im Bett aufzusetzen, so überkam es ihn; sein Atem stockte; er war dermaßen aus aller Fassung, als habe er erfahren, daß er selbst betrogen worden sei.

Anfangs sagte er gar nichts; dann, nach ein paar Sekunden, brachte er nichts vor als ein schlichtes: »Ah!«

Auch sie hatte zu lachen aufgehört; sie hatte, zu spät, ihren Fehler eingesehen.

Schließlich fragte Leuillet: »Und mit wem denn?«

Sie blieb stumm; sie suchte nach einer Rechtfertigung.

Abermals fragte er: »Mit wem?«

So sagte sie denn: »Mit einem jungen Mann.«

Er drehte sich jäh nach ihr um und sagte trocken: »Daß es nicht mit der Köchin gewesen ist, kann ich mir denken. Ich habe dich gefragt, mit welchem jungen Mann, verstehst du?«

Sie erwiderte nichts.

Er ergriff die Bettdecke, die sie sich über den Kopf gezogen hatte, zerrte sie in die Bettmitte und wiederholte: »Ich will wissen, mit welchem jungen Mann, verstehst du?«

Da stieß sie spitzig hervor: »Daß ich nicht lache.«

Aber er bebte vor Zorn: »Was? Wie? Lachen willst du? Du machst dich also über mich lustig? Aber damit kommst du bei mir an den Rechten, verstehst du? Ich will den Namen des jungen Mannes wissen!«

Sie erwiderte nichts, sondern blieb regungslos auf dem Rücken liegen.

Er packte sie beim Arm und zerrte ihn heftig: »Hast du nun endlich verstanden? Ich verlange, daß du mir antwortest, wenn ich dich was frage.«

Da stieß sie gereizt hervor: »Ich glaube, du bist verrückt geworden. Laß mich in Ruhe!«

Er zitterte vor Wut und wußte nicht mehr, was er sagen solle. Außer sich schüttelte er sie mit aller Kraft und sagte in einem fort: »Hast du mich verstanden? Hast du mich verstanden?«

Um sich freizumachen, tat sie eine heftige Geste, und ihre Fingerspitzen streiften die Nase des Mannes.

Er geriet in Jähzorn, da er meinte, sie habe ihn geschlagen, und wälzte sich auf sie. Jetzt hatte er die Oberhand, ohrfeigte sie aus Leibeskräften und schrie dabei: »Da, da, da, so, so, du Hure, du Luder, du Luder!«

Als er völlig außer Atem und am Ende seiner Kraft war, stand er auf und ging an den Waschtisch, um sich ein Glas Orangeade einzugießen, denn er fühlte sich zerbrochen und vernichtet bis zur Ohnmacht.

Und sie lag im Bett und weinte; sie schluchzte herzzerbrechend, da sie fühlte, daß es, durch ihre Schuld, mit ihrem Glück aus sei. Unter Tränen stammelte sie schließlich: »Hör doch, Antoine, komm doch her, ich habe dich ja belogen, versteh mich doch, hör doch.«

Und nun sie zur Verteidigung bereit und mit Vernunftgründen und listigen Ausreden wohl bewehrt war, hob sie ein wenig den zerzausten Kopf unter der zerknitterten Nachthaube.

Und er drehte sich nach ihr um und trat zu ihr hin, voller Scham, daß er sie geschlagen habe; aber im tiefsten Grunde seines Gattenherzens fühlte er einen unstillbaren Haß gegen diese Frau aufzüngeln, die den andern, Souris, betrogen hatte.

Warten

Französischer Titel: L'Attente
Erstdruck: Le Gaulois, 11. November 1883

Nach dem Abendessen saßen die Herren plaudernd im Rauch-zimmer. Sie sprachen über unverhoffte Erbschaften und abson-derliche letztwillige Verfügungen. Le Brumant, der bedeutende, vielgenannte Rechtsanwalt, der am Kamin lehnte, sagte: »Ich bin gegenwärtig auf der Suche nach einem Erben, der unter denkbar schrecklichen Umständen verschwunden ist. Es handelt sich dabei um eins der zugleich schlichten und grauenvollen Dra-men des Alltagslebens, einen Fall, wie er tagtäglich vorkommen kann, und dennoch ist er einer der entsetzlichsten, die zu meiner Kenntnis gelangt sind. Um Folgendes geht es:

Vor ungefähr einem halben Jahr wurde ich zu einer Sterben-den gebeten. Sie sagte zu mir: ›Ich möchte Sie mit der heikelsten, schwierigsten und langwierigsten Aufgabe betrauen, die denkbar ist. Bitte nehmen Sie Einblick in mein Testament, dort, auf dem Tisch. Es ist für Sie ein Betrag von fünftausend Francs ausge-setzt, wenn Sie keinen Erfolg haben, und einer von hunderttau-send Francs, wenn Sie Erfolg haben. Nach meinem Tode muß mein Sohn aufgefunden werden.‹

Sie bat mich, ihr behilflich zu sein, als sie sich im Bett aufrich-tete, um eine Erleichterung beim Sprechen zu haben; ihre gebro-chene, halb erstickte Stimme entrang sich ihr pfeifend. Ich be-fand mich in einem sehr reichen Haus. Das mit gediegener und zugleich schlichter Vornehmheit ausgestattete Schlafzimmer war mit Stoffen ausgespannt, die dick wie Mauern waren, aber dem Auge so angenehm, daß sie einem das Gefühl einer Liebko-sung gaben, und so stumm, daß sie die Worte in sich aufnahmen, sie verschwinden und hinsterben ließen.

Die Sterbende sprach weiter: ›Sie sind der erste Mensch, dem ich mein furchtbares Schicksal erzähle. Hoffentlich bringe ich die

Kraft auf, damit zu Ende zu kommen. Sie müssen alles ganz genau wissen, damit in Ihnen, den ich als einen Mann von Herz und zugleich als einen Mann von Welt kenne, der Wunsch wach wird, mir mit allen Ihren Kräften zu helfen. Hören Sie mich an.

Vor meiner Heirat habe ich einen jungen Menschen geliebt, dessen Antrag meine Familie zurückgewiesen hat, weil er nicht reich genug war. Kurze Zeit danach habe ich einen sehr reichen Mann geheiratet. Ich habe ihn aus Unwissenheit geheiratet, aus Furcht, aus Gehorsam, aus Lässigkeit, wie junge Mädchen eben heiraten.

Ich bekam ein Kind, einen Jungen. Mein Mann ist ein paar Jahre danach gestorben.

Der, den ich geliebt, hatte sich ebenfalls verheiratet. Als ich Witwe geworden war, empfand er unsäglichen Schmerz darüber, daß er nicht mehr frei war. Er besuchte mich; er weinte und schluchzte herzzerbrechend vor mir. Er wurde mein Freund. Vielleicht hätte ich ihn nicht wiedersehen dürfen. Doch bedenken Sie: Ich war einsam, so traurig, so einsam, so verzweifelt! Und ich liebte ihn noch immer. Wie tief leidet man bisweilen! Ich hatte auf der Welt niemanden außer ihm, da meine Eltern gleichfalls gestorben waren. Er kam häufig zu mir; er verbrachte ganze Abende bei mir. Ich hätte ihm nicht erlauben dürfen, daß er so oft kam, weil er ja doch verheiratet war. Aber ich hatte nicht die Kraft, von ihm zu lassen.

Was soll ich große Worte machen? Er ist mein Geliebter geworden. Wie es dazu gekommen ist? Was weiß man denn schon! Meinen Sie, daß es anders enden kann, wenn zwei Menschenwesen durch die unwiderstehliche Macht wechselseitiger Liebe zueinander gedrängt werden? Meinen Sie, man könne immerfort Widerstand leisten, immerfort gegen das ankämpfen, was der Mann, den man vergöttert, mit flehentlichen Bitten, mit betörenden Worten, unter Selbsterniedrigungen, hingerissen von Leidenschaft, fordert, der Mann, den man glücklich sehen, dessen geringsten Wunsch man erfüllen, den man mit allen erdenklichen Freuden überschütten möchte und den man zur Verzweiflung bringt, einzig um dem zu gehorchen, was die Welt Ehre nennt? Welch eine Kraft hätte dazu gehört, welch ein Verzicht auf

Glück, welch eine Entsagung und welch eigensüchtiges Bedacht-sein auf den guten Ruf, nicht wahr?

So bin ich denn seine Geliebte geworden, und ich bin glücklich gewesen. Zwölf Jahre lang bin ich glücklich gewesen. Indessen bin ich auch, und das ist meine größte Schwäche, meine größte Feigheit, die Freundin seiner Frau geworden.

Wir haben meinen Sohn gemeinsam erzogen, wir haben aus ihm einen Mann gemacht, einen wahrhaften Mann, einen klu-gen, einsichtigen, willensstarken, von edlen, weit ausgreifenden Gedanken erfüllten. So ging es, bis er siebzehn wurde.

Er, der junge Mensch, hatte meinen... meinen Geliebten ebenso lieb wie ich, denn er war von uns beiden in gleicher Weise geliebt und behütet worden. Er nannte ihn mit einem Kosena-men; er verehrte ihn unendlich, denn es waren ihm von seiner Seite immer nur wohlmeinende Ratschläge und Beispiele der Rechtschaffenheit, der Ehre und Redlichkeit zuteil geworden. Er sah ihn als einen alten, bewährten und ergebenen Kameraden seiner Mutter an, als eine Art moralischen Vaters, Vormundes, Beschützers, oder wie ich es ausdrücken soll.

Vielleicht hat er sich, da er es ja von Kindheit an gewöhnt war, niemals Gedanken darüber gemacht, daß er den Mann immer-fort in unserem Haus sah, um mich, um ihn bemüht, unablässig mit uns beschäftigt.

Eines Tages wollten wir zu dritt zu Abend essen (das war für mich immer ein Fest); ich wartete auf die beiden und überlegte, wer wohl als erster kommen werde. Die Tür ging auf; es war mein alter Freund. Ich ging mit ausgebreiteten Armen auf ihn zu, und er drückte mir einen langen, überglücklichen Kuß auf die Lippen.

Plötzlich erscholl ein Geräusch, ein kaum wahrnehmbares Ra-scheln; die geheimnisvolle Empfindung der Anwesenheit eines Dritten überrann uns; erschauernd wandten wir uns um. Jean, mein Sohn, stand da, aufgereckt, fahl, und starrte uns an.

Es war ein Augenblick schrecklicher Verwirrung. Ich schreckte zurück, ich streckte meinem Sohn bittend die Hände hin. Aber ich sah ihn nicht mehr. Er war hinausgegangen.

Wir sind voreinander stehen geblieben, zu Boden geschmet-tert, keines Wortes fähig. Dann bin ich in einen Sessel gesunken und habe einen wirren, mächtigen Drang zur Flucht verspürt, zum Weglaufen in die Nacht hinaus, um auf alle Zeit zu verschwinden. Dann rang sich ein krampfhaftes Schluchzen in mir hoch, und ich weinte, geschüttelt von Zuckungen, mit zerrissener Seele und gepeinigten Nerven, in dem gräßlichen Gefühl eines Unheils, das nicht wieder gutzumachen war, und über die unendliche Scham, in die ein Mutterherz in solchem Augenblick versinkt.

Er... er blieb verstört vor mir stehen; er wagte weder, zu mir zu kommen noch mich anzusprechen, mich anzurühren, aus Furcht, daß der Junge wiederkomme. Schließlich sagte er: ‚Ich will zu ihm gehen... mit ihm reden... ihm alles erklären... Ja, ich muß zu ihm... Er soll es wissen...‘ Damit ging er hinaus.

Ich wartete... Ich wartete, außer mir, beim geringsten Geräusch zusammenfahrend, geschüttelt von Furcht und irgendeiner unsagbaren und unerträglichen Erregung beim leisesten Aufknistern des Kaminfeuers.

Ich wartete eine Stunde, zwei Stunden, und ich spürte, wie in meinem Herzen eine unbekannte Furcht immer mehr anwuchs, eine solche Angst, wie ich sie nicht einmal dem schändlichsten Verbrecher für zehn Minuten wünsche. Wo war mein Junge? Was tat er?

Gegen Mitternacht brachte mir ein Bote einen Brief meines Geliebten. Ich weiß ihn noch auswendig: ‚Ist Dein Sohn wiedergekommen? Ich habe ihn nicht gefunden. Ich bin unten auf der Straße. Zu dieser Stunde möchte ich lieber nicht heraufkommen.‘

Ich schrieb mit Bleistift auf dasselbe Blatt: ‚Jean ist nicht wiedergekommen. Du mußt ihn finden.‘

Die ganze Nacht habe ich in meinem Sessel gesessen und gewartet.

Wahnsinn packte mich. Es überkam mich die Lust, zu heulen, herumzulaufen, mich am Boden zu wälzen. Dabei tat ich nicht die mindeste Bewegung; ich wartete und wartete. Was mochte er angestellt haben? Ich versuchte, es herauszubekommen, es zu erraten. Aber ich gewann keine Klarheit, trotz aller Bemühungen, trotz aller Qualen meiner Seele!

Jetzt überschauerte mich die Angst, daß sie einander trafen.

Was würde dann geschehen? Was würde mein Junge tun? Furchtbare Zweifel zerrissen mich, schreckliche Vermutungen. Nicht wahr, Sie können all das nachempfinden?

Mein Zimmermädchen, das nichts ahnte und nichts begriff, kam wieder und wieder herein; sie glaubte wohl, ich sei wahnsinnig geworden. Mit einem Wort oder einer Handbewegung wies ich sie hinaus. Sie holte den Arzt, der mich in einem Nervenzusammenbruch antraf.

Ich wurde zu Bett gebracht. Ich bekam Gehirnfieber.

Als ich nach langer Krankheit wieder zu Bewußtsein kam, gewahrte ich an meinem Bett meinen... Geliebten... allein. Ich schrie auf: ‚Mein Sohn! Wo ist mein Sohn?‘

Er antwortete nicht.

Ich stammelte: ‚Tot... tot... Hat er sich das Leben genommen?‘

Er erwiderte: ‚Nein, nein, ich schwöre es dir. Aber wir haben ihn nicht finden können, trotz aller Bemühungen.‘

Da habe ich, jäh, außer mir, selbst zornig, denn man verfällt ja in unerklärliche, sinnlose Wutausbrüche, ihm entgegengeschleudert: ‚Ich verbiete dir, wiederzukommen und mich wiederzusehen, ehe du ihn nicht gefunden hast; geh!‘

Er ist gegangen.

Ich habe sie beide niemals wiedergesehen, weder den einen noch den andern, und so lebe ich nun seit zwanzig Jahren.

Können Sie sich da hineindenken? Können Sie die ungeheuerliche Marter nachempfinden, das langsame, unablässige Zerfleischtwerden eines Mutterherzens, eines Frauenherzens und das jammervolle, endlose... endlose Warten? – Nein... Jetzt endet es ja... Denn nun sterbe ich. Ich sterbe, ohne daß ich sie wiedergesehen habe... weder den einen... noch den andern!

Er, mein Freund, hat mir seit zwanzig Jahren jeden Tag geschrieben; und ich, ich habe ihn nie vorgelassen, nicht einmal auf eine Sekunde; denn mir ist, als müsse im gleichen Augenblick, da er hier einträte, auch mein Sohn zurückkommen! – Mein Sohn! Mein Sohn! – Ist er tot? Lebt er? Wo hält er sich verborgen? Vielleicht irgendwo in der Ferne, jenseits der großen Meere, in so entlegenen Ländern, daß ich nicht einmal ihren Namen weiß. Denkt er wohl an mich? O wenn er wüßte! Wie grausam doch Kinder sind! Ist ihm wohl klar, zu welch entsetzlichen Leiden er mich verdammt hat, welcher Hoffnungslosigkeit, welcher Marter er mich, die ich noch jung gewesen bin, lebendigen Leibes überantwortet hat, bis zu meinem letzten Lebenstag, mich, seine Mutter, die ihn mit der ganzen Gewalt der Mutterliebe geliebt hat? Ist das nicht grausam? Sagen Sie doch!

All das sollen Sie ihm sagen. Sie sollen ihm meine letzten Worte wiederholen: ‚Mein Junge, mein lieber, lieber Junge, sei fortan nicht so hart gegen deine armen Mitgeschöpfe. Das Leben ist ohnehin schon brutal und grausam genug! Mein lieber Junge, bedenke, was für ein Leben deine Mutter, deine arme Mutter, von dem Tag an geführt hat, da du sie verlassen hast. Mein lieber Junge, verzeih ihr und hab sie lieb, nun sie tot ist, denn sie hat die fürchterlichste aller Bußen auf sich genommen.‘

Sie atmete zitternd, als habe ihr Sohn vor ihr gestanden, als habe sie zu ihm gesprochen. Dann sagte sie noch: ›Sie sollen ihm auch sagen, daß ich ihn nie wiedergesehen habe… den andern.‹

Wieder schwieg sie; dann fuhr sie mit zerbrochener Stimme fort: ›Bitte, lassen Sie mich jetzt allein. Ich möchte einsam sterben, weil die beiden ja nicht bei mir sind.‹«

Rechtsanwalt Le Brumant fuhr fort:

»Und ich bin weggegangen, meine Herren, und habe geweint wie ein Narr, so sehr, daß mein Kutscher sich nach mir umgedreht und mich angesehen hat.

Und daß man sich nun sagen muß, daß sich in unserer nächsten Nähe tagtäglich ähnliche Dramen abspielen!

Ich habe den Sohn nicht aufgefunden, diesen… Denken Sie über ihn, wie Sie wollen; ich sage es dennoch: diesen… Verbrecher von einem Sohn.«

Er hat seinen Orden

Französischer Titel: Décoré!
Erstdruck: Le Gil-Blas, 13. November 1883,
unter dem Pseudonym »Maufrigneuse«

Es werden Menschen mit einem vorherrschenden Instinkt geboren, einem Hang oder ganz einfach einem Verlangen, das erwacht, sobald sie zu sprechen, zu denken anfangen.

Monsieur Sacrement hat seit seiner Kindheit nur einen Gedanken im Kopf, den nämlich, einen Orden zu bekommen. Als kleiner Junge hatte er das Kreuz der Ehrenlegion in einer Zinknachahmung getragen wie andere Jungen ein Soldatenkäppi, und wenn er an der Hand seiner Mutter über die Straße gegangen war, hatte er stolz seine mit dem roten Bändchen und dem metallenen Stern geschmückte kleine Brust herausgedrückt.

Nach mäßigen Erfolgen in der Schule fiel er bei der Reifeprüfung durch, und da er nicht wußte, was er anfangen sollte, heiratete er ein bildhübsches junges Mädchen; er hatte ja Vermögen.

Sie lebten in Paris, wie reiche Bürgersleute eben leben, verkehrten in ihren Kreisen, ohne sich in die große Welt zu mischen, waren stolz auf die Bekanntschaft mit einem Abgeordneten, der Minister werden konnte, und auf die Freundschaft zweier Abteilungschefs im Ministerium.

Aber der Gedanke, der sich während seiner ersten Lebenstage in Monsieur Sacrements Kopf eingenistet hatte, wich nicht mehr daraus, und er litt unablässig darunter, daß er nicht das Recht besaß, im Aufschlag seines Gehrocks mit einem farbigen Bändchen prunken zu können.

Begegnete er Leuten, die die Auszeichnung trugen, auf der Straße, so gab es ihm einen Stich durchs Herz. Er sah sie aus dem Augenwinkel an und platzte fast vor Eifersucht. Manchmal machte er sich an seinen langen, müßigen Nachmittagen daran, sie zu zählen. Er sagte sich: »Wollen mal sehen, wie viele ich zwischen der Madeleine und der Rue Drouot treffe.«

Und dann schritt er langsam einher und warf prüfende Blicke auf die Kleidung der Männer; sein Auge war geübt, den kleinen roten Punkt schon aus der Ferne wahrzunehmen. Am Ende seines Spaziergangs staunte er stets über die Zahlen: »Acht Offiziere, siebzehn Ritter. So viele! Blödsinn, die Kreuze zu verschwenden! Nun wollen wir mal sehen, wie viele ich auf dem Rückweg treffe.« Und langsam ging er zurück, und es wurmte ihn, daß das Gedränge ihn bei seinen Nachforschungen hinderte – daß er etwa einen übersah.

Er wußte um die Stadtgegenden, wo man die meisten fand. Im Palais-Royal gab es eine Fülle, in der Avenue de l'Opéra weniger als in der Rue de la Paix; auf der rechten Seite des Boulevards waren sie häufiger als auf der linken.

Auch schienen sie gewisse Cafés, gewisse Theater zu bevorzugen. Jedesmal, wenn Monsieur Sacrement eine Gruppe alter, weißhaariger Herren wahrnahm, die mitten auf dem Bürgersteig stand und den Verkehr behinderte, sagte er sich: »Das sind ganz sicher Offiziere der Ehrenlegion!« Am liebsten hätte er sie gegrüßt.

Die Offiziere (das war ihm häufig aufgefallen) haben ein anderes Auftreten als die einfachen Ritter. Sie haben eine andere Kopfhaltung. Man spürt sofort, daß ihnen von Amts wegen eine höhere Bedeutung, eine größere Wichtigkeit zukommt.

Manchmal geriet Monsieur Sacrement auch in Wut, Wut gegen alle Leute mit dem Kreuz; er verspürte gegen sie einen Haß wie ein Sozialist.

Kam er dann heim, so war er durch die Begegnung mit so vielen Ehrenkreuzen erregt wie ein armer Hungerleider, der an den großen Lebensmittelgeschäften vorübergegangen ist, und erklärte mit lauter Stimme: »Wann endlich wird uns diese Drecksregierung vom Hals geschafft?«

Dann war seine Frau ganz verdutzt und fragte ihn: »Was hast du heute bloß?«

Und er antwortete: »Was ich habe? Mich machen die Ungerechtigkeiten wütend, die, wie ich sehe, an allen Ecken und Enden begangen werden. Ach, wie recht haben doch die Kommunarden gehabt!«

Doch nach dem Abendessen ging er nochmals aus, und diesmal sah er sich die Ordenshandlungen an. Er musterte sämtliche Embleme unterschiedlicher Form und mannigfacher Farbe. Am liebsten hätte er sie samt und sonders besessen und wäre bei einer öffentlichen Feierlichkeit in einem riesigen, von aufs höchste erstaunten Menschen gefüllten Saal mit funkelnder, von aneinander, übereinander gereihten Ordensspangen, die sich der Wölbung seiner Rippen anpaßten, gestreifter Brust an der Spitze eines Festzugs einhergeschritten, den Klappzylinder unterm Arm, ernst, strahlend wie ein Stern, inmitten bewundernden Getuschels, achtungsvollen Gemurmels.

Doch leider besaß er gar keine Voraussetzungen für irgendeine Ordensauszeichnung.

Er sagte sich: »Mit der Ehrenlegion ist es tatsächlich allzu schwierig für jemanden, der keinerlei öffentliche Funktion ausübt. Wenn ich nun versuchte, mich zum Offizier der Académie ernennen zu lassen?«

Aber wie er das anfangen sollte, wußte er nicht. Er sprach mit seiner Frau darüber; sie sperrte Mund und Nase auf: »Offizier der Académie? Was hast du denn geleistet, daß du das werden willst?«

Er fuhr auf: »Versteh doch, worauf ich hinaus will! Ich überlege ja gerade, was ich deswegen leisten müßte! Manchmal bist du *zu* blöd.«

Sie lächelte: »Da hast du vollkommen recht. Aber wie soll *ich* denn das wissen?«

Er hatte eine Idee: »Wenn du nun einmal mit dem Abgeordneten Rosselin darüber sprächest? Er könnte dich sicher vortrefflich beraten. Du mußt einsehen, ich selber getraue mich nicht, die Frage bei ihm unmittelbar anzuschneiden. So was ist ziemlich heikel und ziemlich schwierig; wenn es von dir ausgeht, ist weiter nichts dabei.«

Madame Sacrement tat, was er sie geheißen hatte. Monsieur Rosselin versprach, er wolle deswegen einmal mit dem Minister reden. Fortan lag Sacrement ihm in den Ohren. Schließlich beschied der Abgeordnete ihn, er müsse einen Antrag einreichen und seine Verdienste aufzählen.

Seine Verdienste? Gerade damit haperte es. Er hatte ja nicht einmal das Reifezeugnis.

Allein er machte sich ans Werk und begann eine Broschüre zu schreiben, die »Vom Recht des Volkes auf Bildung« betitelt war. Aber absoluten Mangels an Ideen wegen wurde er nicht fertig.

Er suchte nach leichteren Themen und nahm mehrere nacheinander in Angriff. Zuerst: »Die Erziehung der Kinder durchs Auge«. Er wollte, es sollten in den Armenvierteln Theater mit kostenlosem Eintritt für Kinder errichtet werden. Die Eltern sollten sie schon in ganz jungen Jahren hinbringen, und dort sollten ihnen mittels einer Laterna magica die Anfangsgründe alles menschlichen Wissens beigebracht werden. Richtige Unterrichtsstunden sollten es sein. Die Anschauung sollte das Gehirn ausbilden, und die Bilder sollten im Gedächtnis haften; die Wissenschaft sollte gewissermaßen sichtbar gemacht werden.

Gab es Einfacheres, als auf diese Art Weltgeschichte, Geographie, Naturkunde, Botanik, Zoologie, Anatomie usw. usw. zu lehren?

Er ließ dies Memorandum drucken und schickte zwei Exemplare an jeden Abgeordneten, zehn an jeden Minister, fünfzig an den Präsidenten der Republik, ebenfalls zehn an jede der Pariser Zeitungen, je fünf an alle Provinzzeitungen.

Dann griff er die Frage der Straßenbibliotheken auf; er wollte, der Staat solle durch die Straßen kleine Wagen voller Bücher fahren lassen, ähnlich wie die Wagen der Apfelsinenhändler. Jeder Anwohner müsse gegen eine Gebühr von einem Sou das Recht haben, sich monatlich zehn Bücher zu leihen.

»Das Volk«, schrieb Monsieur Sacrement, »ist lediglich auf sein Vergnügen bedacht. Da es nicht der Bildung nachläuft, muß die Bildung *ihm* nachlaufen, usw.«

Diese Versuche erregten keinerlei Aufsehen. Dennoch reichte er seinen Antrag ein. Es wurde ihm geantwortet, er sei vorgemerkt; er werde Nachricht erhalten. Er glaubte sich des Erfolges sicher; er wartete. Doch es geschah nichts.

Da entschloß er sich zu persönlichen Schritten. Er suchte um eine Audienz beim Minister für das öffentliche Unterrichtswesen nach und wurde durch einen jungen und schon sehr gravitätischen Kabinettsattaché empfangen, der wie auf einem Klavier auf einer Reihe kleiner weißer Knöpfe spielte, um dadurch Türhüter, Vorzimmerdiener und Subalternbeamte herbeizurufen. Er versicherte dem Bittsteller, seine Angelegenheit sei auf dem besten Weg, und riet ihm, mit seinen bemerkenswerten Publikationen fortzufahren.

Und Monsieur Sacrement machte sich aufs neue ans Werk.

Monsieur Rosselin, der Abgeordnete, schien jetzt sehr an seinem Erfolg interessiert zu sein; er gab ihm sogar eine Fülle trefflicher praktischer Ratschläge. Er trug übrigens die Rosette, ohne daß sich hätte sagen lassen, aus welchem Grund er die Auszeichnung erhalten habe.

Er regte Sacrement zu neuen Studien an, die er unternehmen könne; er stellte ihn gelehrten Gesellschaften vor, die sich mit ganz besonders obskuren Teilgebieten der Wissenschaft in der Absicht befaßten, dadurch zu Ehren zu kommen. Er führte ihn sogar im Ministerium ein.

Und als der Abgeordnete eines Tages bei seinem Freund zu Mittag aß (was seit mehreren Monaten ziemlich häufig geschah), drückte er ihm die Hand und sagte ganz leise zu ihm: »Ich habe gerade für Sie eine besondere Vergünstigung durchgesetzt. Das Komitee für historische Forschungen beauftragt Sie mit einer Mission. Es handelt sich um Nachforschungen in verschiedenen französischen Bibliotheken.«

Sacrement gingen die Augen über; er konnte weder essen noch trinken. Acht Tage später trat er seine Rundreise an.

Er fuhr von Stadt zu Stadt, studierte die Kataloge, stöberte in Speichern herum, in denen staubige Schmöker aufgestapelt lagen, und zog sich den Haß der Bibliothekare zu.

Als er sich eines Abends in Rouen befand, wollte er schnell mal seiner Frau einen Kuß geben; er hatte sie seit einer Woche nicht gesehen. Er bestieg den Neun-Uhr-Zug; um Mitternacht würde er auf diese Weise daheim sein.

Er hatte den Wohnungsschlüssel. Geräuschlos trat er ein; er zitterte vor Freude, so glücklich war er, ihr diese Überraschung bereiten zu können. Sie hatte sich eingeschlossen, wie ärgerlich! Also rief er durch die Tür: »Jeanne, *ich* bin's!«

Sie mußte große Angst haben; er hörte, wie sie aus dem Bett sprang und vor sich hinredete wie im Traum. Dann lief sie in ihr Toilettenkabinett, öffnete und schloß es, ging mehrmals hastig im Zimmer auf und ab, barfuß, und rüttelte an den Möbeln, daß die daraufstehenden Fläschchen und Gläser klirrten. Schließlich fragte sie: »Bist du es auch wirklich, Alexandre?«

Er antwortete: »Natürlich bin ich es; mach doch auf!«

Die Tür gab nach, seine Frau warf sich ihm an die Brust und rief: »O welch ein Schreck! Welch eine Überraschung! Welche Freude!«

Er begann sich auszuziehen, methodisch, wie alles, was er unternahm. Und dabei nahm er seinen Mantel vom Stuhl; er pflegte ihn im Flur an einem Haken aufzuhängen. Aber plötzlich erstarrte er. Im Knopfloch steckte die rote Rosette!

Er stotterte: »Der Mantel... hat einen Orden!«

Da stürzte die Frau sich mit einem Sprung auf ihn und riß ihm das Kleidungsstück aus den Händen: »Nein... Du irrst dich... Gib ihn her.«

Aber er hielt den Mantel noch immer an einem Ärmel fest, ließ ihn nicht los und sagte mehrmals wie von Sinnen: »Nanu? Wieso? Erklär mir das! Wem gehört der Mantel? Meiner ist es nicht, weil die Ehrenlegion dransteckt!«

Sie bemühte sich, ihn ihm zu entreißen; sie stammelte kopflos: »Hör doch... Hör doch... Gib ihn mir... Ich kann es dir nicht sagen... Es ist ein Geheimnis... Hör doch!«

Er jedoch wurde böse, wurde blaß: »Ich will wissen, wie der Mantel hierherkommt. Meiner ist es nicht.«

Da schrie sie ihm entgegen: »Doch, sei doch still... Schwör mir... Hör doch... Na ja, du hast deinen Orden!«

Es ging ihm so durch und durch, daß er den Mantel losließ und in einen Sessel taumelte. »Ich habe... sagst du... ich habe... meinen Orden?«

»Ja... Aber es ist noch geheim, streng geheim...« Sie hatte das ehrengekrönte Kleidungsstück in einen Schrank eingeschlossen und kam nun zitternd und blaß wieder zu ihrem Mann. Sie sagte:

»Ja, es ist ein neuer Mantel, ich habe ihn dir anfertigen lassen. Aber ich habe feierlich gelobt, dir nichts zu sagen. Es wird erst in einem Monat oder sechs Wochen offiziell bekanntgegeben. Erst mußt du deine Mission abgeschlossen haben. Erst bei deiner Rückkehr solltest du es erfahren. Monsieur Rosselin hat es für dich durchgesetzt...«

Sacrement verschlug es die Rede; er stammelte: »Rosselin... die Ehrenlegion... Er hat mir die Auszeichnung verschafft... mir... er... Ach!« Und es half nichts, er mußte ein Glas Wasser trinken.

Ein kleines weißes Papierstück lag am Boden; es war wohl aus der Manteltasche gefallen. Sacrement hob es auf; es war eine Visitenkarte. Er las: »Rosselin – Abgeordneter.«

»Siehst du wohl!« sagte die Frau.

Da fing er vor Freude zu schluchzen an.

Acht Tage später verkündete der »Officiel«, Monsieur Sacrement sei zum Ritter der Ehrenlegion ernannt worden, außerordentlicher Verdienste wegen.

DER VATER

Französischer Titel: Le Père
Erstdruck: Le Gil-Blas, 20. November 1883,
unter dem Pseudonym »Maufrigneuse«

Da er in Les Batignolles wohnte und Beamter im Unterrichtsministerium war, nahm er für die Fahrt zum Büro jeden Morgen
den Omnibus. Und jeden Morgen saß ihm auf der Fahrt zum
Stadtinnern von Paris ein junges Mädchen gegenüber, in das er
sich alsbald verliebte.

Sie fuhr jeden Tag zur gleichen Stunde in ihr Geschäft. Sie war
eine kleine Brünette, eine von denen, deren Augen so schwarz
sind, daß sie wie dunkle Flecken wirken, und deren Teint elfenbeinerne Reflexe hat. Stets sah er sie an derselben Straßenecke
auftauchen; sie fing dann an zu laufen, um das schwerfällige
Fahrzeug noch zu ergattern. Sie lief und verzog dabei das Gesichtchen, als habe sie es schrecklich eilig; sie lief mit geschmeidiger Anmut; und dann sprang sie auf den Wagentritt, noch ehe die
Pferde richtig zum Stehen gekommen waren. Darauf kam sie ins
Wageninnere, wobei sie ein wenig aus der Puste war, setzte sich
und hielt kurz Umschau.

Als François Tessier sie zum erstenmal erblickte, spürte er,
daß dies Figürchen ihm unendlich gefiel. Gelegentlich begegnet
man Frauen, die man am liebsten auf der Stelle völlig kopflos in
die Arme schlösse, ohne sie zu kennen. Dieses junge Mädchen
entsprach seinem innigsten Verlangen, seiner geheimsten Erwartung – sie war das Liebeswunschbild, das er, ohne sich dessen bewußt zu sein, im tiefsten Herzensgrund trug.

Unablässig sah er sie an, ob er wollte oder nicht. Dieses Angestarrtwerden war ihr lästig; sie wurde rot. Er merkte es und wollte
den Blick abwenden; aber alle paar Augenblicke schaute er wieder zu ihr hin, wenngleich er sich bemühte, anderswo hinzusehen.

Nach ein paar Tagen kannten sie einander, ohne je ein Wort gewechselt zu haben. Er trat ihr seinen Platz ab, wenn der Wagen sehr voll war, und stieg zum Verdeck hinauf, obwohl ihn das tief-traurig stimmte. Fortan begrüßte sie ihn mit einem kleinen Lächeln; zwar schlug sie unter seinem Blick, den sie als allzu bren-nend empfand, noch immer die Augen nieder, aber es schien sie nicht mehr zu verstimmen, so angeschaut zu werden.

Schließlich kamen sie ins Gespräch. Schnell ergab sich zwi-schen ihnen eine Art Vertrautheit, eine Gemeinsamkeit von täg-lich einer halben Stunde. Und für ihn war das sicherlich die rei-zendste halbe Stunde seines Daseins. Während der ganzen übri-gen Zeit mußte er an sie denken; während der langen Bürostun-den sah er sie unablässig vor sich; er war durchspukt, besessen, überwältigt von dem vagen, zäh verharrenden Bild, das das Ge-sicht einer geliebten Frau in uns hinterläßt. Ihm schien, als werde der volle Besitz dieser kleinen Person für ihn ein irrsinniges Glück bedeuten, weit über menschliche Vorstellungskraft hinaus.

Jetzt gab sie ihm jeden Morgen die Hand, und in ihm dauerte bis zum Abend das Gefühl dieser Berührung fort, sein Fleisch be-wahrte die Erinnerung an den schwachen Druck ihrer kleinen Finger; ihm war, als sei davon auf seiner Haut ein Abdruck zu-rückgeblieben.

Während der ganzen übrigen Zeit wartete er begierig auf die kurze Omnibusfahrt. Die Sonntage dünkten ihn entsetzlich leer.

Sicherlich liebte auch sie ihn; denn an einem Samstag im Früh-ling fand sie sich bereit, am nächsten Tag mit ihm in Maisons-Laffitte zu Mittag zu essen.

Sie war schon vor ihm am Bahnhof. Das überraschte ihn; sie je-doch sagte: »Bevor wir abfahren, muß ich mit Ihnen reden. Wir haben noch zwanzig Minuten: Das ist übergenug.«

Sie zitterte; sie stützte sich mit niedergeschlagenen Augen und blassen Wangen auf seinen Arm. Sie fuhr fort: »Sie dürfen sich über mich keinen Täuschungen hingeben. Ich bin ein anständi-ges Mädchen, und ich fahre mit Ihnen nur dorthin, wenn Sie mir versprechen, wenn Sie mir schwören, nichts zu reden... nichts zu tun... was sich nicht gehört...«

Unvermittelt war sie rot wie eine Mohnblüte geworden. Sie schwieg. Er wußte nicht, was er darauf antworten sollte; er war zugleich glücklich und enttäuscht. Im tiefsten Herzensgrund war es ihm vielleicht lieber, daß es so sei; aber dennoch... dennoch hatte er sich vergangene Nacht in Träumen gewiegt, die ihm Feuer in die Adern gegossen hatten. Ganz sicher hätte er sie weniger lieb gehabt, wenn er gewußt hätte, daß sie ein leichtfertiges Leben führe; aber dennoch wäre es dann so reizend, so köstlich für ihn gewesen! Und alle selbstsüchtigen Berechnungen der Männer in puncto Liebe setzten ein und beunruhigten ihn.

Da er nichts sagte, sprach sie mit rührender Stimme, Tränen in den Augenwinkeln, weiter: »Wenn Sie mir nicht versprechen, mich ganz und gar zu schonen, gehe ich wieder nach Hause.«

Er drückte ihr zärtlich den Arm und entgegnete: »Ich verspreche es Ihnen; Sie sollen nur tun, was Sie wollen.«

Sie schien erleichtert und fragte lächelnd: »Ist es auch ganz bestimmt wahr?«

Er blickte ihr tief in die Augen: »Ich schwöre es Ihnen!«

»Dann wollen wir die Fahrkarten holen«, sagte sie.

Unterwegs konnten sie kaum miteinander reden; das Abteil war übervoll.

Nach der Ankunft in Maisons-Laffitte gingen sie an die Seine.

Die laue Luft erschlaffte Leib und Seele. Das Sonnenlicht fiel voll auf den Strom, die Blätter und Rasenflächen und erzeugte tausend heitere Reflexe im Körper und im Inneren. Hand in Hand gingen sie am Ufer entlang und sahen den kleinen Fischen zu, die in Scharen im Wasser einherschossen. Die beiden gingen von Glück übergossen, als habe eine betörende Seligkeit sie der Erde entrückt.

Endlich sagte sie: »Ich muß Ihnen doch ganz verrückt vorkommen.«

Er fragte: »Warum denn?«

Sie fuhr fort: »Ist es denn nicht Verrücktheit, daß ich so ohne weiteres allein mit Ihnen zusammen bin?«

»Unsinn! Das ist doch etwas ganz Selbstverständliches!«

»Nein, nein! Es ist nicht selbstverständlich – wenigstens für mich nicht –, weil ich nicht auf Abwege geraten will und weil man auf diese Weise auf Abwege gerät. Aber wenn Sie wüßten! Es ist so traurig, alle Tage dasselbe, jeden Tag im Monat und jeden Monat im Jahr. Ich lebe ganz allein mit Mama. Und da auch sie viele Sorgen hat, ist sie nie froh. Ich selber tue, was ich kann. Ich versuche, trotzdem zu lachen; aber es gelingt mir nicht immer. Aber wie dem auch sei, es ist schlimm, daß ich mitgekommen bin. Hoffentlich sind Sie mir deswegen nicht böse.«

Statt einer Antwort küßte er sie heftig aufs Ohr.

Aber sie riß sich mit einem Ruck von ihm los und sagte beinahe zornig: »Aber Monsieur François! Sie hatten mir doch fest versprochen...«

Und sie gingen wieder zurück nach Maisons-Laffitte.

Im Petit-Havre, einem niedrigen Haus am Ufer unter vier riesigen Pappeln, aßen sie zu Mittag.

Die viele frische Luft, die Hitze, der weiße Landwein und das verworrene Gefühl, beieinander zu sein, machten sie rot, beklommen und schweigsam.

Aber nach dem Kaffee überkam sie plötzlich Frohsinn; sie überquerten die Seine und gingen wiederum am Ufer entlang, auf das Dorf La Frette zu.

Er fragte unvermittelt: »Wie heißen Sie eigentlich?«

»Louise.«

Er wiederholte: »Louise«; dann sagte er nichts weiter.

Der Fluß beschrieb eine gestreckte Krümmung; in der Ferne strömte er an einer Reihe weißer Häuser entlang, die sich auf dem Kopf stehend im Wasser spiegelten. Das junge Mädchen pflückte Margeriten und stellte einen dicken Feldblumenstrauß zusammen, und er, er sang aus vollem Hals; er war berauscht wie ein Fohlen, das auf die Wiese gelassen worden ist.

Zu ihrer Linken zog sich längs des Flusses ein mit Reben bestandener Hang hin.

Da hielt François inne und stand starr vor Staunen da. »Sehen Sie doch!« sagte er.

Die Reben hatten aufgehört, und jetzt war der ganze Hang mit blühendem Flieder bedeckt. Ein violetter Wald! Eine Art großen, über die Erde gebreiteten Teppichs; bis zum Dorf reichte er, das zwei oder drei Kilometer entfernt lag.

Auch sie war ergriffen, gerührt. Sie flüsterte: »Wie hübsch das ist!«

Sie liefen über ein Feld auf den sonderbaren Hügelhang zu, der jedes Jahr allen nach Paris gebrachten Flieder liefert; in kleinen Wagen wird er von fliegenden Händlern hingefahren.

Ein schmaler Pfad verlor sich zwischen den Büschen. Sie schlugen ihn ein, gelangten auf eine kleine Lichtung und setzten sich.

Legionen von Fliegen summten über ihnen und erfüllten die Luft mit einem weichen, beständigen Brummlaut. Und die Sonne, die heiße Sonne eines windstillen Tages, ruhte auf dem langen, blühenden Hügel und ließ dem aus Fliedersträußen bestehenden Wald ein starkes Aroma entströmen, ein ungeheures Wehen von Düften, den Aushauchungen der Blumen.

In der Ferne läutete eine Kirchenglocke.

Und ganz allmählich kamen sie dahin, daß sie einander küßten, daß sie sich umschlangen, wie sie da im Gras lagen und sich nichts bewußt waren als ihres Kusses. Sie hatte die Augen geschlossen und hielt ihn mit beiden Armen, drückte ihn glühend an sich, aller Gedanken ledig, hingeschwundenen Denkvermögens, von Kopf bis Fuß gelähmt in leidenschaftlicher Erwartung. Und sie schenkte sich ganz, ohne zu wissen, was sie tat, selbst ohne zu begreifen, daß sie sich ihm preisgegeben hatte.

Sie erwachte in der Bestürzung, wie ein großes Unglück sie zeitigt, und fing an zu weinen, vor Schmerz zu ächzen und zu stöhnen, das Gesicht in den Händen verborgen.

Er versuchte sie zu trösten.

Sie jedoch wollte aufbrechen, zurückkehren, auf der Stelle heimfahren. Sie ging mit großen Schritten und sagte dabei in einem fort vor sich hin: »Mein Gott! Mein Gott!«

Er sagte zu ihr: »Louise! Louise! Bitte laß uns hier bleiben.«

Sie hatte jetzt rote Flecken auf den Backen, und ihre Augen lagen tief. Sobald sie in Paris auf dem Bahnhof angelangt waren, ließ sie ihn stehen, ohne ein Abschiedswort.

Als er sie am nächsten Tag im Omnibus wiedertraf, kam sie ihm verändert, magerer geworden vor. Sie sagte: »Ich muß mit Ihnen sprechen; lassen Sie uns am Boulevard aussteigen.«

Sobald sie allein auf dem Bürgersteig standen, sagte sie: »Wir müssen uns Lebewohl sagen. Nach dem, was geschehen ist, kann ich Sie nicht wiedersehen.«

Er stammelte: »Aber warum denn nicht?«

»Weil ich es nicht kann. Ich habe etwas Schlechtes getan. Ich tue es nie wieder.«

Da bat er sie inständig, er flehte sie an, gequält von Begehren, von Sinnen vor Verlangen, sie gänzlich zu besitzen, in der bedingungslosen Preisgabe der Liebesnächte.

Sie antwortete verstockt: »Nein, ich kann es nicht. Nein, ich kann es nicht.«

Er jedoch wurde immer lebhafter, immer erregter. Er versprach ihr, sie zu heiraten.

Sie sagte noch einmal: »Nein.« Und ging weg.

Acht Tage lang bekam er sie nicht zu sehen. Er traf sie nicht, und da er ihre Adresse nicht wußte, glaubte er, er habe sie für immer verloren.

Am Abend des neunten Tages wurde bei ihm geschellt. Er ging öffnen. Sie war es. Sie warf sich ihm in die Arme und widerstrebte nicht länger.

Drei Monate lang war sie seine Geliebte. Er begann bereits, ihrer überdrüssig zu werden, als sie ihm sagte, sie erwarte ein Kind. Fortan beherrschte ihn nur der eine Gedanke: um jeden Preis einen Bruch herbeizuführen.

Da er damit nicht vorankam, weil er in seiner kopflosen Verstörtheit weder wußte, wie er sich verhalten noch was er sagen sollte, und in seiner Angst vor dem immer größer werdenden Kind faßte er einen äußersten Entschluß. Eines Abends zog er um und verschwand.

Das traf sie so brutal, daß sie gar nicht auf die Suche nach dem ging, der sie auf solcherlei Weise verlassen hatte. Sie warf sich vor ihrer Mutter auf die Knie und beichtete ihr Unglück; und ein paar Monate später kam sie mit einem Knaben nieder.

Die Jahre gingen hin. François Tessier alterte, ohne daß sich in seinem Leben eine Veränderung vollzog. Er führte das eintönige, trübselige Dasein eines Beamten, ohne Hoffnungen und ohne Erwartungen. Jeden Tag stand er zur gleichen Stunde auf, ging die gleichen Straßen entlang, schritt durch dieselbe Tür an demselben Pförtner vorüber, betrat dasselbe Büro, setzte sich auf denselben Schemel und erledigte dieselbe Arbeit. Er war allein in der Welt, tagsüber allein inmitten gleichgültiger Kollegen, nachts allein in seiner Junggesellenwohnung. In jedem Monat legte er hundert Francs für sein Alter zurück.

Jeden Sonntag unternahm er einen Spaziergang über die Champs-Élysées, um die elegante Welt vorüberziehen zu lassen, die Equipagen und die hübschen Frauen. Am andern Tag sagte er dann immer zu seinen Leidensgenossen: »Die Rückfahrt vom Bois gestern war brillant.«

Eines Sonntags aber war er zufällig neue Straßen entlanggegangen und kam in den Parc Monceau. Es war ein klarer Sommermorgen.

Kindermädchen und Mamas saßen längs der Parkwege und schauten den vor ihnen spielenden Kindern zu.

Plötzlich jedoch fuhr François Tessier zusammen. Eine Frau ging vorüber und führte zwei Kinder an der Hand: einen etwa zehnjährigen Jungen und ein kleines Mädchen von vier Jahren. Sie war es.

Er ging noch ein Stückchen weiter und sank dann matt auf einen Stuhl nieder; die Erschütterung benahm ihm den Atem. Sie hatte ihn nicht wiedererkannt. Da kehrte er um, im Verlangen, sie noch einmal zu sehen. Sie hatte sich inzwischen gesetzt. Der Junge blieb artig neben ihr stehen, während das kleine Mädchen Erdkuchen buk. Sie war es, sie war es ganz bestimmt. Sie hatte ein ernstes Damengesicht, war schlicht gekleidet und von sicherer, würdiger Haltung.

Er schaute sie aus einiger Entfernung an; zu ihr hinzutreten wagte er nicht. Der kleine Junge hob den Kopf.

François Tessier durchzuckte es. Das war sein Sohn, jeder Zweifel schied aus. Er sah ihn sich genau an und glaubte sich selber wiederzuerkennen, wie er auf einem vor langer Zeit gemachten Foto aussah.

Und er verbarg sich hinter einem Baum und wartete auf ihr Weggehen, weil er ihr folgen wollte.

In der nun folgenden Nacht tat er kein Auge zu. Vor allem der Gedanke an den Jungen peinigte ihn. Sein Sohn! Hätte er doch Gewißheit, Sicherheit! Aber was würde er dann tun?

Er wußte, wo sie wohnte; er zog Erkundigungen ein. Er erfuhr, sie sei von einem Nachbarn geheiratet worden, einem anständigen Mann von strengen Sitten, den ihre Verzweiflung gerührt habe. Jener Mann habe um ihren Fehltritt gewußt und ihn verziehen; er hatte sogar das Kind anerkannt, François Tessiers Sohn.

Fortan ging er jeden Sonntag in den Parc Monceau. Jeden Sonntag sah er sie, und jedesmal überfiel ihn ein tolles, unwiderstehliches Verlangen, den Sohn in die Arme zu nehmen, ihn mit Küssen zu bedecken, ihn wegzutragen, ihn zu rauben.

Er litt grausam unter seiner elenden Vereinzelung als alter Junggeselle ohne Anhang; er litt wüste Qualen, zerrissen von einer Vaterzärtlichkeit, die aus Gewissensbissen, Neid, Eifersucht und dem Drang, seinen Sprößling zu lieben, bestand, den die Natur ins Innere der Lebewesen gepflanzt hat.

Schließlich wollte er einen verzweifelten Versuch unternehmen, und so trat er denn eines Tages, als sie in den Park kam, vor sie hin, mitten auf dem Weg, bleifahl, mit bebenden Lippen: »Erkennen Sie mich denn nicht wieder?«

Sie hob die Augen, schaute ihn an, stieß einen Schreckensschrei aus, ergriff ihre beiden Kinder an der Hand, lief davon und schleppte sie nach.

Er ging heim und weinte.

Noch ein paar Monate gingen hin. Er traf sie nicht mehr. Aber er litt Tag und Nacht, zernagt und zerfressen von seiner Vaterliebe.

Um den Sohn einmal küssen zu können, wäre er gestorben, hätte er gemordet, hätte er jede beliebige Arbeit verrichtet, allen Gefahren getrotzt, jedes Wagnis auf sich genommen.

Er schrieb ihr. Sie antwortete nicht. Nach zwanzig Briefen sah er ein, daß er nicht erhoffen dürfe, sie zu erweichen. Da faßte er einen verzweifelten Entschluß, und bereit, sich eine Revolverkugel ins Herz schießen zu lassen, wenn es sein mußte, richtete er ein paar Zeilen an ihren Mann:

»Monsieur,

mein Name muß für Sie ein Gegenstand des Abscheus sein. Aber ich bin so elend, so von Kummer gemartert, daß ich keine Hoffnung mehr habe außer Ihnen.

Ich bitte Sie lediglich um ein Gespräch von zehn Minuten.

Ich habe die Ehre, usw.«

Am andern Tag erhielt er die Antwort:

»Monsieur,

ich erwarte Sie Dienstag um fünf Uhr.«

Als er die Treppe hinaufstieg, blieb François Tessier auf jeder Stufe stehen, so klopfte ihm das Herz. In seiner Brust erscholl ein hastiges Geräusch, wie Pferdegalopp, ein dumpfes, heftiges Geräusch. Er konnte nur mühselig atmen und hielt sich am Geländer fest, um nicht zu fallen.

Im dritten Stockwerk schellte er. Ein Hausmädchen öffnete. Er fragte: »Bin ich hier richtig bei Monsieur Flamel?«

»Ja, der wohnt hier. Bitte, treten Sie näher.«

Und er wurde in ein bürgerliches Wohnzimmer geführt. Er war allein, er wartete verstört, wie inmitten einer Katastrophe.

Eine Tür ging auf. Ein Mann erschien. Er war groß, ernst, ein bißchen dicklich und trug einen schwarzen Gehrock. Er deutete mit der Hand auf einen Sessel.

François Tessier nahm Platz; dann stieß er keuchend hervor: »Ich weiß nicht... ob Ihnen mein Name bekannt ist... ob Sie wissen...«

Monsieur Flamel unterbrach ihn: »Sie brauchen nichts zu sagen; ich weiß Bescheid. Meine Frau hat mir von Ihnen erzählt.« Er hatte in dem würdigen Tonfall eines gütigen Menschen gesprochen, der streng sein will, und mit majestätischer bourgeoiser Ehrpusseligkeit.

François Tessier fuhr fort: »Ja, es handelt sich darum, daß ich vor Kummer, vor Gewissensbissen, vor Scham dem Tode nahe bin. Und ich möchte einmal, nur ein einziges Mal den Jungen in die Arme schließen.«

Monsieur Flamel stand auf, trat zum Kamin und schellte. Das Hausmädchen erschien. Er sagte: »Holen Sie Louis.«

Sie ging. Die beiden standen einander stumm gegenüber; sie hatten einander nichts mehr zu sagen und warteten.

Und plötzlich kam ein kleiner, zehnjähriger Junge ins Wohnzimmer gestürzt und lief auf den zu, den er für seinen Vater hielt. Doch als er einen Fremden erblickte, hielt er verwirrt inne.

Monsieur Flamel küßte ihn auf die Stirn; dann sagte er: »Jetzt sag dem Herrn da guten Tag, mein Junge.«

Und der Junge trat wohlerzogen auf den Unbekannten zu und sah ihn an.

François Tessier war aufgestanden. Er ließ seinen Hut fallen, er selber war nahe am Umsinken. Und er schaute seinen Sohn an.

Taktvoll hatte Monsieur Flamel sich abgewandt und sah zum Fenster hinaus auf die Straße.

Völlig überrascht wartete der kleine Junge. Er hob den Hut auf und reichte ihn dem Fremden. Da riß François den Kleinen in seine Arme und fing an, ihn außer sich kreuz und quer über das ganze Gesicht abzuküssen, auf die Augen, die Backen, den Mund, das Haar.

Der ob dieses Kußhagels bestürzte Junge suchte ihm auszuweichen, drehte den Kopf weg, schob mit seinen kleinen Händen die gierigen Lippen dieses Menschen beiseite.

Doch François Tessier stellte ihn jäh auf die Füße. Er rief: »Leb wohl! Leb wohl!« Und er lief davon wie ein Dieb.

Übertragen von Irma Schauber

DAS STÜCKCHEN SCHNUR

Französischer Titel: La Ficelle
Erstdruck: Le Gaulois, 25. November 1883

Für Harry Alis

Auf allen Landstraßen rings um Goderville trotteten die Bauern und ihre Frauen dem Dorf zu; es war Markttag. Die Männer gingen ruhigen Schrittes einher und schoben bei jeder Bewegung ihrer langen, in sich verdrehten Beine den ganzen Körper vor; ihre Gehwerkzeuge waren durch die harte Arbeit verunstaltet, das Drücken auf den Pflug, wobei gleichzeitig die linke Schulter angehoben und die Hüfte herausgedrückt werden, das Getreidemähen, bei dem die Knie auseinandergespreizt sein müssen, damit der Sensenschwung wuchtig genug wird, durch all die langsamen, mühseligen Verrichtungen, die der Ackerbau mit sich bringt. Ihre blauen, gestärkten Kittel glänzten wie lackiert; am Kragen und an den Handgelenken waren sie mit einem kleinen weißen Garnstickmuster verziert; sie wölbten sich über den knochigen Oberkörpern wie zum Abfliegen bereite Ballons, und aus ihnen heraus ragten ein Kopf, zwei Arme und zwei Füße.

Manche zerrten am Strick eine Kuh oder ein Kalb hinter sich her. Und hinter dem Tier gingen dann ihre Frauen und peitschten ihm die Flanken mit einem Zweig, an dem noch die Blätter saßen, damit es schneller lief. Sie trugen am Arm breite Körbe; aus den einen lugten Hühnerköpfe hervor, aus den andern Entenköpfe. Und sie gingen mit kürzeren, lebhafteren Schritten als die Männer; sie waren ausgedörrt, hielten sich gerade, trugen einen kleinen, gerafften Schal mit Nadeln an der flachen Brust festgesteckt, den Kopf in ein eng dem Haar anliegendes Tuch gehüllt und darüber eine Haube.

Dann fuhr im Zockeltrab eines Kleppers ein Breakwagen vorüber und durchrüttelte auf kuriose Weise zwei nebeneinander sitzende Männer und die Frau hinten in dem Gefährt, an dessen Kante sie sich festhielt, um die harten Stöße zu dämpfen.

Auf dem Marktplatz von Goderville herrschte Gewühl, ein lärmendes Durcheinander von Menschen und Tieren. Die Hörner der Rinder, die hohen, langhaarigen Hüte der reichen Bauern und die Hauben der Bäuerinnen tauchten aus der Oberfläche der Menge heraus. Und die kreischenden, schrillen, kläffenden Stimmen schlossen sich zu einem beständigen, wüsten Getöse zusammen; bisweilen wurde es von einem dröhnenden Auflachen übergellt, das die robuste Brust eines gut aufgelegten Landmanns ausstieß, oder von dem langgezogenen Muhen einer an der Hauswand angebundenen Kuh.

Überall roch es nach Stall, nach Milch und Mist, nach Heu und Schweiß; alles strömte den scharfen, säuerlichen, zugleich menschlichen und tierischen Gestank aus, wie er den Leuten vom Land eigentümlich ist.

Der Großbauer Hauchecorne aus Bréauté war gerade in Goderville angelangt und bewegte sich auf den Markplatz zu, als er am Erdboden ein Stückchen Schnur liegen sah. Hauchecorne als echter normannischer Bauer dachte, man müsse alles aufnehmen, was noch zu irgend etwas nütze sei; mühsam bückte er sich; er litt nämlich an Rheumatismus. Er hob das Stückchen dünner Schnur von der Erde auf und schickte sich gerade an, es zusammenzuwickeln, als er merkte, daß der Sattlermeister Malandain in seiner Ladentür stand und ihm zuschaute. Sie waren einmal eines Halfters wegen aneinandergeraten, es war schon geraume Zeit her, und seither verkracht geblieben; sie waren nämlich beide nachtragend. Hauchecorne überkam etwas wie Scham, auf solcherlei Weise von seinem Feind beim Aufheben eines Stückchens Schnur inmitten von Pferdeäpfeln beobachtet worden zu sein. Mit einer raschen Geste schob er den Fund unter seinen Kittel und dann in die Hosentasche; darauf tat er, als suche er noch etwas auf dem Erdboden und könne es nicht finden, und dann ging er vorgestreckten Kopfes und in sich zusammengeknickt vor Schmerzen dem Markt zu.

Sogleich tauchte er in der kreischenden, langsam sich schiebenden, von endlosen Feilschereien aufgeregten Menge unter.

Die Bauern befühlten die Kühe, gingen weg, kamen wieder, unschlüssig, in steter Furcht, hereingelegt zu werden, nie die Entscheidung wagend, nach dem Augenausdruck des Verkäufers spähend, unablässig auf der Suche nach der List des Mannes und dem Fehler des Tieres.

Die Frauen hatten die Körbe zu ihren Füßen abgestellt und das Geflügel herausgenommen; es lag mit zusammengebundenen Füßen am Boden, mit verstörten Augen, scharlachroten Kämmen.

Sie hörten sich an, was geboten wurde, beharrten aber auf ihren Preisen, mit trockener Miene, teilnahmslosem Gesicht, oder sie entschlossen sich urplötzlich zu dem vorgeschlagenen Preisnachlaß und schrien dem weggehenden Kunden nach: »Einverstanden, Meister Anthime! Ich lasse es Ihnen.«

Dann entvölkerte sich nach und nach der Marktplatz; es läutete Mittag; die zu weit weg Wohnenden verteilten sich über die Gasthäuser.

Jourdains große Gaststube war genauso voll von Essern wie der geräumige Hof von Fahrzeugen aller Art: Karren, Kabrioletts, Breaks, Tilburys, unzähligen Gefährten, mistgelb, ungestalt, ausgeflickt; sie reckten die Deichseln gen Himmel wie zwei Arme oder bohrten die Nase in den Boden und hoben den Hintern in die Luft.

Unmittelbar hinter den an den Tischen Schmausenden warf der riesige Kamin, in dem ein helles Feuer loderte, der rechts sitzenden Bankreihe heftige Hitze in den Rücken. Drei Bratspieße mit Hähnchen, Tauben und Hammelkeulen drehten sich, und ein leckerer Geruch nach geröstetem Fleisch und über dessen gebräunte Haut rieselndem Saft stieg auf, entfachte Fröhlichkeit und ließ das Wasser im Mund zusammenlaufen. Die ganze Ackeraristokratie aß bei Meister Jourdain, dem Gastwirt und Pferdehändler, einem ausgekochten Kerl, der schwer Geld hatte.

Die Schüsseln gingen vom einen zum andern und wurden geleert wie die Krüge mit gelbem Zider. Jeder erzählte von seinen Geschäften, seinen Käufen und seinen Verkäufen. Meinungen über die Ernte wurden ausgetauscht. Für das Grünfutter war das Wetter gut, aber für das Korn ein bißchen zu feucht.

Plötzlich erscholl im Hof vor dem Haus Trommelwirbel. Sogleich war alles auf den Beinen, bis auf ein paar Gleichgültige, und lief zur Tür, an die Fenster, mit noch vollem Mund, die Serviette in der Hand.

Als er mit seinem Trommelwirbel fertig war, rief der öffentliche Ausrufer mit abgehackter Stimme und seine Sätze falsch betonend: »Es wird den Einwohnern von Goderville und allen übrigen auf dem Markt kund und zu wissen getan, daß heute morgen auf der Straße nach Beuzeville zwischen neun und zehn Uhr eine Brieftasche aus schwarzem Leder verlorengegangen ist; sie enthielt fünfhundert Francs und Geschäftspapiere. Es wird gebeten, sie ohne Verzug auf dem Bürgermeisteramt abzugeben oder bei Bauer Fortuné Houlbrèque in Manneville. Der ehrliche Finder erhält zwanzig Francs Belohnung.«

Dann ging der Ausrufer weiter. In der Ferne wurden noch einmal das dumpfe Trommeln und die schwächere Stimme hörbar.

Nun wurde das Geschehnis des langen und breiten erörtert, und es wurden die Möglichkeiten erwogen, ob Houlbrèque wieder zu seiner Brieftasche kommen werde oder nicht.

Und so ging das Mittagessen seinem Ende zu.

Sie saßen beim Kaffee, als der Gendarmeriewachtmeister auf der Schwelle erschien. Er fragte: »Ist Bauer Hauchecorne aus Bréauté hier?«

Hauchecorne, der am andern Tischende saß, antwortete: »Hier ist er.«

Und der Wachtmeister fuhr fort: »Meister Hauchecorne, würden Sie die Freundlichkeit haben, mit mir zum Rathaus zu kommen. Der Herr Bürgermeister möchte mit Ihnen sprechen.«

Der überraschte und beunruhigte Bauer trank in einem Zug seinen Schnaps aus, stand auf, noch verkrümmter als am Morgen, weil die ersten Schritte nach jeder Mahlzeit ihm besonders schwer fielen, setzte sich in Marsch und sagte noch ein paarmal: »Hier ist er, hier ist er.« Und er folgte dem Wachtmeister.

Der Bürgermeister erwartete ihn in einem Sessel sitzend. Es war der Notar des Ortes, ein dicker, ernster Mann mit einer Vorliebe für pompöse Sätze. »Meister Hauchecorne«, sagte er, »Sie sind heute morgen beobachtet worden, wie Sie auf der Straße nach Beuzeville die von Meister Houlbrèque aus Manneville verlorene Brieftasche an sich genommen haben.«

Der sprachlose Bauer starrte den Bürgermeister an; er war bereits völlig verdattert durch diesen Argwohn, der auf ihm lastete, ohne daß er begriff, warum. »Ich... ich soll die Brieftasche an mich genommen haben?«

»Ja, Sie.«

»Ehrenwort, nicht mal gewußt habe ich was davon.«

»Sie sind beobachtet worden.«

»Beobachtet? Wer hat mich denn beobachtet?«

»Monsieur Malandain, der Sattler.«

Da fiel dem Alten alles wieder ein, er durchschaute, was da gespielt wurde, und lief vor Zorn rot an: »So! Der hat mich gesehen, dieser Lump! Der hat nämlich gesehen, wie ich dies Stückchen Schnur hier aufgelesen habe. Augenblick, Herr Bürgermeister.« Und er fummelte in den Tiefen seiner Tasche herum und brachte das Endchen Bindfaden zum Vorschein.

Aber der Bürgermeister schüttelte ungläubig den Kopf. »Sie wollen mir doch nicht weismachen, Meister Hauchecorne, daß Monsieur Malandain, ein glaubwürdiger Mann, dieses Stück Schnur für eine Brieftasche gehalten hat.«

Der wütende Bauer hob die Hand, spuckte seitwärts aus, zur Bekräftigung seiner Ehrenhaftigkeit, und sagte: »Trotzdem ist es eine Liebengotteswahrheit, die heilige Wahrheit, Herr Bürgermeister. Bei meiner Seele und meinem Heil sage ich es noch einmal.«

Der Bürgermeister fuhr fort: »Nachdem Sie das Betreffende aufgehoben hatten, haben sie sogar noch längere Zeit im Schmutz herumgesucht, ob nicht vielleicht ein Geldstück herausgerutscht wäre.«

Dem wackeren Mann blieb vor Entrüstung und Angst die Luft weg. »Wie kann man so was behaupten... wie kann man so was behaupten... Solche Lügen, um einem anständigen Menschen was anzuhängen! Wie kann man so was behaupten...«

Er mochte beteuern, so viel er wollte; es wurde ihm nicht geglaubt.

Er wurde Malandain gegenübergestellt, und dieser wieder-

holte und bekräftigte seine Behauptung. Eine Stunde lang über-
häuften sie einander mit beleidigenden Redensarten. Auf seine
Bitte hin wurde Hauchecorne durchsucht. Nichts wurde gefunden.

Endlich schickte der ratlose Bürgermeister ihn weg, wobei er
ihn darauf hinwies, daß er das Gericht benachrichtigen und um
Weisungen bitten werde.

Die Nachricht hatte sich verbreitet. Als er aus dem Rathaus
herauskam, wurde der Alte umringt und mit echter oder spötti-
scher Neugier ausgefragt. Und da erzählte er die Geschichte
von dem Stückchen Schnur. Es wurde ihm nicht geglaubt. Alles
lachte.

Er ging, alle hielten ihn an, er hielt seine Bekannten an, begann
endlos von neuem mit seiner Geschichte und seinen Beteuerungen, zeigte seine umgestülpten Taschen vor, um zu beweisen, daß
er nichts darin habe.

Immer hieß es: »Na, na, alter Schlaukopf!«

Und er erboste sich, geriet außer sich, war wie im Fieber, verzweifelt, daß keiner ihm glaubte, ahnungslos, was er tun solle,
und immer und immer wieder brachte er seine Geschichte vor.

Es dunkelte. Er mußte heim. Mit drei Nachbarn trat er den
Rückweg an; denen zeigte er die Stelle, wo er das Stückchen
Schnur aufgelesen hatte; und während des ganzen Weges konnte
er von nichts anderem als seinem Abenteuer reden.

Abends machte er einen Rundgang durch das Dorf Bréauté,
um allen Leuten davon zu erzählen. Er stieß bloß auf Ungläu-
bige.

Die ganze Nacht hindurch war er krank davon.

Am andern Tag mittags gegen eins erstattete Marius Pau-
melle, Knecht beim Landwirt Breton in Yamauville, die Brieftasche mitsamt dem Inhalt bei Bauer Houlbrèque in Manneville
zurück.

Der Knecht behauptete, er habe das Ding tatsächlich auf der
Straße gefunden; aber da er nicht lesen könne, habe er es mit
heimgenommen und seinem Herrn übergeben.

Die Nachricht verbreitete sich in der Umgegend. Auch Meister Hauchecorne erfuhr davon. Sofort machte er sich auf den

Weg und begann nochmals, seine um die Lösung vervollständigte Geschichte zu erzählen. Er triumphierte. »Worüber ich traurig bin«, sagte er, »das ist nicht die Sache an sich, müßt ihr verstehen, sondern die Lügerei. Nichts schadet einem mehr, als wenn man durch eine Lügerei in Mißkredit gerät.«

Den ganzen Tag lang redete er von seinem Abenteuer, auf der Straße erzählte er es den Vorübergehenden, in der Kneipe den Trinkenden, am nächsten Sonntag denen, die aus der Kirche kamen. Er hielt Leute an, die er gar nicht kannte, und erzählte es ihnen. Er war jetzt beruhigt, und dennoch machte ihn irgend etwas beklommen, ohne daß er gewußt hätte, was es war. Die Leute, die ihn anhörten, wirkten, als machten sie sich über ihn lustig. Keiner schien überzeugt. Ihm war, als höre er hinter seinem Rücken Getuschel.

Am Dienstag der folgenden Woche fuhr er nach Goderville zum Markt, einzig von dem Verlangen getrieben, seinen Fall zu erzählen. Malandain stand in seiner Tür und fing an zu lachen, als er vorbeiging. Warum?

Er sprach einen Pächter aus Criquetot an, aber der ließ ihn gar nicht ausreden, sondern gab ihm einen Puff in die Magengrube und warf ihm ins Gesicht: »Na, na, alter Schlaukopf!« Dann wandte er ihm den Rücken.

Hauchecorne stand verblüfft und mehr und mehr beunruhigt da. Warum war er mit »alter Schlaukopf« betitelt worden?

Als er in Jourdains Gasthaus bei Tisch saß, fing er wieder an, seinen Fall darzulegen.

Ein Pferdehändler aus Montevilliers rief ihm zu: »Laß gut sein, du fauler Kunde, dein Stückchen Schnur, das kenne ich!«

Hauchecorne stotterte: »Aber wo sie doch wieder da ist, die Brieftasche!«

Doch der andere erwiderte: »Sei nur still, alter Freund, der eine findet, der andere bringt hin. Nicht gesehen, nicht geschehen, du bist mir der Rechte!«

Dem Bauern blieb die Spucke weg. Endlich begriff er. Er wurde beschuldigt, er habe die Brieftasche durch einen Kumpel, einen Helfershelfer wieder abgeben lassen.

Er wollte protestieren. Die ganze Tafelrunde lachte schallend.

Er brachte keinen Bissen mehr hinunter und ging inmitten von Spottreden weg.

Beschämt und entrüstet kam er heim; Zorn und Verwirrung würgten ihn; er war um so mehr niedergeschmettert, als er in seiner normannischen Bauernpfiffigkeit durchaus zu tun fähig gewesen wäre, wessen er beschuldigt wurde, und sich dessen sogar noch als eines Hauptstreiches zu rühmen. Seine Schuldlosigkeit erschien ihm dunkel als etwas Unbeweisbares, da seine Durchtriebenheit ja bekannt war. Und er verspürte ob der Ungerechtigkeit des Argwohns einen Stich durchs Herz.

Fortan begann er von neuem, sein Abenteuer zu erzählen; mit jedem Tag wurde die Geschichte länger, jedesmal fügte er neue Gründe hinzu, energischere Proteste, feierlichere Eide; er dachte sie sich in seinen einsamen Stunden aus und legte sie sich zurecht; sein Denken befaßte sich einzig und allein mit der Geschichte von dem Stückchen Schnur. Es wurde ihm desto weniger geglaubt, je komplizierter seine Verteidigung, je raffinierter seine Beweisführung gedieh.

»Das sind Lügnerbegründungen«, hieß es hinter seinem Rücken.

Er spürte es, es nagte an seinem Herzen; er mühte sich zwecklos ab.

Er siechte sichtlich hin.

Jetzt ließen Witzbolde, wenn sie sich einen Spaß machen wollten, ihn die Geschichte von der Schnur erzählen, wie man einen aus dem Krieg heimgekehrten Soldaten von »seiner Schlacht« erzählen läßt. Seine ins Mark getroffenen Geisteskräfte nahmen ab.

Gegen Ende Dezember wurde er bettlägerig.

Er starb in den ersten Januartagen, und noch im Fieberwahn des Todeskampfes beteuerte er seine Unschuld, indem er mehrmals sagte: »Ein Stückchen Schnur... ein Stückchen Schnur... Sehen Sie, dies hier, Herr Bürgermeister.«

Marcel Pagnol

Der Dichter der Provence

Von Marcel Pagnol sind folgende Taschenbücher
im Goldmann Verlag erschienen:

Marcel
Eine Kindheit in der Provence. Roman.
3750

Marcel und Isabelle
Die Zeit der Geheimnisse. Roman.
3759

Die Zeit der Liebe
Kindheitserinnerungen.
3878

Die eiserne Maske
Der Sonnenkönig und das Geheimnis
des großen Unbekannten. Roman.
3862

Die Wasser der Hügel
Roman.
3766

Marius - Fanny - César
Szenen aus Marseille.
3972

Meisterwerke der WELTLITERATUR in Geschenkausgabe

ANNETTE VON DROSTE-HÜLSHOFF

DIE JUDENBUCHE
EIN SITTENGEMÄLDE
AUS DEM GEBIRGICHTEN WESTFALEN

8672

JOSEPH FREIHERR VON EICHENDORFF

AUS DEM LEBEN EINES TAUGENICHTS
ERZÄHLUNG

8673

THEODOR FONTANE

EFFI BRIEST
ROMAN

8674

E.T.A. HOFFMANN

NUSSKNACKER UND MAUSEKÖNIG
MÄRCHEN

8675

GOTTFRIED KELLER

ROMEO UND JULIA AUF DEM DORFE
ERZÄHLUNG

8676

GOLDMANN

Meisterwerke der WELTLITERATUR in Geschenkausgabe

HEINRICH VON KLEIST

MICHAEL KOHLHAAS
ERZÄHLUNG

8677

EDUARD MÖRIKE

MOZART AUF DER REISE NACH PRAG
NOVELLE

8678

THEODOR STORM

DER SCHIMMELREITER
NOVELLE

8679

LEO N. TOLSTOI

DIE KREUTZERSONATE
ERZÄHLUNG

8680

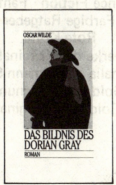

OSCAR WILDE

DAS BILDNIS DES DORIAN GRAY
ROMAN

8681

GOLDMANN